WERNER SCHNEYDER

Ansichten eines Solisten

WERNER SCHNEYDER

Ansichten eines Solisten

WORTMELDUNGEN UND NACHREDEN

KREMAYR & SCHERIAU

Umwelthinweis:
Dieses Buch und der Schutzumschlag wurden
auf chlorfrei gebleichtem Papier gedruckt.
die Einschrumpffolie – zum Schutz vor Verschmutzung –
ist aus umweltverträglichem und recyclingfähigem
PE-Material.

Kremayr & Scheriau ist ein Unternehmen
der Verlagsgruppe Random House

1. Auflage

Satz: Uhl + Massopust, Aalen
Druck und Bindung: GGP Media, Pößneck
ISBN: 3-218-00700-1
Printed in Germany

Manchmal gehen mir meine Meinungen
auf die Nerven.
Aber ich habe keine anderen.

INHALT

POLITIK

KULTUR

KULTURMENSCHEN

GESELLSCHAFT

SPORT

NACHWORT

POLITIK

GESELLSCHAFTSORDNUNG

Die neue Aufgabe der Sozialdemokratie

Dem Kapitalismus ist der Gegner abhanden gekommen. Als der Kapitalismus noch dem Marxismus-Leninismus (oder dem, was daraus wurde) gegenüberstand, hatte die Sozialdemokratie eine klare Aufgabe. Sie hatte dem realen Sozialismus vorzuführen, es sei auch in einer prosperierenden Wachstumsgesellschaft der freien Wirtschaftsordnung soziale Gerechtigkeit möglich. Da der Kapitalismus an diesem Nachweis interessiert war, aus das Gegensystem zersetzenden Gründen, ließ er die Sozialdemokraten in Maßen gewähren, machte er sie zu einem wesentlichen Faktor seines Systems. Jetzt hat der Kapitalismus keinen Gegner mehr. Und nützt diese Chance so, dass seinen intelligentesten Exponenten der Schweiß ausbricht. Aus Angst vor den finalen Folgen.

Jetzt hätte oder hat die Sozialdemokratie eine neue Funktion.

Holen wir einmal aus:

Hat man sich die Entwicklungsgeschichte des Sozialverhaltens erst einmal in Erinnerung gerufen, wird man die kommunistische, die bolschewistische Revolution, den Marxismus-Leninismus nicht mehr für eine Laune der Natur halten können. Die kommunistische Idee war schlicht von ihren Feinden konsequent heraufbeschworen. Woraus zu lernen wäre: Das Erzwingen einer nächsten Revolution wäre nach Tunlichkeit zu unterlassen.

Es bedarf konzertierter Anstrengung, den Kapitalismus an seiner Selbstzerstörung zu hindern. Nicht aus Liebe, aus Eigennutz. Der offenbar nur mit ihm möglichen Lebensqualität wegen, der Demokratie.

Die Rahmenbedingungen des Weiterbestehens der Demokratie nennt man »Soziale Marktwirtschaft«. Zur »Sozialen Marktwirtschaft« gibt es nur zwei Alternativen. Die freie Marktwirtschaft und die Planwirtschaft.

Die freie Marktwirtschaft ist ein Synonym für Anarchie. Sie endet im Chaos. Die Planwirtschaft ist ein Synonym für Chaos. Sie endet in Anarchie.

Der politische Streit in der Demokratie geht um die Gewichtung der Begriffe »sozial« und »Markt«.

Der Begriff »sozial« wird – ohne anderen politischen Gruppen nahe treten zu wollen – in erster Linie immer noch (schon aufgrund der Stimmanteile) von den Sozialdemokraten vertreten. Wenn die Sozialdemokratie jetzt den Sozialstaat verteidigt, dann rettet sie den Reichen das Überleben. Das ist die Pointe der Entwicklung, die nur von wenigen Kapitalisten begriffen wird. Denn es gibt immer noch nicht genug Gewinnmaximierer und Profiteure, die wissen, Verteilen und Beteiligen sind Voraussetzung ihres eigenen Wohlergehens.

Die ungezähmte, von Langzeitdenken gänzlich unbehelligte Wachstumsspirale hat den Sozialstaat an den Rand des Ruins gebracht. Auch schon darüber hinaus. Wenn Sozialdemokraten ihn retten wollen, müssen sie regieren können. Wenn sie regieren wollen (in regierungsfähiger Zahl), müssen sie einige ihrer Positionen neu bedenken; man könnte auch sagen, »heilige Kühe« schlachten.

Die Politikfähigkeit und Politikwilligkeit der Sozialdemokratie steht vor ihrer größten Probe. Wie man sieht, wird diese in verschiedenen Ländern durchaus unterschiedlich zu bestehen versucht.

Die »Internationale« wurde zum historischen Begriff. Der Sozialdemokratie ist die »Corporate Identity« abhanden gekommen. Historiker werden nicht umhin können zu erwähnen, dass in den über große Zeiträume sozialdemokratisch regierten Ländern die Schere zwischen Arm und Reich kontinuierlich weiter auseinander gegangen ist. Zur Zeit dämmert dem einen oder anderen sozialdemokratischen Spitzenpolitiker dieser »Erklärungsbedarf«.

Der Meinungsstreit im Sozialstaat wird nicht sinnvoll ausgetragen werden können, wenn es nicht links von den (notwendigerweise auch) bürgerlichen Sozialdemokraten eine politische

Gruppe gibt. In Deutschland hat man sie als Mitgift der Vereinigung bekommen. Dort wird man gut daran tun, ihr die historische Belastung nicht andauernd vorzuwerfen, sondern diesen »Volksvertretern« – wie allen nie grundlos Gewählten – auch zuzuhören. Die Berührungsängste der Sozialdemokraten waren längst grotesk. In Österreich füllen die Grünen die Vakanz teilweise aus.

Als Problemlösung auf dem Gebiet des Arbeitsmarktes gilt für viele die »Verkürzung der Arbeitszeit«. Was so viel heißt, wie Aufteilung der »Lohnarbeit« auf fast alle. Die Verkürzung der Arbeitszeit wird allerdings auch wütend bekämpft. Es lohnt sich, die Argumente der Gegner von Arbeitszeitverkürzung historisch zu vergleichen. Sie sind identisch geblieben.

Zu einer Zeit, als man von der 85-Stunden-Woche herunterkommen wollte, fand sich in einem Essay »On Trade and Commerce« aus dem Jahr 1770 der Satz: *«Der Verlust einer Arbeitsstunde stellt einen außerordentlichen Schaden für den Handelsstaat dar«*. Man führe sich vor Augen, wie seither den Handelsstaaten geschadet wurde. Anders ist ihre Indisposition wohl nicht zu erklären. Sie wollen sich daher nicht noch mehr schaden lassen.

Warum wurde die Arbeit knapp? Weil die Menschen im letzten Jahrhundert so intelligent waren. Ihre Computer, ihre Automaten ersetzten laufend weiter die menschliche Arbeitskraft. Und jetzt brach Panik aus statt Freudengeheul. Was gibt es Intelligenteres als eine Maschine, die des Menschen Lohnarbeit übernimmt, womöglich die mehrerer, möglichst vieler Menschen. Das Problem liegt doch nur darin, dass die Wirtschaftstreibenden bis dato die Klarstellung der Arbeitsverhältnisse an der Maschine nicht zulassen. Wir erfahren nicht, für welche Frauen und Männer die jeweilige Maschine arbeitet. Die Zuständigkeit der Maschine ist nicht geklärt. Dies, damit der Verdienstanteil der durch die Maschine Ersetzten weltweit unterschlagen werden kann. Was auch geschieht.

Für den Umbau des Sozialstaates in Richtung Sozialabbau gibt es hübsche Argumente. Eines lautet »internationale Konkurrenzfähigkeit«, ein anderes »Sicherung des Industriestandortes …«

(Das Land ist einzusetzen.)

Nun darf weitergedacht werden. Drückt ein Land die Löhne, um billiger produzieren zu können, sichert es sich Exportchancen. Werden diese wahrgenommen, kommt ein anderes Land in Schwierigkeiten, weil dessen Exportchancen schwinden. Dieses andere Land muss daraufhin sofort etwas für seine »internationale Konkurrenzfähigkeit« tun. Worauf ein drittes Land ... Wir können uns das Weiterführen des Planspieles schenken. Sein Ende ist unvermeidlich. Wiedereinführung der extremsten Klassengesellschaft, der Sklaverei.

Wird der Industriestandort in einem Land gesichert, lässt man sich also von Multis soziale Standards aufzwingen, dann sind die Multis bereit zu kommen. Sie kommen mit hoher Wahrscheinlichkeit (da der ständigen Zellteilung globale Grenzen gesetzt sind) von anderswo her. Sie verlagern. Daher wird man sich in den verlassenen Regionen dringend etwas überlegen müssen, um den Industriestandort zu sichern. Worauf ... Ende: siehe oben.

Politische Partien stehen vor einer lebensanschaulichen Grundfrage: Was ist Lebensqualität?

Dass es die mit permanentem Wachstum mitwachsende Konsum- und Sozialspirale nicht mehr sein können wird, spricht sich herum. Dass Wachstum aufgrund der hartnäckigen Weigerung des Globus, sich zu vergrößern, und der unzureichenden Partnerschaft anderer Planeten nicht unendlich steigerbar ist, weiß man auch schon. (Wenigstens in der Theorie.) Dass sich ein Ende der Möglichkeit abzeichnet, die Bewohner von Erdteilen zugunsten der Bewohner anderer Erdteile schamlos zu plündern, wird geahnt.

Was also kann kommen? Eine neue, durchaus auch exklusive Bescheidenheit. Deren Stil wird zu entwerfen sein.

Es gibt vernünftige Modelle einer Umgestaltung des Sozialstaates. Etwa die Idee eines Grundgehaltes für jeden Menschen. Mit der Anregung, sich etwas dazuzuverdienen. Je nach Anspruch, Chance und Talent. Mit der Empfehlung, sich vom Dazuverdienten etwas für das Alter zu ersparen. Was allerdings Abbau des bürgerlich-vertrottelten Traumas voraussetzt, Abheben vom Konto bedeute Verarmung. Das Dazuverdienen zum Grundgehalt setzt wiederum das Vorhandensein von Arbeitsplätzen voraus. Und die wird es nicht geben, wenn die Gesellschaft nur die Produzierer entlohnen will und nicht die Instandhalter.

Der reale Sozialismus lieferte das Beispiel für das Schicksal einer Gesellschaft, die nicht instand hält, nur produziert und errichtet. Solch einer Gesellschaft fällt, wie gesehen, das Dach über dem Kopf zusammen. Man wird neue Berufe erfinden müssen. »Zivilisationsbewahrer« wäre ein denkbarer Dachbegriff.

Keinesfalls darf der Sozialstaat nachäffen, was religiös geschminkte Wirtschaftsimperien praktizieren: sich sorgen um ihre Mitglieder – gegen Entgelt. Von einer Gesellschaft, deren zu Gott führende Instanzen eines Tages Beichttaxen und Hostiengebühren verlangen, ist dringend abzuraten.

Zwei Zitate nach dem englischen Ökonomen des 19. Jahrhunderts John Stuart Mill können nicht oft genug wiederholt werden:

»Nur in den zurückgebliebenen Ländern der Erde ist die Zunahme der Produktion noch ein wichtiges Ziel. Was in den fortgeschrittensten Ländern ökonomisch nottut, ist eine bessere Verteilung.«

Das schlug er vor über hundert Jahren vor. Und so alt ist auch die Folgerung, es sei nicht einzusehen, *»dass Menschen, die bereits jetzt reicher sind, als man zu sein braucht, ihren Konsum verdoppeln sollen, mit keinem oder geringem Vergnügen zur Folge außer demjenigen, Wohlstand zu repräsentieren.«*

Was dabei herauskam, ist zu besichtigen und zu bewältigen.

So steht die Sozialdemokratie vor der größten theoretischen Herausforderung seit ihrer grandiosen Positionssuche und -findung zu Beginn des industriellen Zeitalters. Mit dem Tragen der roten Blume der Romantik ist nichts mehr zu gewinnen. Jetzt muss gedacht, formuliert und gekämpft werden – intellektuell, gesellschaftspolitisch, wahltaktisch. Und zwar international. In einer neuen Internationalen. Die Globalisierer bedürfen eines anderen Gegners als die einen oder anderen entlassungsfreudigen Unternehmer.

Die Sozialdemokraten formulieren, wie andere Parteien auch, das Modell einer von ihnen angestrebten oder für erstrebenswert gehaltenen Gesellschaft. Das tun sie, wie andere auch, in einem Papier, das theoretisches (historisches) Fundament heute, im Idealfall auch morgen und übermorgen, anwendbar machen soll. Dieses Papier heißt Parteiprogramm. Es hat vor allem zu klären: Wie sehen die ideologisch außer Streit stehenden »Grundwerte« heute aus? Wie formuliert man sie, dass nicht alle glauben müssen, man hätte sie gerade von einer Plakatwand aus dem Jahre 1912 heruntergekratzt? Wie passt man ein Ideal an, ohne es anzupassen? Wie stärkt man es durch In-die-Zeit-Verschiebung?

Jetzt müssen die Leute ran, die nicht nur wissen, dass das industrielle Zeitalter abgelöst wurde, sondern auch begreifen, was das bedeutet. Die Reaktion macht wundersam vor, wie man die sozialen *Erzwungenschaften* des industriellen Zeitalters (für das digitale unbrauchbar, längst schon überfällig zur Reform) so reformiert, dass man sie tendenziell rückgängig macht. Sie will vorführen, wie man gesellschaftspolitischen Rückschritt als Modernisierung verkauft. Oder, fairer gesagt, wie man Modernisierung für gesellschaftlichen Rückschritt nützt.

Da ist die Sozialdemokratie aufgefordert, das Gegenmodell zu präsentieren, zu zeigen, man kann alles neu machen, ohne soziale Standards, vor allem Verteilungsgerechtigkeit einzubüßen.

Sozialer Ausgleich auf neuer Grundlage war in Österreich aus dem Munde des klugen Alfred Gusenbauer zu hören. *Sozialer Ausgleich*, das verstehen sogar die, die ihn nicht wollen, aber *auf neuer Grundlage*? Da möchte man doch bald ganz genau wissen, was das heißt, wie die aussieht. Man möchte es – Parteiprogramm! – auch nachlesen können.

Zur neuen Grundlage gehört im jedem Fall – und das weiß der gegen das Theoriedefizit seiner Partei antretende Gusenbauer genau – die exakte Analyse unserer gänzlich neuen Arbeitswelt.

Die Sozialdemokratie muss laut sagen, nehmen wir gemeinsam Abschied von der Illusion, nur mit Wachstum sei Vollbeschäftigung zu sichern. Das Wachstum ist längst joblos. Die Sozialdemokratie hat zuerst sich und dann ihren Wählern den Satz des Soziologen

André Gorz zu erklären: »*Wir kommen von der Lohngesellschaft zur Multiaktivitätsgesellschaft.*«

Die Sozialdemokratie muss vorsichtig, aber konsequent erzieherisch den Leuten beibringen, dass zwischen Arbeit (= viele Arbeitsstunden) und wenig bis keine Arbeit kein Gefälle im gesellschaftlichen Ansehen verbunden sein muss. Menschen, die gebraucht *wurden*, müssen nur lernen, sich zu brauchen.

Freizeit steht im Gegensatz zur Arbeitszeit. Da die Arbeit, und damit die Arbeitszeit knapp und knapper wurde, bekam die zunehmende Freizeit ein schlechtes Image. Sie riecht nach Arbeitslosigkeit. Schade. Denn eine Menschheit, die nichts oder fast nichts mehr arbeiten muss, hätte eine höhere Entwicklungsstufe erreicht.

So treuherzig der Slogan »Recht auf Arbeit« auch klingt, so abgrundtief blöd ist er. Wer will schon ein Recht auf etwas haben, das oft höchst unangenehm ist? Arbeit, das bedeutet früh aufstehen, sein gemütliches Heim verlassen, in Kantinen fressen, sich in öffentlichen Verkehrsmitteln drängen, sich im Autoverkehr stauen, sich über Kollegen und Kolleginnen ärgern. Wie viel angenehmer ist es, hie und da einen Kollegen bei der Kontrolle der für Menschen arbeitenden Maschine abzulösen, die Arbeitsfreude der Maschine zu kontrollieren. Und kann die Maschine ihren Arbeitsausstoß wieder einmal erhöhen, kommt Freude auf. Denn das wirkt sich sofort auf den Lohnstreifen der Teilzeitbeschäftigten (soll heißen: der ihre Freizeit nach Notwendigkeit Unterbrechenden) aus.

Es gilt der Lehrsatz: Ein Mensch, der mehr arbeitet, als er muss, ist ein Trottel. Eine Gesellschaft, die den Menschen zwingt, mehr zu arbeiten, als er müsste, ist kriminell, gehört umgestaltet.

Der Mensch hat nicht ein »Recht auf Arbeit«, er hat ein »Recht auf Geld«, also auf Gewinnbeteiligung, Bruttosozialproduktanteil. Das Wort »Arbeitslosenunterstützung« ist eine ideologische Frechheit. Es müsste heißen »Freizeitgestaltungshonorar«.

Die Arbeitsgesellschaft mit Freizeiten wandelt sich in eine Freizeitgesellschaft mit Arbeitszeiten.

Die Leute, die das alles für ökonomisch und gesellschaftspolitisch unverantwortliches Gefasel halten, haben einen Unterschied nicht begriffen: den zwischen Arbeit und Lohnarbeit.

Es gibt unzählige Möglichkeiten, durchaus auch gesellschaftlich wichtige, Freizeit als Arbeitszeit zu begreifen. Beginnen wir beim menschlichen Körper. Dessen Pflege – Frisur, Rasur, Kosmetik – ist Arbeit, Dienst an der Mitmenschheit, weil deren Ausblicke durch Anblicke verschönert werden. Gleiches gilt für Hosen bügeln, Schuhe putzen, Flecken entfernen. Pflege der Blumenbeete, des Rasens, der Hausfassade erfordert Arbeit, ist Arbeit.

Lesen mit dem Ziel der Information oder Erkenntnis ist Arbeit. Das Erlernen von Musikinstrumenten, um nicht nur sich, sondern auch der Mitmenschheit Freude zu machen, ist Arbeit. Das zu Ende der Ausbildung mögliche Freudemachen mit Musik ist Arbeit. Die Pflege der Kranken, die Sorge um die Alten ist mehr als Arbeit, ist zudem noch Pflicht und Schuldigkeit.

Jede Art von Bildungsurlaub mit der Absicht, möglichst viel zu sehen und zu speichern, ist Arbeit. Die Erkenntnis, wonach Arbeit für (fast) alle nur da sein kann, wenn man die Arbeit(szeit) teilt, führt nicht nur zu mehr Freizeit, sondern auch zu mehr Arbeitszeit für Nicht-Lohn-Arbeit.

Eine Gesellschaft, die das nicht begreift und nicht propagiert, wird eine Revolution der (angeblich) Arbeitslosen erleben. Es wird eine rechte Revolution sein. Sie wird mit Zwangsarbeit enden. Mit Steineklopfen. Was im Grunde nichts anderes ist als Gartenpflege, nur unerfreulicher und unfreiwillig.

Freizeit als Arbeitszeit für Nicht-Lohnarbeit darf nicht zur Chance des Verkommens und Verblödens vor Fernsehschirm und Theke werden. Eine sozialdemokratische Bildungs- und Kulturpolitik hätte zu greifen.

Die Sozialdemokratie hat Umverteilung von oben nach unten auf gänzlich neuer Basis zu fordern, aber aufgrund eines *alten* Ideals, das da heißt »Solidarität«. Sie sollte tunlichst nur Menschen zu Funktionären machen, die kein Fremdwörterlexikon benötigen, um dieses Wort deuten zu können.

JÖRG HAIDER

Eine Pflichterfüllung

Ich will den Namen nicht mehr aussprechen, nicht mehr aufschreiben. Das Befassen mit dieser Figur ist mir zuwider. Ich habe in Kabarettprogrammen noch und noch gegen ihn, über ihn, zu ihm gesagt (nachzulesen in »Schreibzeit«), ich habe ihn auf Einladung in Magazinen charakterisiert. Ich habe es satt.

Und doch: Der Triumph, sich an ihm erschöpft zu haben, ist ihm nicht zu gönnen. Ich werde weitermachen. Wo und wie ich kann.

Aber ist es nicht zu blöd, die Leute dauernd daran erinnern zu müssen, dass er gesagt hat: Kein Stein wird auf dem anderen bleiben!? Dass er seinem Traum von einer, seiner »3. Republik«, dem Haider-Reich, schon gefährlich nahe war?

Muss man den Leuten denn wirklich immer noch erklären, dass dieses Sich-Parken als Landeshauptmann von Kärnten, dieses Sich-Gerieren als »einfaches Parteimitglied« nichts als ein mieser Trick war? Seine Parteiführerschaft durch Zuruf beweist das täglich. Muss man wirklich noch davor warnen, diesem Scheinrückzug zu trauen? Zu groß, nahezu unbewältigbar wäre für ihn seine Niederlage, käme er nicht noch einmal ganz nach vorne. Sein randpathologischer Anspruch auf Rampe kann sich nicht mit der Präsidentenfunktion bei einem Fußballverein erschöpfen.

Weiß das – Gott verdammt! – nicht längst schon jeder?

Die aktuelle Strategie des Haider erinnert ein wenig an die historische des Franz Josef Strauss. Im eigenen Freistaat als Landesvater bleiben und von dort aus die Arbeit in der Regierungs-Stadt teils dirigieren, teils verhöhnen. Sich also den »Marsch auf Wien« aufbauen. Dass die Sache mit Strauss und Bonn dereinst doch nicht funktioniert hat, mag als Hoffnungsschimmer gelten.

Ich habe es auch gefressen, den Deutschen immer wieder erklären zu müssen, sie machten es sich mit der Gleichung Haider = Nazi viel zu leicht. So einfach ist die Sache nicht. Jörg Haider hat sicher eine einschlägige genetische Disposition. Aber er ist ideologisch keineswegs rassenrein. Denn klassisches Nazitum setzt Gesinnung voraus, eine miese zwar, aber wenigstens eine Gesinnung. Dafür ist die Figur Haider zu postmodern, Gesinnung ist ihm fremd. Er schaut, wo sich seine Chancen ergeben. Er ist ein »Marktlückennazi« (Copyright bei mir). Er ist einerseits ein primitiver Demagoge, andererseits aber gescheit, gebildet, polyglott. Haider hält engsten Kontakt zu den alten Ehemaligen und den neuen Deutschnationalen, würde aber sofort ein kommunistisches Manifest als Diskussionsgrundlage bezeichnen, brächte es ihn in eine Machtposition, nahe der Diktatur.

Haider ist ein Benützer. Er instrumentalisiert die alten und die potenziellen Nazis. Das ist die Gefahr. Er könnte einen Sog schaffen. In diesem Sog kann viel mitkommen, vor allem eben auch eine neue, tatsächlich extreme Rechte. Es ist durchaus nicht sicher, ob Haider dann noch deren Chef sein würde, oder wegen parteiüberschreitender Gefallsucht abserviert.

Wie man weiß, sind die Weltanschauungen der Sozial- und Christdemokraten reichlich aufgeweicht. Aber das eine oder andere Tabu gibt es bei beiden noch. Bei Haider gibt es nichts als variablen, extremen Populismus zum Tageskurs.

Der »Erfolg« des Jörg Haider – allein die Tatsache, dass ich schon wieder über ihn schreibe, beweist ihn – veranlasst vornehmlich deutsche und österreichische Intellektuelle und Wichtigmacher Österreich zu verdächtigen, ein Naziland zu sein. Es ist mir nicht mehr zumutbar, zum wiederholten Mal zu erklären: In Österreich gibt es nicht mehr Nazis und nicht mehr Ausländerfeinde als in jedem anderen EU-Staat. Aber in keinem anderen Land gibt es einen Politiker mit dem Talent Haiders, sie zu aktivieren. Das ist der Punkt.

Alles in mir sträubt sich zuzugeben, der Haider hätte es mit und nach der vergangenen Wahl beinahe geschafft. Zwar viele Jahre später, als seine ständigen Vorhersagen angekündigt hatten, aber immerhin. Fast hätte er selbst Österreichs Kanzler werden können, jedenfalls konnte er entscheidend beeinflussen, wer es von seinen Gnaden wurde. Wer hatte ihn gewählt? Wie hat Haider eine programmatische Mogelpackung, ein widersprüchliches, unfinanzierbares Geschenkpaket quer über das gesellschaftliche Spektrum an die Wähler gebracht? Wie erzeugt er dieses allzeit nicht exakt begründbare »Es-muss-sich-was-ändern, Da-gehört-was-Neues-her-Gefühl«? Wie konnte eine dumpfe, mit falschen Zahlen gespickte Fremdenangst-Stimmungsmache greifen? Warum verschrecken Verhetzung, Unwahrheiten, frisierte Zitate, halbe Entschuldigungen, Zurücknahmen und sofort darauf wieder Weiterlügen die Menschen nicht hinreichend?

Wer glaubt mir nicht, dass mich die Suche nach den Antworten schon ankotzt?

Realpolitisch begann die »Wende« in Österreich mit der traditionellen Charakterschwäche der Christsozialen.

»Wenn wir Dritte werden, gehen wir in Opposition«, hatte der Vizekanzler erklärt. Sie wurden Dritte. Er wurde Kanzler. Kanzler einer farcenhaften »bürgerlichen« Koalition. Denn in Österreich waren die in großer Koalition verdämmernden Sozialdemokraten jedenfalls bürgerlicher als die links überholende, rechts ermutigende, tumbe Totalprotestler einsammelnde Partei des Polit-Gigolos Haider. Dass dieser Mann zu alldem noch eine Allianz mit dem konservativen Flügel der katholischen Kirche zustande brachte, ist die Überpointe.

Von einer versulzten und verfilzten, faulen und unbegabten großen Koalition nur mäßig gehindert, sammelte er Stimmen. Nicht nur beim bräunlichen Altbürgertum, bei denkunfähigen Fun-Yuppies, nein auch am schändlicherweise von den Sozialdemokraten freigegebenen linken Rand der tatsächlich Unterprivilegierten, Zukurzgekommenen, Vergessenen. Der letzte Stimmenschub machte Haiders »Bewegung« zur »Arbeiterpartei« (siehe: Geschichte). Dann war er bei der Regierungsbildung Frontmann der Nation, suhlte sich in seiner Bedeutung und retirierte nach Vollzug der »Wende« nach Kärnten, um sich als Person vom programmatischen Debakel, von der Offenlegung des sozialen Großbetrugs abzusetzen, um »einfach ehrlich, einfach Jörg!« bleiben zu können.

Es darf nicht gelingen.

Manches in mir sträubt sich, auf die Sozialdemokraten einzuprügeln. Aber will man die österreichische »Wende« erklären, ist es unerlässlich. Zumal die gegenwärtige Oppositionsrolle diese Partei ermutigt und verpflichtet, wieder Positionen zu haben.

Die waren abhanden gekommen. Dass man in diesem rundum prosperierenden Land jene Schichten, denen es nicht nur nicht gut, denen es elend geht, chronisch übersah, gehörte zu den Eigenheiten der vorübergehend abgewählten Sozialdemokratie. Deren Chefs waren immer fassungslos, wenn man sie – von Wahl zu Wahl – daran erinnerte, dass sich unter ihrer Regierung die soziale Kluft womöglich auch zwischen Frau und Mann wiederum erweitert hatte. Sie verwiesen immer ganz erstaunt auf ihr Parteiprogramm und schienen nicht zu begreifen, dass sich Parteiprogramme nur dann realisierten, wenn man sie einhält. Man erlaubte dem Haider, mühelos auf »linke« Defizite hinweisen zu können, zu behaupten die sozialere Gesinnung zu haben. Das war hochpeinlich.

Peinlich war auch der Wahlkampf der Sozialdemokraten. Auf keine Behauptung der Freiheitlichen gingen sie näher ein, das Haider-Plakat »Er hat Euch nicht belogen« ließen sie unwidersprochen, statt zu antworten: »Weil er noch nie die Wahrheit gesagt hat«. Die Roten plakatierten allen Ernstes den Slogan »Der richtige Weg ins 21. Jahrhundert«. Der aber war gewissermaßen nicht zu verfehlen. Den konnte jeder Schwachsinnige finden.

Heute mischt sich die Trauer über das Oppositionslos der Sozialdemokraten bei deren Sympathisanten mit der Lust an erzwungener Regeneration, mit Freude an aktiviertem theoretischem und demagogischem Talent, mit Hoffnung auf argumentative Wachheit gegenüber Haider.

Ein Populist kann nur aus seinen Widersprüchen heraus widerlegt werden. Pausenlos muss man den Bürgern sagen, dass Haider zu jeder Meinung, zu jeder Lösung auch schon deren Gegenteil vorgeschlagen hat. Diese Art von Charakter erforderte bei den politischen Mitbewerbern polemische Talente. Daran mangelte es lange Zeit bis zur Unterversorgung. Das hat sich hoffentlich geändert.

In der ersten Pressekonferenz an der Seite des Kanzlers Schüssel hatte der EU-Gegner Haider stolz lächelnd die Europa-Fahne in die Kamera gehalten. Mittlerweile beantragt er eine Volksabstimmung gegen die Erweiterung der EU. Sollte er allerdings demnächst nach Ungarn reisen, kann man sicher sein, er verteilte dort an Kinder und Bedürftige EU-Fähnchen.

Woher kommt dieser Mann? Wie wurde er, was er ist? Ich wiederhole: Es ist nicht zumutbar, es noch einmal erzählen zu müssen, aber es gehört zum Bild.

Es begann in einer Kleinbürgerfamilie in Oberösterreich in einem gestandenen Nazihaushalt. Klein Jörgl wuchs mit Eltern auf, denen man nach Kriegsende »Unrecht« getan hat. Das hat ihn natürlich vorgeprägt. Dann wurde der begabte Kerl zum Studieren geschickt und brachte es auf akademischem Boden zu was. Aber die wissenschaftliche Karriere war ihm dann doch zu mühsam. Der Nobelpreis zu weit weg. Politik versprach ihm eher die Rampe. Er tat sich um und fand die FPÖ. Jörg Haider sah in deren auch vorhandenem liberalen Flügel eine Chance. Aber mit liberal war keine leadership zu erreichen. Weder für die Partei noch für ihn. Und er musste Primus werden, das ist seine Bestimmung. Ist er Primus inter pares, dann sehr bald unter Parasiten. So geschah es. Er schaffte den Wechsel nach dem Rechtsaußen seiner Partei aus dem Stand. Mittlerweile in Kärnten tätig, sofort vom 26-jährigen Oberösterreicher zum Urkärntner in der zwölften, urdeutschen Generation mutiert, fand er eine politische Lehrmeisterin, eine klassische Nazisse, ein altes BDM-Mädchen, die tatsächlich Kriemhild heißt, und ließ sich von der zum Heimatretter ausbilden. Es gelang ihm auf einem Parteitag der FPÖ ein sorgsam vorbereiteter Putsch. Der aufhaltsame Aufstieg des Jörg Haider begann.

Zu diesem Aufstieg benützte er ein Talent, oder besser: den

Wunsch es zu haben. Denn Jörg Haider wollte einmal Schauspieler werden. Das erklärt viel. Die Sehnsucht, besser: der Trieb nach Rampe, nach Applaus, nach Geliebtwerden geht oft die seltsamsten Wege. Da kann man als Kompensation auch beschließen, Politiker zu werden, wie dereinst ein aus der deutschen Geschichte nicht mehr wegzudenkender Landsmann. Jörg Haider ist also Schauspieler in der Politik geworden, und zwar in einer Art und Weise, die ihn in der Theaterprofession über eine letztrangige Tourneeklitsche nicht hätte hinauskommen lassen. Er ist Schmierist, und was daran verwundert, ist, dass es viele nicht merken. Das kann am Überangebot an schlechten Schauspielern im TV liegen. Die Leute vor dem Schirm haben verlernt zu merken, wenn einer sich nur sehr mühsam verstellen kann.

Jörg Haider spielt pausenlos Rollen. Ins Landgasthaus kommt er im Trachtenanzug, vor die Jungunternehmer tritt er im allerletzten Designerlook, vor ein gehobenes Auditorium in korrektem Anzug. Ähnlich flexibel ist er in der Wortwahl, der Sprachmelodie. Im Bierzelt macht er den »klassen Burschen« und lässt verbal die Sau raus, bei Pressekonferenzen oder in einer Talk-Show spielt er vor unbegabten Kontrahenten den »elder statesman«. Alles übertrieben, alles outriert, aber für sein Publikum hinreichend eindrucksvoll.

Er harrt des Volksentscheides: Haider an die Macht! Was kann ihn daran hindern? Eventuell der Königsmord in eigenen Reihen, denn das smarte Antlitz des Fünfzigers ist rissig geworden, und es gibt schöne junge Männer, die sich die Parteiführerschaft auch zutrauten. Eventuell der Königsmord durch die Deutschnationalen, denen er sich zu wendig verhält.

Schaffte er es aber, könnte er jungen Politikern im »Reich« und darüber hinaus in Europa zum Vorbild werden. Was kann und muss ihn endgültig stoppen?

Zu allererst eine Wende in der »öffentlichen Meinung«. Der greise Verleger der »Kronen Zeitung« zürnt dem Haider. Er wollte ihn als Führer der Opposition behalten, als Kläffer, als Provokateur, als Affärenlieferant. Also als Auflagenvehikel. Die Regierungsbeteiligung der FPÖ geschah gegen den Rat und Willen der mächtigen und allmächtig sein wollenden »Krone«. Das muss Folgen haben. Der Abtritt des über Jahre meinungsbildenden Kolumnisten »Staberl« war möglicherweise schon eine Folge, jedenfalls indirekt. Denn »Staberl« stand treu und trotzig zur (aus seiner sklerotischen Sicht) markigen Jugendlichkeit des Haider. Seine Anbetung war schon in tiefenpsychologisch deutbare Zärtlichkeit, in politische Altersschwulität übergegangen.

Haiders Chuzpe, die von ihm eingesetzte Regierung zu kritisieren, deren Verteilung von unten nach oben, kann dem Verleger-Tycoon nicht mehr gefallen. Sie ist zwar komisch, aber instabil. Und Instabilität ist gefährlich. Auch für die Auflage. Denn sie verwirrt die Blattlinie.

Was Haider auch stoppen müsste ist seine Darbietung als »Landesvater«, als väterlicher Landesbursch. Die ist von außerordentlicher Kläglichkeit. Man müsste sich weigern, sie darzustellen. Geht es um große Dinge, wie den Neubau eines Krankenhauses, die Besitzverhältnisse einer Seebühne undundund, stellt sich Haider hin, verkündet eine Entscheidung, begründet sie, lässt sich für Entscheidung und Begründung feiern, stellt sich zwei Wochen später wieder hin, widerruft alles und beantragt, für den Widerruf gefeiert zu werden. Er begreift das Bundesland als Event-Bühne, forciert eine unüberbietbare Veranstaltungsdichte, nur um überall am Eingang stehen und Hände schütteln zu können. Haider ist als allgegenwärtiger Grüßaugust unvermeidbar. Kein Eintritt ohne seinen Anblick. Angesichts seines Event-Rausches lässt Haider alle weltanschaulichen Richtlinien sein, was zum sich steigernden Entsetzen und letztlich zum Rückzug des »Kulturberaters« und Chefideologen Andreas Mölzer führte. Da dieser stramme Rechte publizistische Möglichkeiten hat, Gesinnungstreue einzufordern, könnte dem Haider auch von rechts Schaden zugefügt werden.

Einstweilen lässt er noch das ganze Land mit seinem Konterfei und der Behauptung »Kärnten blüht auf« zuplakatieren, lässt Druckschrift auf Druckschrift publizieren, die im Wesentlichen nur aus Haider-Fotos bestehen.

Er hat das Land in Geiselhaft genommen.

Kärnten, immer noch vom historischen »Abwehrkampf« gegen die Slowenen traumatisiert, hätte jetzt die Chance umzudenken. Die Kärntner könnten sich sagen, haben wir den Abwehrkampf gegen die Slawen gewonnen, müssten wir den gegen Haider doch auch noch schaffen. Und der prägende Slogan »Kärnten frei und ungeteilt« könnte in dieser Richtung interpretiert werden: Frei von Haider und ungeteilt durch ihn.

Ist es mir möglich, etwas Gutes über den Mann zu vermuten? Höchstens dieses: Oft in seinem Leben mag sich Haider eine zweite Chance gewünscht haben, eine bei den Grünen oder einer neu zu gründenden Linkspartei, denn es mag ihm in mancher Selbstanalyse lästig geworden sein, dem braunen Abonnement die Treue halten zu müssen. Aber es war für ihn zu spät. Er kann nie mehr zurück.

Er übertüncht seine Zerrissenheit mit dem Rollenverhalten des Medienstars. Aber es ist zu hoffen, dass ihn das Schicksal vieler, eben nicht wirklich qualitätvoller Medienstars ereilt. Er wird nach seiner großen populistischen Soap opera von niemandem mehr gesehen werden wollen. Er wird in der Versenkung seines Bärentals verschwinden. Auf Nimmerwiedersehen. Die Autogrammkarten werden vergilben.

FEINDBILD »STAAT«

Bürgerliche und liberale Gegner

Immer, wenn etwas auf nicht ganz exakt zu benennende Weise schief läuft, wird rasch ein Schuldiger genannt: der Staat. Der »Staat«, der »zu viel Staat« ist, der sich zu viel einmischt, der alle, die wissen, was zu geschehen hätte, behindert.

Lange Zeit lieferte der Staat diesen seinen Anhängern auch treffliche Argumente, vor allem die Bilanzen der »verstaatlichten« Industrien. Nun haben aber großflächige Privatisierungen der Wirtschaft, und damit der Gesellschaft auch nicht das Heil gebracht, oder sind im Begriffe Unheil zu bringen. Das hindert nach wie vor nicht daran, den »Staat« als Verursacher allen Übels anzunehmen, mit der Präzision, mit der man das Wetter für das Unwohlsein und die Juden für die Börsenkurse verantwortlich macht.

Zwei den »Staat« so besonders nicht mögende politische Ideen gilt es, näher zu besehen: die »Bürgergesellschaft« und den »Liberalismus«.

In den gesellschaftspolitischen Äußerungen der Christdemokratie taucht immer wieder einmal ein auch intern nicht ganz unumstrittener Begriff auf: die Bürgergesellschaft. Näheres Befassen mit der Theorie hinter dem Reizwort klärt: Es handelt sich um mehr oder weniger verschlagen getarnte Restauration.

Zunächst einmal assoziiert man zu Bürger zwangsläufig die Eigenschaft *»bürgerlich«*. Die steht im Gegensatz zu *»unbürgerlich«*, also zum guten alten *»proletarisch«*. Somit ist der Bürgergesellschaft schon der Anflug von besserer Gesellschaft zu Eigen, von Elite. Das mag von ihren Theoretikern noch so bestritten werden, Worte haben nun einmal ihre Qualität. Die Propagandisten einer Bürgergesellschaft meinen, Bürger sei einer, der sich in die Gesellschaft »einbringt«. Ein ziemlich sinnloses Verbum, denn man muss sich in die Gesellschaft nicht einbringen, man gehört zu ihr, selbsttätig (außer natürlich, wenn man wiederum die »Gesellschaft« als etwas innerhalb der Menschheit Abgehobenes begreifen mag).

Rasch wird also das Wort »einbringen« mit »sich engagieren« erklärt. Wer sich engagiert, bringt sich ein. Nun ist wiederum anzumerken: Ohne sich zu engagieren, zum Exempel für die Nahrungsbeschaffung, für Kleidung und Heizung, ist der zivilisierte Mensch nicht lebensfähig, daher engagiert sich jeder auf seine Weise. Es muss also mit »sich engagieren« etwas Besonderes gemeint sein. Dieses suchend, erfährt man: Sich engagieren heißt, sich einbringen »in bürgerschaftlichen Gruppen, die gemeinwohlorientierte, öffentliche Aufgaben wahrnehmen, ohne dafür vom Staat organisiert zu werden«.

Damit steht also der Hauptgegner der Bürgergesellschaft fest: der Staat, dessen Aktionsradius, das Wahrnehmen seiner sozialpolitischen Verantwortung.

Bürger sollen sich »ohne staatlichen Auftrag, ohne gesellschaftliche Anerkennung und ohne Bezahlung in Sozialhilfsorganisationen und kleinen Netzwerken engagieren«.

Wozu braucht man denn auch gesellschaftliche Anerkennung, wenn man die Gesellschaft selbst ist, wozu braucht man Bezahlung, wenn man gut situiert ein wenig in Wohlfahrt macht? Charities, in kleinen Netzwerken agierend, sichern die Exklusivität.

Der Staat, der sich als Sozialstaat begreift, begeht in den Augen dieser Christdemokraten zwei furchtbare Vergehen. Er verfügt, wer der sozialen Hilfe oder Absicherung bedarf, er überlässt das nicht den Gutsherren, die heute Shareholder heißen, und er nimmt den Privaten, den sich einbringenden Bürgern die Pose, die immer wiederkehrende Gelegenheit sich für ihre soziale Gesinnung danken und bewundern zu lassen.

In einer Diskussion, in der die von mir verwendeten Zitate fielen, sprach ein Cheftheoretiker dieser »Bürgergesellschaft«, der österreichische Christdemokrat Andreas Khol, Fraktionsvorsitzender der ÖVP, von Entsolidarisierung in der Gesellschaft und nannte als Beispiel die Schwarzarbeit. Da gehört schon eine gehörige Portion Mut dazu, als Repräsentant der klassischen Unternehmerpartei die Schwarzarbeit nicht dem Gewinnstreben der Privaten zuzuordnen, sondern sie als Auswuchs des Sozialstaates zu definieren.

Es gibt noch eine Reihe anderer Phänomene für die Bedrohung des Gesellschaftsvertrages. Zum Beispiel den Alkoholismus. Dies erfahren habend, halte man sich den wütenden Protest der Christdemokraten vor Augen, will man Alkoholwerbung wirksam beschränken. Nein, Werbung sei ja auch nur »Ausdruck einer bestimmten gesellschaftlichen Realität«. Die Gründe für das Saufen sind das »Leiden am sinnlosen Leben«.

Sind wir einmal beim sinnlosen Leben, dann ist es nicht mehr weit zur Bedrohung durch den »Grundwerteverlust«. (Wobei die österreichische Christdemokratie keine Sekunde darüber nachdenkt, ihre Koalition mit dieser Haider-Partei für den Grundwerteverlust schlechthin zu halten.)

Der Grundwerteverlust kommt zustande, wenn die Wertestifter »mit einem immensen Vertrauensverlust zu kämpfen« haben. Jetzt wäre der Versuch zu unternehmen, die Wertestifter zu benennen und die Gründe für den Vertrauensverlust einzukreisen. Aber es geht ja um die Gründe für eine Bürgergesellschaft. Also her mit dem Hauptargument: »Der Staat hat die Solidarität verstaatlicht.« Das heißt was?

»Es hat eine private Wohlfahrt gegeben, die durch eine verstaatlichte ersetzt wurde. Diese verstaatlichte Wohlfahrt ist zum einen Teil teilweise unfinanzierbar geworden, zum zweiten führt sie zu Entfremdungserscheinungen und zu Trittbrettfahrereffekten.« Das ist das Schöne an der privaten Wohlfahrt: Ihre etwaige Unfinanzierbarkeit bemerkt man nicht, sie muss auch nicht begründet werden, der Wohltätige sagt einfach, heute habe ich nichts übrig, und die Bittsteller ziehen unverrichteter Dinge wieder ab. Es ist der bleibende Vorzug der staatlichen Wohlfahrt, dass deren Unfinanzierbarkeit (wenn das Rad etwas zu weit gedreht wurde) öffentlich diskutiert werden kann.

Was sind Entfremdungserscheinungen in der Wohlfahrt?

Kratzen die Rituale privater Initiativen nicht oft an der Menschenwürde? Ist es so schön, die Bedürftigen bei den Übergaben der Mildtätigkeit statieren zu lassen?

Und Trittbrettfahrereffekte? Das Einschleimen von nicht wirklich Bedürftigen, das Heucheln von Gesinnung oder Religion, um beteilt zu werden, hätte es bei der privatisierten Wohlfahrt nicht gegeben?

Aber die verstaatlichte Solidarität hat schreckliche Folgen: Die »redlichen Leistungsträger bzw. Steuerzahler revoltieren und flüchten.« Da ergibt sich natürlich die Frage, inwieweit Steuerflucht redlich ist. Und man erfährt, es käme eben darauf an, ob man sie »mit legalen Mitteln« begeht.

Vor einer Bürgergesellschaft, deren »Wertesockel« auf dergleichen interpretatorischen Mauscheleien aufgebaut ist, kann man sich gar nicht genug fürchten.

Aber weiter mit dem Kernthema »Wohlfahrt«.

Im Sozialstaat zahlt der Sehrgutverdienende – sagen wir 50 Prozent Steuer. Er würde auch gerne 55 Prozent zahlen, um nicht jeden Tag von Kriegsblinden, Tierschützern und Krebsforschern brieflich angebettelt zu werden. Der Sehrgutverdienende ist der Meinung, der Sinn seiner Steuerleistung ist unter anderem, es dem Staat zu ermöglichen, alle diese Gruppen nicht darben zu lassen. Jetzt argumentiert der Promotor der Bürgergesellschaft, er wolle »selber entscheiden«, wen er mit seinem Geld unterstützt. Überdies verschwänden in der Sozialbürokratie 30 Prozent in der Verwaltung.

Dieses »Selber entscheiden« bedeutet das Unterlaufenwollen demokratiegesellschaftlicher Übereinkunft. Der Vermögende hat jederzeit die Chance, eine bedürftige Institution von seiner Spesenliste zu streichen, äußerte sich deren Leitung politisch in unerwünschtem Sinn. Die Feststellung, 30 Prozent verschwänden in der Verwaltung ist lächerlich angesichts der Korruptionsfälle, die wöchentlich aus der privaten Wohlfahrtsszene bekannt werden. Von Tierschutz bis Altersheim wurden Unterschlagungen größten Ausmaßes berichtet, davon abgesehen führte private Wohlfahrt zur Zellteilung von Konsortien, Stiftungen und Büros mit bürokratischen Infrastrukturen, die – Ehrenamt der Chefs hin oder her – synthetische Arbeitsplätze schaffen und jede Menge Geld abzweigen.

Aber es geht ja um Größeres:

»Bürgergesellschaftliches Engagement bedeutet, dass Grundwerte gelebt werden und damit auch die Sinnfrage beantwortet wird.«

Aber dazu braucht man den Staat dann doch, denn: »Die freiwillig wirkenden Bürgerinnen und Bürger müssen Zugang zu staatlichen Geldquellen usw. haben. Das ist die aktive Bürgergesellschaft.«

Das heißt, die aktive Bürgergesellschaft ruft nach dem Staat, den sie ersetzen möchte. Man möchte sich den Staat im Staate vom Staat finanzieren lassen.

Eine Bürgergesellschaft beruhte auf der Entscheidungsfrage: Wer ist stärker? Ich oder ich? Sie ist für privaten Umweltschutz (»Verschönerungsvereine«), aber durch die sie fordernde Partei der aus Wirtschaftsgründen konsequenteste Umweltzerstörer, die Bürgergesellschaft fördert private Initiativen und Vereinigungen aller Art, leidet aber unter Sektierertum bis hin zu pseudoreligiösen Wirtschaftsimperien. Die Bürgergesellschaft ist für Altenbetreuung durch private Initiative, die sie vertretende Partei kürzt das Geld für die Zivildiener, treibt die Caritas in die Verzweiflung.

Eine klassische Bürgergesellschaft war ursprünglich die Mafia. Auf Sizilien als private Notwehrorganisation gegen den Staat entstanden, wurde sie, was sie heute ist. Wir können von der gesetzmäßigen Entwicklung der staatsfernen bürgerlichen Initiativen sprechen.

Die Liberalen sind gegenteiliger Meinung.

In Deutschland sind die Liberalen, die FDP, ein politischer Faktor. Klein, wendig, als Mehrheitsbeschaffer von Nutzen. Des Öfteren am Rande des Abgrunds, aber dann doch wieder gehalten.

Menschen heben oft die merkwürdigsten Gegenstände auf, mit der vagen Begründung, man könnte sie vielleicht eines Tages noch brauchen. Zum Beispiel bei einem Vulkanausbruch. Dem Gegenargument, es gäbe in der zuzuordnenden Gegend keinen

Vulkan, wird geantwortet, das wisse niemand so genau. Einer ähnlichen Denkweise verdanken liberale Parteien Existenz und Weiterleben.

Im Österreich der Zweiten Republik gab es keine liberale Partei. Aber eine politische Frau namens Heide Schmidt.

Wahrgenommen hatten wir sie an der Seite des aufsteigenden Jörg Haider. Und konnten es nicht begreifen. Eine kluge, offenbar zu sauberer Gesinnung fähige Frau, mit Ausstrahlung, mit Kraft. Und dieser Irrweg! Und diese Windungen, wenn es wieder einmal galt, einen Satz ihres Vorsitzenden zu interpretieren, zu sagen, es wäre nicht ihre Meinung, es wäre nicht ihr Sprachgebrauch, aber in einer freiheitlichen Partei müsse eben Raum für unterschiedliche Positionen sein.

Ihre intellektuelle Emanzipation hatte sie nach und nach erkennen lassen, dass sie falsch lag, dass sie den Spagat zwischen ihrem Charakter und dieser Partei nicht mehr durchhalten konnte. Sie löste sich. Sie nahm ein paar Leute mit sich, die sie besser zurückgelassen hätte. Sie gewann durch ihren Schritt Mitstreiter, die der politischen Szene durchaus gefehlt hatten.

Das »Liberale Forum« war geboren. Eine dem »Liberalismus« verpflichtete Partei. Mit der Kautschukidee: so viel Staat wie nötig, so wenig wie möglich.

Nun ist aber »Liberalismus« das ungesichertste, beliebigste, unschärfste Etikett, das die Politik kennt. Es kommt ganz einfach drauf an, was man unter Liberalismus verstehen will, mit welchen Inhalten dieser Begriff irgendwie stabilisiert werden kann. In Deutschland hat man da schlichte Antworten gefunden. Die deutschen Liberalen sind dafür, dass die Reichen keine Steuern zahlen. Alles, was sie sonst noch wollen, ist Ornament.

Die österreichischen Liberalen hatten gänzlich andere Programmansätze. Zunächst verhedderten sie sich natürlich auch in ihrem Grundbegriff. Das Parteiprogramm zitierte als ersten Satz Hannah Arendt: »Der Sinn der Politik ist Freiheit«, um neun Zeilen später festzustellen, Freiheit zu definieren »gehört zu den schwierigsten Aufgaben«. Woraus man schließen kann, der Sinn der Politik gehört zu den schwierigsten Aufgaben. Gut. Hinter dem Schwampf aber wurden Standpunkte sichtbar, laut vertreten, trotzig und charakterfest verteidigt.

Da gab es den Gedanken einer existenziellen Grundsicherung für alle Bürger. (Ein zutiefst sozialdemokratischer Ansatz, zumal die Gegenposition, man würde nicht Leuten Geld geben wollen, die nichts arbeiten, idiotisch ist. Denn man tut es ja über die Arbeitslose, über die Armenhäuser und Obdachlosenasyle.) Da gab es eine unbeugsame Haltung in der Frage der Asylpolitik, in der Frage der Rechte von Minderheiten. Da gab es die Position zu allen Arten drohender Freiheitsbeschränkungen des Individuums, Einspruch gegen (nach Ansicht der Liberalen) zu weit gehende Einflussnahmen des Staates.

Was aber das Wichtigste war: Jede Anschuldigung, den Manchester-Liberalismus zu vertreten, konnten die österreichischen Liberalen widerlegen.

Aber die politische Demission muss nicht sein. Wenn der sozial- und wirtschaftspolitisch hoch qualifizierte Bauindustrielle Hans Peter Haselsteiner einsieht, dass er in Österreich das sein könnte, was dereinst der Porzellan-Industrielle Philip Rosenthal in Deutschland war, der sozialdemokratische Unternehmer, sollte Heide Schmidt ein letzter politischer Schritt möglich sein, den einige deutsche Liberale mit großem Erfolg gemacht haben, der in die Sozialdemokratie. Wo sie hingehört, immer hingehört hätte.

Denn »Liberalismus« gibt es in der SPÖ, in der ÖVP – in beiden Parteien wahrscheinlich zu wenig – und reichlich bei den Grünen. Als Basis einer substanziellen Partei reicht er nicht aus. Liberal ist eine Charaktereigenschaft. Und gegen den »Staat« zu sein ist nicht staatstragend.

POLITSYSTEME

Die Schwierigkeit umzulernen

Problemlösungen scheitern am Fehlen des dafür geeigneten Menschentypus. So hätte der reale Sozialismus einen Menschentypus gezeugt, der zur Einführung und Bewältigung der Marktwirtschaft nicht in der Lage sein kann. Dies vermutete ein deutscher Altkanzler. Der nachmalige Zeitungsherausgeber und viel gefragte Redner bei Versammlungen aller Art sagte: Es sei unmöglich, in der ehemaligen Sowjetunion die Marktwirtschaft einzuführen, bevor innenpolitische Katastrophen à la Balkan einträten. Die Zeitspanne würde nicht reichen. Es gäbe dafür die Menschen nicht, und für einen Unternehmer der Marktwirtschaft, belehrte der alte Mann weiter, bräuchte man *eine Nacht, neun Monate und vierzig Jahre Erfahrung*. Wir können uns ausmalen, wie sehr diese Pointe belacht worden sein mag. Was aber besagt sie? Also, die Menschheit steht der Erwartung grauenvollen Schlachtens, Vernichtens, Vergewaltigens u. Ä. – was sonst sollte der Vergleich mit dem Balkan besagen? – auf dem beträchtlichen Areal der ehemaligen Sowjetunion machtlos gegenüber. Welch ein Eingeständnis! Wollen wir die Aussage überprüfen. Der Politiker wollte sagen, eine Ordnung, in diesem Falle die der Wirtschaft, sei nicht einführbar, solange nur Menschen leben, die für eine andere Ordnung geboren und erzogen wurden.

Wenn das stimmte – und wir sollten nicht daran zweifeln – dann wäre der kapitalistisch geborene und erzogene Mensch eben auch nicht zur Einführung des Sozialismus in der Lage. Dann wäre der Mensch zu jeder Art gesellschaftlicher Reform immer in dem Moment unfähig, da sie gebraucht wird.

Kann das stimmen? Darf das stimmen? Wenn ja, dann stimmte auch diese These:

Die Einführung einer humanen, nicht ausschließlich profitorientierten, ein wenig ehrlicher teilenden, Mord nicht achselzuckend in Kauf nehmenden, nicht faschistischen und nicht nationalistischen, weniger bestechlichen, kaum gesinnungslosen, philosophisch begründeten, theoretisch abgesicherten Politik bedarf eines Menschentypus, den es offenbar heute noch nicht gibt. Nach allem, was bisher geschah, auch nicht geben kann. Es hat diesen Menschen vielleicht einmal gegeben. Er ist dann nur im Laufe von Eis- und Steinzeiten abhanden gekommen.

Kehren wir zurück zu dem, was es zur Schaffung eines Unternehmers der Marktwirtschaft braucht. Und versuchen wir die Parallele zur Erzeugung eines Politikers der gehobenen Menschlichkeit.

Die eine Nacht und die neun Monate können wir vorbehaltlos übernehmen. Haben – genau besehen – auch keine andere Wahl. Aber das mit den vierzig Jahren ist natürlich mörderisch. Denn da sind ja zehn Jahre vor diesem Mann (Anm: Damit meine ich bis zur letzten Seite dieses Buches immer auch eine Frau und bin nicht bereit, das jeweils wieder zu beteuern) andere in den Verwaltungsapparat der Menschheit eingestiegen. Ich kann an Veränderung nicht glauben, wenn erst die Vierzigjährigen draufkommen, wie es ginge. Vierzigjährige können sich mit dem, was sie vorfinden, nur mehr arrangieren. Gerne und häufig auch unter Protest. Ob sich der fortpflanzend genetisch auswirkt, darf bezweifelt werden. Oder doch nicht?

Was leisten Gene angesichts erlebter schockartiger Erfahrungen? Man könnte weltweit junge Menschen veranlassen, sich eine Stunde vor dem Zeugungsakt auf Video Berichte aus Mazedonien, Palästina, Tschetschenien (das Aktuelle bitte jeweils einsetzen) anzusehen und erst danach mit der Zeugung zu beginnen.

Vielleicht wäre das ein Weg, diese vierzig Jahre Erfahrung, wie sie dem zukünftigen Unternehmer freier russischer Marktwirtschaft fehlen, zu verkürzen.

Fest steht: Alles, was dieser Menschheit weiterhelfen kann, ist nur auf fleischlichem Wege herstellbar. Denn das vorhandene Potential ist zu idiotisch.

Wenn es auf keinem und aber keinem Gebiet die Möglichkeit gibt, 40 Jahre Lernprozess drastisch zu verkürzen, hat die Menschheit ohne Reduktion auf Adam und Eva und den zweiten Versuch keine Chance.

Und das einzusehen fällt mir so schwer.

DEUTSCHLAND

Sorgen und Rezepte

Ein Altkanzler der Deutschen Bundesrepublik zerbrach sich seinen Kopf nicht nur über die Welt, sondern auch über Deutschland. Er stellte die Frage: Überlebt die Bundesrepublik? Da könne man gar nicht sicher sein, angesichts seiner Besorgnis *»über die unzureichende Führungskraft unserer politischen Klasse«*.

Daher erkannte er: *»Gemeinsam brauchen wir Vorbilder.«*

Wer oder was ist gemeint mit dem Wortnebel »politische Klasse«?

Soll der nach links riechende Begriff von der »herrschenden Klasse« vermieden werden? Wohl nicht, denn der herrschenden Klasse ist keineswegs vorzuwerfen, ihre Führungskraft sei unzureichend. Sie reicht, wo wir hinsehen. Sie reicht uns geradezu.

Mit der politischen Klasse ist der Berufsstand der Politiker gemeint. Dem eben die Klasse fehlt. Weil die Führungskraft unzureichend ist. Nun hat es die Führungskraft in der Demokratie nicht eben leicht. Gewaltenteilung bedingt eine individuelle Machtlosigkeit. So scheint der Vorwurf fehlender Führungskraft eine wabbelige Verallgemeinerung zu sein. Eine Verallgemeinerung jener Unart, die Demokratieverdrossene ermuntert, wahre Führungskraft der Einfachheit und der Effektivität halber in einer einzigen Person gesammelt sehen zu wollen. Der Jammer ist nur, dass man diese Person dann auch gleich Führer nennen müsste. Eine Berufsbezeichnung, gegen die es in weiten Kreisen anhaltende Vorbehalte gibt.

Wenn Idioten sich idiotisch äußern, kann das als naturgegeben hingenommen werden. Ärgerlich wird es, wenn es kluge Leute tun.

Wir bräuchten politische Vorbilder, formulierte der abgetretene Politiker. *Wir* sagte er. Da bezieht er sich doch ein. Er gehört doch zum Wir. Demnach bräuchte auch er Vorbilder? Welch eine Koketterie! Wenn einer jahrelang Spitzenpolitiker, im besonderen Fall sogar Regierungschef war, dann hatte er doch Position und Verpflichtung, Vorbild zu sein, bleibendes Vorbild zu werden. Warum ist er es denn nicht geworden? Das Vorbild einzufordern, das man selbst nicht in der Lage war, geworden zu sein, das ist doch albern. Welches Vorbild bräuchte denn ein Staatenlenker? Über ihm gibt es – politisch gesehen – doch nur mehr den lieben Gott?!

»Wir Deutsche bleiben ein gefährdetes Volk.«

Das steht so da. Da haben wir's. Es ist aber so. Die ungefährdeten Völker, soweit überhaupt vorhanden, sind stark in der Minderheit. Daher hat der Satz *Wir Deutsche*... die Aussagekraft von *Wir Menschen sind eine gefährdete Spezies.* Dieser Satz ist nun wieder so wahr wie entbehrlich.

Zurück zur Gefährdung der Deutschen. Sollte es tatsächlich eine ganz besondere geben, dann ist es die, von Sprechblasen erschlagen zu werden.

»Unsere Gefährdung ist durchaus konkret. Unsere Situation verlangt deshalb konkretes Handeln.«

Eine abstrakte Gefährdung wäre wohl eher Thema der Metaphysik, denn der Politik. Also können wir an das Konkrete von Gefahren glauben, wenn gemeint sein soll und wohl gemeint ist, sie seien vorhanden. Und mit abstraktem Handeln wäre nicht viel getan. Wenn man etwas Konkretes tun will, muss man handeln. Schlicht und einfach handeln.

Problematisch ist es, Meinungen und Forderungen in publizistischen Organen zu veröffentlichen, deren stetes Ziel es ist, ihnen entgegenzuwirken. Von den Erkenntnissen des Mannes, der zu den »großen Alten« gezählt wird, erfuhr ich über einen Vorabdruck in einer Zeitung. In einer Zeitung, die bei jedem *konkreten* Handlungsversuch der *politischen Klasse*, bei jeder Initiative einzubremsen, abzuschöpfen, umzuverteilen – nicht nur von oben nach unten, sondern auch von Norden nach Süden und von Westen nach Osten ... – kurz, die bei allen Versuchen und Vorschlägen zu handeln, aufheult, mit den dicksten Lettern auf alles einprügelt, was von der einen oder anderen Leserschicht Opfer verlangt.

Wieso stellt man dieser Zeitung seinen Text zur Verfügung? Ist es Gedankenlosigkeit, nicht zu vermuten, das Unpräzise an dem politischen Moralgesülze könnte genau das sein, was dieser Zeitung so behagt? Was ihr die Veröffentlichung möglich macht? Womit sie sich ein Alibi verschaffen kann? Was hatte sich der alte Politiker gedacht, als er seinen Text in der Zeitung sah? Den Text mit der großen Sorge um das Überleben der Bundesrepublik. Was hatte er sich gedacht, als er unweit von seinem Text einen anderen zum Thema Deutschland las, mit dem Titel: »Ein heiteres Land«.

Dem Zitieren von Zitaten ist recht idiotisches Ritual zugeordnet. Wenn den Zitierten die Zitate peinlich sind, sie aber nichts dagegen unternehmen können, weil sie stimmen – die Zitate – dann pflegen die Zitierten zu verkünden oder verkünden zu lassen: aus dem Zusammenhang gerissen!

Was soll diese Standard-Formel besagen? Sie soll erklären, würde man die Sätze vor dem Zitat oder nach dem Zitat dazu lesen, dann hätte das Zitat eine etwas oder gar ganz andere Bedeutung. Das stimmt in Ausnahmefällen. Meist nicht. Und die Forderung, es dürfe nicht gerissen werden, ist doof. Man ist ja in der Regel gezwungen, Sätze aus dem Zusammenhang zu reißen. Oft ist man sich geradezu sicher, dieser oder jener Satz gehört dringend aus dem Zusammenhang gerissen und einzeln ausgestellt.

So zum Beispiel folgender, der sich in einer Presseinformation einer Vereinigung namens »Christlich-Konservatives Deutschland-Forum« fand: *»Menschen werden durch immer höheren Wohlstand alleine nicht glücklicher.«*

Ist es nicht eine Erkenntnis!? Wir sollten nicht in Verblüffung verharren, sondern untersuchen, wie die Herrschaften zu ihrer Erhellung gekommen sind. Haben sie bei den ihre Gesinnungsgemeinschaft prägenden Reichen und Überreichen eine Umfrage gemacht? Mussten sie erfahren, dass diese Besitzenden durch ständige Vermehrungen immer unglücklicher wurden? Offenbar hat man erkannt, es müsse zum immer höheren Wohlstand noch was dazukommen. Mag sein, so etwas wie ein gutes Gewissen gegenüber den unübersehbaren Menschen, denen Besitzvermehrung verwehrt zu sein scheint.

Wie auch immer, die Besitzlosen können sich trösten: *»Die größeren Bedürfnisse liegen längst im nicht materiellen Bereich.«*

Für wen liegen die Bedürfnisse längst im nichtmateriellen Bereich? Stellvertretend für den Leser habe ich den Zusammenhang durchforscht. Er gab leider keine Auskunft. Dafür war zu erfahren: *»Die Bevölkerung erwartet von der Politik ›Führung‹.«*

Nein, hier wird nichts durcheinander gebracht. Der mit der *»unzureichenden Führungskraft«* war Sozialdemokrat. Die von der Politik Führung Erwartenden waren Christkonservative. Ohne uns allzu lang über die geistige Nähe unterhalten zu wollen: Erwartet die Bevölkerung wirklich Führung? Erwartet die Bevölkerung, zu der übrigens auch die Politiker gehören, nicht vielmehr transparente Entscheidungsprozesse, demokratische Debatten und Beschlüsse? Aber Führung? Da stellt sich doch immer die Frage: Wohin?

Der allgemeine Schwachsinn lebt davon, dass er nicht bloßgestellt wird.

»Wir halten die Erziehung… zu deutschem und europäischem Patriotismus… für erforderlich. Politische Indoktrination… lehnen wir ab.«

Nicht verstanden den Witz? »Indoktrination« heißt Beeinflussung. Ist also gleichzusetzen mit »Erziehung« zu. So wird also abgelehnt, was man im selben Satz fordert.

Zurück zu den sozialen Grundsätzen des Papiers. Da fand sich plötzlich ein durchaus vernünftiger Satz:

»Wir wenden uns gegen überzogenes Anspruchsdenken.«

Bedauerlicherweise entsteht dieser Eindruck von Vernunft nur, weil der Satz aus dem Zusammenhang gerissen ist. Die Wendung gegen überzogenes Anspruchsdenken meint, wie der Zusammenhang klarstellt, ausschließlich die Lohnnehmer.

WIEDERVEREINIGUNG

Die unsichtbare Mauer

Da hat man zusammengeführt, was zusammengehört. Und jetzt?

Der Versuch eines Gleichnisses:

Zwei Familien streiten über Jahre um das Sorgerecht für ein Kind. Lange Zeit ist das Kind gezwungen – unter Tränen – in der ungeliebten Familie zu leben, es sehnt sich nach den anderen Eltern, erstens, weil es immer wieder erfährt, um wie viel mehr es von der anderen Familie geliebt wird, zweitens, weil diese andere immer wieder beteuert, ohne dieses heimgekehrte Kind nie wirklich glücklich sein zu können, drittens, weil die vom Kind heiß ersehnte Familie in unvergleichbar größerem Wohlstand lebt. Endlich kommt es zum Spruch der Gerichte, und das Kind wird den nach Erkenntnis aller Instanzen rechtmäßigen Eltern zurückgegeben. Zur selben Zeit sterben die Rabeneltern. Wer beschreibt die Freude?! Und dann geht es los: Die neuen Eltern meinen, durch die Aufstellung eines zusätzlichen Bettes die vollkommene Harmonie ihres Wohnraumes zu zerstören, ziehen mehrere Architekten zu Rate, und das Kind muss sich den ganzen Tag anhören, es würde ohne kostspielige Umbauten nicht abgehen, wolle man die Wohnqualität nicht entscheidend verschlechtern. Dann veranlassen die Eltern, dass das Kind aus Gründen der Wirtschaftlichkeit die alten und in noch tadellosem Zustand befindlichen Klamotten mittlerweile entwachsener Kinder aufträgt. Das Kind aber weint, hat es sich doch über Jahre in seinen Träumen darauf gefreut, einmal eine Garderobe selbst aussuchen zu können. Das kränkt die neuen Eltern, die mehrfach das Wort Undankbarkeit gebrauchen. Dann entscheiden sich die Eltern, um das Bildungsniveau des Kindes anzuheben, für eine besonders teure Schule, verlangen aber vom Kind, dort derart erstklassige Leistungen zu erbringen, dass es ganz rasch zur Erteilung eines Begabten-Stipendiums kommen könne. Dann wird das Kind bei jeder Mahlzeit gefragt, ob es sowas Gutes schon jemals in seinem Leben gegessen hätte und ob es nicht unglaublich selig sei, morgen schon wieder so was Feines zu bekommen, was es mit Sicherheit noch nie, aber jedenfalls noch nie in derartiger Portion … hätte essen können. Dann hat das Kind eines Tages Magenverstimmung und erklärt, keinen Appetit zu haben. Das lässt die Eltern vermuten, es hätte heimlich etwas Ungesundes zu sich genommen. Der Verdacht führt zu einem peinlichen Verhör, dieses endet mit der Auflistung vieler Verhaltensregeln, um die völlige Freiheit in dieser Familie nicht in Unordnung zu bringen. Im Zuge der pädagogischen Prozesse erfährt das Kind auch, es solle sich den einen oder anderen Ausdruck endlich abgewöhnen, verriete er doch die schreckliche Herkunft, was dem Ruf der Familie nicht dienlich sei. Und ganz allgemein hört das Kind in täglichen Gesprächen, es missrate mehr und mehr, weil die Eltern, wegen der neuen Belastung so viel arbeiten müssten, um Geld für die Bewahrung des Standards zu verdienen, weshalb für Pädagogik im Detail überhaupt zu wenig Zeit bliebe. Und immer wieder beobachtet das Kind, wie die Debatte um Reihenfolge und Wichtigkeit der Opfer zu ordentlichen Familienkrächen führt. Irgendwann wird sich das Kind im Fahrradkeller oder auf dem Dachboden der Villa verkriechen und den lieben Gott um Verzeihung bitten, weil es davon geträumt hat, den neuen Eltern in den Hintern zu treten.

Das Gleichnis hat sich angeboten.

Ein zweiter Erklärungsversuch anhand einer gehobenen Pressestimme:

Auf einem Titelblatt stand: *»Ist die Einheit unbezahlbar? – Große Pleite.«* Ich persönlich konnte mich nicht erinnern, je einen intelligenten Menschen getroffen zu haben, der das nicht behauptet, vorhergesagt, gewusst hätte.

Jetzt war zu lesen: *»Immer offensichtlicher wird, dass der Regierung ein Konzept gegen die große Pleite fehlt.«* Darf man in Erinnerung rufen, dass Konzept auf Deutsch Plan heißt. Wenn eine Wirtschaft eine andere mit dem Argument rettet, grundsätzlich keinen haben zu wollen und zu müssen, kann man ihr dessen Fehlen nicht gut vorwerfen.

»Die Therapie kann nur heißen: radikal sparen. Der Aufbau im Osten kann nur mit Wohlstandsverlusten im Westen bezahlt werden.« Wie kann man einen Wohlstandsverlust herbeiführen, wenn nicht durch autoritäre Maßnahmen, die auch gerne auf den Namen Kommando hören und in Verbindung mit Wirtschaft nur Entsetzen hervorrufen?

Ein drittes, praxisnäheres Gleichnis zum Erlernen der Marktwirtschaft sei bemüht. Die Schule ist die Straße. Immer schon in vielerlei Hinsicht als »die beste Schule« bezeichnet.

Auf dem Alexanderplatz, im Osten der Hauptstadt, hockten auf dem Betonboden in geringen Abständen junge Männer polnischer Herkunft und spielten ein Glücksspiel, mit dem sogar ein privater Fernsehsender seine Kunden zu verblüffen und zu amüsieren pflegte. Man nennt es das »Hütchenspiel«. Hier auf der Straße waren die Hütchen kleine Schächtelchen ohne Deckel, die umgedrehten Innenteile von Zündholzschachteln. Sie lagen mit der offenen Fläche nach unten da, eines von ihnen verbarg eine kleine weiße Kugel. Der Gaukler, der Bankhalter, der Unternehmer – die Begriffe sind in diesem Falle synonym – zeigte dem Passanten, unter welchem der drei Schächtelchen sich die weiße Kugel befand, schob dann die »Hütchen« rasch kreuz und quer herum und offerierte für eingesetzte DM 100,– die Herausgabe von DM 200,–, wenn der an raschen Reichtum interessierte Passant sagen konnte, unter welcher Abdeckung die Kugel lag. Der Passant, seiner Sinne sicher, sah dem Unternehmer ganz genau auf die Finger, wusste daher, wo die Kugel lag, setzte ein, zeigte hin und verlor.

Über eine Stunde habe ich zugesehen, wie sich vor allem junge Leute Hundertmarkschein auf Hundertmarkschein abnehmen ließen. Wie sie nicht bemerkten, dass gelegentliche Gewinne Absicht des Gauklers waren oder auf schlichter Verdopplung des Irrtums beruhten. Mein Versuch, schon völlig verzweifelten, nach Erwerb strebenden jungen Menschen zu erklären, es sei dem menschlichen Auge nicht möglich wahrzunehmen, ob die Kugel beim Tausch der Schächtelchen mitgenommen oder liegen gelassen werde, scheiterte. Bleich, gierig, schmallippig standen sie da und legten gleich wieder einen Hunderter ab.

Ich dachte, man sollte, um den Verlusten wenigstens einen Sinn zu geben, den Leuten erklären, dass sie sich in einer interessanten und lehrreichen Disziplin der Marktwirtschaft versucht hatten:

Es gibt einen Unternehmer. Der verheißt Leuten, die bei ihm investieren, das schnelle Geld. Er beherrscht eine simple Beweisführung, wonach ein Mensch mit fünf Sinnen und normalem Verstand bei ihm nicht verlieren kann. Er beherrscht gleichzeitig die Technik, die Voraussetzungen des Geschäfts so zu verwirren, dass ihm nichts nachzuweisen ist, kommt der Anleger ausschließlich zu Verlusten. Das ist ohne großes Können, ohne Virtuosität – nicht nur bei Hütchenspielern – nicht möglich. Der Unternehmer muss zudem hoch sensibel auf Kundenpsychen reagieren, muss investieren, sich in die Karten schauen lassen, aber nicht in die entscheidenden, muss die ältesten Tricks beherrschen und ihnen immer wieder mal ein neues Styling erfinden. Der Einzige außer dem Unternehmer, der noch was verdienen kann, ist der Spekulant.

Ich habe lange gewartet, bis ich die Methode des bankhaltenden Hütchenspielers, seinen jeweiligen Wettgegner zu düpieren, begriffen hatte. Ich setzte. Der Bankier zahlte und bot mir gleich die nächste Runde an. Ich ging.

Nicht ohne Mitgefühl für die Zonis.

DDR

Eine späte Klarstellung

Sorgsam gewählt war der Begriff *»Sowjetisch besetzte Zone«*, den dereinst die Rechten, die Reaktionäre, die Revanchisten immer wieder verwendeten, den die Linken, die Aufgeklärten, die Friedensbewegten bekämpften, den sie unhistorisch, niederträchtig und widerwärtig fanden. So auch ich.

Mittlerweile hat sich längst herausgestellt: Der Begriff »Sowjetisch besetzte Zone« war richtig und angemessen, der Widerstand gegen ihn – vor der Geschichte – idiotisch. Die DDR war eine SBZ. Diese Feststellung war und ist die einzige Möglichkeit, das Land zu exkulpieren.

Je mehr Zeitzeugen, vornehmlich die in russischer Sprache, gehört wurden, desto klarer wurde: Die Deutsche Demokratische Republik war ein Marionettenstaat, eine Kolonie, eine Statthalterei. So schmerzlich es für Ex-Bürger dieses Staates auch sein mag, für jene, die es nicht wussten oder nicht wissen wollten: So ein Staatsratsvorsitzender war ein Vasall, hatte die Kompetenzen eines dörflichen Fahrdienstleiters im Rahmen eines gigantischen Streckennetzes. Der Staatsratsvorsitzende der DDR trug die Livrée einer politischen Irrlehre mit imperialem Gehabe – und dies immer nur auf Bewährung und bis auf Widerruf. Wenn man das historische Gebilde DDR auf seinen Kern eindampft, dann bleibt nur jene »Sowjetisch besetzte Zone«, deren Amtsleiter verbindliche Anordnungen aus der Moskauer Zentrale zu befolgen hatten. Alle Leute, die dereinst immer noch SBZ sagten und schrieben, taten Unrecht, hatten aber Recht und haben es auch behalten. Dergleichen Widersprüche sind die Grundlage jeder Geschichtsbetrachtung.

Ein befreundeter Kollege aus dem Osten Deutschlands schrieb in einem Brief: *»Es entsteht jetzt so etwas wie ein Gemeinschaftsgefühl* *in der ehemaligen DDR. Leider nicht das von 89, das aus vierzig Jahren vorher.«*

Ein trockener Satz beschreibt ein wahnwitziges Faktum. Nostalgische Kommunisten, romantische Marxisten, um Privilegien gebrachte Apparatschiks haben jede Menge Argumente, den nicht ganz Klugen einzureden, das historische Experiment DDR hätte sich nicht selbst aufgelöst, sei unterwandert und aufgekauft worden, man hätte ein in absehbarer Zeit mögliches, Glück bringendes Staatsgebilde an der segensreichen Ausreifung gehindert.

Warum haben diese Leute diese Argumente?

Ein Kanzler und die seinen hatten den Ossis die Einführung westlicher Lebensqualität versprochen. Teils gleich, teils bald. Sie hatten zwei Dinge nicht dazugesagt. Dass »bald« eine Generation dauern kann und dass »westliche Lebensqualität« nicht in allem und jedem als Qualität erkennbar oder anerkennbar ist. Sie haben ein im Sinne von Verbildung politisch hochgebildetes Volk hineingelegt. Das hat die logische Konsequenz, dass die, die sich nicht mit ihrer Pleite abfinden wollen, die Kommunisten, auf Sympathiesantenfang gehen. Es liegt in der menschlichen Natur, Irrtümer nicht eingestehen zu wollen, beweisen zu wollen, dass *nicht alles schlecht* war, dass, gemessen an dem, was heute da ist... usf. Deutschland beheimatet jetzt gleich zwei Irrtümer, die keine gewesen sein wollen.

Daher könnte dieses Land politisch eines Tages wieder so aussehen wie schon einmal: ein linker und ein rechter Flügel und dazwischen kein Rumpf. Diese Konstruktion endet folgerichtig mit einer Bruchlandung.

Ein Berliner Taxifahrer erklärte mir, von den Wagen vor dem Flughafen im Westen der Stadt wären sehr viele aus dem Osten. Drüben hätten sie keine Fahrgäste, daher stünden sie hier. Die Ost-Wagen. Er war sehr ruhig in seiner Beschwerde.

»Ich könnte sie einzeln abknallen. Nicht alle. Zehn Prozent sind in Ordnung. Den Rest würde ich abknallen.«

Er sah mich prüfend an, er wollte klären, ob ich an seiner ehrlichen Meinung Interesse hätte. Ich muss an dieser Stelle bekennen, im Umgang mit mitteilungsbedürftigen Taxifahrern eine Methode des Das-Gesicht-nicht-Verziehens, des Immer-weiterfragenden-Blicks, des Immer-neue-Begründunge-nabholenden-Schweigens entwickelt zu haben.

Als ich erst einmal begriffen hatte (bequemerweise?), Neo-Nazis oder Sektierer während einer einzigen Taxifahrt nicht irritieren, nicht bekehren zu können, allenfalls das unfreiwillige, vorzeitige Aussteigen zu provozieren, hatte ich mich zu diesem Verhalten entschlossen, um wenigstens immer alles an Information zu bekommen.

Der Berliner Taxifahrer hielt mich dieser für würdig.

»Lieber gestern als heute würde ich die Mauer wieder aufstellen, das können Sie mir glauben. Und der Schießbefehl müsste wieder her. Aber auf unserer Seite. Die wollen ja nicht arbeiten, die wollen ja nur unser Geld, die meisten haben es ja schon, Sie glauben gar nicht, was die alles auf der Bank haben, mehr als Sie und ich, das ist doch das größte Gesindel, das es gibt, Ausnahmen bestätigen die Regel, zehn Prozent sind in Ordnung, Ehre wem Ehre gebührt, der Rest gehört erschossen.«

Der Mann sah weder geisteskrank aus, noch fanatisiert, nur stinknormal.

Im Hotelzimmer notierte ich mir die Kernsätze seiner zeitgeschichtlichen patriotischen Betrachtung. Aber wozu?

Politiker fahren mit Chauffeuren und lassen sich während der Fahrt von Pressesekretären Ausschnitte und Unterstreichungen vorlegen. Sie agieren nicht vor Katastrophen, sie reagieren – irgendwie – darauf. Dinge, die die Fantasie übersteigen, auch meine, erfahren sie nie rechtzeitig. Sie fahren nie mit dem Taxi.

Die Aufarbeitung und Entsorgung der DDR lieferte so manches Lehrstück. Vier von einem nicht mehr existierenden Staat zur Landesverteidigung, zum Grenzschutz abgerichtete arme Teufel mussten sich als Todesschützen bezeichnen lassen und stammelten vor Gericht ihre Rechtfertigungen: Sie hätten keine »andere Alternative« gehabt. Die Zeitungen druckten das mit der »anderen Alternative« unkorrigiert ab und verzichteten darauf, dem

Leser zu erklären, dass die verwirrten Angeklagten sich nicht richtig ausdrücken können, wahrscheinlich, weil sie schon zu viele Zeitungskommentare über ihren Fall gelesen hatten.

Was die vier Ex-Soldaten sagen wollten und mussten: Wir hatten zwei Möglichkeiten: zu schießen oder zu ertragen, was passiert, wenn wir nicht schießen. Vor der zweiten Möglichkeit hatten sie noch mehr Angst. Das war die Alternative. Ohne jedes »Andere«.

Dieser Prozess passte haarscharf in das geltende Verhältnis von Schuld und Sühne. Der Autofahrer, der dank überhöhter Geschwindigkeit ein paar Mitmenschen abschafft, kommt vor Gericht und wird – manchmal – verurteilt. Auf die Idee, die Hersteller viel zu schneller Autos einmal vor einem Gericht zu fragen, was sie sich denn mit ihren immer sensationellere Beschleunigungen bewerbenden Prospekten gedacht hätten, kommt keiner. Der Raser aber, der von der angebotenen Möglichkeit zu rasen Gebrauch gemacht hat, wird kriminalisiert. So einfach sollte das nicht gehen. Zu verlangen wäre zumindest, dass der jeweilige Autoproduzent den Strafverteidiger bezahlt. Einen Sachverständigen für »Geschosse auf Rädern«.

Es geht nicht an, immer nur das letzte Glied in der Dealer-Kette oder den Endverbraucher des Irrsinns zu belangen.

Man weiß von einer Anzahl von Medikamenten, wie sehr sie die Gesundheit gefährden. Jeder aufgeklärte Apothekergehilfe hat ein miserables Gewissen, wenn er dieses oder jenes Präparat aus seinem Pharmazie-Depot holt und über den Ladentisch schiebt. Wenn sich nun, selten genug, aber immerhin gelegentlich, doch amtlich herausstellt, es hätte sich beim Medikament X um chemischen Totschlag gehandelt, werden dann die Pillenverkäufer verklagt? Sie würden sich auf den Rezept-Notstand berufen. Wahrscheinlich zu Recht. Als der Lipobay-Skandal auf dem Höhepunkt war, sagte mein Arzt, das Mittel wäre gänzlich gefahrlos einzunehmen, bedürfte nur eines zweiten Präparats als begleitende Absicherung. Da dieses aber sehr teuer sei und von der Krankenkasse nicht bezahlt würde, hätte man es nicht mitverordnet. Ich glaube keine Sekunde, dieses Lehrbeispiel könnte nicht stimmen.

Man hatte widersprüchliche Gefühle bei diesem Verfahren gegen die vier Burschen von der Volksarmee außer Dienst. Da sind doch ein paar Chemie-Riesen nach dem Einlassen von nicht mehr benötigtem Gift in Flüsse erwischt worden. Wurde der Mann vor Gericht gezerrt, der beauftragt war, im Dunkel der Nacht eine Schleuse zu öffnen? Wohl kaum.

Wir neigen dazu, den Kellner anzuschnauzen, wenn das Essen mies ist. Wir sagen womöglich noch gönnerhaft blöde »Sie können ja nichts dafür« dazu, statt ruhig, liebenswürdig, aber bestimmt nach dem Chef zu fragen.

Nach dem nächsten Krieg wird man die Soldaten des kapitulierenden Heeres wegen »verbotenen Waffenbesitzes« anklagen.

LEIPZIG

Ein Stück Biografie

Dieser Anruf bleibt unvergesslich. Einmal in meinem Leben konnte ich Politik machen, ohne Politiker zu sein. Einmal in meinem Leben konnte ich mich auf meine Nationalität berufen: auf Österreich.

Das Telefon läutete. Es meldete sich das Fernsehen der Deutschen Demokratischen Republik, Landesstudio Rostock. Man hätte mich in einer Unterhaltungssendung des NDR gehört, und zwar mit Liebesliedern, unpolitischen also, und die könnte man sich in der Sendung »Rostocker Musenmühle« sehr gut vorstellen. Da wäre in jeder Sendung ein Gast aus dem Ausland vorgesehen, ob ich nicht Lust hätte, auch einer zu sein.

Die Leute konnten nicht ahnen, was sie in mir mit der Chance auslösten, ihr Land, dessen Zustand von innen zu sehen …

Als Box-Ringrichter hatte ich Berlin Ost zwar schon erlebt. Aber da waren außersportliche Erfahrungen nur am Rande möglich.

Jahrelang hatte ich mich im Kabarett mit dem Irrsinn der Frontstellung der Systeme befasst, hatte immer damit gearbeitet, dass dieser Irrsinn am Beispiel des geteilten Landes mit einer Sprache besonders gut darstellbar war. Vor allem dann, wenn man als »neutraler« Dritter diese Sprache auch sprach.

Die Konditionen der staatlichen »Künstleragentur« waren mir ganz egal. Ich hätte Geld mitgebracht und auf Wunsch auch »Hänschen klein« gesungen. Ich wollte in diesem Jahr 1982 hin. Schauen. Reden. Zuhören. Meine Zusage hatte Konsequenzen. Ich weiß heute noch nicht, ob sie von vornherein mitgeplant waren. Es gab einen neuerlichen Anruf. Der Leiter des Traditionskabaretts »Leipziger Pfeffermühle« sagte, er hätte gehört, ich käme in »unsere Republik«, ob ich mir nach dem Dreh in Rostock einen Abstecher nach Leipzig vorstellen könnte, mit drei Auftritten in zwei Tagen. Man könnte doch ausnützen, dass ich schon einmal da – also drin – wäre. So rasch hatte ich noch nie ja gesagt.

Das Abenteuer des ersten Grenzübergangs habe ich in meinem Erzählband »Abschied vom Karpfen« beschrieben. Es folgte die Kleinbusfahrt nach Rostock mit einem Fahrer, einem Redakteur des Studios und einem dritten Mann, der mir immer wieder erzählte, welche von seinen Kindern gewünschten Artikel nur in speziellen Geschäften gegen Valuta erhältlich wären. Ich habe sie ihm alle gekauft.

Fast rührend, wie sie mir im Sender ihre Freiheit innerhalb der Unfreiheit vorspielten. Natürlich gelte strengstes Alkoholverbot, aber man habe seine Hinterzimmer, um zur Besiegelung der Freundschaft »Weinbrand« trinken zu können. Der Mann von der Stasi trank mit.

Woher der Leiter der »Pfeffermühle« von meinem Auftritt in Rostock gewusst hatte, war rasch geklärt. Er war einer der zwei Moderatoren der Sendung. Ich wollte nichts Näheres wissen.

Tags darauf saßen wir auf der Bahnfahrt nach Leipzig in einem verdreckten Zug einander gegenüber. Ich memorierte stumm meinen Text. Ich hatte nicht vor, mein aktuelles Münchner Programm zu machen, ich hatte mir was zusammengestellt, auch aus zurückliegenden Programmen, alles, was ich für diesen Auftritt für richtig hielt. Also Passagen, die jene Gesinnungen und Zustände im Westen glossierten oder beschimpften, von denen ich wusste, die gab es im Osten noch krasser, noch hoffnungsloser. Ich wollte so indirekt und doch so scharf wie möglich sein. Aber ab wann würde man Formulierungen als direkt, als zu direkt empfinden? Der Mann gegenüber ging ein Risiko ein, das war mir klar. Warum fragte er mich nicht, was ich denn aufzusagen vorhätte? Ich machte eine Stichprobe. Ist Ihnen klar, dass ich diesen Satz sage? Er sagte, Sie sind Österreicher, Sie kommen aus keinem Nato-Land, Ihr Land steht mit unserer Republik in Handelsbeziehungen, Ihr Präsident (oder war es doch der Kanzler?) war kürzlich auf Staatsbesuch hier, Sie können es sagen. Wir müssen soweit sein, uns anhören zu können, was ein Österreicher für Meinungen vertritt, wir müssen sie nicht teilen. Ich zitierte noch eine Stelle. Er atmete tief durch, äußerte aber keinen Einwand.

Zum ersten Mal in meiner Laufbahn hatte ich eingewilligt eine Doppelvorstellung zu spielen, damit die Kollegen der Theater nach zehn Uhr auch noch den Exoten sehen konnten. Der Tag war heiß. Die »Pfeffermühle« hatte keine Klimaanlage. Mein Anzug war nach der ersten Vorstellung schwarz vor Schweiß. Mit einem Föhn versuchten wir, den Stoff ein wenig zu trocknen.

Was sich in diesen beiden Vorstellungen zwischen Bühne und Publikum abspielte, ist nicht darstellbar. Nur dieses Bewusstsein ist noch da: Das hat Sinn! Das hat Sinn! Das hat Sinn!

In der Nacht, in der theatereigenen Kantine, gab es dann zum warmen Bier die ersten Politdebatten. Gesprächspartner war der kommunistische Kulturchef von Leipzig. Ein intelligenter, junger glühender Marxist. Ich durfte mich nicht verraten, aber auch keine Türen zuschlagen. Ich begriff die Chance Grenzgänger zu werden, systemübergreifend zu intrigieren. Ich wurde meine Grundposition los: Der Satz des Staatsratsvorsitzenden, Kapitalismus und Sozialismus seien wie Feuer und Wasser, muss falsch sein. Denn Systeme sind menschliche Konstrukte. Der Mensch ist den Systemen übergeordnet. Sie unterstehen ihm. Und die Menschen in jedwedem System wollen essen, lieben, sich nicht fürchten. Sie können Erfahrungen austauschen, was im jeweiligen System sie glücklich oder unglücklich macht.

Diesem Gespräch sollten noch viele folgen. Zwei, drei, fünf, sieben Jahre später.

Aber zunächst gab es den zweiten geplanten Abend mit nur einer Vorstellung. Als ich in die Garderobe kam, lag dort ein Brief: »Da wir wollen, dass Sie wiederkommen und Sie das wohl auch wollen, muss ich Ihnen sagen, es gab heute natürlich starke Interventionen. Ich konnte sie beibiegen. Aber ich muss Sie ersuchen, den Satz ›Die Kommunisten wollten den Klassenkampf gewinnen, ihre Funktionäre wollen ihn nur überstehen‹ nicht zu sagen oder abzuändern. Sagen Sie vielleicht – einige Funktionäre.«

Der Leiter des Kabaretts kam. Er wusste vom Brief und dessen Inhalt. »Was wirst du sagen?«, wollte er wissen. »Weiß ich noch nicht«, sagte ich. »Die sitzen drinnen«, sagte er. »Kann ich mir denken«, sagte ich. Was wirst du sagen? Ich werde was sagen.

Als die Stelle kam, sagte ich: »Die Kommunisten wollten den Klassenkampf gewinnen, ihre Funktionäre wollen ihn nur übersteh- pardon! Ich habe ganz vergessen, ich soll ja sagen – einige.«

Der Lacher begann mit Atemlosigkeit und steigerte sich sehr, sehr langsam zu einem Orkan.

Das Thema war vom Tisch.

Ich war in der DDR – genauer gesagt in Leipzig, in Berlin wehte ein anderer Wind – eingeführt. Man hatte den höchsten Stellen erklärt, ich wäre kein »Antikommunist«, sondern ein »Nichtkommunist«. Als beim zweiten Gastpiel die Zeitungen berichten durften, war von einem »klassischen Linksliberalen« die Rede.

Es blieb ein Balanceakt bis zum Schluss. War das Programm des ersten Solo-Gastspiels noch – gekürzt – im Funk gesendet worden, erklärte der zuständige Redakteur nach dem zweiten, das müsste er so zerschneiden, das könne und wolle er mir nicht antun.

Ich konnte die Debatten über gleichgeschaltete Printmedien führen, konnte es für falsch halten, die Meinungsverschiedenheiten in den politischen Gremien nicht publik zu machen, konnte bei einigen Round-Tables – halb privat, wer mitgeschrieben hat, weiß ich heute, aber das ist mir egal – fragen, warum Freunde der Devisen wegen nicht zu mir nach Österreich kommen dürfen, auch nicht wenn ich sie an der Grenze abhole und sie gar kein Geld verbrauchen können, ich konnte den am Bar-Eingang Umkehrwilligen zeigen, dass man die Einlassverweigerung wegen einer Jeansträgerin unter 14 Leuten nicht akzeptieren muss.

Es waren – weiß ich heute – die politisch relevantesten Momente meines Lebens. Ich hatte die Macht der Mikrobe.

NACH DER WENDE

Neue Nachbarn, neue Freunde

Künstler, die nicht politisch denken können oder wollen, waren zur Zeit der Wende und danach noch ärgerlicher und armseliger als sonst. Denn die Begegnungen mit den neuen Nachbarn fanden nicht nur auf den berufspolitischen und ökonomischen Ebenen, in den internationalen Gremien statt, sondern – was wir Österreicher allzeit wichtig zu nehmen haben – auf Konzertpodien, auf Bühnen, in Ateliers, in Buchläden, in Literatencafés, Künstlerkneipen, Denkerbeisln.

Die Kollegen, die Freunde, die wir jetzt trafen, umarmten, mit denen endlich Gegenbesuche geplant werden konnten, kamen aus neuen Nachbarländern, mit wiedergewonnener Freiheit, den Risiken des Neubeginns, den noch nicht und bis heute nicht überwundenen Resten des abgeschüttelten Systems.

Bald erschienen uns die Jahre, da nur enge, reglementierte Kanäle den einen oder anderen Kontakt zuließen, wie ein perverser historischer Scherz. Wir begegneten den Ungarn, wie wir und sie wollten, ebenso den Tschechen und Slowaken, und freuten uns zu allem noch über die Tatsache, dass es in deren Land einer von uns war, ein Kollege, der das politische Reformwerk vollendete, für das er im Widerstand gekämpft hatte. Der Präsident der Tschechen und damals noch Slowaken sollte manche im Glauben an die politische Verantwortung der Kunst bestärkt, manchen den Glauben daran zurückgegeben haben.

Mit der vollzogenen oder weiterwirkenden Erneuerung von Nachbarländern wuchs die Verantwortung in Auswahl und Umgang mit den Freunden.

Jugoslawien blieb nicht das nach-titoistische Staatengebilde. Wir mussten lernen, nicht mehr jugoslawische Musiker, Maler, Dichter und Komödianten zu treffen, sondern serbische, kroatische oder slowenische. Und wir mussten nervig werden im Versuch zu unterscheiden, ob die Kollegen das neue Selbstbewusstsein vormals unterdrückter Länder vertraten, ohne das die nicht weiterleben konnten, oder ob sie jetzt einen Nationalismus ausleben wollen, der auf den Sieg über andere, auf Rache an den anderen aus ist.

Auch unser größter Nachbar wurde ein neuer Nachbar. Die Bundesrepublik Deutschland hatte nicht einfach nur fünf Bundesländer dazubekommen. Durch die Vereinigung war ein neuer, großer politischer Raum entstanden, dessen Künstler die Aufgabe haben, vor neuen Versuchungen durch Größe zu warnen. In den neuen fünf Ländern Deutschlands hatte ich, als sie noch DDR heißen mussten, Freunde gehabt. Sie sollten es bleiben, denn es waren kritische Menschen, keine bedingungslosen Fanatiker eines immer fragwürdiger und inhumaner gewordenen Gesellschaftsmodells.

Doch jetzt lernten wir, die Kollegen und ich, andere Deutsche kennen, die erzählten, wir hätten sie damals nicht kennen lernen können, da sie von unseren alten Freunden unterdrückt waren, da die, die alten Freunde, es verstanden hatten, sich mit dem Regime zu arrangieren, während sie, die jetzt neue Freunde werden wollen, schweigen und unsichtbar sein mussten.

Jetzt hieß es fair sein, menschlich sein, aber nicht naiv. Wir waren nicht dazu da, um anzuklagen oder zu verteidigen, wir waren nur dazu da, um Wahrheit nicht umdeuten zu lassen, wo wir sie besser wissen. Wir durften nicht zulassen, dass einer »Verbrecher« genannt wird, der keiner war, wir durften nicht zulassen, dass einer den vormals Unterdrückten spielt, der er auch nie war.

Das war und ist nicht einfach, wir irren uns, aber versuchen wir Menschen *und* Politiker zu sein, Freunde *und* Geschichtsbewusste.

Die neuen Nachbarn veränderten auch vieles in und an Österreich. Gerade im Bereich der hohen Kultur tummeln sich hier Erscheinungen, denen die Träume von vagen katholisch-postmonarchistischen Staatenbünden im Bereich des alten Österreich näher stehen als eine echte europäische Gemeinschaft. Sie haben wir der Lächerlichkeit preiszugeben. Und in jenem Kulturbereich, der tradierte Volkskunst für seine deutschnational eingefärbten Wertvorstellungen zwischen *gut, wahr und schön* missbraucht, rumort es, seit Deutschland wieder einig ist.

Signale, politische Veränderungen im Statut der Republik herbeizuführen haben keinen anderen Hintergrund, als die Möglichkeit zu schaffen, Österreich noch einmal verspielen zu können.

Wir müssen auch *im* Land im Umgang mit Nachbarn, in der Auswahl der Freunde mehr und mehr Acht geben.

KÄRNTEN
Das 10.-Oktober-Trauma

Ein ehemaliger Slogan der Kärntner Fremdenverkehrswerbung lautete: »*Kärnten, wo der Süden am nächsten ist.*« Eine exakte Feststellung. Das schlechte Wetter aus Richtung Atlantik bleibt in den Tauern hängen, der blaue Adriahimmel trübt sich selten. Und wenn, nur selbst.

Der Süden ist am nächsten. Mit ihm die Staaten des geborstenen Jugoslawien: Serbien, das die bekannte Rolle vor dem Untergang der k.u.k. Monarchie spielte; Kroatien, Bezugspunkt nie ganz verblichenen Klerikalfaschismus; und vor allem das angrenzende Slowenien, Symbol für den längst zu vergessenden Versuch, Kärnten nicht *frei und ungeteilt* zu belassen, von einer Partei immer noch verdächtigter Stellvertreter für den dereinst im »*Kärntner Abwehrkampf*« heldenhaft niedergestimmten Panslawismus.

Der Süden ist nah auch im Kanaltal, dessen Schlachtfelder die Großväter noch rühmend zu beschreiben wussten. Er reicht bis Triest, das eben einmal *uns* gehört hat und bedauerlicher- und auch gar nicht so recht erklärbarerweise nicht mehr gehört.

Der Süden ist hier am nächsten und mit ihm ein großer Haufen für Normalbürger nicht leicht zu bewältigender Geschichte.

Ich, im zweiten Lebensjahr Kärntner geworden, fühle mich hier beheimatet, habe aber Respekt vor meiner genetischen Nicht-Identität. Spreche also nicht im Sinne von *Wir Kärntner!*, sondern in liebevoller Geborgenheit von den Kärntnern. Im Gegensatz dazu tut der mit 26 Jahren zugezogene, eingeerbte Holzhändler Haider immer so, als wäre er gleich hinter dem Herzogstuhl von einem Eisenkappler Mesner und einer Geschichte studierenden Saualm-Sennerin gezeugt worden.

Ich habe das Kärntner Klima zu spüren gelernt, als wir in der fünften Klasse des Realgymnasiums Französisch oder Italienisch nur als »Freigegenstand« angeboten, Slowenisch aber als Pflichtfach vorgeschrieben bekamen. Die Debatten unter den Schülern, die Debatten zu Hause und mit den Lehrern machten damals klar, dieses Land hat eine traumatische Basis, ist nur und auch nur langfristig durch Vernunft und guten Willen zu befrieden. Da die weiblichen und männlichen Kärntner, das sei jetzt einmal ganz frech behauptet, schon aufgrund ihrer – wohlgemerkt: vice versa – »Umvolkung« (das Schreckwort für einen nordischen Oberideologen) witzige, sensible und besonders musische Menschen sind, war ihnen das arrogante Nichtbegreifen ihrer Situation im einst fernen Wien zum Gegenstand großen Zorns geworden. Dieser Zorn hat sich im Laufe der Geschichte zu einem recht blöden Wien-Komplex verdickt, den zu überwinden es hoch an der Zeit ist. Zumal die Gründe in einer Phase der Entprovinzialisierung der Provinzen heute einfach nicht mehr gegeben sind. Da muss es einem Heilsbringer wie Haider vorbehalten bleiben, diesen dumpfen »Die-da-draußen-in-Wien«-Emotionsmüll zu funktionalisieren. Man kann den Kärntnern nur raten, die Nicht-Unterstützung der Komplexbewältigung des Erfinders einer neuen Republik als eine zeitgemäße Variante des Kärntner Abwehrkampfes zu begreifen.

Einstweilen wird der Kärntner Abwehrkampf aber mit zyklischen 10.-Oktober-Feiern fortgeschrieben. Das war der Abstimmungstag, dessen Ergebnis keine nachbarschaftliche Normalität herstellte und nach Wunsch und Willen hauptberuflicher »Deutschkärntner« auch nicht herstellen soll. Sie benützen die Jubiläen dieses Datums immer wieder zu neuen Siegesposen. Als wieder ein runder Feiertag anstand, hielt ich vor einem kritischen Auditorium eine »Rede an den Kongress zur Förderung der Begehung historischer Gedenktage«. (Anm: Die in der Rede erwähnte Frau Trattnig ist als politische Amme Jörg Haiders in die österreichische Geschichte eingegangen.)

»Sehr geehrter Herr Präsident, sehr geehrte Kongressdelegierte, verehrte Damen und Herren!

Es ist mir eine große Ehre, vom 70. Jahrestag des »Kongresses zur Förderung der Begehung historischer Gedenktage« eingeladen worden zu sein, über einen der wohl interessantesten Feiertage des aufgeklärten Heimat- und Politikverständnisses sprechen zu dürfen: den 10. Oktober, den 10. Oktober im weit über die Grenzen seiner engeren Heimat hinaus bekannten Bundesland der Republik Österreich, Kärnten. Dieses Gebiet in Österreichs Süden, aber eigentlich in dessen Herzen, sofern dieses deutsch schlägt, wird bewohnt von zwei Volksgruppen, die sich im Wesentlichen dadurch unterscheiden, dass die eine das Volk ist und die andere eine Gruppe. Zwischen dem Volk und der Gruppe herrschen traditionelle Meinungsverschiedenheiten darüber, ob es nicht eine Zeit gegeben haben mag, da das Volk eine Gruppe und die Gruppe das Volk war. Derartige Fragen sind für Allgemein-Historiker grundsätzlich, schon im Hinblick auf die Sicherung ihrer Arbeitsplätze, nicht unbedeutend. Daher liegen im Institut für Kärntner Vergangenheitserhellung über dreitausend tief schürfende Arbeiten, die jeweils nachweisen, dass vor den Awaren auch schon jemand da war und vor den Illyrern auch. Eine zur Zeit aus öffentlichen Mitteln geförderte neue Studie befasst sich mit dem ersten Jahrzehnt des zweiten Jahrtausends vor Christus. Geplant für das Jahr 2010 ist ein Seminar: Die Population des carinthischen Raums im Trias. Diese Erhellungen sind wichtig, weil – wie es unsere Ehrenpräsidentin, die Heimatprofessorin Kriemhild Trattnig so unwiederholbar genau formuliert hat ›alles, was in unserer Zeit, vor allem im mitteleuropäischen Raum, vorhanden ist, das Ergebnis einer langen geschichtlichen Entwicklung darstellt.‹

Es ist für mich sehr wesentlich, schon zu Beginn meiner Ausführungen auf die Formulierungen meiner brillanten Kollegin zurückzugreifen, da etwa die ›Herren der Universität Klagenfurt‹, die sich auch unseres Themas anzunehmen belieben,… bestenfalls ihre parteipolitische Suppe in unserem Land kochen wollen«. Von welcher Absicht Frau Prof. Trattnig gänzlich freizusprechen war und ist.

Eine historische Frage, die die Vorgeschichte der Konflikte, die zum 10. Oktober führten, bildet, lautet also: Wer war zuerst da? Die Slawen oder die Germanen? Diese Frage, auch im Sinne einer unproduktiven Objektivität schon nicht ganz leicht zu beantworten, muss – wie schon angedeutet – durch die Frage: Ab wann? ergänzt werden, wodurch historischer Forschungsraum entsteht. Wir als Förderer von politischen Gedenktagen müssen diesen Forderungen aber vorgreifen. Wir haben daher die Frage des Ab wann? so beantwortet, dass die Beantwortung der Frage Wer zuerst? zur wissenschaftlichen Formsache wurde. Ab einem gewissen Zeitpunkt waren die Deutschen unbestritten zuerst da. Ich will nicht leugnen, dass es ähnliche Gedanken auch bei slawischen Kollegen gibt. So stehen einander zwei Interpretationen gegenüber, die aus ihrer jeweiligen historischen Perspektive erklärbar sind. Nun entstünde durch die Anerkennung von zwei Perspektiven aber ein Objektivitätsanspruch, den wir als den Gedenktagen verpflichtete Historiker niemals zulassen dürfen. Wir haben uns daher für die historische Wahrheit zu entscheiden, was so viel heißt: Wir haben zu entscheiden, was die historische Wahrheit ist. Das haben die Mitarbeiter unseres Instituts in vorbildlicher Weise getan. Da aber immer noch nicht alle Gegenstimmen verstummt sind, hat das Feiern des 10. Oktober in Kärnten die Aufgabe, der Gegenseite immer wieder klarzumachen, was Wahrheit ist. Daher plädiere ich – meinen weiteren Ausführungen vorgreifend – für zumindest alljährliches Begehen dieses Geschenktages. Versuchen wir – wissenschaftlich systematisch – den 10. Oktober zu definieren. Der 10. Oktober ist zunächst einmal ein Datum. Mehr als nur ein Datum wurde er durch sein Vorhandensein auch im Jahre 1920, denn damals gab es an diesem Tag eine Volksabstimmung über die Zukunft des Landes Kärnten, da dessen Gegenwart durch den vorangegangenen Ersten Weltkrieg und seinen bedauerlichen Ausgang in einige Unordnung geraten war. Zur Wahl standen zwei Möglichkeiten der Zugehörigkeit – siehe oben! –,von denen eine siegte. Das Land Kärnten wurde nicht geteilt und blieb in ungeteiltem Zustand bei Deutschösterreich. Die Volksabstimmung war durch einen heldenhaften Freiheits- und Abwehrkampf erzwungen worden. Ich möchte hier nicht ins Detail gehen. Die historischen Fakten dieser Vorgeschichte entnehmen Sie bitte dem epochalen Buch ›Wo man mit Blut die Grenze schrieb‹. ›Es ist zu begrüßen‹, schreibt Professor Trattnig im Geleitwort, ›dass Andreas Mölzer mit dem vorliegenden Werk einen wesentlichen Beitrag zu einer umfassenden und objektiven Darstellung … geleistet wird.‹ Wie wir diesem Zitat entnehmen, ist es nicht nur der Wuchs und die Schädelform, die das Deutsche im Kärntner ausmachen, sondern vor allem auch die Behandlung der Sprache.

Zurück zum 10. Oktober. Es gibt eine Gruppe von Pseudohistorikern, die dieses Wahlergebnis am 10. Oktober 1920 immer wieder analysieren, in seine angeblich komplizierten Bestandteile zerlegen will. Würden wir uns dieser Methode anschließen, nähmen wir unserem 10. Oktober seine faszinierende Eindimensionalität, den Aufmärschen und Reden die Kraft und die Stoßrichtung, den uns nahe stehenden Politikern jede Möglichkeit, alle, die über uns nachdenken und gar das eine oder andere besser wissen wollen, zurechtzuweisen. Ein historischer Gedenktag, wie wir ihn verstehen, bezieht seinen tiefen Sinn aus dem Mythos: Sieger und Besiegte. Daher ist entscheidend, dass sie die Besiegten waren, denn sonst hätten die Sieger nicht so viel Festesfreude an den Gedenktagen des Sieges.

In diesem Zusammenhang muss man auch den Nationalisten unter den einstens Besiegten dankbar sein: Ihr ewiges Wehklagen über ihre Niederlage gibt den carintho-germanischen Triumphritualen erst den Hintergrund, vor dem sie erglänzen können. Alle Aufrechten, die das gesunde Volksempfinden verwalten, wissen: Es gedeiht am besten in der Polarisierung. Das Volksempfinden kann nur gesund sein, wenn es die Heldenfigur kennt und den Prügelknaben, den unerschrockenen Jüngling mit der Keule und den Lindwurm. Humus der 10. Oktober-Feiern muss also sein, keine Zweifel an der Identität des Prügelknaben aufkommen zu lassen, ihn möglichst dazu zu bringen, noch einmal ein wenig aufzubegehren, denn das steigert die Festesfreude. Beobachten wir bei den Prügelknaben eine unleugbare Bodenständigkeit, müssen wir einräumen, dass es sich bei manchen Helden um Zugezogene handelte und handelt. Vor etwa 30 Jahren kam erstmals ein Exponent des Kärntner Heimatgefühls aus Oberösterreich. Darauf wurzelt heute schon so etwas wie eine Tradition.

Hoher Kongress! Wir, die wir die Förderung der Begehung historischer Gedenktage zu unserem Anliegen machen, müssen streng zwischen den Vergangenheiten unterscheiden, die man endlich ruhen lassen soll, die uns, wie der Volksmund so treffend sagt »schon zum Halse heraushängen«, und jenen, an denen unsere rassischen und völkischen Feinde zu würgen haben. Niemand in diesem Land würde auf die Idee kommen, das Jubiläum der Volksabstimmung zu feiern, die Österreich dereinst in die deutsche Heimat zurückführte. Dieser historische Gedenktag ist für deutschnational Gesinnte irrelevant, weil er ja an ihrer Grundeinstellung nichts änderte, nicht vorher und erfreulicherweise schon gar nicht nachher. Dieser Gedenktag wäre – um jetzt auch einmal einen Scherz zu machen – allenfalls ein negativer Gedenktag für Österreichnationale. Der aber bleibt uns erspart, weil es die österreichische Nation ja bekanntlich nicht gibt. Nein, wir denken in größeren Räumen: Uns geht es darum, am 10. Oktober die deutsche Sache über die slawische siegen zu lassen, alles, was sich gleichsam innerhalb der deutschen Sache abspielt, kann nicht unser Thema sein, wollen wir die Begehung des 10. Oktober weiter fördern.

Es ist der Slowene, der das Selbstwertgefühl des Kärntners wieder zu stolzer Haltung aufrichten muss, nachdem es durch die ökonomisch bedingten Demutsgesten im so genannten Fremdenverkehr alljährlich etwas leidet. Allerdings, wenn der Kärntner seinen unvermeidlichen Gästen heute Haschee, Eisbein und Sahnetörtchen verkauft, dann ist das nicht nur ökonomische Notwendigkeit, sondern auch Demonstration, wie ernst das Grenzlanddeutschtum seine Aufgabe der Pflege des deutschen Sprachguts nimmt.

Ich darf zusammenfassen: Der Feiertag 10. Oktober ist der große Ehrentag des Deutschkärntners oder des Kärntendeutschen. Um sich der Bedeutung seines Deutschkärntnertums besonders an diesem Tag bewusst zu werden, braucht der Kärntendeutsche einen Widerpart, den ich jetzt nicht vordergründig Slawe oder Slowene nennen möchte, sondern – streng wissenschaftlich – Nichtdeutschkärntner. Diesen Nichtdeutschkärntner gilt es zu hegen und zu pflegen, da sonst der Deutschkärntner in einem – nationalpsychologisch gesehen – luftleeren Raum agieren müsste. So sind auch viele Maßnahmen f ü r die Erhaltung der Kärntner Slowenen nicht getroffen worden, um diesen Slowenen zu nützen, sondern um sie für den Kärntner als existenziellen Sinngeber zu konservieren. Mit einigen Nationalisten auf Seiten der Slowenen gibt es da übervölkische Absprachen zum Nutzen der Bewahrung der Frontstellung. So bleibt dem Bewohner Kärntens der Neid auf Serben oder Kroaten – wegen deren geradezu vorbildlicher Konfliktsituation – erspart.

Die entscheidende Zielsetzung muss sein: Der 10. Oktober hat nicht nur aus Kärntner Sicht sondern auch international als eines der herausragenden historischen Daten zu gelten. Denn – ich zitiere Prof. Trattnig: ›Kaum ein Thema der jüngeren Geschichte wurde insbesondere seit 1945 von Historikern des In- und Auslandes so zwiespältig und widersprüchlich dargestellt, wie die Ereignisse des Kärntner Abwehrkampfes und die daraus resultierende Volksabstimmung.‹

Was wären dagegen die Ursachen des Vietnamkrieges? Die verschiedenen Deutungen des Palästina-Israel-Konflikts? Die Geschichtsschreibung über die Gründung der vergangenen DDR? Das sind eben alles Lappalien gegenüber dem, was Kärnten für die Welt der Historie bedeutet. (Wie überhaupt die Überwindung des Provinzialismus nur darin bestehen kann, sich selbst für das Zentrum der Welt zu halten. Aber das ist ein Nebengedanke.)

Da der 10. Oktober in diesem Jahr mit dem Termin einer Wahl, also wieder einer Volksabstimmung nahezu zusammenfiel, nimmt es nicht Wunder, dass gerade die Partei in triumphaler Weise gekürt wurde, für die der Tag des 10. Oktober im innersten Kern eigentlich begangen wird. Daher sind Vorschläge, neben dem Herzog-Stuhl auch einen Haider-Thron zu installieren, nicht von der Hand zu weisen.

Wir leben – hoher Kongress! – in einer historischen Zeit. Sie wissen, was ich meine: Europa ist weitgehend vereinigt, soll noch vereinigter werden. Das könnte zur Folge haben, dass die Welt allzu wenig auf Kärnten blickt. Daher wird es wichtig sein, hier diesen 10. Oktober so zu begehen, dass über seine übernationale nationale Bedeutung kein Zweifel aufkommen kann.

Zu großer Freude geben in Kärnten nun schon zeitgeschichtlich weiter reichende Konzeptionen Anlass. Nämlich die Verbindung des 3. Oktober, des Tages der deutschen Einheit, mit dem 10. Oktober, dem Tag der Kärntner Volksabstimmung, herzustellen. Was daraus werden könnte – und dieser Vision gilt unsere Förderung! – ist eine Deutschkärntner Fest- und Feierwoche unter dem Motto: Deutschland neu und ungeheilt.

POLITIKERBIOGRAFIEN

Die Gesetze der Laufbahn

Wir neigen dazu, die jeweilige Phase einer politischen Existenz zu überschätzen. Wir denken nicht hinreichend ganzheitlich, machen uns das Prinzip einer politischen Biografie, die Dramaturgie einer politischen Existenz nicht hinreichend klar.

Der Politiker ist zunächst einmal kein Politiker, sondern ein Beamter, ein Handwerker, ein Unternehmer oder auch nur Arbeiter. Letzterer ist ein Sonderfall und wird in dieser Betrachtung erst später vorkommen. Der Mensch, der also irgendetwas ist, das mehr ist als Arbeiter, der ist was und der hat was. Das hindert ihn aber – und hier beginnt die Größe – nicht daran, die Welt und die Zukunft für besser organisierbar zu halten, sei es in der Erscheinungsform des Bezirks, der Gemeinde, des Bundeslandes oder der Nation. Sein zutiefst humanitärer und altruistischer Ansatz, sich in der Politik zu bewähren, die Gegenwart zu verschönen und die Zukunft zu sichern, stellt ihn vor die Frage, ob er all das, was er ist und was er hat, zugunsten der politischen Mission fahren lassen soll. Nach kurzem Überlegen sagt sich der angehende Politiker, das könne nicht der Sinn seiner Selbstaufopferung sein, das könne die von ihm umsorgte Gesellschaft nicht von ihm verlangen. Er versagt sich in der Rolle des Politikers die große verzichtende Pose der Priester oder Mönche, um jenen nicht das Wasser abzugraben. So also versucht nun der Politiker, das, was er ist und was er hat, mit dem, was er tut, zu koordinieren, auf dass nirgendwo Schaden oder Einschränkung entstünden. Er arbeitet eine Zeit lang verbissen an der besseren Organisation der Gegenwart und der Zukunft, kommt aber sehr bald darauf, welche Schwierigkeiten sich dem in den Weg stellen. Der Lokalaugenschein bei diesen Schwierigkeiten bringt ihn mit vielen Unternehmungen, Geschäften und Betrieben zusammen, deren Leiter auf Vorhaltungen des Politikers verärgert sagen: »Wenn Sie alles besser wissen, dann arbeiten Sie doch mit! Dann werden Sie schon sehen!«

Da hat nun der Politiker plötzlich ein Geschäft dazubekommen und auch ein Gehalt, denn der Mann, der den Politiker angeheuert hat, weiß nur zu gut, dass die Menschen nichts leisten, wenn man ihnen den gerechten Lohn vorenthält. Da sich der Politiker aber – seinem Anliegen und seinen Fähigkeiten gemäß – mit vielen die Entwicklung bremsenden Elementen eingelassen hat, häufen sich dergleichen Verpflichtungen und Bindungen.

Der durch die vielen Einnahmen in seinem Sendungsbewusstsein keineswegs irritierte Politiker – kaum kommt er noch dazu, die Gesamtsumme zu genießen – arbeitet nun überall, so gut es geht, an der Verbesserung der Organisation mit, bis er draufkommt, dass a) seine Kraft nicht ausreicht, b) die Menschen so sind und c) der politische Gegner ohnehin alles wieder zunichte machen will. Bis zum Zeitpunkt dieser Erkenntnis hat der Politiker aber schon so viel gelitten, so viel vergeblich versucht, so viel an Undank hinnehmen müssen, dass er sich eines Tages sagen muss, die Gesellschaft stehe in seiner Schuld. Schon in mittleren Jahren am Ende seiner Kraft, will der Politiker für die Zeit, die ihm und seinen Lieben noch bleibt, etwas davon haben, dass er so viel hat. Mit letzter Energie lässt er sich noch mit ein paar Geschäften betrauen – oder betraut sich gar selbst damit – und überlässt die Verbesserung der Organisation dem nachdrängenden Nachwuchs, von dem er hofft, dass der zu Lösungen gelangt, die ohne Beschneidung der Privilegien der verdienten Mandatare auskommen. Diese politische Weisheit mit allem Nachdruck weitergebend, bemüht sich der Politiker nur mehr, das Erreichte zu bewahren, sei es allgemein gesellschaftlich, sei es privat.

Ich schulde noch den Sonderfall des Politikers, der vorher Arbeiter war. Bei diesem ist alles einfacher. Er möchte in der Regel von Anfang an nichts anderes als den Arbeitern zeigen, wohin sie in einer Gesellschaft kommen könnten, die so wäre, wie er sie würde schaffen wollen.

WAHLVERHALTEN

Werbung für Fernstehende

Ein angesehener Mann beriet – so war zu lesen – einen sozialdemokratischen Kandidaten, erklärte aber gleichzeitig, selbst grün zu wählen. Da mögen manche gestutzt, zurückgeschreckt, gar von gesinnungsmäßiger Unterernährung gesprochen haben. Ich neige zum Gegenteil, zum aufmunternden Applaus, zum Hinweis auf ein feines Beispiel für eine der möglichen Funktionen des Intellektuellen in einer Vorwahlzeit.

Der Intellektuelle, dessen Lebensinhalt nicht Politkarriere und Zittern um regionale Wählerprozentanteile sein können, will ein funktionierendes, ernst zu nehmendes Staatsgefüge, der Reformen und somit der Weiterentwicklung fähig. Ist er nun der Meinung, die Herrscher derzeit stehen dem eher entgegen, dann muss er für *die* sein Hirnschmalz bemühen, die realpolitisch noch die beste Chance haben, den Thron-Besitzern denselben unter dem Hintern wegzuziehen.

Es ist aber auch eine ganz entgegengesetzte Ausgangslage möglich:

Es gibt eine regierende Koalition. Mehr oder weniger. (Was sich nicht auf Koalition, sondern auf regierend bezieht.) Deren eine Partei steht einem näher. Nicht nahe. Deren andere ferner. Aber in Rufweite. Vor einer Wahl scheint nun die näher stehende Regierungspartei stabil, der Zahl nach ungefährdet, die ferner stehende kurz vor dem plebiszitären Untergang, am Rande nicht mehr zu stillender Schweißausbrüche bei den Interviews am Wahlabend. Sie wird nämlich niedergemacht von Leuten, wie sie einem ferner gar nicht stehen können, geführt von einem, auf den das dem Verbum *»führen«* zugeordnete Hauptwort tadellos passen würde, von einem, dessen Stab das Kunststück fertig bringt, noch aus der Unsichtbarkeit ungut zu riechen.

Was ist zu tun? Jedenfalls vordringlich etwas für jene ferner stehende Partei. Man muss deren potentielle Wechselwähler anflehen, bei ihrer Partei zu bleiben, nicht umzusteigen, weil man ja weiß, würden sie wechseln, dann in die fälscheste der zur Verfügung stehenden Richtungen.

Jeder denkende, parteiungebundene Wähler kann aus seiner (wo sie auch immer ist) Position so oder so ähnlich denken. Strategisch. Ganzheitlich. Tut er das, ist er kein Windbeutel, kein Gesinnungsjongleur, er hat nur Wesen und Chance der Parteiendemokratie begriffen.

Der Leser hat das Beispiel längst verstanden. Es beschrieb die Ausgangslage des österreichischen Wahlkampfes, der der Haider-Partei so bedauerliche Zuwächse brachte. Da soll es so manchen der Sozialdemokratie Näher stehenden gegeben haben, der die Antiroten angefleht hatte, bürgerlich, also schwarz zu wählen. Er konnte nicht wissen, damit die Chance des Umfallens, der Charakterlosigkeit erhöht zu haben.

Anständige Gedanken im Hirn des Wählers bergen eben ein eminentes Risiko.

EINWANDERUNGSLAND

Zum Problem der Asylanten

Einst waren Gastarbeiter sehr willkommen. Es galt, das Wirtschaftswunder zustande zu bringen. Dieses wäre ohne Ausländer niemals möglich gewesen. Und auch nicht unter so komfortablen Begleitumständen. Denn man sollte nie vergessen: Je mehr der Mensch zu essen hat, desto umfangreicher ist seine Verdauung, desto dringlicher sind Reinhaltung und Pflege der sanitären Einrichtungen. Nun, diese Art von Arbeitsplätzen hat der inländische Arbeitsmarkt ja immer noch zu bieten.

Darüber hinaus aber gibt es Arbeitslosigkeit. So eben auch Gastarbeitslosigkeit. Und was bleibt von einem Gastarbeiter, wenn man dem die Arbeit wegnimmt? Man mache sich das bitte grafisch deutlich. Man schreibe Gastarbeit auf ein Papier und radiere Arbeit weg. Was bleibt dann? Ein Gast.

Und was erwartet man von einem Gast? Dass er früher oder später (anstandshalber) wieder einmal geht. Aufgrund etwa der Populationsgegebenheiten allerdings nicht ohne der Aufforderung entsprochen zu haben, ein paar Kinder zu zeugen. Denn, man will den Ausländer zwar nicht als Mitbürger, möchte ihn aber durchaus anregen, welche zu hinterlassen. Die Überlegung ist ja auch zwingend: Irgendjemand muss doch auch den armen Alten die Renten zahlen! Zumal sie von den Asylanten um alles gebracht worden sind!

Das ist der Fluch der Paradiese: Jeder will hin. Ein Land besteht darauf, das reichste, wirtschaftlich potenteste, wachstumsorientierteste Land unter den Abendländern zu sein. Sowas spricht sich natürlich herum, zumal die Repräsentanten es niemals versäumen, bei internationalen Begegnungen das Paradiesische zu betonen und hervorzukehren. Wie soll es einen da wundern, wenn alle Welt hier Asyl sucht? Glaubt jemand ernsthaft, ich würde – könnte mir einer verbindlich sagen, wo das Schlaraffenland liegt – nur eine Sekunde zögern? Mitten im Abfassen dieses Textes würde ich das Tippen einstellen und den Flug buchen. Und das hätten sich die Regierenden des Schlaraffenlandes selbst zuzuschreiben. Warum protzen sie seit Menschengedenken mit den in den Mund fliegenden Tauben?

Die Gesetzmäßigkeit der Anziehungskraft des Paradieses lässt sich im Tourismus am schönsten nachweisen. Irgendein Inselfürst kommt darauf, dass nach den auf dieser Welt geltenden Geschmackskriterien sein Strand als wunderschön zu bezeichnen ist. Was tut er? Er lässt die Reisegesellschaften wissen, eins der letzten Paradiese stünde der mobilen Menschheit zur Verfügung. Nur ein Jahr darauf veranstaltet dann der Heimatverein der Insel mitten im Busch rituelle Klagetänze und ruft die Götter an, etwas gegen die Überfremdung zu tun. Die Götter aber scheißen der Insel was. (Was im Tourismus nicht weiter auffällt.)

Wie sind Einwanderungslüsterne abzuhalten? Da reichen die Vorschläge von verschärfter Anwendung der bestehenden Einreise-Verordnungen bis zur Ergänzung oder Erneuerung der Gesetze. Interessanterweise kommt niemand auf die näher liegenden Möglichkeiten. Zum Beispiel Schaffung von sozialen Verhältnissen, die es – wie in der deutschen Geschichte schon mit Erfolg erprobt – jedem tatkräftigen jungen Mann angeraten sein lassen, etwa nach Amerika auszuwandern und dort sein Glück zu versuchen.

Warum lässt man der Umweltvergiftung – statt die Werte mühsam zu drosseln oder zu verleugnen – nicht ihre freie Entfaltung? Die Weltgesundheitsorganisation wäre gezwungen, selbst Äthiopiern kurz vor dem Hungertod von einer Übersiedlung nach Düsseldorf abzuraten. Oder den Tamilen zu empfehlen, sich doch lieber zu Hause hinrichten zu lassen.

Oder noch einfacher: Warum verhilft man den rechtsradikalen Parteien nicht zu einem triumphalen Wahlsieg, wonach die Anwendung des Prinzips der natürlichen Auslese die Asylantenfrage geradezu spurlos regelte. Kurzum, es müsste eine Regierungskommission eingesetzt werden zur Beantwortung der Frage: Wie werden wir unattraktiv?

Einst gab es noch ein zweites Deutschland, den Arbeiter- und Bauernstaat Deutsche Demokratische Republik. Selbstverständlich war der – im Rahmen seiner systembedingten Möglichkeiten – auch ein Paradies. Das haben die Deutschländer so an sich.

Es wäre ganz und gar falsch, dieses Land historisch nach seinen Ausreisewilligen in die Bundesrepublik zu bewerten, gar nach den Leuten, die immer wieder einmal das Risiko eingingen, an der Mauer erschossen zu werden. Nein, wir müssen da in den Kategorien des realen Sozialismus denken, und es wird wohl kaum einen Rumänen gegeben haben, der nicht liebend gern in der Deutschen Demokratischen Republik um Asyl angesucht hätte. Aber da kam nun einer der großen Vorzüge des Sozialismus, des marxistisch-leninistischen Glaubensbekenntnisses zum Tragen. Dessen Länder hatten in der Verfassung verankert, keines könnte paradiesischer sein als das andere, weil es ja alle sind, und paradiesisch im Grunde eine nicht steigerbare Qualität ist. Es war also ein Ausreiseantrag eines Rumänen nach der Deutschen Demokratischen Republik der öffentlich geäußerte Zweifel an der Lebensqualität eines Systems. Und den konnte die DDR natürlich nicht mittragen. Deshalb gewährte sie mit Fug und Recht kein Asyl.

In solch glücklicher Lage befindet sich das vereinigte Deutschland nicht. Das deutsche Grundgesetz schützt den deutschen Boden nicht vor Überfremdung. Es müsste ein neues Grundgesetz her für den Boden.

Ein Grund- und Boden-Gesetz.

Ein Blut- und Boden-Gesetz.

KRIEG

Die militaristische Marktwirtschaft

Gerne definiert man das jeweils letzte Jahrhundert als ein »Jahrhundert der Kriege«, räumt aber gleichzeitig ein, diese Definition träfe für alle Jahrhunderte davor mit ebendieser Präzision auch zu. Daraus folgt die Frage, ab wann die Jahrhunderte geradezu gezwungen waren, als Zeitspannen des Mordens und Metzelns zu dienen. Die Antwort ist einfacher, als man glaubt: seitdem Waffen zur Handelsware wurden. Seitdem deren Produktion und Verteilung ein Geschäft sind.

Damit ist auch der technische Fortschritt bei den Waffen erklärt. Denn technischer Fortschritt beruht auf Vorausahnung von Märkten, von Umsatz. Es gäbe keinen Grund, ein Waffensystem abzulösen, das neue zu kaufen, garantierte es nicht höhere Sicherheiten und Frequenzen beim Massenmord.

Im Begriff »Weltkrieg« schwingt auch ein wenig Selbstlob mit, Bewunderung, Respekt vor den Dimensionen. Dimensionen, die – bei Licht betrachtet – Umsatz sind. Die »Kosten von Menschen und Material«. Das Wort Kosten umfasst in diesem Fall beide Extreme: Bezahlung und Verlust.

Diplomaten und Offiziere sind Agenten der Waffenindustrie, freie Mitarbeiter. Sie wissen, wovon ihr Arbeitsplatz abhängig ist, und verhalten sich danach. Sie denken und trachten in Richtung Endverbrauch. Sie stehen im Kraftfeld der Ökonomie, der militaristischen Marktwirtschaft.

Greift diese Erklärung der Kriege zu kurz? Steht hinter der Nationalökonomie (Unterabteilung Auf- und Nachrüstung) nicht auch soziale Gesinnung der Herrschenden? Würde heute eine Regierung der USA ihr Exportgeschäft mit Waffen drosseln wollen, verschuldete sie damit nicht eine Massenarbeitslosigkeit und -armut ohne Beispiel? Sind die Herrschenden der Erde Gefangene ihrer Obsorge und ihres Edelmuts? Sicher, es soll Zeiten gegeben haben, da wollten Fürsten der Vermehrung ihres persönlichen Ruhms und ihrer persönlichen Besitzungen wegen siegen. Heute hat doch kein Mächtiger persönlich was von einem gewonnenen Krieg. Keine Präsidenten-, keine Ministergage erhöht sich, es gibt nach einem Krieg allenfalls Erfolgsprämien für Marschälle in Form von Gütern.

Heute sind Kriege – wenn wir einstweilen die Sonderfälle Religionskriege und Rassenkriege hintanstellen – die probateste Möglichkeit Arbeitsplätze zu schaffen: durch die benötigten in der Waffenproduktion und durch die freiwerdenden durch Abschuss. Wenn wir der Theorie glauben wollen, wonach dem Markt eminente Kräfte zur Selbstregulierung innewohnen, dann haben wir auf dem Sektor Krieg das prächtigste Beispiel.

Die Weiterentwicklung der Waffenpotenz hatte zur Atombombe geführt. Deren bis dato einzige praktische Anwendung in Verbindung mit zahlreichen Versuchsreihen ließ den Verdacht zur Gewissheit werden: Atomkriege sind nicht mit Gewinn gewinnbar. Der Umsatz birgt allzu große Risiken für die Umsetzer selbst. So nahmen die Produzenten der Atomwaffen elegant die Chance wahr, den Friedensbewegten entgegenzukommen. Sie begannen mit der Abschaffung der Atombombe. Sie definierten ökonomische Vernunft als sittliches Anliegen. Sie erkannten als Voraussetzung für die Möglichkeit künftiger Kriege die Selbstbeschränkung der Waffenindustrie.

Der Stellvertreterkrieg, der regionale Waffenmarkt (man hat es zuletzt auf dem Balkan wunderschön sehen können) bedarf des Atoms nicht. Die Marktchance liegt in der Bescheidenheit. Waffen, die Kriege eher unmöglich machen, müssen abgeschafft werden.

Wenn wir also weiterhin von Kriegen reden, dann sind nur begrenzte, in Raum und Sprengkraft kontrollierte gemeint. Freilich, da und dort liegen noch Atombomben herum. Angeblich verrotten sie. Aber keiner will sagen, ob das Verrotten von Atombomben bedeutet, sie würden eines Tages nicht mehr funktionieren oder irgendwann einmal von selbst losgehen. Diese Ungewissheit in Verbindung mit den Geisteskrankheiten der Retter jeweiliger Nationen …! Eine gewisse Unsicherheit wohnt der Theorie vom dressierten Krieg weiter inne.

Wir kommen nicht umhin, die Religion als Kriegsmotiv zu erwähnen, festzustellen, wie sehr die den Frieden und die Menschlichkeit verlangenden Textstellen der Lehren, der Grundsatzprogramme Gequatsche sind. Dass sich der Islam jetzt auf seinem Kreuzzug befindet, ist ein historisches Faktum. Was die christlichen Religionen an Friedenskraft in sich haben, wird Iren und Iren immer wieder demonstriert. Die Israelis wiederum benehmen sich zu den Palästinensern so, dass ihr Übertritt ins Christentum zu befürchten ist. Und den im Besitz der letzten Wahrheiten befindlichen Buddhisten dürfte auch einmal die Geduld reißen. Wir sehen, die Kriegsgeschichte hat von der Religionsseite nichts zu befürchten. Eher im Gegenteil. Dies umso mehr – und jetzt scheint sich ein Kreis zu schließen – da wir die Kriege von Ökonomie ableiten und sich Religionen, immer neu hinzukommende, als ökonomische Kraftzentren positionieren.

Wird solch ein religiöses Unternehmen ökonomisch so potent, dass Krieg – natürlich ein Stellvertreterkrieg, wie denn nicht?, hat man doch kein eigenes Land! – dem Geschäft nützt, dann kann der Glaube, die Religion als Motiv vorgeschoben werden. Es stehen uns also – aller Voraussicht nach – noch etliche »heilige Kriege« ins Haus.

Wenn wir Kriege als logische Konsequenz der »militaristischen Marktwirtschaft« (es sei gefordert, diesen Begriff endlich als wissenschaftlich anzuerkennen) betrachten, haben wir vor dem Kurzschluss zu warnen, der Generaldirektor der Waffenfabrik sei der Schuldige. Gehört die Waffenfabrik doch einem übergeordneten Konzern, der Konzern einer Banken-Holding, und irgendwo – weit, weit oben – gibt es einen Vorsitzenden des Aufsichtsrates aller Aufsichtsräte. Dieser Mann kann – deshalb thront er ja soweit oben – keine Ahnung mehr haben, wie sehr die positiven Zahlen der Gesamtbilanzen von Kriegspräparationen beeinflusst sind. Das Phänomen ist mit dem Papst zu Rom ganz rasch erklärbar. Wie kann der Vertreter Gottes auf Erden wissen, welche Subunternehmen von der Vatikanischen Bank mit Darlehen bedacht werden, die ihr Geld so distribuieren, dass es irgendwann einmal bei Kinderpornografie produzierenden Filmfirmen landet? Der Papst hat nicht die Chance einer Ahnung, ist daher schuldlos zu sprechen. Wie eben auch jener Ehrenmann, der sich um die zufrieden stellende Finanzgebarung größtmöglicher Einheiten kümmert. Daher werden auch die nächsten Verursacher der Kriege im Besitz der »Vatikanischen Unschuld« sein. (Ein Terminus, der auch noch der Verwissenschaftlichung harrt.)

Eine detaillierte Rangfolge aller Kriegsursachen aufzustellen, soll sich zutrauen wer will. Aber auch Machtwahn und Nationalismus münden in der Ökonomie.

Die Bevölkerungsexplosion aufgrund hoher Geburtenraten wird als Kriegsgrund anerkannt. (»Volk ohne Raum«.) Da handelt es sich eben um die Sorge ob der Zukunft der (zu vielen?) Kinder. Andererseits pflegt man heute bei Geburtenrückgang zu klagen. Schaurige Lamentos verkünden, Völker wären vom Aussterben bedroht. Nun könnte ein Zyniker sagen, fein, dann können sie wenigstens keinen Krieg mehr führen. Aber zu diesem Argument dringt die Debatte nicht vor. Die vordergründige Drohung lautet: Die Rentner haben auf keine für sie zuständige, zahlungsfähige, vielköpfige nächste Generation zu hoffen. Wir stehen vor dem Paradox, dass das, was einerseits die Renten sichert (Geburtenanstieg), andererseits Kriegsgrund werden kann.

Da scheint etwas nicht zu Ende gedacht.

Adolf Hitler war die Inkarnation einer Feldherrenpersönlichkeit: Halbgebildet, größenwahnsinnig und auserwählt. Mit ihm, dem bislang effektivsten und populärsten Kriegsveranstalter, haben wir die Personalunion von Theoretiker und Praktiker der Idee: Krieg ist gleich Produktivität (vor allem in der Vorbereitung) und Vollbeschäftigung (gesteigert noch in der Durchführung). Es bleibt der Geschichtsschreibung vorbehalten, genauer zu untersuchen, ob das internationale Hofieren Hitlers, der Pakt mit den Bolschewiken (den sowjetischen Nationalsozialisten) und Ähnliches nicht auch von den Partnern in der positiven Erwartung einer Kriegschance betrieben wurde. Es ist nicht so, dass neue Nazis gar keinen Grund haben zu behaupten, dieser Adolf Hitler wäre von der internationalen Hochfinanz (also der Rüstungsindustrie) instrumentalisiert worden.

Wir aber halten uns an das Faktische: Ein Rechtspolitiker im deutschen Sprachraum hat verkündet und wiederholt, die Nazis hätten eine »ordentliche Beschäftigungspolitik« betrieben. Genauer kann man es nicht sagen. Nach dem Zweiten Weltkrieg kam der Begriff Kriegsverbrecher (»Nürnberger Prozesse«) auf. Schon kurz danach gelang es den Lobbyisten der internationalen Waffenproduktion, das Wort wieder aus dem Verkehr zu ziehen.

Wie gehen die Geschichtsprofessoren mit den Kriegen um? Stellen sie beim Vietnamesischen Krieg die gleichen Fragen wie beim Punischen? Wollen sie wissen, wer gegen wen, von wann bis wann? Oder reden sie von Napalm, von verbrannter Erde, von Gas, von Schändung und dergleichen? Reden sie davon, dass sich dieser Krieg als für beide Seiten als ungewinnbar herausgestellt hat? Weisen sie auf den Irrsinn der Unternehmung hin? Mit der Vermutung oder Unterstellung nationalökonomischer Antriebskräfte? Dringen die Geschichtsprofessoren gar in den unfassbar tragischen Konflikt ein, der Friedensbewegte veranlasst hatte, für ein Diktatorenschwein auf die Straße zu gehen? Tragen die Geschichtsprofessoren die Unentwirrbarkeit dieses Widersinns vor? Sind sie in der Lage zu sagen: Es handelt sich um eine Tragödie, gegen die eine solche der alten Griechen Vaudeville-Charakter hat?

Wo liegen die Marktchancen für die Kriege des nächsten Zeitabschnitts? Da ist das meiste wohl von den Afrikanern zu erwarten. Die holen – gemessen an Europa – politisch das späte Mittelalter nach. Geheimnisvoller ist, was die Erosion des real existierenden chinesischen Sozialismus zur Detonation bringen wird. Da scheint unsere Fantasie wohl überfordert. Aber gegenüber den Nachfolgekriegen der aufgelösten Sowjetunion müssten chinesische Steigerungen drin sein. Wobei nicht vergessen werden darf, wie viel an kriegerischem Potential der Staatenwerdung ehemaliger SU-Provinzen bleibend innewohnt. Südamerika ist ein – der

Scherz sei erlaubt – »Dauerbrenner«. Die südamerikanischen Staaten besitzen aber Anstand und Geschick, die Kriege meist intern, innerhalb der Landesgrenzen auszutragen. Diese – global gesehen – sozialste Form des Waffenverbrauchs wird bevorzugt von Heeren veranstaltet. Dennoch nennt man den Krieg des Heeres gegen den Diktator oder die demokratische Regierung »Bürgerkrieg«. Diese Fehletikettierung ist nur vermeintlich eine. Im Gegenteil: In Südamerika wird vorgeführt, was der Terminus »Bürger in Uniform« wirklich bedeutet.

Und Europa? Was leistet Europa? Man hat rund um Bosnien welthistorische Solidarität mit Schwarzafrika bewiesen. Das kann doch nicht alles gewesen sein? Irland und Baskenland sind volkswirtschaftlich zu vernachlässigen. Aber Deutschland? Die Deutschen haben für Krieg keinen Kopf frei. Außer es käme einer auf die Idee, schier unlösbare binnennationale Probleme vor »territorialen Anforderungen« zweitrangig werden zu lassen. Dann könnten die Zeiten für die in Schlesien lebenden Polen und im Sudetenland lebende Tschechen unruhig werden. Denn wer glaubt, diese Fragen seien nicht mehr »offen«, ist entweder taub, kann also Reden nicht hören, blind, kann also keine Zeitschriften lesen, oder blöde. In diesem Fall hält er Reden oder schreibt die Artikel selbst.

Kriegsgegner gab es zu allen Zeiten. Es handelt sich da um einen Personenkreis, dessen Mitglieder mit Industrie und Volkswirtschaft nichts zu tun haben. Bevorzugt um Künstler. Die Deutschen haben da eine große Tradition. Zu Zeiten des 30jährigen Krieges schrieben Dichter für den Frieden. Daher wurden sie auch von der nachfolgenden akademischen Literaturgeschichte unterbewertet. Man warf ihnen vor, der Krieg hätte trotz ihrer literarischen Interventionen 30 Jahre gedauert. Warum hat nie einer den Verdacht, er, der Krieg, könnte ohne die Gedichte gegen ihn 31 Jahre gedauert haben?

Gibt es keinen Ausweg? Bleibt es bei der Menschheitsgeschichte als Kriegsgeschichte? Es müsste nicht sein. Voraussetzung wäre weltweite Ächtung, Verfolgung und Kontrolle von Waffenproduktion. Immer wieder haben Autoren nachgewiesen, dass Waffen nicht produziert werden können, um nur zu vergammeln und ersetzt zu werden. Von Zeit zu Zeit ist ihre Existenzberechtigung vorzuführen. Manöver reichen nicht. Also: Bis auf die Waffen, die eine sinnvolle Polizei braucht, um – jeweils national – für Ruhe und Ordnung zu sorgen, das Verbrechen zu stellen und zu bekämpfen, darf es keine Waffen mehr geben. Wenn man daran geht, weltweit die Herstellung von Kinderpornos zu erfassen und abzustellen, durch Prävention und härteste Strafen, dann muss das auch bei Waffenproduktion und -handel möglich sein.

Waffenproduktion gigantischen Ausmaßes mit dem Argument der Verteidigung (»atomares Schutzschild«), wie vom amerikanischen Präsidenten forciert, ist seit dem 11. September 2001 nicht mehr argumentierbar. Wenn – wieder einmal – eine Weltreligion keine Probleme hat, Menschen zu finden, die sich und unbegrenzt andere morden, wenn sich Märtyrertum mit technischer und logistischer Perfektion paart, mit pervers meisterlicher Disposition, dann kann man die Verteidigungswaffen ins Kuriositätenkabinett stellen, die Geheimdienste auf Betriebsausflug schicken und auf den Radarschirmen Gameboy spielen. Terroristen hätte man mit Friedensordnungen zu bekämpfen. Friedensordnungen, mit denen man Terrorismus duldende oder formende Staaten *befriedet.* Das hieße auch die Einstellung der Wirtschaftskriege und ökonomischen Kolonialisierungen. Das hieße die globale Anwendung der Menschenrechte.

Angesichts der Intensität, mit der sich die Generation der wirtschaftstreibenden Söhne und Töchter der westlichen Welt mit dem Begriff Frieden, mit dem Pazifismus befasst, kann den Enkeln wenig Hoffnung gemacht werden. Aber sie werden wieder Kinder haben. Urenkel.

Glauben sei erlaubt.

FRIEDENSTRUPPEN

Hintergründe des Waffengebrauchs

Die tragisch-komische, die schaurig groteske Rolle, die junge Männer aus verschiedenen Ländern unter der Rollenbezeichnung »Blauhelme« (Anm: das ist kein Synonym für besoffene Offiziere!) auf dem Balkan spielten und spielen, verpflichtete zu einer grundsätzlichen Feststellung. Sie ist in anderen Zusammenhängen trefflich so formuliert worden: »Ein bisschen schwanger geht nicht.«

Also: Wenn man ein Gewehr hat, muss man bereit sein, damit zu schießen, sonst braucht man kein Gewehr zu haben. Man braucht es nicht jeden Tag öffentlich schauzuladen, wenn das Gegenüber sicher sein kann, es wird ohnehin nicht abgedrückt.

Nennen Sie es Zynismus, ich nenne es Wahrheitsliebe. Entweder man will und kann Politiker und deren Generäle (bzw. Generäle und deren Politiker) befrieden, indem man sie besiegt, oder man lässt sie einander umbringen. Im ersten Fall sterben Soldaten und mit ihnen soundsoviele Zivile, werden Städte zu Schutt und Asche, Länder zu Wüsten. Im zweiten Fall sterben Soldaten und mit ihnen Zivile, werden Städte zu Schutt und Asche und Länder zu Wüsten. Das ist in beiden Fällen unvermeidlich. Abzuschätzen wäre, was das kleinere Inferno ist. Um dazu in der Lage zu sein, werden Heerführer ausgebildet und bezahlt.

Aber man drückt sich, windet sich, widerspricht sich, blamiert sich. Man will Heere haben, um großmächtiges Imponiergehabe bei Paraden und Manövern zur Schau stellen zu können, man will Soldaten einberufen, um jungen Menschen rechtzeitig klarzumachen, nicht sie seien der Souverän ihres Lebens, sondern der Staat. Dazu braucht man Soldaten. Was den finalen Zweck ihres Vorhandenseins betrifft, bekam man zu Ende des Jahrhunderts der Groß-Kriege kein gutes Gewissen. So verfügte man Agonie und Statistentum. Man will keine Diskussion über die moralische oder pragmatische Berechtigung des Vorhandenseins eigener Heere auslösen. Und das geht eben nicht. Eine »Friedenstruppe«, die Frieden zeugen soll, ist unfruchtbar.

Als der (erste oder wievielte?) Balkan-Krieg tobte, schlug in das Zentrum der Kultur- und Olympiastadt Sarajewo eine Granate ein und riss die Passanten in Fetzen. Ein Nachrichtensprecher teilte mit: Die Befehlshaber der in Bosnien stationierten Blauhelme sollen die »Hintergründe« klären.

Die Hintergründe (in beliebiger Reihenfolge) waren:

Es ist Krieg.

In der Nähe von Sarajewo lagern Bewaffnete.

Zu deren Waffen zählen Granatwerfer.

Die wurden produziert, verkauft und gekauft.

Der Sinn von Granatwerfern ist es, Granaten zu werfen.

Das Werfen von Granaten in menschenleere Einöden gilt (Manöver ausgenommen) als unsinnig und unökonomisch.

Daher wirft man Granaten vorzugsweise in besiedelte Gebiete.

Die Bewaffneten in der Nähe von Sarajewo teilt man ein in Untergebene und Vorgesetzte.

Die Vorgesetzten sagen, die Untergebenen sollen eine Granate ins Zentrum von Sarajewo werfen. Die Untergebenen tun das.

Sie berufen sich auf den Befehl der Vorgesetzten.

Die Vorgesetzten berufen sich auf die Kernaussagen der Gebrauchsanweisung von Granatwerfern.

Die Einkäufer der Granatwerfer freuen sich, keinen Fehlkauf getätigt zu haben.

Die Produzenten und Verkäufer der Granatwerfer stehen weiterhin – zu kulanten Bedingungen und bei prompten Lieferfristen – zu Diensten.

Die Menschen sind Bestien.

Im Krieg merkt man das besonders.

Es ist Krieg.

So viel zu den Hintergründen.

ÖSTERREICH

Richtigstellung der Lobpreisungen

Ich halte mich für einen Patrioten. Daher sind mir zwei inhaltlich und sprachlich gleichermaßen schwache Lobhudeleien zuwider. Es war mir ein Bedürfnis, sie unter Benützung des Originals richtiger zu stellen. Es handelt sich zunächst einmal um die berühmte Suada eines Ottokar von Horneck aus Franz Grillparzers »König Ottokars Glück und Ende«.

O, nehmt euch endlich dieses Landes an!
Es ist schon höchste Zeit, es wär ein gutes Land,
Wohl wert, dass man hier manches unterbinde!
Wo habt ihr so viel Unflat schon gesehn?
Schaut rings umher, wohin der Blick sich wendet,
Grinst einer Zukunft schon ein Bild entgegen.
Von reinstem Dünkeltum und Unverstand,
Von Lack und Seife schwarz und blau verschmiert,
Von Phrasen süß durchwürzt und viel zu laut,
Schleimt es in ausgewalzten Bahnen hin –
Ein welker Blumenstrauß, soweit es riecht,
Vom Silberband des Gärtners rings umwunden –
Hebt sich empor die Gläser voller Wein,
Bis man das Hirn im goldnen Saft ertränkt
Und rülpsend schläft trotz Gottes Sonnenglanze;
Der dunkle Trieb von Jagdlust krönt das Ganze.
Und Knoblauchs lauer Hauch schwebt drüber hin
Man zeugt und kneift und mag auch manchmal schlagen,
Der wär kein Mann, der nie die Frauen schlägt.
Drum ist der Österreicher fit und frech,
Stolz auf sein Fehl, besteht auf seinen Freuden,
Beeidet falsch und lässt sich gut bekleiden!

Und was er tut, ist ohne Scham getan,
’s ist sicher, dass in Sachsen und beim Rhein
Es Leute gibt, die auch in Büchern lasen;
Allein, was Spaß macht und was Gott verbot,
Der trübe Blick, der hold verwirrte Sinn,
Da tritt der Österreicher hin vor jeden,
Denkt wieder nicht und lässt die andern reden!
O gutes Land! O Vaterland! Inmitten
Dem Kind Europa und dem Ahnherrn Deutschland
Liegst du, der ausverkaufte Kleinstaat da;
Erhalte Gott dir deinen Jungendstil
Und schau dazu, dass andre was vererben!

Um die Forderung nach einer neuen Bundeshymne zu unterstreichen, sei auch deren Text verwüstet:

Land der Hymne voll der Phrasen,
Schlecht gereimt und arg verblasen,
Land der Lämmer, schmuseweich.
Heimat bist du falscher Töne,
Volk der töchterlosen Söhne,
Überschätztes Österreich.

Heiß zerredet, stets zerstritten,
Liest du andern die Leviten,
Ob du Recht hast, ist dir gleich.
Gibst die Antwort vor den Fragen
Und bist schwerlich zu ertragen,
Präpotentes Österreich.

Gestrig in die neuen Zeiten,
Ohne Scheu vor neuen Pleiten,
Kreuzfidel, nie schreckensbleich.
Zugebrüllt von Opernchören,
Musst du keine Warner hören,
Österreich bleibt Österreich.

KULTUR

KULTURPOLITIK

Aktionismus ohne Menschenbild

Kulturpolitik definiert kein Menschenbild, dessentwegen man Kultur produziert. Die Leerformeln der kulturpolitischen Absichtserklärungen sind läppisch.

Kulturelle Betriebsamkeit, nur um der kulturellen Betriebsamkeit willen, genügt nicht. Auch wenn philosophische Trittbrettfahrer der Postmoderne der Kulturpolitik die Haltungslosigkeit mit Erfolg nahe gelegt haben. Hysterische Zellteilung, platzender Veranstaltungskalender, pausenloser Aktionismus führen zu kulturellem Flurschaden, in der Umweltpolitik spricht man von Verhüttelung.

Ein Kulturbetrieb, nur dazu da, um abzulenken, um Pseudodebatten zu provozieren, um von jenen der gesellschaftlichen Dringlichkeit verschont zu bleiben, ist Eskapismus, Fluchtbewegung. Kultur flieht vor der Gesellschaft, lässt sich die Flucht aber buchen und bezahlen.

Kulturpolitik darf nicht *alles* ermöglichen wollen, um geliebt, sprich: gewählt zu werden. Kulturpolitik verlangt subjektives Bekenntnis zu Prioritäten, mit dem Recht auf Irrtum. Alles andere führt zu Anarchie, zu einem Schwarzmarkt der Subventionen.

Zum Vergleich: Wirtschaftspolitik heißt, Rahmenbedingungen zu schaffen, innerhalb derer sich Wirtschaft frei entwickeln kann. Das zweite Wort des zusammengesetzten Hauptwortes »Rahmenbedingungen« heißt »Bedingungen«. Bedingungen aber bedingen eine Zielvorstellung. Die fehlt in der Kulturpolitik. Wir sind wieder beim Menschenbild, bei Welt- und Lebensanschauung.

Kulturpolitik wurde und wird gerne von kultivierten und kulturinteressierten Damen und Herren aus Lehrberufen, Bankberufen oder Gemeindeverwaltungsberufen gestaltet und verantwortet und nie – in von mir übersehbaren Zeiträumen – von Menschen, die eine wesentliche Zeit ihrer Biografie *in* der Kulturproduktion von Kulturproduktion gelebt haben. (In Österreich gibt es eine aktuelle Ausnahme.)

In Justizausschüssen sitzen Juristen, in Wirtschaftsausschüssen sitzen Ökonomen, in Kulturausschüssen sitzen Damen und Herren, die wahrscheinlich ganz gern ins Theater oder ins Konzert gehen. Diese Personen sind vor Kunstschaffenden zwar mächtig, aber nicht emanzipiert. Ihr mangelndes Selbstvertrauen, ihr Minderwertigkeitskomplex, ihr großteils gänzlich unangebrachter Schauder vor dem »Schöpferischen« führen zu Fehlverhalten, zu Fehlentscheidungen. Manche dieser Entscheidungen werden nur getroffen, um durch Simulieren von Aufgeschlossenheit Anerkennung zu gewinnen. Das hat unheilvolle Folgen: Unemanzipierte Kulturpolitiker liefern sich jenen Künstlern aus, die in der Lage sind, publizistisch festschreiben zu lassen, es käme auf ihre und *nur* auf ihre Anerkennung des Kulturpolitikers an.

Kulturpolitik führt aus parteipolitischen Erwägungen einen geradezu würdelosen Kampf um die Sympathie jedweder – ich betone: jedweder – künstlerischer Prominenz, ohne jedes Bedenken der Frage, ob nicht die künstlerische Haltung der Umworbenen dem politischen Ethos einer politischen Richtung eigentlich widerstrebt. Etwa der politischen Richtung, die den Kulturpolitiker erst zu einem Kulturpolitiker gemacht hat.

Das führt in letzter Konsequenz dazu, dass sich Kunstfaschisten zu einer demokratischen Partei bekennen, und die auch noch stolz darauf ist. (Zur Erklärung: Es gibt auch einen seitenverkehrten Faschismus: den der Negation. Den der Totalität undifferenzierter Diffamierung. Den des Hasses.)

Es ist nicht bekannt, dass Kreisky einen ihn beschimpfenden Dichter zu sich gebeten hätte, um ihm seine Wählerstimme abzubetteln.

Als ein Objektkünstler ein kleines Nylonsäckchen voll mit eigenem Sperma im Kulturministerium deponierte und dafür eine nachträgliche Subvention erwartete, verweigerte der zuständige Beamte diese mit der Begründung, die rechte Opposition könnte es erfahren und daraus Kapital schlagen. Keine Sekunde lang dachte er daran, in eigener Entscheidung Sperma in Plastik nicht für eine gestalterische Leistung zu halten.

Es ist verhängnisvoll, wenn naturgemäß unemanzipierte Kulturpolitiker vor dem flächenbrandartig verbreiteten Berufsstand der feuilletonistischen Kunst- und Kulturkommentierer nicht souveräner dastehen, wenn sie Fehlinformationen nicht korrigieren, Diffamierungen nicht kommentieren, wozu sie als Politiker eigentlich verpflichtet sind.

Die Verfasserin eines Textes für einen offenbar eindrucksvollen theatralischen Reichsparteitag hatte erklärt, Motiv ihres Textes sei ihr Widerstand gegen die Überschätzung des Sports in diesem Lande bei gleichzeitiger Missachtung von Kunst und Kultur. Nicht zu hören war irgendein Kulturpolitiker mit einem Satz dieser Art: Der Vorwurf, im Staat Österreich würde man Kunst und Kultur missachten, ist entweder böswillig oder schlicht blöd.

Österreich ist nämlich ein geradezu outrierendes Kunst- und Kulturland. Die Frage ist – und damit sind wir bei der Uraufgabe der Kulturpolitik, der Differenzierung –, *welche* Arten von Kunst & Kultur wie sehr gefördert zu sein haben.

Kulturpolitik stützt Hoch- und Elitekultur überproportional, führt dafür Gründe der nationalen Geltung und der Umwegrentabilität an, hat aber nicht den Mut, Kosten der Elitekultur auf die sie beanspruchenden Eliten ein wenig mehr umzulegen. Kulturpolitiker äußern öffentlich den Schwachsinn, die teuersten Plätze im Großen Salzburger Festspielhaus seien zu teuer, dürften jedenfalls nicht teurer werden, statt genau das zu fordern, um die billigen Kategorien ausweiten zu können.

Österreichische Kulturpolitiker redeten sich um Kopf und Kragen, würden sie vor den hochsubventionierten Eliten nicht immer wieder beteuern, ihre Partei meinte eben auch ganz besonders deren Kultur, wenn sie darüber redet. Sozialdemokraten bewiesen dem Jet-Set ihre Wählbarkeit, indem sie dessen Zeche zahlten. Früher war das umgekehrt, da haben die Reichen einmal im Jahr die Armen anständig ausgespeist.

Leute, denen dämmerte, dass das mit der Hochkultur nicht mehr so weitergehen dürfe, hatten eine Reform vorzuschlagen:

Demokratisierung. (Also nicht Änderung der Stellung zur Gesellschaft, sondern Öffnung für andere Gesellschaften.) Diese Forderung war falsch. Hochkultur ist elitär. Man kann die »blaue Mauritius« nicht an philatelistisch interessierte Altersrentner verteilen, man kann den Juwelierlehrlingen nicht den Kohinoor zur Bearbeitung zur Verfügung stellen. Die Hochkultur ist in einem Zustand, wo der Sammlerwert den tatsächlichen noch tausendfach übersteigt. Man halte sich nur einmal den Qualitätsanspruch bei Sängern vor Augen. Der Maestro Herbert von Karajan, der zum Glück nicht so intelligent war, um unehrlich zu sein, der also immer das sagte, was er sich wirklich dachte, formulierte wörtlich: »In den wirklich obersten Spitzen gibt es, wenn es sie gibt, *eine* Idealbesetzung.« Dieser von Opernkunsthändlern erfundene totalitäre Maßstab dient in allem und jedem der Preisbildung innerhalb der Produktion. An dieser Preisbildung ist der Agentenclan dies- und jenseits der Rampe interessiert. Das System ist todsicher. Ein eiskaltes Händchen wäscht das andere.

In einer von Sozialdemokratie verwalteten Kulturgesellschaft wurden die unmenschlichen Relationssprünge in der Honorierung künstlerischer Leistungen zementiert. Ich möchte das ausgesprochen haben, bevor eine sozialdemokratische Kulturpolitik ihre neue Chance erhält.

Progressive Kulturpolitik kann und darf nun keineswegs heißen: Museumsstürmerei. Aber es muss eine Relation geben zwischen Natur-, Kunst- oder Opernhistorischem Museum, ob dieses Opernhistorische Museum jetzt »Wiener Staatsoper« oder »Salzburger Festspiele« heißt. Aber Herbert von Karajan hatte gesagt, ich zitiere abermals wörtlich, er könne sich zum Beispiel in Salzburg »am besten umsetzen«. Das wird jeder verstehen, der weiß, was das Wort Umsatz bedeutet.

Zurück zum Begriff Demokratisierung. Man soll also kunstvolle Produkte eines so kunstvollen Handels demokratisieren, einer breiteren Öffentlichkeit zugänglich machen. Wozu? Um jeglicher Kunst, die mit dem Bruttosozialprodukt in plausibler Relation steht, Minderwertigkeitskomplexe einzujagen?

Giorgio Strehler, als er noch Star der Salzburger Festspiele war, plädierte im »Spiegel« für ein »Theater der Wenigen«, ein »Theater der Elite«, eine »Aristokratie des Geistes«. Ich halte diesen Gedanken für höchst künstlerisch und keine Sekunde lang für reaktionär. Ich halte nur jene Leute für reaktionär und mehr als das, die diesem Gedanken jene Geldmittel zur Verfügung stellen, die der Kultur für größere Gesellschaftsklassen so dringend fehlen. Man sollte die Hochkultur veranlassen, sich nach den Gesetzen des freien Marktes zu verhalten, den die Gesellschaft, die sie trägt und erträgt, sonst so verteidigt.

Warum, frage ich, sind die Kartenpreise für Überbuchte eingefroren? Warum geht man mit dem Markt- und Sammlerwert eines Milieu-Gottes nicht an die Preisgrenze? Der Geldelite würde es ermöglicht zu zeigen, was ihr diese Kultur wert ist, und sie würde es zeigen. Wenn nicht, dann hätte sie sich als Zechpreller entlarvt.

Und wenn wir schon bei der Ökonomie sind: Mir missfällt an der Kulturpolitik das untätige Zusehen, wie knapp gewordenes Geld durch unverantwortliche, unprofessionelle, hybride Produktionsweisen veruntreut wird. Regisseure, die sich z. B. für ein 200 Personen fassendes Theater ein Bühnenbild für ein Theater mit zehnfachem Fassungsraum bauen lassen, Regisseure, die in langen Theaterprobenmonaten das Werk erst kennen lernen, das zu realisieren sie engagiert wurden, haben ihre Gage nicht verdient, vergeuden mein dafür nicht bereitwillig gezahltes Steuergeld und liefern – was das Schlimmste ist – schwer zu relativierende Argumente für eine kulturfeindliche rechte Reaktion.

Andreas Mölzer, der abgehalfterte weltanschauliche Couturier des Gesinnungsmannequins Jörg Haider hat schon verkündet, man müsse sich daran gewöhnen, dass auch »Rechte eine Meinung haben«. Wer hätte das je bestritten? Die Meinung der Rechten ist in Bild und Wort überliefert. Die Ausstellung der »entarteten Kunst«, die Bücherverbrennungen, die Deportation und die Auslöschung von Künstlern sind bekannt.

Selbstverständlich waren das alles rechte Meinungen, die Andreas Mölzer nicht meint. Er will nur die Meinung der Rechten gehört und befolgt wissen, welche Arten von Kunst subventioniert oder sonst gefördert werden sollen, er will die vielen Szenen des Kulturstaates dem gesunden Volksempfinden öffnen, er würde nie etwas gegen ihm politisch missliebige Künstler tun oder sagen, außer sie schwiegen nicht.

Ausgetragen wird der nicht bevorstehende, sondern bereits stattfindende Kulturkampf auf dem Gebiet der Ökonomie, des Budgets. Der Staat muss sparen, in allen Sparten, auch auf dem Feld der Kultur. Die Sparte Kultur wehrt sich, wie alle anderen Sparten auch. Es gilt, ihr das Recht zu verwehren, sich zu wehren. Wenn gekürzt wird, muss man entscheiden wo, und wenn sich die Meinung der Mölzers durchsetzt, bedarf es keiner langen Diskussion, wo gekürzt wird und wo nicht. Alles, was den von Jörg Haider vertretenen »fleißigen, braven und anständigen« Österreichern gefällt, wird weiterhin unterstützt, alles, was faule, schlimme und unanständige Österreicher, also die restlichen circa 75 Prozent interessieren könnte, kann ausgedünnt, ausgehungert, trockengelegt werden.

Die Kulturszene wird sich schützen wollen. Wer sich schützen will, darf sich keine Blößen geben. Es bedarf nicht der rechten Meinung, um zu wissen, dass auf dem Gebiet der Produktionsweisen der Hochkultur, auf dem Sektor der Regiegagen der mit großen Feuilleton-Namen Erpressenden, auf dem Feld der Ausstattungen, auch auf dem der Rechte und Lizenzen, erstaunliche Beträge verschwendet und veruntreut werden. Mit dem Anspruch, Kunstproduktion entziehe sich verantwortungsvoller Planung, exakter Disposition, wurden und werden Ermahner entmündigt, Unverschämtheiten genialischen Größenwahns gedeckt. Es wäre in den vergangenen Zeiten eine Frage der Anständigkeit gewesen, hier manches abzustellen. Da und dort war es auch schon durch die Ökonomie erzwungen. Jetzt wird es für die Kultur zur Existenzfrage, nicht finanzieller Untaten überführt werden zu können, um rechte Meinungen abzuwehren.

Nichtsdestotrotz wird es immer Menschen geben, die ein Privileg haben. Nämlich das, große Künstler zu sein. Es ist dies ein weit größeres Privileg als die eine oder andere soziale Extrawurst in Behörden oder Großbetrieben. Doch es gibt die grundlegende rechte Meinung: Privilegien gehören abgeschafft! Da man der Schöpfung oder Genen aber nicht vorschreiben kann, wen sie mit diesem Privileg bedenken, muss man wenigstens den Neid der weniger Begabten, der Unbegabten und der Überhauptnichtkünstler schüren. Man muss anprangern, dass es auch in der Kunst einen freien Markt gibt, dass die eine Kunst nach Brot und die andere nach Tafelspitz geht, man muss den Künstlern ihr Künstlertum durch publizistische Nachstellungen vermiesen, wie es nur geht. So die rechte Meinung. Sie hat in der Kulturpolitik keinen Platz zu haben.

Die österreichische Kulturpolitik nimmt – wie andere politische Sparten auch – die Chancen eines neutralen Klein- und Kulturstaates im Herzen Europas nicht wahr, so die Chance, in der für das Menschenbild entscheidenden Medienpolitik ein Beispiel zu geben.

Österreichs Kulturpolitik hätte die Aufgabe, dem öffentlich-rechtlichen Fernsehen gesetzliche Rahmenbedingungen zu schaffen, die den ORF nicht verpflichten, Privatfernsehen durch Imitationen der Formate des Privatfernsehens zu imitieren. Es wäre die kulturpolitisch wichtigste Aufgabe, die Existenz eines spezifisch österreichischen, kulturtragenden, dem internationalen visualisierten Groschenheft, der flächendeckenden Kinderablenkung und -verbildung, der Gewaltverherrlichung *nicht* ausgelieferten Fernsehsenders zu ermöglichen. Die Idee, unaufhaltsam eindringendes Privatfernsehen durch eigenes öffentliches in Schach zu halten, halte ich für Illusion am Rande des Schwachsinns. Eine Kulturpolitik, die sich der Quote nicht nur ausliefert, sondern auch deren Vergötzung nicht verhindert, ist eine Politik der Kulturfeindlichkeit, der Unkultur.

Unerträglich ist die Schamlosigkeit, mit der Kulturpolitik annimmt, man würde sich an dieses zynische, rund um die Uhr sendende Kommerzmedium gewöhnen und eines Tages endgültig glauben, Fernsehen müsse so sein. Das ist nicht der Fall.

Ärgerlich an der Kulturpolitik ist auch der mangelhafte Widerspruch gegen die Diffamierung nationaler Qualitätsmaßstäbe. Die

Kulturpolitik ist nicht in der Lage, dieses Dilemma zu bewältigen: Man ist *für* Österreich, man ist politisch vehement gegen die Deutschnationalen, die Großdeutschen, man entlarvt jeden dümmlichen Halbsatz als Wiederbetätigung, aber man begreift den Anschluss an großdeutsche Geschmackskriterien als unabdingbar.

Wer meinen beruflichen Weg verfolgt hat, weiß, ich habe mich in Deutschland nie an den dort allzeit gefragten Österreich-Beschimpfungen der in Deutschland Geld verdienenden Österreicher beteiligt. Aber wenn ich in Deutschland zu arbeiten habe, verspüre ich ein Glücksgefühl. Weniger, weil mich die bevorstehende Aufgabe, wie jede schöne Aufgabe, freut, mehr, weil ich von Österreich wieder wegkomme. Ich maße mir an zu sagen: Es wäre Aufgabe der Kulturpolitik, dieses mein Glücksgefühl zu begrüßen oder zu bedauern.

INTELLEKTUELLE

Der Dialog mit Politikern

Gelegentlich wird nach dem Verhältnis zwischen Politikern und Intellektuellen gefragt. Da muss man doch gleich einmal rückfragen, aufgrund welcher Erfahrungen man annimmt, unter Politikern seien Intellektuelle nicht vertreten, Intellektuelle hätten noch nie den Entschluss gefasst, Politiker werden zu wollen?

Die Rückfrage provoziert die Wahrheit. Intellektuelle, die Politiker geworden sind, begannen sich auf populär, bürgerlich, volkstümlich, genossenhaft zu schminken, bis die Schminke zur unabkratzbaren Maske erstarrt war. Sie schämen sich – aus pragmatischen Gründen – ihres Intellekts und halten ihn, auch in der eingetretenen Verkümmerung, verborgen.

Bei Intellektuellen ist ein ähnlicher Deformationsprozess zu beobachten. Manche haben den Verdacht, ihre politischen Ziele als Politiker besser vertreten zu können, denn als freischwebende Geistesgrößen, müssen also vor sich begründen, warum sie politisches Wirken schwänzen und basteln sich die Begründung, indem sie Politik als mieses, deformierendes Geschäft entlarven, mit dem ein intellektueller Anständiger und ein anständiger Intellektueller nichts zu tun haben dürfen.

Es gibt bei Politikern eine schauerliche Scham davor, öffentlichen Verdacht aufkommen zu lassen, ihre Haltung gründe sich auf zitierbare Philosophen, Erkenntnistheorien, geisteswissenschaftliche Gebäude. Sie werden von sich oder ihren geistigen Garderobern ständig davor gewarnt, vor das Volk hinzutreten und zu sagen: Freunde, dieses Buch habe ich für euch gelesen, weil ihr erstens ohnehin keine Zeit dafür hättet und es zweitens nicht so begreifen könntet wie ich. Daher sage ich euch, ich habe aus diesem Buch Folgendes gelernt und werde – mit eurer gütigen Wählerstimmenerlaubnis – darangehen, das Gelernte zu realisieren. Nein, diese Politiker sagen: Ich bin ein genauso armes, besorgtes, überarbeitetes Würschtel wie du, aber miteinander werden wir aus der Scheiße schon irgendwie herauskommen. Wähl mich!

Bei Intellektuellen sieht das wieder so aus. Keiner hat die Entschlossenheit zur einfachen Begründung: Wählen Sie den Maier, denn der Müller ist der weit ärgere Pfuscher! Ohne einen tief greifenden Hinweis auf die politisch-philosophischen Basistheoreme der Herren Maier und Müller und deren Stellung zur drohenden Apokalypse tun sie es ungern.

Wie stellen sich die Politiker zu den Intellektuellen (diesem Haufen aus sich artikulierenden Wissenschaftlern, Bildnern, Schreibern, Textaufsagern)? Nun, sie versuchen, den Eindruck zu erwecken, sie gezeugt zu haben, was natürlich gelogen ist, sie zu erhalten, was auch nicht stimmt (peinlicherweise stimmte teilweise, die Erhaltung durch das Volk veranlasst zu haben) und leiten daraus das Recht ab, sie dann zu beerdigen, wenn deren Meinungsäußerungen das tolerierbare Ausmaß eines permanenten demokratischen Störkitzels überschreiten.

Politiker halten sich Intellektuelle, um sich gegebenenfalls in deren Schutz begeben zu können. Die Art und Weise, wie Intellektuelle dieses Spiel mitspielen, beweist: Intellektuelle haben das Unterkriechen der Politiker als wiederum ihre Chance begriffen, bei Politikern unterzukriechen. Das System ist ungut.

Wie hätten Politiker und Intellektuelle einander gegenüberzustehen? In kritischer Solidarität. Kritisch heißt für den Politiker, dem Intellektuellen – soweit möglich – auf dessen Ebene gegenüberzutreten, gebildet zu argumentieren, nicht populistisch zu polemisieren.

Kritisch heißt für den Intellektuellen, die politischen Realitäten, die vorgegebenen Entscheidungsprozesse zu kennen (nicht unbedingt anzuerkennen). Solidarisch heißt für beide Seiten, Absichten und Zielvorstellungen zu teilen oder zu respektieren. Wo das nicht möglich ist, darf es nur offenen, erbitterten Streit geben. Dann hat der Gegensatz Intellekt – Politik ausgetragen zu werden. Dann haben wir zu wissen, wo wir zu stehen haben.

KRITIKKULTUR

Zehn Wesensmerkmale des Kulturjournalismus

So sehr der Kulturjournalismus beachtet wird, so wenig wird er analysiert. Die Publizistik, stets eifrig bemüht, Wesensmerkmale aller Sparten zu erkennen, scheut offenbar die nähere Einlassung mit allem, was irreführend »Feuilleton« genannt wird. Damit befindet sich die Publizistik in guter Gesellschaft. Auch die Politik erklärt sich grundsätzlich für unmündig, wenn von öffentlichen Regungen jeglicher Art mit Nachdruck behauptet wird, es handle sich um Kunst. Kunst, von der angenommen wird, sie bestimme die Kultur in erster Linie, schwebt über allen gesellschaftlichen, also definierbaren Zusammenhängen. Im Sog dieser generellen Vernebelung führen Kunstkritik, Kulturkritik ein unverbindliches, unterhaltendes Schmarotzerdasein. Dennoch sollte es möglich sein, den Kulturjournalismus, die permanente Kritik der Kultur nach Eigenheiten, gar Gesetzmässigkeiten zu untersuchen. Man darf davon ausgehen, dass Kritik der Kultur ihrerseits Kultur hat, Kultur vertritt. Wenn das so ist, bleibt zu fragen: Welche?

Die Kultur der Kritik der Kultur – das ist einerseits die Kultur, die sie selbst hat, zur Schau stellt, die Denkkultur, die Schreibkultur – das ist andererseits die Kultur, die sie sich wünscht, für die sie denkt und schreibt.

Reden wir zunächst darüber. Welche Kultur wünscht sich die Kulturkritik? Eine pausenlos agierende, permanent aktionistische und immerfort krisenfähige Kultur. Denn die schafft Arbeitsplätze. Für Kulturkritik.

Die Kulturbetriebskultur erspart der Kulturkritik eine kulturpolitische Haltung. Eine Haltung zur Kulturgesellschaft. Also eine kulturgesellschaftspolitische Haltung. Und damit – zwangsläufig – eine gesellschaftspolitische Haltung.

Die bleibt sie schuldig. Teils aus Überforderung, teils aus Opportunismus.

Erstes Wesensmerkmal der Kulturkritik ist das Bestreben, sich mit Terminen zu betäuben.

Ein zweites Wesensmerkmal: Wie keine andere Sparte des Journalismus suggeriert die Kulturkritik sich und ihrem Publikum, kulturelle Hervorbringungen seien eine Sache für sich, hätten nicht auch im Kontext zu unser aller gesellschaftlichem Leben beurteilt zu werden. Das Ergebnis derartiger Haltung ist masturbierendes Fachidiotentum.

(Herbert Jhering: *»Man erkennt einen Kritiker nicht nur an seinen treffenden oder verfehlten Urteilen, sondern vielmehr daran, wie und in welchem Zusammenhang er seine Meinung findet und begründet.«*)

Es gibt im Wirtschaftsjournalismus Wirtschaftsjournalisten, die über ökonomische Gefährdung durch multinationale Konzerne referieren können, die internationale Finanzmärkte analysieren – will sagen: deren schwer steuerbaren Einfluss –, die vor allem auch über die Gefahren ungebremsten Wachstums zu schreiben wissen.

Es gibt im Sportjournalismus Sportjournalisten, die sich gegen Europaligen und solchen einmal nachfolgende Globalligen wehren, weil sie die Basis jedweden Sportes gefährdet sehen, die Medienpolitik betreiben, wenn sie ihren Sport von telegenen Werbepausen oder vor Pay-TV geschützt wissen wollen, die also über den Stadionrand der Events hinaussehen.

Nur im Feuilleton halten die Leute das jeweils gestrige Konzert und die morgige Premiere für das die Zukunft der Kultur entscheidend beeinflusst habende oder entscheiden werdende Ereignis.

Aufgrund dieser Provinzialität – also der Beschränktheit auf die Sparte – sind die Kulturkritiker nicht in der Lage, das Hauptproblem der Kultur zu erkennen: Die Unterscheidung von quantitativem und qualitativem Wachstum.

Dieses dritte Wesensmerkmal ist historisch begründbar.

1945 ging es um den Wiederaufbau von Kultur. Lange vor den

Fragen nach einer vielleicht neuen Kultur setzte ein Boom ein: der des rein quantitativen kulturellen Wachstums.

Denn als es um die Zahl ging, war die Stunde des Zusammenwirkens von kulturloser Politik und unpolitischer Kultur gekommen. Erstere profilierte sich als Macher, als Möglichmacher. Letztere konnte sich beliebig vermehren, räumlich zellteilen und durch ihre – nie in Frage gestellte – Überexistenz immer neue Ansprüche anmelden.

Heute stehen wir vor einem gigantischen Kultur-Apparat, man könnte auch Haufen sagen. Strukturbereinigung liegt aber nicht im Interesse der Kulturkritik. Interesse des Feuilletons bleibt das geschäftige Chaos. Denn da bleibt keine Zeit mehr nach der Rückfrage: Wozu? Für wen? In welchem Verhältnis?

Muss man von Kunst, die nur passiert, weil die Gesellschaft ihr Passieren laufend bevorschusst, weil die Gesellschaft künstlerische Arbeitsplätze schafft und erhält, nicht verlangen, dass sie mehr zustande bringt, als immer wieder zwei- bis fünfstündige Intermezzi eines sozialen und politischen Lebens, zu dem sie so wenig, und das viel zu selten, zu sagen weiß? Die Kulturkritik verlangt das nicht. Im Gegenteil. Sie dient dem Ehrgeiz, allerorten alles, und das noch möglichst gleichzeitig haben zu wollen. Regionalismus, Beschränkung gelten als »Provinz«. Warum?

Ernährungswissenschaftler sind verzweifelt über die Tatsache, dass die Jahreszeiten nicht mehr existieren, dass alles ganzjährig auf dem Markt ist. Sie wissen, wir überfressen uns, wir gesunden nie durch vorübergehenden Mangel.

Warum schweigen die Kulturkritiker? Nach wie vor fordern sie Städte, die von Computermusik bis zum Passionsspiel alles anbieten. Sie verschuldeten Kulturzentren als Hallenbäder des Geistes. Nicht mehr füllbar, nicht mehr beheizbar.

Kulturkritik als Gegensatz zu kritikloser Kultur müsste ihren Kulturbegriff definieren.

(Siegfried Jacobsohn: *»Der Kritiker solle ein wenig zur Ausbreitung des Gefühls beitragen, auf dem jegliches Kunstempfinden beruht: des Unterscheidungsgefühls.«*)

Wo gibt es Kulturkritik, die eigene kulturpolitische Irrtümer eingesteht, beklagt und damit die emotionalen Anlässe für Fehlurteile analysiert? Gäbe es kulturkritische Kulturkritik, dann hätte es ein Kulturbetrieb schwerer, der nur auf Veranstaltungsdichte in den verschiedenen Kulturklassen setzt.

Damit es nicht zu theoretisch wird: In Wien gab es einmal eine wichtige, sich dem Neuen verpflichtende »Kellertheater«-Szene. Die bildete den natürlichen Antipoden zum Staatstheater, der »Burg«. Im Lauf der Jahre begann aber das Burgtheater Probenräume, Vestibüle, Lusterböden fast bis hin zur Damentoilette zu bespielen. Es nahm den Off-Theatern deren Repertoire weg (die Theaterverlage vergeben die Rechte selbstverständlich lieber an ein »erstes« Haus), es schuf für die nicht an arrivierten Bühnen engagierten Komödianten eine verzweifelte Situation. Hier hätte der Kulturjournalismus die Kulturpolitik auf diese Fehlentwicklung aufmerksam zu machen gehabt. Aber einmal mehr begrüßte die Kulturkritik jedwede neue Möglichkeit für Anlässe. Ohne Sinn oder Unsinn zu unterscheiden.

Das grundsätzliche Begrüßen von Schreibanlässen notieren wir als viertes Wesensmerkmal. Dazu noch das Aufblasen der Anlässe.

Zwei der großen blutigen Tragödien des William Shakespeare, »Macbeth« und »King Lear«, hatten in Wien und München Premiere. Wenn man im Kaffeehaus die Zeitungen las, die Kritiken verglich und sich ein Gesamtbild über die Bewertungen machen wollte, dann war der Jubel nicht eben groß und die Metzelung nicht blutig. Alles las sich eher leidenschaftslos, gelassen, ermattet. Die Premieren hatten den monatelangen Countdown, das publizistische Aufheizen nicht ausgehalten. Und ich frage, ob wir nicht überhaupt allzu sehr in einer Zeit der Ankündigungskultur leben. Einer wird was dirigieren, hört oder liest man, eine plant einen Zyklus, einer beginnt seinen ersten Roman, eine wird irgendwo ausstellen … Und die Zeitungen kriegen sich nicht mehr vor Erregung, der Kulturliebhaber soll chronisch geil auf das Kommende gemacht werden. Sollten wir uns nicht mehr ereifern über das, was vorliegt, stattfindet, angeboten wird? Über Alltag?

Repertoire? Die Gebarung über einen bestimmten Zeitraum? Für die Diskussion dessen, was wegen des Erfolgs oder trotz des Misserfolgs sich ereignet, haben wir erstaunlich wenig Leidenschaft übrig.

Ja, und manchmal schnappt der Kulturjournalismus vollends über, verliert sich in asozialer Hybris. In Wien – zum Exempel – tut man von Zeit zu Zeit so, als sei Blühen oder Vergehen der Alpenrepublik nicht von der EU-Erweiterung, nicht von der Haider-Bedrohung, nicht von hausgemachten Naturkatastrophen abhängig, sondern von der Personalentscheidung: Theaterdirektor. Wer sich an dem Gesellschaftsspiel »Dafür oder dagegen?« nicht beteiligt, gilt als Nicht-Patriot, als Barbar.

In einem Kulturklima dieser blamablen Maßlosigkeit verkommen Theatervorstellungen zu Argumenten einer Personaldiskussion, verlieren sie ihren Sinn als Kunstereignis, verblassen als Kunst-Stück gegenüber Geschrei und Gezeter rundum.

Die Kulturkritik ignoriert die Notwendigkeit der Ökonomie auch in der Kultur.

Sie hat auf dem Theater einen branchenumspannenden Dilettantismus verschuldet, der heute eigentlich eingeführt ist und sozusagen nicht mehr als laienhaft empfunden wird. Regisseure, die eine vage Vorstellung von einem Ergebnis haben, setzen sich auf Kosten der Steuerzahler ins Dunkel und lassen Schauspieler anbieten. Sie arbeiten mit öffentlichen Geldern, mit öffentlich subventionierter Zeit auf ein Ergebnis hin, das ihnen erst während der Proben klar wird. So kommen zum Teil zwar wunderbare Theatervorstellungen zustande, bei denen aber das Verhältnis Produktionszeit, Produktionskosten und Ergebnis ein krass missdimensioniertes und ein im Grunde nicht zu rechtfertigendes ist.

Das hätte die Kulturkritik festzustellen.

Aber es gibt da eine Absprache zwischen dem Theaterbetrieb und den Feuilletons, Zeitvergeudung wird nicht angeprangert, wenngleich jetzt im Zuge der allgemeinen Kostenanspannungen das eine oder andere Mal ein mahnendes Wort fällt. Doch gehen die Feuilletonisten nur auf den aktuellen Theaterbetrieb los und nicht auf das, was sie die letzten zwanzig Jahre gut gefunden und im Grunde mit Zähnen und Klauen verteidigt haben.

Es kommt noch etwas dazu: Wenn einer ein komplexes Werk schreibt, das sich wirklich nur mit Mühe erschließt, dann ist der Versuch zu verstehen, die Sache gruppendynamisch und mit maximaler Diskussionsfreude einzukreisen und zu klären. Aber die Theater spielen das Gesellschaftsspiel auch mit abgebrauchter Literatur. Es gibt doch in der so genannten Klassik nichts, was nicht schon zu Tode rezensiert und zu Tode analysiert wäre. In der Oper wird es noch lächerlicher, weil die Anlässe simpler sind. Doch die Kritiker fahren nach Avignon, nach Cardiff, nach Berlin, nach Wien, wenn man Pech hat, nach Bangkok, und vergleichen, was der Herr Meier, der Herr Müller, der Herr Schulze mit »Cosí fan tutte« angefangen haben. Sie vergleichen diese Nuance mit jener Nuance. Das ist alles soziologisch – gesellschaftspolitisch – wahnsinnig. Es geht um die Arbeitsplatzsicherung der Darüber-Reder und Darüber-Schreiber.

Wir leben in einer Zeit der Diktatur der Kunstkommentierer.

Die ist vergleichbar mit dem Realen Sozialismus. Im Realen Sozialismus durften die Satiriker auf alle Missstände im Sinne des Betriebs hinweisen, durften also sagen, die Behörden sind schlampig, es wird nicht effektvoll genug gearbeitet. Man durfte kritisieren. Man durfte nur eines nicht: Das System in Frage stellen.

So ähnlich ist es mit der Kulturkritik.

Opernkritiker dürfen sagen, das Niveau ist zu schlecht. Sie dürfen sagen, der Rang des Hauses ist mit dieser Premiere unterschritten worden. Sie dürfen sagen, in der Repertoire-Vorstellung X hat die Besetzung unseren Ansprüchen nicht genügt. Was sie nicht sagen dürfen, ist: Warum, um Himmels willen, machen wir soundsoviele Vierzehnmonatsverträge? Wer braucht zehn Monate Oper im Jahr? Sechs würden reichen. Wehe, das würde einer sagen! Also das System in Frage stellen! Wenn ein Kritiker, der zehn Monate im Jahr Oper rezensiert, nur noch sechs Monate zur Verfügung hat, ist sein Einkommen reduziert.

Die Journalistinnen und Journalisten des Feuilletons sind

Agenten ihres Betriebs. Sie wissen es nur nicht. Oder geben es nicht zu. Und sie schreiben Müßiges.

Denn im Grunde muss es einem Menschen in München vollkommen egal sein, wie der »Don Giovanni« in Rostock ist. Es hat überhaupt keinen Informationswert, ja, es hat überhaupt keinen Wert, dass in einer Münchner Zeitung steht, wie der »Don Giovanni« in Rostock ist. Es ist auch umgekehrt in Rostock überhaupt nicht wichtig, aus der Rostocker Zeitung zu erfahren, wie in München der »Don Giovanni« war. Wenn jemand in Rostock Interesse daran hat, soll er sich eine Münchner Zeitung kaufen, die kriegt er ja an jedem Kiosk.

Das fünfte Merkmal des Kulturjournalismus: Er hält sich grundsätzlich für überregional relevant.

Die Kulturkritik entlarvt einen Teil des Kulturgeschehens nicht als Narkotikum. Sie dealt es eher.

Was wir als sechstes Wesensmerkmal registrieren können.

Es gibt eine Anzahl von Theorien, die sagen, der Planet ist am Ende oder nähert sich einem Ende. Wollen wir jetzt die große Katastrophe einmal hintanstellen, aber wir kriegen die Verteilung nicht in den Griff, wir kriegen das Nord-Süd-Gefälle nicht in den Griff, wir kriegen die Ökonomie nicht in den Griff, wir kriegen die Ökologie nicht in den Griff, wir kriegten im Herzen Mitteleuropas einen Jahre dauernden barbarischen Krieg nicht in den Griff, wir fürchten uns vor der Globalisierung.

Und die Kunst, der Kunstbetrieb und die Kunstbetrachtung haben hauptsächlich die Funktion, das schlechte Gewissen zu betäuben. Es ist ein Divertimento, ein hysterisches Divertimento, das sich als philosophisch höhere Haltung des Homo sapiens ausgibt. Im Grunde ist es aber Niedertracht.

Zweifel an der Bedeutung der Betriebsamkeit werden im Feuilleton nicht geäußert.

Damit zusammen hängt ein siebentes Wesensmerkmal: Das Fehlen des Kunstgeschichtsbewusstseins.

So wie es ein Geschichtsbewusstsein gibt, gibt es natürlich auch ein Kunstgeschichtsbewusstsein, oder sollte es geben. Das heißt, jeder gebildete Mensch, der sich mit Kunst befasst, muss wissen, es gab Strömungen und es gibt Strömungen (in immer kürzeren Intervallen übrigens). Man kann jederzeit nachlesen, wie Dinge, die von einer Generation abgetan wurden, dann plötzlich wieder dran waren. Man kann nachlesen, wie Verdikte in der Kunst, man könne so nicht mehr malen und man könne so nicht mehr schreiben, sich einige Zeit später als falsch herausgestellt haben, um einige Zeit später wieder anerkannt zu werden, um einige Zeit später wieder als falsch denunziert zu werden. Die menschliche Evolution also, das Anreichern an Bildung und Wissen, verpflichtet uns dazu, irgendwann einmal zu begreifen, alles muss möglich sein.

Eine Nebenkultur ist der Kunstkultur voraus: die Mode. Wir können alles anziehen. Die Frau kann heute ein langes Kleid tragen, sie kann ein kurzes Kleid tragen. Sie kann ein klassisches Kostüm anhaben, sie kann im Fetzen-Look gehen. Der Mann kann mit Jeans in die Oper gehen oder mit dem Frack zum Pop-Konzert. Unter all diesen modischen Extravaganzen oder Selbstverständlichkeiten gibt es gut angezogene und schlecht angezogene Leute. Nur in der Kunst gibt es immer ein Trendsetting. Ein Trendsetting, das faschistoide Züge annimmt. Man ist nicht gewillt, Formen oder Artikulationen, die jeweils ihre eigene Qualität haben, nebeneinander existieren zu lassen.

Die Neigung zu Kunstrassismus kann als achtes Wesensmerkmal genannt werden.

Aus dieser »Man-kann-nicht«-Haltung gegenüber den Produzierenden ergibt sich zwangsläufig eine Überbewertung der Reproduzierenden. In dem Maße, in dem man die Produzierenden verdächtig macht und runtermacht und kritisiert und sagt, zur Zeit darf man nur so produzieren, und die anderen neunzig Prozent müssen wir weglassen, entsteht ein Vakuum. Und dieses Vakuum hat die Kunstkritik mit Reproduzierenden gefüllt. Es ist ein Kreislauf. Wenn die Reproduzierenden so ungeheuer wichtig werden, dann sind Shakespeare oder Schiller eine kleine Größe. Dann heißt es: Regisseur X macht...

Mit der Verleihung falscher Bedeutungen an Reproduzierende erhöhen sich die Verleiher.

Zur wesentlichen Technik der Kulturzerstörung durch Kulturkritik gehört die permanente Forderung nach Neuheit. Ein klassischer Kritikersatz – selbst in einem Lob – lautet: »Ganz so neu ist das alles ja nicht.« Das stimmt meist. Man könnte es sogar krasser sagen. Die Themen, die den Menschen beschäftigen, sind nicht nur nicht ganz so neu, sie sind sogar alt. Das hat mit der Tatsache zu tun, dass zum Beispiel die Geburt des Menschen, dessen Tod, dessen Dasein dazwischen, vom Zähneputzen bis zum Klospülen, als Konvention, als schon sehr oft da gewesen bezeichnet werden müssen. Ähnliches ließe sich über Wetter und Jahreszeiten sagen. Und es hat auch für große dramatische Vorlagen zu gelten. Da ist immer wieder einmal nicht ganz so neu die Frau zwischen zwei Männern, da meint man doch, die Sache mit dem Mann zwischen zwei Frauen auch schon einmal gehört oder gesehen zu haben. Oder die traurige Geschichte von zwei Liebenden, deren Glück durch verfeindete Familien oder politische Mächte unmöglich gemacht wird. Bis zum nicht ganz so neuen Freitod. Und keinem Kritiker wäre zu widersprechen, würde er anmerken, ganz so neu seien der Generationskonflikt, das Fernweh und die Gottsuche auch nicht gerade.

Doch Vorsicht! Kritische Verbote der Behandlung dieser Themen aufgrund ihres Nicht-ganz-so-neu-Seins führen, würde man ihnen nachgeben, zur Beziehungslosigkeit zwischen Kunst und Leben, zu ästhetisierender Verödung, wie mancherorts zu beobachten und auch nicht ganz so neu.

Halten wir fest: Zu den ältesten, ja schon antiquierten Manifestationen menschlicher Dummheit gehört die Forderung nach Neuheit. Denn diese Denkhaltung führt geradewegs in die Waschmittel, die – wie wir über die Jahre immer wieder zur Kenntnis nehmen – chronisch neu sind. Allerdings auf der Basis eines ganz leicht nachzuweisenden Betrugs, der die Beschränktheit des Publikums zur Voraussetzung hat. Und diese ist – ich sage das auf die Gefahr, etwas nicht ganz so Neues zu sagen – nicht ganz so neu.

Neuntes Wesensmerkmal der Kulturkritik ist die Klugscheißerei.

Diese Qualifikation stammt nicht von mir, sondern von dem

Theaterkritiker Friedrich Luft, der großen Wert darauf legte, sich nicht *in der Oberklasse der deutschen Klugscheißer* zu fühlen.

Die Pointe jedweder Klugscheißerei ist wissen zu wollen, was der Künstler, der Kunstausübende gedacht hatte. In Kritiken liest man Sätze wie »Herr X hat sich offenbar keine Gedanken gemacht, wie ...« Woher will der Kritiker das wissen? Er kann, ein Minimum an Sprachgefühl vorausgesetzt, schreiben: »Wie und worüber sich Herr X auch Gedanken gemacht haben mag, zu sehen ist davon ...« Ist das zu begreifen? Kein Kritiker hat das Recht zu schreiben: »Der Regisseur konnte sich nicht zwischen Naturalismus und Symbolismus entscheiden.« Wieso »konnte«? Er hätte natürlich können. Er wollte nur nicht. Das heißt, er hat sich sehr wohl entschieden. Er hat sich für eine Balance, eine Durchdringung, ein Schweben entschieden. Was also hätte der Kritiker zu schreiben? »Die Entscheidung, das Spiel weder im Naturalismus noch im Symbolismus anzusiedeln, macht den Abend ...« Das geht. Aber er darf nicht einen Menschen, der sich so und so lange vorbereitend mit einem Sujet befasst hat, der dann wochenlang am Detail gearbeitet hat, die internen Diskussionen alle bestehend, Entscheidungslosigkeit unterstellen. Ebenso wahnwitzig ist die Bewertung eines Schauspielers nach diesem Prinzip: »Er wollte der Rolle des Todes die komischen Seiten abgewinnen.« Möglich, dass er wollte. Aber es ist eher unwahrscheinlich. Die Komik »geriet« ihm.

Zum Komplex der Klugscheißerei gehört die Enttäuschung der Kritik, hat ein Regisseur bei der Realisation eines Stückes nicht die ästhetischen Vorlieben des Kritikers erfüllt, und zwar nicht, weil der Regisseur dieser Ästhetik abhold ist, sondern weil sie bei dem zu inszenierenden Stück nicht möglich, nicht anwendbar war.

Ein unvergessliches, so besonders dummes Beispiel aus einer endlosen Reihe von möglichen: Es gab eine Aufführung von Arthur Schnitzlers »Professor Bernhardi«. Eine Kritikerin warf der Inszenierung vor, die Figuren wären meist gesessen oder gestanden. Nun wird die Geschichte des Professor Bernhardi ausschließlich dialogisch abgehandelt. Und zwar in Dialogen wohlerzogener Figuren der Gesellschaft. Es ist also beim besten Willen nicht möglich, die Leute kriechen, sich wälzen, turnen, sich paaren, auf Tische steigen oder sonst was zu lassen. Im Unterschied etwa zu »Der Reigen« vom selben Autor, in dem der Dialog der körperlichen Illustration bedarf. Wenn kritische Geschmacksvorliebe zwischen dem Zwang von Vorlagen nicht mehr unterscheiden kann oder will, endet sie im Schwachsinn.

Kulturkritiker maßen sich sogar an, über die Biografie Kulturschaffender zu verfügen.

In der Folge der Meldung vom Tod eines jungen dramatischen Dichters war es unvermeidlich, von dessen exzessiven, zerstörerischen Lebensgewohnheiten zu reden. In das Bedauern über die Geschwindigkeit der Selbstvernichtung mischte sich auch Anerkennung. Ein derart »radikaler« Kunstbegriff hätte eben auch im Künstlerleben seine Entsprechung, ließ ein Literaturkritiker verlauten. Was heißen soll, nur einer, der Hirn, Kreislauf und Säfte täglich bis zum Platzen, Zusammenfallen und Ausrinnen strapaziert, bringt Kunst dieser Radikalität zustande.

Mich beschleicht Unbehagen, wenn ein Kenner, bestgepflegt, hinter seiner Textverarbeitungsmaschine, in jedweder Art von Zweisamkeit geborgen, befindet, die Hurengedichte des bekannten Bordell-Lyrikers hätten in den letzten Jahren an Spermageruch verloren, es scheint der bedauerliche Fall eingetreten zu sein, dass der Künstler aufgrund nachlassender Neugierde auf die regelmäßigen Recherchen für seine Lyrik nicht mehr so erpicht ist. Worauf der Kritiker dann, aus schierer Sorge um die literarische Authentizität, dem Dichter einen Kuraufenthalt in einem kenianischen Hurendorf empfiehlt.

Also: Gesetzt den Fall, ein Dichter hätte, etwaigen Mahnungen seines Arztes oder seiner Nächsten folgend, sein Leben so geändert, dass es noch ein paar Jahre existierte, wäre er Gefahr gelaufen, für nachlassende »Radikalität« in seinen Hervorbringungen gerügt zu werden. Der Kritiker maßt sich gerne an, beim Künstler jenen Wandel des Lebens zu fordern, der keinerlei Nachlassen in der Radikalität befürchten lässt. Wir haben dankbar zur Kenntnis zu nehmen, dass François Villon sein Leben zwischen Puff und Galgen in wunderbaren Gedichten aufgezeichnet hat. Nicht hätten wir – wäre er Zeitgenosse – das Recht, dieses Leben von ihm zu fordern, nur um in den literarischen Besitz der Gedichte zu kommen.

Kunst, die nicht entsteht, fehlt niemandem. Ein zu früher Tod fehlt mindestens sich selbst. Aber dass Kunst, die nicht entsteht, niemandem fehlt, leugnet die Kulturkritik aus bereits besprochenen Gründen.

Kommen wir zu einem zehnten Wesensmerkmal der Kulturkritik, der Sprachverhunzung.

Ein Beispiel aus einem der prominentesten Feuilletons: Es geht um eine Wagner-Premiere. Der Kritiker ist Opfer seiner permanenten publizistischen Mobilität: *Die Jahresringe der Eindrücke lagern sich immer dichter; man wähnt, das meiste irgendwann schon gesehen zu haben.* Was wäre dagegen zu tun? Rückwirkend zu Hause bleiben?… *die große, einfache Kasperlebühne bleibt als Vorbild erkennbar.* Das ist häufig so beim Theater, deshalb hat man das meiste ja auch schon gesehen.

Antiillusionistisches, latent episches Theater wird da praktiziert.

»Vorhanden, aber nicht in Erscheinung tretend« heißt, so meint der Duden, »latent«. Das epische Theater ist also vorhanden, tritt aber nicht in Erscheinung, was offenbar das Antiillusionistische auf der Kasperlebühne ausmacht. Hab ich alles richtig begriffen?

Potenziell ist diese Inszenierung auf Zweidimensionalität angelegt. »Möglich, im Gegensatz zu wirklich« heißt, so meint der Duden, »potenziell«. So ist diese Inszenierung wohl möglich, aber nicht wirklich angelegt. Besteht darin das Zweidimensionale?

Aber freuen wir uns über den Orchesterklang, *den mitunter fast mendelssohnischen Scherzando-Gestus.* Schade ist nur dieses: *Das Es-Dur-Vorspiel will sich nicht recht entwickeln.*

Diskretion, im Prinzip richtig, wirkt noch neutral.

Schwachsinn, im Prinzip vermeidbar, wirkt gern kunstkritisch. Da er aber nicht und nicht vermieden wird, benützen wir ihn eben. Zur Unterhaltung.

Politische oder Wirtschaftsredakteure würden nach derartig

abgesondertem Unsinn hinausgeschmissen werden. Kulturredakteure hingegen sind unberührbar.

Es ist dringend geboten Alfred Polgar zu zitieren.

»Bei dieser Gelegenheit ein Wort über gelehrte Theaterkritik. Ich habe bei deren Lektüre immer die Empfindung: die Niederkunft des Zettelkastens. Und eigentlich ist es eine Anmaßung. Müssen wir uns vom Kritiker mit seiner vollen Wissens-Sparbüchse in die Ohren klimpern lassen? Wenn jemand aus einer Fülle von Kenntnissen heraus ästhetisch urteilt, wenn ein großes Maß von Bildung seinen Blick für Zusammenhänge geschärft, seine kritische Wertwaage empfindlicher gemacht hat, so ist das freilich sehr nett. Es ist was Schönes um das Wissen als Humus bildende Substanz, aus welcher dem Urteil gesunde Säfte zuströmen. Wenn sich aber die Bildung des Kritikers anders geltend macht, selbstständig auftritt, Solo-Arien singt, von Belesenheiten funkelt wie die Hand des Protzigen von Juwelen, dann wirkt sie nur aufdringlich, lästig, fast ordinär. Und mit welchen Recht mutet man dem Leser zu, all das geistig vorrätig zu haben, was dem Kritiker, dank seiner ad hoc – Lektüre, zuhanden war, als er schrieb? Welche Anmaßung, zu verlangen, dass der Leser alle die Wissensbezeichnungen habe, die der Kritiker, weil er sie gerade brauchte, flüchtig angeknüpft hat. Darin besteht die höchste Kultur des Kritikers: immer wieder allen Erfahrungsfirnis, alle Wissensschicht, alles Vor-Urteil von sich abstreifen zu können…«

Diese Äußerung stammt aus dem Jahre 1905!

Georg Hensel sagt zum Thema »Stil«: *»Ich liebe Sätze, die aus Subjekt, Prädikat und Objekt bestehen, und zwar in dieser Reihenfolge, sie zwingt zur Klarheit. Wenn die aufnehmende Dame am Computer sagte, diesen Satz habe sie nicht ganz verstanden, änderte ich ihn ohne Debatte sofort. Ich wollte von allen Lesern verstanden werden, und zwar ohne Mühe, eher mit Vergnügen, und ich war schamlos genug, mir das zu wünschen.«*

Wer vertritt heute diesen Standpunkt?

Weiter mit Georg Hensel:

»Vor einer Aufführung hatte ich vermutlich mehr Lampenfieber als die Hälfte des Ensembles, und nach der Aufführung war ich dumpf und zu keinem vernünftigen Satz fähig… Kritiker sind wie Eunuchen: sie wis-

sen genau, wie es gemacht wird, aber sie können nicht. Diese gern zitierte Bosheit ist eine Schmeichelei: Welcher Kritiker wüsste schon, wie es gemacht wird! Bestenfalls weiß er, wie man's nicht machen darf. Und auch dies erst hinterher.«

Was wäre daraus zu schließen?

Die Forderung nach Respekt, Verantwortungsgefühl und Manieren. Kurz: Nach Kultur in der Kritik der Kultur.

THEATERKRITIKER

Plädoyer für Deutlichkeit

In meiner Bücherwand stehen die Theaterkritiken von Siegfried Jacobsohn, Alfred Polgar, Herbert Jhering. Auch die von Otto Brahm, Alfred Kerr, Hans Weigel, Georg Hensel. Und auch die von ..., aber jetzt werden die Namen entbehrlich, weil es die Fassung ihrer Kritiken zwischen Buchdeckeln auch schon war. Die genannten Herren sind – für mich – die entscheidenden. Sie haben Lehrer- und Belehrerstatus.

Wenn ich mir nun die Frage stelle, von welchem aktuellen deutschsprachigen Theaterkritiker ich mir die wichtigsten Kritiken in einem Buch gesammelt wünsche, komme ich zur Zeit über zwei nicht hinaus. (Um Nachsicht seien jene gebeten, die vielleicht in regionalen Zeitungen erstklassig schreiben, die ich aber nicht kennen kann.)

Das überwältigende Gros der deutschsprachigen Theaterkritik sudelt ein meinungsarmes, sprachlich unpräzises, haltungsloses Geschwafel vor sich hin. Irgendwann einmal haben die Quatscher die Macht übernommen und gnadenlos für die ihnen entsprechende Erbfolge gesorgt.

Es ist – ich bin mir der unzulässigen Verallgemeinerung bewusst – verloren gegangen, was das Theatergespräch ausmacht: Zuneigung, Abneigung, Forderung, Irrtum, Aufsässigkeit und Liebe.

Ich kann diese Theaterkritiken nicht mehr lesen. (Tue es natürlich dennoch.) Sie preisen nicht, sie verdammen nicht. Und wenn, dann in einer Sprache, die jede Emotion filtert, die keine Spontaneität mehr spüren lässt. Auch wenn die wehleidigen Schauspieler wie zu allen Zeiten nächtens in Lokalen sitzen und die allzeit gleichen Argumente gegen ihre Kritiker wieder und wieder aufsagen, die Beschreiber des Theatergeschehens sind nicht einmal mehr ungerecht. Sie sind nur – bis an die Schmerzgrenze – um Gestelztes bemüht.

Bessere alte Theaterzeiten mag es gegeben haben, das ist unüberprüfbar. Bessere Zeiten der Theaterkritik hat es gegeben, das ist beweisbar.

Meine Zeugen seien drei Männer der Berliner Szene.

Otto Brahm war Kritiker, dann Theaterdirektor an der Schwelle zum 20. Jahrhundert. Der schrieb etwa so: *»Der feurige Herr Kainz war Ferdinand; ein Darsteller von mancherlei sehr schätzbaren Gaben, der sich aber durch eine unschöne Mimik um alle Wirkungen bringt. Bald verzieht er den Mund nach unten, bald wirft er die schönen Augen nach oben, bald irrt ein unmotiviertes Lächeln über die bewegten Züge. Der Schauspieler stelle sich nur einmal vor den Spiegel und agiere sich seinen Ferdinand eine Stunde lang vor: ob ihm nicht selbst dabei schlecht wird?«*

Das ist die Sprache, die den Dialog in Gang setzt. Der Vorwurf kommt aus der Beobachtung, der Anwendung des Handwerks. Jetzt muss einer in die Knie gehen. Wir wissen nicht, wer es in diesem Fall war. Brahm schrieb später über Kainz: *»In Herrn Kainz besitzen wir einen Don Carlos, um den die ganze deutsche Bühne (die Wiener eingeschlossen) uns beneiden muss. Bei vollkommener geistiger und technischer Beherrschung der Rolle eine so elementare Ursprünglichkeit, ein so wahres Feuer, so warme Natürlichkeit!«*

Es kann also Kainz sich vor den Spiegel gestellt und sich Unnatur abgewöhnt haben. Er kann aber auch den Kritiker in seine Natur gezwungen haben. Wo lese ich heute eine Herausforderung dieser Art? Schlotternde Angst vor Irrtum und Widerspruch lassen es zu keinem Duell kommen.

Wo zwingt Kritik zur Entscheidung?

»Kritisieren heißt unterscheiden«, schrieb Brahm. *»Und haben wir die Pflicht, die Talentlosigkeit zu brandmarken, so haben wir auch vor Tausenden das schöne Recht, der künstlerischen Genialität den Kranz zu winden…«*

Wer brandmarkt? Wer windet?

»Fräulein Sandrock… sollte vor allem versuchen, sich die unerträglich hohen Fisteltöne abzugewöhnen, die auf die Dauer peinigend wirken.«

Frau Sandrock sprach als alte Filmkomikerin mit machtvollem

Bass. Hatte der Kritiker gehört, dass sie als Mädchen nicht mit ihrer eigenen Stimme sprach? Hatte er sie gestellt?

»Für Minna ist Fräulein Sandrock sicher zu jung: die Darstellerin soll aussehen wie einundzwanzig, aber nicht einundzwanzig sein… eine Anfängerin darf in einem ersten Theater nicht spielen.«

Das sind Töne, die das Theater fordern, die tödliche Langeweile aus Kantinen und Kneipen vertreiben. Genauso wie die ausgesprochene Missbilligung des Urteils der Kritikerkollegen durch Brahm, wenn ein neuer Bühnendichter zu entdecken war:

»Wenn aber ein Werk von ernster Prägung gleichmäßig auf die Kenner wie auf die Massen wirkt – welch besserer Beweis seiner dramatischen Gestaltung wäre möglich? Nur die Superklugen stehen grollend beiseite, und in mancherlei kritischer Rede und Widerrede wird auch diesmal der Streit der Meinungen auseinander gehen.«

Es handelt sich um Henrik Ibsen. Wo schlägt sich heute ein Starkritiker so für einen Autor neben dem Mainstream? Und wo legt er sich so vor der Literaturgeschichte fest?

»Man darf dem Werk, welches Sudermann uns gegeben hat, vieles Schätzbare nachrühmen…, aber eins wird ein unbefangenes Urteil dennoch vermissen, das Letzte und Beste: die literarische Physiognomie… Keine schärfere Eigenart, kein individueller Reiz spricht mich aus diesem Drama an… er arbeitet für den Hausbedarf der Bühne mit Eifer und mit Glück, jedoch ein eigentlich literarisches Werk liefert er nicht.«

Wie ungestelzt, wie bescheiden war diese Bestimmtheit. Wie kalt, wie mörderisch der Angriff gegen den Theaterdirektor Barnay:

»Sein Verstand ist ein Bühnenverstand, der über die pappenen Wände nicht hinausblickt; alle seine Anordnungen sind theatralisch, und von dem modernen Streben nach diskreter Wahrheit weiß kein Berliner Theater weniger als das ›Berliner Theater‹.«

Kommt unter den Argumenten, mit denen man heute an einem Intendanten sägt, das Wort »Wahrheit« vor?

Der Name Alfred Kerr als Synonym für Glanz und Schärfe ist präsenter. Das kann daran liegen, dass er bis zu seiner Emigration 1933 wirksam war, das kann daran liegen, dass er sich vor der Literatur sehr oft geirrt hat. Aber, im Falle des Autors Wildenbruch offenbar nicht irrend, wird mit befreiender Härte angegriffen.

»Bei der Betrachtung dieser Persönlichkeit kommt nicht viel heraus, das merkt der Kritiker, wenn er am Ende ist. Weil er sich nicht entwickelt, bleibt nichts Neues über ihn zu sagen… Ideale nimmt er prüfungslos; verteidigt Dinge mit einem Löwenmut, ohne zu fragen, warum sie verteidigt werden sollen. Ein unendlich begeisterter Philister, der mit fünfzig Jahren an der Grenze der Pubertät entlangdichtet.«

Wenn Kontrastellungen einander hochschaukeln, entsteht vitale Theaterkunst, dann bleibt Theaterliteratur übrig oder nicht.

»Wesentliche Einwände lassen sich gegen diesen Dramatiker nicht machen. Außer etwa, dass kein echtes Haar an ihm ist… Die knüppeldicke Plumpheit hat Sudermann emporgetragen, auch in der theatralischen Mache, die auf Seelen vierter Garnitur wirkt, weil diese Leute sich in den Wahn träumen durften, eine ›neue Richtung‹ mitzuehren… Man würde diesen Sudermann kurz mit gleichgiltigen Worten erledigen, wenn es darauf ankäme, seinem Werk proportional zu bleiben. Aber der Mann stellt einen Machtfaktor dar… Das rechtfertigt eine Ausführlichkeit, die in zwanzig Jahren niemand begreifen wird.«

Man stelle sich vor, diesem Thomas Bernhard wäre so einer erstanden. Suchen wir nach dem Gegenbeispiel, der Bejahung:

»Die Werke dieses Monomanen haben eine kalte Glut. Der strahlendste Hass wird in dieser Gestalt zum lebenden Symbol. Als ein Ankläger wandelt… nachtwandelt er durch seine Zeit. Weit mehr als ein sozialer Ankläger! Strindberg selbst in seiner dunklen Größe bildet ein wetterleuchtendes irres Gleichnis für das Schmachvolle, das Unzulängliche in der Welt. Er ist ein Erdenkläger.«

Bis 1926 schrieb der »Lehrer« Kurt Tucholskys, Siegfried Jacobsohn, Theaterkritiken. Er liefert meine liebsten Beispiele für Schärfe, Eleganz und sich mitteilender Analyse.

»Im Nebenhaus gab es am selben Abend den ›Faus‹«. Faust: Ferdinand Gregori, Gretchen: Else Eckersberg, Mephisto: Ferdinand Bonn. Zu vollen Preisen. Und dann wundert sich Reinhardt, dass ich mich nicht voll und ganz unentwegt für ihn begeistere.«

Auszüge aus einer Vernichtungskampagne:

»Dagegen wird es immer der Hauptfehler einer Aufführung sein, dass darin der pfuschende Schauspieler Gregori sichtbar beschäftigt ist.

Ein Fremdkörper... Herr Gregori... ein schmalziger Hofschauspieler der siebziger Jahre, und nicht einmal von Berlin, sondern günstigstenfalls von Gotha. Herr Gregori... Ein Regisseur für die kleinsten Ortsverbände. Unfehlbar geschickt, jede Klippe anzulaufen... Aber wenn Herr Gregori gar selber jeut! Da trieft ihm das Öl nur so aus beiden Mundwinkeln in den riesigen Fußsack, den er ans Bischofskinn geklebt hat...

Vor vielen Jahren wurde uns Richard Tauber nach Chemnitz entrissen. Hier ist der Ersatz. Wann benötigt Chemnitz Ersatz für Richard Tauber?«

Das macht doch Laune! Da müssen doch andere Kritiker Stellung bezogen haben? Da muss es doch Leserbriefe gegeben haben? Klagen bei Gericht? Gebrüll in Lokalen?

»Fräulein Fein ist in ihrem zweiten Berliner Winter genauso fürchterlich wie im ersten. Man sagt das höchst ungern, teils überhaupt, teils weil hier ein zarter Mensch unter seinem Mangel an Schauspielkunst ersichtlich nicht minder leidet als wir Betrachter. Aber solange die Dame beschäftigt wird, muss man erklären, dass diese jaulende, schlotternde, grimassierende Ohnmacht auf Berliner Bühnen nicht ihresgleichen hat...

Aber Fräulein Fein ist Krampf von Anfang bis zu Ende, Exaltiertheit ohne Pause, nie Ekstase... Hebbels, ›Judith‹ gehört ins Literaturmuseum, Fräulein Feins Judith in die Schreckenskammer der Theatergeschichte.

...Seit den Tagen Theodor Müllers, des ›Lippen-Müllers‹, hat niemand mit solcher Kunstfertigkeit die Lippen abwechselnd über Nase, Kinn und Ohren gezogen. Bis zu den Beängstigungen meiner Kindheit muss ich zurückgreifen, um eines ähnlichen Stückes Unnatur habhaft zu werden...

Fräulein Fein geht nicht, sie schreitet auch nicht, sie wankt. Fräulein Fein spricht nicht, sie naatscht.«

Es ist völlig abhanden gekommen, Menschen, die den Mut haben, Theater zu spielen, für ihre Körperlichkeit verantwortlich zu machen. Die schreckliche Schwemme arbeitsloser Schauspieler, der grotesk unproportionale Anteil dieser Berufswahl hat wohl diesen Grund: die jungen Leute fürchten sich nicht mehr vor der Exhibition. Das ist eine tragische Fehlentwicklung.

Kommen wir zum »Ja« dieses Kritikers:

»Wie Girardi es mit Operettenrollen hält, ob er auch da auf Mensch-

lichkeiten ausgeht, weiß ich nicht: noch in den schalsten Possen fällt vor allem auf, dass er nicht im Geringsten übertreibt. Er adelt selbst den Schund, indem er blöde Lazzi zu Umrissen von Menschenwesen zusammenzufügen trachtet... Girardis drei Gastspielfiguren sind dumme Jungen und werden unendlich geistreich dargestellt, ohne dass Geist für sich bemerkbar würde... In Girardis Nähe wird das Dasein reicher. Wir gäben ihn am liebsten gar nicht wieder her.«

Albert Bassermann. *»Er wagt alles, weil er bei dieser unbegrenzten Herrschaft über die Technik seiner Kunst alles wagen darf...*

Geradezu anbetungswürdig: Helene Thimig als Jungfrau-Mutter.«

Emil Jannings. *»Eine unsinnige Einrichtung das Theater? Nein: nicht wenn solche Gaukler solchen Dichtern zu ihrem Recht an die Nachwelt verhelfen.«*

Max Pallenberg. *»Er kommt über Pirandello hinaus zu einer Menschlichkeit, vor der man für Augenblicke ganz andächtig wird.«*

Die Zitate schlichter Begeisterung über Schauspieler ließen sich beliebig fortsetzen. Die phänomenale Fähigkeit dieses Kritikers, Theatertexte dramaturgisch zu erfassen, bleibe ich schuldig. Es wäre ja alles nachzulesen.

Ich plädiere für ein anderes Theaterklima. Für eine Theaterkritik der Herausforderung. Für den niedergeschriebenen Konflikt. Für einen Konflikt, den man im Falle von Größe auch mit sich selbst austragen kann.

Siegfried Jacobsohn lehnte Hauptmanns »Die Ratten« nach der Uraufführung ab. Fünf Jahre später sah er das Stück wieder:

»Kritik ist Selbstkritik. Weswegen bin ich 1911 vor diesen ›Ratten‹ durchgefallen?«

Das wäre Theaterkritik.

THEATERSYSTEM

Zustand und Wert

Das Gesellschaftssystem der verblichenen DDR ermöglichte, besser: erzwang die Existenz vieler, nach westlichem Maßstab viel zu vieler Theater. Die hat das vereinigte Deutschland geerbt, und zwar in einer Zeit, da die Einsparungen bei den Kulturbudgets auch die westdeutsche Theaterszene beben lassen.

Schließungen, Zusammenlegungen, Spartenabbau drohen oder erfolgen.

Das sollte ein günstiger Zeitpunkt sein, über System und Wert ein wenig nachzudenken.

Der Wert des deutschen Theaters wird bestimmt durch das Geld, das das deutsche Theater den Deutschen wert ist. Das deutsche Theater ist also sehr viel wert. Es ist unter den deutschen Werten ziemlich vorrangig.

Das Geld, das den Deutschen und Österreichern ihr Theater wert ist, legen sie nur zum kleinsten Teil an den Theaterkassen ab. Sie subventionieren ihr(e) Theater mit öffentlichen Geldern. Also auch mit den Geldern jener Leute, denen das deutsche Theater nichts wert wäre. Aber bei Werten ist das nun einmal so: Es wird angeordnet, was sie wert zu sein haben.

Das Subventionssystem hat – das sei unbestritten – viele Vorteile. Aber auch entscheidende, nicht wegzuschwindelnde Nachteile. Und da das Theatervolk schon einmal dazu neigt, das Bestehende nicht zu verbessern, sondern sich nach dem Fehlenden zu sehnen, schielen die Deutschen nach dem angelsächsischen Theater.

Das ist ein Produktionstheater. Dort wird produziert. Die Theaterkunst ist Schauware. Ein Flop, das Ende einer Serie nach drei Tagen, lässt die Geldgeber anständig draufzahlen, bringt Schauspieler und Bühnenpersonal womöglich für längere Zeit um geregelte Einkünfte. Ein großer Erfolg, ein *long run*, macht Schauspieler zu Stars, denn es nützt dem Selbstwertgefühl außerordentlich, wenn der Nachbar fragt, ob es möglich wäre, seiner Frau und ihm für den kommenden Herbst noch zwei Tickets zu reservieren.

Dem Produktionstheater nehmen also die staatlichen Kunstbehörden (alle Systeme haben ihre abgestuften Ausnahmen) das finanzielle, das professionelle Risiko *nicht* ab.

Das würde – nach deutschem Verständnis – bedeuten, es könnte nur reines, aufdringlich sich anbiederndes Kommerztheater gespielt werden, garniert mit einem Pflichtteil an traditionell, auch für höhere Schulen geeignet aufbereiteter Klassik.

Und jetzt beginnt das ewige Staunen der deutschen Theaterleute. Dem ist nämlich nicht so.

Da kommen aus England und Amerika neue Stile und Moden, neue Autoren. Da ist nichts verkrustet, da ist vieles in Bewegung. Da sind Stücke erfolgreicher Autoren keineswegs nur kalkulierte Boulevardhits, sondern Literatur und haben – was die Deutschen dann besonders überrascht – dennoch mit den Menschen im Publikum und deren Leben zu tun.

Die Tatsache, dass das Theater einem Land von vornherein nicht grundsätzlich jede Menge wert ist, scheint das Theater zu verpflichten, dieser Wert zu werden, ihn nachzuweisen.

Davon konnte das deutsche Theater in seiner Gesichertheit lange nur träumen. Es war ausschließlich verpflichtet, sich selbst, das heißt allem, was zu ihm gehört, also auch dem Feuilleton, seinen Wert nachzuweisen. Dem Feuilleton kam die Aufgabe ständiger Zeugenschaft zu. Wenn Publikumsinteresse (gegebenenfalls auch gegen die Premierenmeinung von Feuilletons) und der damit verbundene Faktor Kasse, Rentabilität, Amortisation keine Rolle spielen, dann bestimmt sich der Wert des Theaters durch die öffentliche Meinung, gestaltet, dirigiert, bei künstlichem Interesse gehalten. Das deutsche Theater war nur zum kleineren Teil ein Theater der Schauspieler und des Publikums. Es war ein Theater des Feuilletons. Das machte den Wert aus. Vor allem auch den des Feuilletons.

Darunter litten nun die Theatermacher im Subventionssystem. Sie hingen am Tropf der Meinungsmacher. Sie saßen in ihren Kneipen und Kantinen und wunderten sich über szenische und literarische Innovationen des Welttheaters, die es unsubventioniert gar nicht geben dürfte. Sie träumten den Traum ihrer Jugend noch einmal: den der freien Compagnie. Sie beklagten den Zustand ihres Theaters und gestanden sich keine Sekunde ein, selbst dieses Theater zu sein. Wenn sie dann ausgiebig besprochen hatten, dass Subventionen »der Tod des Theaters« sind, gingen sie daran, Erhöhungen zu fordern oder sich gegen Kürzungen erbittert zu wehren.

Der entscheidende Unterschied zwischen den beiden Theatersystemen liegt im Verhältnis zum Publikum.

Das Produktionstheater bietet einen Titel an. Der Mensch kauft ein Ticket, weil er die sich hinter diesem Titel verbergende Aufführung sehen will, oder weil man ihm gesagt hat, dass er sie sehen soll. Er ist also für seinen Entschluss selbst verantwortlich und kann im Falle des Nichtgefallens mit Berechtigung sagen: »Diese Nichtskönner!« oder: »Ich Trottel!«

Das subventionierte Theater bietet in vielerlei Varianten Abonnements an. Der Mensch bucht im Voraus einen Zyklus von Theatervorstellungen, ohne über einzelne Titel eine Entscheidung zu treffen. Er bucht Theater, weil er weiß, dass es von großem Wert ist und zu sein hat. Nun bietet das Abonnement in der Regel zum Teil Aufführungen an, derentwegen der Abonnent auch kurzfristig selbst entscheidend ins Theater gehen würde, die ihm also gefallen, einen Gutteil von Aufführungen, die ihm Wurscht sind, wo er danach die Frage, gerne gesehen oder ungern?, beim besten Willen nicht beantworten kann, und einen entscheidenden Teil, der ihm äußerst missfällt, weil er zu wenig oder zu viel Niveau hatte. Soll heißen, der eine blieb beim Überfliegen der Titel des angebotenen Abonnements beim Klassiker mit dem großen Staatsschauspieler oder gar beim Psychothriller mit dem interessanten Fernsehstar hängen, der andere beim reichhaltigen Angebot an Schwänken mit diesen Spaßmachern zwischen Boulevard und Fernsehstrich. Das Abonnementsystem plant die parzielle Unzufriedenheit der Abonnenten, die einander widersprechenden Beschwerden ein. Das ist in hohem Maße blöde, aber für die Existenz des Theaters von großem Wert.

Wenn es einen Wertbegriff gibt, der mit Rarität zu tun hat, so ist der auf das deutsche Theater nicht anwendbar. (Jedes Dorf neigt dazu, seine einzige Kirche architektonisch zu überschätzen.)

Der Wert des deutschen Theaters ist die Vielfalt, das Flächendeckende. Es gibt hier eine in der gesamten Kulturwelt einmalige Ausstattung mit Festspielhäusern, Opernhäusern, Schauspielhäusern, Staatstheatern, Stadttheatern, Drei-Sparten-Theatern, für Gastspiele und Tourneen offene ehemalige Stadttheater, neue Theaterräume und Hallen. Jeder dieser Theatertypen hat seine – von den verantwortlichen Feuilletons sorgsam gehegten – besonderen Probleme. Eine so genannte Intendantenkrise an einem namhaften Schauspielhaus einer großen Stadt hat den publizistischen Stellenwert von Massenentlassungen in der dennoch expandierenden Automobilindustrie oder einer Ölpest in einem wichtigen Fischfanggebiet. Daran erweist sich der überragende Kulturbegriff des deutschen Raumes. Zumal – nach allgemeiner Übereinkunft – Entlassungen und Ölpest mit Kultur nicht einmal indirekt etwas zu tun haben.

Die den einzelnen Theatertypen zuzuordnenden Probleme sind unlösbar, das sichert ihnen bleibenden Wert. Bringt ein erstklassiges Opernhaus nicht eine hinreichende Anzahl von Abenden mit internationaler Gagenprominenz zustande, finden sich sofort Feuilletons, die die rettungslose Verprovinzialisierung konstatieren. Kommt es aber etliche Male pro Saison zu (von der Plattenindustrie mitbestimmten) akustischen Gipfeltreffen, finden sich Feuilletons, die wiederum Vergeudung und überhöhte Kosten bei Verlust der Regiedetails beklagen. In manchen Fällen sind es dieselben Feuilletons. Das macht die Sache so besonders spannend. (Hat eine Stadt vier Zeitungen, dann kommt es in der Regel zur Polarisierung zwei gegen zwei. Ähnlich einfach ist es, wenn eine Stadt zwei Zeitungen hat. Hat sie drei, dann steigt die Spannung zum Siedepunkt.)

Macht ein deutscher Regisseur im Rahmen des englischen Systems eine schöne Gastinszenierung einer großen Oper des Repertoires, dann schreiben die einen Opernfachleute in der Bundesrepublik, man müsse hinpilgern, dort sähe man, was Oper sein könne, und am eigenen Haus in der jeweiligen Stadt eben nicht sei. Andere Opernfachleute schütteln sich aber vor Entsetzen und versichern glaubwürdig, nicht eine der dort aufgebotenen Stimmen käme hierorts unausgebuht über die große Pause. Beide Meinungen sind richtig. Der Wert des deutschen Theaters im Rahmen der öffentlichen Meinung wird aber dadurch gesichert, dass man das nie zugibt.

Das gilt auch für alle Arten der Probleme in Permanenz.

Das Problem der großen Schauspielhäuser ist das der genialen Regie-Intendanten. Die Feuilletons wachen sehr sorgsam darüber, dass es ein paar Genies (also als solche anerkannte) weniger gibt als erste Bühnen. So ist das fesselnde Spiel »Wer geht wohin?«, »Wer kriegt was?« ständig am Laufen zu halten. Während die zu kurz gekommenen Schauspielhäuser, die es zu keinem Genie gebracht haben, sich dieses Versäumnis vorhalten lassen müssen, konstatieren die Feuilletons der Städte, in denen die Genies wirken, deren Scheitern und mutmaßen über die Adressen der unausweichlichen baldigen Übersiedlung.

Das Problem der Dreispartentheater, die also Oper (soll sein auch mit Ballett), Operette (soll sein auch mit Musical) und Schauspiel gleichermaßen pflegen sollen, ist deren Existenz an sich. Jedermann weiß, sie sind anachronistisch, platzen hinten und vorne, können nicht funktionieren. Dennoch wird in jedem einzelnen Fall um ihr Weiterleben erbittert gekämpft. Das wesentliche Argument zur Begründung der künstlichen Beatmung ist das der Treue.

Dreispartentheater entstammen einer Zeit, da ein Theater kulturelles (theaterkulturelles) Zentrum einer Region war. Einer Zeit, da nicht Massenmedien, nicht Kulturtourismus (einerseits der von Produktionen, andererseits der des ambitionierten Publikums) die regionalen Qualitätskategorien durcheinander gebracht hatten. Mit den gehobenen Ansprüchen einer Zeit der immer bewussteren Vergleiche, der damit verbundenen Anforderungen an Ausstattungen, Inszenierungen (und deren Dauer), an Qualität des Personals, hatten die drei Sparten in räumlicher und auch jeder anderen Weise keinen Platz mehr in *einem* Theater. Wo man das nicht einsehen wollte und immer noch nicht einsehen will, hat man enorme Zubauten für Werkstätten und Dekoration veranlasst, für künstlerische Betriebsbüros, um den Ablauf des Spielplans irgendwie gewährleisten zu können, für EDV-Anlagen, um sich in den Kostenrechnungen der sowohl verschieden verdienenenden, aber vor allem auch ganz verschieden verschlingenden Sparten einigermaßen zurechtzufinden. Das Ergebnis dieser vergeblichen Liebesmühn ist noch vielerorts zu besichtigen.

Freilich hat dieser Theatertyp einen großen Reiz, den man eigentlich auch schon als Wert gelten lassen kann. Der permanente Kompetenzstreit zwischen Opernintendant und Schauspielintendant oder Generalintendant und Generalmusikdirektor und Oberspielleiter des Schauspiels, oder zwischen... Es gibt hier zahlreiche Modelle, die das Feuilleton immer wieder ausreichend beschäftigen. Und dass es darum geht, weiß man bereits.

Um nicht ungerecht zu werden: Manche Städte haben Konsequenzen gezogen. Haben sich etwa von der Musiksparte getrennt, produzieren nur mehr Sprechtheater und beziehen die Oper von einer Nachbarstadt, die sich wiederum vom Schauspiel getrennt hat. Wirklich zufrieden stellend scheint diese Lösung nicht zu sein. So sahen sich manche Städte veranlasst, auf eigenes Theater überhaupt zu verzichten, das bestehende Theater zu einer Gastspielbühne zu machen oder die zu bauende Stadthalle als Bühne mitzuplanen. Jetzt kann man aussuchen. Das macht in einigen Fällen so eine Art Intendant, in den anderen ein Kulturamt, genauer: dessen Leiter.

Da kommt es darauf an, was aus dem überreichen Angebot an Tourneen man wählen mag. Wie man die Schwerpunkte setzt. Sehr viele dieser Gastspielbühnen buchen vor allem die Tourneen des Kommerztheaters, des so genannten »Boulevards«, wodurch dieses Genre indirekt subventioniert wird. Ziel jeder kommerziellen Boulevard-Produktion ist, in den großen Städten lange Laufzeiten zu erzielen und dann in Zusammenarbeit mit einer Tourneedirektion noch ausgiebig über Land zu fahren. So zählt es zu den großen Werten des deutschen Theaters, dass der Boulevard nicht auf die große Stadt beschränkt ist, die Boulevardisierung des Dorfes ein zentrales Anliegen dessen Kulturdezernats sein muss.

Man sollte an dieser Stelle festhalten, wie sehr diese Trennung von Boulevard und Nicht-Boulevard zu den Werten des deutschen Theaters zählt. Im angelsächsischen Raum gibt es diese Trennung nicht. So kann dort auch ein charakterloser Stücktypus entstehen, der mit Strindberg genauso viel zu tun hat wie mit Arnold & Bach. So entstehen die Pinters und Ayckburns eben auf Englisch und stellen das deutsche Theater vor schwierige Entscheidungen: Gehört ein neu übersetztes Stück ins Schauspielhaus oder ins Boulevardtheater? Mit dieser Entscheidung über die Platzierung fällt gleichermaßen die über den Darstellungsstil. Entscheidet man sich für das Schauspielhaus, wird – um der Würde des Kulturauftrags zu entsprechen – meist ein Regisseur bemüht, der in der Lage ist den Abgrund aller Komödienfiguren aufzudecken und der Chose die 18 garantierten Lacher und Szenenappläuse auszutreiben. Entscheidet man sich für den Boulevard, für das ensuite arbeitende Privattheater, so verfügt man dort über versierte Spielleiter, die es den beliebten und populären Damen und Herren ermöglichen, in jeder noch so seriösen Situation oder Auseinandersetzung die ganze Palette privater Unarten, Fratzen und Töne abzuziehen und auf dem Lacher zu bestehen. Befasst sich der eine Darstellungsstil mit der Abschaffung von Tempo und Humor, kümmert sich der andere um die Entmenschlichung und Hurisierung jeder Rolle. Es ist fraglos ein Wert, dass man im deutschen Theater allzeit weiß, wie man dran ist. Hüten doch die Feuilletons die reinen Formen. Wehe, es versucht in diesem Land einer die Sabotage durch Balance. Durch irritierende Tonwechsel. Sofort wird man ihm Unentschiedenheit vorwerfen, Verwaschenheit und Konzeptionslosigkeit. Eine Aufführung sei nicht Fisch und nicht Fleisch, kann man lesen, und wie wir wissen, essen das die Deutschen an verschiedenen Tagen.

Ganz wesentlich geprägt wird der Wert der deutschen Theatervorstellungen durch deren Länge. Wenn eine Vorstellung vier bis fünf Stunden dauert, ist die künstlerische Wichtigkeit schon signalisiert.

Das ist übrigens ein weiterer Grund, warum so genannte Boulevardkomödien in Deutschland nicht entstehen können. Die sind nämlich – aufgrund der Erfahrungen mit dem Publikum – verpflichtet, ziemlich genau zwei Stunden zu dauern. Da nun Bedeutungspausen, Dehnungen, stummes Spiel in diesem Genre gänzlich kontraproduktiv sind, kann auch der deutscheste der Regisseure nicht mehr als eine halbe Stunde dazuinszenieren. Damit schaltet sich dieses Genre aus der Kunstszene selbsttätig aus.

Bedeutendes Theater hat zu dauern. So wird bei gewichtigen Vorlagen, wie etwa Klassikern, auch das Abgestandenste, Überinterpretierteste nicht gestrichen, es wird so gestreckt, bis es nicht mehr stört. Nun haben Theatertexte aber doch irgendwann einmal ein Ende. Wenn das dem Regisseur bei aller Bemühung noch zu rasch kommt, hat er Einfälle. Der beliebteste und nahezu ständig zu bewundernde ist, das Stück nach Aufgehen des Vorhangs (falls es einen gibt) nicht beginnen zu lassen. Es sagt also die auf der Bühne befindliche Figur nicht ihren ersten Satz, sondern sie rückt z. B. ein Tischdeckchen zurecht oder starrt durch das Fenster in die Weite oder blättert in einem Buch, das sie nach einer Weile weglegt und dann nach einer Weile wieder nimmt, oder sie starrt einer über die Bühne gehenden anderen Figur nach und überlegt dann lange, wer das wohl gewesen sein könnte. Das liest sich jetzt alles noch recht natürlich, künstlerisch wertvoll wird es erst, wenn wir uns vor Augen halten, dass diese erwähnten Aktionen, oder sagen wir es genauer: Nicht-Aktionen jeweils zehn erregende Minuten dauern.

Die künstlerische Absicht ist klar. Es geht um Einstimmung in die Atmosphäre. Und da der deutsche Regisseur genau weiß, wie schwer dem Publikum etwas beizubringen ist, z. B. dass den

Figuren auf der Bühne der Sinn des Lebens abhanden gekommen ist, zwingt er das Publikum, sich an der Langeweile aktiv zu beteiligen. (Und in dem Maße, in dem die Kritiker das honorieren, wagt er bei der nächsten Inszenierung schon zwölf Minuten Untätigkeit zu Stückbeginn.)

Weitere Möglichkeiten, den Kunstgenuss zu verlängern, sind gruppendynamische Exerzitien, chorische Unternehmungen, Turnen, autistisch-katatonische Verinnerlichungen, empfundenes Verstummen. Dazu kämen noch eingeführte, dazuerfundene Szenen und Lieder. Da der Regisseur nicht mitspielen kann, muss er alle Chancen wahrnehmen, die Aufmerksamkeit auf sich zu lenken.

Zurück zum Theatersystem. Es ist in Gefahr.

Die Budgetsituation von Bund und Kommunen ist extrem angespannt. Sparen ist angesagt. Da man aber vom Geld für die Reparatur der durch langjährige Investitionen entstandenen Schäden nichts abzwacken kann, und schon gar nicht von den Investitionen zur Produktion neuer Schäden, weil die ja erst den eingespielten Kreislauf des Arbeitsmarktes am Leben erhalten, sucht man die Chancen für Einsparungen anderwärts.

Da gilt nun seit Menschengedenken jegliche Art von Kunst als lohnendes Gebiet. Denn – um ein simples Beispiel zu geben – ob sie für ein Ölgemälde dem Maler dreitausend oder dreißigtausend zahlen, ändert am künstlerischen Wert des Bildes, am Gewicht der aufgetragenen Farbe, an Art und Umfang des Rahmens nichts. Der Kunst wird mit dem Billigpreis nicht geschadet. Nur dem Maler geht's schlechter. Das ist aber zu vernachlässigen, angesichts der vorzeigbaren Ersparnis in enormer Prozenthöhe. So haben nun manche Kommunen ihre Sparblicke schweifen und bei Subventionszahlen einiger Bühnen kleben bleiben lassen. Sie meinen plötzlich, bei einem – die Zahlen sind angenommen – Zuschuss von dreißig Millionen sei eine zehnprozentige Beschneidung und Bescheidung vertretbar. Die Herren und Damen Theatermacher würden auch danach in der Lage sein, den Lappen zur allgemeinen Erbauung oder Erregung hochgehen zu lassen. Toi,

toi, toi! Jetzt passiert etwas, was dem theaterfremden Bürger ziemlich absurd erscheinen muss. Der Theaterdirektor verkündet, die fehlenden drei Millionen von dreißig machten es ihm unmöglich, in der nächsten Saison weiterzuspielen, gar Premieren anzubieten. Nachdem nun die Öffentlichkeit dem Theaterdirektor freistellt, sich das Zimmer im städtischen Irrenhaus selbst auszusuchen, wartet der mit einer verblüffenden Pointe auf. Die Verwaltung seines Theaters, sagt er, die er nicht erfunden, die er so vorgefunden hat, alles das, was sich hinter, über, neben den Vorstellungen an fixen Kosten und Gehältern häuft, macht siebenundzwanzig Millionen aus. Diese Zahl ist gewerkschaftlich besiegelt. Blieben drei Millionen zum Theaterspielen. Wenn es die nicht mehr gibt, geht nichts mehr. Vorhang! Eiserner!

Auf diesen überprüfbaren Tatbestand aufmerksam gemacht, schreit nun die Theatergemeinde nach einer Verwaltungs-, einer Strukturreform. Fachleute werden als Zeugen angeschleppt und berichten von Compagnien, die mit viel weniger technischem und künstlerischem Personal, mit viel weniger Lichtorgelei und Tonsteuerung, mit viel weniger Prospekten und Maschinen, plastischen Dekorkunstwerken in pausenloser Verwandlung, viel weniger Kostümschneiderei mit feinsten Materialien hochgepriesene Theatervorstellungen zustande gebracht hätten.

Diese Berichte sind müßig. Erstens ist über die Hochpreisung von Theatervorstellungen keine Einigung zu erzielen, schon gar nicht unter Theaterleuten, zweitens ist die aufgeblasene Verwaltung nun schon einmal da. Und jedermann weiß, wie sehr alles nicht reformierbar ist, was mit Verwaltung zu tun hat. Zumal sich die Gewerkschaft auf deutschen Bühnen weltweit anerkannte Verdienste erworben hat. Und wer hätte je von einer so verdienstvollen Gewerkschaft gehört, dass die noch mit sich reden ließe? Die verwaltet ihre Verdienste bis zum Schlussvorhang (im Falle des Theaters bis zum Sperren).

Faktum ist: Das Bespielen der Theater ist so teuer nicht, das Teure ist deren Existenz.

So ist es richtig, unsere angenommenen drei Millionen für

einen Klacks zu halten, gemessen an den siebenundzwanzig. Das führt bedauerlicherweise zu Produktionsweisen, die sich überhaupt keiner ökonomisch-planerischen Verantwortung mehr bewusst sind. Regiearbeit wird zum monatelangen Selbstfindungsprozess für alle Beteiligten, dessen Ende künstlerisches Privatleben grausam unterbricht. Schauspieler meinen, es sei eine »wunderbare Arbeit« gewesen. Damit loben sie nicht die Vorstellung, sondern die Probenzeit.

Einmal traf ich auf dem Wiener Flughafen den guten, interessanten Schauspieler Y., Gagenempfänger eines führenden Wiener Theaters. Was er denn in Berlin vorhabe, wollte ich wissen und erwartete, etwas von Drehtagen oder Engagementverhandlungen zu hören. Aber ich erfuhr, der Kollege habe »Vorstellung« an einem führenden Berliner Theater. Nanu, dachte ich mir, es wird doch nicht das Wiener Theater in Berlin gastieren, und fragte nach Details. Da nannte der Kollege das Stück des William Shakespeare, »Der Kaufmann von Venedig«. In diesem Stück würde er heute auftreten. Ich dachte: Dieses Stück kenne ich. Da gibt es nur eine Rolle, die ein Gastspiel rechtfertigt. Und auch nur, wenn einer ein Ausnahmekünstler ist, ein Solitär, einer der ganz wenigen im Sprachraum, denen die unbewältigbare Rolle des Shylok anvertraut werden kann. Diese Rolle kann der Kollege aber, schon seiner Jugend wegen, nicht spielen. Womit also gastiert er? An einem Berliner Theater? In einer zweiten Rolle? Und wieso? Haben sie an diesem namhaften Berliner Theater nicht mindestens drei für diese Rolle geeignete Mimen engagiert? Wozu wird da einer eingeflogen? Der sein Ticket dem einladenden Theater, damit also dem Subventionsgeber, in letzter Instanz also dem Steuerzahler, verrechnet? Dessen Gage in Wien weiterläuft, der in Berlin eine Gastgage bezieht, während der ebenfalls Gage beziehende Berliner Rollenanwärter heute einen saufen geht. Wieso fliegt der Wiener Kollege nach Berlin? Beim »Kaufmann von Venedig« handelt es sich ja um keine selten gespielte Oper, bei der wegen plötzlicher Heiserkeit der Hausbesetzung irgendwo ein Ersatz aufgetrieben werden muss, der diese selten einstudierte

Partie auch beherrscht. Wieso also? Weil einer dieser zur unberührbaren Autorität hochgeschwindelten Genieregisseure irgendwo eine »Inszenierung« erarbeitet hat, die nicht das ist, was sie ist, nämlich eine Inszenierung eines Theaters in einer Stadt, sondern programmiertes Kultereignis eines Sprachraums. Da möchte dann ein anderes, vom Groß-Feuilletongeschmack erpresstes Theater diese Inszenierung »übernehmen« (die, wenngleich aufgebrüht, noch einmal in vollem Umfang abgegolten wird), worauf der Regisseur, schon des zeitlich Rationellen wegen, sagt, Bedingung wäre das Engagement des Herrn Y. in der mittleren Rolle, denn der hätte in dieser Partie eine Qualität entwickelt, wie sie mit einem Schauspieler des neuen Theaters herzustellen ihm zu mühselig wäre.

Und so liefert sich ein Theatersystem früher oder später ans Messer der Reaktion.

Über Ausstattungswahnsinn, Spesenrittertum und Dispositionsunfähigkeit ist hinreichend viel nachzulesen gewesen. Genug.

Das deutsche Theatersystem ist es wert, gerettet zu werden. Das geht nur durch strukturelles Verändern und durch Lösung des Problems Einsparung. Wie kann die aussehen?

Paritätisch. Die Kommune kürzt weniger. Die Gewerkschaft erlaubt das Nachdenken über Rationalisierung. Das Theater als subventionierte Spielwiese zum Ausleben von Biografie wird zugunsten eines Theaters zurückgedrängt, das täglich versucht, maximale Qualität mit maximalem Publikumszuspruch zu vereinen.

Das kann kein vom Publikum beobachtetes Theater für das Feuilleton sein, nur ein vom Feuilleton beobachtetes Theater für das Publikum.

»PROVINZ«THEATER

Ein Bekenntnis

Als das Stadttheater Klagenfurt nach einem Umbau wieder eröffnet wurde, war ich vom Intendanten eingeladen, die Festrede zu halten.

Ich nahm mir vor, darin drei Dinge zu definieren. Meine am Ort entstandene Kompetenz, den obsoleten Begriff »Provinz« und natürlich – mit dem in diesem Buch bis zum Überdruss zu erwähnenden Kärntner Landeshauptmann im Publikum – meine Meinung zu Kulturpolitik.

Ich wiederhole mich hier, leicht gekürzt:

Als Vier- oder Fünfjähriger stand ich da oben und bangte, ob die Sache mit »Schneeweißchen und Rosenrot« gut ausgehe.

Als Zwölfjähriger saß ich im Parkett und hatte nasse Augen, als die »Madame Butterfly« ihr Kind zum Spielen schickte, um sich – zu wunderschöner Musik – zu entleiben.

Von diesem Tag an wurden die Stehplätze oder die frei gebliebenen Rangsitze zur zweiten Heimat neben dem Fußballplatz. Ich sah nicht nur ganze Vorstellungen, ich sah und hörte auch zweite oder dritte Akte, wenn ich – die Sporttasche mit dem nassen Trainingszeug an der Garderobe deponierend – noch ins Theater hereinschaute, ohne Karte, oft nicht einmal wissend, was lief.

Die Dienst tuenden Damen da oben tolerierten das, ja, sie mochten mich. Ich errichte an dieser Stelle das Denkmal der »unbekannten Platzanweiserin« der Jahre 50 bis 54. Bis zur Matura hatte ich alles, aber auch alles, und vieles mehrfach gesehen.

Von »Die Meistersinger« bis zu »Der gütige Antonius«. Von »Egmont« bis zu »Warum lügst du, Cherie?«

So ab 16 war ich den Theaterleuten im Theatercafé als Gesprächspartner willkommen. Vielleicht auch, weil sie in dem angehenden Journalisten einen zukünftigen Kritiker vermuteten.

Jedenfalls redete ich mir den Hals wund, sei es über Sartres »Geschlossene Gesellschaft«, sei es über Paul Abrahams »Blume von Hawaii«. Und ich war stolz darauf, quasi dazuzugehören. Als ich dann nach Wien ging, war ich ein für mein Alter überaus kundiger, ich meine: repertoirekundiger Theatermensch. Das hat alles, was danach kam, maßgeblich beeinflusst. Es wäre ohne die Grundschule »Stadttheater Klagenfurt« nicht denkbar gewesen.

Ungefähr 50 Jahre alt, stand ich mit meinem damaligen Kabarett-Programm »Solo mit Quartett« vor vollem Haus auf dieser Bühne. Das Glücksgefühl war unbeschreiblich, von hier aus auf meine Jugend dort oben hinaufschauen zu können.

Warum ich Ihnen das erzähle?

Sie sollen wissen: Ich weiß, worüber ich rede.

Es ist eine zutiefst persönliche Sache, wenn ich mich heute freue, »mein« Theater in neuem, die Zukunft sichernden Glanz zu sehen, wenn ich mich heute für die neuen jungen Menschen dieser Stadt, dieses Landes freue, dass man ihnen auch in Zukunft das Angebot Theaterkunst nicht schuldig bleiben wird.

Der Vorhang geht auf vor sich ändernden Zeiten.

Die Architektur dieser Neugestaltung des Hauses kann das symbolisieren: Bewahren der Tradition, Neufassen der Tradition, Erneuerung, Vorausblick.

Das Theater meiner Jugend, an das ich erinnert habe, war ein Dreisparten-Stadttheater mit einer heute nicht mehr vorstellbaren Produktionsdichte, mit einem sich alljährlich ein wenig verändernden, fixen Ensemble für alle drei Sparten. Dieser Typus Theater braucht für sein Überleben besondere Bedingungen.

In einer Stadt mit nur einem Haus muss – es gibt liebenswürdige Ausnahmen in den neuen deutschen Bundesländern – dieser alte Theatertypus tot sein. Aus ökonomischen, organisatorischen und künstlerischen Gründen.

Wem das zu theoretisch ist: Man kann unausgelastete, spazieren gehende Künstler nicht vierzehnmonatlich bezahlen, man kann Vorstellungen unter einem konkurrenzfähigen Standard nicht mehr aus dem Boden stampfen. Warum, werde ich begründen, wenn von der neuen Definition des Wortes »Provinz« die Rede sein wird.

In vielen deutschen Städten stand man mit den Stadttheatern an der Wand. Und hat häufig einen kulturpolitisch katastrophal falschen Schluss gezogen. Man hat die Theater zu Gastspielbühnen gemacht, der Tourneebeliebigkeit, der Reisekultur ausgeliefert. Damit haben keineswegs unbedeutende Städte das Mark ihrer kulturellen Identität verloren. Tourneetheater verkaufen ein, zwei Starnamen und engagieren dazu Arbeit suchende Kolleginnen und Kollegen, nicht selten zu einer Gage, die das Überleben während der Tournee sichert. Wenn man nicht zu oft warm isst.

Das Ausliefern an diese Art Theaterkultur bedeutet also auch – um eine in Kärnten sehr populäre Formulierung zu gebrauchen – keine »ordentliche Beschäftigungspolitik«.

Klagenfurt gibt ein Beispiel sinnvoller Mutation. Hier wird das Theater selbst gestaltet, hier versucht man eine individuelle, flexible Balance von Ensemble, Stagione und Produktion.

Nur so hat das Haus Zukunft. Und nur die Zukunftschance rechtfertigt die Kosten dieser großzügigen Umgestaltung. Das ist kein Museum mehr, das ist eine Werkstätte und zudem selbst noch ein Kunstwerk.

Ab heute Abend wird die alle Theaterfreunde bewegende Frage beantwortet: Was wird gespielt? Wie wird es gespielt? Und warum so und warum überhaupt?

Ein großer Theatermann hat einmal gesagt: Wer dem Publikum immer nur nachläuft, sieht auf Dauer nur dessen Hintern. Das stimmt. Man muss dem Publikum voraus sein, ihm etwas vorlegen, vorgeben. Aber in Erhörweite. Wer stolz darauf ist, Publikum auszuschließen, Intellektinzest zu betreiben, verrät den wunderbaren Sinn dieser Rampe, der heißt: Dialog.

Der ewige Streit zwischen Tradition und Modernität, zwischen Werktreue und Neuinterpretation wird wieder einsetzen. Solange dieser Streit Kultur hat, gehört er zum Theaterspielen wie Kostüm und Maske. Und in einem Land mit – bedauerlicherweise – unterentwickelter Streitkultur sollte wenigstens der Kulturstreit in Stil und Niveau beispielhaft sein.

Einen Konflikt allerdings wird es immer geben, geben müssen, den der Generationen. Richtig geführt mündet er in Qualität. Da künstlerische Haltungen einander etwas beweisen wollen.

Was heißt »richtig geführt«?

Menschen in meinem Alter neigen dazu, ihre Sinne, ihre Membranen, ihre Koordinaten absolut zu setzen, für allgemein gültig zu halten. Das ist falsch. Menschen einer neuen Generation – im Wort steckt das Wort Gen – hören, sehen, lesen und werten neu. Auch wenn wir das oft nicht begreifen wollen oder können. Es ist so. Deshalb müssen wir uns mit unserem Urteil nicht bescheiden. Keineswegs. Wir sind nicht zu chronischer Progressivität verpflichtet. So wie wir nicht das Maul halten müssen, wenn man unsere Ästhetik verdammt.

Damit es nicht zu abstrakt wird, ein Beispiel:

Vor einigen Jahren gab es auf dieser Bühne eine so genannte »Skandalvorstellung« von Friedrich Schillers »Kabale und Liebe«. Ich bin in der glücklichen Lage gestehen zu können, mir hat diese Inszenierung missfallen. Ich fand das Konzept verfehlt, Details wie den auf der nicht mehr bespielbaren Schräge abrinnenden Nervositätsurin der Lady Milford albern. Verfehlter und alberner als die Vorstellung waren nur einigePublikumsreaktionen. Türen schmeißende, keifende Empörungsdemonstrationen setzen experimentelles Theater ins Recht. Publikum dieses Niveaus gehört provoziert. Für Ablehnung – hochverehrtes Publikum – gibt es drei kultivierte, zielführende Methoden: Reglosigkeit der Applaushände nach Stückschluss. Lautes Aussprechen der Silbe »buh« zum gleichen Zeitpunkt. Verlassen der Vorstellung in der Pause. Um nochmal auf die »Kabale« zurückzukommen: Hinter dem massiven Irrtum des jungen Regisseurs war ein großer Gestaltungswille unübersehbar. Es sind Jahre vergangen, in denen sich Martin Kusej weiterentwickelt hat. Er hat Karriere gemacht.

Begabte junge Menschen stehen, nicht nur in der Kunst, auch in der Politik, vor Mauern des Etablierten. Wenn sie sich – ohne jede Verzweiflung – kampflos einreihen, nicht mit dem ihrem Alter gemäßen Anspruch nahe dem Größenwahn etwas Neues machen wollen, wenn sie nichts im Karrierehirn haben, als den Altvorderen nur ja keine Schwierigkeiten zu machen, dann werden sie zur Entwicklung nichts beitragen. Und nichts Erwähnenswertes werden, außer vielleicht hoher Funktionär.

Man sollte also immer trachten, sich nicht rasch und leicht erschließende künstlerische Versuche reflexartig als Provokation abzutun.

Genauso muss man sich vor Provokationen um der Provokation willen emanzipieren. Das heißt: sich einfach nicht provozieren lassen. Das macht Provokation billig. Das macht sie langweilig. Das erst deklassiert sie.

Wie rasch wälzt sich der Zeitgeschmack um!

Als wir studierten, kam das »Endspiel« des Samuel Beckett in Wien heraus. Wir, die wir in diese Vorstellung geradezu pilgerten, waren in den Augen eingesessener Theaterkenner Narren. Heute hat das »Endspiel« den Stellenwert absurden Boulevards, heute gilt es den Abonnenten des Wiener Akademietheaters als komödiantisches Labsal. Damals musste man Schauspieler suchen, die bereit waren, dergleichen zu spielen. Heute reißen sich die Stars um diese Rollen.

Die Kunstgeschichte bestätigt oder widerlegt Kunstrichtungen, oder sagen wir -artikulationen der jeweiligen Jetztzeit. Die Kunstgeschichte anerkennt den Wert extremer Haltungen, die vor Stagnation und Verödung bewahren. Die Kunst einer Zeit in ihrer Gegenwart bekämpfen und verhindern zu wollen, ist Anmaßung bis Schwachsinn. Kunst braucht allzeit engagiertes Pro und Kontra. Rivalität auch innerhalb der Künstler. Was sie nicht braucht, ist Hysterie. Was ihr nicht angetan werden darf, ist Bilderstürmerei, ist Menschenjagd. Damit beginnt die Barbarei.

Schon das Wort »Kulturkampf« verursacht Übelkeit. Und die, die ihn unbedingt betreiben wollen, müssen sich fragen lassen, ob sie sich nicht synthetische Schlachtfelder schaffen müssen. Wenn sie zu den brennenden Fragen des Globus, des Kontinents und der Heimat nichts oder nur Fragwürdiges oder gar Verwerfliches zu sagen haben, dann brauchen sie offenbar ein anderes Feld. Dafür ist Kultur zu schade.

Und da wir Kärntner uns bekanntlich den Mund nicht verbieten lassen, stelle ich fest: Es ist mir nicht bekannt, dass je ein akademischer Maler einem Waldbesitzer zu erklären versucht hätte, wie er Bäume zu fällen oder aufzuforsten hat.

Und unerklärlich war mir in dieser traurigen Posse rund um den Maler Cornelius Kolig die Haltung des Verlegers der auflagenstärksten österreichischen Tageszeitung. Er duldete oder förderte eine Kampagne gegen einen Künstler. Der Mann, in dessen Milliardenvermögen sich Bilder des Egon Schiele befinden. Jenes Egon Schiele, der dereinst vom gesunden Volksempfinden als Pornograf ins Gefängnis geschickt wurde.

Wir sind wieder bei der Kunstgeschichte.

Wir waren junge Klagenfurter, als der Maler Giselbert Hocke mit seinen Fresken für den Klagenfurter Hauptbahnhof einen Skandal ohnegleichen auslöste. Einen Skandal, der damals allerdings noch nicht parteipolitisch fokussiert war. Quer durch die Parteien und Zeitungsspalten tobte der Geschmack der Braven, Fleißigen und Anständigen. Heute betrachtet man, in Klagenfurt ankommend, geradezu mit Rührung dieses Dekor. Und denkt sich: Wenn von diesem so besonders scheußlichen Bahnhof irgendetwas der Bewahrung wert ist, dann sind es diese Fresken.

Und noch ein Beispiel für Sumpertum:

Der Architekt dieses Theaterneubaus, ein Mann, der so begabt war, dass ihm auch eine Karriere als Eishockeytormann offen stand, baut unter Einsatz seines Besitzes und seiner Gewinne am Ossiachersee ein Gebäude, das heute schon als Labor zukunftsweisender architektonischer Details gilt. Als vor einiger Zeit ein Werbeprospekt für den Ossiachersee aufgelegt wurde, war aus dem Panoramafoto das »Steinhaus« herausretuschiert. Da hatte wohl einer Angst, es könnte von den attraktiven Campingplätzen ablenken, einer, dessen Sohn einmal an den Studienpilgern zum Steinhaus Geld verdienen wird.

Und so ist zu fragen: Haben einige Damen und Herren nicht

Angst, ihre Enkel und Enkelinnen könnten eines Tages im Kärntner Landtag stehen und zu ihrer Begleitung lachend sagen: Schau, dagegen haben Oma und Opa noch Unterschriften gesammelt!

Im Ernst, hochverehrtes Publikum: Man kann Gebäude wegretuschieren, preisgekrönte Entwürfe nicht ausführen wollen, man kann auch – wie wir erfahren haben – Bücher verbrennen. Was man nicht kann: den Geist töten.

Zurück zum Theater.

Sein künstlerisches Programm heißt »Spielplan«. Wann ist ein Spielplan gut, wann schlecht?

Schlecht ist jeder Spielplan der Welt, wird er danach beurteilt, was ihm fehlt. Jeder Theaterfreund wird alljährlich feststellen, was – speziell für ihn – in diesem Spielplan schon wieder nicht vorkommt. Und jedem fehlt etwas anderes. Dem der Wagner, der der Mozart, dem die Operette, der was Elektronisches. Kurz: die Ein-Jahres-Analyse des Spielplans kann nichts taugen.

Gut ist ein Spielplan, wenn er sich in einem sinnvollen Zeitraum zu einem Bild fügt, zu einer Draufsicht auf die Theaterkultur einer Zeit. Wenn sich in diesem Zeitraum eine – von jedem Theaterleiter natürlich individuell gefärbte – Harmonie von Sparten, Titeln und Stilen ergibt.

Wieder kann dieses Beispiel Architektur als Programm gelten.

Spricht man vom Spielplan eines Theaters und dessen Interpretation, ist die Debatte unvermeidbar: Inwieweit ist Theater politisch? Soll es politisch sein? Darf es nicht politisch sein?

Auch dazu eine Position.

Zunächst ist die Theaterkunst – diese ewig faszinierende Komposition von Wort, Körper, Raum, Bild, Musik – Kunst. Also unpolitisch. Aber es gibt keinen ernst zu nehmenden Künstler, der nicht für ein Welt-, ein Menschenbild steht. Ein humanes, ein gerechtes, ein friedliches, ein evolutionäres. Gibt also Politik direkt oder indirekt Anlass zu befürchten, in ihr drohen oder dominieren Strömungen, die diesem Weltbild entgegenstehen, es gar bekämpfen, wird das Theater nolens volens zur politischen Anstalt. Es muss sich gar nicht ändern, es muss das gar nicht planen.

Es braucht nur seinen Charakter nicht beim Subventionsgeber abzugeben.

Und jedes Königsdrama von Shakespeare zeigt uns, dass Herrscherhäuser ein rechtes Gesindel sein können, Revolutionäre einen Dreck besser, nur bis jetzt zu kurz gekommen. Ein Königsdrama eines Shakespeare beweist, bevor nicht alle abgemurkst sind, ist keine Ruhe, kann kein Vorhang fallen über einen Frieden. Ein Königsdrama von Shakespeare lehrt uns, auf dem Fernsehbild zu erkennen, dass dieser auf Kriegsschauplätzen herumreisende Diplomatenklüngel ein Haufen intriganter, feiger Höflinge ist, der nur einen Ehrgeiz hat, gar nicht, oder wenn schon, erst im letzten Bild erstochen zu werden. Und immer, wenn unsere Fantasie nachlässt, wenn wir ermatten, wenn wir glauben, diese Herren auf dem Bildschirm seien »normale« Menschen, müssen wir rasch wieder in ein Königsdrama von Shakespeare. Zur Information.

Soviel zum politischen Theater.

Der Satz Claus Peymanns »Kultur kann gar nicht genug kosten« darf gesagt werden, wenn die Kultur mit dem, was sie kostet, verantwortungsvoll umgeht. Tut sie das nicht, wird der Ausspruch angesichts der Arbeitslosen, der neuen Armen, der Mindestlohnbezieher zur zynischen Frechheit.

Das ist das Gute an einem Theater wie diesem hier: Es ist zu vertretbaren Produktionskosten und Produktionszeiten gezwungen. Hier werden Premieren nicht verschoben, nur weil ein Szene-Genie »nicht fertig« geworden zu sein beliebt. Hier ist ein Premierentermin noch ein Premierentermin. Hier, in der »Provinz«.

Und damit ist das entscheidende Wort gefallen. Gibt es »Provinz« noch? Und damit ein »Provinztheater«? Nein.

In der zweiten Hälfte des 20. Jahrhunderts hat sich für ein Theater wie das von Klagenfurt, aber auch von Graz, Linz, Innsbruck die Basis verändert. Diese Theater können keine Provinztheater mehr sein, da »Provinz« als qualitativer Begriff – »das ist doch tiefste Provinz!« – an den geografischen Begriff Provinz nicht mehr gebunden ist. Im Zeitalter der medialen, der kulturellen Omnipräsenz gelten die Kriterien für Niveau und Qualität allerorten. Wenn hier etwas schlecht ist, dann ist es in der Großstadt genauso schlecht. Dann ist es Kopie von Dreck. Das Gefälle zwischen dem Theater der Metropolen und den Provinztheatern besteht nur noch in den finanziellen Aufwendungen, in sonst nichts mehr. Der Begriff »Provinztheater« darf also kein Ausdruck von unvermeidlicher Qualitätsbeschränkung mehr sein, und schon gar keine Ausrede.

Sätze wie »Das ist für Klagenfurt doch eine erstaunliche Vorstellung«, sind Unsinn geworden. Eine Theatervorstellung ist entweder gut oder mittelmäßig, oder schlecht. Ganz egal, wo sie stattfindet.

Das Wort »provinziell« ist nur mehr eine Pointe, zum Beispiel anwendbar auf das Affentheater krisenhafter Pressekonferenzen der Hochkultur.

Provinz ist Nostalgie.

Das ist von entscheidender Wichtigkeit für den Stellenwert der Kritik. Man kann heute – an Ort und Stelle verrissen – nicht mehr zu der einen positiven Kritik in der Hauptstadtzeitung greifen, sie als Gegenbeweis verwenden. Der Provinzkritiker weiß genauso viel wie der Kollege im Weltblatt. Er hat genauso viel studiert, aufgrund unser aller Mobilität genauso viel gesehen und gehört, er kann genauso gut oder genauso miserabel schreiben wie jener, genauso Recht haben und genauso irren. Der Kritiker der regionalen Presse hat die gleiche Chance wie das von ihm bewertete Theater, die der Emanzipation vor dem feuilletonistischen Mainstream. Er ist nicht verpflichtet, sein Lob umso höher anzusiedeln, je mehr Menschen die Premiere in der Pause verlassen. Er hat nicht nur die Kompetenz dem Publikum zu widersprechen, er hat auch die Souveränität ihm Recht zu geben.

Und auch für das Publikum ist alles anders geworden. Als ich jung war, und ein Sänger oder eine Schauspielerin auf dieser Bühne herausragende Leistungen boten, haben die Damen und Herren Bürger gesagt: »Warum ist denn der, warum ist denn die noch in Klagenfurt? Der oder die müssten doch schon dort oder dort sein!« Die Ärzte, Juristen oder Kaufleute, die dergleichen gesagt haben, haben sich keine Sekunde gefragt, warum sie nicht Primar der Universitätsklinik, Staatssekretär im Justizministerium oder Besitzer eines Wiener Ringstraßengeschäftes sind.

Diese Haltung war also schon damals ein wenig einfältig. Wird sie heute vertreten, ist sie schwachsinnig. Denn gute Leute sind längst »dort«, aber durchaus auch »da«.

Das Nichtmehrexistieren der »Provinz« ist eine Art von Kulturrevolution.

Wer es immer noch nicht ganz begriffen hat, dem sei ein Beispiel aus einer anderen Kultur gegeben, der der Kulinarik. Als wir jung waren, konnte es ein Unteroberdorfer Gasthaus geben, das wegen seiner guten Küche als Geheimtipp galt. Heute gibt es in der hintersten Klamm kein Wirtsgeschäft mehr, das nicht von der nationalen Gastrokritik erfasst und bewertet wird. Wenn es Sinn hat. Wir sind geschmacklich vernetzt.

Die Aufwertung des Regionalen hat natürlich auch mit der Europa-Idee zu tun. Wenn Wirtschaftsphilosophen verkünden, große Wirtschaftsräume, große Märkte seien nicht nur eine Chance für die Regionalisierung, sondern verpflichteten geradezu dazu, dann gilt Ähnliches auch für das Theater.

Das Theater wird zum Symbol für eine neue, regionale Zivilisation.

Dieses Land, das ständig in einem anderen Zusammenhang genannt wird, dem einer Bewegung zur Neugründung der Republik Österreich, braucht nicht nur seine vermietbare Schönheit sondern auch seine kulturelle Kreativität zur Klarstellung: Wir halten Österreich für längst gegründet und wir plädieren für einen kulturellen Horizont senza confini.

Nachwort: Während dieser Rede versuchte der Dienst habende Landeshauptmann von Kärnten mehrfach zu kommentieren. Er hatte aber gegen die Publikumsreaktionen keine Chance.

FESTSPIELE

Die »Krise« in Permanenz

Der publikationsfreudige kritische Intellektuelle wird alljährlich – kurz vor Weihnachten – von Zeitungen angerufen, mit der Aufforderung, eine pointierte Polemik gegen die schandbare Kommerzialisierung des Christfestes abzufassen. Da diese bestellte Glosse von Redakteuren seit 50 Jahren für originell gehalten wird, denkt der kritische Schreiber schon lange nicht mehr daran, sich zu diesem Thema zu äußern.

So ähnlich ist es mit den Salzburger und Bayreuther Festspielen.

Die alljährliche Krise, besonders groß vor einem Führungswechsel, besonders diskussionsfördernd bald nach einem Führungswechsel, ist Lebenselement der Festspiele. Die »Krise« ist systemimmanent, statisch. Sie ist das Festspiel. Das Krisen-Festspiel.

Es gibt keine Legitimation für das Vorhaben, es verändern zu wollen. Es macht alle glücklich: sich, das Publikum und die Kritiker (diese des alljährlichen Anlasses wegen).

Die Salzburger Festspiele sind gegründet von diesem Reinhardt, der seinen katastrophalen künstlerischen Niedergang durch intelligentes Unternehmertum zu kompensieren wusste. Unterstützt wurde er dabei von dem vielseitigen Poeten Hofmannsthal, der – in Ausnahmefällen – sogar für Poesie verwendbar war. Weitergetragen wurde die Idee dann vom Instinkt der ortsansässigen Detailhändler jedweder Waren, über so etwas wie Kultur Umsätze und gesellschaftliche Emanzipation vorantreiben zu können.

Die Konstruktion erwies sich als haltbar. Durch Einbeziehung der Kartelle internationaler Kunstagenten, durch Adoption privatwirtschaftlicher Phono- und Videoverwerter, durch Schaffung erstklassiger Auftrittsmöglichkeiten für Politiker ist sie durch Querverstrebungen ewig. Eine feste Burg ist unser Festspiel, und wer die Losungsworte und Summen nicht kennt, landet im Graben. Hier thront Adel im besten Sinne des Wortes: stilsicher, uneinnehmbar, ausgehalten.

Die Salzburger Festspiele sind höchstdotiert. Sie können für ihr Programm engagieren, was teuer und gut ist. Nur Narren behaupten, höchste Preisklasse wäre kein künstlerisches Konzept. Es ist dieser Kunst das einzig adäquate. Wenn einem davor graut, dann kann er beruhigt zur Kenntnis nehmen, dass sich die Engagierer oft genug irren. Nicht mit dem Preis zwar, aber mit der ihm zugeordneten Klasse.

Das Programm der Salzburger Festspiele ist von unübertroffener Vielfalt. Diese zustande zu bringen bedarf es eines erstklassigen Überblicks über die Versandhauskataloge. Salzburg bestellt nicht sinnvoller oder sinnloser als andere, es bestellt mehr. »Mehr« hat sich als Qualität durchgesetzt.

Dem Kulturtourismus ist es unmöglich, das Zustandekommen der Festspielprogramme zu durchschauen. Er nimmt Spielplan und Stadtplan als faszinierende Einheit. Dem Set der sommerlichen goldenen Platzhirschen ist es aufgrund seiner Intelligenz unmöglich, etwas zu durchschauen. Der Vergleich von Speisekarte und Kochkunst lastet ihn aus. Die am Rande begeisterten Gäste durchschauen alles, was einem Zaun ähnlich sieht. So sind sie permanent erregt.

Die Salzburger Festspiele haben einen großen Kulturauftrag, den sie vorbildlich erfüllen, den: stattzufinden.

Die Polemiker gegen die Festspiele können es sich – des beruflichen Selbstverständnisses wegen – nicht eingestehen, wie sehr ihre Meinung dort nicht vorkommt. Die, deren Kommentare oder Glossen sich in Sprache und Haltung etwas von der allgemeinen Sumperei abheben, gehen ja als dramaturgische Elemente durch die Foyers. Sie sind unersetzbar. Sie retten vor der Langeweile. Nicht die Kunst, sondern in Zusammenarbeit mit Wetter, Umziehen und Mahlzeiten die Zeit davor, danach und dazwischen.

Die Salzburger Festspielmacher haben gelernt, mit Beschimpfungen zu leben. Sie und ihre weit häufigeren Lobredner haben gelernt, alles als Neid, Pöbelhaftigkeit und Ignoranz zu definieren, was ihre Planungen und Hervorbringungen eines Angriffs wert findet. Sie nehmen die Heiligsprechung vorweg, die dem Märtyrertum zu folgen pflegt. Sie lecken sich ihre Wunden, nicht ohne sie vorher mit feinstem Balsam bestrichen zu haben.

Es handelt sich um Kompensation.

Ein geschiedener künstlerischer Leiter der Salzburger Festspiele war aus Brüssel gekommen und hatte dort – wie die Feuilletons der Welt ziemlich einstimmig rühmten – hervorragende Opernkultur produziert. Nun ist Brüssel aber gleichzeitig auch eine europäische Metropole, die die ganze Scheiße ihrer Millionenbevölkerung ungeklärt in die Nordsee leitet. Da besteht ein Zusammenhang. Man könnte ihn zu einem Gesetz verdichten: Je unfähiger eine Gesellschaft ist, ihre kreatürlichen Probleme von Rüstung bis zu anderen Exkrementen zu lösen, desto wichtiger wird ihr ihre »Kultur«.

Das erklärt, warum in den letzten Jahrzehnten die Festspiele globusdeckend überhand genommen haben. Sie entwickeln sich parallel zu den Sondermüllbergen – sozusagen als seelische Entsorgung. Festspielorte haben den Vorzug, dass man wohin fahren kann, wo die Mülldeponie nicht in Riechweite des Hauptportals des Festspielhauses liegt und der Duft der Abwässer sich nicht bis in die Wandelgänge und Foyers zieht. Festspiele sind Veranstaltungen, in denen alle Menschen, die Verpestung, Vergiftung und Untergang verantworten, sich versammeln können, um die wirklichen Probleme dieser Welt zu klären, nämlich ob die Regiekonzeption des Herrn X für den Zyklus des Meisters Y dem Projekt des verblichenen Herrn Z ebenbürtig, vorzuziehen oder nicht gewachsen sei, oder ob nicht die Werktreue getreu den Angaben des Meisters und und und.

Produzenten und Dealer von Mist aller Art machen Ferien vom Ich, lassen die Seele taumeln und parfümieren sich für das kommende Geschäftsjahr mit Niveau.

Als traditionsreichste Prachtexemplare derartiger Festspiele dürfen die von Bayreuth und Salzburg gelten.

So werden dort in jedem Sommer die beliebtesten Highsociety-Games, also Gesellschaftspiele de luxe gespielt werden.

In Bayreuth ist es das Nibelungen-Ratespiel, in Salzburg das Musik-Monopoly. Beim Nibelungen-Ratespiel darf nur mitmachen, wer die letzte Inszenierung der sich zwangsläufig immer wiederholenden Wagner-Werke verfehlt und entsetzlich fand, sie jetzt angesichts einer wieder neuen Inszenierung aber im Nachhinein für gültig und beispielhaft erklärt, um diese neue »Lesart« wiederum geistig oder auch körperlich ausbuhen zu können. Dieses Spiel ist so beliebt, weil es (wie es sich für Wagner ziemt) nie endet, nie enden kann und jeder Überprüfbarkeit entbehrt. Neue Mitspieler, die sich zunächst unsicher bewegen, weil sie Sinn und Regeln nicht gleich begreifen, werden emanzipiert, wenn sie erfahren, dass sich (zitiert nach Rudolf Augstein, der doch eigentlich alles versteht) »die Sinnfrage des Rings noch nie erschlossen« hat. Das ist auch nicht möglich, denn auf die Frage: »Hat Wagner am Schluss noch gewusst, was er uns zu Anfang sagen wollte?«, antwortet der intime Kenner des Werkes: »Das scheint nicht so.«

So also können die Regisseure immer wieder mal was interpretieren, von Tiefenpsychologie bis Wall Street, entscheidend ist, dass die Musik alle Dämlichkeiten des Originals und der Deutung zukleistert. Wichtig ist auch, dass der Inszenator »keine durchweg schlüssige Logik« (Augstein) anstrebt, weil es die erstens nicht gibt, und sie zweitens das Ratespiel verderben würde. Und am allerwichtigsten ist das Ergebnis. Keiner bekommt den Ring. Denn »hier ist alles durch und durch tragisch« (Richard Wagner).

Das lieben die Manager und Magnaten, wenn's tragisch ist, rätselhaft, politisch wertfrei, irgendwie sehr schön und so zu diskutieren.

Im Salzburger Musik-Monopoly drehte sich vor einem Jahrzehnt alles um die Frage: Wer beerbt Karajan? Man muss wissen, dass der Maestro als Finanzgenie den Universalkünstler Wagner noch, wenngleich nur ganz knapp, übertroffen hat. Solange er bei Kräften war, diktierte er die Spielregeln des Monopoly, spielte es meistens mit sich selbst und ließ die anderen nur Einsätze zahlen. Kaum aber war Karajan moribund, wagten sich alle Statisten des Spiels aus ihren Demutslöchern und begannen Karajans nur einer einzigen Familie der ehrenwerten Musikgesellschaft dienlichen Regeln anzufechten. Aufgrund dieser Entwicklung war es rund um Karajans Ableben zu einer Art Bandenkrieg gekommen.

In Bayreuth liefert man die attraktive Variante des Familienbandenkrieges. Wie beseitigt eine ehrenwerte Familie den Paten?

Man soll, Bayreuth und Salzburg vergleichend, einen Fehler nicht machen: zu meinen, der Tondichter Wagner sei unsterblich, der Dirigent und Unternehmer Karajan nicht. Davon abgesehen, dass die Entsorgung der von Karajan eingespielten Tonträger zu den großen Umweltproblemen zählt, der Mann wird mit der Konstruktion seines Firmenimperiums noch Wirtschaftshochschulen beschäftigen. Sie werden bezeugen: Karajans Kunst-Marketing reicht locker für die Unsterblichkeit.

Wenn in der Kunst je etwas so Bestand haben kann wie das Münchner Oktoberfest, dann die Salzburger und Bayreuther Festspiele. Auch die Münchner Bierwirte lassen sich ihr Fest nicht verunglimpfen. Und wer weiß nicht um die Wichtigkeit der Arbeitsplätze auch der Blasmusiken, der Hendlbrater und der Ringelspielbesitzer.

Es gibt Menschen, die das Oktoberfest nicht für den Inbegriff der Gemütlichkeit halten. Sie haben in München mit Recht nichts zu sagen. Und so ist es mit Salzburg, den Festspielen und dem Begriff Festspielkultur.

Ich war bei noblen Leuten zu Gast. Zu einem »gesetzten« Essen, wie man so sagt. Anwesend waren verschiedene Repräsentanten und Repräsentantinnen der Klientel der ersten Reihen der großen Opern-, Schauspiel- und Festspielhäuser: Benzin, Medizin, Justiz. Es stellte sich heraus: Der Grund für meine Eingeladenheit war nicht Sympathie der Hausleute, nein, ich sollte vorgeführt und befragt werden und – wie man wohl gehofft hatte: in aller »Schärfe« – meine Meinung sagen zur Krise der Salzburger Festspiele.

Ich habe die Runde einerseits enttäuscht, andererseits doch recht gut unterhalten, weil im Innersten empört. Ich sagte, eine Kulturgesellschaft, deren kulturhistorisches Merkvermögen nicht ausreicht, um zu wissen, dass in jeder personellen und damit programmatischen Nuance exponierter Hochkultur eine »Krise« begründet ist, ist ein – ich bitte um Verzeihung! – Idiotenhaufen.

Es gibt in der Kultur ein ewiges Hin und Her. Man kann es – je nach Glaubensbekenntnis – zwischen »reaktionär« und »innovativ« definieren oder zwischen »klassisch« und »modisch«. In einem Fall heulen die an Neutönerei Interessierten ihr Krisenlied, im anderen die Freunde des Überkommenen.

Hilfsschülern müsste einleuchten, dass Kunst sich im Spannungsfeld der Extreme abspielt, dass es also die nach zwei Seiten offene Mitte ist, die in Abendgesellschaften und Feuilletons beschworen und verteidigt werden sollte.

Man male sich aus, was jetzt passieren wird, wenn der neue Leiter der Salzburger Festspiele nach dem Feudaltraditionalisten und dem Progressivprovokateur eine Linie des Ausgleichs, der Balance sucht und findet. Spätestens im zweiten Jahr wird das Festspiel als »fad« gelten, womit die »Krise« da ist, und alles eben wieder spannend.

Nachtrag: Festspielsommer 2001. Ich sehe in Salzburg eine sehr dumme, besonders langweilige, schlecht gesungene »Die Fledermaus«. Bis zur Pause. Das Publikum teilt sich. In zwei Arten von Tumbheit. Die einen wissen von einem »Skandal« und haben fest vor, den als solchen zu erkennen und abzulehnen. Sie wissen aber nicht genau, worin er bestehen soll. Die anderen – eher noch tumber – wollen den »Skandal« vor denen, die ihn ablehnen, in Schutz nehmen. In hysterischer Begeisterung, die sie vor sich selbst nicht begründen können.

Wie bekämpft man Kulturpessimismus? Man fährt tags darauf nach Portogruaro (als eine Möglichkeit unter vielen). Dort gibt es einen Musiksommer. In einer sehr schlichten alten Kirche spielen junge Menschen, schon Stars oder zum Teil demnächst, Mozart, Schumann und Poulenc. Das Kirchenhaus ist voll, das Durchschnittsalter des Publikums knapp über fünfundzwanzig. Die Gesichter sind so, dass Hoffnung aufkommt: Diese Menschen werden es nie nötig haben zu einem Salzburger »Skandal« eine Meinung haben zu müssen.

THEATERKLASSENGESELLSCHAFT

Das Salzburger Lehrstück

Das Landestheater Salzburg, das Haus, in dem ich meinen Theaterberuf begann, ist nicht mehr finanzierbar. Man denkt über Strukturänderungen nach, will das Ensembletheater abschaffen, das Ensemble aber behalten, oder so ähnlich, manche wollen allerdings das Ensemble abschaffen, aber das Ensembletheater behalten, kurz: Die Theaterkulturpolitik liefert einmal mehr die Tragikomödie der Ahnungslosigkeit, die Farce der Inkompetenz.

Worum geht es? Wie an anderer Stelle schon dargestellt: Das klassische Dreispartentheater, ob es nun Stadt- oder Landestheater heißt, ist aus künstlerischen Gründen nicht mehr sinnvoll, aus ökonomischen Gründen nicht mehr möglich. Dies gilt auch für Städte, die kein weltberühmtes Sommerfestspiel ihr Eigen nennen, die dazu nicht auch noch Mozartwochen, Oster- und Pfingstfestspiele, kurz: Hochkultur in Permanenz anbieten.

Das Landestheater hatte sozusagen die Aufgabe, Theaterkultur für die Unterschichten, für die Nichtauserwählten, die Nichtfestspielbesucher, für die Landbevölkerung anzubieten. Für Festspielbesucher aus Salzburg war es allenfalls gelegentlich wohlwollend betrachteter Lückenbüßer. Das gehobene Salzburger Bürgertum besuchte »sein« Theater so wie Tribünenstammsitzbesitzer der höchsten Fußballliga gelegentlich ein Spiel der Unterklasse.

Salzburg unterhielt also – und verteidigte das über Jahrzehnte zäh – die Kulturklassengesellschaft. Das ist, für sich gesehen, schon arg. Ärger wird es, wenn man bedenkt, dass die Kulturpolitik immer in sozialdemokratischen Händen war, dass also die programmatische Unbedarftheit auf dem Gebiet der Kultur ihren traurigen Höhepunkt fand. Wir aber können an diesem Salzburger Lehrstück aufzeigen, wie unmöglich es den Sozialdemokraten zu sein scheint, ihre identitätsbildenden Grundsätze auf Kulturpolitik umzudenken und anzuwenden.

Die Sozialdemokratie beabsichtigt, wenn man mich richtig informiert hat, die Klassengegensätze zu mildern. Das bedeutete für eine sozialdemokratische Kulturpolitik, ob in Staat oder Stadt, in welcher Formation auch immer, den Versuch eine Szene zu schaffen, den Ehrgeiz, Hochkultur und (was ist der Gegensatz?) die andere einander nahe zu bringen, Integration statt Apartheid zu fordern.

Das Salzburger Lehrstück zeigt, es ist den Sozialdemokraten nicht klar, dass es nur eine Kultur geben kann, dass es schlimm feudalistisch ist, zwei Kulturen nebeneinander existieren lassen zu wollen. Von denen die eine ein Vielfaches mehr kostet als die andere. Und man sich zum bösen Ende die weniger kostende andere nicht mehr leisten kann. Wie konnte man im selben Kulturraum zwei weit auseinander klaffende Klassen etablieren, die sich mit demselben Kulturgegenstand befassen: Musiktheater und Dramatik?

Es hätte Lösungsmöglichkeiten gegeben, und es gibt sie noch. Man kann Apartheid aufweichen.

Es könnte das Festspieldirektorium, eine im Festspieldirektorium etablierte Person, das Landestheater führen. Man kann die Festspiele verpflichten, sich für das Landestheater mitverantwortlich zu fühlen. Es könnte – von der anderen Seite gesehen – der Intendant des Landestheaters einen Sitz im Festspielhaus haben. Kurz, man schafft eine Salzburger Theaterdirektion. Diese Stadt hat dann immer Saison, und diese Saison gipfelt im größten und wichtigsten Festival der Welt.

Synergieeffekte künstlerischer und ökonomischer Art wären möglich. Die Festspiele könnten junge Sänger über das Landestheater aufbauen, wodurch sich das Landestheater bessere (sprich: schon teurere) leisten könnte. Es könnte also die Susanna des Landestheaters die Barbarina der Festspiele sein, der Escamillo des Landestheaters der Morales der Festspiele. Es könnten ein Ballett und ein Chor des Landestheaters die zweiten oder dritten Aufgaben der Festspiele übernehmen. Reichte das

Niveau nicht aus, wäre es eben anzuheben. In allem und jedem wäre die Verfolgung einer Vision dieser Art eine »sozialdemokratische« Kulturpolitik. Warum gibt es die nicht?

Weil sie, als sie dran war, vor diesen Aufgaben versagt hat. An die Macht gekommen, verwaltete sie die überkommenen kulturellen Strukturen und betrieb teils Anpassung, teils Oberflächenkosmetik, teils schlicht weltanschauliche Korruption. In Österreich waren Sozialdemokraten zum Teil recht treue Diener und Partner – auch privatwirtschaftlich begriffen – des Kulturkapitalismus.

Die sozialdemokratische Kulturpolitik veränderte das Bestehende nicht. Sie förderte zwar noch nicht Bestehendes und hoffte – vielleicht – auf Siege des Neuen, war sich aber nicht hinreichend im Klaren darüber, dass sie jene Kultur, gegen die sie fördernd auftrat, gleichzeitig überdotierte, so etablierte und unbesiegbar machte. Sie gestatten mir ein Bild: Die sozialdemokratische Kulturpolitik säte permanent Gras auf den von ihr selbst unter Denkmalschutz gestellten Marmor. Das konnte nicht sehr sinnvoll sein.

Eine Salzburger Lösung wurde nicht einmal angedacht. Leute, die sie anregten, wurden mit dem Argument »Gesetze« abgefertigt. Das heißt: Festspiele und die anderen kulturellen Körperschaften unterliegen verschiedenen Gesetzgebungen, sind also unveränderbar getrennt. Das wäre aber veränderbar. Würde eine Salzburger Szene entstehen, dann würden die Festspiele der Kultur am Ort nützen, statt sie zu plündern und umzubringen.

Eine wesentliche Aufgabe der Kulturpolitik hätte es immer sein sollen, die von ihr geforderten und eingerichteten Kulturstätten dazu zu bringen, *miteinander* Kultur zu machen.

Pluralismus kann nicht heißen: abgekapseltes, möglichst neidisches Nebeneinander. Pluralismus kann nur heißen: korrespondierendes Miteinander. Eine solche Forderung verlangt aber praktische Lösungen, und die sind großteils nur dirigistisch möglich. Kulturpolitiker verwalten Steuergelder. Sie hätten also nicht nur das Recht, sondern auch die Pflicht zu Dirigismus, wenn Kunstsparten, Gruppenklüngel Apartheidpolitik betreiben, auch wenn sich diese Gruppen »Salzburger Festspiele« nennen.

Die Frage nach der Zukunft des Salzburger Landestheaters sollte Anlass sein nach- und umzudenken.

Aber beschlossen ist der Umbau des »Kleinen Festspielhauses« um – vorläufig – rund vierzig Millionen Euro. Das ist nun nicht verwerflich. Warum soll man aus einem unbrauchbaren Theaterraum keinen brauchbaren machen? Bedenklich wird die Sache erst, wenn man sich in Erinnerung ruft, es handelt sich um den vierten Umbau in den letzten 50 Jahren. Hier wären doch posthum Verurteilungen wegen Veruntreuung öffentlicher Gelder auszusprechen. Aber dieses Delikt gibt es auf dem Gebiet der großen Kunst nicht.

Mit welchem Geld das Landestheater weiterexistieren soll, weiß aber keiner so recht.

REGIE FÜHREN

Geständnisse eines Triebtäters

Ich inszeniere gerne. An und für sich. Warum, um Himmels willen? Geld ist kein Thema. Die Karriere in einem Beruf habe ich längst gemacht, die des Regisseurs kann ich in meinem Alter nicht mehr machen. Warum inszeniere ich gerne?

Da ist einmal diese Sehnsucht nach Menschen. Nicht nach Freundschaften, nach Affären. Nein, nach Menschen, die anders sind als die, die man bisher kannte. Oder genau so. Und bei denen es sich zu untersuchen lohnt, warum sie anders sind und warum genau so.

Wie ist das besser erfahrbar als bei einer künstlerischen Arbeit, deren Ergebnis man verantwortet, wobei die Verantwortung aber wiederum von jenen Menschen abhängt, die an der Arbeit beteiligt sind? Regisseur sein ist der intimste Umgang außerhalb der Sexualität. Mit Menschen formen und vor Menschen zurückstehen. Sich einlassen zugunsten einer Anzahl von Theatervorstellungen, eines flüchtigen, bald nicht mehr existenten Ergebnisses. Nichts bleibt davon als die Erfahrung mit Menschen. Also sehr viel. Weil ein Stück Biografie.

Ich beanspruche eine gute Gage und denke mir gleichzeitig: Wie verheimliche ich dem Theaterdirektor, dass ich Geld dafür hergeben müsste, sechs bis acht Wochen lang das Glück der Krisen, der Verzweiflung, der Verbitterung und des Lampenfiebers genossen zu haben? Das Glück, sich nicht vor Masse oder Menge, sondern vor Individuen produzieren zu können, Begabungen zu heben, Unbegabungen zu glätten, Unsympathische zu ertragen und Liebenswerte zu lieben?

Zu den schönsten Orten der Welt gehört die Probebühne.

Vor einer einen Außenstehenden verwirrenden Aneinanderreihung von Stellwänden mit Zwischenwänden – also Auftrittsmöglichkeiten – stehen Frauen und Männer in bedenkenlosen Kombinationen von privater Arbeitskleidung und irgendwelchen Probenklamotten. Die Frauen etwa schlüpfen in lange Röcke, auch wenn ihre eigenen Hosen darunter hervorschauen. Grafisch ist das Gesamtbild ein Torso. Ein irres Bild. Und doch: So wahr werden die Menschen nie mehr sein. Im Bühnenlicht, im Kostüm vor der großen Dekoration. So wahr werden die Szenen nie mehr sein, da man auf gar nichts anderes schauen kann als auf Gesicht und Körperbewegung.

Jeder Theatermensch weiß vom großen Schmerz zu erzählen, wenn er seine Inszenierung zum ersten Mal in der fertigen Dekoration, in Kostüm und Maske, sieht. Dennoch scheitert jeder Versuch, die Ästhetik der Probebühne auf die Bühne zu bringen. Warum?, frage ich mich. Weil beim Transport die Naivität verloren ginge. Weil die Probebühne eine »gestaltete« Probebühne würde. Und damit auch Kunst, nur eben beschissene. Wir sind wieder bei den Wahrheiten des Theaters.

Proben sind reich an Rückfragen.

Das sagt sie jetzt, weil…? Das bezieht sich doch auf…? Schauspieler brauchen für ihr Selbstwertgefühl das Überprüfen des Dichters. Stimmt es, was der von dieser meiner Figur verlangt, erwartet, was er ihr an Verhalten zutraut? Nur wenn sie sich immer wieder die Illusion schaffen, das Stück noch einmal geschrieben zu haben, sind sie bereit, weiterzuproben.

Wenn man das Pflichtpensum an reflektierender Diskussion hinter sich hat, kann es weitergehen. Wobei ich mir immer wieder bewusst mache: Ein gut Teil der Rückfragen aus einem Ensemble zeugt von Intelligenz und Nervigkeit, über die von Feuilletons beschäftigte Theaterkritiker eher in Ausnahmefällen verfügen.

Die Hälfte der an Bühnen üblichen, beantragten, *benötigten* Probenzeit ist eine vergeudete. Sie ist – ich zitiere mich – »subventioniertes Privatleben«. Schauspieler schaffen verbale Scheinprobleme nicht nur, weil sie ihren Text nicht können. In vielen guten Probenparodien und Theaterwitzen wurde das schon abgehandelt. Schauspieler wollen anhand der Theatertexte über sich sprechen, ihre Einsamkeit unterbrechen. (Wie paarweise diese Einsamkeit auch immer sein mag.)

»Warum sagt Y diesen Satz in dieser Situation?«

Das heißt eigentlich: »Warum würde ich nicht so reagieren, oder schärfer oder gar nicht?« Der Schauspieler bringt seine Persönlichkeit ins fremde Spiel. Das führt nun zu Grotesken. Regisseure sind zu Erklärungen, zu Interpretationen gezwungen. Und zwar im Moment. Das überfordert die Regisseure. Entweder weil sie an sich intellektuell überfordert sind, oder weil sie die – möglicherweise komplizierte – Antwort unter Druck nicht parat haben. Daher sind sie gezwungen, Bescheidwissen zu simulieren. Sie reden. Sie reden Blödsinn. Die Schauspieler erkennen den Blödsinn der Regisseure nicht immer in seiner ganzen Dimension, spüren aber doch eine gewisse Unsicherheit. Diese ermuntert sie zur Fortsetzung ihres Diskussionsspieles. Die intelligenten Schauspieler stellen den Regisseur. Der hat jetzt endgültig nur mehr die Chance, sich vom Handwerk in die »Kunst« zu retten. Er muss vernebeln, vom Text nur mehr peripher ausgehende Bilderrätsel und Sprechblasen produzieren.

Da Autoren in der Regel klüger sind als Regisseure und auch mehr Bedenkzeit hatten, muss fast jeder spontane Deutungsversuch des Regisseurs Unsinn sein. Also Zeitvergeudung.

An Bühnen außerhalb der Metropolen könnte das Diskutieren auch im Extremfall nicht tödlich werden. Denn da sind Premierentermine unverschiebbar. Da kommt die Vorstellung heraus. An den »großen« Bühnen kosten die Diskussionsrunden Monate, werden Premieren gnadenlos verschoben. Das macht das Theaterspielen teurer.

Es wäre die einzige, nicht nur ökonomische, nein: vor allem künstlerische Überlebenschance des Theaters, von seinen Komödianten wieder engere Produktionszeiten zu verlangen. Da entstünde jene heilsame Panik, die maximale Konzentration und Talentauslebung erzwingt. Es entstünde ein Theater der vom Publikum erfassbaren Wirkungen. Zumal sich (fast) alle durch psychologisierende Probendiskussionen entstanden Nuancen auf das Publikum *nicht* übertragen.

Die meisten Sätze der großen Bühnentexte sind ambivalent. Der Versuch, sie von vornherein interpretatorisch endgültig zu definieren, kann sterilisieren.

Dort, wo Dichter Eindeutigkeiten haben wollen, legen sie sie durch Text fest oder fordern sie über Anweisungen. Ansonsten gilt: Jeder Tonfall eines Satzes, der nicht hörbar falsch ist, kann richtig sein. Regisseure müssen sich zur Uneindeutigkeit bekennen, dürfen sich nicht zur Simulation von Erkenntnis zwingen lassen, die über das Wissen des Autors selbst hinausgeht. Sie sind nicht Psychotherapeuten des Dichters. Sie haben nur eine Aufgabe: sich eine Theatervorstellung im Kopf zu formen, auf den Proben zu überprüfen, ob diese Form stimmt, um das im Kopf Geformte gegebenenfalls zu falsifizieren und zu korrigieren. Dies alles unter Benützung der vorhandenen komödiantischen Talente.

Regisseure, die über das Konstatieren von unsichtbaren Fäden hinausgehende Analysen absondern, haben den geistigen Rang von Wunderheilern der Psychoanalyse, sind die ärgsten Trottel, die herumlaufen.

Die Zeitvergeudung auf dem Theater steht nicht für sich allein. Sie hat, wie alles, ihre gesellschaftliche Entsprechung.

Ich bin gelegentlich bei Industrie-Galas aufgetreten. Das hieß für mich, eine unsittliche Gage auszuhandeln, aus meinem Repertoire wirtschaftspolitisch relevante Blöcke in der gewünschten Länge zusammenzustellen und – möglichst beleuchtet – den Text vor dem geladenen Auditorium darzubieten. Wäre es immer nur dabei geblieben, wäre ich überbezahlt gewesen. *Verdienen* musste ich mir das Geld durch den postalischen Empfang sinnloser Protokolle über Absicht und geplanten Verlauf der Veranstaltung, des Kongresses, des Meetings, verdienen musste ich mir das Geld durch einen Besprechungstermin mit dem Obermanager, Untermanager und Nebenmanager, die mir die *Firmenphilosphie* und die *Produktpalette* erklärten, mit der ständigen Intention, Insiderthemen in meine Darbietung zu implantieren. Ich hörte nie zu, wenn man auf mich einredete, sagte immer nur, ich hätte hinreichende Erfahrung im Umgang mit Publikum und sähe zur Beunruhigung keinen Anlass. Dann machte ich das, was ich ohne jede

Vorbesprechung auch gemacht hätte, und musste mir danach am Tisch der obersten Firmenleitung sagen lassen, es sei phänomenal gewesen, wie ich gerade die Problematiken *dieses* Hauses in meine zwar bösen, aber doch sehr bedenkenswerten Überlegungen eingebracht hätte.

Diese Tendenz zur synthetischen Vollbeschäftigung bei der Event-Vorbereitung gibt es auch auf dem Theater.

Wenn ich als Regisseur probe, bin ich auch Publikum. Ich kann nicht aus meiner Haut heraus. Bei jedem Satz denke ich an die Möglichkeiten des Publikums, ihn zu überhören, ihn misszuverstehen, ihn zu begreifen, ihn zu verdrängen.

Daher hasse ich dieses Theater, in dem Schauspieler voreinander die künstlerische Wahrheit herstellen. Die künstlerische Wahrheit ist für das Publikum herzustellen, muss gespielt, also *erlogen* werden.

Mir fällt eine Passage aus einem Kabarettprogramm von mir ein. Es war ein Pausenabgang.

»Ich kenne nichts Unangenehmeres als Menschen, die auf der Bühne *ehrlich* bleiben. Ein ehrlicher Mensch auf der Bühne ist mir genauso unangenehm wie eine falsche Sau im Privatleben. Deshalb ist ja die Bühne erfunden worden, dass man eine seitenverkehrte Identität kriegt. Wenn ich einen ehrlichen Menschen auf der Bühne sehe, denke ich mir sofort: Schau dir diese falsche Sau an! Nichts da! Auf der Bühne hat gelogen zu werden. Ehrlich sind wir zu Hause.«

Es gibt einen dämonisierten Begriff: »Regietheater«. Er ist unsinnig. Denn es kann kein ordentliches Theater geben, das nicht Regietheater ist. Gemeint ist das Theater der zwanghaften Konzeptionssucht. Durch sie entsteht von Neuem *Provinz*. Durch das hemmungslose Ausleben der Verpflichtung eines Regisseurs etwa zu einer Repertoire-Oper einen großen *Einfall* zu haben. Wenn diese Verpflichtung stärker ist als die Erkenntnis, man sei kurzfristig vom Schwachsinn gestreift, dann ist das Provinz.

Kennt man den Regisseur als vernünftigen Menschen, fragt man sich: Warum tut der Mann das? Warum merkt er nicht die gnadenlose Lächerlichkeit seiner Oberschmiere? Weil seit drei bis vier Jahrzehnten die deutschsprachigen Feuilletons von Menschen beherrscht werden, deren unabdingbare Forderung an jede von ihnen gutzuheißende Produktion ist: Deutung und Innovation. Sie haben keine Kenntnisse und kein Sensorium, um innerhalb einer textnahen Realisierung Qualitätsunterschiede zu bemerken, zu formulieren. Das macht sie gereizt. Das macht sie zornig, wenn ihnen nicht ein unübersehbarer *Einfall* zur Beachtung vorgelegt wird.

Sie üben von der Großstadt weg Terror aus, Karrierenterror. Der Regisseur in der kleinen Stadt weiß, es geht um seine Existenz. Er *muss* ins Gerede kommen. Koste es, was es wolle.

Die Schraube der Grotesken ist daher am Limit. Die Gewöhnung an den Blödsinn macht diesen unerkennbar.

Junge schreibende Kulturfreunde! Schmeißt dieses Gesindel aus den Redaktionen! Seid eine neue Generation, gewillt und in der Lage, die Qualitäts- und Interpretationsspielräume innerhalb der theatralischen Sinnhaftigkeit zu bewerten. Erwerbt euch Verdienste um die Rettung des Theaters. Sagt euren Altvorderen, sie hätten mit dessen Vernichtung ohnehin keine Chance. Denn notfalls würde sich das Theater auch selbst retten. Indem es mit seinem Publikum in eine publizistikfreie Traumwelt emigrierte.

JOHANN NESTROY

Wider die Anbiedermeierei

Mein Nestroy-Bild ist das des armen Theaters. Alles, was die Ästhetik der direkten Herstellung der Szene übersteigert, besonders in Richtung des Putzigen oder auch Ironisierenden, ist mir zuwider. Bild und Kostüm sind Hintergrund und Untergrund von Figuren. Die Handlung ist meist deren Vorwand, die genial verzerrten Menschen sprechen zu lassen. Den Text eines der größten und originellsten Sprachkünstlers der Weltliteratur. Jedes komödiantische Austoben der Mimen, das nicht von Sprache und Situation erzwungen ist, ist von Übel. Es lenkt ab vom Wortsinn, daher von Hohn, Entlarvung, Lebensphilosophie.

Weil es um die Sprache geht, ist das Vermeiden des Wiener Dialektes von entscheidender Wichtigkeit. Man muss die Kunstsprache Nestroys vom Blatt spielen. Da sie sich vom Wienerischen ableitet, bedarf es in den meisten Fällen – jedenfalls in Wien – der Schauspieler mit süddeutscher Zunge. Aber die gängige Praxis, die eigenwillige Sprache des Nestroy weiter einzuwienerln, mit einer verlogenen lokalen Authentizität zu kokettieren, gehört gebrandmarkt und verfolgt. Was – wie man weiß – nicht der Fall ist. Eher das Gegenteil.

Wenn Nestroy-Inszenierungen die totale Übereinstimmung mit dem Publikum suchen, wenn »Publikumslieblinge« alle ihre Manierismen und Unarten in jeweils einer Rolle bündeln, um das Abonnement geschlossen zu entzücken, dann fällt für mich der Vorhang. Nestroy ist Satiriker, der Komödienfolien benützt. Es muss gelacht werden, aber wie bei jeder großen, treffenden Satire setzt sich das Lachen auch aus dem der sich Wehrenden, der Ertappten, der Verlegenen zusammen. Es ist nie nur das kollektive Lachen der Auch-dieser-Meinung-Seienden.

Dem gesellschaftskritischen Angriff dient vor allem das Couplet. Es wegzulassen bedeutet Kastration, ist Ausdruck der Totalverkennung des Dichters. (Möglicherweise in guter Absicht.)

Für mich dürfte jeweils nur die erste Strophe im Original gesungen werden, als Einstieg in den bestimmenden Schlüsselsatz. Ab dann muss das Couplet aktuell sein. Wobei ich mich der vergessenen Forderung des Hans Weigel anschließe, zwar jede Tagesaktualität zu verwenden, aber nie Worte zu gebrauchen, die es zu Nestroys Zeiten nicht gegeben haben kann. Soll heißen, man kann eine Strophe über Computer singen, über Weltraumstationen usf., man muss aber Sprachformeln finden, die den aktuellen Gegenstand klar definieren und doch der Nestroy'schen Sprachbildmethode nahe kommen. Das ist schwer. Daher sind die meisten »Zusatzstrophen« mies. Man merkt das auch daran, dass sie zu oft allgemeinen Beifall finden, keineswegs der einen oder anderen Gruppierung im Publikum zu weit gehen, weh tun, zum Widerspruch reizen. Das allgemeine »Genausoisses«-Gefühl deklassiert jede Art von politischer Satire.

Ich neige zur Unterstellung, die meisten Nestroy-Inszenierungen sind so harmlos, weil man (unbewusst) die als groß angesehenen Neinsager der Gegenwart aufwerten möchte. Aber nicht einmal dann halten die den Vergleich aus.

Nestroy, nicht zur Anbiedermeierei missbraucht, ist der Größte. Wie soll man ihn heute spielen? Laufend.

THOMAS BERNHARD

Eine Absage und die Folgen

Ich kann Thomas Bernhard – Mensch und Werk – nicht leiden. Ich habe das ausgesprochen und begründet. Das hat mir den Hass einer Generation von Literatur-Satelliten eingebracht.

Zwei Fragen stellen sich:

Wieso löst eine Abneigung gegen den Schriftsteller Thomas Bernhard einen fast kollektiven Wutausbruch aus?

Woher kommt diese meine Abneigung?

Sie begann mit dem Romanerstling »Frost«. Einem Werk, das den Dichter schlagartig berühmt machte. Als ich das Buch damals las, empörte ich mich sehr rasch über eine Haltung, die ich heute – immer wieder vorsätzlich missverstanden – »Faschismus« nenne. »Frost« spielt in und um den real existierenden Ort Weng, in dem real existierenden Landstrich Pongau.

»Tatsächlich erschreckt mich diese Gegend, noch mehr die Ortschaft, die von ganz kleinen, ausgewachsenen Menschen bevölkert ist, die man ruhig schwachsinnig nennen kann. Nicht größer als ein Meter vierzig im Durchschnitt, torkeln sie zwischen Mauerritzen und Gängen, im Rausch erzeugt. Sie scheinen typisch zu sein für das Tal.«

Muss man ausführen, es handelt sich hier um das überwunden geglaubte Untermenschen-Denken? Muss man klarstellen, übertreibende Literatur hat sich einen Fantasieraum zu schaffen, wenn sie einen Menschentypus total und kollektiv disqualifizieren will? Musste man nicht hoffen, dass ein lesender Bürger aus Weng zum Dichter fährt und ihm eine herunterhaut?

Die Denunziation bei Bernhard hatte von Anfang an Methode. Er hatte keine Probleme die Bewohner einer bezeichneten Gegend als ausnahmslose Ergebnisse von Inzucht zu bezeichnen. Stets war bei Bernhard die Rache für seine eigene körperliche und gesundheitliche Disposition herauszuspüren. Jedes Menschenopfer war ihm recht.

»Viele Missgeburten... Der Alkohol hat die Milch verdrängt. Alle haben sie hohe heisere Stimmen. Den meisten ist eine Verkrüppelung angeboren. Alle im Rausch erzeugt. Größtenteils kriminelle Naturen. Ein hoher Prozentsatz der jüngeren Leute sitzt immer im Gefängnis. Die schwere Körperverletzung und die Unzucht und die Unzucht wider die Natur sind an der Tagesordnung. Die Kindesmisshandlung, der Mord, Vorfälle für Sonntagnachmittage.«

Muss man unter erwachsenen Menschen aussprechen, das sei alles nicht »übertrieben«, sondern einfach dumm plus unverschämt?

»Frühreif sind die Kinder, die man hier sieht. Verschlagen. O-beinig, mit Ansätzen zum Wasserkopf.«

Alles, was diesen Schriftsteller ausmacht, ist in »Frost« schon angelegt. Der Hass auf die weibliche Geschlechtlichkeit (*»Der Frost und die Frauen bringen die Männer um.«*), die nach innen geschwitzte Homophilie (*»...das Männliche, in allen Geschlechtsvorgängen Männliche...«*), die Schwatzhaftigkeit, das Hin- und Herdrehen der Phrasen bis zur völligen Sinnauflösung. Eine Methode, die der Autor später bis zur Virtuosität steigerte. Doch virtuose Sinnlosigkeit ist immer noch, was sie ist, sinnlos.

Des Autors Umgang mit dem Leitmotiv »Tod« ist sicher aus der Programmierung vorzeitigen Sterbens, der unheilbaren Krankheit zu erklären und entzieht sich daher der Kritik.

In den Jahren nach »Frost« habe ich mir einige Theaterstücke angesehen, zum Teil nicht sehr raffiniert getarnte Prosa-Soli, habe in der Verfilmung von »Der Kulterer« sogar eine Rolle gespielt (da kam es zu einer Beobachtung, in meiner Erzählung »Der Dichter am Drehort« festgehalten), habe noch »Amras« und die drei autobiografischen Salzburg-Bücher gelesen. Immer klarer wurde für mich, dass dieser Autor programmatisch nicht gewillt ist, den Satz eines meiner alten Meister anzuerkennen: »Kritisieren heißt unterscheiden.«

Er unterschied nicht. Nie. Er diffamierte. Ohne Ausnahme. Ohne Einschränkung. Gruppen, Religionen, Geschlechter, Parteien, Städte, Länder, Generationen. Seine Negationen machten auch vor dem Wetter in Salzburg nicht Halt, in einer Albernheit, die Aufjaulen zur Folge hätte haben müssen.

»Die extremen, den in ihr lebenden Menschen fortwährend irritierenden und enervierenden und in jedem Falle immer krank machenden Wetterverhältnisse…, das allen diesen Erbarmungswürdigen bewusst oder unbewusst, aber im medizinischen Sinne immer schädliche, folgerichtig von Kopf und Körper und auf das ganze diesen Naturverhältnissen ja vollkommen ausgelieferte Wesen drückende, mit unglaublicher Rücksichtslosigkeit immer wieder solche irritierende und enervierende und krank machende und erniedrigende und beleidigende und mit großer Gemeinheit und Niederträchtigkeit begabte Einwohner produzierende Voralpenklima erzeugen immer wieder solche geborene oder hereingezogene Salzburger…«

Dazu gab es natürlich die beliebig austauschbaren Kollektionen an Beschimpfungen:

»Die Einwohner in dieser Stadt sind durch und durch kalt und ihr tägliches Brot ist die Gemeinheit und die niederträchtige Berechnung ist ihr besonderes Kennzeichen…«

Ich kann nun Salzburg wirklich nicht ausstehen, habe die Stadt, in der ich 18 Jahre gelebt habe, nur zu gerne verlassen, aber was Bernhard sagt, stimmt nicht. Es gibt dort auch durch und durch anständige und gescheite Leute. Auf einen Vergleich der Prozentzahlen mit anderen Städten kann und möchte ich mich nicht einlassen. Aber in dem Maße, in dem Bernhard zwischen den Salzburgern nicht u n t e r s c h e i d e t, trifft seine Diffamierung nichts und niemanden. Und das lässt sich in der Folge auf alle anderen Verneinungen hochrechnen. Das ist – der Ausdruck wird leider noch des Öfteren bemüht werden müssen – faschistisch. Auch populistisch. Und feig.

Bleiben wir noch ein wenig in Salzburg.

»Eine solche weltberühmte Schönheit mit einem solchen menschenfeindlichen Klima ist tödlich.«

Vielleicht noch ein abschließendes Beispiel für das, was in endlosen Variationen und Themen meinem Urteil zugrunde liegt:

»Es gibt überhaupt keine Eltern, es gibt nur Verbrecher als Erzeuger von neuen Menschen, die mit ihrer ganzen Unsinnigkeit und Stumpfsinnig-

keit gegen diese neuen von ihnen erzeugten Menschen vorgehen ..., so werden von Millionen und von Milliarden von Schwachsinnigen immer wieder und wahrscheinlich noch Jahrzehnte und möglicherweise Jahrhunderte immer wieder Millionen und Milliarden Schwachsinnige produziert werden.«

(Vielleicht fragen Sie sich jetzt: Hab ich das überlesen? Steht das wirklich drin?)

Meine erste öffentliche Stellungnahme zu Thomas Bernhard war eine Reaktion auf eine Bruno-Kreisky-Beschimpfung. Bernhards Polemik erschien im Nachrichtenmagazin »Profil«, meine Entgegnung in einer nicht mehr existenten Wochenzeitung. Diesen Text habe ich nicht mehr. Die Bernhard'schen Zitate habe ich in einem späteren Buch nachkommentiert:

»Bruno Kreisky gilt als bedeutender österreichischer Staatsmann. Auch die Herren und Damen aus den ›anderen politischen Lagern‹ haben da keine entscheidenden Einwände. Als Bruno Kreisky siebzig Jahre alt war, erschien ein Buch über ihn. Dieses und damit er wurden in einer Zeitschrift gewürdigt: als ›Kleinbürger in der handgestrickten Kleinbürgerweste‹, der ›für viele entsetzlicherweise noch im Amt ist‹, als ein Herr, der ›nichts Bedeutendes oder auch nur irgend etwas Bemerkenswertes‹ sagt. Denn: ›Wenn er zu philosophieren glaubte, war es doch immer nur das schullehrerhafte emsige Weben an der Inkompetenz.‹ ›Der Halbseidensozialist, der rosarote Beschwichtigungsonkel und Welt-Handleser‹, ›ein Höhensonnenkönig im Pensionisten-Look‹. ›Staatsmann‹, der er ›mit allen Mitteln sein will und nicht ist und gar nicht sein kann‹. Man sucht ›vergeblich nach einem Geist, nicht einmal einen Ungeist findet man, nur den Kleingeist.‹

*›Von den Höhen des Größenwahns führt es (*Anm.: das Buch*) in die Niederungen der Platitüden und vollkommen logisch in die Tiefen des häuslichen Seelenkitsches.‹*

‚Er ist kein GROSSER Jude, er ist, wir wissen es, kein GUTER Jude.‹ Ein ›längst der Lächerlichkeit anheimgefallener, alter, am eigenen Murren würgender Sozimonarch, ein ... bis zur Unkenntlichkeit gebleichter ehemaliger roter Raubritter ohne Zähne, der es verdient, dass man ihn ... vom Thron wischt‹. Man bekommt bestätigt, ›was Kreisky wirklich ist, nämlich ein inzwischen renitent gewordener Spießbürger‹.«

Autor dieses Persönlichkeitsprofils war Thomas Bernhard. Er

wird heute auch von den Söhnen, Enkeln und Parteigängern Kreiskys als österreichischer Nationaldichter gefeiert.

Besonders die arische Anmaßung, wissen zu wollen, was ein Großer Jude und ein Guter Jude ist, nahm mir damals die Luft. Bernhard reagierte seinerseits in der Tageszeitung »Die Presse« (ein für ihn und seine weltanschaulichen Positionen geradezu idealer Publikationsplatz). Er meinte, dass die *drittklassigen* Kabarettisten heutzutage die Politiker in Schutz nähmen, statt sie anzugreifen.

Die Kreisky-Hinrichtung war quasi die Rezension eines Buches über Kreisky (von Gerhard Roth und Peter Turrini). Die in Wien allzeit böse Nachrede behauptete, Bernhard hätte das Buch gerne selbst geschrieben und sei deshalb so wütend gewesen. Im Abstand von Jahren und nach Kenntnis anderer charakterlicher Reaktionen erscheint mir diese These als nicht abwegig.

Noch ein zweites Mal wurde mir die Ehre zuteil, umfassend als drittklassig bezeichnet zu werden. Ich war Teilnehmer einer Fernsehdiskussion. Das Thema ist mir entfallen. Auch der Grund, warum das Gespräch auf Thomas Bernhard kam. Ich weiß nur noch, es war die Zeit meines Ärgers, weil der gepriesene und gefeierte Staatsfeind sich ununterbrochen, assistiert von einigen Vasallen, als Verfolgter ausgab. Ich dachte und denke es heute noch, auch in Zusammenhang mit einer zur Zeit sehr angesehenen Dichterin, dass Verfolgungen von Autoren, die sich in ständigen Uraufführungen am Burgtheater Wien und bei den »Salzburger Festspielen« manifestieren, nicht als sehr unangenehm bezeichnet werden können. Ich stellte damals (zugegebenermaßen ist das höchst problematisch und sollte mir so nicht passiert sein) die Frage nach der Subvention, also nach dem Masochismus der Subventionsgeber. Dass Bernhard darauf reagierte und die Art, wie er es tat (wieder in »Die Presse«), erfuhr ich erst vor kurzem aus einer neuen Thomas-Bernhard-Biografie. Der Text, der Tonfall seiner Gegenpolemik, wörtlich abgedruckt in einem Buch über publizistische Bernhard-Affären, spricht für sich. Das Ausmaß seiner Reizbarkeit durch Äußerungen absoluter, totaler, immerwährender Drittklassigkeit hat etwas Belustigendes.

Es vergingen viele Jahre. Thomas Bernhard war tot. Am Burgtheater Wien wurde zum 100. Mal das Stück »Der Heldenplatz« aufgeführt. Ein Stück, das dereinst in Vorbereitung der Uraufführung vom listigen Autor und vom noch listigeren Theaterdirektor in Zusammenarbeit mit einer auf neugierig machende Sensationen erpichten Wochenzeitung zum erwartbaren Skandal hochgespielt worden war. Eine Montage aus usuellen Österreich-Beschimpfungen war im Vorfeld mühelos herstellbar, die Empörung aller, die in die Falle gingen, als Werbeeffekt unbezahlbar. Angesichts der 100. Vorstellung des – notabene sehr erfolgreichen Stückes – schrieb die Theaterkritikerin des Wiener »Kurier« einen Hymnus und verhöhnte im Nachhinein alle Zurückgebliebenen, die damals die Größe des Textes verkannt hätten.

Ich sandte eine »Meinung« ein. Der Chefredakteur veranlasste deren Veröffentlichung im redaktionellen Teil:

»Im ›Kurier‹ vom 13. Februar werden anlässlich der 100. Vorstellung von ›Der Heldenplatz‹ das Stück und dessen Autor gepriesen. Ich fühle mich verpflichtet festzustellen, dass man auch anderer Meinung sein kann.

Thomas Bernhard macht in der Tat Schülern die Freude, Österreicher, Katholiken, Sozialisten, Journalisten, Leser undundund als Vollidioten zu beschimpfen. (Anm: Die Kritikerin hatte das Stück als Schulstoff empfohlen.) *Dergleichen machte Jugendlichen und lebenslänglich Pubertierenden allzeit Spaß, entspringt aber einer gefährlich faschistoiden Geisteshaltung, wie sie sich durch einen großen Teil des Bernhardschen Gesamtwerkes zieht. Nun ist in ›Der Heldenplatz‹ der Verkünder aller undifferenzierten, geschwätzigen Hinrichtungen Jude. Seine Obsessionen werden als absolute Wahrheit, als Lehrmeinung jüdischer Intelligenz verkauft. Das macht den Text in seiner W i r k u n g gnadenlos antisemitisch. Die Leute, die vor 100 Vorstellungen gegen dieses Stück Stellung bezogen haben, mögen dumme und falsche Argumente gebraucht, sich in den Formulierungen vertan haben. Aber sie hatten Recht… ›Verhindern nicht weiterhin Erregungen über lächerliche Details die ernsthafte Auseinandersetzung mit Kunst?‹, lese ich im ›Kurier‹. Ich meine, es sind eher die Sektierer und Götzenverehrer, die angesichts von Zweiflern sofort den Glaubenskrieg ausrufen. Zu den von Bernhard pauschal Beschimpften gehören naturgemäß auch die Wiener Kulturjournalisten. Es amüsiert, wie sehr er hier selbst als Beweis für partielle Richtigkeit seiner Verachtung herangezogen werden kann.«*

Nach diesem Text wurde ich von manchen Leuten nur mehr sehr kühl gegrüßt. Da half es nichts, dass der Chefredakteur des Blattes entrüstete Kulturjournalisten fragte, was an der These des Werner Schneyder denn so falsch sei. Ab jetzt war ausgemacht, ich war am Tische der Kultur nicht mehr duldbar. Natürlich aber brauchbar als Provokateur in Interviews. Ich machte von dieser Brauchbarkeit Gebrauch und sagte der »Frankfurter Rundschau« in einem Gespräch über österreichische Politik im Allgemeinen:

»Die Freiheit der Kunst ist in Österreich unbedroht. Die Kunst ist hier neben der Gewerkschaft die größte Macht. Ich zucke immer zurück, wenn es heißt: DIE Künstler, DIE Intellektuellen. Hier wird zu ungenau gedacht. Ich halte Thomas Bernhard für einen ungewollten, aber doch für einen Wegbereiter Haiders. Thomas Bernhard hat den Faschismus im Denken, in der Disqualifizierung salonfähig gemacht. Thomas Bernhard ist der größte Vereinfacher in der Literatur. Solche Leute helfen ihren angeblichen Gegnern. Frau Jelinek, die immer wieder ins Gespräch kommt – ich weiß nicht, warum – sagt in Interviews, sie hasse Österreich, oder etwas modifizierter: ›Ich liebe dieses Land nicht‹. Wissen Sie, ich will mein Land nicht von jemandem verteidigt wissen, von dem ich weiß, dass er es nicht liebt. Da werde ich tollwütig. Ich will mein Land verteidigt wissen, weil es geliebt wird, weil ich es liebe. Ich bin kein Hurra-Patriot, aber unter den zur Verfügung stehenden Existenzformen halte ich Österreich für relativ erstrebenswert.«

Jetzt war – mit Verlaub – die Scheiße am Dampfen.

In der »Frankfurter Allgemeinen Zeitung« schuf ein Autor eine sehr plausible Typologie der »Vormacher, Nachmacher und Mitmacher«. Dann irrte er sich allerdings in den Zuordnungen.

»Im allgemeinen Aufschwung, den die Künste in ihrem Widerstand gegen den österreichischen Rechtspopulismus erleben, ist nun ein besonders machfreudiger Nachmacher aufgestanden: der Wiener Kabarettist Werner Schneyder. So lustig ist dieser Komiker, dass er sich für seinen billigen Dün-

kel gleich den größten aller österreichischen Schriftsteller nach dem Krieg als Vormacher erwählt hat.«

Die Frage, warum ich vier Jahre nach meinem Abtreten und in diesem Zusammenhang als Kabarettist bezeichnet wurde, stelle ich nicht mehr. Aber die Verwunderung über das Ranglistendenken (größter österreichischer Schriftsteller nach dem Krieg) ist nicht gering. Wenn hier stünde, »der fleißigste« oder »der besessenste«, könnte man über den Superlativ noch ernsthaft diskutieren. Ranking in der Literatur, Tabellendenken sollte endlich einmal lächerlich gemacht werden. Wer war »größer«: Schnitzler, Raimund oder Nestroy?

Es geht irrig weiter.

»Da gab es einen Künstler, dessen ganzes Werk sich der Wut und dem Hass auf sein Heimatland verdankt, den letzten Vertreter und Vollender einer großen österreichischen Traditionsfigur, des Grantlers. Und nun kommt dieser Nachmacher und findet es anstößig, dass ein richtiger Grantler kein Mitmacher sein kann.«

Da wird ein starker Vorwurf auf dem Wort Grantler aufgebaut, und der Kenner der österreichischen Literatur hat keine Ahnung, was dieses Wort bedeutet. Der Grantler, einer der immer einen Grant hat, dessen Grantigkeit zur Lebensform wird, wurde von Hans Moser meisterlich gemimt. Helmut Qualtinger, Gerhard Polt und Ähnliche haben etwas von einem Grantler, aber dazu noch viel mehr. Thomas Bernhard hat von einem Grantler gar nichts. Der Typus des Grantlers ist ihm verhasst, denn er vertritt und gestaltet den flächendeckenden Neinsager. Damit erreicht er die Lächerlichkeit des von Josef Weinheber bedichteten Wieners, der, wenn er was zu reden hätte, alles abschaffen würde. Die Nazis aber eben auch das Wetter, was die erste Ambition entwertet.

Der abschließende Satz der F.A.Z., auf mich gezielt, trifft Bernhard zentral:

»Mit solchen Mitmachern kann man Staat machen. Jeden.«

Das stimmt. Weil Thomas Bernhard keinen besseren und keinen schlechteren und schon gar keinen guten Staat erkennen könnte. Weil er jeden a priori hasst. Gerne sei bestätigt, dass Österreich ihm erstklassige Anlässe lieferte.

Aber, verehrter Kulturredakteur, wenn es einen gibt, mit dem man nicht jeden Staat machen kann, dann bin ich es. Ich habe keine Wahl, ich muss das so präpotent hinschreiben. Auch auf die Gefahr, jetzt wieder bespuckt und beschimpft zu werden. Der große Nazihasser Thomas Bernhard wäre, dreißig Jahre früher geboren, von seiner Persönlichkeitsstruktur her ein geeigneter Chef der »Deutschen Reichsschrifttumskammer« gewesen. Das ist so nicht beweisbar, wie es nicht beweisbar ist, dass Hitlers Kunstmaler-Karriere uns den Führer erspart hätte, Haiders Schauspielerkarriere den größten politischen Gefahrenherd auf deutschsprachigem Boden. Ob Thomas Bernhard, hätte seine auf der Bühne des Landestheaters Salzburg an Mozart erprobte Stimme für weitere Auftritte gereicht, auch dann Autor geworden wäre, kann ich nicht beurteilen.

Ich schrieb an den Autor der F.A.Z.-Polemik einen Brief. Ich hatte das Gefühl, mich persönlich rechtfertigen zu sollen. Mein Gefühl wurde bestätigt. Der Autor fragte noblerweise an, ob mein Brief als Leserbrief veröffentlicht werden darf. Ich bejahte.

»... Thomas Bernhards Kritik war allzeit pauschal, tat daher niemandem wirklich weh. Das erklärt seine Karriere als everybody's darling... Er war Mitmacher schlechthin... Bernhard hat als erster nach dem Nazi-Regime wieder die Totalität in der Sprache eingeführt: ›die‹ Österreicher, ›die‹ Sozialisten, ›die‹ Katholiken, ›die‹ Frauen, ›die‹ Salzburger und so fort. Die Lacher, die er damit erzielte, waren Reflexe eines denkfaulen und für jede Art von Faschismus (philosophisch begriffen) dankbaren Publikums. Steinfeld empört sich über meine Bernhard-Bewertung etwa so wie ich über Bernhards Urteil über Adalbert Stifter und andere in ›Alte Meister‹. Ich wende seine Art zu urteilen vorsätzlich gegen ihn an... Thomas Bernhard ist in zwanzig Jahren vergessen oder Nationaldichter. Das aber in einem Land, in dem man mit »Heil Haider!« grüßt und die Bernhard-Texte zur Zeugenschaft heranzieht, dass es richtig war, dieses Gesindel zu überwinden. Auszulöschen?

Ich habe keinen ›Dünkel‹. Ich versuche zu ordnen.«

Einen ähnlichen Gedanken formulierte ich in einem Essay über den von mir geschätzten Erich Kästner in der Schweizer »Weltwoche«. Das österreichische »Profil« hakte nach. Ich sagte, mäßig variiert, was ich schon mehrfach gesagt hatte. Mit einigen Ergänzungen.

»Bernhard war ein kranker Mann. Und er hatte die Fahrkarte: Er war moribund. Er war ein um seine Jugend und seinen Traumberuf betrogener Mann, ein um jedwede Sexualität betrogener Mann aufgrund gesundheitlicher oder genetischer Dispositionen. Dass in so einem Menschen eine große Kraft entsteht, die Leute hineinzulegen, eine ganze Kulturgesellschaft zu manipulieren, ist klar. Dafür verdient er ja fast schon wieder Respekt. Ganz anders als die Leute, die sich von ihm haben manipulieren lassen ... Bernhard befriedigt das masochistische Bedürfnis des Spießers. Leute, die zur Selbstgeißelung den Mut nicht haben, sagen: Ja, der gibt's uns! Es ist die Wollust des Beschimpftwerdens. Bernhards Qualität ist die des Eulenspiegel. Er ist der Mann, der auf dem Seil sitzt und mit Vergnügen hinuntersieht, wie sich die unten um ihre Schuhe balgen. Es ist ihm ja auch dieser absolute Megabluff gelungen, sich als Verfolgter auszugeben ... Der von Hasen verfolgte Jäger – das ist ein Eulenspiegelstück schlechthin ... Dass es ihm gelungen ist, durch seine Intensität und Direktheit bei seinen Rezipienten das Denken außer Kraft zu setzen, hat natürlich auch etwas Geniales. Genauso wie das Aufführungsverbot nach seinem Tode. Das wird ja auch meist völlig falsch interpretiert. Es ist Bernhard nie darum gegangen, den Österreichern seine Kunst nicht mehr zu gönnen. Die Wahrheit ist: Er wollte seine Eulenspiegeleien nicht der Überprüfung aussetzen. Der Mann hat ja ganz genau gewusst, dass so ein lächerliches Geschwätz wie ›Die Macht der Gewohnheit‹ oder so ein schauerliches Stück wie ›Die Jagdgesellschaft‹ oder eine Unsinnigkeit wie ›Der Weltverbesserer‹ den zweiten Test nicht überstehen. Bernhard wollte sein Image nicht zur Disposition stellen ... Seine Verehrer haben sich immer auf die angebliche Musikalität und Sprachkraft seiner Dichtung berufen. Aber das hält keiner Untersuchung stand. In seiner frühen Prosa, die noch eine gewisse erzählerische Substanz hatte, war die Sprache eckig. Später hat er eine Masche erfunden, die manche als musikalisch bezeichnen. Es ist die Musikalität der Osterratschen.«

Ein Gedanke, besser eine klärende Information war der redaktionellen Kürzung zum Opfer gefallen. Ich sagte zum Begriff »Faschismus«, das Lexikon unterschiede eine A- und eine B-Bedeutung. Den historischen »Faschismus«, von fascismo abgeleitet, die

Basis etwa des Nationalsozialismus, und mittlerweile auch den philosophischen Begriff »Faschismus« als Synonym für totalitäre, alles andere ausschließende Denkmodelle. So wie die Debatte immer wieder zu führen ist, ob es Toleranz gegen Intoleranz geben kann, ist die Debatte zu führen, ob Faschismus im Kampf gegen Faschismus erlaubt ist. Ich meine eher ja. Daher bin ich mit Bernhards Methode und Sprache t o t a l einverstanden, wenn sie sich gegen den Nationalsozialismus richten. Aber da sich Methode und Sprache auch gegen Menschen und gegen Lächerlichkeiten aller Art richten, da es quasi nichts gibt, das nicht fürchterlich, widerwärtig, blamabel, grauenhaft usf. in aufgehäuften Superlativen ist, wird mir seine Stellung gegen die Nazis verdächtig, weil nur unter anderem.

Diese und ähnliche Gedanken riefen den Wiener Kultur- und Kulturpolitikkorrespondenten der »Süddeutschen Zeitung« auf den Plan. Der schrieb nicht wie der Mann in der F.A.Z. einen scharfen Artikel, sondern einen untergriffigen und dummen. Unter dem Titel »Der Abschneyder«. Es lohnt sich, diesen Titel zu untersuchen, beweist er doch, wie schülerhaft sich gebildete Menschen von ihrem Meister verbilden lassen. Es gilt unter halbwegs professionellen Satirikern das Gesetz, wonach man Namen nicht zur Pointenbildung (»Sauerkohl« u. Ä.) heranzieht. Es wäre der Titel schon idiotisch genug, hieße ich ›Schneider‹. Aber da ich nun einmal mit diesem Ypsilon geboren wurde, ist die Niveaulosigkeit dieses Wortspiels nicht mehr qualifizierbar. Wäre ich Chefredakteur einer Zeitung und einer meiner Mitarbeiter würde mir einen Titel dieser Art anbieten, bedeutete das die fristlose Entlassung. Es ist nicht zu fassen.

Auch sonst einiges nicht.

»...Inmitten des interkulturellen Defizits, das sich in den meisten bundesdeutschen Medien auftut, schlägt die Stunde der professionellen Österreicherklärer, die immer dann aufgeregt konsultiert werden, wenn das Land schlechte Presse hat. Der Begabteste und Pointierteste unter diesen ›usual suspects‹ ist zweifellos der Boxkommentator und Operettenregisseur Werner Schneyder... Geht es nach ihm, muss die Wirkungsgeschichte der

neueren österreichischen Literatur umgeschrieben werden. ›Ich halte Thomas Bernhard für einen ungewollten, aber doch für einen Wegbereiter Haiders. Thomas Bernhard hat den Faschismus im Denken in der Disqualifizierung salonfähig gemacht.‹ Faschisten sind grundsätzlich die anderen, so lautet ein österreichischer Selbstentschuldungsmechanismus beim Thema Haider, der bis in die Kreise der Sozialdemokratie reicht. ›Wir sind kein Naziland.‹«

Wer auch immer »Wir sind kein Naziland« gesagt hat: Es stimmt. Wir sind so kein Naziland, wie Deutschland kein Naziland ist, wir sind so gefährdet eines zu sein, wie Deutschland gefährdet ist. (Keineswegs weniger, wie in Österreich einige Leute behaupten, mit dem Hinweis, dass hier keine Asylantenheime brennen. Das ist für mich nur ein Beweis, dass sich potenzielles Nazitum in Österreich subtiler darstellt.) Nachdem mich der Autor – statt mit mir zu reden – mit einer Stelle aus einem Interview korrekt zitiert hat, interpretiert er jetzt mein Zitat in ungeheuerlichster Weise.

»…Juden sind schuld am Antisemitismus, das Ausland an Österreich und eben Thomas Bernhard an Jörg Haider. Hätte Bernhard, dem das Land und seine Politiker nach Kräften verwehrt hatten, jenes Österreich zu lieben, das Werner Schneyder zu lieben beansprucht, es doch nur unterlassen schlafende Hunde zu wecken, dann wär das mit dem Haider nicht passiert. Hätte Bernhard jene Melange aus reaktionärem Katholizismus und unaufgearbeiteten nationalsozialistischen Mentalitätsbeständen, unter denen er zeitlebens gelitten hat, nicht benannt, dann hätte diese Mixtur keine politische Ausprägung hervorgebracht…«

Es sei dem Leser überlassen, diese Formulierungen mit meinen Gedankengängen in Relation zu setzen. Aber die Behauptung, Thomas Bernhard hätte »schlafende Hunde geweckt«, ist eine unfassbare Unverschämtheit gegenüber der Reihe antifaschistischer österreichischer Autoren, die lange vor Bernhard das Relativieren, die aufkommende Verständnisbereitschaft und die Geschichtsklitterung bekämpft haben. (Ich erinnere an Ernst Jandl »Das 10 Jahres-Pamphlet«)

Thomas Bernhard ist auf den Zug literarischer Antinazihaltung aufgesprungen. Nach Ansicht dieses Journalisten darf ich das aber nicht sagen. Denn: *»Schneyder hat den österreichischen*

Populismus in Kunstfragen zumindest miterfunden. Vielleicht qualifiziert ihn das später einmal für eine Tätigkeit als Kulturberater.«

Der letzte Satz hat eine wundersame Schlusspointe. Der Kronen-Zeitungs-Kolumnist und langjährige Kulturberater Haiders, Andreas Mölzer griff vor kurzem das Klagenfurter Theater heftig an, weil es zwei in einem Nachlass befindliche Theaterstücke des Thomas Bernhard nicht uraufführen will. Würde ich mich auf das Niveau der obigen Polemik begeben, müsste ich jetzt sagen, Thomas Bernhard hat endlich den für ihn zuständigen Fürsprecher gefunden. Aber soweit lasse ich mich nicht provozieren. Ich entgegnete in der SZ mit den bereits mehrfach formulierten Argumenten und diesen Zurechtrückungen.

»Die Kulturgesellschaft des deutschen Sprachraumes hat keine Probleme, mit der Anbetung und der Verdammung Richard Wagners zu leben. Es gehört zum Allgemeinwissen, dass man zu diesen oder zu jenen zählen darf. Bei Thomas Bernhard darf man das nicht. Es ist der große posthume Erfolg dieses Dichters, dass Einwände gegen sein Werk reflexartig durch Ächtung, Unterstellung und untergriffige Gegenattacke beantwortet werden. Die Wut des Autors einer Polemik gegen mich versteigt sich zur Behauptung, ich ›stellte... die Legitimation von öffentlichen Mitteln für Kunst in Frage, die vor ›Volkes Stimme‹ kein Gehör findet.‹ Es gibt reihenweise Beweise für meine gegenteilige Position. Es handelt sich schlicht um Rufmord... Zu kommentieren, dass ich in die Nähe des Rechtspopulismus gerückt werde, erübrigt sich nach etwa dreißigjähriger Gegenwehr...«

Den Satz mit dem »Rufmord« strich der zuständige Redakteur. Der darüber hinaus so böse war, vom Chefredakteur zur Veröffentlichung meiner Entgegnung veranlasst worden zu sein, dass er mich bei der nächsten Gelegenheit für eine Theaterarbeit als Einziger in Grund und Boden schrieb. So einfach ist manchmal Kulturpolitik.

Wie oft wurde geäußert, Richard Wagner sei ein ideologischer Wegbereiter des Adolf Hitler gewesen. Man darf das sagen. Es wird widersprochen. Aber es wird nicht diffamiert. Immer wieder wird Wagner – und das ziemlich unbestritten – Antisemit genannt. Es wird weiter nach Bayreuth gepilgert. Wenn ich Thomas Bernhard einen »Wegbereiter Haiders« nenne und noch das »ungewollt« hinzusetze, ist der Angriff um viele Nummern kleiner. Bernhard ist allerdings kein Antisemit. Er macht auf Antihomo (im Sinne von Menschenfeind, Gegenmensch).

Wenn man einen Streit dieser Art beginnt und aus Prinzip nicht aufgibt, kommt man sich manchmal sehr einsam vor. Da tut es unendlich wohl, völlig unvorbereitet eine Stellungnahme in die Hände zu bekommen, die für einen Partei ergreift, die Anwürfe nicht stehen lassen will. Der mir persönlich unbekannte, aber als Autor höchst geschätzte Erich Hackl reagierte in der Zeitschrift »Literatur und Kritik« auf eine mir klarerweise entgangene Polemik.

»Die Zürcher ›WochenZeitung‹ höhnt... über den Kabarettisten Werner Schneyder, weil dieser in einem Interview das Sakrileg begangen hat, Thomas Bernhard zu schmähen. Dafür muss Schneyder jetzt büßen;...

Der Unmut des anonymen Verfassers entzündet sich an Schneyders Diktum, Thomas Bernhard habe den Faschismus im Denken überhaupt erst salonfähig gemacht. Ich kenne Schneyders Begründung nicht. Aber sein Satz scheint in eine Richtung zu zielen, die zumindest bedenkenswert ist; schon vor Jahren hatte der Essayist Franz Schuh zustimmend einen Satz Michael Scharangs zitiert, wonach Leser, die in der Literatur zu Thomas Bernhard fliehen, in der Politik ihr Heil in autoritären Tendenzen suchen. Auch das ist bedenkenswert, selbst wenn es nicht stimmt. Denn es gibt, glaube ich, ein Beziehungsgeflecht, das Bernhard und Haider einschließt.

Thomas Bernhard war in seiner Prosa und in seinen Stücken ein Meister der herabwürdigenden Verallgemeinerung und in seinem öffentlichen Urteil – zum Beispiel in seiner Einschätzung linker Bewegungen in Portugal und Spanien – ein Spießer, dem jede revolutionäre Utopie zuwider war. Weil sie gescheitert ist, glaubte er schon, Recht behalten zu haben. Aber er hat ja nur Recht behalten, weil es überall Leute wie ihn gibt, die von der Vergeblichkeit aufrührerischer Ideen und emanzipatorischen Handelns überzeugt sind und deren Niederlage durch Nichtstun, Schwarzsehen oder Spott befördern. Der österreichischen Gesellschaft schrieb er für alle Ewigkeit eine naturgegebene, also gesichtslose Identität zu – eine Mischung aus nationalsozialistischen, katholischen und sozialdemokratischen Übeln. Dass Österreich heute, auf dem falschen ersten Blick, diesem

Bild endlich gleicht, beweist nicht, dass Bernhard die Wirklichkeit getroffen oder vorausgesehen hat, sondern dass er mit seiner Demagogie der Simplifizierung (die ihm, unter dem Begriff der Übertreibungskunst, als Tugend gutgeschrieben wird) mitgeholfen hat, diese Sichtweise zu verfestigen. Die Auffassung, dass in einer Gesellschaft, der nur negative Eigenschaften eingebrannt sind, nichts korrigiert, nichts erkämpft werden kann, hat Haiders Aufstieg begünstigt, begünstigt ihn weiterhin: Er erscheint als einer, der außerhalb dieses starren, unveränderlichen Systems steht.

Ferner: Thomas Bernhard hat in der Literatur eine Form der unlauteren Verächtlichmachung perfektioniert, die frappant an das erinnert, was Haider in der Politik treibt: Er hat immer wieder Personen dem Gespött preisgegeben, deren reale Vorbilder sich unschwer erkennen ließen. Gab's, wie im Fall des Romans ›Holzfällen‹ juristische Schritte der solcherart Inkriminierten, dann nutzte das öffentliche Aufsehen dem Autor (und schadete den Betroffenen noch mehr), und die so genannte kritische Öffentlichkeit sah die Freiheit der Kunst gefährdet. An den bis zur Unkenntlichkeit bloßgestellten Menschen aber blieb das Zerrbild haften, das Bernhard von ihnen gezeichnet hatte.

Haider geht ganz ähnlich vor.«

Diesen Text las ich im richtigen Moment.

In Zeiten des Hin und Her sprach ich einmal in einer anderen Sache mit einem jungen Wiener Feuilletonchef. Dessen Frage war unvermeidlich, ob ich denn das mit Thomas Bernhard alles ernst meinte, und als ich das bejahte, wie ich mir denn den riesigen Erfolg dieses Autors erklärte. Ich sagte: »Jede Zeit hat ihren Sudermann.«

»Wen?«

»Hermann Sudermann. Den erfolgreichsten deutschsprachigen Dramatiker zu Zeiten eines Ibsen, eines Strindberg.«

Er sah mich misstrauisch, aber auch amüsiert an.

»Den haben Sie jetzt erfunden.«

Es schmeichelte mir, dieses Bluffs für fähig gehalten zu werden. Aber ich musste zur Kenntnis nehmen, der sonst hochgebildete Mann kannte Sudermann nicht. Ich erzählte, was ich aus den Schriften weiß. Dass jede Stückankündigung dieses Autors einmal ein gesamtdeutsches Beben ausgelöst hat, dass sich die Theaterproduzenten um die Exklusivrechte gerissen haben. Sudermann war gefeierter Szene-Star. In keiner Weise ist Sudermann nun mit Bernhard vergleichbar, ich wollte dem Gesprächspartner nur sagen, wie wenig Beweiskraft der »Erfolg« innerhalb einer Generation hat.

Der deutsche Erzähler Paul Heyse erhielt im Jahre 1910 den Nobelpreis für Literatur. Nichts gegen Heyse. Aber Gottfried Keller kennt man noch.

In Frankfurt stürzte der Verleger Siegfried Unseld auf mich zu. Er drohte mir – nicht ganz ernst – mich umzubringen, mich zu erwürgen. Wie könne ein so intelligenter Mensch so einen Unsinn behaupten! Wieder betete ich meine Argumentation herunter. Unseld sah mich ratlos an. Der daneben stehende Daniel Cohn-Bendit sagte: »Da ist was dran.« Unseld verstand die Welt nicht mehr.

Immer mehr Theaterstücke des Thomas Bernhard wagt kein Theatermann von Rang seinem Publikum noch einmal vorzusetzen. Immer häufiger weicht man auf Versuche, Prosa zu dramatisieren, aus. Wobei man – wie bei »Alte Meister« – die für den Autor peinlichsten Passagen unterschlägt. Aber noch will eine Generation nicht einsehen, dass sie reingefallen ist, dass sie sich geirrt hat. Ein paar intelligente junge Leute erfassen die Leere, begreifen die Masche, empfinden die existenzielle politische Gefahr. Die Phalanx weicht auf.

Vielleicht kann dieses Aufweichen beschleunigt werden, wenn man publiziert, wer Thomas Bernhard ursprünglich war: ein schleimiger, sentimentaler, angepasster Hofberichterstatter der Antimoderne.

Den Beweis liefern die frühen journalistischen Texte, die Thomas Bernhard in der Salzburger Tageszeitung »Demokratisches Volksblatt« (1952–54) veröffentlichte, gesammelt und kommentiert 1996 in der hervorragenden Diplomarbeit von Katja Orter. Diese Arbeit, wie ihre Quellen, blieb öffentlich so gut wie unbeachtet, was erklärbar ist, da sich die Journalisten und Apologeten – wie im vorangegangenen Text schon dargestellt – kein Urteil durch Information zerstören lassen wollen.

Die für Thomas Bernhard bedeutendsten Leute der österreichischen Nachkriegsliteratur waren Max Stebich, Josef Pfandler, Wilhelm Waldstein – also so genannte Heimatdichter. Die österreichische Literaturszene brachte ihn anlässlich einer Präsentation ins Schwärmen:

»Einmal im Jahr wird das geistige Schaffen zwischen Bodensee und Hainburg für jeden sichtbar, der sich in diesen Tagen den Sinn für das Schöne, Wertvolle und Bleibende bewahrt hat… Es gibt heute, entgegen allen Mutmaßungen, eine Reihe von Menschen, die etwas zu sagen haben, Dichter und Denker von Format, besonders in Österreich. Die Dichtung ist nicht ausgestorben, Neues schließt sich an das vertraute Alte…. Das österreichische Buch hat sich in Europa bereits den ersten Platz erobert: und dies nicht zuletzt dank seiner eigenen Schriftsteller und Dichter, die aus der Kraft eben dieses Österreichs ihre Arbeit schöpfen.«

Man kann es sich aussuchen, welches Österreich-Bild man für das verlogenere hält. Dieses oder das der Hauptwerke. Oder finden sich Interpreten, die von genial getarntem Zynismus sprechen wollen?

Bernhard war für das *»tröstliche Buch«*, *»auf das wir in guten und schlechten Zeiten zurückgreifen können, das uns nachdenklich stimmt und heiter, das uns hinführt zu den eigentlichen Quellen des Lebens.«*

Ein Beispiel: *»Aus diesem Erstling eines noch sehr jungen Österreichers spricht eine natürliche und wahrhaft menschliche Stimme zu uns.«*

Die Buchhändler versäumten nach Bernhards Meinung, *»den Leser nachdrücklich hinzuweisen auf die wertvollen inländischen Dichter… Es mutet seltsam an, wenn man hinter einer Glasscheibe etwa zehnmal Corin, Colette, Lewis, Hemingway (um noch die Besseren zu nennen) (sic.!) findet, während unsere Augen nur sehr, sehr selten von der Existenz eines Franz Nabl oder einer Paula Grogger erfahren.«*

Besonders bewunderte er: *»Die Dichtungen Maria Zittrauers, für unsere Zeit gewachsen, erscheinen in eigenartigem Glanz – nicht der Mittel, sondern des großen einfachen Ausdrucks, der nur einer Frau gegeben sein kann.«*

Wer analysierte die Gründe für das spätere Umdenken? Auch in der Beurteilung des Landes Salzburg:

»In den Strophen findet man das Salzburgerland in seiner beruhigenden

Größe und Vielfalt, die Erhabenheit der Berge und das schlichte Empfinden eines starken und von rauen Stürmen der Täler entfachten Herzens.«

An der politisch hochbelasteten Erna Blaas lobte er die *»einfache melodiöse Sprache und die liedhaften Strophen.«*

Ein anderer Autor *»wusste durch seine einfache Erzählweise die Zuhörer in seine Bergbauernjugend hineinzuführen.«*

Über die Gedichte der Christine Busta schrieb er: *In ihnen ist der Atem der Tradition zu spüren.*

Später behauptete er problemlos, die von ihm gefeierte Literatur wäre *»ein völliger Scheißdreck. Vor dem ›Frost‹ hats im Grund nichts Wirkliches gegeben.«*

Das Buch »Alte Meister« provoziert das Befassen mit Bernhards früher Kulturanschauung:

»Die Bilder Dalis werden nicht 500 Jahre alt. Picassos ›Stalin‹ verdirbt in Tagen. Da haben es Rembrandt und Tizian besser. Dass man aber heute auch Glasscherben und Rasierklingen, Zeitungsausschnitte, Fingernägel und Lippenstifte ins Malmaterial miteinbezieht ist weniger ruhmvoll als bezeichnend.«

Dennoch bekannte er sich zu seiner Generation:

»Die Jugend ist auf dem richtigen Weg, sie hat ohne Hilfe der Polemisierenden den Kulturkampf überwunden, sie triumphiert bereits, ist bereits Sieger der Welt.«

Darf man noch einmal das verfemte Wort ›faschistoid‹ bemühen?

Zumal sich in der Kunst *»mehr als je zuvor Scharlatanismus breit macht. Darum müssen wir uns mit unserer Kultur auseinander setzen, das notwendige Gleichgewicht erhalten, das Verständnis in den verschiedenen Sparten. Und der Klassik schenken wir unsere Hochachtung.«*

Wir sind nahe bei Kishon.

Aber wie hielt er's mit den Festspielen seiner geliebten Heimatstadt?

»Die Stadt ist aus langem Lokalschlaf erwacht. Die Kennzeichen der Automobile geben ihr jetzt ein internationales Gepräge. Alle Sprachen sind jetzt vernehmbar, das Glockenspiel zu seinen Seiten umvölkert, der mächtige Dom bestaunt und die ganze Welt zur Bühne geworden in unserer freien Welt.«

Besonders schön ist die Stadt zur Weihnachtszeit:

»Nie im Jahr ist Salzburg so salzburgisch wie zwischen den beiden letzten Sonntagen vor dem Heiligen Abend, das riecht man sogar überall. Ich möchte zu Weihnachten nie fort sein.«

Bernhard denkt an das Weihnachtsfest, *»als der kleine Mozart auf dem Spinett spielte und beim Fenster hinausschaute und sich einen großen Korb mit vielen guten Sachen wünschte.«*

Man rufe sich noch einmal den Salzburg-Hass in Erinnerung, den Bernhard als Kind gehabt haben wollte.

»Vielleicht war Salzburg früher schöner, aber ich liebe es auch so wie es jetzt ist.«

Und es ging ihm so richtig gut:

»Man hat doch alles, wenn man zwei Augen hat, zwei Ohren, zwei Füße, ein paar genagelte Schuhe und ein gutes Gemüt.«

Und – nicht zu vergessen – den Einfall für den größten Literaturbluff der zweiten Hälfte des 20. Jahrhunderts. In 20 Jahren werde ich in ultimativen Abgesängen auf Thomas Bernhard zitiert werden. Oder auch nicht. Was egal ist.

*) Unerlässlich für jedwede Meinungsbildung über die Person Thomas Bernhard sind das als Buch erschienene „notariell versiegelte Tagebuch 1972“ des Karl Ignaz Hennetmair und dessen Aufbereitung als Hörbuch.

DEUTSCHER HUMOR

Von Stammtischen und Bösmenschen

Eine Redaktion stellte das Thema. Ich, aus der Nachbarschaft, solle über den deutschen Witz schreiben. Oder war's doch der Humor? Oder die Komik? Zum Komischsten am Deutschen zählt für mich die ewige Ambition, sich über den eigenen Humor klar werden zu wollen. Nachweis und Charakterisierung sind gefragt. In Zusammenhang mit Humor fällt sogar das Wort »Schule«. Als ob er nicht eine Lebensfunktion wäre, wie das Husten im Qualm. Aber natürlich wäre auch das wissenschaftlich erfassbar.

Acht Bücher wurden mir zugesandt. Zur Bestandsaufnahme? Der Übersicht wegen? Gekauft hätte ich freiwillig zwei davon.

Ich begann mit »1000 klassische Witze«. Dem Band ist zu entnehmen, dass blöde Witze und gar keine genauso klassisch sein sollen wie gute. Dass Anekdoten und überlieferte Bonmots das Gleiche sein sollen wie archaische Grundmusterpointen. Und um den Schwachsinn dieser Sammlung zu krönen, sind die Witze eingeteilt in »typisch für ... Ostpreußen ... Franken ... Westfalen ... Salzburg« u. Ä.

Und so erfuhr ich, dass der Witz, den mir mein Vater von zwei galizischen Juden erzählt hat, für Hamburger typisch sein soll, und der, den man den Neapolitanern zuschreibt, für Westfalen oder Umgebung. Und einer, den ich nicht im Vollrausch erzählen oder mir anhören würde, für Wien. Zu den Autoren regionaler Nachworte zählt in der Abteilung »Typisch für Österreich« der humorloseste Journalist dieses Landes. Zusammenfassend: Es ist ein Witzbuch für Menschen, die auch an Fernkursen »Wie werde ich Schriftsteller?« teilnehmen und sich vor der Betriebsfeier den Redensteller aus dem Schrank holen.

Danach griff ich zu Eckhard Henscheid, weil ich bei dem immer vorkomme. (Wenngleich zuletzt nur mehr in Klammer, neben der dereinst wunderbar humorvollen Lore Lorentz.) Henscheid steht für die Humorsparte »Satire«. Ich verweigere mich nicht der Systematik. Er ist ein tragischer Fall. Er kann denken. Er kann schreiben. Besonders gut. Aber sein ausrinnender Hass, seine Unfähigkeit zu unterscheiden, immer wieder allzu unverhohlener Neid machen seine Rundumanpinkeleien unerträglich. Es ist unmöglich, nicht an seine Anpissung Heinrich Bölls zu erinnern. Henscheid bezeichnete ihn als *»einen der verlogensten, ja korruptesten«* Autoren, wunderte sich dann, dass Bölls Sohn ihn verklagte, und kränkte sich, den Prozess in allen Instanzen verloren zu haben. Henscheid erklärte und ließ erklären, es habe sich bei diesen Ehrabschneidungen um »Satire« gehandelt. Nun hat aber die Verwendung von Verbalinjurien eins zu eins mit Satire nichts zu tun, wie auch sein letztes Buch über weite Strecken beweist. »Neue Feuilletons« genannte diverse Texte sind großteils recht alt, geben Tote als lebend aus, versammeln längst ranzige Gelegenheitskommentare, sind stellenweise nicht mehr als sudelndes »name droping« nach dem von Haltungen unbehelligten Motto: Wen habe ich noch nicht? Blamabel sind eingestreute lyrische Versuche, offenbar um hinter einem berühmt gewordenen Freund und Kollegen aus der Anfangszeit nicht zurückzustehen. Da beherrscht Henscheid weder die Form noch deren Ironisierung durch Verballhornung, durch Spiel mit »Fehlern«. Hier wird der Mann endgültig armselig.

Doch es ist möglich, sich lyrisch zu amüsieren. Thomas Gsella macht Spaß. Dem fällt was ein, dem fällt viel auf. Natürlich absolviert auch er sein Pflichtteil an Reimen, die sich fürs Reimen entschuldigen und die Lächerlichkeit dieser Kunstanstrengung in vorauseilender Selbstironie feststellen. Dann aber hat er echten poetischen Humor. Wie alle, die Gedichte machen und kein armseliges Bändchen sondern doch ein kleines Buch publizieren wollen, hat auch Gsella nicht die Nerven, die schwächeren Sachen wegzulassen. (Siehe bei Robert Gernhardt, leider auch bei mir.) Aber es bleibt genug Charme, Witz und sprachliche Brillanz. Hochvergnüglich.

Und wenn wir schon bei hochvergnüglich sind, muss Max

Goldt genannt werden. Der liefert zunächst auch die für die Aufnahmeprüfung in eine Riege geforderte pauschale Kabarettisten-Beschimpfung, plaudert aber dann drauflos, flaniert dandyhaft durch die Weltgegenden, glossiert, bringt »Kraut und Rüben durcheinander wie Kraut und Rüben« (Johann Nestroy) und dreht auf Glatzen Locken (so die Karl Kraus'sche Definition des Feuilletons), aber manch bezaubernde. Es fällt mir P. G. Woodhouse ein, auch Oscar Wilde. Handelt es sich etwa um englischen Humor? Auf Deutsch?

Warum ich etwas zu Peter Brasch sagen sollte, war mir nicht ganz klar. Soll es sich hier um Humor handeln? Doch eher um literarischen Tiefenflug, um bemühte Kauzigkeit, um sehr angestrengtes Suchen nach einer originellen Form, die neuere deutsche Geschichte zu kommentieren. Freilich, ein paar Witze werden exekutiert, etwa die Übersetzung von »hot dogs« in »heiße Hunde«, aber da fällt es einem wirklich schwer zu vergessen, dass der Autor aus der DDR stammt. Nein, mit diesen sich anbietenden, billigen Diffamierungen will ich nichts zu schaffen haben. Als Poesie getarnte Witzlosigkeit gibt es allerorten. Der Versuch westdeutschen von ostdeutschem Humor qualitativ zu unterscheiden wäre müßig und blöd.

So blöd wie die von Klaus Bittermann herausgegebene Sammlung, die zudem noch widerlich ist. Hier entblößt sich eine Gilde von Leuten, die nicht mehr merken, dass sie sich während jahrelanger Verfolgung der »Gutmenschen« in Bösmenschen verwandelt haben, dass sie den spiegelverkehrten Kitsch repräsentieren. Wäre der Hass auf die Bewohner der neuen Bundesländer so echt, wie er da steht, müsste man die Autoren verhaften lassen. Wegen Gemeingefährlichkeit. Aber er ist ja total unecht. Die Leute (Wiglaf Droste steht an der Spitze der Kernkraftmeier) verhalten sich zur Bösartigkeit wie naive Maler zu ihren Staffeleien. Die treten auch ein paar Schritte zurück, betrachten das Werk und finden es noch nicht naiv genug. Die zur Ossi-Beleidigung versammelten Schreiber fummeln an ihrer incorrectness herum wie die Besessenen. Nein, der Satz ist noch nicht incorrect genug, da muss noch eine Injurie hinein. Auf die Idee, dass die Nazikinderwessis nach einem verlorenen Krieg von den Sowjets kein – Menschen in der Tat verbildendes – System aufgezwungen bekommen haben, dass Kritik an Defekten aber völlig sinnlos ist, wenn nicht nach Ursachen gefragt wird, kommen sie in ihrer angeschminkten Wut nicht. Hier äußert sich innerdeutscher Rassismus, die Bösmenschen sind selbst ernannte Übermenschen, also typologische Nazis. Jeder Versuch, derartiges Gekläff als Satire auszugeben, ist läppisch.

Das Schlusswort überlasse ich Herrn Goldt:

»Das feuilletonistische Gehasse war in den achtziger Jahren eine hässliche Modeerscheinung unter überreizten Altlinken. Ich fordere ein universales Insklokippen dieser Mode. Spaßeshalber kann man ja Blumenkohl hassen, oder Leute, die in Monaten mit R weiße Jeans tragen.«

Richtig. Man muss auch Stammtischwitzerzähler und Bösmenschen nicht hassen. Verachten genügt. Auslachen ist auch nicht schlecht.

BÜCHER

Wachstum und Endlagerung

Als ich ein Gymnasiast war, sah ich im Hause eines Sektionschefs – ich war mit meinen Eltern zu Gast – einen prall gefüllten Bücherschrank mit vielen Klugheit, Wissen und Kunstsinn ausstrahlenden Buchrücken. Ich dachte mir damals: Das ist eines meiner Lebensziele, einmal Besuchern wenigstens durch den Anblick von vielen Buchrücken klar zu machen, ich sei klug, wisse viel und sei kunstsinnig.

Der Wunsch nach den vielen Buchrücken ist mittlerweile in inflationärer Weise in Erfüllung gegangen. Aber wie das mit dem ungezügelten Wachstum, auch dem der Bibliotheken so ist: Eines Tages ist die Sache nicht mehr überblickbar, wird sie zum intellektuellen Umweltproblem.

Angesichts der prangenden Überfülle von gedrucktem Wort stellt sich für einen selbstkritischen Menschen immer wieder einmal die Frage: Wie viele von diesen Büchern habe ich gelesen? Darauf gebe ich gerne zwei Antworten: eine offizielle – also etwa auch hier –, die bewegt sich rund um ein Fünftel. Da ich aber im Selbstgespräch ehrlich genug bin, das für aufgelegte Hochstapelei zu halten, behalte ich die Wahrheit lieber für mich.

Wie ist es zu dieser Buchrückenmasse gekommen?

Zunächst habe ich als junger Mensch Bücher gekauft wie verrückt, vorzugsweise Taschenbücher, ich habe mir auch sehr viele Bücher ausgeborgt und besitze sie ökonomischerweise noch heute. Davon habe ich das meiste auch gelesen.

Aber dann kam, was kommen musste. Als mich Verwandtschaft und Freunde als Nachwuchsintellektuellen zu begreifen begannen, hielt man es für stilvoll, mir zu jeder Gelegenheit Bücher zu schenken. So etwa stapelten sich zum Weihnachtsfest die Titel Turm-zu-Babel-artig.

Ich entwickelte ein System: Bücher, von denen mir klar war, ich würde sie nie lesen, etwa eine »Philosophie in drei bis vier Bänden«, räumte ich gleich in die moderne flexible Jungkünstlerbücherwand. Bücher, die zu lesen ich erwog, blieben unten im Stoß. Und Bücher, die zu lesen ich mich verpflichtete, sagen wir, es waren sechs – lagen obenauf.

Als dann zu meinem Geburtstag – er fällt noch in den Januar, ist also verdammt weihnachtsnahe – der nächste Bücherstoß ankam, hatte ich von den sechs unbedingt zu lesenden das erste gerade bis zur Hälfte hinter mir. Es wurde also erforderlich, die Auswahlkriterien wesentlich zu verschärfen.

Die bisher unbedingt zu lesenden Bücher kamen zur erweiterten möglichen Auswahl, die ab jetzt unvermeidlichen ganz oben auf.

Mit der frühsommerlichen Übersiedlung zum zweiten Wohnsitz stellen sich – ich springe in die Gegenwart – längst neue Probleme. Welche Bücher werden in Kärnten gelagert, welche in Wien? Wo besteht eher der Anlass, sie aus der Bücherwand zu holen? Eine aktuelle intellektuelle Wiener Dringlichkeit oder die Kärntner meditative, wenn sich etwa ein sommerlicher Langzeitregen einstellt?

Hätte ich die Zeit, die mich das Erwägen dieser Entscheidungen seit vielen Jahren gekostet hat, für Lesen verwendet, wäre ich in meiner persönlichen Entwicklung fortgeschrittener. Das muss ich zugeben.

(Müßig zu erwähnen, dass sich jedes in Kärnten gesuchte Buch in Wien befindet und jedes in Wien gesuchte … aber das nur in Parenthese.)

Entscheidungen fallen nicht nur nach qualitativen oder artbedingten Kriterien, nein, auch nach quantitativen. Denn, als ich vor Jahren meinen Wohnsitz in der Stadt meiner Väter, in Wien, fand, ließen meine Frau und ich eine sehr große, sehr schöne transparente Bücherwand bauen. Ich traf eine Einteilung. In der Literatur: deutsche, österreichische, angelsächsische, romanische, slawische usf. – geteilt in Prosa und Drama – und dann – ebenfalls nach Sprachfamilien getrennt – Lyrik, dazu Bücher des

Wissens, Sonderabteilung Kunst, Literatur und Theater, nicht zu vergessen »politische Literatur«. Die Einteilung ist so perfekt, dass kein Mensch, außer mir, in diesen Regalen je ein gesuchtes Buch finden kann. Und ich auch nur, wenn ich mir, davor stehend, in Erinnerung rufe, wie das mit der Einteilung gemeint gewesen sein könnte.

Zurück zum Problem des Quantitativen:

Als die Wand in Wien stand, schwor ich mir, wenn die einzelnen Etagen mit den dafür vorgesehenen Buchgruppen prall gefüllt sind, lasse ich keine Erweiterung mehr zu, auch kein Querdarüberstapeln. Ist diese Situation erreicht – sie war es so gut wie von Anfang an –, muss für jedes neue Buch in Wien, das auch in Wien bleibt, ein anderes heraus. Motiv für diesen Entschluss war auch die Ehekrise eines Freundes, dessen Frau ihm erklärte, sie würde für den Fall, er ließe den Dachboden nicht ausbauen und die Bücherstapel aus den Wohnräumen entfernen, sich scheiden lassen und einen Analphabeten heiraten.

Entscheidungen, Bücher zu verstoßen, sind äußerst skrupulös.

Ich nehme also ein Buch in die Hand und sage, das kann nach Kärnten. Diese Entscheidung getroffen habend, kommen die Zweifel. Ich beginne zu blättern. War es nicht ein Fehler, sich mit diesem interessanten Werk nicht näher befasst, es zu rasch nach unten gelegt zu haben, um es dann – übereilt – einzuschlichten? Da kann es sein, dass ich es zu lesen anfange und den ganzen Tag mit seinen geplanten Terminen und Verpflichtungen durcheinander bringe.

Ich glaube, ich habe die meisten Bücher aus Angst gelesen, ihnen endgültig Unrecht zu tun. Und das Jahre, nachdem die gebildete Welt über sie geurteilt oder sie als Zeugen bemüht hatte.

An dieser Stelle schweife ich ab und bekenne auch, den ehezerstörerischen Charakter von Büchern erlitten zu haben. Denn es gab und gibt allzeit Neuerscheinungen, von denen ich schon im Vorfeld weiß, ich mag sie nicht. Wenn dann die Diskussionen auf dem Höhepunkt sind, und das Buch sich in der Mitte des bereits bekannten Stoßes befindet, erkläre ich allen Leuten, die es hören wollen, ich hielte das Werk für einen Dreck. In diesen Fällen pflegt meine Frau laut zu sagen: Du hast es ja gar nicht gelesen! Damit hat sie häufig meine gesellschaftliche Reputation ruiniert und das weitere Zusammenleben in Frage gestellt. Heute ist es so, dass ich wenigstens ein Drittel des Buches gelesen haben muss, um mir zu erlauben, etwas dazu zu äußern. Und da meine Frau nicht weiß, wie lang das Drittel war – vielleicht doch die Hälfte? –, riskiert sie die Verleumdung nicht mehr.

Zurück zum System der Erstlagerung – das ist also Wien – und der Zwischenlagerung – das ist Kärnten. Dort ist längst auch die Überfülle in einem nur den Büchern gewidmeten Raum erreicht. Dort geht es an langen Sommerabenden um die Frage: Was kommt – aufgrund der mitgebrachten Nachlieferungen – nun endgültig auf den Müll – also zur Endlagerung, und was in das Altersheim? Nun könnte einer fragen, warum nicht alles ins Altersheim? Bücher wirft man nicht weg!

Die Sache ist die: Ich bekomme auch von Verlagen Bücher zugesandt. Aus der laufenden Produktion. Da sind Romane dabei, deren Rückentexte ich entnehme, ein Papst habe sich von einem Pornostar vergewaltigen lassen. Oder die Geschichte einer psychopathischen Massenmörderin in einer Seniorenresidenz sei besonders spannend. Diese Bücher halte ich daraufhin nicht mehr für das Altersheim geeignet. So kommen sie – statt unmittelbar nach Erhalt, Jahre danach von Wien nach Kärnten übersiedelt – nun doch in den Papiercontainer. Für diesen sehe ich von Zeit zu Zeit auch fachliche Werke vor, wie »Hintergründe der französischen Wirtschaftskrise im Jahre 1953«. Da denke ich mir, die werde ich erstens nie mehr wissen und zweitens auch nicht verwerten wollen. Bis mir der Verdacht kommt, es könnte sein, dass ich 200 Jahre alt würde und doch noch den großen Entwicklungsroman über das letzte Jahrhundert schriebe, und da wäre auch derartigen Büchern noch die eine oder andere Information zu danken.

Ich verbringe also auch Stunden vor den Bücherwänden in Kärnten, um mich bei den Entscheidungen für Müll-Endlagerungen und Altersheimbeschenkungen nicht zu vergreifen.

Lassen Sie mich noch einmal zum Ursprung zurückkehren. An den Eingang geschenkter Bücher. Sind sie mit hoher Wahrscheinlichkeit von mir nicht gemochte Literatur, frage ich mich, warum soll ich sie lesen? Schade um die Zeit für diesen Quatsch! Ich werde nur depressiv, wenn ich zur Kenntnis nehmen muss, dieser Käse würde von den Feuilletons hochgeschrieben. Sind sie aller Voraussicht nach gute Literatur, halte ich es für sehr gefährlich, mich gerade jetzt, wo ich doch selbst etwas zu Papier bringen möchte, von Könnern dieses Ranges deprimieren und in die Schreiblähmung treiben zu lassen.

Aber ich habe ja nicht nur Freunde und Freundinnen, die sich um meinen literarischen Informationsstand Sorgen machen oder mir gar manische Leselust zutrauen, ich habe auch welche, die mich nicht unwissend sterben lassen wollen. Die schenken mir dann Bücher wie »Die Ethik des Zwischenhandels« oder »Moralische Wandlungen im virtuellen Sexismus«, oder »Die Karawanken als ultimative Heilsbringer«. Diese Bände sind a priori fürs Altersheim ungeeignet, können aber aufgrund von persönlichen Widmungen auch nicht entsorgt werden, haben daher von Anbeginn an ihren Verstaubplatz in Kärnten sicher.

Abschließend bekenne ich, heute am liebsten in Büchern zu lesen, die ich seit langer Zeit kenne, liebe, die mich das werden ließen, was ich bin. Geradezu zärtlich betrachte ich meine juvenilen Unterstreichungen, meine protestierenden Randnotizen, gewissenhaft klebe ich am Taschenbuch den abgelösten Rücken wieder an, blättere dann drin herum und werde mir über Konstanz oder Mutation von literarischer Qualität, dichterischer Größe oder politischer Haltung klarer, nehme mich selbst bei der Nase oder bin glücklich, mich nicht schämen, weil nichts zurücknehmen zu müssen.

Da freut mich das Altwerden, wenn ich die vielen Markierungen im Rückblick noch erkenne. Da liebe ich Bücher besonders.

KABARETT

Das ungeschützte Etikett

Zu Zeiten, als der Begriff »Comedy« allenfalls Amerikareisenden bekannt war, nannte der große Karl Farkas seine Programme im Wiener Kabarett-Theater Simpl »*Revue der Komiker*«. Damit war jede Irreführung des Publikums ausgeschlossen. Wer virtuoses Blödeln haben wollte, bekam es dort.

Eine andere Art von Kabarett gab es woanders. Darüber zu reden fühle ich mich berechtigt.

Im politisch-literarischen Kabarett traten im Idealfall Autoren mit eigenem Text auf. Wurden Ensembles gebildet, griff man auf komödiantisch begabte Darstellerinnen und Darsteller zurück. Die waren naturgemäß dem persönlichen »Ankommen« weit mehr verpflichtet als dem Inhalt der Texte. Hatten Texte eine ablesbare Haltung, dann wurden die Komödianten damit – langsam, aber sicher – identifiziert.

Nach einem politischen Umschwung kam es zu peinlichen Situationen. Kabarettdarbieter beeilten sich zu versichern, sie würden auch weiterhin als Mietclowns zur Verfügung stehen.

Im Kabarett der Autoren traten die Verfasser in Eigenverantwortung auf. Da auch ihre Darbietungen allen Gesetzen des Schaugeschäfts gehorchen mussten, lag die Unschuld hier mehr im theatralischen Bereich.

Das Kabarett lebte zu allen Zeiten davon, dass es zu jeder Zeit für tot erklärt war, dass man den Kabaretts der Lebenszeiten unerreichte literarische Qualität und politischen Löwenmut nachrühmte. Keine dieser Behauptungen hielt je einer Nachprüfung stand.

Jeder Versuch, das Kabarett zu beleben, war Anlass, seine Krise zu diskutieren. Erfolgreiche Meister dieser Sparte gaben zu öffentlichem Bedauern Anlass, dass es nicht mehr ihrer Art gäbe. Es handelte sich um eine Forderung nach Verbreiterung der

Spitze, die sich dieselbe Kulturgesellschaft in anderen Kunstsparten energisch verbitten würde. Möglicherweise wurde dieses Missverständnis durch das Wort »Kleinkunst« verschuldet. Das Wort »klein« bezieht sich bei gutem Kabarett aber ausschließlich auf die Ausmaße der Bühne.

Je mehr minderintelligente Menschen im Kabarett verstanden, als desto geistvoller oder schärfer galt es. Kabarett hatte keinerlei Ideen, Tendenzen oder politisch störende Infragestellungen nötig, um als scharf zu gelten. Das Nennen von Politikernamen, die respektlose Beinamen erhielten, genügte. Der »Mut« des Kabaretts sollte daher nie überschätzt werden. Die Kabarettbühne ist ein Ort, an dem man aufgrund stillschweigender und langjähriger Übereinkunft mit den Schweinen auch diese als solche bezeichnen darf. Ein überwiegend neutrales Publikum hat Spaß an Prozessen, die angekündigte, im Urteil ausrechenbare, also Schauprozesse sind. Die handgreifliche politische Polemik, die auch die Pointe verwendet, wie sie auf der Kabarettbühne bejubelt oder toleriert wird, wird erst in den Medien wirklich gefährlich. Darum schützt sich die stärkere Seite.

Als Fernsehanstalten keinen Einwand gegen Satire mehr vorbringen konnten, erklärten sie das angebotene Programm in letzter Instanz als »nicht scharf genug«. Da Kabarett bis zum Jüngsten Tag nicht scharf genug sein kann, war es also mit gutem Grund medial zu verhindern.

Nicht selten war übrigens zu erleben, dass ein Kabarett den bürgerlichen Zeitungen nicht systemkritisch, nicht radikal, nicht links genug war.

Als politische Zeiten Fortschritt und Reformen versprachen, als die Gegner der meisten Kabarettisten abgewählt waren, stellten die Fantasielosen und die Denkfaulen fest, die Zeiten wären jetzt schlecht für das Kabarett.

Welche Zeit gäbe denn für kritischen Protest nichts her?

Wer Lawinenkatastrophen braucht, um festzustellen, dass der Schnee kalt ist, ist für diesen Beruf zu dumm. Wer Kriege braucht, um festzustellen, dass Munition tödlich ist, hat für diesen Beruf zu wenig Moral.

Dann kamen sie wieder feixend auf einen zu und meinten, die Zeiten wären jetzt wohl wieder gut fürs Kabarett. Irgendjemand musste ihnen mitgeteilt haben – und wenn es die Zeitungen waren –, dass in den Jahren, als Freiheit, Fortschritt, Lebensqualität und Ähnliches von ihnen außer Streit gestellte Begriffe waren, eben diese Freiheit, dieser Fortschritt und diese Lebensqualität verkamen, verrotteten, auf dem Strich endeten, wo sie sich mit dem Kabarettchronisten wiedertrafen.

Man verwechselte Pflicht zur Kritik mit Zwang zur Notwehr.

Wodurch kann Kabarett wirklich politisch werden?

Durch Reduktion des Gesehenen, Gewussten und Vermuteten auf eine Kurzform(el). Der Kabarettist verarbeitet das gleiche Material wie der Dramatiker oder der Lyriker, sofern sich diese außerhalb der Orakelkunst bewegen.

Durch die Kürzung entsteht Übersteigerung, Groteske, sei es sprachlich, sei es szenisch. Die fertige Nummer kann als gelungen gelten, wenn sie als das Gesetz etwa des freien Umfalles erkannt und gemerkt werden kann. Der Komödiant hätte es nicht nötig durch kokettes Augenzwinkern anzudeuten, dass er keineswegs auf Endgültigkeit Anspruch erhebt. Das Relative seiner Aussage ist durch das Ausstellen seiner Person bereits hinreichend betont.

Erst wenn Kabarettisten Clowns sind, die ernst Minidramen spielen und das Publikum dazu bringen, sich selbst in diesen Dramen auszulachen, bewegen sie sich für mich auf der Höhe ihrer beruflichen Chance.

Wo steht das Kabarett? Die kurzsichtige Demokratieverdrossenheit ermutigt den braunen Sumpf bürgerlich parfümierte Blasen zu werfen. So hat das politische Kabarett die Aufgabe, die Demokratie so hart zu kritisieren, wie es die Existenz innerhalb dieser Gesellschaft noch erlaubt, sie aber verbissen gegen jene zu verteidigen, die sie nicht verbessern, sondern beseitigen wollen. Diese Kunst plädiert für eine Zukunft, die es ihr ersparen soll, zu wirksamer Notwehr wieder unfähig zu sein.

Kabarettist ist kein Beruf. Ein Kabarettist ist Benützer einer Ausdrucksform. Der Beruf ist Schriftsteller oder Schauspieler, oder was dazwischen: Schreibspieler, Darstelldichter.

Wenn man das, was kein Beruf ist, eine Zeit lang betrieben hat, hat man einige Standardfragen zu oft beantworten müssen. So oft, dass Reizbarkeiten nicht mehr zu vermeiden waren. Denn was soll nach einer Vorstellung politischen Kabaretts die private oder journalistische Erkundigung nach dem Ausgangspunkt und der Zielsetzung eines Programms? Wenn der Zuhörer die Haltung eines Programms nicht wahrnimmt, gibt es nur zwei Möglichkeiten: Das Programm hat keine Position. Damit ist es entweder Entertainment, oder – falls es sich als politisches Kabarett gebärdet – Etikettenschwindel, also Dreck. Die Frage nach dem, was der Autor »verändern« oder »bewirken« will, erübrigt sich. Hat das Programm aber eine Position, plädiert es für, polemisiert es gegen, und ein Frager fragt danach immer noch nach dem »Wofür« oder »Wogegen«, dann ist er ein Idiot und die Antwort nicht wert. Ich, der ich mich rückblickend in die Unsicherheit volontierender Journalisten ganz gut einfühlen konnte, pflegte eine versöhnliche Antwort zu geben: (»Wenn Sie es nicht gemerkt haben, habe ich vergeblich gespielt.«)

Ich habe aber eines Tages für mein Programm ein Schlusslied geschrieben. Mit dem wollte ich mich vor den im Lied geschilderten Standard-Situationen schützen. Dieses Lied hat sowohl etwas »verändert« als auch »bewirkt«. Es kamen nach Vorstellungen weniger Journalisten auf mich zu. Die, die kamen, spielten das Spiel weiter. Entweder sie sagten: »Ich frage Sie aber nicht ...« oder sie diskutierten mit mir die Berechtigung meiner Notwehr gegen diese Frage. Das Gespräch begann auf einer anderen Ebene. Womit sich indirekt die Frage nach Möglichkeiten der Beeinflussung durch Polemik schon beantwortet hat.

Kabarett wird es immer geben, solange Menschen miteinander reden. Einer erzählt einen politischen Witz. Der andere lacht. Bringt drei Freunde und sagt zum Witzerzähler, du kannst so einen guten politischen Witz so gut erzählen, erzähl ihn meinen Freunden auch. Worauf der Witzerzähler sagt, die Luft sei so trocken. Was die Leute veranlasst, ihm einen Wein zu bestellen. Damit ist ein politisches Kabarett gegründet. Wenn der Witzerzähler dann wütend zu brüllen beginnt, weil die neuen Zuhörer den Witz nicht verstehen, dann ist das politische Kabarett etabliert.

Als ich mit dem Kabarett aufgehört hatte, wurde ich dauernd gefragt: »Warum hören Sie auf?« Heute noch wird diese Frage in der Vergangenheitsform gestellt. Ich habe damals die ökonomisch und ideologisch gleichermaßen stimmige Antwort gegeben: »Mir reichts«. Im Bedarfsfall führte ich noch drei Gründe an und aus. Erstens die Angst, mir könnte eines Tages auf der Bühne schlecht werden (das hat mit dem Älterwerden und dem Darüberbescheidwissen zu tun), zweitens der Trieb, noch ein paar Dinge – vor allem auch auf dem Theater – zu tun, zu denen ich nicht gekommen war (und für die es im Grunde zu spät ist), drittens mein Unbehagen, von Dreißigjährigen für die Wut bestaunt zu werden, die sie selbst schon längst zu haben hätten.

Kabarett hat Zukunft hochzurechnen und dagegen zu protestieren. Damit ist es Sache der Generation, die Zukunft vor sich hat. Die Position des altmeisterlichen Haltungs-Stellvertreters konnte meine nicht mehr sein.

Woher kams eigentlich?

Als Dreizehnjähriger habe ich an einem bestimmten Wochentag in Klagenfurt immer den Berliner Radiosender gehört, der das Funkkabarett »Die Insulaner« ausstrahlte. Ich verstand kaum etwas. Aber ich war süchtig nach dem Tonfall. Als Student kaufte ich mir sofort nach Ansehen des Films »Wir Wunderkinder« die Platte mit Neuss/Müller mit den Texten von Günther Neumann. So hatten für mich Politsongs zu klingen, also ganz anders als in Wien.

Ich wurde genetisch zum piefkischen Kabarettisten. Als ich 1976 mit Dieter Hildebrandt zum ersten Mal nach Wien kam und die exponierteste der Kritiken den Titel hatte »Die Wiedergeburt des Wiener Kabaretts«, haben wir sehr gelacht.

Als ich später Solist war, war ein Gegenspiel entstanden. Eine »Frankfurter Schule« begann, die Väter oder Stars oder was sie dafür hielt zu überwinden und vernichten zu wollen. Sie verkündete, jede Art von schrecklicherweise auch noch gut bezahltem politischem Engagement wäre unsinnig, literarisch letztklassig, widerlich. Eine neue reine Lehre wurde angesagt: Satire heißt Quatsch machen, verarschen, verscheißern. Das stilistische Credo hieß »Geschmacklosigkeit«. Die Frankfurter Schüler machten gar nicht den Versuch zu unterscheiden. Eine Richtung passte ihnen nicht, also waren alle, die ihr angehörten, Arschlöcher. Ihre Lieblingsfeinde waren Wecker, Hüsch und ich. Mich brachten sie in Zusammenhang mit Kabarettfiguren, die ich meinerseits erbärmlich fand. Das habe ich nie begriffen.

Ein Exponent der »Frankfurter Schule« ließ seine gesammelten Vernichtungen auch in Büchern abdrucken. Die wurden auch in Österreich gelesen. Vor allem von jungen Journalisten der Wiener Szene-Zeitung »Falter«. Da war man zu Tod froh, endlich zu erfahren, wie bekannte Figuren zu widerlegen, niederzumachen waren. Die Ablehnung des »Kabarettismus« bekam religiöse Züge. Sie promotete eine Richtung, die sich – von Genie bis Dodel – mit Zeitgeist und Autobiografie befasste. Es entstand eine gefeierte Szene des solokomödiantischen Befassens mit persönlichem Befinden. Bis zur Blasenschwäche. Das Rollback kam wesentlich früher, als von mir prophezeit.

Josef Hader war der Übergang.

Von Zeit zu Zeit befasst sich auch zeitgenössische Dramatik mit dem »Zeitgeist«, die dem Geist der Zeit verpflichteten Intendanten, Dramaturgen und Regisseure bemühen Geist und Zeit, vor allem Letzteres in hohem Maße, und bringen den Geist der Zeit auf die Bühne, zeitraubend und geistvoll. Und immer wieder beschleicht Beteiligte das Gefühl, es bestünde ein gewisses Missverhältnis zwischen der Bemühung des Theaters (»Prospekte & Maschinen«) und der Substanz, der Bündigkeit, dem Sinn der Vorlage.

Bei »Im Keller« war alles umgekehrt. Ein Mann betrat die kleine Bühne – was nicht neu, nicht originell und beinahe von vornherein schon fad ist –, entpuppte sich als Rolle, als Figur, nämlich als Werbetexter, als Ausübender eines Berufes im Zentrum des Zeitgeistes, erklärte einem imaginären Gesprächspartner –, auch ganz alt – und so dem Publikum, er wolle in seinem Keller ein »Recreation-Center« einrichten, mit Abteilungen für »Fitness« und »Creativität«, und beobachtete den imaginären Partner, einen Maurer, beim Ausmessen, beim Errechnen eines Voranschlags, beim Brotzeitmachen. Dazu sprach er. Pausenlos. Sich Situationen nur so weit schaffend, als es die Spannung, Aktion nur so weit vorführend, als es die Situation erforderte. Das Ergebnis war ein zweistündiges »Welttheater«. Literatur, Philosophie und Komödie vereint: ein »Stück«.

Der Gegner des Autors und Komödianten war der Zeitgeist. Und diesem widerfuhr während der Darbietung, was Gegnern zu widerfahren hat: Er wurde liquidiert.

Mit »Im Keller« schuf Hader den »Herrn Karl« des postmodernen Establishments.

Alfred Dorfer, Thomas Maurer – vor allem auch im grandiosen Duo mit Florian Scheuba – definierten politisches Kabarett neu.

Ich kann mir wieder eine Eintrittskarte kaufen und über Themen lachen, die mich bis zu meinem Ableben beschäftigen werden. Weil ich bis dahin noch *lebe.*

Die Erkundung, was aus den Antisatiresatirikern geworden ist, erheitert.

Die scharfen Jungkritiker sind mittlerweile im Großfeuilleton in Verwesung begriffen.

KUNSTGEWERBE

Das Dilemma von E und U

Zu den Formulierungen, mit denen man – jedenfalls im deutschen Sprachraum – einem Stück Kunst den Rang abspricht, gehört an vorderster Stelle diese: »Das ist Kunstgewerbe.«

Das sagen vor allem die akademischen Twens in den Feuilletons. Und ihre Gesichter werden dabei noch sechzigjähriger als sie es ohnehin schon sind.

Es scheint mit Zweit- und Drittklassigkeit untrennbar verbunden zu sein, wenn ein Kunstschaffender sein Tun als Gewerbe begreift, sein Talent zu einem Gewerbe nützt. Diese Zwangsvorstellung ist so irrig wie der Kunst- und Kulturbetrieb an und für sich.

Welch höheres kulturgesellschaftliches Ziel wäre denkbar, als der Versuch, ohne Einbuße des künstlerischen Anspruchs an sich selbst etwas zu schaffen, das in einem Markt, also vor Publikum besteht, das seine Frau, seinen Mann ernährt? Das nicht nur dazu dient, der vorzeitigen Erkrankung, der Bettelei oder dem Hungertod ein hübsches Motiv und den nachkommenden Germanisten und Librettisten Betätigungsfelder zu liefern?

Unser Kulturbetrieb stünde vor der dringenden Aufgabe, das Wort »Kunstgewerbe« von einem Geruch zu befreien, der ihm von jenen angehängt wird, die aus ihrer Unverkaufbarkeit grundsätzlich Genialität ableiten.

»Verwertungsgesellschaften« stehen für die Chancen der Kunst, Gewerbe sein zu können. Sie wahren die Interessen und Rechte der Autoren, Komponisten und Verleger.

Bei Musikverlegern ist die Sache eindeutig. Es war wohl noch keiner bereit, pleite zu gehen, nur weil er ausschließlich Avantgarde drucken ließ. (Soferne diese noch über Notationen verfügt.) Musikverleger verlegen das mit hoher Wahrscheinlichkeit nicht oder nur einmal Aufgeführte – wenn überhaupt – nur in

Relation zum erwarteten Jahresabschluss. Denn sie betreiben ein Gewerbe. Ein Kunstgewerbe.

Ein Spezialtypus dieses Gewerbes hat sich auf dem Gebiet des Pop breit gemacht. Das sind Musikverleger, die nichts anderes tun, als Tonträger herstellen, und die Leute, die auf Tonträgern erscheinen, zwingen, die Werke einem Musikverlag zu überlassen, den es nicht gibt, der nichts verlegt, der nur dazu dient, das Einkommensverhältnis zwischen Produzenten und Produzierten zu verschieben.

Dass dieser Schwindel noch nicht abgestellt wurde, liegt – bei einer von einem Verleger gegründeten Verwertungsgesellschaft – vielleicht an falschem Respekt vor Tradition. Aber im Grunde ist das Gewerbe »Musikverleger« überschaubar.

Verwirrend wird die Sache bei der Musik, bei dem Beruf des Komponisten. Sosehr auch immer wieder beteuert wird, die Grenzen zwischen U und E seien nicht mehr zu ziehen oder müssten fallen, sosehr steht fest: U gilt als Kunstgewerbe. E gilt als Kunst. U richtet sich nach dem Markt. E verweigert sich ihm.

Damit wird unsere Epoche in der im 22. Jahrhundert zu schreibenden Kulturgeschichte (falls es dann noch eine gibt) als eine Zeit völliger Verwirrtheit dargestellt, ich glaube sogar verhöhnt werden. Denn was in unseren Jahren der E-Musik an Gewerbelosigkeit zugebilligt wird, hat in der Kulturgeschichte der Neuzeit nicht seinesgleichen. Im Gegenteil. Immer neue Forschungen liefern immer neue Informationen, wonach viele der ausdauernd als verkannt beschriebenen Größen tadellos verdient, von Honoraren was verstanden, den Publikumserfolg gesucht haben. Und wir müssen uns gar nicht erst lang darüber streiten, zu wie viel Prozent die heute als ausschließlich weihevoll veranstaltete, mit tödlichem Hustverbot belegte überkommene Musik auf ihre Art Unterhaltungsmusik war, Salonmusik, Gesellschaftsmusik. Halten wir uns bitte doch nur vor Augen, dass sich Kunst-Österreich, der musische homo austriacus, voll des Stolzes und voll der Überzeugung, vor gutem Gewissen geradezu platzend, vor der Welt als die Heimat des größten musikalischen Kunstgewerbes bis zu den »Beatles« definiert: der Strauß-Dynastie, einer Firma: »Vater und Söhne«. Das Marketing dieser Musikproduzenten könnte in Schulen für Kulturmanagement jederzeit als Beispiel herangezogen werden.

Gestatten Sie mir eine Provokation, für die ich mich gerne beschimpfen lasse. Jene zeitgenössische E-Musik, die nur mehr sich selbst als Publikum hat, die an jedwedem Tropf öffentlichen Geldes hängen muss, existiert nur mehr in einem Reservat, abseits aller Wege. Sie hat sich von Zeit und Raum abgekoppelt.

Daneben dröhnt die Welt. Was da so dröhnt, aus allen Tonträgern, Röhren und Kanälen ist die Musik unserer Zeit. Und die Musik jedweder Zeit ist deren zeitgenössische Musik, deren E-Musik. Darauf muss man, wie auch immer man die künstlerische Qualität einschätzt, bestehen.

Die Musik unserer Zeit ist also eine gewerbliche, großteils industrielle Kunst.

Das Kunstgewerbe Pop-Musik wäre daher kritisch zu würdigen, in seinen Qualitätskriterien zu definieren und nicht nur den Multis und ihrer globalen Agentenkorruption zu überlassen.

Damit komme ich zu einem entscheidenden Schluss. Wenn Pop-Musik die Musik unserer Zeit ist, dann ist die Pop-Musik auch der musikalische Ausdruck einer Region, eines Landes, einer Nation. Dann muss sich selbstverständlich ein staatlicher Rundfunk, ein staatliches Fernsehen wie der ORF als Mentor der nationalen musikalischen Identität begreifen.

Das Gegenteil ist der Fall. Die Debatte rund um die Musikprogrammierung von Ö3 ist daher weit mehr als ein Streit über Prozentzahlen und Verdienstmöglichkeiten. Es ist die kulturpolitische Grundsatzdebatte Österreichs schlechthin. In ihrer kunsthistorischen Bedeutung den läppischen Intendantensuchspielen turmhoch voraus.

In Österreich gab es einmal einen Generalintendanten, »Tiger« genannt. Der verfügte, es solle im Radio »der deutsche Schwachsinn« nicht mehr gespielt werden. Seine Untergebenen schlossen daraus: der englische schon. Das ist der Status quo. Denn würden fremdsprachenkundige Musikredakteure in der Lage sein, zwischen Sinn und Unsinn, Blödheit und Qualität zu unterscheiden, müssten sie viel mehr Instrumentalmusik spielen, sonst wären die Programme rund um die Uhr nicht füllbar. Daher ziehen sie es vor, nur deutsch zu verstehen.

Der Entschluss, diesen deutschsprachigen Titel zu spielen und jenen nicht, setzt voraus, dass der Musikredakteur in der Lage sein muss, den Entschluss auf Befragung zu begründen. Diesem intellektuellen Notstand beugt er natürlich vor, indem er sich nicht in die Situation bringt, Auskunft geben zu müssen.

Es gab eine Zeit, da wurde jeder englische Titel so ins Deutsche übersetzt, dass er dann wirklich nur mehr auf Englisch spielbar war. Da den Übersetzern – Familienmitgliedern der Verleger – dennoch Tantiemen gezahlt wurden, nahm daran niemand Anstoß. Der Gesetzgeber kennt auf diesem Gebiet den Begriff »Betrug« leider nicht.

Es wäre auch denkbar, dass Verwertungsgesellschaften bei Anmeldung einer Übersetzung vor einer Kommission entscheiden ließen, ob die deutschsprachige Version in Sinn und Notenwerten dem Original wenigstens annähernd entspricht. Das setzte allerdings voraus, dass die Juroren deutsch und Noten lesen können. Letzteres ist auch nicht mehr häufig.

Wahrscheinlich werden Musikredakteure nicht direkt von angelsächsischen Konzernen bestochen. Sie sind von Grund auf korrupt, ohne was davon zu haben. Das lässt nicht auf größere Intelligenz schließen.

Wenn ein Volk der Tänzer & Geiger übersteigerten Wert darauf legt, dass ihm ständig nur von anderen etwas vorgetanzt und vorgegeigt wird, dann empfiehlt sich eine Massenpsychiatrierung. Die Krankheit könnte man National-Masochismus nennen.

Die Forderung nach Quoten ist unpopulär. Dennoch ist sie in unserer Gesellschaft als Ultima Ratio manchmal nicht zu vermeiden, wie die Frauen in politischen Parteien bestätigen können.

Längst ist die Zwischenfrage fällig: Wenn Pop-Musik E-Musik ist, was wäre dann U? Das ist leicht zu beantworten. U ist heute das, was sich zynisch Volksmusik nennt: das zu mieser unkünstlerischer Spekulation verkommene Stadl-Geblöke. Auch das ist natürlich Kunstgewerbe. Aber eben grausliches. Und es wäre abermals ein kulturpolitischer Ansatz, die medialen Rahmenbedingungen für die Millionengewinne der Produzenten von Original-Fidelen Ober- und Hintertalern zu verschlechtern.

Zusammenfassend: Man kann für sein Urteil ein Koordinatensystem haben, das da ergibt, die Musik unserer Zeit hätte sich – wenn Pop E ist und Dreck U – nach unten hin entwickelt. Man muss das aber zur Kenntnis nehmen.

Es gilt Ähnliches doch auch für das Musiktheater. Man mag bedauern, dass die »Carmen« unserer Jahrzehnte »Evita« heißt. Aber man muss es zugeben. Und auch da wieder die Rückfrage: Warum duldet man, dass die Produktionsmöglichkeiten für musikalisches Bühnenkunstgewerbe heimischer Abkunft, etwa der Operette, bis zur totalen Wettbewerbsverzerrung schlechter sind, als für das internationale Angebot? Und warum diffamiert man die unleugbar größten, in Wien produzierten Gegenerfolge? Wenn einem »Die lustige Witwe« lieber ist als »Elisabeth« oder »Mozart«, dann werden ihm doch hoffentlich »Elisabeth« oder »Mozart« lieber sein als »Cats«.

Kunstgewerbe sind jedenfalls alle drei Werke.

Ich komme noch zu den Autoren, den Liedertextern. Auch hier gibt es manches, was Erfolg hat und nicht Flachsinn ist. Auch hier sollte man sich vor Augen führen, wie viel an Texten, die sich heute in Lyrikanthologien finden, dereinst als Lieder, zu Musik geschrieben worden waren. Auch hier empfiehlt es sich zuzugeben, wie sehr Lieder des anerkannt höchsten Kulturgutes auf eher schwächlichen Gedichten beruhen, man denke nur an die »Winterreise« oder »Die schöne Müllerin«.

Aber wenn man meinen zu müssen glaubt, nichts von dem, was heute gesungen wird, wird als Wort, als Literatur überleben, dann ist auch die Frage nach Ursache und Schuld zu stellen. In zwei Richtungen. Zunächst einmal lädt eine Branche, deren Dealer sich der Fremdsprache ausgeliefert haben, in der es also völlig egal ist, was man singt, weil es ohnehin nicht verstanden werden muss, nicht dazu ein, sich als qualitätsbewusster Schreiber in ihr um Erfolg zu bemühen. Die Aussichtslosigkeit ist zu groß. Dabei hätte gerade hier der österreichische Markt, das österreichische

Liederkunstgewerbe die Chance, sich im deutschen Sprachraum führend zu machen. Das Gegenteil ist der Fall. Bis hin zur Sabotage literarischen Qualitätsanspruchs.

Andererseits gibt es unter den Wortkünstlern dieses Landes nur wenige, die ihr Ingenium mit handwerklichen Fertigkeiten belasten möchten. So ist auch der allzeit sozial erschütternde Bericht über die Not leidenden österreichischen Dichter nicht unkritisch zu lesen. Fußt er doch auf der – aufgrund kultureller correctness nicht auszusprechenden – Tatsache, dass viele sich als hauptberuflich, also professionell begreifende Schreiber gewerblicher Autorenschaft versagen. Fußt der Sozialbericht doch auf der bedenklichen Voraussetzung, dass jeder zehnte Österreicher von sich behaupten darf, Dichter zu sein.

Unverkannte Kunst ist verdächtig. Verkannte Kunst wird so lange als verkannt gerühmt, bis keiner mehr merkt, dass sie ökonomisch längst alles überholt hat, was an Unverkanntem herumschreibt oder -komponiert.

Dass die Feuilletons die großen Leistungen der Zeit nie im Kunstgewerbe, sondern nur im Bereich durchaus auch finanziell erfolgreicher Großkunst festschreiben, liegt an ihrer kulturhistorischen Ahnungslosigkeit.

Der Dichterfürst Paul Heyse erhielt 1910 den Nobelpreis für Literatur. Zu dieser Zeit schrieb Frank Wedekind – von Presse missachtet und von Zensur verfolgt – seine unsterblichen Lautenlieder. Blamagen dieser Art werden zur Zeit ausreichend vorbereitet.

Ich bin ein Mann, der ein Leben lang Kunst als Gewerbe betrieben hat. Meine Haupteinnahmequelle nennt sich vorsichtshalber schon Kleinkunst. Bücher, Drehbücher, Liedtexte, Auftritte aller Art mögen als Kunst von verschiedenen Leuten verschieden beurteilt worden sein und werden. Aber ich möchte sagen: Ich war und bin auf mein Gewerbe stolz.

OPERETTE

Umgang mit einem Lebensgefühl

Das zeitgenössische Unterhaltungstheater hängt – mit kleinen Ausnahmen – am anglo-amerikanischen Tropf. Es ist nicht einzusehen, warum wir nicht versuchen sollten, mit unseren Meistern der Unterhaltungsmusik etwas dagegenzuhalten.

Man soll sich allerdings mit Operette nur befassen, wenn man deren Musik liebt, oder genauer, das Lebensgefühl, das sie vermittelt. Das bedeutet für den Regisseur, er ist verpflichtet, alles zu vermeiden, was der Musik schadet. Der Musik schaden, bis auf zwei, drei Ausnahmen, die Libretti. Sie waren, wie die Zeitzeugen kritisierten, schon vor hundert Jahren schlecht. Heute sind sie dazu noch vergilbt bis ranzig. Sie haben aber simple und daher meist brauchbare Grundsituationen.

Seltsamerweise werfen Kenner den Büchern der Operetten die Schwächen vor, die sie bei Opern-Libretti diskussionslos tolerieren. Das ist guter »leichter« Musik gegenüber ungerecht.

Die Primitivität und Dämlichkeit mancher Libretti hängt nicht unbedingt mit Talentlosigkeit der Autoren zusammen, viel häufiger mit kommerziellem Zynismus. Operettenlibrettisten müssen Überlegungen angestellt haben, die denen von heutigen Verfassern der billigen Fernseh-Soaps ähneln. Was kommt beim Massenpublikum an? Was irritiert die allereinfachsten Denkmuster nicht? Der Regisseur, zwangsläufig auch Bearbeiter, sofern nicht eine bündige Neufassung vorliegt, muss also die Figuren benützen, deren Situationen und sich konsequent fragen: Was kann ich mit gutem Gewissen einem jüngeren Menschen vorspielen, der nicht aus nostalgischer Toleranz zusammengesetzt ist, der nicht bei jedem falschen Gefühl, bei jedem unbegründbaren Missverständnis, bei jedem peinlichen Witz sagt: Mein Gott, das ist halt Operette!

Dieses Sichbescheiden im Anspruch wäre Missachtung des Publikums. Es sind also Verlogenheiten entweder zu vermeiden oder geschickt zu kaschieren. Es sind Wahrheiten herzustellen, so gut es geht, denn es handelt sich um »Wahrheiten« innerhalb einer charmanten Lüge. Gehen die Wahrheiten darüber hinaus, passen sie nicht mehr zur Musik, können sie das Lebensgefühl, den Unterhaltungswert zerstören.

Eines muss klar sein: Man kann aus einer dummen Geschichte keine gescheite machen. Aber eine erzählbare. Man darf sich vor der Geschichte nicht drücken.

Vollends blödsinnig ist jeder Versuch, Operette zu veralbern, zu parodieren, zu verpopen. Denn in der Idee der Operette steckt schon Albernheit, Parodie und Pop. Man muss diese Elemente eher zu adeln, zu veredeln versuchen. Jede Art von Relativierung der Emotionen – Eifersucht ist nicht wirklich Eifersucht, Enttäuschung ist nicht wirklich Enttäuschung – nimmt der Operette den Sinn.

Musiker hatten häufig keinen dramaturgischen Verstand. Bei Johann Strauß ging das bis zu unaufführbarem Schwachsinn. Wie viel herrliche Musik hat er daran verschwendet. Man kann versuchen, dem Musiker im Nachhinein beizustehen.

Potenzielles Publikum hält die Operette aufgrund Gebildetseins für Kitsch. Kitsch ist nun ein ungesicherter Begriff. Aber wie auch immer: Wer dem Publikum beweisen will, dass er Kitsch als Kitsch erkannt hat und ihn daher als Kitsch bloßstellt, ist ein geltungssüchtiger Ignorant. Die Aufgabe, besser noch der Spaß ist, die Verneiner von Kitsch zu irritieren, mit dem Publikum ein Zwischenreich zur Kunst zu betreten.

Das Abgelebte der Operettentradition sind Dramaturgie, Witze und Tanzformen.

Die Dramaturgie, die meist gleiche dreiaktige Form mit der Pseudotragödie als Finale des zweiten Aktes ist zu ändern. Um zu wissen, warum, hat man sich die Begründung der dreiaktigen Form vor Augen zu führen. Sie liegt in der technischen Nichtausstattung der vielen kleinen Bühnen, die dereinst die Tantiemen der Autoren zu verdienen hatten. Da gab es keine Drehbühnen und wenig

Züge. Also spielte der erste Akt gerne vor einem Zwischenvorhang, der sich dann vor dem Bild für den zweiten Akt hob. In der Pause wurde das Bild des dritten Aktes aufgebaut. Das zwang die Autoren zur Primitivisierung des Ablaufes, zu Auftritten und Abgängen, völlig unlogisch und einem neuen Publikum nicht mehr vermittelbar. Wir haben uns also der allerorts leistungsfähigen Bühnentechnik zu bedienen, um die Geschichte in logische Bilder aufzulösen, Szenen dort stattfinden zu lassen, wo sie stattfinden *können.*

Mit den neuen Bildern entfällt das Drei-Akte-Stereotyp. Die Pause muss nicht mehr nach der Krise kommen, sie ist schon vorher, nach einem (emotionalen, also musikalischen) Höhepunkt der Geschichte möglich. Das bedeutet, im zweiten Teil des Abends muss der Krise kein substanzloser und durch miese Komik mühsam gestreckter dritter Akt angehängt werden, sondern eine schlanke Komödienauflösung mit oder ohne Happy End.

Schlechte Witze sind nicht gerechtfertigt, nur weil die Abonnenten sie schon mitsprechen. Sie sind zu streichen oder zu ersetzen.

Heute nicht mehr machbar ist der so genannte Buffotanz. Nachdem die internationalen Musikunterhaltungsfilme die tänzerische Ästhetik eines Fred Astaire, eines Gene Kelly, eines Bob Fosse zum Standard gemacht haben, ist das läppische Gehopse von ein wenig trainierten Sängern nur mehr peinlich. Da hat man Formen aus Musical und Tanztheater für die Operette zu adaptieren.

Wenn zu Beginn gesagt wurde, nichts am Umgang mit dem Material darf der Musik schaden, dann bedeutet das vor allem: Wie weit die Wahrheitssuche einer Bearbeitung, eine etwaige Neufassung eines original nicht mehr verwendbaren Buches auch gehen, das Verhältnis von Musik zu Dialog darf nicht zugunsten des Dialogs verschoben werden. Musiknummern, die nur deshalb immer gestrichen werden, weil ihr Text schlecht ist oder politisch nicht mehr möglich (z. B. Verherrlichung des Militärs), kann man neu textieren und in dialoglastige Passagen einbauen. Die Qualität einer Bearbeitung wird immer auch daran zu erkennen sein, wie die Geschichte mit wenig, aber pointiertem Dialog glaubwürdiger erzählt wird.

Wie viel Operette verträgt der Mensch?

Lassen Sie uns ein Gleichnis aus einem anderen Bereich der Kulinarik bemühen. Wir werden keinen Menschen für einen Feinschmecker halten, der täglich ein Stück Malakofftorte mampft. Aber auch keinen, der nicht ein-, zweimal im Jahr beim Gedanken daran seine Lippen leckt.

KINO

Never and one day

Kino, der klarste Begriff für Langzeitgedächtnis. Für die frühen Prägungen, die immer und einen Tag bleiben werden. Kino, die Erinnerung an eine Zeit, als man sich nicht informieren wollte, ob dieser oder jener Film tatsächlich gut oder schlecht sei, als man verbittert, liebestrunken, existenzphilosophisch oder »singing in the rain« heimging. Kino, die Erinnerung an eine verlorene Zeit.

Wenn heute im Fernsehen der Film mit Hans Moser oder Fred Astaire zum hundertsten Mal läuft, liegt man mit der Zeitung auf der Couch, linst hin, dreht den Ton weg, wenn Astaire nicht tanzt oder Moser nicht im Bild ist. Man will sich an Momente erinnern. Die Oper findet man blöd, die Arie herrlich. Das ist der Nachteil des Älterwerdens. Sie können es anders sehen, ich meine, Kino ist was für – immer wieder – junge Menschen.

Wo denn hätte ich mich so unsterblich in Marina Vlady verlieben können? Wo denn hätte meinem armen Unterbewusstsein klar werden können, es müsse ein slawischer Gesichtsschnitt und eine französische Allüre sein, wenn es sich einmal erfüllen sollte?

Der Sommer am großen berühmten See war vorbei. Der Winter, das war immer das gleiche Lokal. Die gleichen Runden. Und da sah ich, dass dieses mein Schicksal ein wunderbares war. Denn man konnte Kunst daraus machen, einen Film, einen realistischen Film, aber einen dennoch poetischen. Ich sah Federico Fellinis »I vitelloni«. Ich sah ihn später noch oft. Unter verschiedenen Titeln. »Die Müßiggänger«, »Die großen Kälber«. Das war natürlich alles Blödsinn. Er hieß »I vitelloni«. Und er erzählte von mir. Ich war Fausto Fabrizi, ich war Franco Interlenghi, ich war vor allem Alberto Sordi, nach dem Faschingsfest verlassen und blöde, abgestunken würde man heute sagen, auf dem Marktplatz.

Ich kannte Rimini noch nicht, aber andere Orte an der Adria sehr gut. Alles in diesem Film war mir vertraut. Und ich beneidete diese armen, zwischen den Badesaisonen gottverlassenen Burschen. Ich beneidete sie, weil Fellini mit und aus ihnen einen so schönen Film gemacht hatte.

Sicher, ich war dann auch oft in »La strada«. Ich habe auch immer geweint, wenn Anthony Quinn der Giulietta Masina die Trompete zurückließ. Und mir rann es kalt über den Rücken, als Richard Basehart der Masina die Sache mit dem Stein erklärte oder Nino Rotas Trompetenmotiv alle Zirkusse der Welt ankündigte.

Aber der Fellini aller Fellinis, der Film der Filme ist für mich »I vitelloni«.

Wie sehr habe ich danach die skandinavischen Poesiebemühungen des Ingmar Berman verachtet! Wie verquält schienen mir »Die Jungfrauenquelle« und »Das siebente Siegel«.

Nein, meine Poesie, das war der frühe Morgen am Adriastrand, als das Bild nach Salz und Angeschwemmtem roch.

Eines Tages habe ich dann begriffen, was für mich Komik ist. Nicht die Komik des Komikers, die Komik der Bühne. Die Komik des Films, des Schnitts. Des dem Schnitt auf dem Schreibtisch vorangegangenen filmischen Einfalls, der den Schnitt festlegt. Jacques Tati war, wie ich heute weiß, kein besonders guter Schauspieler, kein Komödiant. Er beherrschte einen Gesichtsausdruck, zwei bis vier Bewegungen, einen übersteigerten Gang und ein klein wenig Artistik. Aber er war ein Genie. »Tatis Schützenfest« (»Jour de fete«) und »Die Ferien des Monsieur Hulot« sind die von mir meistbelachten Filmkomödien. Und wer das nicht einsieht, dem wären Momente aus »Mon oncle« und »Trafic« (der Verkehrsunfall!) nachzureichen. Tati selbst war nicht so sehr komisch, alles um ihn wurde es, durch ihn. Freilich, wird der Aufmerksame sagen, der Schreiber dieser Zeilen war eben auch lang und schlaksig und sah sich als ... Der braucht nicht weiterzureden. So ist es.

Ja, da war dann noch diese Abendstimmung an der Seine, als Leslie Caron und Gene Kelly einander singend versicherten, es wäre clear, die love wäre hier to stay, und zwar ever and one day.

Und dabei tanzten sie. Aber so, dass es nicht wahrnehmbar war, wann sie zu tanzen begannen und warum sie überhaupt tanzten, weil die Sache nicht anders als tanzend zu sagen war, weil das Sentiment seine zwingende formale Logik hatte. Und überhaupt, dieser »Amerikaner in Paris« – Kelly! Kein Ballerino, ein Athlet, der Athletentum schweben machen konnte. Da durfte man sich zur Musik Gershwins in den getürkten Himmel der großen Schau projizieren, vitellone, der oder das man war.

Und das wird man never and one day mehr los.

DREHBÜCHER

Die unterbewertete Literatur

Warum gibt es zu wenig gute Vorlagen für Spielfilme?

Weil das Drehbuchschreiben eine unterbewertete literarische Disziplin ist. Das hängt mit der Tatsache zusammen, dass Kunst hier viel mit Handwerk zu tun hat.

Das hängt mit der Tatsache zusammen, dass sich der Film über seine Darstellerstars und seine Regisseure definiert. Es sind besonders die Regisseure, die mit der schlichten Formulierung »Ein Film von…« eine urheberrechtlich bedenkliche, charakterlich schiefe Situation geschaffen haben. Denn wenn – und das ist meist der Fall – Regisseure das Drehbuch nicht selbst geschrieben haben, dann ist der Film nicht von ihnen, sondern von ihnen inszeniert, geschnitten, gemischt. Nicht geschrieben.

Viele Regisseure haben sich daher emanzipiert. Aus schlechtem Gewissen oder falschem Ehrgeiz. Sie schreiben sich Drehbücher selbst. Mit dem Ergebnis, dass man häufig seufzend feststellen muss, man hätte es mit einem hoffnungsvollen Filmemacher zu tun, würde ihm nur einer ein anständiges Buch schreiben.

Die schlimmsten sind die Regisseure, die ein Buch in die Hand nehmen und die von ihnen erstellte Regiefassung, die wiederum ihr Handwerk erfordert, als Co-Autorenschaft begreifen und sich gnaden- und schamlos, meist sogar mit Billigung der erpressbaren Drehbuchautoren, zum Buch dazuschreiben.

Es wäre nötig, den Autor, den Urheber der Vorlage, den Erfinder und Bewältiger des Stoffes aus dem zweiten und dritten Glied treten zu lassen. Seine Stellung gegenüber den teils überbewerteten, teils größenwahnsinnigen Filmemachern zu verbessern.

Eines muss klar sein: Jederzeit ist ein Regisseur in der Lage, ein gutes Drehbuch zu verhunzen. Niemals aber kann er es schaffen, aus einem schlechten Buch einen guten Film zu machen.

KUNST

Das Moderne der Moderne

Der Umbruch zur Moderne hat die Forderung nach Moderne in Permanenz gezeugt. Wie ist der zu entsprechen? Wie modern kann die Moderne auf Dauer bleiben? In der bildenden Kunst scheint es sich um einen toten Punkt zu handeln. Kunst ist keine Frage der Qualität mehr, sondern der Definition.

Das Ab-Bild befreite sich von der Natur, wurde so oder so und immer -istischer, ging in die Abstraktion über und übersah dann die (allerdings fließende) Grenze zur Dekoration, zum Design. Eine bedeutende Anzahl der heute noch bestaunten abstrakten Bilder sind im Grunde Vorhangmuster oder so was Ähnliches. Die kreative Leistung des Malers ist mit der des Werbegrafikers oder Textildesigners gleichzusetzen. Nun ist der Computer aber mittlerweile auch der bessere Designer. Wie die Fotografie das naturalistische Bild überflüssig machte, ersetzt die Computergrafik ungegenständliche Malerei. Was jetzt? Man kann Fotos oder sonst was übermalen, also Abbilder zerstören, man kann Objekte herstellen und behaupten, sie blieben hinter jenen der Natur nicht zurück, man kann, was besonders müßig ist, Installationen installieren, also Räume zur ausstellungszeitlich befristeten Betrachtung irgendwie gestalten, man kann alles Mögliche an die Wand nageln und es mit Recht schön, also dekorativ finden. Doch der Unterschied zwischen einem Hirschgeweih und einer unter Glas gerahmten, benützten Damenbinde ist zu vernachlässigen. Die Dekorationen lösen zwar im Betrachter individuelle Assoziationen aus, Kunst sind sie aber beide nicht.

Moderne bedeutete dereinst Bekenntnis zum Naturalismus. Der Begriff mutierte. Er steht heute für neu, für saisonal, für in. Die Intervalle zwischen den jeweiligen Erneuerungen wurden immer kürzer. Heute folgen sie so eng aufeinander, dass sie nicht mehr wahrnehmbar sind. Neu ist ein statischer Begriff, von Shampoowerbung dominiert, von der Kunst nachgeäfft. Mag sein, es wird sich demnächst herumsprechen, die menschliche Existenz sei von Traditionen und Konventionen bestimmt. Denken wir an sexuelle Paarung, an Zähneputzen und Hinternauswischen. Mag sein, es kommt zu einer Kunsttheorie, die dementsprechend die totalitäre Forderung nach Innovation aufgibt.

Wenn keine Kriterien für Kunst mehr gelten können (außer der Neuheit), ist der finanzielle Wert künstlerischer Hervorbringungen Ermessensfrage, daher manipulierbar. Das ist die große Chance eines Gewerbes, das sich Kunsthandel nennt. Der Kunsthandel ist im Wesentlichen zur Börse geworden. Bilder und dergleichen haben die Funktion von Chips. Die Ausgeliefertheit von Kunst an Kartelle wurde immer normaler.

Emanzipation der Bilderkäufer wäre ein möglicher Umbruch.

Wie bis zur Komik spekulativ die offizielle Kunstbewertung ist, beweisen Urteilsschwankungen innerhalb nur einer Generation. Da werden Stars aufgebaut, unbezahlbar gemacht, werden zu Idolen, mit Drucken in jedem Teenagerzimmer hängend, dann werden sie als Kitschisten entlarvt, als Musterbeispiele miserabler Malerei wertlos, um schließlich noch zu Lebzeiten den Status großer Klassiker zu erreichen. Wem kein selbst beobachtetes Beispiel einfällt, dem sei hier Bernard Buffet angeboten.

Wenn Kunst eine Frage der Behauptung ist, steht der Subventionsgeber (die öffentliche Hand ist die Verwalterin von Steuergeldern) vor einer schwierigen Situation. Staat oder Länder und Städte müssten, würden sie die Subventionen und Förderungen und Reisegelder und Katalogdrucke verweigern, für Ablehnungen Argumente haben. Die können sie aber nicht haben. Denn der Raum ist argumentefrei. Der Subventionsverweigerer kann sich nur den Vorwurf der Kunstfeindlichkeit einhandeln. Der Künstler wird sofort des Ablehners Ignorantentum publizieren lassen, der ihm gewogene (weil in der Branche mitlebende) Fachjournalist wird beistehen. So also wollen sich Verwalter öffentlicher Gelder keinen Anflug von Emanzipation herausnehmen. Wenn nun, was allerorten der Fall ist, die Gelder noch knapper werden, man Theater schließt und Orchester auflöst, dafür aber weiterhin an Publikum gänzlich unvermittelbare Kunst finanziert, wird sich die Kunstpolitik große Verdienste um den Erfolg der drohenden rechten Revolution erwerben.

Noch ist die »Modernität« oberstes Gebot. Daher versucht man, mit Spielarten wie Videokunst, Mixed Media und Aktionskunst – ziemlich verzweifelt oft – Neuland zu erobern. Noch wird nicht eingestanden, dass alle diese Dinge unsere Existenz weder interpretieren noch steigern. Was ist eine »Schlacht- und Blutaktion« denn mehr als ein müder Abklatsch der grandiosen historischen Darbietungen rund um die Guillotine? Ein faszinierenderes Mobile als ein jonglierender Mensch in der Zirkus-Manege ist kaum denkbar.

Die bildende Kunst hat keine Chance mehr, mit dem Wertbegriff »neu« nicht zu betrügen. Der sich aus Angst vor der Nichtanerkennung nur mehr mit dem Kalkül seiner Modernität beschäftigende Künstler wird zum armen Teufel.

Entsteht aus dieser Erkenntnis eine neue Moderne? Werden bald nicht mehr Stile und Formen neu sein, sondern die Motive? Wird ein neuer Rembrandt halbtote Kinderfixer vor der U-Bahnstation malen?

In der Literatur gab es ähnliche Tendenzen wie in der Malerei, aber erfolgloser. Das ist leicht zu erklären. Sprache entlarvt sich rasch selbst. Sie langweilt auch nachweisbarer. Wo sind die Zeiten, da man über das Blatt Papier verteilte, grafisch angeordnete einzelne Buchstaben als Lyrik ausgeben konnte? Sie werden nur mehr belächelt. Jetzt hat eher Literatur das Sagen, die nicht Welt sein will, sondern Welt beschreibt und kommentiert. Diese neue Bescheidenheit bedingt die Krise des Betrugs. Kritiker, die behaupten, genau zu wissen, was Literatur ist und was nicht, werden zu komischen, als mediale Clowns verwertbaren Figuren. Die Literaturkritik des deutschsprachigen Raums hat sich einen Sonderstatus erworben. Sie verteidigt ihre reaktionär-moderne Haltung, indem sie in fremden Sprachen gelten lässt, was sie in der eigenen verhöhnt. Namhafte Literaturkritiker haben keine Probleme, »triviale« angelsächsische Erzähler, in die deutsche Sprache übersetzt, gut zu finden. Sie beklagen sogar, dergleichen Schreiber in den eigenen Ländern zu vermissen. Doch gnade Gott den Autoren, die es wagten, in eben diesem geforderten Erzählton in der eigenen Sprache zu schreiben. Sie würden als unbegabte Kopisten diffamiert werden.

Wie lange ist es her, dass sich ein Musiker »Neutöner« nennen konnte? Heute steht ein Mensch dieser Ambition vor der Frage: Woher nehmen? Es war alles da. Melodisch, harmonisch und rhythmisch. Die E-Musik traditioneller Machart erneuert sich nur mehr über den Vergleich der Interpretationen, über den Interpretenkult. Aber auch da scheint das Ende der Tonleiter erreicht. Der ewige Dirigenten-, Solisten- und Orchestervergleich wird fad. Die »moderne« E-Musik existiert so gut wie nur für sich. Die Entwicklung von Tonalität über Atonalität bis zum Geräusch hat (ebenfalls höchst subventionsbedürftige) Exklusivzirkel gebildet. Konzertzyklen, die so heißen wie »musica nova« oder so ähnlich, haben Ghetto-Charakter. Es wird Musik gespielt, die es de facto gar nicht gibt. Wie lange noch? In der Oper singen immer wieder neue Stimmen die immer alten Phrasen. Der Sinn der ständigen Neu-Inszenierungen wird von Saison zu Saison fragwürdiger.

Das Musiktheater der Gegenwart, sehr unzureichend »Musical« genannt, gilt seltsamerweise nicht als Fortführung der Opern-Tradition. Es hat die »U«-Stanze, den Geruch von »Entertainment« Auch wenn zehnmal alles so traurig endet wie in der West Side Story.

Alles hat sich verschoben. Ob nach unten, wie leichtfertig angenommen wird, wird sich herausstellen.

Auch die Pop-Musik steht an einem Endpunkt. Nachdem im Schema nichts mehr zu holen war, kostete man die Möglichkeiten des »Sounds« aus. Instrumente und Stimmen wurden für sich und im Zusammenklang nach allen Regeln und Reglern der Tonkunst denaturiert, gemischt. Innovation wird nur durch Rückgriff möglich. »Unplugged« nennt sich gerade der »moderne« Naturklang. Wie weit geht es zur Unbefangenheit zurück?

Wird man demnächst »Die kleine Nachtmusik« auf dem Kamm blasen?

Wenn nichts mehr geht, sollte man eine genetische Veränderung nicht ausschließen. Zur Zeit hören wir noch in Ganz- und Halbtönen. Warum sollte über die Genetik nicht das bewusste Hören des Vierteltons möglich werden? Die Musik könnte neu beginnen.

Warum lernen Menschen nicht aus der (Kunst)Geschichte. Ein Blick auf Fehlurteile der Vergangenheit, auf totale Überschätzung mittlerweile versunkener »Genies«, auf das Übersehen echter »Großer« könnte sie ermutigen, den zeitgenössischen Urteilen nicht so sehr zu trauen. Aber entweder haben die Experten – aus Selbstschutz – verhindert, dass die Leistungen ihrer Vorfahren kritisch untersucht werden, oder sie verkünden, Derartiges könnte ihnen nicht passieren. Ihre Koordinaten stimmten.

Die Täuschung scheint gelungen zu sein. Die Zukunft wird über uns viel zu lachen haben. Es sei denn, wieder neue Kunst-, Musik- und Literaturexperten haben kein Interesse daran, den Berufsstand der Skepsis preiszugeben.

GROSSÖSTERREICH

Das variable Selbstverständnis

Ich bin Patriot. Nicht aus Liebe zur Heimat. Aus Eigenliebe. Aus Eigennutz. Ich finde Österreicher zu sein eine herausragende Lebenschance.

Das Geheimnis ist das Verhältnis von der Kleinheit der politischen Formation Österreich, der Nation, zur Größe des Sprachraums, also zu den Ländern, in denen deutsch gesprochen und verstanden wird.

Der Österreicher kann und sollte alles wahrnehmen und für sich beanspruchen, wofür der Lehrsatz »small is beautiful« gilt. Dort aber, wo das »small« beschränkt und daher nicht mehr als »beautiful« empfunden werden kann, kann der Österreicher die Mitgliedschaft in der großen Sprachgemeinschaft anmelden und deren Chancen wahrnehmen.

Ist small wirklich beautiful?

Friedrich Torberg hat in privatem Kreis gelegentlich angemerkt: Österreich ist ein kleines, aber ein mieses Land.

Dieser Satz verlangt Differenzierung. »Klein« ist ein zu bewahrender, wichtiger, chancenreicher Vorzug. »Mies« ist ein Befund, den man nicht beleidigt zurückweisen darf, sondern dem man die Beweise entziehen müsste.

Zur Kleinheit.

Es war ein Österreicher – Leopold Khor –, der eine politische Philosophie entwickelte, in deren Mitte die Theorie der Größe steht: »Sie behauptet«, schrieb Khor, »dass hinter allen Formen des sozialen Elends nur eine einzige Ursache steht: nämlich Größe.« Und an anderer Stelle: »Wo immer etwas falsch ist, ist es zu groß.«

Man kann es unter »österreichisches Schicksal« ablegen, dass es des deutsch-englischen Nationalökonomen E. F. Schumacher bedurfte, die Lehre Khors mittels seines bündigen Buchtitels »Small is beautiful« weltweit populär zu machen. Dankenswerterweise haben die Übersetzer des Schumacher'schen Buches den Titel nicht wörtlich übertragen, sondern einen neuen aus dem Titel abgeleitet. Und der lautet: »Rückkehr zum menschlichen Maß«. Diese Rückkehr ist in Österreich mit der Gründung der Zweiten Republik gelungen. Damit das nicht zu sehr nach Verdienst klingt, sollte man eher sagen: Durch das Zugrunde gehen von Zugroßdeutschland wurde Österreich sein menschliches Maß zurückgegeben. (Nachdem es nach dem Untergang der Österreichisch-Ungarischen Monarchie diese Chance schon einmal stupid verspielt hatte.)

Nun zu »mies«.

Der Österreicher hat jederzeit die Möglichkeit pragmatischer Charakterlosigkeit, was seine kulturelle Identität anlangt. Dafür kann er Gott danken, den er natürlich auch das eine Mal als existent annehmen kann und das andere Mal nicht. (Diese Alternative haben andere Nationen freilich auch.) Worauf an dieser Stelle die Frage, ob Österreich eine »Nation« ist, ein für alle Mal beantwortet sein soll. Und zwar mit »Natürlich« und »Was denn sonst?« Österreich hat in fast allen der Zivilisation bekannten Sportarten »Nationalmannschaften«. Die könnte es nicht geben, wäre die Voraussetzung, die Basis, der Status »Nation« also, nicht vorhanden. Es gibt keine Volksmannschaften und Staatsmannschaften. Daher ist unwiderlegbar: Die Nationalmannschaft macht die Nation. Jede andere Definition von Nation führt zu Geschmacklosigkeiten und ist außenpolitisch bedenklich.

Der österreichische Patriotismus nährt sich weniger aus einer genuinen Heimatliebe, weit mehr aus der Angst, das Land könnte je wieder zu einem »Großdeutschland« gehören müssen oder wollen. Zumal ja deutsche Theoretiker und Utopisten einer wiederzuerlangenden alldeutschen Großmacht die deutsche Wiedervereinigung als »kleindeutsch« bezeichneten, also als vorläufig, als Zwischenlösung.

Der intelligentere Österreicher hat begriffen: Die Aufgabe der eigenen kleinen, aber feinen Existenz führte in ein nicht mehr beeinflussbares politisches Groß-Schicksal. Andererseits meint Österreich, ohne deutsche Beteiligung oder gar Inbesitznahme von Schlüsselindustrien – von Meinung bis Fabrik – nicht existieren zu können. So lebt Österreich davon, dass jeder »stille Anschluss« laut als solcher bestritten wird, dass also die deutsch-österreichische Zusammenarbeit, die Abhängigkeit von Deutschland, als Garant österreichischer Eigenständigkeit, begriffen zu werden hat.

Im Zusammenhang mit dem Versuch der Vereinigung Europas zu einem Wirtschaftsraum führte das zu einer höchst originellen Sonderform des österreichischen Patriotismus, dem der Großdeutschen, der Deutschnationalen. Ihnen ist die Europabeteilung Deutschlands – ohne eine in Wirtschafts- und sonstigen Kriegen erworbene absolute Hegemonie – ein Dorn im braunen Auge. Ihnen widerstrebt es, Österreich im Sog eines europaorientierten Deutschland, eines anderen Deutschland als dem von ihnen erträumten, zu wissen. Daher reden sie zur Zeit von Österreich wie von einem Gral, sie beschwören Wohlergehen und Eigenständigkeit der Republik Österreich in einer nicht näher definierten deutschen Kulturgemeinschaft, denn sie hoffen, Österreich als von keiner Internationalität deflorierte Jungfrau in eine spätere Ehe mit Deutschland einzubringen, mit einem Deutschland, das eine Ostmark verdient.

Andererseits wollen die Großdeutschen Österreichs aber unbedingt die Mitgliedschaft ihrer alpenrepublikanischen Zwischenlagerung in der Nato. Auch die Begründung, nur der Beitritt ins atlantische Bündnis könne auf Dauer Slawen oder andere am Einmarsch hindern, kann die Unlogik nicht verschleiern. In der Folge der Debatte um einen Nato-Beitritt steht natürlich die österreichische »Neutralität« – auch in der Verfassung festgeschrieben – zur Diskussion. Und am Ende der sehr leidenschaftlich geführten Streitgespräche kamen als bedeutend geltende Köpfe im Lande zum Schluss, es bedürfe eines Verzichts auf Neutralität, um diese auf Dauer wirkungsvoll schützen zu können. Menschen, die beharrlich behaupten, da könne was nicht ganz stimmen, gelten als Störenfriede und manövrieren sich in existenzielle Heimatlosigkeit.

Die Zweiräumigkeit Österreichs findet ihre Erfüllung in der Hochkultur. Hier wird Bewusstseinsspaltung zur nationalen Identität.

Österreich besteht auf dem Vorhandensein österreichischer Kultur. Aber unter der Voraussetzung, sie müsse nach Deutschland exportierbar sein, mehr noch, sie müsse so sein, dass die Deutschen sie als deutsche Kultur beanspruchen und definieren, um den Österreichern die Chance der Richtigstellung zu geben. Man kann für die Sparte Literatur etwa sagen: Je größer der Erfolg eines österreichischen Dichters in Deutschland ist, desto wichtiger wird, dass er Österreicher ist.

Gleichermaßen muss die österreichische Kultur deutsche Menschen hinreichend veranlassen, in Österreich als Fremde zu verkehren und Geld auszugeben. Denn müsste Österreich seine als österreichisch geschaffene Kultur selbst bezahlen, dann würde sich kein Österreicher mehr herablassen wollen, sie als österreichisch zu bezeichnen. Sie wäre ihm zu minder. So gilt jede österreichische Kultur im Moment des Entstehens als provinziell und ist es bis zum Nachweis des Gegenteils. Gradmesser für das Gegenteil ist und bleibt die dafür aufgewendete Zeilenanzahl in den deutschen Feuilletons.

Andererseits wird der Österreicher nicht müde zu erklären, das Bekenntnis zum Regionalismus gehöre zur kulturnationalen Identität. Aber damit ist ein etwas erweiterter Kulturbegriff gemeint, der bis zu Kochrezepten und Trachtentänzen führt.

Es gibt österreichische Kulturjournalisten, die sich zu Agenten einer großdeutschen Kultur gemacht haben. Sitzen sie etwa in einer Jury, sagen wir für das bedeutende Theatertreffen, dann werden sie nie eine Inszenierung vorschlagen, die den vom deutschen Großfeuilleton geforderten Einheitskriterien nicht entspricht. Sie sorgen nach allen Kräften, dass der österreichische Beitrag deutsch aussieht, um auf ihn als österreichische Hervorbringung stolz sein zu können. Im Jahr 2001 wurde das Wiener Burgtheater mit vier seiner Inszenierungen zum »Berliner Theatertreffen« eingeladen. Das wurde in Österreich selbstverständlich gerühmt und gefeiert. Die Frage, mit wie viel Inszenierungen das Wiener Burgtheater an einem (fiktiven) »Wiener Theatertreffen« beteiligt wäre, würde als gänzlich abwegig gelten, stellte sie einer.

Das Dilemma dieser kulturpolitischen Haltung ist offenkundig. Man ist *für* Österreich, man ist politisch vehement gegen die Deutschnationalen, die Großdeutschen, aber man diffamiert jeden Versuch eines lokalen, von Deutschland nicht ausdrücklich bestätigten Qualitätsmaßstabs als provinzielles Sumpertum. Dieses gibt es natürlich auch in rauen Mengen.

Es wäre also eine lohnende, wenngleich sehr schwere Aufgabe, zunächst zwischen guter und schlechter österreichischer Kultur zu unterscheiden und dann die schlechte als Gegenstand deutscher Kultur zu bekämpfen und die gute als Gegenstand deutscher Kultur zu fördern.

Aber die Gesetze von Raum und Zahl, die des Marktes, lassen das offenbar nicht zu.

Eine Kultur dieser Widersprüchlichkeit hat größten Unterhaltungswert. In dem Maße, in dem sich keiner auskennt, kann debattiert werden. Und für ein Land, das politisch nicht agieren, sondern meist nur reagieren kann, ist die Kulturdebatte als Zeitvertreib existenziell wichtig.

Immer wieder wird (man) gefragt: Warum machen so viele Österreicher in Deutschland Karriere? Die einfachste Begründung stammt von Karl Kraus: »Preußen: Freizügigkeit mit Maulkorb. Österreich: Isolierzelle, in der man schreien darf.«

Dieses Schreien ist eben stimmbildend. Wenn man mit dieser Stimme nach Deutschland geht, trägt sie, könnte man folgern.

Auf dem Gebiet der Literatur wäre zu vermuten: Die Spannung zwischen einer exotischen Mentalität und der eigenen ist unüberbietbar, wenn sie sich in einer gesprochen verwandten und einer geschrieben so gut wie identischen Sprache mitteilt. Welche Sprache hat schon Exoten zur Hand, die ganz leicht zu verstehen sind? Die deutsche in Deutschland.

Österreich ist auch das Land der kulturellen Autorität für jene Deutschen, die sich ins 19. Jahrhundert heimsehnen, die ihre jährliche Portion Barock brauchen. Für diese Leute steht ein Mensch, der in Österreich an der Wand steht, immerhin an der Wand der Staatsoper und des Festspielhauses. Das ist ein ganz anderer Standort als der des Poeten etwa in Nordrhein-Westfalen.

Es ist immer wieder rührend, wie sich die Deutschen über »das Wesen der österreichischen Literatur« den Kopf zerbrechen. Sie hat kein eigenes, kann es nicht haben. Die österreichische Literatur besteht aus genau jenem Verhältnis von Ästhetizismus, Poetentum, Dilettantismus, Engagement, Fabulier- und Reportagekunst wie jede andere Literatur auch. Sie lädt eben nur aus den erwähnten quantitativen und geografischen Gründen zur Definition und Interpretation. Gebläht vor Stolz, übersieht sie die eigentlichen Gründe für ihr Beachtetwerden.

Es gab und gibt von der Monarchie bis zur Neonazizeit keine österreichische Literatur bis zu dem Tag, an dem Deutschland sie wahrgenommen hat. Es gibt keine Österreicher des Dramas, der Musik, des Entertainments bis zu dem Tag, an dem es sie in Deutschland gibt. (Die Österreicher, die übrig bleiben, haben die Chance, durch den Tod auf ihre Nationalität aufmerksam zu machen.)

So weisen uns die Deutschen eben gerne jenen elfenbeinernen Turm zu, aus dem heraus sie Lieferungen entgegenzunehmen beabsichtigen.

Erhellend ist die Zeitgeschichte der deutschen Musikunterhaltung.

Udo Jürgens und Peter Alexander sind oder waren über große Zeiträume Leitfiguren des deutschen Marktes, aber nicht von diesem Markt entwickelt. Sie sind eingebracht worden. Von einem Land, das selbst keinen Markt hat, daher Ausbildung nicht vorzeitig verhindert, das keine verstopften Kanäle, sondern überhaupt keine hat, außer diesem einen nach Deutschland. Und so konnten die Jürgens und Alexanders aller Kunstsparten in Österreich ihre Marke für den Export sehnsüchtig heranreifen lassen. Sie kamen, als sie kamen, mit allen Voraussetzungen des Markenartikels. Die lange erfolgreiche österreichische Dialektwelle war nicht entstanden, weil die Wiener und später die Steirer Sehnsucht nach ihrem Sprachklang verspürt hatten. Sie war entstanden, weil das reine Deutsch besetzt war (von Alexander mit Wiener Sprachschmelz, von Jürgens mit dem durch nichts zu ersetzenden Kärntner »a« angereichert). Nur der, im Gesangsstil englisch zu phrasierende Wiener Sound konnte diese langjährige Marktchance für Deutschland aufreißen.

Ein österreichischer Barde vertonte den schon operettenselig erklungenen Gedanken »Wien wird schön erst bei Nacht« auf rockig neu und brachte das Deutschen dar. Mit Erfolg. Man stelle sich vor, ein Deutscher wäre mit einer Rock-Version von »Das ist die Berliner Luft« nach Amstetten gekommen. Unsere Kids hätten Halle oder Zelt heulend verlassen.

Der Dialekt führt zurück zur Literatur.

Dialektgefärbter Selbsthass war lange ein Markenartikel des Österreich-Exports, Voraussetzung einer guten deutschen Marktchance. Man musste pausenlos inzestuöse Selbstzerfleischung betreiben, und im gleichen Arbeitsgang die Wunden öffentlich mit Dialekt ablecken. Die Deutschen forderten von uns, in ihnen Verzweiflung zu erzeugen, zu ähnlicher Selbstgeißelung nicht fähig zu sein. Die Deutschen haben es immer versäumt, jenen Österreichern auf der Heimfahrt bis über die Grenze nachzureisen, die in Deutschland ihr Land und ganz besonders dessen Hauptstadt als Pestgrube definiert haben. Sie wären Zeugen tiefen Aufatmens geworden.

Ich habe Heltmut Qualtinger gut gekannt und darf versichern: Das Einzige, was er mehr verachtet hat als die Wiener, waren die Deutschen, die es ihm geglaubt haben.

Jeder Analyse wert ist auch die Gebarung des österreichischen Fernsehens. Die übermächtige Einstrahlung öffentlich-rechtlicher und privater deutschsprachiger Fernsehstationen führte den ORF an den Rand des Abgrunds zwischen Nichtbesichtigung und Nichtmehrfinanzierbarkeit. Es wurde für das österreichische Fernsehen also zur Überlebensfrage, deutsche Erfolgsrezepte exakt zu kopieren, um als österreichisches Fernsehen bestehen zu können. Der österreichische Fernsehschaffende steht vor der Aufgabe, dem Publikum zu beweisen, auf Österreichisch bessere deutsche Fernsehsendungen machen zu können als sein deutscher Kollege. Bei diesem Bestreben kann keine Langeweile aufkommen.

Wenn nun einer die Frage stellt: Kann es also keine wahrhaft »österreichische Kultur« geben, dann meine ich: Doch. Sie besteht in der nationalen Eigenheit wahrhaft multikultureller Vielfalt. Deren Ergebnisse mögen exportierbar sein. Deren Vorhandensein nicht.

Ich schulde Ihnen noch die Rolle des Sports in der Problematik der Zweiräumigkeit Österreichs. Sie ist einfach zu definieren: Alles, was dem Österreicher in Politik, Ökonomie, Hoch- und Massenkultur nicht möglich ist, kann er – folgenlos – im Sport erstreben: Rache. Wenn eine österreichische Schi-Langlauf-Staffel auf dem fünften Platz landet, dann steht bei dieser Platzierung nur eine Frage im Raum: Sind die Deutschen dritte oder siebente? Sind sie siebente, hat Österreich wieder einmal einen seiner großen Tage.

Zusammenfassend behaupte ich: Der Nationalstolz der Österreicher ruht auf zwei Thesen:

Wir könnten Deutsche sein, wenn wir wollten. Aber wir wollen nicht.

Die Deutschen wären froh, wenn sie Österreicher sein könnten. Aber sie können nicht.

KULTURMENSCHEN

ERICH KÄSTNER

Der brauchbare Lehrer

Es war ein Anruf am Tage des Todes Erich Kästners, der mich zum Nachdenken zwang. Der Literaturchef eines österreichischen Radiosenders sagte, du hast doch eine Beziehung zu dem Autor, willst du nicht einen Nachruf schreiben und lesen?

Wieso weiß der Mann von meiner »Beziehung«, fragte ich mich. Ich musste wohl öfter davon gesprochen, in der Weinstube Gedichte auswendig hergesagt haben, als wir über Lyrik, deren Formen, deren Ehrlichkeiten und Verlogenheiten stritten.

Es hätte den als Lehrer geplanten und später seine Lehrerambitionen nie verleugnenden Kästner gefreut, hätte er miterlebt, wie der Philosophielehrer an unserem Gymnasium ihn uns als Lektüre empfahl. Wir waren fünfzehn. Der für Literatur unzuständige Professor wusste, dass wir vom zuständigen nichts lernten, und fühlte sich verpflichtet, in die Bresche zu springen, uns nicht blöd groß werden zu lassen.

Eines Tages wollte ich eine Zeile in einem Kästner-Gedicht nicht begreifen – oder anders interpretieren als dieser Professor. Da sagte er: Frag ihn! Mein dämliches Gesicht richtig deutend, fügte er hinzu: Schreib ihm! Der lebt! Und zum ersten Mal in meinem Leben begriff ich, dass berühmte Autoren nicht grundsätzlich tot sein müssen.

Warum entschied ich mich in den Debatten mit dem belesensten der Schulfreunde für Erich Kästner und gegen Gottfried Benn? Würde ich das genau ausführen, stünde mein Psychogramm da. Beiläufig gesagt, es war die weltpolitische – also pazifistische – Haltung Kästners, die gesellschaftspolitische und – das Wort gibt es nicht – die naturpolitische. Es war die Form, die Magie der Musikalität des Reimes. Und es war auch die Arroganz der analytischen Denkfähigkeit, nicht zu verwechseln mit überheblicher Menschenverachtung z. B. eines moribunden und daher undifferenziert hassenden Autors wie Thomas Bernhard.

Was Erich Kästner als »Gebrauchslyrik« bezeichnete, konnte ein junger Mensch tatsächlich brauchen. Und das ist heute noch so. Wer nach der Widerlegung (in »Fabian« vorweggenommen) und dem Zusammenbruch des »Realen Sozialismus« Angst um die Zukunft des nun gegnerlosen Kapitalismus hat, wer das Herbeiführen einer neuen revolutionären Situation befürchtet, dem sei der Gebrauch des Gedichtes »Ansprache an Millionäre« empfohlen.

Vor vielen Jahren meinte der Verleger Helmut Kindler, er suche für seine Reihe »Literarische Porträts« einen Autor über Erich Kästner, er würde sich mich wünschen.

Da war ich nun gezwungen, meine Einstellung zu Kästner ein wenig zu ordnen. Ich versuchte, den Titel der Reihe ernst zu nehmen, also keine Biografie zu schreiben, sondern nur die textbezogenen Lebensdaten zu erwähnen, die entscheidenden Zusammenhänge zu erklären oder deren Unerklärbarkeit einzugestehen. Das ist der bleibende Vorteil für einen Nicht-Germanisten: Er muss nicht hochstapeln.

Da mein Buch »Erich Kästner – ein brauchbarer Autor« vergriffen ist, erlaube ich mir, daraus zu zitieren.

Es gibt eine – von ihrem Urheber später abgeschwächte – Pinte über Erich Kästner: »Halb Bürgerschreck, halb erschrockener Bürger«.

Sie wurde als einschränkender Spott verstanden. Warum?, frage ich.

Ich kann in dieser einander bedingenden Dualität keinen Einwand gegen eine schriftstellerische Existenz erblicken. Im Gegenteil. Ich halte sie für eine – gewollt oder ungewollt – faire, vernünftige, menschliche Beschreibung eines der Gesellschaft angehörenden, diese Gesellschaft kritisierenden Autors.

Bürger erschrecken Bürger. Wenige denken nach, wovor und warum sie so erschrocken sind. Wenige begreifen die Mitbürger – deren Programm, deren Gegenwart, Vergangenheit und Zukunft – als Motiv ihres Schreckens. Wenige von den wenigen, die begreifen, äußern sich künstlerisch. Die das können und zu ihrem Beruf machen, formulieren die Gründe ihres Schreckens. Das macht sie zum Bürgerschreck. Einem Bürgerschreck vorzuwerfen, er wäre selbst Bürger, sehne sich nach einer besseren Bürgerexistenz unter besseren Bürgern, ist Dummheit.

Wir sind beim Gegenstand Kästnerschen Schaffens.

Das Porträt eines toten Satirikers ist ein Porträt der Vergeblichkeit, muss es sein. Die Aneinanderreihung von bündigen, gültigen, im Sinne des Gebrauchsautors brauchbaren Passagen lässt den Eindruck entstehen: Es ist alles sinnlos, sprachlicher Widerstand kann nichts bewirken. Der Schluss ist zu kurz.

Engagierte Schreiber meinen mit vielem, was sie formulieren, den Tag, ihre Zeit. Ihre Hoffnung aber kennt größere Zeitvorstellungen. Sie begreifen ihre Arbeit als Baustein.

Warum, könnte nun einer fragen, diese Zusammenstellung des »Vergeblich«? Nach ihrer Zeit bewirkt sie nun schon gar nichts mehr. Außer vielleicht von vornherein Verzweiflung bei jungen gleich Gesinnten.

Die Erinnerung an einen Autor wie Erich Kästner hat einen dreifachen Sinn:

Wir überprüfen ein Werk auf Stellen, die unserem Verstand nützen, wenn wir sie uns zu Eigen machen.

Wir sammeln Beweise gegen die jeweiligen Ausreden einer Generation, die da auf Freispruch wegen Unwissenheit, Ahnungslosigkeit, Uninformiertheit plädiert.

Wir verzweifeln – am Beispiel Erich Kästner – an dem Verhältnis von Zeitgeschichte und gesundem Menschenverstand, beschließen diese katastrophale Niederlage des Menschenverstandes nicht so hinzunehmen, und hoffen, unseren Erben ein ähnlicher Grund werden zu können. Das Befassen mit Vergeblichkeit muss nicht vergeblich sein. Resignation und Scheitern sind, wenn man ihnen Gestalt gibt, ein neuer Beginn.

Ich habe die politische Lyrik Kästners also im Jahre 1953 für mich entdeckt. Das Verhältnis von Inhalt und Form traf meinen Nerv.

Ich bekam Auskunft. Der Bänkelton leistete, was er allzeit leistet. Die Auskunft wurde sinnlich.

Als ich in einem Vorwort zu Kästner-Gedichten las, wer noch, außer ihm, von den Nazis verbrannt wurde, notierte ich mir Namen. Ich hatte mir für das Ende meiner Schulzeit neue Lehrer zusammengestellt.

Erich Kästner begann als nerviger, hochintelligenter Asphaltliterat. Die Zeit und die Zukunft, die er ihr hellsichtig hochrechnete, provozierten seine Sprache und sein Formgefühl.

Er endete als alkoholisiertes, von unbewältigtem Privatleben zerriebenes Denkmal seiner selbst. Schweigend, aufgegeben, wehrlos.

Dazwischen stehen die zwölf Jahre nicht mehr vorstellbarer, nicht mehr verarbeitbarer Absurdität des Dritten Reiches.

Kästners Biografie spielt in einem politischen Szenarium, das einem Moralisten und Satiriker der Teufel aussucht: zwei Weltkriege, von denen ihm schon der erste als nicht mehr steigerbarer Wahnsinn erschienen war. Zweimal der Wiederbeginn mit dem Glauben an die Lehre, mit dem Hoffen auf Belehrbarkeit. Nach dem ersten Krieg Zeuge des Unterganges einer Republik, nach dem zweiten Krieg früh bewusster Zeuge neuerlich falscher Ziele, Beobachter alter Unbelehrbarkeit, Ahner unserer Angst.

Erich Kästner war ein Schreibgewerbler. Mit journalistischen bis dichterischen Mitteln schrieb er sein Ziel an. Zwölf Jahre musste er keimfrei kommerziell sein, was er selbstverständlich auch konnte, also – gleichsam oder völlig – kuschen.

Danach versuchten sich alle seine Talente noch einmal.

Da gibt es nun viel Verschiedenes. Als »Gesamtwerk« – qualitativ gesehen – will ich es nicht begreifen. Es handelt sich um eine Zusammenstellung einiger verwandter Autoren, die alle Erich Kästner heißen.

Zwei Jahre vor Ende seiner Karriere in politischer Freiheit, 1931, veröffentlichte Erich Kästner seinen ersten Roman. Er sollte ursprünglich »Der Gang vor die Hunde« heißen. Die Formulierung war dem Verlag offenbar zu zeitbezüglich. So heißt der Roman nun »Fabian« – ein Synonym für »Kästner«.

Beginnen wir mit den Zielen, die sich Fabian-Kästner gesetzt hatte:

Der Freund des Helden, ein Gegen-Ich, das sich sicher ist, man müsse erst das *»System vernünftig gestalten«*, worauf sich die Menschen dann *»anpassen«* werden, ein linker Idealist also, verzweifelt an Fabian:

»Wenn es eine Gärtnerei gäbe, wie ich sie mir erträume! Ich brächte dich, an Händen und Füßen gefesselt, hin und ließe dir ein Lebensziel einpflanzen!«

Fabian erwidert:

»Du willst Macht haben. Du willst, träumst du, das Kleinbürgertum sammeln und führen. Du willst das Kapital kontrollieren und das Proletariat einbürgern. Und dann willst du helfen, einen Kulturstaat aufzubauen, der dem Paradies verteufelt ähnlich sieht. Und ich sage dir: Noch in deinem Paradies werden sie sich die Fresse vollhauen! Davon abgesehen, dass es nie zustande kommen wird …«

Fabian-Kästner definierte seine Zerrissenheit:

»Ich weiß ein Ziel, aber es ist leider keines. Ich möchte helfen, die Menschen anständig und vernünftig zu machen. Vorläufig bin ich damit beschäftigt, sie auf ihre diesbezügliche Eignung hin anzuschauen.«

Verständlich, dass Kästner von Anfang an von jenen, die auf eine Veränderung des Systems setzten, nicht für ganz voll genommen wurde. Er trug diesen Konflikt aus. Ein Arbeiter beschimpft Fabian als »Bourgeois«. Fabian sagt:

»Freilich, ich bin ein Kleinbürger, das ist heute ein großes Schimpfwort. Und weiter: Das Proletariat ist ein Interessenverband. Dass ihr euer Recht wollt, ist eure Pflicht. Und ich bin euer Freund, denn wir haben denselben Feind, weil ich die Gerechtigkeit liebe. Ich bin euer Freund, obwohl ihr darauf pfeift. Aber, mein Herr, auch wenn Sie an die Macht kommen, werden die Ideale der Menschheit im Verborgenen sitzen und weiter weinen. Man ist doch nicht gut und klug, bloß weil man arm ist.«

Wenn heute Gewerkschaftsfunktionäre um jeden Preis eine Wirtschaftspolitik fortgesetzt sehen wollen, die zur inneren und äußeren Vernichtung jedes besseren Lebens (oder gar jedweden

Lebens) führt, wenn die Kälber zum ersten Mal seit Hitler wieder gemeinsame Sache mit dem Metzger machen wollen, dann sei Kästners Schluss fortgesetzt: Man wird auch nicht klüger, wenn man weniger arm wird.

In seiner Heimatstadt trifft Fabian auf einen alten Kumpan und jungen Nazi. Der kündigt einen »Verzweiflungskampf« an.

»Zum Kampf kommt es erst gar nicht, wenn ihr anfangt. Es kommt gleich zur Verzweiflung«.

Und als der Nazi jenes Heldentum, auf das sich unsere Väter nach dem Krieg dann häufig beriefen, mit einem *»Dann gehen wir eben unter, kreuznochmal!«* ins Spiel brachte, bezweifelte Fabian, ob das dem ganzen Volk *recht* sein konnte.

»Wo nehmt ihr die Dreistigkeit her, sechzig Millionen Menschen den Untergang zuzumuten ... ?«

Erich Kästner war einer, dem der Sinn von Geschichte weit mehr in der Vorschau lag als in der Rückschau. In diesem Gespräch Fabians mit dem Nazi definiert Kästner sein Geschichtsbild, das er konsequent beibehalten sollte.

Als der junge Nazi in Sachen Untergang anmerkt, es sei in der »Weltgeschichte« eben immer so gewesen, sagt Fabian-Kästner:

»Und so sieht sie auch aus von vorn bis hinten, die Weltgeschichte! Man schämt sich, dergleichen zu lesen, und man sollte sich schämen, den Kindern dergleichen einzutrichtern.«

Es gibt auch ein ökonomisches Thema, bei dem ich auf dem Lehrer Kästner bestehe. Wir streiten uns heute herum, ob die technische Revolution sich noch selbst regulieren, dem Menschen anpassen kann, oder nicht. Oder ob sie abermals nur über eine Katastrophe regelbar sein wird.

Fabian-Kästner lernt einen armen, aufgrund seiner Normalität entmündigten alten Techniker kennen, der bald nach der Begegnung wiederum vom Irrenarzt abgeholt werden sollte. Der Techniker sagt:

»Vielleicht verstehen Sie mich, da Sie von Maschinen nichts verstehen ... Ich bin ein so genannter Erfinder, Ehrenmitglied von fünf wissen-

schaftlichen Akademien. Die Technik verdankt mir erhebliche Fortschritte. Ich habe der Textilindustrie dazu verholfen, pro Tag fünfmal so viel Tuch herzustellen wie früher. An meinen Maschinen haben viele Leute Geld verdient, sogar ich … Ich erfand friedliche Maschinen und merkte nicht, dass es Kanonen waren. Das konstante Kapital wuchs unaufhörlich, die Produktivität der Betriebe nahm zu, aber, mein Herr, die Zahl der beschäftigten Arbeiter nahm ab. Meine Maschinen waren Kanonen, sie setzten ganze Armeen von Arbeitern außer Gefecht. Sie zertrümmerten den Existenzanspruch von Hunderttausenden. Als ich in Manchester war, sah ich, wie die Polizei auf Ausgesperrte losritt. Man schlug mit Säbeln auf ihre Köpfe. Ein kleines Mädchen wurde von einem Pferd niedergetrampelt. Und ich war daran schuld.«

Fabian hatte, wie sein Autor ihm bescheinigt, eine *»moralische Haltung gegen die Konjunkturforscher.«* Sie bleibt nötig.

Wie wir wissen, bedarf es zum Kursverändern, gar zum grundlegenden Umdenken, sehr stark der öffentlichen Meinung. Wie diese Meinung geprägt wird, auch daran hat sich seit Fabians Gang durch Berlin und vor die Hunde nichts geändert. Ein Journalist erklärt Fabian:

»Man beeinflusst die öffentliche Meinung mit Meldungen wirksamer als durch Artikel, aber am wirksamsten dadurch, dass man weder das eine noch das andere bringt. Die bequemste öffentliche Meinung ist noch immer die öffentliche Meinungslosigkeit.«

Als Fabian daraufhin die Einstellung des Blattes empfiehlt, fragt der Journalist schlüssig:

»Und wovon sollen wir leben?«

Das Gros der deutschen Medienlandschaft steht vor einem auf. Und Schweiß, aktueller Schweiß bricht aus, wenn sich in dieser Zeit ein anderer Zeitungsmann selbst definiert. Er weiß, dass er ein »Feigling« ist:

»Mein Charakter ist meinem Verstand in keiner Weise gewachsen. Ich bedaure das aufrichtig, aber ich tue nichts mehr dagegen.«

Man sollte diesen Satz drucken und über vielen Redaktionstischen dieses Sprachraums an die Wand nageln lassen.

Der als Fabian beschriebene Mensch hat die meisten Gedichte Erich Kästners geschrieben. Vier Bände erschienen in kurzen

Zeitabständen vor 1933, danach gab es eine Auswahl, aus der Politik ausgespart war, und nach dem Krieg dann eine Auswahl aus allem bis dahin – »Bei Durchsicht meiner Bücher.«

Der rückschauende Kästner, der Autor der Bilanzen und der erneuten Warnungen hat natürlich auch noch gereimt. Aber von der Verteilung der Gewichte her war der Lyriker Erich Kästner ein junger Mann.

Eine epigrammatische Würdigung von Lessing bestimmt seinen Weg.

»Das, was er schrieb, war manchmal Dichtung,
doch um zu dichten schrieb er nie.
Es gab kein Ziel. Er fand die Richtung.
Er war ein Mann und kein Genie.«

Kästner hat seine Lyrik »Gebrauchslyrik« genannt. Das Wort ist Programm und Selbstdefinition zugleich.

Wann ist Lyrik »brauchbar«? Wenn sie ablesbar ist, sich mitteilt, so anwendbar wird. Wenn sie Teil eines Gespräches mit sich und anderen sein kann. Wenn sie vitales, literarisches Lebenselement wird. Die Forderungen, die sich da an Form und Inhalt ergeben, sollten klar sein.

Im Begriff »Gebrauchslyrik« steckt die Wirkungskomponente Lebenshilfe. Kästner hat das einmal – eher unglückselig – definiert. Er gab der – 1936 auf das rein Menschliche reduzierten – ersten Gedichtesammlung den Titel »Lyrische Hausapotheke«. Welch eine Vorstellung! Aber die Denkrichtung ist klar.

In einer »Prosaischen Zwischenbemerkung« seines zweiten Gedichtbandes las sich das so:

»Die Lyriker haben wieder einen Zweck. Ihre Beschäftigung ist wieder ein Beruf. Sie sind wahrscheinlich nicht so notwendig wie die Bäcker und die Zahnärzte; aber nur weil Magenknurren und Zahnreißen deutlicher Abhilfe fordern als nicht-körperliche Verstimmungen. Trotzdem dürften die Gebrauchspoeten ein bisschen froh sein: Sie rangieren unmittelbar nach den Handwerkern.«

Zur selben Zeit war Kästners Wut auf jene literarischen Zeitgenossen, die da meinten, *«bei der Ausgießung des Geistes doppelt bedient worden zu sein«*, jung und elementar:

»Leider gibt es das noch nicht: die Talentlosen auf operativem Weg literarisch zeugungsunfähig zu machen.«

Er konnte nicht wissen, welchen Ton er da anschlug.

Als ich begann, mich mit Lyrik zu befassen, hatten die Rätselstammler eine beispiellose Konjunktur. Es waren Leute wie Kästner, deren Worte zum Thema junge Menschen vor dem Verzweifeln am eigenen literarischen Verstand bewahrten. Auch dazu ein nachgelieferter Dank für Sätze wie diese:

»Gibt es etwas Alberneres als diese Grossisten der Intuition? Je unbegabter sie sind, umso mehr prahlen sie mit ihren mystischen Beziehungen. Dabei verwechseln sie offensichtlich eine ganz gemeine Produktionsnervosität mit prophetischem Bauchgrimmen. Wo käme der Heilige Geist hin, wenn er bei jedem Reim persönlich anwesend sein müsste?«

Wesen des von Kästner benützten Dichtertons sind Metrum und Melodie, Rhythmus und Reim. Kästner war Verseschmied, Reimer. Die Vorwürfe gegen den Reim sind bekannt. Er führt zur Glätte, zwingt in Konventionen, lässt naturgesetzlich verschiedene Wortwerte nicht mehr zu. Richtig ist eben auch das Gegenteil. Wie jeder Formzwang, führt auch der Reimzwang zu neuen Herausforderungen. Der Reim kann auf ganz verblüffende Weise Wahrheiten fixieren, kann so unübersehbar ausstellen, erhellen. Er ist so etwas wie eine Auslage der Sprache.

Ich möchte für das, was ich Chance des Formzwanges nenne, ein Beispiel für viele mögliche geben. In dem – sehr schönen – »Hotelsolo für eine Männerstimme« braucht der Mann von den zwei Betten nur eines, weil er schon wieder mal alleine ist.

»Der Koffer gähnt. Auch mir ist müd zumute.
Du fuhrst zu einem ziemlich andren Mann.
Ich kenn ihn gut. Ich wünsch dir alles Gute.
Und wünsche fast, du kämest niemals an.«

»... Du fuhrst zu einem ziemlich andren Mann« ist eine, in ihrer Gebrochenheit, magische Formulierung. Ein »ziemlich andrer Mann«.

Zu schreiben war: Du fuhrst zu einem andren Mann. Und so hätte es jeder, auch Kästner notiert, wenn da nicht der Formzwang zu zwei Silben mehr dagewesen wäre.

»Du fuhrst zu einem andren Mann« war zu verlängern. So eine äußerliche Verpflichtung finden nur Dilettanten ärgerlich. Zumal sie mit Recht annehmen, dass sie die Chance der zwei Silben nicht wahrnehmen können.

Es hätte sich eine Menge angeboten:

Du fuhrst zu einem andren jungen/ alten/ dummen/ falschen/ schwachen/ starken/ usf. Mann.

Du fuhrst zu bald/ zu früh/ zu Recht/ zu rasch/ zu gern/ usf. zu einem andren Mann.

Man hätte variieren können:

Du fuhrst – ich weiß – zu einem andren Mann.

Vorbei. Du fuhrst zu einem andren Mann.

Verdammt. Du fuhrst ...

Ein gänzlich/ völlig/ leider/ grässlich/ nicht sehr/ gar nicht andrer Mann hätte es sein können.

Aber der Autor wusste, ein anderer Mann ist ein anderer Mann, doch schafft die Auswechselbarkeit vor der Frau eine gewisse Nähe der beiden Männer.

Von dieser Nähe möchte sich der betroffene Mann, der, der allein ist, aber distanzieren. So weit es seine Vernunft zulässt. Der andere Mann wird so ein »ziemlich andrer« Mann. Die Form führte zum Zwischenton.

In der politischen Lyrik ist ein Aspekt des Antinazismus entscheidend wichtig: Kästner prophezeite kein Regime des Verbrechens, er prophezeite geradezu stereotyp ein Regime der Dummheit. Am Beginn des Völkermordes steht die Dummheit und alle ihre Synonyme. Das ist wichtig, wenn wir – für unsere Zeit – wieder von brauchbaren Gedichten sprechen wollen. Der Vorwurf an Regierungen, sie wären verbrecherisch, wenn sie weiterrüsten, ist nicht wirklich brauchbar – wahr schon, aber nicht brauchbar –, denn den Vorwurf, Verbrecher zu sein, weisen diese Staatsmänner mit großer Geste von sich. Mit dem Vorwurf der Dummheit ist das nicht so einfach.

Dieses »Marschliedchen« begleitete den schwellenden Aufmarsch der Nazis:

»Ihr und die Dummheit zieht in Viererreihen
in die Kasernen der Vergangenheit.
Glaubt nicht, dass wir uns wundern, wenn ihr schreit.
Denn was ihr denkt und tut, das ist zum Schreien…«

Erich Kästner hat leider kein Geschichtsbuch geschrieben. Die Anmerkungen, die er zur Geschichte macht, sind in die Geschichtsbücher nicht eingegangen.

»Es ist wahr, dass ›Fridericus Rex‹ in der Schlacht von Mollwitz, als sie verloren schien, auf seinem Schimmel das Weite suchte und dass ihn, als sich das launische Kriegsglück gewendet hatte, die Stafetten seiner Generäle erst nach vieler Mühe einholten, um ihn auf das siegreiche Schlachtfeld zurückzubitten.«

Es ist wahr – wie viel Ohnmacht schwingt da mit! Wer das schreibt, weiß, auch die Beteuerung wird nicht genügen.

An anderer Stelle heißt es, denselben Feldherrn betreffend:

»Es ist wahr, dass er in einer Schlacht des Siebenjährigen Krieges mit dem Stock auf seine zurückweichenden Grenadiere eingehauen und gebrüllt hat: ›Kerls, wollt ihr denn ewig leben?‹«

Wir erinnern uns an Fabians Forderung, die Schulkinder mit dieser Geschichte nicht zu behelligen.

»Aber die Menschen sind unheimliche Leute. Wer seine Schwiegermutter totschlägt, wird geköpft. Das ist ein uralter verständlicher Brauch. Wer aber Hunderttausende umbringt, erhält ein Denkmal. Straßen werden nach ihm benannt. Und die Schulkinder müssen auswendig lernen, wann er geboren wurde und wann er friedlich die gütigen Augen für immer schloss…«

1954 sprach Kästner in einer Rede über die Handelnden des 20. Juni 1944:

»Sie setzten Ehre und Leben aufs Spiel, und sie verloren beides. Ihr Leben konnte man ihnen durch kein Wiedergutmachungsverfahren rückvergüten. Stellen Sie sich vor, man hätte es gekonnt! Stellen Sie sich die allgemeine und die amtliche Ratlosigkeit nur vor! Diese Frauen und Män-

ner, als Heimkehrer aus dem Jenseits, mitten unter uns! Welch ein Drama! Was für eine deutsche Tragikomödie! Sie opferten Leben und Ehre. Hat man ihnen wenigstens ihre Ehre wiedergegeben? Nicht ihre Offiziersehre, nicht ihre Pastorenehre, nicht ihre Gewerkschaftsehre, nein, ihre mit Gewissensqualen und dem Tod besiegelte, mit Folter und Schande besudelte, am Fleischerhaken aufgehängte menschliche Ehre und wahre Würde? Ich denke dabei nicht an die Umbenennung von Straßennamen, die Niederlegung von Behördenkränzen und ähnliche Versuche, den Dank des Vaterlandes nach dem Muster des Teilzahlungssystems in bequemen Raten abzustatten. Sondern ich frage: Hat man versucht, diese Männer und Frauen in unserer vorbildarmen Zeit zu dem zu machen, was sie sind? Zu Vorbildern?«

Die Frage hatte, als sie gestellt wurde, schon einen verzweifelten Schuss Rhetorik. Und heute?

Vier Jahre später befasste sich Kästner mit dem Unterschied zwischen dem erwähnten tragischen Widerstand, der nur ein Zeichen setzen konnte, und einem politisch wirksamen, also vorbeugenden Widerstand. Und er sprach von der Situation des Einzelnen, von sich. Er hatte, als seine Bücher verbrannt wurden, »nicht aufgeschrien«. Er war »passiv geblieben«:

»Ich hatte nicht mit der Faust gedroht. Ich hatte sie nur in der Tasche geballt. Warum erzähle ich das? Warum mische ich mich unter die Bekenner? Weil, immer wenn von der Vergangenheit gesprochen wird, auch von der Zukunft die Rede ist. Weil keiner unter uns und überhaupt niemand die Mutfrage beantworten kann, bevor die Zumutung an ihn herantritt. Keiner weiß, ob er aus dem Stoffe gemacht ist, aus dem der entscheidende Augenblick Helden formt. Kein Volk und keine Elite darf die Hände in den Schoß legen und darauf hoffen, dass im Ernstfall, im ernstesten Fall, genügend Helden zur Stelle sein werden …«

Daher:

»Die Ereignisse von 1933 bis 1945 hätten spätestens 1928 bekämpft werden müssen. Später war es zu spät. Man darf nicht warten, bis der Freiheitskampf Landesverrat genannt wird.«

Merkwürdig, dass sich klare Sätze dieser Art einfach nicht herumsprechen wollen. Kästners Vorsatz, die Geschichte auf jene Einfachheit der Sprache zu reduzieren, die ihr zusteht, führte in der zitierten Rede zu einer bezeichnenden Pointe. Als Kästner Ovids »Principiis obsta!« zitierte, verzichtete er auf das eingebürgerte leicht pathetische »Wehre den Anfängen!«. Er übersetzte schlicht: »Bekämpfe den Beginn!«

So kann es keineswegs in das gehandelte Kästner-Bild passen, dass dieser Mann noch beim Ostermarsch 1961 auf dem Königsplatz in München gesprochen und sich – auch unter Berufung auf den Denker Weizsäcker – leidenschaftlich gegen die Befürworter nationaler Atomrüstung gewandt hat. Im Zusammenhang mit der Angst vor neuen Atomgenerälen, genauer: vor den alten Generälen, mit neuem Atom bewaffnet, hatte er die Besorgnis geäußert, die SPD könne eines Tages in die CDU eintreten …

Kästner hat es zu vielen Altersleiden gebracht. Zur zweiten Zunge nicht.

Der Anblick der Meinungen Kästners wäre ohne jene zur Kultur unvollständig. Kästner war, wie jeder politisch engagierte und Kultur betreibende Mensch, Kulturpolitiker. (Es versteht sich von selbst, dass sein Kulturbegriff ein sozialer war.) Ihm war »Kulturkrise« der Zustand, wenn wenige nur noch von wenigen »verstanden« werden:

»Dem Kulturspezialistentum einiger entspricht ein Kulturanalphabetentum aller. Das verzückte Getue von ein paar tausend Snobs verwischt zwar den Eindruck, ändert jedoch nichts an der Tatsache.«

Satiriker aller Generationen haben sich chronisch verpflichtet gefühlt, Satire zu definieren. Es scheint ihnen einerseits ein Bedürfnis zu sein, da ja die Anmaßung, von einem Schreibgerät aus dieser Welt zu widersprechen, immer wieder einer theoretischen Abstützung bedarf; es scheint ihnen andererseits von einer Gesellschaft immer wieder abverlangt worden zu sein, die der Satire einmal die moralische, dann die politische und dann wieder die künstlerische Autorität absprechen will und muss. Kästner sagt über den Satiriker:

»Ihn plagt die Leidenschaft, wenn irgend möglich das Falsche beim richtigen Namen zu nennen. Seine Methode lautet: Übertriebene Darstellung negativer Tatsachen mit mehr oder weniger künstlerischen Mitteln

zu einem mehr oder weniger außerkünstlerischen Zweck. Und zwar nur im Hinblick auf den Menschen und dessen Verbände, von der Ein-Ehe bis zum Weltstaat.«

Man sieht, die Definition ist an einer entscheidenden Stelle unexakt, weil sie es dort sein muss. »Mehr oder weniger« heißt es. Und da haben nun die Betroffenen, die Beleidigten zu allen Zeiten die Möglichkeit, Satire abzuwerten. Sie fordern ganz einfach jeweils das Gegenteil von »mehr« und das Gegenteil von »weniger« und haben mit dieser Forderung nie Unrecht. Recht auch nie, aber darum geht es ihnen ja nicht.

»Es ist ein ziemlich offenes Geheimnis, dass die Satiriker gerade in Deutschland besonders schwer dran sind. Die hiesige Empfindlichkeit grenzt ans Pathologische.«

An dieser Stelle fehlt die Vermutung, wonach diese Empfindlichkeit Kompensation eines begründet elenden Gewissens sei.

Aber in der Folge nimmt Kästner alles vorweg, was uns das Fernsehzeitalter in Vollendung beschert hat.

»Der Weg des satirischen Schriftstellers ist mit Hühneraugen gepflastert. Im Handumdrehen schreien ganze Berufsverbände, Generationen, Geschlechter, Gehaltsklassen, Ministerien, Landsmannschaften, Gesellschaftsschichten, Parteien und Haarfarben auf. Das Wort ›Ehre‹ wird zu oft gebraucht, der Verstand zu wenig und die Selbstironie – nie.«

Eines Tages keine Meinung mehr haben oder äußern zu wollen, ist eine Meinung. Man nennt sie Resignation. Der späte Erich Kästner hatte diese Meinung zu vertreten.

Als er 1956 einen Auswahlband einzuleiten hatte, veranlasste ihn die Wiederbegegnung mit dem *«Elan eines jungen Menschen, der an die Macht des vernünftigen Wortes glaubte«*, zur Formulierung seiner Resignation. Im Ton eines leisen Feuilletonismus:

»Man altert nicht von ungefähr. Man rennt nicht ungestraft ein Leben lang mit demselben Kopf gegen dieselben Wände. Immer wieder kommen Staatsmänner mit großen Farbtöpfen des Wegs und erklären, sie seien die neuen Baumeister. Und immer wieder sind es nur Anstreicher. Die Farben wechseln, und die Wände bleiben. Und der Kopf tut manchmal weh. Die Feindschaften wechseln, und die Feindschaft bleibt. Die Dummheiten wechseln, und die Dummheit bleibt.«

Die Kraft, die Resignation zu gestalten, war Kästner nicht geblieben. Denn:

»Die Zukunft hat wieder einmal nicht begonnen. Die Zukunft wurde wieder einmal vertagt. Sorgen Sie weiter dafür, dass sie auf der Tagesordnung bleibt! Der gesunde Menschenverstand ist nicht der Hanswurst der Politik. Die Humanität ist nicht der dumme August der Geschichte. Mein Wunsch lautet: Bleiben Sie vernünftig und unerbittlich! Und dieser Wunsch gilt auch in der Umkehrung: Bleiben Sie unerbittlich und vernünftig!«

Als ich vom Verleger den Buchauftrag erhielt, erzählte er mir von einer in Zürich lebenden (mittlerweile verstorbenen) Mutter eines Kästner-Sohnes und so von einem Sohn.

Ich dachte, es kann nicht schaden, mit beiden zu reden, zumal es sich um einen Dichter handelt, der einmal *Ich möchte gerne einen Jungen haben* notiert hatte. In diesem Gespräch erfuhr ich manches Bestätigende, manches Erhellende.

Besonders eine Information des Kästner-Sohnes wurde mir wichtig. Nicht der mutmaßlichen Neuigkeit wegen, ausschließlich wegen des dadurch (möglicherweise) erleichterten Verstehens der Biografie. Mir wurde als Faktum mitgeteilt, Erich Kästner sei nicht der Sohn seines offiziellen Vaters, sondern der des jüdischen Hausarztes gewesen. Wenn über lange Zeit dieses Geheimnis nur zwischen Mutter und Sohn keines war, dachte ich mir, müsste sich die Hörigkeit und die daraus resultierende krankhafte Grundeinstellung gegenüber Frauen besser begreifen lassen. Darüber stellte ich Vermutungen an, abgeleitet von der publizierten Korrektur des amtlichen Lebenslaufes.

Seriöse Biografen überprüften die von mir weitergegebene Information des Sohnes und fanden eine (naturgemäß nur fast) lückenlose Beweiskette, die nicht des Biologismus wegen interessant ist, sondern der Handlungsweisen und der Psychologie wegen.

Der Autor einer von drei neuen Biografien fühlt sich zu einer Widerlegung dieser Herkunft veranlasst. Zumal es keinen schriftlichen Beweis dafür gibt, der aber bei unterschobenen Kindern allzeit eher rar gewesen sein dürfte. Die Krönung der Gegenargumente ist dieses:

»Gute Gründe sprechen auch *gegen* die Vaterschaft Emil Zimmermanns. Er war ein frommer Jude, 25 Jahre lang sogar Gemeinderat. Als Erich Kästner vor 1933 aus der Kirche austreten wollte, ›*versprach mir meine darüber verzweifelte Mutter, aus dem Fenster zu springen.*‹ Zimmermann und Ida Kästner waren fromm, sie waren verheiratet, beiden war Ehebruch streng verboten, und diese Gebote waren 1898 wirksamer als heute.«

An dieser Stelle würde auch der apathisch resignierte alte Erich Kästner in brüllendes Gelächter ausgebrochen sein und sich sofort einen Whisky nachgeschenkt haben.

DIETER HILDEBRANDT

Der Partnerfreund

Es ist schwer, einen Menschen zu beschreiben, der, als er mir noch ein fremder Mensch war, entscheidend in mein Leben eingriff. Der meine Biografie mitverantwortet.

Ich versuche es trotzdem.

Er ist der alterslose Altmeister einer Schule. Einer Schule, die lehrt: Moral haben, Haltung haben, Mitleid haben, aus allem heraus Gegnerschaft entwickeln und diese Gegnerschaft auf unterhaltende, auf komische Art deutlich machen.

Man hat das einmal politisches Kabarett genannt, bevor einige – mittlerweile auch nicht mehr junge – Damen und Herren diesen Begriff zu diffamieren versuchten. Weil sie erstens von Politik nichts verstanden, daher nicht gewusst haben, wovon die Rede ist, weil sie ihre privaten Stoffwechselprobleme so wichtig genommen haben, dass sie grundsätzlich alles für komisch hielten, was mit diesen Witze machte, oder weil sie es für eine große Aufgabe hielten, ihre satirischen Fähigkeiten dem Anpinkeln der Kollegen zu widmen.

Er hat das alles überstanden. Eine neue Generation politischer Bühnensatiriker wird sich auf ihn berufen. Mehr kann man von einer Biografie nicht verlangen.

Wir waren acht Jahre viel zusammen, privat, beruflich, vor, in und nach der Vorstellung. Und ich sage, obwohl ich weiß, dass es keiner glaubt, wir haben in acht Jahren nie gestritten, wir waren nie bös aufeinander. Ich glaube, nein, ich weiß, ich habe Eigenschaften, die die Toleranz des Partners auf harte Proben stellten. Hildebrandt hatte diese Toleranz. Er ist ein Mann von Noblesse. Aber auch konfliktscheu. Ich glaube, er musste auf die Bühne, um dort den Streit austragen zu können, den er im Leben vermied, um dort den Mut und die Bedingungslosigkeit zu haben, die er zum Beispiel vor nachkommenden Kolleginnen und Kollegen meiner Meinung nach zu oft vermissen ließ.

Dieter Hildebrandt ist ein nach München verschlagener Schlesier, dessen Ahnen aus dem Süden kamen, wahrscheinlich aus Böhmen und Mähren, kurz: Hildebrandt ist Österreicher. Anders wären seine wesentlichen Charaktereigenschaften und Begabungen und sein Erfolg nicht zu erklären.

Als ihn seine Beine noch mühelos trugen, spielte er Fußball. Und gar nicht schlecht. Er konnte dribbeln. Er hatte Spielwitz und Ballgefühl. Aber, wenn er einmal einen Gegenspieler ausgetrickst hatte und an ihm vorbei war, blieb er stehen und wartete, bis sich der Überspielte wieder vor ihm aufgepflanzt hatte. Dann versuchte Hildebrandt, ihn ein zweites Mal zu überspielen, was meist schon misslang, beim dritten Mal dann immer. Ähnlich ist sein sprachliches Verhalten. Wenn er den Gegenstand seiner Betrachtung auf die Pointe gebracht hat und damit einen Lacher erzielt, will er den Lacher verdoppeln, und ist manchmal nur von wenigen Auserwählten daran zu hindern, mit der dritten Pointe die gute erste endgültig vergessen zu machen.

Dieter Hildebrandt kann also schwer aufhören. Mit nichts. Das hat natürlich auch sein Gutes. Er kann nicht aufhören politisch zu denken, er kann nicht aufhören, Mitleid mit den Opfern einer Gesellschaftsordnung zu haben, er kann nicht aufhören, wütend auf die am Unrecht Schuld Tragenden zu sein. Er übt den Beruf des politischen Kabarettisten nicht aus. Er ist einer.

Als die Postfeuilletonisten und deren Elevinnen begannen, Comedy mit Kabarett, Bunte Abende mit Satireprogrammen zu verwechseln, als sie – schon fortgebildeter – begannen, die Richtungen gegeneinander auszuspielen, als sie es für enorm progressiv hielten, politisches Engagement im Allgemeinen und das des Spaßmachers im Besonderen zu verhöhnen, als die Bösmenschen das Maß der Dinge wurden, ließ sich Hildebrandt nicht einen Moment irritieren. Er blieb in Haltung, Tonfall und Stil er. Er wurde als Marke und mit seiner Marke alt.

Begonnen hatte alles in München, wo der Student Hildebrandt im Kabarett »Die kleine Freiheit« Karten abriss, Texte eines Erich

Kästner und die Pointierkunst eines Werner Finck inhalierte und zu wissen begann: Das ist mein Weg.

(Jahrzehnte später wird mir Josef Hader erzählen, er hätte Hildebrandt-Schneyder im Wiener Akademietheater gesehen und gewusst: Das will ich werden.)

Dieter Hildebrandt ist nicht nur deutsche Kabarettgeschichte, er ist deutsche Geschichte schlechthin. Als ich – als »neutraler« Österreicher – in der DDR zu gastieren begann, sagten die Leute auf der Straße, teils scheu, teils laut: Grüßen Sie mir den Dieter! Er war ihnen Symbolfigur für eine Haltung gegenüber der Macht. Dass diese Haltung möglich war, hat der Macht im Westen den Schrecken genommen, wie er von der eigenen Macht verordnet war. Dieter Hildebrandt hat durch seine Präsenz auf dem Fernsehschirm mehr zur deutschen Wiedervereinigung beigetragen als so mancher politische Schleichhändler.

Im Jahre 1984 – wir waren seit zwei Jahren solistisch unterwegs – sagten die DDR-Kollegen, wir wollen unbedingt den Hildebrandt einmal da haben, das geht aber nicht, der ist als BRD-ler nicht importierbar, könntet ihr nicht noch einmal im Duo spielen, dann wäre der Vertrag mit dir, dem Österreicher, machbar, und du kämst mit deinem Partner. Diese von höherer Stelle wohl mitgetragene Mauschelei gelang. Wir stellten unsere besten und unserer Meinung nach für »drüben« relevantesten Nummern zusammen, verbanden sie durch neue, listige, Bezüge herstellende Übergänge.

Hildebrandt und ich spielten damals sechs Mal. Über die Spannung des ersten Abends, das Zustandekommen des Publikums, die zerrissenen Reaktionen wird ein andermal Genaues zu schreiben sein. Eines war uns beiden klar: Nie zuvor und nie danach hatten wir die Chance, »Gesinnung« im Publikum so zu irritieren, also tatsächlich politisches Kabarett zu machen. Fünf Vorstellungen waren – sozusagen – normal. Die sechste war geschlossen für alle (staatlich verordneten) Kabarettkünstler der Deutschen Demokratischen Republik. Dieter sagte, das wird ein schrecklicher Abend werden. Man weiß doch, wie Kollegen reagieren. Vor einer Vorstellung vor ausschließlich der Branche hatte er einen Horror.

Ich widersprach. Die sind hier anders, sagte ich ihm, wir sind für die auch was anderes als »Kollegen«. Am Schluss dieser Vorstellung standen sie dann alle auf, und ein Sprechchor skandierte immer lauter: Wiederkommen! Wiederkommen! Da sah ich hinter dem Vorhang zum ersten Mal in den Augen des Dieter Hildebrandt Wasser und hörte ihn vor der nächsten Verbeugung leise sagen: Für diesen Abend hat sich der ganze Beruf ausgezahlt.

Wie sind wir ein Duo geworden?

Ein Kumpel, ein Freund der allerersten Stunde, der es heute leider nicht mehr ist, hatte auf einer Theatertournee den Dieter Hildebrandt kennen gelernt. Hildebrandt sagte zu ihm, er würde Kabarett nur mehr unter anderen Umständen weitermachen, denn die alte Form sei tot. Er bräuchte einen schreibenden Partner, und formal müsse was geschehen. Der Freund behauptete hartnäckig: Ich kenne den Mann, den du kennen lernen musst. Bis Hildebrandt nachgab. Der Rest ist bekannt.

Wir haben wunderbare Gespräche gehabt. Über Politik, aber auch über Ehe und über Kindererziehung und über das Saufen und vor allem über Fußball. Wir hatten eine Beziehung von Mann zu Mann, keinem war gleichgültig, wie der andere lebt, welches Schicksal er hat und was mit diesem oder jenem Kind passiert. Es war ein echtes Interesse aneinander da. Dadurch war diese Partnerschaft so reibungslos, nicht reibungslos im negativen Sinn. Es war nicht immer alles eitel Wonne, man hat einander auch widersprochen, aber immer auf der Basis eines großen persönlichen und handwerklichen Respekts. Jeder hat am anderen geliebt, was er selbst nicht konnte.

Ich habe an Hildebrandt immer die Möglichkeit einer Spontaneität geliebt, wobei ich jetzt nicht Improvisation meine, sondern dass er sich zugetraut hat, in kürzester Zeit auf Aktualitäten zu reagieren und es auch gekonnt hat. Er hatte die Nerven, sozusagen in der Garderobe noch Text zu lernen, einen Text, den ich nicht aufzusagen gewagt hätte, hätte ich ihn nicht einen Tag vorher schon gekonnt. Er ging mit den Sätzen so ungeheuer locker um. Es sah so nach spontanem Einfall aus, was es aber natürlich nicht war. Bei Tänzern spricht man von Schwerelosigkeit. Bei

Fred Astaire sieht man eben nicht mehr, dass die Stepfiguren blutigst minutiös erarbeitet sind. Am Schluss ist es einfach so, es passiert. Der Stepptanz passiert mit ihm. Das ist vielleicht das beste Beispiel für das, was ich an Hildebrandt bewundert habe. Was er an mir mochte, war die geistige Ordnung. Dass ich sofort in der Lage war zu sagen, entschuldige, das kommt nicht hier, das kommt dort. Das muss darauf folgen, sonst begreifen es die Leute nicht. Und dieses Argument ist überhaupt schief, das könnte man missverstehen. Hildebrandt hat einmal in einem Interview gesagt, er hätte durch mich eine neue Art des Denkens kennen gelernt. Und ich habe durch ihn eine neue Art des Redens kennen gelernt.

Ich könnte viel über den Privatmann und über den Kabarettisten Dieter Hildebrandt erzählen. Acht Jahre intensive Partner-Arbeit speichern Momente. (Ich hoffe in *meinem* Interesse, dass er vergesslicher ist als ich.)

Aber seit es sein erstes Erinnerungsbuch unter dem wunderbaren Titel »Was bleibt mir übrig?« gibt, muss man Hildebrandts Person nicht mehr beschreiben. Er hat erzählt. Er hat weitere Bücher geschrieben. Er liest gerne daraus vor.

Dieter Hildebrandt ist ein Sprechsteller.

Mit Dichtung kann und will er nicht dienen. Mit Schriftstellerei sehr wohl, wenngleich es sich, wie schon angedeutet, um eine sehr spezielle Art von Literatur handelt: aufgeschriebener Sprache. Sprache im Sinn von Gesprochenem, von Phonetik.

Damit bin ich bei einem germanistischen Thema gelandet, das ich – in vollem Bewusstsein der Müßigkeit aller dieser Debatten – ein wenig abhandeln möchte.

Es gibt Menschen, die von der geschriebenen Sprache beharrlich etwas anderes verlangen als von der gesprochenen. Mit sektiererhaftem, borniertem Eifer beurteilen sie die Qualität von Literatur nach der Distanz, die das geschriebene Wort zu dem gesprochenen gewinnt.

Ich kenne einen namhaften Lektor, der, vom Manuskript aufblickend, einen Satz dieser Art von sich gibt: »Ja, sagen kann man das, aber das kann man nicht drucken.«

Oberlehrer seiner Art irren grundsätzlich. Alles, was man sagen kann, kann man auch notieren, also schreiben, also drucken. Das hängt mit der Tatsache zusammen, dass die vom menschlichen Mund gebildeten Laute typografische Entsprechungen haben, die man Alphabet nennt.

Selbstverständlich sind Sprechsteller in der Regel nicht so vermessen, Literatur, die ihre eigene Sprache entwickelt, abzulehnen, gar zu verachten. Damit begäben sie sich auf das Niveau, das die Verwalter der hohen Literatur vice versa an den Tag legen.

Nein, Sprechsteller wissen um den Reichtum der Sprache, wissen um die unendlichen Möglichkeiten, verfolgen die Sprachbehandlungen der Dichter bis zur Zertrümmerung der Sprache und deren Verblödung durchaus mit Interesse, sie wollen nur ungern hören, dass man ihren eigenen Umgang mit Sprache in ein Ghetto verweist.

Die Sprechstellerei ist eine Richtung, eine Schule, ein Zweig der Literatur. Nicht besser, nicht schlechter, anders.

Dieter Hildebrandt ist der Prototyp eines Sprechstellers. Ein Blick in seine Kabarett-Manuskripte, im Besonderen in die seiner Soli, macht das sofort begreiflich. Hildebrandt notiert das nicht Notierte, schreibt den ungeschriebenen Nebensatz, den nicht zu Ende geschriebenen Hauptsatz.

Wie oft musste ich die Frage beantworten: Sagen Sie, da ist doch das Meiste improvisiert? Es war schwer und auch unnütz, jemandem begreiflich machen zu wollen, dass man Hänger – also Gedächtnislücken – auch schreiben kann. Es gibt zwei Schriftzeichen, denen man ihre Kraft beim ersten Hinsehen gar nicht zutrauen würde: den Gedankenstrich und die drei Punkte … Hildebrandt ist ein Virtuose dieser beiden Zeichen, zudem ein bedeutender Manipulant der Technik, aus einem Satz, einem Gedanken nicht mehr herauszufinden, sich zu verheddern und – vorgespielt: zufällig – mit der Umdrehung des Gedankens oder dessen Verballhornung zu enden.

Natürlich stand am Beginn dieser Technik die Natur (ein Wort, das man in germanistischen Kreisen freilich nur mit Vorsicht auszusprechen wagt). Der Sprecher, der Vortragende wird sich beim

Sprechen der ihm gemäßen Technik der Sprachbehandlung bewusst (was wiederum mit Wirkung zusammenhängt), er kultiviert seine Sprechweise und macht sich – über lange Zeit, bewusst und unbewusst – die Theorie seiner Sprachbehandlung zu Eigen. Eines Tages hat der Sprechsteller dann seinen Stil. Und die Qualität dieser seiner Art von Literatur besteht dann, wenn Bücher entstehen, darin, dass der Leser beim Lesen den Autor reden hört. »Tonfall« heißt der Stil. Ton – Fall.

Wir sollten den Zwiespalt nicht dramatisieren, hat er doch im generellen Unvermögen die Frontstellung von U und E abzuschaffen, die Kluft zwischen Belcanto-Gesang und zeitgenössischer Kompositionstechnik zu überbrücken, seine weit hergeholten aber doch brauchbaren Parallelen.

Kunst begreift sich als intolerante Religion und Literatur als besonders penetrante Sekte in ihr.

Gegenüber steht – quasi als Atheismus – das Miteinanderreden, das Einander-etwas-Erzählen von Menschen, oder – wie man auch sagen kann: die Kommunikation.

Vielleicht sind also Sprechsteller Grenzgänger, Boten, die zur Verständigung, zur Versöhnung von Literatur und Sprechsprache aufrufen.

Die Sprechstellerei des Dieter Hildebrandt, gedruckt, lässt diese Vermutung zu.

Hildebrandts zweites Buch hat den mehrfach interpretierbaren Titel »Denk-Zettel«.

Ein Denk-Zettel ist zunächst ein Blatt mit Notizen, dann etwas, was man jemandem gerne verpassen möchte und schließlich ein Imperativ: Denk-Zettel! Da der das aber nicht von alleine tut, muss der Verfasser einspringen.

Immer gelingt das nicht. Denn Dieter Hildebrandt ist ein Chaot. Er ist es aus Überzeugung. Sein Chaos hat System. Es ist die Quadratur des Chaotischen. Insoferne präzise.

Wenn er vorhat, über sich und sein Chaos zu schreiben, fasst er einen formalen Entschluss: chaotisch zu erzählen.

Diese Manier käme seinem Wesen doch sehr nahe, erkennt er, um dann zwischendurch das Chaos zu verlassen, exakter abzuleiten, sich genauer zu erinnern. Diese Inkonsequenz steigert das Chaos. Es wird unverlässlich, das Artgerechteste, was einem Chaos passieren kann.

Wenn Dieter Hildebrandt sich an sich erinnert, erinnert er sich an einen Chaoten, der er damals war, als Chaot, der er heute noch ist. Unter dem Zeitdruck, der Produktionspanik, die der Chaot braucht, um sich nicht ändern zu müssen.

Wer ihn kennt, hat die Chance, Chaos als höhere Ordnung zu begreifen.

Möglicherweise schriebe Hildebrandt an dieser Stelle auf einen Zettel: Werner widersprechen! So rasch will er sich sein Chaos nicht wegreden lassen. Aber er würde den Zettel verlieren.

Nach unserer Trennung – nur eben dieses eine Mal in der DDR unterbrochen – gab es 18 Jahre Pause. Die berufliche und räumliche Trennung ließ nur mehr einen losen Kontakt zu. Einmal kamen Dieter und seine zweite Frau Renate zu Besuch. Renate hatte von uns nur das letzte Programm, »Ende der Spielzeit«, gesehen gehabt. Wir spielten ihr und damit uns die ersten vier Programme vor. Wir lagen uns in den Armen.

Nach 18 Jahren trafen wir einander beruflich wieder. Als Bühnenschauspieler. Als Duopartner in der zunächst vom Autor selbst und dann von uns für uns neu gefassten Komödie »Sonny Boys« von Neil Simon. Die Einlösung einer Ur-Idee.

Es könnte im Tourneebus gewesen sein. Da haben wir ja über alles geredet. Über Menschen, die man aus diesen oder jenen Gründen mag oder nicht mag, über Schauspieler, Theatervorstellungen, Bücher und natürlich auch Filme. Zwangsläufig fielen uns als Duo arbeitenden Menschen die »Sonny Boys« ein. Wir waren uns einig in der Bewunderung von Neil Simon, Walter Matthau und George Burns. Wer von uns beiden gesagt hat, »Das müssten wir einmal spielen, wenn wir das richtige Alter haben«, ist – wie vieles – nicht mehr zu klären. Tiefenpsychologen könnten vermuten, wir wollten uns selbst prognostizieren, als Altgewordene noch jung und aktiv genug zu sein, die Aufhörer zu spielen und nicht zu leben.

Ich fuhr von einem Fernsehen in Stuttgart mit einem Produzenten nach München zurück. Auf seine Frage nach meinen Zukunftsplänen sagte ich, ich versuche, eher mich einzubremsen, als Pläne zu haben. Als aber der Produzent die Jahre des 1982 in Freundschaft und Harmonie auseinander gegangenen Duos Hildebrandt und Schneyder rühmte, fiel mir das alte, nie als ganz ernst begriffene Projekt ein. Jetzt hätten wir das richtige Alter, meinte ich. Der Produzent fragte, ob er sich um die seiner Meinung nach reizvolle Sache kümmern dürfe.

Ich rief Dieter Hildebrandt an, der sagte »Warum nicht?« oder »Aber ja!« oder sonst was in der Art. Er war wohl wie ich nicht sicher, dass was zustande kommt, aber neugierig, ob.

Und dann spielten wir »Sonny Boys« an den Münchner Kammerspielen, wo wir mit unserem dritten Programm »Wie abgerissen« 1978 erstmals gastiert hatten, weiter in Berlin, Hamburg, auf einer Riesen-Tournee.

Nichts vom Schicksal der beiden Bühnenfiguren stimmt für uns. Unser Trennungsgrund damals war die gemeinsame Erkenntnis, wir seien stilistisch und thematisch durch. Fine. Für jeden ging und geht es weiter.

Und doch! Zu den Ritualen der beiden Bühnenfiguren fielen uns auch einander manchmal nervende Gewohnheiten ein, zum Outsein der beiden so mancher Angsttraum. Und ihre Art, sich und die Mitmenschen ständig durch Pointen, Blödelei oder Aggression provozieren zu wollen, hat in unserem Privatleben durchaus ihre individuellen Entsprechungen.

Wir meinen, die beiden gespielten Herren sehr genau zu kennen.

Wir dürfen sie spielen. Das Schicksal war gnädig zu uns.

HELMUT QUALTINGER

Monument und Mensch

Helmut Qualtinger ist als Monument überliefert. Dieses Monument ist – nach allgemeiner Übereinkunft – eindimensional zu bewerten, zu bestaunen, zu verehren. Der Mensch, das Modell des Monuments, war aber ein höchst differenziertes, kompliziertes, vielschichtiges Individuum. Wenn es nicht erlaubt sein sollte an Helmut Qualtinger das Kabarettgenie, den Schauspieler, das Szenehappening, den Kobold, den Autor, den Trinker, den Familienvater, den Freund, den Bramarbas zu unterscheiden, erübrigt sich jedes Befassen mit seiner Person.

Auch wenn seine alten Freunde zu mir sagen: »Du hast ja Recht, aber warum schreibst du es?«, auch wenn eine Witwe böse reagiert, ein so großer Mann wie Helmut Qualtinger verdient, dass man über ihn jede Wahrheit sagt. Ich glaube sogar, es ihm schuldig zu sein. Zumal ich das vorzeitige Ende einer Freundschaft zu bedauern habe. Was immer noch schmerzt.

Helmut Qualtinger war als Kabarettist ein Genie. Da erübrigt sich die von mir sonst sehr sorgsam beachtete Trennung zwischen Kabarettschauspieler und -autor. Der schwere, zu Zeiten fettleibige Mann war nicht nur ein Phänomen im Herstellen von Tonfällen, Sprachmelodien, Redecharakteristika bis in die letzten Nuancen jedweden Dialekts oder Akzents, sondern auch ein Virtuose der Körperhaltungen. Man muss die Fettleibigkeit betonen, um zu ermessen, was einer können muss, der keine Probleme hatte, auch als Ballerino oder als Frau sofort glaubhaft zu sein. Er konnte Figuren in kleinen Szenen, in Mini-Auftritten Authentizität und Hintergrund geben, dass einem der Atem stehen blieb.

Die sprachlichen Fähigkeiten hat er sich bis in die späten Jahre als Vorlesender, als Vortragskünstler bewahrt. Aus der Unzahl von

Leseprogrammen muss man die Qualtinger-Fassung von »Die letzten Tage der Menschheit« des Karl Kraus herausnehmen. Wenn Kraus sein Werk ein Mars-Drama nennt, dann liegt dank Qualtinger eine Mars-Interpretation vor. Was der Mann hier leistete, entzieht sich der Beschreibbarkeit.

Seine schauspielerische Beschwörung in »Der Herr Karl« ist die einzige mir bekannte Vollendung einer Symbiose von Kabarett und Welttheater. Danach war einsehbar, es kann den Kabarettisten Qualtinger nicht mehr geben. So schade das war.

Helmut Qualtinger war ein sehr guter, sehr persönlicher Theater-Schauspieler. Kein außerordentlicher. Mit den abendfüllenden Rollen hatte er sich auf eine Figur einzulassen, sie konsequent durchzuhalten, wofür es ihm manchmal an Disziplin und Konzentration fehlte. Seiner Force der Verwandlungskunst aus dem Stand war er beraubt. Möglicherweise hätte man ihn als Schauspieler für stärker gehalten, hätte man ihn nicht von der Kabarettbühne gekannt, möglicherweise hat man ihn aufgrund der Verehrung aus Kabarett-Zeiten als Schauspieler überschätzt. Für beide Versionen gäbe es Belege in Film- und Fernseharchiven. (Ich kenne fast jeden Meter und werde später sagen, warum.) Fest steht, er war im Beschwören von anderen Stimmen sicherer als im hochdeutschen Gebrauch der eigenen.

Stärker oder auch ganz stark war er als Filmschauspieler. Da waren es oft eben auch Episoden, die durch diesen Interpreten hohen Stellenwert bekamen. Immer wieder gab es auch Variationen der den Qualtinger so lange definierenden »Herr Karl«-Figur (zum Beispiel in Fritz Hochwälders von Qualtinger aufgewertetem Stück »Der Himbeerpflücker«). Qualtinger genügte sich als Schauspieler aber nicht. Er hätte mehr sein wollen. Auch Autor. Auch Producer. Auch international. Er hatte ein ausgeprägtes Orson-Welles-Trauma. Das ließ ihn leiden und fabulieren.

Der jüngere Qualtinger als Szenefigur ist legendenumwoben. Die Legenden sind wahr. Er war, wo er auftauchte, das Happening. Seine Raumverdrängung als act und als Körper war enorm. Er war lange Zeit »Mister Wien«, Zentrum der nächtlichen Touren. Da war er – solange er nicht stockbesoffen war – etwas, was man heute einen Stand-up-Comedian nennen würde, nur viel, viel besser und böser. Unter Mitbenützung von Bildung und Information. Was Qualtinger immer auch ausstrahlte, war eine Unbehaustheit, für die es eigentlich keine Erklärung gab.

Zum Kobold, zum Meister der »practical jokes« muss nichts mehr gesagt werden. Das ist alles zu Tode dokumentiert. Wohl aber muss man viel sagen zum Autor Helmut Qualtinger.

Die in Teilen exzellente neue Biografie von Gunna Wendt stellt den Schriftsteller Helmut Qualtinger in die erste Reihe der österreichischen Literatur. Darüber könnte man noch streiten, vergliche die Autorin den Qualtinger nicht ständig mit Thomas Bernhard oder Elfriede Jelinek. Und dieser Vergleich ist schon aus formalen Gründen unzulässig. Diese beiden Autoren haben ein riesen Oeuvre der großen Form vorliegen. (Das ist wertfrei gemeint.) Qualtingers Genre-Monologe, episodische Beobachtungen, die den Kern seiner Literatur ausmachen, sind eher eine Weiterführung von Anton Kuh und Peter Altenberg. Oder auch Bohumil Hrabal. Diesen Vergleich möchte ich aber nicht ausführen.

Helmut Qualtinger war als ganz junger Mann als Autor produktiv. Sehr bald wurde es weniger. Es gibt nicht viele Kabarett-Texte, die nur er geschrieben hat. (Davon ist mit »Der Menschheit Würde…« allerdings einer unsterblich.) Als Kabarett-Schreiber, als Dramatiker, als Zeitungskolumnist fand er in Carl Merz einen noblen, der gedanklichen Disziplin und der systematischen Arbeit fähigen Partner. Von diesem Duo gibt es viele erstklassige Brettl-Texte, Zeitungskolumnen, Einakter und ein schwaches Drama (mit ein paar glänzenden Szenen) »Die Hinrichtung«. Nach meiner Einschätzung und auch persönlichen Erfahrung musste Merz mehr der Konstrukteur gewesen sein, Qualtinger mehr der Gagman. Das entspricht seiner Begabung zu jeder Idee sofort Assoziationen zu haben. Das Duo Merz–Qualtinger krönte seine Zusammenarbeit mit »Der Herr Karl«. Die Entstehungsgeschichte dieses Klassikers lohnt es sich bei Gunna Wendt nachzulesen. Sie ist in mehrfacher Hinsicht aufschlussreich.

Als Carl Merz gestorben war (es war Selbstmord eines Vereinsamten, Vergessenen), hatte Qualtinger eine totale Schreiblähmung. Seine erste Ehefrau, Leomare, hielt es für einen ökonomischen Wahnsinn, die Marke Qualtinger nicht weiterverwertet zu wissen. Sie, eine Journalistin, ergriff die Initiative, lieferte Texte an, legte vor. In einem ersten Sammelband wird sie auf dem Klappentext noch als Co-Autorin angegeben. Ihre noch lebenden Freundinnen wissen Details über ihren Anteil am wiedererstehenden Schriftsteller Qualtinger. Das wäre von der Biografin zu recherchieren gewesen. Heute taucht der Name der Ehefrau nicht mehr auf. Es hatte, was das Copyright anlangt, in Zusammenhang mit Scheidung und Erbe einen Deal gegeben. Auch der wäre noch recherchierbar.

Qualtinger hatte eine Form gefunden, die er auch im Solo immer wieder einmal fortsetzen konnte. Eine Form, die keine Konstruktion erforderte, oft nur eher zusammenhanglose Satzfetzen-Montagen, oft mit ermüdend notorischer »Schwärze«, oft schwache Fortschreibungen des »Herrn Karl«.

Als ich vor wenigen Jahren, also lange nach Qualtingers Tod, den Auftrag bekam, für die Kammerspiele des Wiener Theaters in der Josefstadt eine Bronner-Qualtinger-Revue zusammenzustellen, las ich alles, was es von Qualtinger gab. Ich konnte mich zu keinem seiner neueren Texte entschließen. Zum Unterschied vom Wiener Volkstheater, das einen Abend nur mit diesen Texten bestritt. Über das Ergebnis ist die Direktion befragbar. (Der Ordnung halber: Mein Versuch der Revitalisierung alter Nummern ging auch nicht gut aus.)

Mitteilenswert scheint mir in diesem Zusammenhang eine Episode zu sein: Zur Zeit der Schlussproben machte man mit mir ein Interview. Man befragte mich zu meinem Verhältnis zum Künstler und Menschen Qualtinger. Ich sagte, was ich in diesem Text auch schreibe, ich sagte es probengestresst, offenbar grob, jedenfalls las es sich in der üblichen Verkürzung so. Da schrieb mir der mir damals nur flüchtig bekannte junge Wiener Kabarettist Thomas Maurer einen scharfen Brief. Er verwehrte sich gegen meine kritischen Anmerkungen zum toten Genius. (Ein Briefwechsel führte beiderseits zu den nötigen Differenzierungen. Heute zählt

Thomas Maurer zu der sehr kleinen Gruppe österreichischer Satiriker und Kabarettisten, die ich meine Freunde und Kollegen nennen will und darf.) Was mir Maurers Brief damals bewusst machte, ist das Ausmaß der Geltung, die Qualtinger und sein Werk auch bei jungen Leuten haben, die ihn persönlich gar nicht gekannt hatten. Er ist heroe, Symbol. Daher wütend zu verteidigen. (Das ist auch richtig so. Auch ich habe meine Hausgötter, an denen ich noch so begründbares Kratzen nicht zulasse.)

Naturgemäß trug mir dieses Interview den endgültigen Hass und die Verfolgung durch die zweite Ehefrau Qualtingers, Vera Borek ein. Diese Witwe beansprucht das alleinige Wissen um Qualtingers Leben und verachtet eine Reihe von Leuten, weil die ihren Mann lange vor ihr kannten, Biografie mit ihm teilten, Dinge von ihm wissen, die er seiner zweiten Frau nicht oder anders erzählte. Über die Partnerschaft der Witwe haben sich in der Biografie von Gunna Wendt einige Irrtümer festgeschrieben.

Qualtingers Drang, als Autor gesehen zu werden, war tragischkomisch. Nach jedem Abschluss einer Rolle im Film oder Fernsehen erklärte er, er hätte sich vertraglich ausbedungen, seinen Dialog selbst schreiben zu dürfen. Das stimmte natürlich nie. Eine Zeit lang begriff er sich als Filmemacher, erzählte, er arbeite am Drehbuch zu einem Burgenland-Film. Oder zu einem Salzburg-Film. Beim Drehbeginn beider Filme (ORF, NDR) war keine Zeile da. Seine ihn immer deckende Frau Leomare sagte, diese Filme entstünden erst beim Schnitt. Das Ergebnis war in beiden Fällen katastrophal.

Alle Freunde Qualtingers kennen seine manisch wiederholten großen Pläne als Autor und Darsteller von Spielfilmen. Auf Fragen nach einem aufgeschriebenen Konzept wurde er unwirsch.

Qualtingers Manie, Dinge, mit denen er irgendwie, auch nur am Rande zu tun hatte, zu den ausschließlich seinen zu machen, hatte etwas Armseliges. Er litt darunter, dass die von ihm interpretierten unvergessenen Kabarett-Chansons nicht von ihm waren, versuchte, wo und wie er nur konnte, die Urheberschaft zu verschleiern. So findet sich auch in der Biografie das Bild der vier, fünf Herren rund um das Klavier, von denen einmal der eine und einmal der andere eine Zeile erfand, so dass man gar nicht mehr genau sagen könne, was von wem war. Das ist Unsinn. Gerhard Bronner lebt, man kann ihn befragen. Bronner ist in Sachen Qualtinger glaubwürdig. Qualtinger ist einer der wenigen Menschen, denen Bronner in der Nachrede nicht nur übel will. (Auch seine Grabrede auf seinen Freund und Star sollte nicht unterschlagen werden.)

Mir ist eine gespenstische Episode in Erinnerung. Ich hatte einen deutschen Gast, einen Mann aus der Fernsehbranche. Helmut Qualtinger kam zufällig zu Besuch und brachte eine neue Platte mit, Georg Kreislers »Nichtarische Arien«. Die müsse er uns unbedingt vorspielen, die sei besonders gut, deshalb habe er sie auch in seiner Plattenfirma produziert. Ich stutzte. Das »meine« Plattenfirma wäre ja noch begründbar gewesen, es handelte sich also um die Plattenfirma, bei der auch Qualtingers Platten erschienen, aber inwiefern hätte Quasi Georg Kreisler »produziert«? Wir hörten uns dann begeistert Nummer für Nummer an. Nach jeder sagte Qualtinger, ja mit dieser Produktion hätte er sich sehr viel Mühe gegeben, die hätte er mit besonderer Sorgfalt gemacht. Es sei ihm wichtig gewesen, dass diese Platte so gut wird und so fort. Manchmal sah er mich an mit einem Blick, der sagte: Du wirst mich vor dem Piefke doch nicht bloßstellen wollen. Ich sagte nichts. Tags darauf fragte mich der Deutsche, was Qualtinger denn da gestern gemeint, ob er vielleicht an den Liedern mitgeschrieben hätte.

An Thomas Maurer denkend, muss ich klarstellen: Alles, was ich zu Qualtinger zu sagen habe, habe ich ihm auch selbst gesagt.

Als die sechsteilige Fernsehreihe »Die Berufe des Herrn K.« in den dritten Programmen der ARD gelaufen war, schrieb ich im Jahre 1972 in der Literaturzeitschrift »Die Pestsäule« einen Bericht über die Entstehung dieses Projekts. Ich zitiere, um das heute Unwesentliche verkürzt:

Der Produzent Gerhard Freund sagte zu mir, er brauche für die ARD einen Qualtinger-Stoff. Ich denke nach. Ein Stoff für Qualtinger muss enthalten, dass Qualtinger selbst Stoff ist. Er ist ein imitatorisches Genie. Er könnte zum Beispiel die Berufe ergreifen, die in sind, die ankommen. Die, die jeden Zwischenraum besetzen. (Die Macher sagt Qualtinger später.)

Ich notiere einen Vorschlag: *Die Berufe des Herrn K.*

Herr K. steht in einer Menschheit, in der Figuren – gestern noch klein, hungrig, ehrgeizig, sinnlos ambitioniert – managend, checkend, fliegend, kreierend, konsultierend, konsumierend herumtaumeln. Herr K. recherchiert. Er lernt Kontakter, Lobbyisten, Rationalisierungsexperten, Konsulenten, Public-Relation-Leute erkennen, er studiert die Mechaniken der Laufbahn. Herr K. weiß jetzt: Der voraussetzungslose Erfolg liegt in den Berufen, die sich selbst erfanden.

Ich will schreiben, wie Herr K. derartige Karrieren nachvollzieht, gestisch, sprachlich, existentiell.

Das Dritte Programm sagt vorläufig: Ja.

Qualtinger sagt: Unbedingt. Er will den Stoff mit mir schreiben. Wir sollen ein Treatment vorlegen.

Qualtinger macht zwei Wochen Urlaub in der Toscana. Ich soll nachkommen, um zu arbeiten. Ich fahre hin.

Ich kenne Qualtinger schon lange und mag ihn. Aber ich kenne die Gefährlichkeit des Übermaßes an Verzweiflung und Monomanie. Dieser Mann kann Freunden und Ideen gegenüber nicht stabil sein. Seine Haltungen sind augenblickliche Reflexionen, abhängig vom jeweiligen Bewusstseinszustand. Seine Kritik besteht nicht, sie ist abhängig vom Einfall. Seine Aufsässigkeit hat kein Ziel. Sie ist Kompensation.

Das einzige Spiel, das dieser stille Ort duldet und hat, ist Boccia. Ich fordere Qualtinger zum Spielen auf. Er will nicht. Er hat kein Glück im Spiel, sagt er. Er hat nie Glück im Spiel gehabt. Er spielt kein Spiel. Wir spielen doch. Er sieht, dass ich spielen kann. Er sieht, dass er Glück haben kann. Er sieht, dass einer, der spielen kann wie ich, auch Pech haben kann. Ich erlebe, wie ein Mann seine Kindheit nachholt. Glücklich über gute Schübe, traurig über vergebene Chancen, elektrisiert vor Entscheidungen. Dies alles so naiv, dass klar ist: Er hat wirklich nie gespielt. Ich schaue ihm fassungslos nach, wie er hinter seiner letzten Kugel hergeht. Ich bewundere ihn. Ohne die Möglichkeiten des Erfolgserlebnisses in Sport und Spiel war er auf das Verhältnis Person – Beruf – Privatleben beschränkt. Er wurde nie oder nicht mit Erfolg auf Fluchtwege aufmerksam gemacht. Wie erträgt man dann alles? Ich weiß es nicht.

Zweimal täglich treffen wir uns an meiner Schreibmaschine, um ein abgesprochenes Quantum zu erledigen.

Qualtinger bringt eine neue Idee in das Projekt. Ich habe Berufe gemeint, die es schon gibt, die K. entdeckt, recherchiert und begreift. Qualtinger sagt, K. soll dazu noch Berufe erfinden, die er aufgrund seiner Beobachtungen logisch entwickelt. Ich bin begeistert.

Qualtinger ist ein Mann, der keine Fabel und keine breite Situation gedanklich halten kann. Der scharfe Gag, der pointierte Begriff sind seine Möglichkeiten. Und davon abgeleitet das spontan improvisierte Solo.

Die Arbeit ist schwierig. (Ich werde einmal den Carl Merz fragen, denke ich mir.) Qualtinger formuliert etwas und wirkt zufrieden. Er sagt, damit ist etwas *erwischt.* Ich weiß nicht, was erwischt ist und will es wissen. Qualtinger sagt, das sei Sache der späteren Ausführung. Ich will nicht etwas nur als Reizwort notieren, ich will andeuten, wie die Sache dann im Bild aussehen soll. Qualtinger wird unwillig. Er hat schon oft genug in seinem Leben Drehbuch geschrieben. Ich weiß nicht, welches und wann. Aber ich will nicht fragen. Ich weiß ungefähr, welche Mogeleien auf solche Fragen kommen, mit denen der Mann sich verkleinert, ich ahne und kenne teilweise schon sein traumatisches Verhältnis zur Arbeit des Schriftstellers.

Ich schreibe etwas Nebuloses hin, einerseits in der Hoffnung, dass das Dritte Programm nichts merkt, und andererseits in der Hoffnung, dass Qualtinger beim Schreiben des Drehbuchs dann wirklich mehr weiß. (Gerhard Freund machte später äußerst behutsame Andeutungen, dass ich mich darauf nicht allzu sehr verlassen solle.)

Wir werden fertig mit dem Treatment. Wir sind eigentlich

zufrieden. Qualtinger sagt: Das wird das Monster des Establishments.

Der Sender akzeptiert das Treatment und hat keine Rückfragen. Die Buchaufträge werden vergeben.

Ich fahre nach Wien. Wir wollen in meiner Behausung arbeiten. Wir beginnen. Es geht nicht.

Ich habe die gleiche Angst vor der Ausarbeitung wie er. Ich weiß ja auch, dass nichts so wird, wie man es sich vorstellt. Aber ich muss schreiben. Es ist mein Broterwerb. Qualtinger muss nicht. Er kann sein Geld als Darsteller verdienen. Er hat immer diesen Fluchtweg gehabt. Deshalb hat er seine Pläne als Schreiber nie realisiert. Qualtingers Kraft, die Balance der Doppelbegabung aufrechtzuerhalten, geht zu Ende.

Ich sitze an der Maschine und biete noch und noch an. Qualtinger entscheidet sich nicht, hat selbst aber keinen Vorschlag. Manchmal fragt er rührend und freundschaftlich, ob er mir auf die Nerven gehe. Ich sage nein. Ich will verhindern, dass er aufgibt. Wir bringen eine Passage zustande. Qualtinger ist immer unwillig, wenn ich optische Vorschläge notiere. Ihn interessiert nur das Wort.

Qualtinger sagt mir, er könne so nicht schreiben. Ich sage, wir wollen es getrennt versuchen und dann kombinieren.

Ich komme mit etwas Fertigem zu ihm. Er ist nicht weitergekommen. Ich werde allein weiterschreiben.

Ich treffe ihn gelegentlich und zeige ihm Ergebnisse. Er freut sich und sieht die Möglichkeiten. Aber immer wieder kommt er, sich selbst quälend, darauf zurück, warum er selbst nichts schreibe.

Die Frage nach dem Regisseur ist schon längst akut. Alle Namen sind gefallen und von Qualtinger abgetan. Da erfährt er, dass der berühmte tschechische Regisseur R. in Göteborg sei und der Angebote harre.

Die Dreharbeiten beginnen. Spätestens jetzt muss sich die Qualität Alfred R.s bemerkbar machen. Die Nachrichten aus dem Atelier werden aber immer weniger zurückhaltend. Der Regieassistent meldet, der Regisseur drehe zu wenig Bilder, seiner Meinung nach könne man dieses Material nicht schneiden. Ich brülle den Regieassistenten zusammen. Auf ihn haben wir gewartet, dass er uns erklärt, ein tschechischer Meisterregisseur drehe nicht auf Schnitt.

Wir sehen die ersten Muster. Sie sind schlecht. R. sagt, wir könnten uns darunter überhaupt nichts vorstellen. Film sei Schnitt, und er habe eine exakte Konzeption.

Mit Qualtinger kann er überhaupt nicht. Da er die Berufe nicht begreift, begreift er nicht, dass Qualtinger für jeden Beruf eine Farbe bereitstellt. R. kämpft gegen die Farben Qualtingers. Er sucht die – in diesem Sujet sinnlose – einspurige, verhaltene Dämonie. Qualtinger resigniert etwa in der Hälfte der Drehzeit, lernt den Text nicht mehr und liefert meist nur mehr ab. In manchen Momenten ist er dennoch grandios, und sei es nur bei der ersten Probe, bevor der Regisseur ihn verwirrt.

Qualtinger und ich saufen schon einige Zeit ohne Rücksicht auf den morgendlichen Drehbeginn. Qualtinger leidet, quält aber mich, indem er immer erklärt, das komme davon, wenn man etwas aus Freundschaft (er meint auch zu Gerhard Freund) tue. Ich weiß nicht, was er damit meint. Er hat einen Vertrag, er hat eine hohe Gage. Wir anderen leiden auch. Aber er will, dass wir womöglich noch ein schlechtes Gewissen haben, dass er leidet. Er macht den Jammer gnadenlos nur zu seinem eigenen.

Was uns auf den Beinen hält, sind seine Parodien des R. Mit jener Genialität, zu der er im Atelier keine Lust mehr hat, spielt er Nummern eines großen tschechischen Regisseurs.

Es ist grausam, etwas nur mehr bis zu einem gewissen Grad retten zu können. Die Cutterin und ich werfen weg, ergänzen durch Archivmaterial, ich erfinde Off-Texte, ändere das Buch, um gedrehten Bildern einen Sinn zu unterschieben. Manchmal schaut Qualtinger vorbei und findet, was wir tun, heroisch. In der Nacht erzählt er allen Leuten, dass er gerade seinen Film schneide. Das kenne ich jetzt schon von ihm, ich bin ihm nicht böse, das ist eben so.

Qualtinger macht aus seinem Dilemma einen großen Erfolg:

Die Parodie des R. Ist das ein Schlüssel zu dem Menschen? Wann und wo entstand Qualtingers Aufsässigkeit?

Wie ich Qualtinger viel später in »Das falsche Gewicht« sehe, ist er ein einsamer Schauspieler geworden. Ist das Ende des aggressiven Imitators der Beginn des leidenden Menschendarstellers?

Qualtinger war wegen dieses Textes nicht böse. Wohl auch, weil er kein gutes Gewissen hatte. Leomare Qualtinger sagte mir, nie noch hätte einer ihren Mann psychologisch so genau erfasst und beschimpfte mich dann wegen der Veröffentlichung der Erfahrung, er könne nicht schreiben.

Qualtinger und ich blieben Freunde. Verbrachten Silvesterfeste miteinander, tanzten Pas des deux, parodierten Catcher, soffen und diskutierten.

Die erste Entfremdung verschuldete der ORF. Qualtingers Uralt-Kumpel, der liebenswert verrückte Flo Nordhoff und ich, hatten von Gerhard Freund den Auftrag erhalten, für das ZDF einen 90-minütigen Porträt-Film über Qualtinger zu drehen. Nordhoff recherchierte, machte die Tricks. Ich schrieb das Buch und führte Regie. Qualtinger spielte mit viel Ambition mit.

Der ORF übernahm den Film und kürzte ihn ohne mein Wissen unsensibel und niederträchtig um 20 Minuten. Er nahm dort, wo etwa Gerhard Bronner Gutes und Kritisches über Qualtinger sagte, das Gute weg. Er verstümmelte die wichtigen Passagen mit Carl Merz. (Es ist ein Verhängnis, dass wir beim Schnitt die vielen, zu langen Passagen des Carl Merz über seinen Freund schon kürzen mussten. Und wir haben sie idiotischerweise weggeschmissen.)

Der Film hatte also eine Qualtinger-kritische Schlagseite bekommen. Er hat mir nie geglaubt, davon nichts gewusst zu haben.

Als er dann von mir und über Dritte erfuhr, ich hielte nicht viel von seinen neuen Büchern, grüßte er mich nur mehr knapp. Das tat weh.

Ich halte fest, mein literarisches Urteil wird von manchen nicht geteilt. Als Zeugin meiner Meinung führe ich Hilde Spiel an.

Als Qualtinger starb, wurde in Nachrufen kein Klischee ausgelassen. Er sei »an Österreich« gestorben, hieß es einmal. Er ist so an Österreich gestorben, wie Belgier an Belgien, und Afghanen an Afghanistan. Er ist gestorben an einem überintensiven Leben, ausgebrannt an der Reibung seines Genies und seiner Selbstsicht.

Einmal mehr verweise ich auf Hans Weigel und dessen Buch »Die Flucht vor der Größe«. Das Nichterkennen der eigenen Größe, das Sichverzehren durch andere Zielvorstellungen hat Weigel am Beispiel einiger der wichtigsten Österreicher als eine Art von Gesetzmäßigkeit erkannt. Helmut Qualtinger gehörte in dieses Buch. Wenngleich seine Größe so war, dass die Flucht daraus nicht ganz gelingen konnte.

Er bleibt als Monument.

GERHARD AMANSHAUSER

Wehren, warum?

Auf der Umschlagrückseite des neuen Buches von Gerhard Amanshauser, der wunderbaren Jugenderinnerungen »Als Barbar im Prater« meint ein Literaturkritiker: *»...ist seinem in etwa gleichaltrigen Freund Thomas Bernhard... an literarischem Wagemut überlegen.«* Man nimmt auch das schon dankbar hin, doch wäre zu ergänzen: Wagemut reicht nicht und Freund stimmt nicht. Ich rief Amanshauser an, um ihm zu gratulieren. Gleichzeitig ließ ich mir von ihm bestätigen, dass der Lobende fahrlässig Freund mit Zechkumpan früher Jahre verwechselt.

Einige Zeit davor hatte Amanshauser mich angerufen.

Er setzte voraus, ich hätte einen Nachruf, also eine »Totsagung«, mich betreffend, in einer Zeitung gelesen.

Das war zwar nicht der Fall, aber es freute mich ungemein von Amanshauser zu hören, Ich solle mir ja nichts daraus machen, der Verfasser sei »ein Trottel«, sagte er. Er sprach das Wort »Trottel« allzeit in ungeahnter Qualität aus. Das hat mit seiner Fähigkeit, den Vokal »O« zu sprechen, zu tun. Um das »O« des Amanshauser würden ihn viele Sänger und Sängerinnen beneiden.

Einmal sagte ich zu einem Kulturredakteur, ich hielte Gerhard Amanshauser für einen Autor, den ich jenen in den offiziösen Rankings an vordersten Tabellenplätzen Platzierten vorzöge.

»Den kennt nun überhaupt kein Mensch«, sagte der Kulturredakteur ehrlich, aber irrig. Gerhard Amanshauser kennen alle, die kleine Formen lieben, sich von gestochenen Gedanken und gestochener Prosa, von der feinen Nadel faszinieren lassen. Er ist bleibende große österreichische Literatur. Jetzt böten sich ein paar Namen zum Vergleich an, aber bei jedem Namen wäre dazuzusagen, der Vergleich stimme eigentlich doch nicht. Also wozu? Ein Œuvre liegt vor. Lesevergnügen wie »Ärgernisse eines Zauberers« oder »Terrassenbuch« sind nicht beschreibbar.

Denke ich an meine Jahre in Salzburg, wird die Figur Amanshauser immer wichtiger. Ich erinnere mich an nächtliche Szenen, die vordergründig mit seinen turnerischen Fähigkeiten zu tun hatten.

Nach dem Genuss von Wein in angemessener Menge pflegte Amanshauser, dem Lokal entronnen, auf dem Dach eines der nahe parkenden Autos eine »Waage« zu machen. Häufig fragte er, vor dieser Darbietung, ob ihm die begleitenden Personen diese turnerische Leistung (ich hoffe, es war die »Waage«, dieser Fachausdruck passt zu der mir exakt in Erinnerung verbliebenen Pose) noch zutrauten. Ich meine, Amanshauser hatte besonderen Spaß an seiner Schau, wenn dies verneint oder bezweifelt wurde. Eher unwillig machte er seine nächtliche Verrenkung auf dem Autodach, wenn ich ihn dazu aufforderte, sie mir wünschte. Weil ich ja um das Können wusste.

Warum ich Amanshauser so gerne mond- oder laternenbeschienen auf Autodächern balancieren sah? Das Bild war für mich Ausdruck einer künstlerischen Grundhaltung. Eine anarchische, sich über Verordnungen hinwegsetzende, technische Geräte missbrauchende Aktion, voll von Grazie, *apart*, um ein im Schaffen Amanshausers besonders häufig bemühtes Eigenschaftswort zu gebrauchen.

Die »Waage« eines Dichters auf einem Autodach, in Salzburg, nächtlich beleuchtet, ist angewandte Poesie. Sinnbild heiterer Verachtung.

Das Stichwort steht da: heitere Verachtung. Schreibe ich jetzt über das Thema »Satire im Werk Amanshausers«? Das ist mir nicht möglich. Weiß ich doch, dass Amanshauser, säße er mir jetzt und hier gegenüber, mir erklärte, mein Satire-Begriff sei anfechtbar, meine Gedanken – ungeachtet des einen oder anderen Treffers – im Grunde müßig, der Versuch, sich dem Thema witzig, philosophisch oder literaturwissenschaftlich zu nähern, unsinnig, da alle diese Blickwinkel gleichermaßen blöde seien.

Ich höre dem Gerhard Amanshauser – wie einst des Öfteren – amüsiert, aber ungläubig zu.

Satire ist, ich benütze meine eigene Definition, die künstlerische Ausformung von Kritik. Demnach sind in den Schriften Amanshausers Züge eines Satirikers aufzuspüren. Und doch zaudere ich. Satire hat für mich etwas mit Wehrhaftigkeit zu tun, dem Versuch von Wehrhaftigkeit, dem lächerlichen, hilf- und aussichtslosen Versuch, aber immerhin dem von Wehrhaftigkeit. Davon ist Amanshauser entfernt. Er ist ein Spötter. Er fällt in die Kategorie der von Matthias Claudius (»Sitze nie, wo die Spötter sitzen, denn sie sind die elendsten unter allen Kreaturen«) Verachteten und er erfreut sich dieser Verachtung. Denn, und da bin ich mit Gerhard Amanshauser ganz und gar einverstanden, er betreibt Spott nicht als Spott, sondern als Kunst, er stellt an seinen Spott höchste gedankliche, kompositorische und sprachliche Ansprüche. Er ist wahrscheinlich auch kein Spötter, sondern ein Dichter, der oft spottet. Er ist – trotz körperlicher Chancen (»Waage« auf dem Autodach!) – nie streitbar gewesen. Er hat parodiert, unendlich elegant (auch apart wäre hier wieder denkbar gewesen) verhöhnt, aber er hat sich nie gewehrt.

In einer Geschichte kriegt der Student eine ans Kinn, geht zu Boden, der Schläger fordert ihn auf, sich zu wehren, der Student antwortet: »Warum?«

Warum?, frage auch ich. Amanshauser gibt die Antwort.

»Erst als Niedergeschlagener… erreichte er volle Klarheit des Denkens…«

Das ist eine klare Aussage, eine Lebenshaltung. Der Heiterkeit nach dem Erwachen aus einer Prügelohnmacht begegnet man an anderer Stelle wieder.

Dreimal lese ich diesen Satz:

»Dinge einsammeln, einpacken, Blut abwischen, Spuren beseitigen und fort von hier.«

Ich löse ihn aus der Geschichte heraus, stelle ihn an das Ende der literarischen Existenz Gerhard Amanshausers. Spuren beseitigen wird nicht funktionieren, ich hoffe nicht. Dazu ist das alles zu gut, was da steht. Und so wohltuend nicht dick, nicht aufgebläht, nicht künstlich verlängert.

Amanshauser ist Zeitgenosse anderer österreichischer Autoren, denen man größten literarischen Rang, satirisches Genie, kritisches Ingenium nachrühmt. Ich nenne als Extrembeispiele Thomas Bernhard und Elfriede Jelinek. Beider Werk hat nicht annähernd den Verstand Amanshausers, beider Werk nicht annähernd Amanshausers sprachliches Format. Beide aber hatten Amanshauser etwas voraus: Sie haben sich gewehrt, von Anbeginn an. Gegen die Art ihrer Existenz, gegen ihre parzielle Beschränkung, gegen die Gefahr, unbeachtet zu bleiben.

Ihre Literatur war ein Umsichschlagen, was selbsttätig mit Windmacherei zu tun hat. Davon war Amanshauser immer frei. Er war damit beschäftigt, »*volle Klarheit des Denkens*« zu erreichen, und da dieser Versuch verzweifelt macht, hat er ihn mit Alkohol stimuliert bis unterbrochen. Was das Saufen anlangt, ist Amanshauser fraglos Realsatiriker.

Wenn ich meine, Amanshauser hat sich auf literarischem Gebiet nicht gewehrt, so könnte man einwenden, das stimmt nicht. Da gab es doch die grandiose Bernhard-Persiflage, die die Methode des Satzfabrikanten gnadenlos bloßstellte. Aber zum Satiriker gehört Nachhaken, Trotz. Amanshauser wird gerne gehört haben, dass diese oder jene Person den Text gelesen und hervorragend gefunden hatte. Dass er an den grassierenden Urteilen und Einschätzungen nichts ändern konnte, nahm er gelassen hin. Auf Barrikaden ging er nie.

Mit »Materialien zu einem Lautgedicht« liquidierte Amanshauser, ich wiederhole: liquidierte, eine gängige Art literaturwissenschaftlicher Betrachtungsweise. Aber er hatte mit Sicherheit nie etwas dagegen, wenn ihn Repräsentanten dieser Betrachtungsweise – ehrlich oder aus Selbstschutz – auch gut fanden. Das ist so, glaubt Amanshauser (wie ich glaube), und sich dagegen zu stellen, sich deswegen immer wieder hartnäckig aufzuregen, ist sinnlos. Leute wie ich, die politische Satire betreiben, die meinen, mit Mitteln des politischen Witzes »aufklären« zu können, sind im Irrtum. Mir tut das immer ein wenig weh, wenngleich man mit dem Älterwerden nicht umhinkommt, den Verdacht zu haben, Amanshauser könnte immer schon Recht gehabt haben.

Schade, ich finde das Manuskript nicht, das Manuskript meiner Funk-Besprechung des Buches »Aus dem Leben der Quaden«, das im geschichtsträchtigen Jahr 1968 erschienen ist. Rudolf Bayr hatte mich mit der Beurteilung des Buches betraut. Ich weiß, ich habe es nicht sehr gut besprochen. Weil es als Untertitel die Behauptung »Eine Satire« führte. Das hatte mich aufgebracht. Mit jugendlicher Begeisterung wollte ich den Begriff »Satire« bewahrt wissen vor dieser Haltung lächelnder, spazieren gehender, surrealer Ironie. Ich halte heute – siehe oben! – die Bezeichnung »Eine Satire« nach wie vor für falsch. Nur stört sie mich nicht mehr. Die Unexaktheit im Untertitel ist unerheblich angesichts der Qualität der Komposition. Dass die Quaden die Salzburger waren, die sich allzeit der sorgsamen Beobachtung Amanshausers erfreuten, habe ich damals schon begriffen. Heute weiß ich, wie genau die Zeichnung war. Dass Amanshauser ein Leben in Salzburg verbracht hat, muss mit seiner Philosophie der Chance durch das Niedergeschlagenwerden erklärt werden. Diese Stadt, ihre Reproduzenten-Hybris, ihre literarische Verschmocktheit, ihr bürgerliches Protzertum waren Humus des Spötters Gerhard Amanshauser. So wohl organisiert alles auf einem Haufen zu haben, was man gerne (ver)zeichnet, ist ein Glücksfall, mag er sich – bewusst oder unbewusst – gedacht haben.

Was ich jetzt anfüge, hat mit Literatur nichts zu tun, schon gar nicht mit Satire, ist aber doch biografisch unübergehbar. Gerhard Amanshauser kochte (wie andere mir bekannte Autoren auch. Wann wird über diese Zusammenhänge endlich einmal dissertiert?). Ich war beim Koch Amanshauser einmal zu Gast. Er bereitete primo Lasagne (es können auch Cannelloni gewesen sein), wie auch immer, sie waren unsensationell, sehr in Ordnung, secondo aber Schleien, gedämpft. Es waren die ersten Schleien meines Lebens, und wenn ich jetzt bekenne, diesen Fisch heute zu meinen Lieblingsgerichten zu zählen, kann man ermessen, wie der erste Eindruck war. Der hatte nun nicht ausschließlich mit dem Fisch und dessen Zubereitung zu tun, mehr mit dem Stil, dem parodistischen Brimborium des kochenden Gastgebers. Es handelte sich einerseits um die Parodie eines bürgerlichen Gastmahls, andererseits aber – kulinarisch begriffen – um das Gegenteil der Parodie, um das Original in Spitzen-Qualität.

Wir könnten uns über diese Formel der »satirischen« Literatur Amanshausers nähern, unterlassen das aber wegen der Gefahr gänzlicher Verständnislosigkeit beim Auditorium.

Ich schlage vor Gerhard Amanshauser zu lesen und die Frage »Satiriker oder nicht?« ungefragt zu lassen. Danach kann mit der Neuschreibung des Ranking begonnen werden.

Gerhard Amanshauser ist ein Solitär.

ANDRÉ HELLER

Vom Zuhochlegen der Latte

Vor vielen Jahren sagte André Heller zu einem seiner Freunde, für die er der Franzi geblieben war: Wir müssen uns schön langsam entscheiden, wer von uns beiden der Egon Friedell und wer der Karl Kraus wird. Darunter machte er es von Anfang an nicht. Der Gesprächspartner lachte und plädierte für den Versuch, man selbst werden zu sollen.

André Heller wurde André Heller. Dazu reichte seine Begabung. Ob der vorangegangene Satz ein Kompliment oder eine Hinrichtung ist, darüber gehen die Meinungen extrem auseinander.

Fest steht, André Heller ist eine nationale Größe, was den Bekanntheitsgrad anlangt, seinen Namen umgibt eine Aura, Staatsbesuche schmücken sich mit seiner Präsenz. Solch eine Stellung erreicht man nicht ohne großes Talent. Zu klären ist nur, um welche Art von Talent es sich handelt. So viel sei vorweggenommen: Keinesfalls um das Talent, das Heller für sein Leben gerne hätte, gehabt hätte. Dieses fehlende hat er durch ein grenzgenial anderes substituiert. Das fehlende Talent ist das, Kunst herzustellen. Das vorhandene Talent ist die Kunst, das zu kaschieren, zu camouflieren. André Heller ist der beste PR-Mann der mir bekannten Welt. Objekt seiner PR-Fähigkeiten ist André Heller als Marke.

Daneben aber ist André Heller – und das macht die Wertung der Person verantwortungsvoll – ein hochpolitischer Mensch, brillant, suggestiv in der Formulierung seiner Ablehnungen und Hoffnungen, ein wichtiger Staatsbürger. Er macht gewissermaßen aus einer auf obskure Art und Weise hergestellten Geltung etwas sehr Sinnvolles. Das macht die Einstufung seiner Person doppelt schwer.

Beginnen wir mit meiner subjektiven Beurteilung seiner künstlerischen (Wort, Bild und Ton) Ambitionen. Deren Prinzip war die zu hoch gelegte Latte. Die voreilig lauthals verkündete Absicht, den großen Sprung zu wagen. Vor diesem aber bekam Heller Angst. Er begann, über die Technik zu flunkern, mit der er die Höhe meistern wollte, begann die Latte blumig zu beschreiben, deren Höhe »poetisch« zu interpretieren, rief alle Menschen zusammen, gewann Zeit durch die ständige Wiederholung der Ankündigung seines Sprunges, wie er in dieser Form noch nie zu sehen gewesen wäre, verzögerte – sich immer panischer seiner gänzlichen Untrainiertheit bewusst werdend – die Ausführung des Sprunges, und als der beim besten Willen nicht mehr vermeidbar war, lief er unter der Latte durch und erklärte, das wäre die endgültige Überwindung der Schwerkraft gewesen, der alternative Sprung. Was allen Unternehmungen, die nach meiner Ansicht in dieses Bild passen, gemeinsam war: Sie waren dank des Witzes und des Raffinements der Ausreden nicht qualitätslos. Daraus entstand im Laufe der Zeiten eine Virtuosität.

Als ich ihn kennen lernte, zeigte er mir seinen ersten Roman. Der hatte eineinhalb Seiten. Auf meinen erstaunten Blick sagte der bunte junge Mann, er sei dagegen, dass Romane immer so lange dauerten. Diese erste Episode erklärt ihn als Künstler bis heute. Er hatte nie die Nerven und die Geduld, sich entstehen zu lassen. Er wurde nicht Dichter mit Hervorbringungen, die den vorübergehend ins Spiel gebrachten Namen André Miriflor gerechtfertigt hätten. Er nannte sich André Miriflor, bis es ihm selbst zu peinlich werden musste, dass diesem Namen nichts entsprach.

Als Franzi Heller war er ein witzsprühender Kopf, politisch immer hellwach, bizarr lustig, in der Improvisation unschlagbar, unverschämt und charmant. Er hätte alle Anlagen zum literarischen Journalisten gehabt, zum feuilletonistischen Spötter, aber seine Latte lag in olympischen Höhen, er wollte partout »Poet« sein, ließ sich diesen Anspruch sicherheitshalber gleich einmal in den Pass eintragen, erst als die Sache mit der Poesie schon zu abgenudelt war begnügte er sich mit dem Anspruch »Künstler«. Da aber nie auszunehmen war, um welche Kunst es sich handeln könnte, einigte er sich mit seinen Journalistenfreunden auf »Universalkünstler«. (Da ist es bis zur finalen Kategorie »Gesamtkunstwerk« nicht mehr weit.)

Was André Heller von Anbeginn an zum Künstler fehlte, waren Fleiß, Nerven und Skrupel. Also wich er aus. Es gab die unterschiedlichsten Karriereansätze, und ich bitte mir nachzusehen, wenn ich sie biografisch durcheinander bringe.

Da gab es zunächst einmal den Chansonnier André Heller. Es wäre amüsant, ein Quellenverzeichnis seiner Texte zusammenzustellen, ist aber natürlich müßig. Mit seinen Liedern ging er auch auf Tour. Das dürfte ihm aber bald zu anstrengend geworden sein.

Dann entdeckte er für sich das poetische Vehikel »Tod«. Dieses Wort strapazierte er bis zum Überdruss. Krönung der permanenten Selbstbeerdigung war eine Fernsehshow »Das war André Heller«. Zu gerne hätte man damals schon die Variante »Das ist André Heller« gesehen.

Dann kam er auf die Möglichkeit von »Son et lumiere«-Events aller Art. Denn da findet man einen Apparat vor, der nur mehr mit Wortgeklingel zu bestücken ist.

Da durfte bald der Zirkus nicht fehlen. Ein besessener Zirkusliebhaber war gerade im Begriff, einen zu gründen. Der brachte ein über Jahre erworbenes Fachwissen ein. André Heller erfuhr davon, witterte die Chance und bot seinen Namen, seinen Werbewert und die poetische Interpretation an. Die Sache funktionierte auf das Schönste, bis Bernhard Paul draufkam eigentlich von Partner Heller annektiert worden zu sein. Die Geschichte von Trennung, wechselseitigen Anwürfen und späterer Versöhnung war nachzulesen.

Nach dem Ausstieg aus dem Zirkus erklärte Heller einem Freund, er müsse jetzt etwas »ganz Großes« machen. Der versuchte, ihm das Gegenteil nahe zu bringen, wollte ihn ermutigen, sich mit einer substanziellen One-man-Show auf die Bühne zu wagen. Heller erklärte, sich keinen so langen Text merken zu können.

Nein, jetzt ging es los mit Show-Events, die auch gleich grundsätzlich »Wunder« genannt wurden. Heller erfuhr von einem besonders geschickten Feuerwerker. Was war näher liegend, als diese für sich gänzlich bedeutungslose Darbietung zum Extrem aufzublasen, mit Sprachnebel zu garnieren und die Chose medial zu vermarkten? Dann hatte Heller die Idee eines alternativen Vergnügungsparks. Den kündigte er mit so viel Verve an, dass sich namhafte Maler bereit erklärten, dessen Elemente zu bemalen. Die Sache selbst war dann eher ärmlich, ihr Ende kleinlaut. Vor der Kunstgeschichte bleibt Hellers Interpretation der Wesentlichkeit einer artistischen Disziplin: des Kunstfurzens. (Anmerkung für Naive: Das ist kein Witz, das ist reale Geschichte.)

Was machte er nicht noch alles! Er ließ überdimensionierte Drachen steigen, mit dem schlichten Anspruch, es handle sich um ein »Geschenk Wiens an die Welt«. Er arrangierte seinem »Freund, dem Maharadscha« ein indisches Fest, offenbar um den Indern zur Erkenntnis ihrer indischen Eigenart zu verhelfen. Auch von dieser Show gibt es natürlich einen Film und es lohnt sich, dem Abspann zu entnehmen, dass eine Wiener Kostümbildnerin für hinreichend indisches Kolorit gesorgt hatte.

Damit das nicht alles zu ironisch klingt: Hellers Interpretationen, also seine Verkäufe, waren grandios. Sonst wären die publizistischen Wellen nicht möglich gewesen.

Er wurde Weltmeister im Etikettieren. Als er für eine Plattenfirma ein jüdisches Gesangsduo erfand und produzierte, waren ihm die Namen der Sänger nicht jüdisch genug. Er taufte sie um.

Die Angst, die Unruhe, die André Heller daran hinderten, aus sich heraus etwas zu machen, ließen ihn immer Partnerschaften suchen. Hässlicher könnte man sagen, er sprang notorisch auf. Als Marianne Mendt raketengleich gestartet war, produzierte Heller die zweite LP, Mendts Karriere entscheidend irritierend, als Helmut Qualtinger auf der Höhe seines Ruhmes war, sang Heller mit ihm im Duett, als der Burgschauspieler Michael Heltau sich als Chansonnier durchgesetzt hatte, bot sich Heller dem vormals Belächelten als Produzent und Texter an (Letzteres nicht zu Heltaus Vorteil), als Wolfgang Ambros am Zenit seiner ersten Popularitätswelle war, wurde ein Duett aufgenommen und als Harry

Belafonte um die Welt zog, um – wahrscheinlich ehrlichen Herzens – für den Frieden zu werben, stand im deutschen Sprachraum der Heller Franzi neben ihm. Und was gab er in Wien, bei einer Massenveranstaltung zum Besten? Die Promotion der Duettplatte mit Ambros »Für immer jung«. Heller schien sich der Problematik der Verbindung von Engagement und Umsatz nie ganz bewusst zu sein.

Hinter Hellers Event-Industrie entstand ein Apparat. Ohne erstklassige Branchenleute wäre das Marketing für Heller nicht bewältigbar gewesen. Der Erfolg vervielfachte sich.

Ich habe hinter dem Aktionismus immer ein wenig Verzweiflung vermutet. Die Verzweiflung, eben nicht Karl Kraus, Egon Friedell und schon gar nicht Joseph Roth geworden zu sein, leider nicht einmal einer der Leute, die für André Heller eher erreichbar gewesen wären, etwa Peter Altenberg.

Heller veröffentlichte kleine Prosa. Sie war nie wirklich gut, sie war nie fertig, aber sie wies Beobachtungsgabe und Sensibilität nach. Geradezu zyklisch aber kündigte Heller Romane an. Zuletzt sogar mit Verlag und Erscheinungsdatum. Dann passierte vier Jahre nichts. Als dann der Verlag offenbar nach dem Verbleib fragte, griff Heller in den Zettelkasten der vergeblichen Anläufe, der Tagebuchnotizen und Materialien und publizierte den Erzählband »Als ich noch ein Hund war«. Die Kläglichkeit dieser Texte belegt alles über Heller Vermutete.

Einmal schaffte er es, ein Stückprojekt dem Wiener Burgtheater anzudienen. Und wieder wurde er Opfer seiner schlechten Nerven. Er schrieb das Stück nicht, er erzählte, was es werden würde. Eine »Hommage an Ferdinand Raimund«, zum Beispiel. Den hatte er schon für das Feuerwerk bemüht. Heller brachte kein Stück zustande und lieferte einen von seinen langjährigen Designerinnen bestückten bunten Abend der Bühnentechnik.

Schluss mit diesen – höchst unvollständigen – Erinnerungen. Nicht zu vergessen ist, dass André Heller nie schrieb oder entwarf, sondern immer nur seine »Träume realisierte«. Es wird einem bange, bedenkt man, was der alles zusammengeträumt haben muss. Er träumte ja auch zu malende Bilder, wie er diese im Fernsehen präsentierend gestand. Gute Freunde, des Malens kundig, dürften Heller geraten haben, die Bilder öffentlich nicht mehr vorzuzeigen.

Wer eine wirklich amüsante Kulturgeschichte der Tagesmoden schreiben möchte, sollte alle Heller-Interviews der letzten 30 Jahre lesen. Oder nur die Covertexte seiner Langspielplatten. Da gibt es keinen groß herausgekommenen Dichter, mit dem Heller nicht demnächst einen Film drehen wollte, da gibt es überhaupt keinen, keine und nichts, mit denen und dem Heller etwas vorhatte. Es ergäbe auch eine Kulturgeschichte des Journalismus, wenn man sich überlegt, warum nie ein Interviewer nachgefragt hatte, was aus diesem oder jenem Projekt denn geworden wäre. Nein, Heller lebt von der Faszination seiner Unschuld. Als er einmal einem Journalisten sagte, er würde demnächst eine Filmmusik schreiben, vergaß der Interviewer die Rückfrage, ob Heller denn auch Noten lesen könne. Er hat fraglos die Begabung im Gesprächspartner die Idee einer derartigen Rückfrage gar nicht aufkommen zu lassen.

Heller reüssierte als Agent. Wieder eine Tätigkeit, für die er unübertreffliches Talent hat. Er gab chinesischen Artistentruppen einen gut verkaufbaren Programmnamen, stylte sie auf etwas chinesischer und schickte sie als seine Inszenierung über die Lande. Jahrelang war die Formulierung »André Heller präsentiert« gut für Lizenzen. So auch einer Show, durch die Heller die große Überraschung verkündete, Schwarze vom Broadway könnten tanzen und singen, einer, die nachwies, Sinti und Roma hätten ein Nahverhältnis zu gegeigter Musik, einer, die aufklärte, gealterte Artisten könnten ihr Geschäft immer noch.

Heller wurde Generalvertreter seiner Firma mit Designerinnen und Designern, die von Landschaftsarchitekturen bis zu Schauräumen alles entwirft, was Heller dann rühmend erläutern kann, und wenn der Deutsche Fußballbund einen Werbefilm braucht, kreiert André Heller den Franz Beckenbauer als Hauptdarsteller. Aus dicken hochsubventionierten Bildbänden kann man sich über Hellers »Wunder«, Hellers Frauen und Hellers Narzissmus im Detail informieren. Er selbst ist glücklicher Besitzer eines der schönsten Ziergärten der Welt und wartet auf den Tag, an dem alle glauben, er hätte ihn angelegt.

Neben all dem ist André Heller immer mehr zum Mitinitiator und Frontmann innerösterreichischer politischer Initiativen geworden. Er hat auf Massenveranstaltungen glaubhaft argumentiert, fasziniert, er hat in Interviews und Statements an seine große journalistische Begabung erinnert. Er schadet seinen politischen Positionen, wenn er den Verdacht nährt, für eine politische Partei nur deshalb einzutreten, um deren oft recht unbedarfte Kulturpolitiker am Nasenring zu ziehen, sie zu veranlassen, ihm und seinen Leuten die Claims abzustecken.

Einen glaubhaften Heller könnte dieses sein Land brauchen.

Er aber drohte kürzlich im Interview mit »ganz eigenen Fantasien«, die er »bezüglich Erde, Pflanzen und Wasser im Kopf trage«. Und er hoffte, »dass ich mein funkelndes Schiff in den Hafen bringe«.

Ahoi!

ERIKA PLUHAR

Was Emanzipation sein kann

Das Wort Emanzipation, viel gebraucht und viel geschändet, hat bei dieser meiner Freundin (wie schön, so ein Wort im ursprünglichen Wortsinn verwenden zu können) zwei wesentliche Bedeutungen. Es handelt sich um Emanzipation vom Lebensparfum, ein Star zu sein, um Emanzipation von einem verquollenen oktroyierten »Poesie«-Begriff.

Die Schauspielerin Erika Pluhar ist Schriftstellerin geworden.

Schreibt sie Literatur?

Ein besonders populärer Literaturkritiker pflegt – mit schnarrender Stimme – gelegentlich über ein Stück Literatur zu sagen: Das ist keine Literatur. Nun ist es aber Literatur, sonst hätte er, der Literaturkritiker, es nicht in Händen, um es zu kritisieren, um sagen zu können, es ist keine Literatur. Was also ist es?

Es muss einen Unterschied zwischen Literatur und Literatur geben. Ich versuche ihn herauszuarbeiten. Indem ich sage: Es gibt Literaturliteratur und Literatur. Natürlich sind die Übergänge fließend und umstritten. Sonst müsste man ja nicht streiten, was was ist.

Was ist Literaturliteratur? Die vom literarischen Feuilleton als Literatur anerkannte Literatur. Die, deren Autoren bei deren Verfassen die Anerkennung durch das Feuilleton bewusst oder unbewusst mitbedenken. Die, die sich saisonal ihre Ereignisse schafft, ob sie nun tatsächlich vorhanden sind oder nicht. Der Geschichtsbewusste wird die Debatte, was Literaturliteratur ist und was nur Literatur, für nicht wichtiger halten als andere Gesellschaftsspiele.

Wie arbeiten Autoren, die ausschließen möchten, n i c h t zur Literaturliteratur gezählt zu werden? Sie verleihen dem zu Schreibenden eine zusätzliche Qualität. Das kann über die Form geschehen oder über die These.

Zur Form: Man kann z. B., wie man so sagt, die Sprache zertrümmern. Man erzählt irgendetwas, was nicht unbedingt mitteilenswert sein muss, macht aber in jedem Satz die gleichen grammatikalischen Fehler, verwechselt vorsätzlich Fälle, lässt Subjekt oder Objekt aus und erfindet Worte, die keine Eigenschaft haben, außer dass es sie bis jetzt noch nicht oder mit anderem Sinn gab. Zwangsweise ist damit diese Literatur Literatur.

Über die These funktioniert es etwa so: Man erklärt, die Bewohner eines Landes seien ausschließlich Kinder von Mördern und die Lebenden im Grunde tot, nur zu blöd, es zu bemerken. Will oder wagt man nicht, dergleichen schlicht für Unsinn zu halten, ist auch diese Literatur Literatur.

Daneben gibt es einen Kosmos von Geschriebenem und Gedruckten. Manches steigt vorübergehend oder für immer in die Literaturliteratur auf, begreift sich aber selbst lediglich als Lebensfunktion des schreibenden Menschen.

So ein schreibender Mensch wurde und ist Erika Pluhar.

Und unter diesen schreibenden Menschen gehört sie – ob sie es will oder nicht – zu einem Typus. Ein schreibender Mensch, der – aufgrund seines Talentes – die machbaren Erfahrungen gemacht hat, wie man etwas vorspielt und wie man etwas darstellt, wird immer etwas anders schreiben als ein Mensch, dem Pose oder Allüre fremd sind.

In einer Erzählung von Erika Pluhar sagt die handelnde Person: »*Was wissen Sie von der Lust des Augenblicks, was weiß irgendwer davon, der nicht auf der Bühne stand.*«

Ich glaube, diese Lust ist für diese Frau identisch mit der des Augenblicks, in dem der Satz niedergeschrieben wurde.

Die Schreiblust ist die Fortsetzung der Spiellust, Ausdruck einer übergeordneten Lust, der der Mitteilung, der Darstellung.

Schauspieler stellen andere Menschen dar, teilen andere Schreiber mit. Es ist nahe liegend, dass in ihnen der Wille wächst, selbst Gegenstand der Darstellung, in eigener Darstellung zu werden.

Das führt – in unserem Fall – zunächst zum Tagebuch, oder zum Lied, mit dem man selbst auftritt. Das führt zur Chronistin ihrer Emotionen oder zum – es gibt kein genaueres Wort – Singer/Songwriter.

Erika Pluhar wollte diese Veränderung von sich, diese entscheidend große Erweiterung ihrer Darstellungsmöglichkeiten, Erweiterung über kreative Emanzipation. Sie hat es geschafft. Was sie vorzuweisen hat, ist im Sinne der Literaturliteratur nicht innovativ. Dazu ein Satz aus einer Erzählung:

»Eine junge Schauspielerin warf mir Konservativismus vor, ich schrie, das sei die billigste Art und Weise Unvermögen zu tarnen, wenn man das, was man nicht könne, als konservativ aburteile.«

Begonnen hat es mit dem Tagebuch. Der Schritt zur Publikation kann nicht einfach gewesen sein. Als Erika Pluhar zum ersten Mal ihre »Tagebücher« aus der Hand gab, schrieb sie an eine Vertrauensperson: *»Verwechsle mein Buch nicht mit Literatur, es sind nur meine Dämonen, die ich an die Wand meiner Höhle gezeichnet habe.«*

Man sieht, auch sie hat sich den Umgang mit dem Literaturlitaratur-Komplex nicht ersparen können.

Als ihre »Tagebücher« erschienen, habe ich Rezensionen darüber gelesen, vielleicht nur eine, und ich erinnere mich dunkel an den Vorwurf der Exhibition. Er sei durch einen Satz entkräftet, den Erika Pluhar notierte, als sie den »Briefwechsel Sandrock-Schnitzler« las: *»Aber wie immer bin ich hingerissen von den Dokumenten einer tatsächlichen Lebenssituation – von den Worten, die eine augenblickliche Emotion aufs Papier geworfen hat…«*

Warum soll so ein Hingerissensein nicht für die Lebenssituationen gelten, die man selbst am besten kennt, die eigenen?

Freilich hat Erika Pluhar viel an Selbst-Entäußerung gewagt, als sie ihre Notizen über die Schauspielerin und die Akteurin der Lebensrollen – Mutter, Liebende, Verlassende, Verlassene, Alternde, die Welt sooo nicht Begreifende – freigab. Aber das war ihre Entscheidung. Und damit die richtige.

Schon in den »Tagebüchern« finden sich Beurteilungen anderer Personen, die vor allem dann wichtig sind, wenn sie gängige und bleibend unüberprüfte Meinungen relativieren.

Ein Beispiel: *»Qualtinger – ein unaufhaltsames Uhrwerk unzusam-*

menhängender Monologe, verkommen in seiner qualvollen Sucht, sich zu äußern, ohne Antworten zu ertragen.«

Es kommen die Lieder, die für sie selbst, auf der Bühne. Da spielt natürlich auch die eigene Person die Hauptrolle, aber schon erweitert um Beobachtung, lyrische Reflexion, ja auch Agitation. Und Dinge, die man vor kurzem vielleicht noch zu sich selbst sagen musste, sagt man jetzt – über die Liedform, mittels dieser besonderen Stimme – auch den Mitmenschen:

»Frau lauf weg
Nimm dich selbst bei der Hand
Schau dich um im eignen Land
Sei dein eigner Musikant...«

Das bedarf nicht der Interpretation. Das ist klar. Das ist Programm. Fanal.

In den Liedern und lyrischen Gebilden gibt es auch einen anderen Tonfall, der sich – wenn ich es richtig gelesen habe – nach und nach verloren hat. Es ist der, den man in unseren Breiten allzu lange Zeit allzu sehr für »Poesie« gehalten hat. Diesem Ton gegenüber steht die Lakonik von beispielsweise zwei wunderbaren Zeilen:

»Wenn dem Leben so zu trauen wär'
Wie dieser Leichtigkeit bei Fred Astaire...«

Dann kam eine Erzählung, die einer großen Liebe. Die war nicht mehr Tagebuch. Die war – wenngleich Chronik – im Nachhinein empfunden, in Ebenensprüngen komponiert. Und es ist eine Geschichte, in der der männliche Partner gleichberechtigte Konturen hat. Es ist die von einer Frau geschriebene Geschichte zweier Menschen, mit dem immer wiederkehrenden Versuch, auch die Perspektive der anderen Person zu begreifen, ihr gerechter zu werden.

Ein nächstes Buch – »Marisa« – hat ein großes Ende. Das größte der uns bekannten Enden. Den Tod. Den Tod einer Freundin. Ich als lesender Dritter und als Mann möchte lieber sagen: einer anderen Frau. Einer anderen Frau, die von Jugendjahren an der Autorin eine Antipodin in der Lebensführung, in den Zielen und in den Mitteln, diese zu erreichen, war. Zum Teil wohl auch ein alter ego. Wir lesen die Rückblenden der Begegnungen zweier Frauen, deren eine sich erinnern will, als es mit der anderen bergab zu gehen beginnt, beruflich und körperlich. Da beide Frauen Schauspielerinnen sind, erzählt das Buch viel über die Möglichkeiten ganz unterschiedlicher Existenz innerhalb dieses Berufes. Frauen leben. Spielen. Spielen Leben. Verspielen Leben.

Die eine hat es beschrieben. Und sie trägt während des Schreibens wieder den Kampf aus: den zwischen dem Interesse an dem anderen Menschen und der unstillbaren Lust, von sich selbst zu erzählen, sich darzustellen. Einmal ist die Erzählerin dazu da, die Geschichte der Heldin des Buches miterlebt zu haben, sie berichten zu können, einmal ist die Heldin dazu da, um die Autorin erzählen zu lassen, was sie angesichts verschiedener Situationen erlebt und gefühlt hat.

So ist »Marisa« ein Buch über die Grenzen des Miteinanderlebenkönnens, des Füreinanderdaseinkönnens, trotz der Liebe.

Ihr vorläufig letzte Buch »Verzeihen Sie, ist das hier schon die Endstation?« ist ein emanzipatorischer Wurf. Ein – ich zitiere die Autorin – »teuer erkaufter«. Eine private Tragödie war zu bewältigen.

Erika Pluhar lässt einen Mann eine Frau, eine Frau einen Mann durch Zufall kennen lernen. Es entsteht ein Gespräch. Und alles unverschuldet oder verschuldet Erlittene, alles, was Biografie ausmacht, kommt zur Sprache, ausschließlich im Dialog. Die Erfahrung der Schauspielerin wird auf wundersame Weise zum literarischen Element, denn der Dialog lässt die Szene und die Situation so genau entstehen, dass kein einziger nicht gesprochener Satz vonnöten ist. Auch das Interesse der beiden Menschen aneinander emanzipiert sich. Zu später Liebe.

THOMAS PLUCH

Mein Lebensfreund

Nachdem Thomas Pluch seiner Frau Erika Molny in den Tod gefolgt war, gab ich ein Sammelbuch heraus, einen »Reader«, den ich »Lese« nannte. In der verzweifelten Hoffnung, den Rang dieser beiden Autoren bewusster zu machen. Es scheint nicht gelungen zu sein. Nachdem aber in Pluchs Heimatstadt Klagenfurt eine Bühnenfassung seiner TV-Saga »Das Dorf an der Grenze« gespielt wurde, wird er möglicherweise wieder ins Gespräch kommen.

Ich jedenfalls werde nie aufhören, auf ihn hinzuweisen.

Thomas Pluch war in erster Linie Journalist, triebhafter Journalist. Alle seine Essays haben im Untertext kein »Ich will euch einmal was sagen«, sondern ein »Ich muss …«

Aus Kärnten stammend – wie auch seine Frau, die ihre Herkunft aber eher verdrängte –, stellte er sich immer wieder dem Thema Nationalismus und Fremdsein. Dann wurde ihm Wien als politischer und kultureller Fokus wichtig. Er versuchte – »Wiener« geworden – die Stadt immer noch von außen zu sehen und als Fremder zu begreifen.

Von Wien ausgehend, setzte er sich mit Kulturpolitik und Kulturberufen auseinander. Alle seine Forderungen an Literatur, auch an Journalismus, und hier besonders auch an den Wissenschaftsjournalismus, wurzelten in den Kategorien Humanismus und Pazifismus. Pluchs journalistische Kurz-Essays in den von ihm geschaffenen Zeitungsbeilagen sind oft Würfe. Ein Text über den österreichischen Staatsbegriff wäre in den Schulen zu verteilen. So unpathetisch und gescheit kann Patriotismus sein.

Sprache, also schreiben zu können, war für Thomas Pluch moralische Verpflichtung. Er hat sich ihr nie entzogen.

Thomas Pluch hinterlässt als »literarisches« Hauptwerk Filme.

Zum Drehbuchschreiben kam er über Mitautorenschaft bei einer kommerziellen Fernsehserie. Filmdramaturgie wurde ihm zur Leidenschaft. Desgleichen seine Abgrenzung vom Typus des »Filmemachers«, der Personalunion von Autor und Regisseur. Er setzte auf die Reibung zwischen Buch und Regie, auf gesteigerte Ergebnisse durch Konspiration von Urheber und Umsetzer. Glück und Unglück eines Drehbuchschreibers hängen also sehr von der Wahl des Regisseurs ab. Pluch hatte da bei einigen seiner historischen Stoffe Glück, ganz besonders bei seinem Hauptwerk, der dreiteiligen – durch einen posthum gedrehten vierten Teil ergänzten – Chronik eines zweisprachigen Kärntner Dorfes.

Einige seiner Zeitstücke wurden unter Wert realisiert.

Den ersten Preis seiner Karriere erhielt Thomas Pluch allerdings für ein »aktuelles« Fernsehspiel, das die Situation an der die Asyl Suchenden abwehrenden Grenze beschrieb. Während des Festes anlässlich der Preisverleihung starb Pluch.

Seine wichtigsten Drehbücher hatte er als »Filmprosa« für den Druck eingerichtet, im Falle des Spiels um den Ungarn-Aufstand geht die Bearbeitung bis zur reinen Erzählung.

Spät beendete er seine Zurückhaltung beim Verfassen von Prosa. (Fragmente, Entwürfe zu großen Romanen hatte es schon immer gegeben.)

Er schrieb ein Buch mit Geschichten um Erotik, Triebe, auch mit Antworten auf feministische Positionen seiner Frau oder deren Umfeld, »Nicht von dieser Welt«.

Eine Pointe seiner Autorenehe war, dass der Mann seiner Frau den – von ihr auch sehr mutigen, weil bekennerhaften – Geschichtenband im Manuskript zur Beurteilung vorlegte. Erika Molny beurteilte das Buch negativ, warnte vor der Publikation. Thomas Pluch setzte sich darüber hinweg. Die Anerkennungen, die er für seine Erzählungen erhielt, machten Erika Molny – ihres Fehlurteils wegen – sehr zu schaffen.

Thomas Pluch war genuin Dramatiker. Seine Drehbücher haben das bezeugt. Aber er hat auch Theaterstücke geschrieben. Rund ein Dutzend. Dieser Fleiß muss erstaunen, da die Stücke entweder keine Bühne fanden oder in den beiden Ausnahmefällen eher Misserfolge waren, ohne Nachspielbühnen blieben. Pluch begann mit seinen Versuchen über Theater als poetischer Realist, verstieg sich dann in komplizierte Ideen-Dramen, um schließlich – sicherlich durch die Filmarbeit beeinflusst – wieder zum Realismus zurückzufinden. Aber die Theater waren nicht talentiert genug, ihm beizustehen, seine Thesen- und Ideendramen sinnlich zu machen.

Es wäre nicht auszuschließen, dass näheres Befassen eines mutigen Theaters mit dem vorliegenden Material, posthum einem österreichischen Bühnenautor Gerechtigkeit widerfahren lässt.

Einmal war Thomas Pluch krank. Da ich wusste, dass er dazu kein Talent hatte, dass er zu Angst und Panik neigte, wollte ich ihn ablenken. Ich schrieb ihm einen Brief mit allen meinen aktuellen Depressionen zum Stand der Dinge im Weltenlauf. Gleichzeitig wollte ich auch nicht darauf verzichten, ihn mit Ratschlägen zum Thema Gesundheit zu nerven. Ich forderte ihn auf: Mäßige dich beim Speckschneiden!

Er antwortete:

»Erstens und wichtigstens: Dem Specke kann ich nicht entsagen! Hab allzu lang gedarbt. Zweitens und auch nicht ohne: Lasst uns die Welt erhalten. Wir haben nur sie.

Eine nicht nur rhetorische Frage: Wie ist das, wenn man in Todesnähe gerät – hypochondrisch, ich höre dich, doch immerhin mit kaltem Schweiß auf Stirn und im Nacken, wochenlang, Schüttelfrost außen und innen das Rückgrat entlang, das gewisse Beben in den Arschbacken –, und es setzt sich der Gedanke fest: Ich muss dich lassen, schnöde Welt? In welchem Koordinatensystem steht dieser Gedanke? Wer lasst, wer verlässt wen? Ich die Welt? Die Welt mich? Wer geht unter? Platzt mein Bewusstsein, wird nicht mit ihm auch die Welt atomisiert? M e i n e Welt freilich, aber gibt es für mich eine andere? Es gibt eine andere, ja, aber nur in der Zeit. Was aber, wenn ich aus der Zeit hinaustrete? Dieser individuelle Schritt, hat er nicht transzendentale Folgen? Ist nicht jeder Einzeltod in Wirklichkeit die Apokalypse? Was unterscheidet den zwanzigfachen, den millionenfachen Tod vom Tod? Hat er einen anderen Namen, ein anderes Gesicht? Für die Überlebenden gewiss, doch auch für die Toten? Das Grauen, der Anblick von Leichen und Trümmern, in welchem Lichte er-

scheint es im gebrochenen Auge? Wie argumentieren Tote für das Überleben? Du vermutest eine nichtswürdige Antwort auf all diese Fragen, weil du mich für zermürbt und kleinmütig hältst. Gefehlt! Wenn du im Staube liegst, wenn dir die Zunge heraushängt, wenn du die Hose voll hast, erwacht in dir ein Egoismus von einer solchen Vitalität, dass du dich der süßen Beklommenheit über den Zustand dieser Welt und der Menschheit gar nicht mehr entsinnen kannst und auch nicht magst. Das Leben und nicht der Tod trägt in dir einen Kampf auf Biegen und Brechen aus, wenn du krank bist. Der Tod beendet nur die Krankheit, er hat mit ihr sonst nichts gemein. Kranksein heißt, am Leben mehr hängen denn je. Jetzt erst ist das Leben für dich eine conditio sine qua non. Leben pur, weit entfernt von Kultur. Und dennoch hast du nicht das Gefühl einer Reduktion, einer Verarmung des Lebensgefühls. Das, was du in den Lebensgrenzbereichen als Leben empfindest, hat Urknall- und Urschreifrequenzen, und du bist dir dabei ganz sicher, dass nicht nur für dich urgeknallt und urgeschrien worden ist. Das dröhnt dem ganzen Menschengeschlecht im Kopf herum… Das Leben ist es, was die Welt im Innersten zusammenhält.«

Thomas Pluch liebte das Leben in seiner Totalität. Alles, was er politisch und künstlerisch dachte, war davon bestimmt.

Seine soziale Gerechtigkeitsliebe, sein politisches Engagement hatten einen simplen Ausgangspunkt:

Niemand ist berechtigt, den anderen daran zu hindern, anständig zu leben. Die Betonung liegt auf »zu leben«.

Alles, was Thomas Pluch als Privatmann tat, war der Versuch, den Begriff »Leben« durch prall gelebtes Leben auszufüllen.

Ich bin Zeuge seit den Tagen, da er vor seinem Zimmergenossen und späteren Freund die Kärntner Krainerwürste zwischen seinen Hemden versteckte, um auch selbst in deren Genuss kommen zu können. Was erstens nur teilweise gelang und zweitens dem Duft der Hemden nicht zuträglich war.

Ich bin Zeuge bis zu dem Tag vor seinem Tod, als er mir einen Brief an eine politische Partei zeigte, in dem er um Beantwortung von Fragen bat.

Er wollte zum Beispiel wissen,
warum in Österreich nach wie vor die »Umverteilung zum Kapi-

tal« und der »Verteilungskampf der Reichen gegen die Armen« läuft, warum Außenpolitik mit einer »Symbiose von wirtschaftlichem und weltanschaulichem Opportunismus verwechselt« wird warum »Medienpolitik fast nur mehr im Buckeln« vor einem Massenblatt besteht, »während die Meinungsvielfalt einen Überlebenskampf führen muss, dem alle linken Medien bereits zum Opfer gefallen sind«.

Und er fragte zusammenfassend: »Muss man, wenn man nichts weiter will, als den Status quo anzubeten, Mitglied einer sozialistischen Partei sein?«

So war er immer. Er wollte Antwort, Auskunft, Rechtfertigung.

Bekam er Antworten, die er nicht glaubte, hat er gestritten. Bekam er keine Antwort, beschloss er, es sich nicht gefallen zu lassen. Er sah nicht streitbar aus. Er war es. Jede Art von Schwindel trieb seine Cholerik ins Extrem.

Privat war er für die, die ihm die seinen wurden, wie ein Hirtenhund. Er umkreiste die Herde, um achtzugeben, ob nicht einer fehlte. Wenn einer lahmte, leckte er ihn. Wenn einer sich vorsätzlich verirren wollte, biss er. Zärtlich. Er war Freund und Vater. Oft gleichzeitig, alles durcheinander bringend. Chaotisch. Wenn es schwierig wurde, zwischen Individuen, Generationen, komplizierten Seelenzuständen noch irgendeine Brücke zu schlagen, fand Thomas Pluch den kleinsten gemeinsamen Nenner der Liebe: Er schnitt Speck und bot Wein an.

Er war Gastgeber. Ein guter Gastgeber. Ein stolzer Gastgeber. Er, seine Frau Erika und seine Töchter Barbara und Agnes haben, jeder auf seine Weise, einen alten Bauernhof zu einem Ort der Begegnung gemacht, den keiner aus seiner Biografie streichen kann, der je dort war. Dort war Warmherzigkeit zu Hause. Der reiche Tisch stand nicht für Wohlhabenheit, sondern für Bewirtung.

Als seine Erika nicht mehr da war, hat Tom bald eingesehen, es musste in ihrem Sinne sein, die Freunde nicht heimatloser zu machen. Zu Ostern des Jahres darauf haben sich wieder viele getroffen, die Alten und schon wieder neue Junge, und haben etwas gefeiert, was es in einer für uns begreiflichen Weise nicht gibt: die Auferstehung.

Thomas Pluch hatte Geheimnisse vor der Welt. Zum Beispiel: Seine Liebe zur Musik hatte eine praktische Vorvergangenheit.

Er war ausgebildeter Pianist bis zum Eintritt in die Meisterklasse. Ein kleiner, traumatischer Misserfolg ließ ihn Jahrzehnte auf keine Taste mehr greifen. Im letzten Jahr vor seinem Tod begann er wieder, seinen Mozart und seinen Beethoven zu üben. Kaufte sich wieder ein ordentliches Klavier. Zur Adventzeit sollte für die Freunde ein Konzert für Cello und Klavier gegeben werden.

Thomas Pluch war als Schreiber, als besessener Schreiber, keiner Kategorie verpflichtet. Dergleichen Leute beginnen in der Literatur erst etwas zu gelten, wenn lange nach ihrem Tod die ersten Magisterarbeiten geschrieben werden, wie »Thomas Pluch als…«, jetzt kann man beliebig einsetzen.

Wir, seine Freunde, mussten nach seinem Tod ertragen, dass die Rezensenten es offenbar immer schon gewusst hatten. In einem Nachrichtenmagazin feierte ihn der Nachruf für sein Hauptwerk, die große Chronik »Das Dorf an der Grenze«. Der Brief, in dem ich Tom für den höhnischen Verriss nach der Erstsendung in eben diesem Blatt trösten wollte, liegt in meinem Archiv.

Die Jahre vor seinem Tod hatte ich mit Tom eine ausgiebige Zeit. Es entstand das Gedicht »Alternde Freunde«.

»Wir werden wieder Tacheles reden.
Ich freu mich auf die Sauna-Zoten.
Wir nennen wieder mal fast jeden
Den größten aller Vollidioten«

Und dann –

»Und immer voll noch von Gemeinheit.
Verliebt in Pleiten und Skandale.
Alles, wie's war. Bis auf die Feinheit:
Das Ganze stinkt schon nach Finale.«

Der letzte Abend des Thomas Pluch vor jenem, an dem er gnadenvoll, aber viel zu früh umgesenst wurde, kann für sein Leben stehen. Am Tag hatte er gearbeitet, seinen Beruf ausgeübt, für seine Zeitungsbeilage geplant.

Dann traf er Freunde und erzählte zuerst, er hätte gestern zwei junge Menschen besucht, hätte sich in einem Falle über die gewachsene Lebensqualität durch neue Möbel gefreut, im anderen hätte er versucht, praktische Ratschläge zur Umsetzung einer Begabung zu geben.

Dann ging er mit den Freunden zum Heurigen.

Ganz rasch legte er davor einen politischen Briefwechsel auf den Tisch – als »Gute-Nacht«-Lektüre, wie er sagte. Beim Heurigen suchte er vom Büfett das Köstlichste aus, nicht ohne zu erwähnen, was davon so besonders ungesund sei.

Dann sprach er, weil eine Auszeichnung bevorstand, über Drehbücher, Filme und Fernsehspiele. Er trat für dieses ein, bestritt das andere, wunderte sich, forderte, höhnte und schwieg abwägend.

Dann sagte er – es war schon spät, und alle hatten reichlich getrunken – in einem Szenelokal würden zu später Stunde begabte junge Menschen etwas Interessantes aufführen.

Er wollte den einen, uns, etwas vorführen, er wollte den anderen, den Spielern, Leute bringen, die ihnen möglicherweise nützlich sein könnten.

Es war wieder nichts als ein kleiner Akt der Liebe.

In der Nacht vereinbarten wir das Datum für lange Gespräche.

Die Eintragung war zu streichen.

ERIKA MOLNY

Die Frau des Freundes

Sie war Freundin, die Kollegin war, Kollegin, die Freundin war.

Als sie die Frau des Thomas Pluch wurde, in den Lebenskreis seiner Freunde – so auch in meinen – kam, war sie eine lustige, ehrgeizige, analyse- und spottbegabte Person. Von der Ehe aus ihrem Berufsfeld, der Wirtschaft, herausgerissen, wurde die Unrast zu groß. Da ermutigte sie ihr Mann zum Schreiben. Damals wohl noch nicht ahnend, welche Partnerschaft, mit allen Chancen der Zusammenarbeit und allen Risiken der Konkurrenz auf engstem Raum, entstehen würde.

Erika Molny hatte schreibend eine Menge aufzuarbeiten und eine Menge einzubringen. Aufzuarbeiten eine Kindheit auf dem Lande, das Leiden unter einer schrecklichen Elternehe, die Narben verbissener Emanzipationsversuche eines jungen weiblichen Menschen aus der Provinz. Aufzuarbeiten schließlich das lange lastende Verhältnis zu ihrer Mutter. Getan in dem Roman »Bruchstücke«, auf das Unbegreiflichste unterbewertet oder übersehen. Mag sein, dass manches, was danach kam, aus dieser Enttäuschung zu erklären ist.

Einzubringen in den Schreibberuf hatte Erika Molny ökonomischen und damit politischen Durchblick. Sie vereinte den Hausverstand des Landkindes mit dem Fachwissen der Dealer. Sie sagte, wie das Mädchen in ihrem bleibenden Gedicht »Die Ballade vom frommen Kind«: *»Das glaub ich nicht«*, blieb dann aber nicht fromm und begann darüber nachzudenken, warum etwas nicht zu glauben, warum es unglaublich ist. Und sie kam drauf.

Den Typus Mann, der auf dieser Welt alles zustande bringt, was ein frommes Kind nicht glauben mag, hat sie in dem Gedicht »Der Technokrat« exakt beschrieben. *»Für Fragen fehlt mir die Zeit«*, sagt er, und seine Art aufzuzählen, wohin seine Zeit verkommt, demontiert seine Spezies.

Erika Molny schrieb vielerlei. Unterschiedlichstes in Art und Qualität. Es fällt einem nicht leicht eine literarische Disziplin ein, in der sie sich nicht gefordert hat.

Erika Molny war Erzählerin im ursprünglichsten Sinn des Wortes. Kaum ein Gespräch, in dem sie nicht sehr bald sagte, sie müsse »eine Geschichte erzählen«. Besonders plastisch und – auf eine eigentümliche Art – komisch waren die Geschichten, die sie von Menschen rund um den Jauerling erzählte.

Pluch und Molny hatten sich mit dem Leben auf dem Dorfe eingelassen. Sie wusste daher viel von den Nachbarn, über die Nachbarn, erzählte es gerne, und als die Zuhörer sagten, diese Geschichten müssten unbedingt aufgeschrieben werden, gestand sie, damit schon begonnen zu haben.

Sie hat zwei Romane publiziert. Der erste, »Bruchstücke« arbeitet das Leben einer alten Frau, der Mutter der Autorin auf. Der zweite »Die Frau des Malers« behandelt ein zentrales Motiv der Erika Molny: das Leben einer begabten Frau im Schatten des überbewerteten Mannes. Kompositorische Überambition, Produktionsdruck und möglicherweise auch schon die beginnende Krankheit ließen Molny scheitern.

Sie schrieb viel und gerne für das Kabarett. Erstklassige Interpreten verdanken ihr klassische Soli, Sketches, Chansons, Quodlibets.

Mit ihren Liedertexten brachte sie einen in Inhalt und Stil neuen Ton in die Wiener Brettl-Szene. Sie schrieb wunderbar spielbare, singbare Gedichte. Sie schloss die Schere zwischen Gstanzl, Couplet und Lyrik. Besessen variierte sie ihre Themen – Pazifismus, Umwelt, Technokratie, Mann-Frau-Verhältnis – in verschiedenen Spiel- und Sprachformen. Und der Bodensatz dieser Vielschreiberei ist Literatur.

Als Journalistin war Erika Molny die Erfindung ihres Mannes. Dann aber begann sie sehr bald, mit Thomas Pluch thematisch zu korrespondieren, mit ihm über Publikationen Dialoge zu führen. Das sollte sich in allen anderen schriftstellerischen Disziplinen fortsetzen.

Molnys journalistische Arbeiten, zwischen Essay und Glosse, hatten drei Kernthemen: Technologie, Geschlecht, Zeitgeist. Technischen »Fortschritt« verspottete sie, jenseits jeder Maschinenstürmerei. Sie wollte nur des Menschen Anteil an technischen Segnungen gewahrt wissen. Zu den Geschlechterfragen hat sie sich aus ihrer fraulichen Position geäußert. Sie hat nicht über den »Kampf« der Geschlechter geschrieben, sondern über die Problematik. Sowohl des Kampfes als auch der Geschlechterperspektive. Große Lust bereiteten ihr allzeit Attacken auf sinnentleerte gesellschaftliche Rituale, auf Moden und Trends voraussehbar alberner Kurzlebigkeit.

Oft schrieb sie extrem, oft unpopulär. Das erklärt die Schwierigkeiten, die der ehemalige Herausgeber des zu dieser Zeit einzigen österreichischen Nachrichtenmagazins mit Erika Molny hatte. Manche Kolumne erschien nicht. Manche musste nach des Herausgebers Meinung sofort entgegnet werden. Das beendete die Zusammenarbeit vorzeitig.

Die Frau des Freundes war von Anfang an Freundin. Sie stand im Hof des Vierkanters auf dem Jauerling, der zweiten Heimat, sagte kettenrauchend den Freunden angesichts noch zu erwartender Gäste, was noch dringend vorbereitet werden müsste, um dann statt dessen doch das Einnehmen eines beruhigenden Viertels und das Gespräch über den letzten politischen Skandal vorzuschlagen.

Sie war wunderbar beim Heurigen, beim »Leut'-Ausrichten«, ihr Hohn konnte beißend sein, ihre Verteidigungsreden für ihrer Meinung nach zu Unrecht Abgetane leidenschaftlich.

Wenn spät in den Nächten die Argumente scharf wurden, das Frau-Mann-Thema einen weiblichen Anwalt brauchte, der es mit den Männern mühelos aufnehmen kann, hatte sie ihre größte Zeit.

LORE LORENTZ

Die junge alte Frau

So gegen sieben kam eine alte Frau ins Kabarett-Theater. Das Stiegensteigen machte ihr Mühe. Ihr Gesicht sagte: Es ist mir nicht mehr zuzumuten. Dann ging sie in ihre Garderobe, malte und klebte, kam nach einer halben Stunde als Lore Lorentz heraus. Alterslos, spielwütig, souverän.

Bei einem schwierigen Duett legte sie dem Partner – verabredungsgemäß – die Hand auf die Schulter. Die Hand zitterte. Der Partner sah besorgt nach dem Gesicht. Das war ruhig, strahlend, wohltuend arrogant.

Ein Chanson war in der Form a-b-a-b komponiert. Also: die erste, dritte und fünfte Strophe hatten die eine Melodie, die zweite, vierte, sechste die andere. In einer Premiere ließ Lore Lorentz die zweite Strophe aus – ein Hänger. Sie zog den Text der dritten Strophe auf die Melodie der zweiten. Der Pianist begriff. Er würde nach der fünften Strophe aufhören müssen, da es für die sechste ja keinen Text mehr gab. Ohne dem Publikum das leiseste Gefühl der Unsicherheit zu vermitteln, verkaufte die Lorentz den jeweils falschen Text zur richtigen Melodie oder umgekehrt. Der Partner sah sie bewundernd an.

Im Fernsehen wurden Lieder aufgenommen. Nach jedem Take hatte man die Möglichkeit, sich die Sache im Regieraum anzusehen. »Kommst du mit schauen?«, fragte der Partner. Lore Lorentz verneinte lächelnd. »Ich schau mich nie an. Ich habe von mir eine andere Vorstellung.«

Der Partner in den erwähnten Episoden war ich. Andere haben Ähnliches zu erzählen.

Lore Lorentz war gebildet, gescheit und auf eine sehr einfache Weise engagiert: Sie hasste die Dummheit, von der kleinen Zeitungszeile bis zu ihren weltumspannenden Dämonien. Das Verhöhnen, das Verspotten, das dem Auslachen Preisgeben war nicht ihr Job, sondern Trieb.

Für die professionelle Umsetzung brachte sie alles mit: die das Deutsch-Böhmische nie verleugnende Sprachmelodie, die eminente Musikalität, die auch in der Prosa Voraussetzung für Pointensicherheit ist; das intuitive Gespür für die Balance von Text und Musik in Liedern, das Wissen, wann man eine Melodie verlassen kann, der Botschaft wegen sogar sollte, und wann man die Musik zu bedienen hat, um sie als kulinarische Transporthilfe zu nützen.

Man könnte Kabarettlieder der Lore Lorentz in Schauspielseminaren vorspielen. Aber es ist sinnlos. Was sie konnte, ist nicht erlernbar.

Lore Lorentz war keine oder kaum Autorin. Aber sie hatte – und das ist die Bedingung für Glaubwürdigkeit auf der Kabarettbühne – die intellektuellen Voraussetzungen zu fordern, zu bestellen, zu redigieren, zu vollenden. Ihre Art, Texte zu Ende zu denken, war in völliger Übereinstimmung mit ihrer eleganten, damenhaften Allüre. Das schuf die Marke.

Die Freunde kannten sie auch kindisch, mädchenhaft. Wenn der Primas im ungarischen Lokal einen großen Operettenschlager geigte und einer von uns mitsang, konnte sie heulen vor Glück. An den Debreczinern mit Sauerkraut hatte sie genauso viel Freude wie an ihren tollen Klamotten. Sie konnte und wollte immer auch genießen und belohnt werden.

Lore Lorentz' Leben war das Düsseldorfer »Kom(m)ödchen«, und damit ihr Mann Kay. Sie konnte keine zwei Sätze sagen, ohne den Namen des Kabaretts oder den des Mannes unterzubringen. Und wenn einer sagte: »Rot und weiß?«, sagte sie: »Wir haben früher im Kom(m)ödchen ja lieber Roten getrunken, aber zur Zeit…«

Wir wurden im Funk interviewt. Der Interviewer fragte mich: »Wieso arbeiten Sie so gerne mit Lore Lorentz?« Ich sagte: »Weil ich sie liebe.« Lore sagte: »Hoffentlich hat das der Kay nicht gehört.«

Einmal war sie so krank, dass man größte Sorge hatte. Ich

dachte, man muss der Frau in der Klinik das Gefühl geben, die Sicherheit, bald wieder spielen zu können. Wie war das zu versuchen? Indem man ihr was schreibt. Ich schrieb – fast als Privatbrief gedacht – das Lied »Die Wut ist jung«. Es sollte noch für einige Jahre – neben einem grandiosen Martin-Morlock-Chanson – zu ihrem Signet werden. Einmal sagte sie mir, der Text hätte ihr damals das Leben gerettet.

Als sie dann, nach einem Sturz auf der Hinterbühne, wieder ins Krankenhaus musste, schrieb ich ihr wieder einen Text. Ohne überzeugt zu sein, er könnte noch helfen. Daher war er auch schlecht. Und hat auch nicht mehr geholfen.

HANS WEIGEL

Die Aufforderung zum Fleiß

Wenn man zurückdenkt – und das Zurückdenken wird immer unvermeidlicher – dann fallen einem Schlüsselsituationen ein. Situationen, die im Moment des Geschehens belanglos und unsensationell waren, die aber im Laufe der Vita zu dramaturgischen Knackpunkten werden. Diese Situationen sind meist mit Menschen verbunden, oft mit Menschen, mit denen man über die Situation hinaus nichts mehr oder kaum etwas zu tun hat.

Hans Weigel war für mich so ein Mensch. Und bevor ich erzähle, wie und weshalb er für mich so wichtig war, muss ich wieder – manisch und chronisch – loswerden, der war auch kein Fachgenie. (Man merke, mit welchem Eingeschüchtertsein ich das übliche zweite Glied dieses zusammengesetzten Hauptwortes vermeide.)

Weigel hat einen Roman geschrieben, Theaterstücke (kulinarische), Stückbearbeitungen, Übersetzungen (formal virtuose), Liedertexte, Couplets, Kabarettnummern. Mit seinen Theaterkritiken prägte er eine Zeit lang die Wiener Szene (in den Kritiken gab es vom allzu billigen Wortwitz bis zur messerscharfen Analyse alles). Er durchschritt das politische Spektrum vom jungen sehr Linken bis zum alten bedenklich Konservativen und fühlte und bewährte sich als unermüdlicher Fürsprecher der literarischen Talente einer Generation.

Ich war rund zwanzig Jahre alt, als sich der erste Packen Gedichte – alles Versuche in der Tradition der Bänkellyrik – angesammelt hatte. Was tun damit? Im Café Raimund säße des Öfteren der Kritiker Hans Weigel, wurde mir gesagt. Dem könne man dorthin was schicken, der würde Arbeiten junger Autoren lesen, der hätte auch schon Leute gefördert.

Hans Weigel war mir als Theaterkritiker ein Begriff. Ich las immer mit größter Neugierde seine Liebeserklärungen oder Verrisse, ärgerte mich über wortspielerische Selbstverliebtheiten, bewunderte sein Eintreten für meinen damaligen Hausgott Eugene O'Neill.

Ich schickte ein Manuskript an Hans Weigel im Café Raimund. Drei Monate später bekam ich es zurück, begleitet von einem gar nicht so kurzen Brief. Ich wäre ohne Frage begabt, hieß es da (das las ich glückselig), drucken lassen sollte ich noch nichts (das las ich verbittert). Aber die Begründung dieser Empfehlung gab mir zu denken. Bei manchen Texten würde es mir später Leid tun, sie nicht mehr zurücknehmen zu können, stand da. Und dann wurden noch zwei Titel erwähnt, die nach Meinung Weigels meine Stärke bewiesen und den Weg beschrieben. Rund 40 Jahre später sage ich, alles, was in diesem Brief stand, war richtig.

Wann ich dem Hans Weigel vorgestellt wurde, warum er mich kannte, als er mich nach Jahren im Café Bazar in Salzburg ansprach, weiß ich heute nicht mehr. Ich hatte gerade – in vager Aussicht auf Drehbuchaufträge – mein Dramaturgenengagement in Linz gekündigt und beschlossen, »freier Schriftsteller« zu sein und zu bleiben.

»Schneyder, was machen Sie jetzt?«, fragte Hans Weigel hinter seinen drei Brillen, die er gleichzeitig trug. Ich erklärte die neue Situation. Nie werde ich vergessen, was dann kam: »Sind Sie fleißig?«, sagte er in einem durchaus autoritären Grundton, »sonst endet das nämlich mit einer Katastrophe.«

Der Satz traf mich zentral, denn selbstverständlich gab es in meinem Inneren bürgerliche Skrupel, jede Sicherheit aufgegeben zu haben. Es wurde mir in der Sekunde klar, die Existenz eines freien Schriftstellers wäre nicht mit endlosen Debatten über Vorstellungen der »Salzburger Festspiele« begründbar.

Ich zahlte, ging nach Hause und spannte ein Blatt Papier ein.

Wieder Jahre später – meine Zukunft hatte ihren wechselvollen Verlauf genommen – kam Hans Weigel nach einer literarischen Veranstaltung auf mich zu.

»Ich habe Ihr neues Buch gelesen«, sagte er. Gemeint war das zweite von drei dünnen Paperbacks mit Gedichten und Aphorismen, die sich später zum ersten »richtigen« Buch »Gelächter vor dem Aus« vereinen sollten. »Und wenn Sie nur diesen einen Satz geschrieben hätten, wären Sie unsterblich«. Er kostete mein fragendes Auge aus und zitierte dann einen Aphorismus. (Dass ich ihn nicht nenne, muss verstanden werden. Weder habe ich Lust, den Satz, noch die Meinung Weigels zur Diskussion zu stellen.) Aber ich wusste fortan, da gibt es einen Mann, der meine Arbeit verfolgt, ohne dass ich das weiß und der sich eine Meinung über mich gebildet hat.

Als ich später auf Vorschlag Weigels eine Auszeichnung bekam und er die Verleihung begründete, war die nie vertiefte Partnerschaft auf Distanz besiegelt.

Ich war sehr traurig, als nach dem Tod des Hans Weigel eine höchst intelligente, aber von ihrer Hybris gelähmte Kritikerin in einem Nachrichtenmagazin dem Hans Weigel nachtrat.

Alles, was andere und ich mit diesem Mann erfahren hatten, stellte sie in Frage, bezweifelte, was zu bezeugen ist, verbiss sich in Fehler, unterschlug Niveau und Verdienste. Ich war nahe daran, dem Magazin zu schreiben. Aber dann dachte ich an den würdelosen Kreislauf des kulturjournalistischen Geschäfts, daran, wie man dieser Frau dereinst nachtreten würde.

Hans Weigel, ich war fleißig, es wurde keine Katastrophe. Ich danke Ihnen für die Warnung.

JURA SOYFER

Ein Dichterjournalist

Wir, die wir nach dem Zweiten Weltkrieg zu denken und zu fragen begonnen hatten: – Was war das? Wie kam es dazu? Welche Menschen sind das, die mit »Heil Hitler!« zu grüßen bereit waren? – bekamen Auskunft von einer ganz bestimmten Art von Schreibern.

Man könnte sie dichtende Journalisten oder journalistische Dichter nennen. Autoren, denen die Reportage und das Gedicht gleichermaßen wichtig waren, weil sie alle Formen benützen wollten, um zu berichten, aufzudecken, vorherzusagen.

Jura Soyfer ist der Österreicher, der neben Tucholsky, Ossietzky und anderen steht und besteht.

Warum ihn heute noch drucken und lesen?

Aus formalen und politischen Gründen.

Die Reportagen aus der »Arbeiter-Zeitung« rufen in Erinnerung, was Journalismus sprachlich leisten kann, wenn man ihm Raum gibt, wenn man ihn nicht zum Bildtext ohne Bild degenerieren lässt. Wenn man von ihm die Beschreibung des Geschehenen verlangt, den Bericht.

Die Gedichte und Lieder Soyfers sind Beispiele für schnörkellose Direktheit. Sie sprechen für sich selbst. Nichts bedarf der Interpretation. Form, Rhythmus und Reim dienen der Verdeutlichung. Das Gedicht ist dazu da, um die Botschaft unübersehbar zu machen. Das ist Politlyrik, wie sie wohl zu allen Zeiten geschrieben werden muss. Haltung und Literatur sind eins.

Zu den politischen Gründen, Jura Soyfer vor allem jüngeren Lesern nahe zu bringen: Ein schreibender Zeitzeuge wie er hilft beim Versuch, die Zeit des Großwerdens der Nazis nicht zur historischen Grauzone werden zu lassen. Denn das wäre oder ist gefährlich. Denn das ermutigte oder ermutigt die Relativierer, die Über-Objektiven, die nützlichen Idioten einer sich stets erneuernden, in verschiedenen Schattierungen auf *andere Republiken* hoffenden braunen Basis.

Da wir in Österreich einen sogar von der Massenpresse geförderten Rechts-Populisten haben, der sich zunehmend das Prozessieren verkneifen muss, wenn ihn einer mit Nazis in Verbindung bringen will, ist vielleicht ein anderer Vergleich nützlich, der zwischen den mobilisierbaren Anhängern und Wählern. Soyfers Beschreibung der Hitler nach und nach anheim fallenden Wählerschichten und der dafür verantwortlichen wirtschaftlichen Voraussetzungen, sind in die Gegenwart verschiebbar, als Parallele oder als Warnung.

Besonders schön ist in diesem Zusammenhang der Bericht über einen Lokalpolitiker in der kleinen Stadt Oldenburg, den Soyfer mit Hitler vergleicht. *»Auch er versprach… jedem alles, den Bauern Aufhebung der Steuern, den Kleingewerbetreibenden Auflösung der zwei oldenburgischen Warenhäuser, den Arbeitslosen Erhöhung der Unterstützung und ›Schaffung von Arbeit‹. Als er an der Macht war, verriet er seine Versprechungen in einem Eiltempo so grotesk, dass der Geschichte seiner Herrschaft in den Annalen des Faschismus ein Ehrenplatz sicher ist.«*

Und dieser Satz soll als aktuelle Gebrauchsanweisung noch zitiert sein:

»Kleine, lokale Proben auf die Hitler-Seligkeit sind sehr nützlich, weil sie weitaus weniger gefährlich sind als eine große; und die Kenntnis von ihnen erspart viele bittere Enttäuschungen.«

Der Sozialist Jura Soyfer war vor allem auch Pazifist. So haben seine Attacken gegen den Krieg, seine Begründungen des Entstehens, seine Ansichten über die Rolle von Waffenindustrie und -handel angesichts unserer Gegenwart, unserer beschämenden Hilflosigkeit von anhaltender Barbarei im Herzen Europas bleibende Funktion.

Man scheut sich, eine abgedroschene Wendung »immer noch aktuell« zu Papier zu bringen, aber wie soll man es nennen, wenn ein junger Dichter vor über 60 Jahren Texte verfasste, die er morgen wieder schreiben könnte und müsste, lebte er noch.

Nach wie vor gilt auch:

»Ihr nennt uns Menschen? Wartet noch damit!«

REINHARD TRAMONTANA

Leise, aber unnachgiebig

Er heißt wie ein Südtiroler Heimatchor und sieht meist so drein, als wäre er gerade aus dem Chor ausgeschlossen worden.

Seit beinahe 30 Jahren schreibt er für ein Magazin, das einst als Monatsmagazin begann, mit dem gelungenen Vorhaben, ein Wochenmagazin zu werden.

Seit nunmehr 27 Jahren schreibt er in diesem Magazin eine ganzseitige Kolumne, »Profan«. Sie ist nie ausgefallen.

Das heißt, seit vielen Jahren produziert dieser Mann periodisch, ohne Pausen, Witz und Meinung, Hohn und Wut.

Er selbst sagt zu seinen Texten, sie seien *»meistens Übersetzungen aus dem Zornigen. Sie sind deshalb manchmal Notwehr, manchmal deren Überschreitung«*.

Manchmal sind sie allerdings auch, wenn es in sentimentale Bereiche wie Fußball und dergleichen geht, schiere Schwärmerei.

Gemessen an seiner journalistischen, schriftstellerischen Leistung ist Reinhard Tramontana unbekannt. Das liegt daran, dass er ein Leiser ist. Für Wiener Verhältnisse gespenstisch leise. Er findet sich auf den Parketten aktueller Diskussionen nicht ein. Seine Nicht-Präsenz grenzt an Fahrlässigkeit. Er wird wohl auch nicht gerufen, wenn sich politische Parteien mit Statisten oder gar Ezzesgebern aus der Szene schmücken wollen.

Da er wöchentlich gedruckt wird, bringt er sich um die Originalität jener Blender, denen halbjährlich ein joke gelingt. Verlässlichkeit und Konstanz scheinen unattraktiv zu machen.

Dem Mann ist nicht zu helfen. Er sagt:

»Ich habe Federn davor, mich mit den eigenen zu schmücken…

Um mich durchzusetzen, fehlt es mir an Punch, um mich kürzer zu fassen, an Drive – begreifen Sie jetzt, wie mir zumute ist?«

Da ich ihn persönlich kaum kenne, würde ich es glauben, sagte man mir, er spräche nur, wenn er unbedingt muss. Andererseits wird doch auch von Schreikrämpfen erzählt, die es in oder um Redaktionskonferenzen gegeben haben soll. Das ist zu verstehen. Denn vieles, was da zu lesen war, kann und darf Tramontana nicht still geduldet haben.

Er ist mit diesem Magazin in beispielhafter Treue verbunden. Herausgeber, Chefredakteur, Ressortleiter wechselten. Nicht immer auf die feine Art. Tramontana war die Konstante. Welche Leser das Blatt auch immer riskierte, die seiner Kolumne klugerweise nicht. Und auch er riskierte nicht den Stallverlust. Wahrscheinlich braucht dieser sensible Mann – ich unterstelle das – ein journalistisches Heimatgefühl, um schreiben zu können, wie er schreibt. Wer sein Magazin nicht liest, sollte in Büchern nachlesen, um zu wissen, wie Tramontana schreibt.

Nervig. Er merkt, was vorgeht. Er ist unnachgiebig, was das Einfordern von angekündigten oder selbstverständlichen Haltungen anlangt.

Die Sozialdemokratie der Salons, der Aufsichtsräte hat in ihm keinen Lobbyisten. In niederträchtiger Verschlagenheit dankt er *»dem Politiker seines Vertrauens: Ich habe getobt, als sie dich der von dir staatstragend strategisch ausgesparten Tatsachen überführen wollten. Ich habe in sinnvollem Zorn Flugblätter zerrissen, in denen pamphletiert wurde, du wärst die Animalunion aus Aas und Geier … Deine Ermunterung, die Gegenwart nicht mit der Zukunft zu verwechseln, hat mir sehr geholfen … Deine Entrüstung über die Unterstellung, du könntest mit einer schon vor einem Monat geäußerten Meinung noch in einen, wenn auch nur losen Zusammenhang gebracht werden, hat mir das Herz stillstehen lassen – ich wusste bis dahin nicht, dass es Infamie wirklich gibt.«*

Demzufolge kann er mit der christlichen Bourgeoisie von vornherein nichts am Hut haben. Wohl aber arbeitet er immer wieder den Sprossenabstand auf der Himmelsleiter heraus, wenn er einen Kardinal König mit einem Bischof Krenn vergleichen muss.

Zu allem, was sich da von rechts an die Demokratie anbiedern, anschmeißen, anschmieren will, hat er eine unbeirrbare Position:

»Und die Lämmer blicken einander an und murmeln: ›Na ja, manch-

mal hat er nicht unrecht!‹ Wenn die Lämmer so weitermurmeln, dann haben sie ihn sich verdient, dann f yourself.«

Tramontanas Aggression ist oft so beinhart, dass sich die Gemeinten wohl nur mehr durch Weglesen helfen können. Und er benützt die Grammatik. So sagte er zu einem reitenden Diplomaten, der dann Präsident wurde:

»Sehr geehrter Herr Doktor! Die reine Strenge meiner Mittel… zwingt mich… von Anfang an klare Position zu beziehen, so dass ich erklären muss, das ›sehr geehrter‹ ist keineswegs rückbezüglich gemeint, bedeutet also nicht, nicht einmal höflichkeitshalber, dass ich Sie ehre, sondern lediglich, dass Sie einer sind, der schon sehr geehrt wurde… Sehen Sie, so schon sehr geehrter Herr Doktor… die Ehre ist es, die Sie zeitlebens erstreben; und zwar nicht jene, die man besitzt, sondern jene, die einem bekundet wird.«

Tramontana weiß, was Sprache bedeutet:

»Den neuen Nazi erkennt man nicht unbedingt daran, dass er noch einmal ›die deutschen Ostgebiete‹ erobern will, nicht daran, dass ihm der ›Bund deutscher Mädchen‹ abgeht und dass er für Kruppstahl und gegen Versailles ist – man erkennt ihn an der Erbarmungslosigkeit seiner Sprache.«

Im Aufspüren dieser Erbarmungslosigkeit ist Tramontana erbarmungslos. Er nennt Rösser und Reitknechte beim Namen. Das hindert Germanisten allzeit, solchen Journalismus als Literatur zu begreifen. Mit gänzlich auswechselbarem Instant-Nihilismus tun sie sich wesentlich leichter.

Vertrackte Pointen, Sprachfallen haben nicht den Stellenwert von Suada. Jedenfalls nicht vor dem Ableben eines Autors, der in Zeitungen publiziert.

Tramontana ist böse, weil er die Menschen und ihre Chancen zu leben liebt. Er ist nicht böse, weil er sie ihnen nicht vergönnt, wie die Kleinbürger der literarischen Negation. Er gehört, ob er will oder nicht, zu jenen, für die postmoderne Jungschnösel das Wort »Gutmensch« erfunden haben.

Man muss sich fragen, warum ein pointensicherer Stilist, ein Wortspieler nicht auch wesentlicher Autor der Satire des audiovisuellen Mediums werden konnte. Die Antwort liegt wohl in der Meinung des Autors zu diesem Medium:

»Jeder Österreicher, der wenigstens bis zum fünfzehnten Lebensjahr unbescholten war, ist berechtigt, irgendeine Pfeife der größten Orgel des Landes zu werden … Die Treue zum Vaterland kann jene zur Muttersprache mehr als ersetzen.«

Und das Anforderungsprofil für einen TV-Unterhaltungschef sieht er so:

»Benötigt wird eine hinreichend ausgereifte Persönlichkeit, der Geschmack nicht alles bedeutet. Sie muss weltgewandt genug sein, um das obere Lavant- vom hinteren Zillertal unterscheiden zu können … «

Über den Privatmann Tramontana kann ich nur sagen, was man mir erzählt. So, dass er zum Sexus ein gerne nahe liegendes Intimverhältnis hat und zum Alkohol eine offene Zweierbeziehung.

Das Weiche in ihm sollen Momentaufnahmen eines Frühlings bezeugen:

»Das Blatt erwägt sich zu wenden. Die Birken kriegen, von wem auch immer, Borken. Ganz in Weiß. Die eilchen versammeln sich hinter dem V.«

Ein Zahlkellner übt sich im Verrechnen …

Die Schaffner sagen wieder rückwärts zu hinten …

Acht Polizisten dringen schussbereit in eine leere Telefonzelle ein …

Die Tauben haben in einer Kampfabstimmung beschlossen, weiterhin auf alles zu scheißen …

Der Frühling ist da.«

PETER USTINOV

Der ausgezeichnete Sir

Sir Peter Ustinov erhielt in Österreich, in Wien, einen Preis, eine Auszeichnung. Wäre er gelernter Österreicher, würde er sich in diesem Land gut auskennen, er wäre wohl doppelt amüsiert gewesen, in Österreich ausgezeichnet zu werden.

Er wurde in einem Land ausgezeichnet, in dem immer wieder darüber gesprochen wird, ob einer Österreicher sein kann, der keinen Tropfen österreichischen Blutes in seinen Adern hat. Sir Peter Ustinov ist Engländer, ohne einen Tropfen englischen Blutes in seinen Adern, was in seinem Heimatland offenbar keine Rolle gespielt hat.

Sir Peter Ustinov ist Schauspieler, hat also einen in Österreich hoch geachteten Beruf. Er ist aber als Schauspieler und nicht nur als das die verkörperte Verletzung des Reinheitsgebotes von »U« und »E«. Er hat Peer Gynt gespielt und König Lear, aber auch – und nicht zu knapp – Hercule Poirot. Man stelle sich vor, was Oscar Werner in Österreichs Zeitungen hätte lesen müssen, hätte er den Kommissar Marek gedreht.

Sir Peter Ustinov ist außerdem Dramatiker und schrieb seine mehr als 20 überwiegend erfolgreichen Theaterstücke konsequent aus der Perspektive der Theaterkasse und nicht aus der der Feuilletons. Womit er nach dem Raster unserer Kulturöffentlichkeit seine Kompetenzen als Schauspieler doppelt überschritten hätte.

Doch nicht genug damit. Sir Peter Ustinov ist auch Drehbuchautor, Romancier und Erzähler. Was ihn den feuilletonistischen Hütern der Laden – oder vereinfacht gesagt – den Ladenhütern unseres Landes wohl noch verdächtiger machte. Führen wir jetzt noch an, dass er sich nicht scheute, seine Prosa durch eigene Zeichnungen zu illustrieren, dass er Film- und Bühnenregie führte, Letzteres selbstverständlich auch auf der Opernbühne, dass er als brillanter Solo-Entertainer Erfolg hatte und hat, auf Bühne, Fernsehen und Platte, und dass er sich daneben pausenlos periodisch als politischer Journalist zu aktuellen Fragen äußert, hätte nach hierzulande geltenden Regeln die Vielseitigkeit das Ausmaß von Unseriosität und Inkompetenz erreicht.

Betrachtet man das Verzeichnis, die Verzeichnisse der Hervorbringungen des Sir Peter Ustinov, ist der Schluss zulässig: Der Mann hat mit vier Jahren begonnen und ist 140 Jahre alt. Und er dürfte so viel Geld verdient haben, dass er subventionsunabhängig ist. Auch das würde seine Sympathiewerte in den Kulturredaktionen nicht erhöhen. Da könnte auch sein kosmopolitisches Auftreten für Toleranz und Humanität nichts retten.

Mit dem Preis an Sir Peter Ustinov beschämte der »Hauptverband des österreichischen Buchhandels« die Provinz in den Hirnen heimatlicher Kulturbetrachtung. Dafür ist nicht genug zu danken. Um die Hochachtung vor den Preisgebern nicht allzu groß werden zu lassen: Ein Blick in die Biografie des Sir Peter Ustinov belehrt uns, fast alle anderen Preise dieses Globus hatte er schon. Auch den Nobelpreis hätte er wohl schon längst, hätte sich das Komitee in seinen Schriften zurechtgefunden.

Ich hatte die Ehre die Laudatio auf Sir Peter Ustinov zu halten. Ich wusste nicht, wie er auf Laudationes reagiert, nahm aber an, sie wären ihm unendlich fad. Dem Publikum natürlich auch. Daher entschloss ich mich, eine Laudatio zu versuchen, die n u r den Preisempfänger langweilt und nicht auch das Publikum. Das hieß: Die Lobrede bestand aus Zitaten des Peter Ustinov. Und ich ordnete viele Zitate, die er in anderem oder allgemeinem Zusammenhang gemacht hat, dem Thema »Österreich« zu. Das musste erlaubt sein, denn Peter Ustinov schätzt Wien.

»In Wien zu sein bedeutet, einen schrägen und dennoch unverzerrten Blick auf die Welt zu werfen.«

Das mit schräg glauben wir sofort.

»Wien ist eine interessante Stadt insofern, als es eine großartige Überlebenskünstlerin ist.«

Das stimmt uns hoffnungsfroh, angesichts der politischen »Wende«.

»Die Österreicher… betonen… wie klein ihr Land ist – nicht nur die Politiker, sondern auch die Taxifahrer und Hotelportiers. Was versuchen sie wohl zu verbergen? Vielleicht bloss die Tatsache, dass es ein überaus erfolgreiches – Entschuldigung – k l e i n e s Land ist.«

Dieser Erfolg hat sich bis zu Sir Peter Ustinov, weniger zum österreichischen Wähler herumgesprochen. Aber wir können stolz sein. Das Zimmermädchen aus Burma sagt im Wiener Hotel zum Gast Sir Peter: *»Ich habe es geschafft, in eines der nur sechs Länder auszureisen, für die man in Burma ein Ausreisevisum bekommt: nach Österreich.«* Und Sir Peter Ustinov kommentiert:

»Von fast 200 Ländern nur sechs, und eines davon ist das ferne Österreich! Ist das nicht das beste Zeugnis für imperialen Geist, der gelernt hat mit der Zeit zu gehen und in die Menschlichkeit zu investieren?«

So weit Ustinovs Gesprächsbeitrag aus dem Jahre 92 zur aktuellen Debatte.

Politisch macht uns Sir Peter Hoffnung:

»Ohne Zweifel war der Drift nach rechts und die Diskreditierung der Linken nach dem Kollaps der sozialistischen Strukturen im Osten eine Tendenz, deren Folgen auf die ganze Welt gewirkt haben; aber vielleicht hat sie jetzt ihr logisches Ende erreicht – logisch einfach deshalb, weil ein Pendel, hat es einmal einen äußersten Punkt erreicht, nur zurückschlagen kann.«

Wir bemühen uns gerade, den äußersten Punkt zu erreichen, bangen aber davor, dass das Pendel sich nicht vorschriftsmäßig verhält.

Was erklärt Sir Peter Ustinov einem Teil der Österreicher, die ihr Sicherheitsbedürfnis mit einem NATO-Beitritt befriedigen wollen? Er definiert die NATO mit:

»Sechs Staaten suchen einen Feind.«

Oder –

»Die NATO ist eine Art Dinosaurier. Winziges Hirn und riesiger Körper.«

Österreich leidet unter einem offenbar unreformierbaren Übermaß an Verwaltung und Bürokratie. Daher hat das von einem Österreicher erfundene Theorem »Small is beautiful« in Sir Peter Ustinov einen Anwalt.

»Privatisierung ist nicht in allen Fällen die Antwort auf die Beschränkungen der Staatsindustrie. Bürokratie wird weder durch Regierungen geschaffen noch durch Privatisierung beendet. Sie wird durch Größe in Gang gesetzt, und zwar allein durch Größe, und sie existiert überall, wo wir es mit ungewöhnlich umfangreichen Verwaltungen zu tun haben und wo die Möglichkeit menschlicher Dimensionen fehlt. Größe fördert Verschlafenheit und Gleichgültigkeit.«

Österreichische Politiker tröstet er, denn sie stehen nicht allein:

»Aufgrund ihrer bloßen Existenz sind Politiker weltweit unbeliebt. Sie gelten als hinterhältig, weil sie vielen verpflichtet sind, und als langweilig, weil sie wenig zu sagen haben und es nicht gut formulieren. Ihre einzige Freiheit besteht darin, ihre Gegner zu kritisieren, und die Öffentlichkeit gähnt dazu.«

Warum er kein Politiker ist:

»Wäre ich Politiker, würde ich mich ab sofort nicht mehr in Politik auskennen. Man muss einen Schritt zurücktreten, um die Gemälde in einer Galerie sehen zu können. Dafür bin ich zuständig.«

Vom politischen Menschen zum Künstler Sir Peter Ustinov.

Über Publikumsreaktionen:

»Ich werde immer schreiben, was ich denke, und wenn ich die Galerie von der Bühne aus ausbuhen muss.«

Über wahren Erfolg:

»Ich will eins nicht verhehlen: Wenn ein Stück von mir aufgeführt wird, besteht mein Vergnügen darin, allabendlich über die Höhe der Einnahmen informiert zu werden.«

Über Avantgarde:

»Die Avantgarde eilt mit Volldampf in eine Sackgasse, und wenn sie schließlich wieder auf der Hauptstraße angelangt ist, haben alle anderen sie bereits überholt.«

Da sind wir mitten in unserer aktuellen Theatersituation. Sir Peter Ustinov beschreibt deren Tendenzen anhand der Oper »Don Giovanni«:

»›Don Giovanni‹, von Mozart und Da Ponte als ›Dramma giocoso‹ (Heiteres Drama) bezeichnet, wurde von den nachfolgenden Generatio-

nen, die ihre Oper töricht, nämlich zu sehr liebten, einer noch gründlicheren Gehirnwäsche unterzogen als ›Die Zauberflöte‹. Heute wird sie als psychologische Tragödie behandelt, bei der dank Freud und Konsorten so lange ein Gewürz nach dem anderen hinzugefügt wurde, bis man die ursprüngliche Speise nicht mehr herausschmeckt. Zunächst einmal ist wahlloser Geschlechtsverkehr nicht der Stoff, aus dem Tragödien sind, und die zahlreichen unfundierten Theorien über Don Giovannis Impotenz machen diese Interpretation nicht plausibler, sie sind lediglich das triste Ergebnis moderner psychologischer Forschung über die Geschichte eines vergnügten, verantwortungslosen Schurken... Man hat uns schon soweit, dass wir auf leere Leinwände starren und ehrfurchtsvoll Pianisten lauschen, die regungslos vor stummen Klavieren hocken. Was wir aus solchen Erfahrungen lernen, bleibt uns überlassen, aber wenn diese modische Besserwisserei sich eines echten Meisterwerkes bemächtigt, haben wir ein Recht auf Gegenwehr«.

Womit wir zwangsläufig bei der Kritik angekommen sind. Dazu Sir Peter Ustinov:

»Kritiker suchen Ewigkeiten nach dem falschen Wort, das sie, was man ihnen als Verdienst anrechnen muss, schließlich auch finden.«

Einmal wurde er gefragt, ob ihn Kritik kränkt. Er antwortete:

»Kränkt! Was heißt überhaupt kränken? Wir sterben doch nicht dran, oder? Mit Ungerechtigkeit jedoch müssen wir nicht nur leben, wenn wir Glück haben, sondern sie kann uns töten, wenn wir Pech haben. Wie kann man einen unfähigen, kleinen Kritiker mit der uns umgebenden gewaltigen Ungerechtigkeit vergleichen? Es würde mir nicht im Traum einfallen, mehr als nur ein wenig reserviert zu denen zu sein, die sich, wie ich finde, mir gegenüber unkorrekt verhalten haben. Wie kann man die kaum wahrnehmbaren Kratzer an unserer Haut mit den furchtbaren ›Augenblicken der Wahrheit‹ vergleichen, in denen Menschen im Namen des Gesetzes und auf Kosten der Gerechtigkeit vernichtet werden?...

Ich fühle mich diesem Mann sehr verbunden. Auch und vor allem für seine Antwort auf die Frage, wann er gern sterben würde:

»Am Ende eines Satzes.«

GÜNTHER DOMENIG

Der Tormann als Architekt

Die Österreicher bringen seine Bauten mit seinem Namen in Verbindung. In Deutschland dürfte das – außerhalb der Fachkreise – bis vor kurzem noch nicht der Fall gewesen sein. Bis der Umbau des Reichsparteitagsgeländes zu Nürnberg beendet war. Bis ein schmaler, weiß gewordener Herr mit österreichischer Sprachfärbung und leichtem Lachen im Fernsehen erklärte, er hätte »in den Speer einen Speer« hineingestoßen. Bilder erklärten, was gemeint war. Der Architekt Günther Domenig, der vor Jahren den Wettbewerb um die Umgestaltung des Reichsparteitagsgeländes zu einem Denkmal, zu einem Mahnmal, einem baulichen Zeitzeugnis gewonnen hatte, erkannte in der monumentalen Rechtwinkligkeit des gigantischen Bauvorhabens die faschistische Pose, erhielt und zerstörte sie zugleich. Eine in ihrer Kühnheit kaum zu beschreibende Konstruktion lässt die Besucher die Aufmarscharchitektur des Nationalsozialismus in extremem, unvergesslichem Blickwinkel erleben.

Manche werden fragen: Wer ist dieser Architekt?

Ich kenne ihn. Und möchte – unbeleckt von jeglichem Fachwissen – von ihm erzählen ...

Günther Domenig schätzt Mitmenschen, die überhaupt nichts von Architektur verstehen. Leute, die etwas von Architektur verstehen, reizen ihn nämlich – wenn wir jetzt einmal von seinen Partnern und Mitarbeitern absehen wollen. Günther Domenig erhebt den Anspruch, die leibliche und geistige Verkörperung des Verständnisses von Architektur zu sein. Und – jetzt kommt die Pointe – er hält diesem Anspruch stand.

Auch ein Mensch, der nichts von Architektur versteht, kann Architektur nicht übersehen. Denn man setzt sie ihm ja im besten Wortsinn vor die Nase. Er kann auch – wenn er wacher Mitmensch ist – nicht überhören, was über Architektur geredet, geurteilt wird. Und das lässt sich auf eine einfache Formel bringen: Alles Gebaute ist falsch. Vereinfacht gesagt: Baut einer konservativ, wird er verdammt, baut einer progressiv, wird er verdammt. Besonders verdammt wird einer, der weder noch baut. Und ganz besonders verdammt wird einer, wenn er überhaupt baut, da der Nachweis mühelos zu erbringen ist, dass dort, wo gebaut wird, einmal eine Wiese war, sei es vor Jahren, sei es im Mittelalter und sei es kurz nach der Steinzeit. Ich glaube, es gibt keine Sparte, in der sich die Vertrottelung von Qualitätsdebatten so schön nachweisen lässt, wie auf dem Gebiet der Architektur. Denn die Debatten über Dramen und Symphonien bleiben im Kunstraum, da die Gesellschaft Dramen oder Symphonien, falls vorhanden, konsumiert, sie aber nicht braucht. Architektur braucht sie.

Dramen oder Symphonien blamieren das irrige, vernichtende oder bejubelnde zeitgenössische Urteil nur, wenn sie aufgeführt werden. Das heißt, sie müssen aufgeführt werden, um sich stellen zu können. Was im Buch, was in der Partitur steht, muss immer wieder von neuem realisiert werden, sehen wir einmal von den Tonträgern ab, die aber auch erst abgespielt werden müssen. Architektur steht da. Vor aller Augen. Sie wird begangen. Bewohnt. Benützt. Sie zeugt für sich. Und wenn wir Jahrzehnt für Jahrzehnt erleben, wie Geschmähtes zum kultisch verehrten Wahrzeichen wird, wenn wir von Jahrzehnt zu Jahrzehnt erleben, wie Gepriesenes zur peinlichen, nach Beseitigung schreienden Augenbeleidigung wird, wenn wir von Jahrzehnt zu Jahrzehnt erleben, wie Menschen nicht wissen, dass es eine Frage der Bildung, ja, schlicht der Bildung ist, dem Zeitgeschmack zu misstrauen, dann wünschen wir uns eine Architektur, die sich – auf gut Kärntnerisch – »um nix scheißt«. Wir sind bei Günther Domenig.

Was diesen Architekten, also den ein Kunst-Gewerbe betreibenden Günther Domenig unangreifbar macht, ist sein totales Ignorieren der zu erwartenden Urteile. Ich habe keine Ahnung, ob er nicht manchmal auch Zweifel hat. Ich weiß nur, er gönnte weder der Fachwelt noch der Umgebung deren Anblick. Er setzt auf sich. Er setzt sich absolut. Er ist Monomane.

Er beansprucht für sich die einsame Klasse und hat sich entschieden, die so entstehende zweite Bedeutung des Wortes einsam zu ertragen.

Kurz, er ist kein Branchenheini, kein Stilguru, sondern ein Künstler. Dass er dennoch Erfolg hat, großen Erfolg, dass er Wettbewerbe und Preise gewinnt, lässt sich durch einen Satz des bedeutenden Theaterregisseurs Fritz Kortner begründen: Auch das Gute hat eine Chance.

Ich habe mich manchmal darüber geärgert bis gekränkt, was sich alles mit dem Etikett »Kabarett« behängt hat. Wie aber muss es erst einem Architekten gehen, der in einem Land lebt, das ihm links und rechts der Autobahn die Zumutungen eines Hundertwasser hinstellt, eines Mannes, der behauptete, eine Müllverbrennungsanlage gestaltet zu haben und nicht merkte, dass die Gestaltung selbst der Müll ist. Wie muss es einem Architekten in einem Land gehen, in dem der Devotionalienhändler Fuchs mitten in Kärnten ein Hotel hinbaut, dessen Ecken bei den Hunden der Stadt Harnverhaltung auslösen?

Der Architekt hat nur eine Chance. Er schart Leute um sich und gestaltet s e i n e Bauwelt.

Und damit auch alle in der Lage sind, hinter seinen Zweckbauten das ästhetische Credo zu erkennen, baut Domenig daneben – unter den denkbar größten Opfern – sein opus magnum, sein »Steinhaus«. Das Steinhaus ist, ich sage das im Bewusstsein, nichts davon zu verstehen, keine Architektur, es ist eine Konzentration von Vorschlägen, was Architektur sein könnte. Es ist das architektonische Psychogramm des Günther Domenig.

Einer dieser Vorschläge ist in den Umbau, den Ausbau des Stadttheaters Klagenfurt eingegangen. Und damit bin ich bei einer Schnittlinie zwischen der Biografie des Günther Domenig und meiner. Der Schnittpunkt heißt Architektur. Ich darf das erklären:

Ich bin in Klagenfurt aufgewachsen. Während der Mittelschulzeit war das Stadttheater, an dem mich mein Schulweg täglich vorbeigeführt hat, mein theaterkulturelles Universum. Ich hielt fast alles, was dort gespielt wurde, für grandios.

Eines Tages waren dann die Vorstellungen meinem Urteil nach nicht mehr so gut. Eines Tages wusste ich auch genug vom Theater, um zu erkennen: Das Haus platzt aus allen Nähten. Produktionen zeitgemäßen Standards sind so nicht mehr herzustellen. Daher wurde das Haus auch in den 60er-Jahren umgebaut. Und – ich sage es krass – zerstört. Das Überlebte, das »Provinzielle« von einst wurde nicht überwunden, sondern hässlich aufgeblasen.

Jetzt war es meinem Anspruch nicht mehr gemäß. Als ich begann, Theaterregie zu führen, wäre ich nie auf die Idee gekommen, in Klagenfurt inszenieren zu wollen. Dann erfuhr ich vom geplanten Umbau. Dann sah ich, was Günther Domenig hier zustande gebracht hat. Und auf einmal war dieses Theater eine erstrebenswerte Adresse. Nicht nur, aber vor allem auch wegen seines Erscheinungsbildes. Ich werde in diesem Theater arbeiten, werde durch die Gänge des Zubaus auf die über dem Park schwebende Probebühne gehen und Domenigs Architektur erleben. Hoffentlich auch beleben.

Ich habe einmal einen jungen Handballtormann namens Günther Domenig gekannt, der auch als Eishockeytormann erstklassige Figur machte. Ich sehe ihn noch genau vor mir, weil ich ihn bewundert, vielleicht auch beneidet habe. Denn er war schwarzhaarig, von katzenartiger Geschmeidigkeit, hatte phänomenale Reflexe. Es wurde damals noch Feldhandball gespielt, und wenn bei Spielen der Handballmannschaft der KAC-Jugend Klagenfurt jemand zusah, war der Anteil der schönsten Mädchen der Stadt überproportional. Ich weiß das deshalb so genau, weil ich zur gleichen Zeit im Fußballtor der Schülermannschaft dieses Vereins stand und gänzlich ohne diese weibliche Anhängerschaft auskommen musste.

Ich verlor Gigi Domenig aus den Augen und war nicht wenig überrascht, ihn nach vielen Jahren als Architekt einer Trigon-Ausstellung im Fernsehen Auskunft geben zu sehen. Das war also aus ihm geworden.

Vor einigen Jahren sind wir uns wieder nahe gekommen, und ich darf sagen, das schwarze Haar, das Katzenartige und wahrscheinlich auch die Reflexe sind ihm abhanden gekommen, während ich immer noch so steif und schlacksig bin, wie ich war.

Aber ich leite aus seiner Vergangenheit eine Theorie ab. Fragwürdig bis blödsinnig, wie alle Erklärungen, wie und warum einer was wurde. Dennoch:

Zu den schönsten ästhetischen Objekten, die unsere Zivilisation hervorgebracht hat, zählt der Fußballplatz. Wer sich lange auf diesem grünen Rasen, begrenzt von Linien aus weißem Kalk, geschmückt mit zwei einander gegenüberstehenden weißen Rahmen, umsäumt von einer Reihe alter Pappeln und einer dunkelbraun verwitterten Holztribüne herumgetrieben hat, weiß für immer, was schön ist. Ich spreche jetzt von der statischen Schönheit, dem Stillleben. In diese Schönheit kommt Bewegung. Der Tormann, der Solist schlechthin, wirft sich nach links und nach rechts. Und er erfährt: Für die international genormten Maße dieses weißen Rahmens, Tor genannt, ist er – Feschsein hin oder her – eher klein. Er muss das kompensieren. Und er kompensiert es durch eine geradezu sensationelle Sprungkraft. Und so behaupte ich jetzt – und bitte die Dissertanten den Gedanken zu verfolgen –, der Schlüssel zur Architektur des Günther Domenig liegt in der Bewältigung des Raumes durch Sprungkraft. Nur einer, der die rasende Flugbahn des kleinen harten Handballs mit dem Fliegen des eigenen Körpers zu koordinieren gelernt hat, der also extreme Bewegungen synchronisieren kann, kann so bauen wie Günther Domenig.

Diese Theorie ist so sinnlos wie bestechend. Also hochschulreif.

HORST HAITZINGER

Ein politischer Karikaturist

Man kennt den Mann außerhalb Münchens wesentlich weniger als seine Zeichnungen. Die sind – für den Münchner Boulevard gezeichnet, oft etwa vom »Spiegel« nachgedruckt – Allgemeingut.

Ich verehre einige Zeichner politischer Cartoons. Die ich am meisten verehre, hängen in meiner Wohnung an einer nur für sie bestimmten Wand. Horst Haitzinger ist prominent vertreten.

Als er mich kurz nach dem Ende der Sowjetunion und der DDR zu einem Vorwort für einen Sammelband seiner Zeichnungen einlud, schrieb ich dieses als Brief:

Meine Zusage war Hochstapelei. Ich kann über Sie und Ihre Zeichnungen nicht schreiben. Wozu auch? Sie schreiben für sich, weil sie für sich sprechen, weil sie für sich zeichnen. Haben Sie Ihre Einladung an mich nicht weiter bedacht? Oder verstehen Sie nichts von Ihren Büchern?

Oder – das wäre nun der Gipfel der Gemeinheit – sitzen Sie so oft vor der unlösbar scheinenden Aufgabe, für ein Thema eine Formel zu finden, dass Sie eine derartige Produktionspanik einem schreibenden Kollegen gönnen und also vermitteln wollen? Wenn dem so ist, dann ist Ihnen dieses gelungen. Mir rinnt zur Zeit ein wenig der Schweiß herunter.

Horst Haitzinger, Sie sind, und damit sage ich der Welt nicht viel Neues, ein politischer Karikaturist. Man könnte die Bezeichnung durch die Zufügung »zeichnender Journalist« vertiefen. Niemals würde ich mich zu einer Übertreibung wie »malender Philosoph« bereit finden. Sowas denkt man sich allenfalls. Aber man gibt doch weder die zu kommentierende Person noch den eigenen Kommentar der Glossierung preis.

Andererseits, warum nicht? Auf wen sollten wir Rücksicht nehmen, wenn wir das Bedürfnis haben, zu einem zu sagen: Sie sind einer!

Es gibt in der Satire-Szene Leute, die hauptberuflich wissen, wie es geht und wie es zu gehen hat. Bei näherer Überprüfung stellt sich heraus, damit meinen sie jeweils ihre ganz persönliche Art zu denken, zu schreiben, zu kritisieren, letztlich zu existieren. Auf diese Ebene der Provinzialität wollen wir uns sicher nicht begeben.

Verzeihen Sie, dass ich jetzt, ohne Sie persönlich gut zu kennen, »wir« sage. Aber ich kann mir nicht vorstellen, dass Sie unpolitische, kauzige, vertrackte, literarische Cartoonisten nicht gut finden, wenn sie gut sind. Das kann Ihnen kein Problem sein, Leute abzuwerten, deren Bestimmung die »Jahrhunderte« sind, nur weil Sie sich entschieden haben, für den Tag zu zeichnen, zum Tag, über den Tag, gegen den Tag. Ich habe auch den Verdacht, Sie sind zu freundlichem kollegialem Auslachen bereit, wenn Ihre abgehobenen Kollegen aus ihrer Abgehobenheit eine »Schule« ableiten. Sie haben für derartige Blödheiten keine Zeit, Sie haben wichtigere Gegner als die in der Branche.

Horst Haitzinger, Sie zeichnen seit soundsoviel Jahren (ich denke gar nicht daran, mich genauer zu erkundigen) eine tägliche politische Karikatur für ein Boulevard-Blatt und eine Farbseite für eine Wochen-Illustrierte.

Das Boulevard-Blatt ist regional. Ihre Zeichnungen aber werden in der Spitze der Presse überregional zitiert. Immer wieder. Besonders dann, wenn das Erfassen einer politischen Situation besonders schwierig und Ihnen deshalb besonders gelungen war.

An dieser Stelle stocke ich wieder. Was ein Text dieser Art keinesfalls sein darf, ist eine Laudatio. Das Gegenteil ist beliebter und macht dem Verfasser mehr Ehre, ist aber wieder als Vorwort nicht so gebräuchlich.

Also, Horst Haitzinger, Sie finden Lösungen. Man kann über Ihre Zeichnungen lachen, über Strich und Idee, das ist verdienstvoll. Man kann aber auch gleichzeitig über den politischen Vorgang, Irrsinn, Aberwitz lachen. Hätte ich Zeit und Lust, diesen Gedanken zu vertiefen, es würde ein längerer Text werden.

Für diesmal nur dies: Wenn Sie einen in Moskau verkauften Hamburger zeichnen, dessen Hackfleisch aus Marx und Lenin besteht, so vermittelt diese Zeichnung dreierlei:

Erstens, die Information, dass eine Fast-Food-Kette in Moskau eine Filiale eröffnet.

Zweitens, den Witz, dass aus einer politischen Heilslehre Hackfleisch wurde.

Drittens, die Erkenntnis, wonach diese politische Lehre die Fast-Food-Kette nicht verhindern konnte, was in ihrer Absicht gelegen war.

Damit ist noch nichts über Rechthaben oder Schuld gesagt. Es ist nur gut gezeichnet. Aufgezeichnet.

Man kann nicht immer alles auf einmal. Ich zum Beispiel sehe mich außerstande zu würdigen, wie gut Sie zeichnen. Ich stelle es fest, sage mir aber gleichzeitig, warum sollten Sie nicht zeichnen können?

Wichtiger dazu ist eine Information. Die müsste ich auch nicht geben. Sie geben sie selbst, aber ich weise darauf hin, weil die Gefahr besteht, dass zu viele übersehen, dass Sie sie geben:

Ein Zeichner, in seiner Attraktivität unverkennbar an Horst Haitzinger gemahnend, geht zu einer Wahrsagerin und fragt, ob er denn den Politiker G. »einüben« solle, ob das sinnreich sei. Dies ist nicht nur der Hinweis auf eine politische Zeit rascher Rotation, des Kommens und Gehens, sondern dies ist auch Indiz für die Notwendigkeit des Übens, des Erlernens.

Wo waren wir?

Nein, nicht bei der Kunst. Auch nicht bei der Politik.

Wir waren beim Beruf.

Horst Haitzinger, Sie können sich nicht dagegen wehren, es ist zu spät. Sie haben mich ins Gespräch gezogen, wir sind Verwandte. Vielleicht zeigen Sie mir einmal die Bilder, die Sie malen, die nichts mit politischer Karikatur zu tun haben, dann zeige ich Ihnen auch was.

Aber worum es jetzt geht, ist die tägliche Situation: Andruck (oder Auftritt) in zwei Stunden. Der Sachverhalt ist der. Die Meinung dazu ist die. Wie macht man die Sache sinnlich, sichtbar, begreifbar?

Leitartikel, Polemik, Reportage, das sind alles höchst verdienstvolle Techniken. Satire, politische Satire aber liefert, soll liefern, das Quadrat über dem Ganzen.

Habe ich Ihnen schon gesagt, dass Sie ein Meister sind?

Im Grunde ist es völlig egal, ob mir ein Blatt noch besser gefällt als ein anderes. Aber, Horst Haitzinger, die Sache, wie das »Hurra« klein wird, das der Maler der Wiedervereinigung an die Mauer pinseln möchte, wenn der Bruder die Hand aufhält... Sehen Sie, jetzt ist es passiert: Jetzt beschreibe ich eine Zeichnung 1:1, ich sage, was auf ihr drauf ist, und das ist total blöd.

Wie kam ich darauf?

Ach ja, ich wollte Ihnen nur andeuten, die hätte ich auch gern.

War ein hartes Jahr, was?

Ich könnte empfehlen, alles bei Ihnen nachzublättern. Geschichte sollte überhaupt nur gezeichnet werden. Sie ist letztlich ein Comic.

Sie waren nie Sozialist, Horst Haitzinger. Sie waren einer von denen, die den Sozialismus vor all den Leuten verteidigt haben, die es für ein Verbrechen hielten, Sozialist sein zu wollen.

Gestatten Sie mir, mich wieder ein wenig verwandt zu fühlen. Mag sein, dass Sie jetzt – nachdem das Ausmaß einer gigantischen Kriminalität ruchbar wurde – Ihre Loyalität teilweise bedauern. Tun Sie es nicht. Wenn wir uns irren, haben wir immer noch mehr Recht, als die Leute, die glauben, der unwidersprochene Kapitalismus gibt der Menschheit eine Überlebenschance.

Habe ich Ihnen schon gesagt, dass ich Sie beneide?

Wahrscheinlich so, wie Sie einen großen Sänger, und der einen Meisterturner. Ein wesentliches Element unserer Leistung ist die Sehnsucht nach den Talenten anderer.

Schade, dass Sie nichts vom Schreiben verstehen. Dass Sie der Konvention genügen wollen, Ihr Buch mit einem Vorwort zu versehen. Haben Sie das nötig?

Kann ich zwei Exemplare haben? Eines zum Verschenken.

Wissen Sie schon, was Sie morgen zeichnen?

BRUNO KREISKY

Die Worte zum Abschied

Der Sohn des Verstorbenen hatte mich angerufen. Er wünschte sich mich als Grabredner im Namen der »Künstler«.

Ich empfand das als eine Ehre, war mir aber bewusst, man könnte es als Anmaßung auffassen. Ich sagte:

Sehr geehrte Trauernde,

ich fühle mich nicht befugt, für die »schönen Künste« zu sprechen. Ich darf aber bezeugen, dass der Verstorbene deren Freund war.

Ich spreche für die unschöneren Künste, für deren Vertreter, denen der Gang der Dinge oft nicht passt, die meinen, sich das Recht nehmen zu müssen, dagegen zu protestieren.

Ich möchte für die sprechen, die sich oft gegen die Gestalter des Ganges der Dinge wenden, auch gegen jene, mit denen sie eigentlich sympathisieren wollten. Ich spreche für die, die kein Verständnis für politisches Kalkül, für Pragmatismus haben dürfen, wollen sie in der Gesellschaft ihren künstlerischen oder kunstgewerblichen Beitrag leisten.

Der verstorbene Politiker Bruno Kreisky war ein Meister des Kalküls und der Pragmatik, so auch Gegenstand satirischen Angriffs oder parodierender Kritik, wohl aber nie – unter ernst zu nehmenden Leuten – der Verhöhnung, der Erniedrigung. Das verbot der Rang dieses Mannes von selbst.

Und Bruno Kreisky, der politische Philosoph, wusste um das Rollenspiel im gesellschaftlichen Spektrum, wusste um die Aufgabenverteilung. In dem Maße, in dem er sich als Politiker das Recht nahm, zugunsten seiner Zielvorstellung für unsere menschliche Gesellschaft kurzfristig schwer Verständliches zu veranlassen oder zu dulden, in dem Maße hielt er Radikalität und

Kompromisslosigkeit in den kritischen Künsten für wichtig. Ich glaube, er verlangte sie von ihnen.

Wem zu diesem Verhältnis Politiker–Künstler nur die Begriffe König–Hofnarr einfallen, der versteht von zwei Dingen nichts: von Demokratie und von engagierter Kunst.

Unter einem Staatsmann wie Bruno Kreisky musste sich der Oppositionelle nie neben die Gesellschaft stellen. Bruno Kreiskys Gesellschaftsbegriff reichte weit genug, außerparlamentarischen Widerspruch als Funktion zu begreifen.

Seine auf politischer und menschlicher Bildung beruhende Vision vom Zusammenleben auf diesem Globus war jener der Utopisten und Träumer wahrscheinlich nah verwandt.

Im politischen Alltag hat sich das oft anders dargestellt. Als in einem Gespräch über unduldbare Produktionen und Exporte österreichischer Industrie die Gesprächspartner auf der für den neutralen Kleinstaat unerlässlichen Moral beharrten, sagte Kreisky:

»Diesen Standpunkt konsequent einzunehmen, sind Sie da.«

Und – nach einer kleinen Pause – : *»Deshalb genießen Sie auch ein so hohes Ansehen.«*

»Zum Unterschied von uns Politikern«, sagte er nicht mehr dazu. Aber ich behaupte, die Melancholie, nicht oder nicht mehr so geradeaus argumentieren zu können, überwog den leisen Spott.

Die Gesprächspartner – gleichsam Söhne – hatten damals die Gefühle, die man Vätern gegenüber oft gleichzeitig und untrennbar hat: ohnmächtige Wut und respektvolle Liebe.

Episoden haben den Nachteil, immer auch mitzuteilen: Man war dabei. Ich will nur sagen, Begegnungen mit Bruno Kreisky haben nachdenken, staunen und oft sehr lachen gemacht. Denn – das erlaube ich mir zu beurteilen – er war auch ein Meister der feinen Pointe.

Ein Satz wie *»Schauen Sie, unter dem Strich ist die ganze Welt pleite«* ist der Microchip der Gedankenkette von vielen dicken Büchern. Und er erzwingt die Frage: Warum? Und: Auf wessen Rücken?

Was immer man unter Patriotismus verstehen mag: Nie wird er

so bewusst wie im Ausland, einem Österreicher ganz besonders im deutschsprachigen Ausland.

Wenn einer es sich erlaubte, im Machtzentrum deutschsprechender Politik gegen das Welt- und Gesellschaftsbild vieler Protagonisten aufzutreten, dann genoss er es mit allen Fasern, wenn sich seine Heimat dort nicht nur mit exportierten Schmähreden über sich selbst artikulierte oder mit ihrem elitären und doch so marktschreierischen Kunstbegriff oder mit einem verkommenen Zerrbild von Volkskunst, sondern mit Zeugnissen des weltpolitischen Horizonts eines Bruno Kreisky.

Die vielen Male, die deutsche Kollegen und Freunde meinem Kanzler Respekt zollten, habe ich als Österreicher entgegengenommen, so als hätte ich ein Verdienst daran.

Und wenn wir einen deutschen Staatsmann wie Willy Brandt den Verstorbenen haben würdigen hören, dann wäre mir einer nicht mehr begreiflich, der dabei nicht als österreichischer Patriot gefühlt hat.

Es gibt den oft geübten Brauch, Verstorbenen etwas zu versprechen:

Wenn wir auch weiterhin vielerlei Arten von Lachen oder Weinen zu provozieren versuchen, wollen wir es in diesem Lande so tun, dass die, deren Fantasie zu klein, deren Habgier zu groß und deren Charakter zu schief ist, möglichst nichts zu lachen haben.

Herr Bundeskanzler außer Dienst, das sind wir Ihnen schuldig.

Wenn ich mir heute diese kleine Rede noch einmal durchlese, wenn ich mir vor Augen halte, welche Figuren zur Zeit in diesem meinem Lande das Sagen haben, kommen mir die Tränen. Nicht der Trauer, die der Wut.

GESELLSCHAFT

NEU

Innovation und Konservativismus

Dieser Text ist neu. Damit steht keineswegs fest, dass er gut sein wird. Denn neu ist nicht a priori eine Qualität. Alles Neue muss es sich erst verdienen, Qualität geworden zu sein.

Neu begegnet mir täglich auf drei Ebenen. Der Tag ist neu. Es ist ein neuer Tag. Das zu verursachen oder zu unterbinden liegt außerhalb meiner Kompetenz. Das Neue dieses Tages habe ich hinzunehmen, zu nützen. Neu ist aber auch täglich dieser Millimeter gefleckter rotgrauer Bart. Den finde ich hässlich. Den merze ich aus, den schabe ich weg. Das heißt, ich nütze meine Entscheidungsgewalt, das Neue in meinem Gesicht, das Barthaar nicht zu akzeptieren. Das liegt eben innerhalb meiner Kompetenz.

Das Neu der dritten Ebene ist das, was Menschen, also auch ich, schaffen, erfinden, bewerkstelligen, planen, vorantreiben, versuchen. Das ist das Neu, das die Frage nach dem Warum?, nach dem Wozu?, nach dem Wohin?, nach dem Wie weit? erzwingt. Das ist das Neu, das in Summe und Bodensatz die menschliche Evolution definiert, das Politik, Ökonomie, Wissenschaft und Kultur bestimmt, das ein Menschenbild mitgestaltet.

Neu reicht von Betrug bis Befreiung. Die Werbung behauptet, ein Waschmittel sei neu, nur weil man minimal das Mischverhältnis der Ingredienzien, die Packung, die Erscheinungsform der Substanz von Pulver in Kügelchen oder von Kügelchen in Tablette geändert hat. Dieses Neu ist Betrug. Ein Betrug, der unsere Zivilisation tyrannisiert. Neu ist aber auch ein Gesetz, das längst nicht mehr zeitgemäße Beschränkungen aufhebt, das Entwicklungen in der Gesellschaft, spät aber doch, zur Kenntnis nimmt, berücksichtigt. Dieses Neu ist Befreiung, dient dem Fortschritt. Jenem Fortschritt, der zum hohlen Redeelement aller Politiker wurde. Denn Fortschritt kann man nicht ankündigen, nicht beschließen. Man kann nicht sagen: Ab heute machen wir einen Fortschritt. Fortschritt ist eine Sache der Bilanz. Des Bodensatzes. Fortschritt stellt sich heraus. Wenn das Neu sinnreich war.

Das Wort »neu« ist beliebt. Denn es weckt Hoffnungen. Das ist der Grund für seine Magie. Das Alte, das Bestehende genügt nicht, es ist fehlerhaft, es sollte ausgetauscht werden. Das Neu bringt die Erlösung. Gegen diese ewige Sehnsucht von uns allen wäre nichts einzuwenden, würde sie nicht so leicht zu missbrauchen sein.

Der Mensch sehnt sich berechtigtermaßen nach einem Fleckputzmittel, das die Flecken wirklich entfernt und die Farbe nicht ausbleicht. Und deshalb greift er zum von der Werbung angepriesenen *Fleckentod neu* und muss feststellen: Der Fleck geht entweder nicht heraus oder die Farbe mit ihm. Das Problem ist ungelöst. Trotz Innovation.

Ähnliches gilt für die Stimmung vor Wahlen. Die bestehende Regierung hat sich nicht hinreichend bewährt, ist schon zu lange im Amt, zeigt Ermüdungs-, Verschleiß-, Korruptionserscheinungen. Es bildet sich in der öffentlichen Meinung immer mehr die Meinung: Da muss was Neues her! Und so kommt es zu Wahlergebnissen, über die man dann im Nachhinein die Hände ringt.

Das Prinzip *Hoffnung* birgt immer auch die Gefahr der Unvernunft.

Die Zeiten ändern sich, sind im Wandel begriffen, oder wie die Formulierungen alle heißen. Ob zum Guten, zum weniger Guten, zum Katastrophalen, entscheidet unsere qualitative Auseinandersetzung mit dem Begriff »neu«.

In einem Essay »Innovation contra Wandel« stand auf Seite eins: »*Gefrorene, starr gewordene Verhältnisse werden verflüssigt.*«

Das kann man historisch positiv beurteilen, bedenkt man die Aufweichung der Klassengegensätze. In der Geografie der Arktis oder Antarktis würde es zur Katastrophe führen.

Differenzierung ist also das, was wir zu leisten haben.

Die Innovativen hatten einst ein Feindbild: den Konservativismus. Bis sie draufgekommen sind, dass es für sie lebensnotwendig ist, innerhalb des Konservativismus zu unterscheiden. Es entstanden die Begriffe »wertkonservativ« und »strukturkonservativ«. Eingeführt übrigens von dem sozialdemokratischen Denker Erhard Eppler. (Auch wenn das verwundern sollte, es gab in der Sozialdemokratie Denker.)

Der Strukturkonservative wehrt sich – vereinfacht gesprochen – gegen alles Neue, das die menschliche Gesellschaft voranbringen könnte. Er wehrt sich aus Eigensinn, aus Fantasielosigkeit, aus Besitz- oder Machtdenken.

Der Wertkonservative wehrt sich gegen alles Neue, das uns seiner Meinung nach ärmer, kälter, menschenfeindlicher – ja, auch ungesünder macht. Er wehrt sich aus Menschenliebe.

Der Strukturkonservative sabotiert das Neu durch Argumente, die irgendwann einmal in einem so genannten Sachzwang münden. Das können wir nicht oder jetzt noch nicht oder in dieser Konsequenz nicht tun, weil … Es folgt ein Sachzwang. Der Strukturkonservative nimmt der Spezies Mensch ihre Souveränität. Er versklavt sich. Er sabotiert jedes dringende, nützliche, fortschrittliche Neue. Er ist der Inbegriff der Unintelligenz.

Der Wertkonservative filtert das angebotene Neu durch Hochrechnung der Konsequenzen, durch ethische Prinzipien, soziale Verantwortung, durch die Analyse möglicher Umkehrchancen im Falle Misslingens. Kommt es zu positiven Ergebnissen, segnet er das Neu durch seine Kompetenz ab, wird er zum Motor der Innovation.

Jedes Neu kann rationale oder irrationale Begründungen haben. Droht ein Hochwasser, wird ein Damm gebaut. Es gibt dafür eine gesellschaftliche Übereinstimmung. Der Damm ist neu. Möglicherweise doppelt neu, weil gerade bei diesem Damm ein verbessertes, ein neues Bauprinzip angewandt wird. Aber wir verarmen, wenn wir Erneuerungen nur auf Zwänge – Marktchancen sind auch Zwänge – reduzieren. Wir spüren in unserer Wohnung plötzlich den Drang, die Bilder umzuhängen. Dafür gibt es keinen sachlichen Grund, nicht einmal einen einwandfrei zu definierenden ästhetischen. Dieses Neu entsteht ausschließlich aus dem Bauch, aus dem Trieb.

Die Menschen würden sich rückentwickeln, gäben sie – das geht jetzt bis in die körperliche Zweisamkeit – diesem Drang nach Neu nicht nach.

Zum täglichen Wortwechsel gehört an vorderster Stelle die *Schaffung neuer Arbeitsplätze*. Man meint damit Arbeitsplätze durch Betriebsgründungen, technologische Innovationen, ökosoziale Förderungen. Das ist ja alles in Ordnung. Nur sollte man immer auch mit bedenken, dass diese neuen Arbeitsplätze häufig Ersatz für abgeschaffte alte Arbeitsplätze sind, also keine tatsächlich neuen, sondern nur umgewandelte. Neue Arbeitsplätze wären meinem Sprachverständnis nach die, die sich bei hundertprozentiger Vollbeschäftigung ein Beschäftigter aussuchen kann. Ein neuer Arbeitsplatz ist einer, zu dem man wechselt. So wie der hoch dotierte Fußballprofi den Verein. Wer von Austria zu Rapid geht, hat einen neuen Arbeitsplatz. Ein Arbeitsloser, der von einem eben gegründeten Betrieb gebraucht wird, hat einen Arbeitsplatz. Ohne jedes Eigenschaftswort. Nur mit dem Umstandswort: endlich.

In einer Zeit, in der Worte wie neu, Innovation und Modernisierung zum sprachlichen Fetisch werden, vergisst man leicht, dass nicht nur das Hergestellte neu ist, sondern auch das Wiederhergestellte. Man kann es nur erhalten, bewahren, retten, vererben, wenn man es erneut. Renovieren heißt rückerneuern. Innovation und Renovation haben auf allen Gebieten in den qualitativen Wettstreit zu treten. Den so fair, so intelligent, so zukunftsorientiert wie möglich zuzulassen, ist Aufgabe der demokratischen Politik.

Und nicht vergessen werden soll: Arbeitsplätze – ob man sie jetzt neu nennt oder nicht – können auch durch Instandhaltung geschaffen werden, nicht nur durch innovative Produktion. Die aus vielerlei Gründen als Beispiel interessante DDR hat vorgeführt, was einer Gesellschaft passiert, wenn sie nur produziert und nicht instand hält. Sie verdreckt. Außen und innen.

Arbeitsplätze in der Instandhaltung, in der Zivilisationsbewahrung setzen Teilung voraus, Umverteilung. Eine gerechte Umverteilung wäre eine begrüßenswerte Innovation. Innovation setzt auch den Beschluss voraus. Die Entscheidung: Ich oder wir machen es. Und zwar sofort. Das fällt dem Individuum leichter als den Gestaltern und Verwaltern der Gesellschaftsordnung. Je liberaler eine Gesellschaft, desto größer die Chancen für den Entschluss des Einzelnen. Denn Gelingen und Misslingen betreffen in der Regel nur ihn. Man kann ihm die Verantwortung für sich überlassen. Je liberaler eine Gesellschaft, desto grösser die Chancen auch für den Entschluss von Gruppen. Gelingen und Misslingen betreffen hier aber häufig die Gesellschaft. Die mühevolle Prozedur der Übereinstimmung oder des Gewinnens von Mehrheiten innerhalb der gesellschaftlichen Kräfte und Interessen ist durch nichts zu ersetzen. Man kann die Verantwortung den Gruppen allein nicht überlassen.

Der deregulierte Liberalismus führt in die Anarchie.

Das modernste Wort im Umfeld des Neu ist das Wort *Modernisierung*. Der deutsche Kanzler Gerhard Schröder strapaziert es pausenlos. Modernisierung ist eine Worthülse. Brauchbar, wenn damit gemeint ist: Man will mit der Zeit gehen, man will Entwicklungen nicht übersehen, man will sie erkennen, möglicherweise früh, zum Nutzen der Gesellschaft auf sie reagieren. Aber man darf nie vergessen: Modern und unmodern sind kein qualitativer Gegensatz wie gut und schlecht. Den Menschen einzureden, alles wird besser, wenn man nur konsequent modernisiert, ist eine dreiste Lüge. Alles wird nur besser, wenn man weiß, was man modernisiert und warum. Man rufe sich nur in Erinnerung, auf welchen Gebieten die Nationalsozialisten Großdeutschland modernisiert haben, und auf welchen die Kommunisten die Deutsche Demokratische Republik.

Modern und unmodern ist ein Gegensatz wie gelb und blau. Es ist von Fall zu Fall zu entscheiden, welche Farbe besser passt. Die Vergelbung oder die Verblauung einer Gesellschaft zum Programm zu machen ist Schwachsinn.

Es könnte ja auch wieder durchaus modern werden, reaktionär zu sein. Kommt aber Reaktion in Mode, sind deren Bekämpfer gefordert.

Die Verbesserung der Gesellschaft mit der Ausgabe der Parole

Totale Modernisierung hat die Seriosität der Vermögensvermehrung durch Pyramidenspiele.

Das Wort Reaktion ist gefallen. Damit sind wir bei einer gebildeteren Silbe als neu, bei neo. Dieses Neo wird häufig und meist falsch verwendet.

Beispiel: Neonazis. Was an ihnen soll neu sein? Der braune Schlamm ist alt, sehr alt. Sie werfen nur von neuem damit um sich. Das griechische Wort, das den Nazis heute vorangestellt werden könnte, müsste auf Deutsch *von neuem* heißen, oder *immer noch*, oder *schon wieder*. Die des Altgriechischen Kundigen sind gebeten, Vorschläge zu machen. Neo ist falsch.

Das gilt genauso für den Liberalismus. Was am Neoliberalismus wäre neu? Wäre er es, würde er sich zur sozialen Marktwirtschaft bekennen, und die ist längst in anderen politischen Formationen zu Hause. Und absolut arriviert.

Am drolligsten ist die Silbe Neo in Verbindung mit Konservativismus. Man kann nicht neu konservativ sein. Es kann zwar Mode sein, konservativ zu sein, daher geht einer mit der Mode. Aber Mode, die Altes wiederbringt, ist nicht neu.

Vielleicht wird der Unsinn klarer, wenn wir eine Gegenprobe machen. *Alt-Achtundsechziger*. Den gibt es nicht. Es gibt nur 68er, die alt werden, wie das in der Natur der Sache liegt. Erwachsene sind keine Altkinder und Kinder keine Neumenschen. Damit das einmal klar ist.

Wie gerne man den Begriff neu dämonisiert, zeigt uns die Zeitrechnung. Wir stehen – hören und lesen wir im Zehnjahresabstand – vor einem neuen Jahrzehnt, für das wir bekanntlich gerüstet sein müssen, für das wir die Weichen zu stellen haben oder wie diese Phrasen alle heißen. Dieses neue Schaltdatum ist aber Ergebnis einer willkürlichen Annahme. Der Kalender ist ein Konstrukt, jederzeit könnte einer behaupten, wir leben im Jahre 821 nach der ersten großen Kartoffelkäferinvasion. Die menschliche Gesellschaft – nein, eigentlich fast nur die abendländische – hat sich darauf geeinigt, dass am 1. Januar ein neues Jahr beginnt. Der chinesische Kalender oder der jüdische sind anderer Meinung. Da sind Teile unseres alten Jahres schon neu und des neuen Jahres schon alt. Der Zeitfluss ist von diesen Überlegungen unabhängig.

Was wollen wir erneuert haben, und wenn, in welcher Hinsicht?

Hielten wir unsichtbare Flugkörper mit unfehlbarer Treffsicherheit, unvorstellbar kostspielig in der Herstellung, lieber für neu als eine weltweite Ächtung der Waffenproduktion, deren Kontrolle durch eine Weltpolizei und die Schulung von Spürhunden, auf dass sie jeden Waffenhändler wittern und ihm sofort die Arschbacke herunterbeißen?

Hielten wir den konsequenten Ausbau der Autobahnen und Autostraßen nebst verdoppelten Verkaufszahlen der Automobilindustrie lieber für neu als Konzepte, die den Schienen- und anderen öffentlichen Verkehr komfortabel und attraktiv machen? Unser Leben beruhigen?

Hielten wir weiter verbesserte Beschleunigungen von null auf zweihundert lieber für neu als Tempolimits, deren Vernunft die Industrie anzuerkennen gezwungen wird, auf dass sie fahrbare Möbel entwickelt?

Hielten wir die genetisch gesteigerte Getreideernte zum Zwecke der Fütterung zukünftiger Inhalte von Hamburgern lieber für neu als die Verfeinerung der Untersuchungsmethoden zum Aufspüren von Lebensmittelkriminalität? Als die Gesetze zur Verurteilung von Käfighühnerzüchtern zum Genuss eigener Ware?

Hielten wir große Maschinen mit vielen Schläuchen und Messapparaten, die den Toten nicht tot sein lassen, lieber für neu als die Wache der Nächsten rund um das Bett der oder des Sterbenden?

Hielten wir die Verfeinerung der Kommunikationsformen via Bildschirm lieber für neu als städteplanerische Überlegungen zur Wiederherstellung der Nachbarschaft?

Hielten wir die Erweiterung des Angebots an Home-Trainern lieber für neu als den Ausbau sicherer Rad- und Wanderwege?

Hielten wir den Tontechniker, der auf Knöpfe drückt, die Instrumente auslösen, lieber für neu als die Musiker, die sie – auf ihren Arbeitsplätzen – spielen?

Hielten wir die Einführung der 10.000stel Sekunde bei der Zeitmessung im 100-Meter-Lauf der Leichtathleten lieber für neu als die jeweils schlichte, von den Uhren gänzlich befreite Feststellung, Maier war Erster, Müller Zweiter und Huber Dritter?

Hielten wir sozialdemokratische Parteien, die sich in jedem Lande mit anderen Methoden, ja auch mit abgewandelten Grundsätzen um die Lösung der sozialen Frage bemühen, lieber für neu als solche, die sich weiter um etwas kümmern, was man einmal die *Internationale* genannt hat?

Genug der fragmentarischen Anregungen für die Möglichkeit neu so oder so zu begreifen.

Aber noch ein Wort zu jener Sparte, in der das Wort neu zu Tode strapaziert wird: der Kunst.

Hier Genaueres zu sagen erforderte einen eigenen Essay, ein Buch, eine Buchreihe. Ich erlaube mir nur eine These: Auf keinem Gebiet wird so klar, dass neu nicht Qualität ist, sondern dass die Umkehrung stimmt: Qualität ist immer neu.

Qualität wird zur Qualität, weil sie so meisterlich, so formal perfekt, so tief empfunden, so technisch gekonnt, so originell, so witzig, so tragisch, so und so und so – noch nie da war. Und damit ist große Kunst immer auch neu.

Aber dieses Wort ist in diesem Fall das letzte, das unwichtigste aller Eigenschaftswörter.

LEBEN

Die Karriere der Mörder

»Wo die Notwehr aufhört, fängt der Mord an«, lässt Georg Büchner im Drama »Dantons Tod« sagen.

Das ist eine sehr brauchbare Definition. Mit ihrer Anwendung lässt sich ganz gut bestimmen, wie viele Menschen im Krieg gefallen sind und wie viele ermordet wurden. Über diesen oder jenen Grenzfall kann debattiert werden. Und wenn Protestierer gegen die Dokumentation militärischer Verbrechen versichern, man hätte sich der Kinder und Frauen anders nicht erwehren können, dann muss man es ihnen eben glauben.

In den *modernen* Kriegen gab es eine unverhältnismäßige Verschiebung im Verhältnis von Kriegsopfern und Mordopfern. Die Menschenvernichtung durch Krieg ging eine apokalyptische Partnerschaft mit der Menschenvernichtung im Krieg, während des Kriegs, ein. Der Tod, das Totmachen kannte keine Grenzen mehr. Es war sozusagen schon egal, ob man diese oder jene auch noch erschlug oder vergaste.

Das braune Pack schiebt einen Berg von Literatur vor sich her, in dem Geschichte zwar nicht bestritten, aber gefärbt wird, begründet bis zu dem Punkt, an dem es dem Leser überlassen bleibt, nachfolgende Schandtaten für logisch und unvermeidlich zu halten oder nicht. Gegen diese Literatur gibt es keine Gesetze, manche sagen, kann es keine geben. Damit muss man leben, aber wenn man damit leben muss, dann auch mit einem sich erneuernden, anderen Geschichtsbewusstsein.

Die Toleranz hat ihren Preis. Der Satz von der *ordentlichen Beschäftigungspolitik im Dritten Reich* beinhaltet selbsttätig die Arbeitsplätze als KZ-Aufseher.

Die andere Seite macht es vor. Eine junge und offensichtlich intelligente Frau ist Wortführerin einer »Kommunistischen Plattform« in einer aus der DDR hervorgegangenen Nachfolgepartei. Auf die Verbrechen Stalins angesprochen, erklärte sie im Interview, die müsse man *im historischen Zusammenhang* sehen.

Nun, das gilt für alle und alles. An historischen Zusammenhängen ist kein Mangel. In ihnen lässt sich Massenmord vernetzen, sieht man sich nicht veranlasst, sich prinzipiell zu schämen.

Der Holocaust als Massenmordfinale von Rassenhass entzieht sich einerseits der Beschreibung und Darstellung, darf sich aber andererseits der Beschreibung und Darstellung nicht entziehen. Wir haben da eine Problematik, die bis zum Schwachsinn geführt hat, als einmal einer erklärte, man könne nach Auschwitz kein Gedicht mehr schreiben. Man kann und man soll. Ob man über Auschwitz eines schreiben kann und soll, das ist die Frage.

Wir stehen vor einem schier unlösbaren Dilemma. Der mit dem Begriff Holocaust zusammengefasste Rassenmord wird in Büchern von Zeitzeugen, in Büchern von Nachkommen von Zeitzeugen, in Filmen und Fernsehserien noch und noch verarbeitet. Da stehen wichtige Zeugnisse und spekulativer kommerzieller Dreck dicht nebeneinander. In manchen Fällen scheint der Respekt gegenüber dem Dargestellten die nötige Zurechtweisung an der Art der Darstellung zu lähmen. Neben Leichenbergen türmen sich solche postholocaustischen Kitsches. Dem Mord geschieht das Schlimmste, was ihm passieren kann, er wird in seiner Dimension wieder gemordet, weil totgequatscht und niedergefilmt. Immer wieder wird das Argument vom Nichtvergessenlassendürfen als Begleitwort und Verkaufsargument verwendet. Leute, die hier Einhalt gebieten möchten, laufen Gefahr, in eine falsche Reihe gestellt zu werden, und schweigen daher.

Kurt Tucholsky hat sinngemäß einmal angemerkt, er wünschte, es gäbe weniger pazifistische Theaterstücke, aber ein gutes.

Der Gedankengang lässt sich auf die künstlerischen Aufarbeitungen des Holocaust parallel verschieben. Aber kann es dieses *gute* Kunstwerk, dieses wahrhaft gültige geben?

Zu den modernen Mördern sind die Terroristen zu zählen.

Wo kein anständiger Krieg der *ethnischen Säuberung* als Modellversuch dieser oder jener Endlösung zustande kommt, gibt es den

Völkermord homöopathisch. Da explodieren in Restaurants von Jerusalem Bomben der Palästinensischen Selbstmordattentäter. Da ballern israelische Patrioten auf palästinensischem Boden in die Zivilistenmenge. Da sprengen sich die irischen Christen landauf, landab in die Luft. Da meucheln die islamischen Fundamentalisten, was sich ihnen an Aufklärung in den Weg stellt. Der Mord ist täglich geworden, wohl wie noch nie in der Friedensgeschichte.

Der Mord, also das vorsätzliche Töten eines anderen Menschen, bedarf der Motive. Sie sind bekannt. Nationalwahn, Rassenwahn, Hass, Habgier u. Ä. Die Motive allerdings bedürfen einer Grundvoraussetzung. Diese heißt Missachtung oder besser: Nichthochgenugachtung des menschlichen Lebens an und für sich. Und diese Nichthochgenugachtung ist kein Phänomen des Krieges als Mittel der Politik. Sie stellt sich im Krieg nur auf das Gewaltigste und Perverseste dar. Der Mord im Krieg basiert auf dem Mord im Frieden. Dem unpolitischen. Die Bestie Mensch schafft mit dem Eintritt in den Krieg keinen Qualitäts-, nur einen Quantensprung. Den allerdings in ungeheurem Ausmaß.

Nichtsdestotrotz muss man zuerst vom unpolitischen Mord reden. Er ist die Basis von allem.

Da drängt sich zunächst einmal der Straßenverkehr auf. Tagtäglich werden auf diesem Globus Menschen von Mitmenschen totgefahren. Es wäre längst zu überdenken, ob das Gerät Automobil, dessen Handhabung, dessen Dimensionen nicht den zivilisatorischen Vorstellungen vom *Schutz des Lebens* zuwiderlaufen.

Wir haben in verschiedenen prominenten Gegenden Mitteleuropas die Debatten rund um das Tempolimit mitverfolgt. Wir haben zur Kenntnis genommen, dass Testversuche mit reduzierten Spitzengeschwindigkeiten nachgewiesen haben: die Unfälle gehen zurück, mit ihnen der Verkehrstod. Wir haben gleichzeitig zur Kenntnis genommen, diese Erkenntnisse führten in der Praxis zu nichts. Die – ohnehin zu großzügig bemessenen – Höchstgeschwindigkeitsbeschränkungen wurden nicht eingeführt. Das heißt, die Leute, die sich gegen diese Tempolimits zur Wehr setzen, sind die Mörder aller Menschen, die wegen zu langer Bremswege, zu großer Aufprallwucht sterben. Sie sind ganz üble Mörder, nämlich Schreibtischmörder. Sie sind Exponenten einer mörderischen Gesellschaft. Sie sehen dem Töten tatenlos zu. Sie tragen nicht Sorge um das Leben der Mitmenschen. Sie stellen es den immer breiteren Fahrbahnen zur Disposition. Tagtäglich zeigt das Fernsehen in den Frühnachrichten die verkeilten Autos, die Blechtorsos, aus denen zermalmte Menschen herausgeschnitten werden müssen. Die Mörder trinken ihren Kaffee.

Das Gegenargument gegen diese Anschuldigung liegt auf der Hand: die Seuche Aids. Was tut die Gesellschaft nicht alles, um uns vor Infektionen mit Folgetod zu bewahren! Sie druckt für viel Geld Plakate, dreht Spots, klärt auf. Jede Menge geschieht, um diese neue Qualität von Sexualmord hochzuspielen und einzudämmen. Der Widerspruch im Vergleich zum Verhalten dem Straßenverkehr gegenüber ist rasch aufgeklärt. Am Zustandekommen von Aids-Unfällen ist nichts zu verdienen. Weit eher am Verhindern, denn das schafft und erhält wenigstens Arbeitsplätze in der Gummiindustrie. Bei Autounfällen allerdings verdient man nur am Zustandekommen mit den Folgen. Abschleppen, Reparatur, Neuverkauf. Der Autounfall ist eine volkswirtschaftliche Größe. Der Mord auf der Straße daher keiner Anklage wert. Wenngleich die Opferzahlen von Aids gegenüber jenen im Straßenverkehr (außerhalb Afrikas) irrelevant sind.

Mörder sind auch Erbauer und Betreiber der Atomkraftwerke. Nachzuweisen am Verhalten nach der Katastrophe von Tschernobyl. Diese hatte klargestellt, wie die Sache mit dem Restrisiko wirklich aussieht. Zersetzung menschlichen Lebens, schleichend, quälend, über Generationen. Tschernobyl hat aber kein Umdenken bewirkt. Die Sicherheitsstandards wurden angesprochen, verglichen, erhöht. Das heißt, die GAUe, die größten anzunehmenden Unglücksfälle, wurden für die nähere Zukunft unwahrscheinlicher gemacht. Der Beschluss, sie überhaupt nicht zuzulassen, fiel nicht. Materialermüdung kann man aber niemals ausschließen. Die auslaufenden Öltanker sind vor dem Auslaufen heil. Und doch bricht immer wieder einmal einer auseinander und verseucht ein Stück Globus. Ähnliches hat für AKWs zu gelten.

Ein drittes und viele weitere Beispiele für Mordgesinnung liefert die Lebensmittelbranche. Hier wird der Mord auf indirektem und direktem Weg verübt. Betrachten wir die Rinderzucht. Ihre Ausmaße sind zunächst einmal Ausdruck globalen Irrsinns. Aber sie haben Folgen. Denn die viel zu vielen Tiere brauchen Futter. Das Futter besteht zunächst – wie von der Natur vorgesehen – zu einem wesentlichen Teil aus Getreide. Daher muss, der Viehfütterung wegen, vielen Menschen jene Getreidemenge weggenommen werden, die sie zum Überleben, zur Abwehr des Hungertodes benötigen. Daher müssen Menschen verhungern. Man kann diese Zusammenhänge von Ursache und Wirkung nicht vereinfacht genug darstellen. Jede fachmännische Detaillierung lenkte von der wichtigen Schlussfolgerung ab: Das Wegnehmen des Getreides zugunsten nicht benötigter Tiere ermordet Menschen. Aber damit stehen wir erst am Beginn einer Kette. Denn trotz des in Kauf genommenen Mordes durch Hunger reicht das Getreide der Welt nicht aus, um die Fleischberge auf das rentabelste Schlachtgewicht zu bringen. Daher sann man über Ersatz, über Ergänzung nach. Und man hatte die Idee, die pflanzenfressenden Tiere ihr eigenes Aas in Form von Tiermehl futtern zu lassen. Sehr früh schon sagten Wissenschaftler voraus, das könne nicht gut gehen. Doch die Sorge galt zunächst einmal den Tieren selbst. Sie erwies sich als berechtigt. Es entstand eine Rinderkrankheit, bekannt geworden unter dem Namen BSE. Und bald darauf gab es die ersten Nachweise, diese Krankheit, über die Nahrung auf den Menschen übertragen, führt bei diesen wiederum zu Todesfolge. Erkenntnis und Beweis wurden offenbar jahrelang unter Verschluss gehalten. Alle in diesem Zeitraum tödlich infizierten Menschen sind also ermordet worden. Alle Menschen, die die Geheimhaltung, die Unterschlagung zu verantworten haben, sind Mörder.

Und wenn wir schon bei Nahrungs- oder Genussmitteln sind, dann dürfen wir nicht vergessen, die hauptberuflichen Mörder und Mordhehler zu würdigen, die Rauschgift produzieren und dealen. Dass die Polizeien der Erde in der Regel nur an die gedungenen Killer, nicht aber an die Auftraggeber der Morde herankommen, deckt sich mit den anderen letalen Branchen.

Solange Mordursachen immer nur im unmittelbaren Motiv gesucht werden, kann sich auch nichts ändern. Der Sexualmord etwa gibt der Gesellschaft kein Rätsel auf. Es handelt sich um pervertierte Triebbefriedigung, um enthemmte Krankheit.

Aber wie ist das mit den immer mehr hochkommenden Enthüllungen über Sexualmorde an Kindern? Ein Mord an einer Sechsjährigen, eine organisierte Schändungs- und Mordserie an Schulkindern ist doch nicht so zu erklären wie die Erdrosselung einer Prostituierten. Da steckt doch mehr dahinter. Die totale Überreizung auf dem Gebiet sowohl der Sexualität als auch des Todes – unwidersprochen immer intensiver verbreitet durch Bild und Ton. Sie zwingt die verbrecherische Triebbefriedigung ins nicht mehr fassbare Extrem, in eine anarchische Bestialisierung. Die Karriere der Triebverbrechermorde an Kindern steht in direktem zynischem Zusammenhang mit der öffentlichen Sexualität. Mörder sind dingfest zu machen. Die Gesellschaft aber, die den Dispositionen potenzieller Mörder die Schübe liefert, nicht. Solange Bild und Ton nicht wieder mehr Respekt vor Leib und Leben haben, solange Mord und Akt allstündliches Requisit der täglichen Unterhaltungsindustrie sind, trägt die Gesellschaft an ihren Mördern Mitverantwortung. Sie vögelt mit. Sie erwürgt mit. Der gescheite Medienkritiker Neil Postman hat erklärt, wir amüsieren uns zu Tode. Begehen also an uns intellektuellen Mord. Das reicht nicht. Wir amüsieren uns mit dem Tod anhand des Todes. Zwischen Computerspiel und Fernsehserie häufen sich die Abgeknallten. Die Jugendlichen erfahren subkutan, der Schusswechsel hat die Normalität von Fürzen.

Der Unterschied zwischen Fiktion und Realität ist längst verwischt. Mord gehört zum Leben, erhöht die Lebensqualität via Unterhaltungsindustrie.

Das ist das Ende des Lebensbegriffes, den sich Humanisten erträumten.

MANAGER

Die Faschisten des Wachstums

Wenn Karl Marx Recht hat, dann gilt: »*Die Gedanken der herrschenden Klasse sind in jeder Epoche die herrschenden Gedanken, d. h., die Klasse, welche die herrschende materielle Macht der Gesellschaft ist, ist zugleich ihre herrschende geistige Macht.*«

Die herrschende Klasse sind die Manager. Also gnade uns Gott!

Wer Manager außerhalb ihres Managements kennen gelernt hat, hat Schwierigkeiten sie generell zu verurteilen. Es sind zu viele gebildete, sensible, problembewusste Leute darunter, unter den Koordinaten leidend, in denen sie ihre Existenz sichern müssen. Nichtsdestotrotz kommt man um die Feststellung nicht herum: Die Manager stehen für die gesamtgesellschaftliche Blödheit. Manager sind Protagonisten der Wachstumsideologie. Sie sind daher verpflichtet, nicht zu wissen, was sie tun, oder ihr Wissen zu verdrängen. Die Gruppe der Verdränger ist in alkoholisiertem Zustand gerne bereit, ihre Depressionen auszuleben. Da beklagen die Herren im imaginären Nadelstreif, wie sehr sie – Politikern gleich – des Augenblickserfolges wegen die großen Perspektiven vergessen müssen. Viele von ihnen wissen, es wäre sinnreich, in guten Bilanzzeiten Rücklagen zu bilden, um in schlechten ausgleichen, zusetzen zu können. Aber sie beugen sich dem Wachstumsgesetz. Sie vergrößern. Sie errichten Zweigwerke. Sie »schaffen neue Arbeitsplätze«. Um beim nächsten naturgesetzlichen Abschwung entweder Massen entlassen zu müssen, um nicht Pleite zu gehen, oder – bei Unternehmen größerer Dimensionen – den Staat erpressen zu können. Man beachte, wie sehr die Automobilindustrie durch diese Methode den Staat in Geiselhaft genommen hat.

Intelligente Manager wissen zwar, die Vergötzung des »Shareholder-Value« ist zukunftsfeindlich, aber sie haben keinen Entscheidungsspielraum. Manager dürfen zwar nicht altern (wenn man den Stellenausschreibungen folgt), sie sind zur »Dynamik« verpflichtet, aber sie haben keine Chance, nicht auf Schienen zu laufen. Und die führen auf Teufel komm raus in Richtung Zuwachs.

In demokratischen Zeiten stillt das Management das Grundbedürfnis der Gesellschaft an Faschismus. Multis oder auch nur Großfirmen pflegen einmal im Jahr ihre Verkaufsleiter, Gebietsverantwortlichen, Vertreter u. Ä. zu versammeln. Meist in einem Kongressort mit Kongresshotel. Bei diesem Meeting wird dann rund um die Branche referiert, da werden Entwicklungen der Produktpalette besprochen, da werden Erfolgreiche gelobt und prämiert. Der entscheidende Programmpunkt aber sind die Vorgaben der Firmenleitung für das nächste Verkaufsjahr, die Verkündung der Zahlen, die erreicht werden *müssen.* Blass aber gefasst warten erwachsene Menschen, Familienväter zumeist, auf die Mitteilung, die ihnen entweder die Chance eröffnet, die Raten für ihr Haus weiter zu bezahlen, oder die Gewissheit gibt, sich gegen Ende des nächsten Jahres einen neuen Job suchen zu müssen. Die Struktur der exponierten freien Marktwirtschaft ist die einer terroristischen Planwirtschaft. Sie wird von Managern gestaltet und ertragen. Wir erleben als tragische Farce, die Manager sind ihre eigenen Opfer.

Der Hauptredner der Tagung, für den deutschen oder europäischen Raum zuständig, gar aus Übersee eingeflogen, spielt vor, was in den besten Managerschulen gelehrt wird: Verschmierte, verlogene Rhetorik, zwischen smartem Smalltalk und gebrülltem Pathos, zwischen gelackter Anschmeißerei und gellender Brutalität wechselnd. Die Knallcharge hinter dem Rednerpult räumt ein, man würde in diesem Konzern von den Leuten das Außerordentliche, das kaum mehr zu Leistende verlangen, sagt aber auch gleich dazu, man wisse, das könne man nur tun, weil eben die Angehörigen dieser Firma, und nur die, dazu in der Lage sind. Die Auserwähltheit, die Auslese der leitenden Mitarbeiter, gepaart mit einer einmaligen Unterstützung durch die Zentrale (siehe Planwirtschaft!), sicherten den Vorsprung vor der Konkurrenz. Was bei der Jahrestagung der Konkurrenz gesagt wird, ist deckungsgleich. Hier wie dort beschwört man die *Corporate identity*, das Unverwechselbare, das Einmalige, das Überlegene. Diese Verherrlichung ist nichts anderes als merkantiler Rassismus: Wir haben die bessere Ware, wir sind fleißiger, tüchtiger, geschickter. Wir werden die anderen ausbooten, in den Ruin treiben, aufkaufen. Heute gehört uns Schleswig-Holstein oder Tirol oder Graubünden und morgen die ganze Welt! Wir sind die Herrenrasse der Elektronenhirne!

Eine schauerliche Gesellschaft!

Wesentliche Aufgabe der Manager ist das Management der Korruption. Muss es sein. Manager sind professionelle Bestecher. Ihr Umsatz steht in direkter Relation zu ihren Korruptionserfolgen. Ein Gesellschaftssystem fußt auf Kriminalität. Und man findet nichts dabei. Freilich, es gibt Gesetze. Sie müssen auch gelegentlich angewandt werden. Von Zeit zu Zeit kommt es zu einem Strafverfahren. Es hat Alibi-Funktion. Der Öffentlichkeit soll gezeigt werden, man würde durchaus auf Sauberkeit achten. Um zu erklären, wie müßig das ist, sei ein Vergleich mit dem Rauschgifthandel erlaubt. Da werden in regelmäßigen Abständen Transporte abgefangen. Und immer wieder sagt der Nachrichtensprecher, der Polizei sei ein *großer Schlag* gelungen, es sei *ein Ring gesprengt* worden, eine *Rekordmenge sichergestellt*. Und während dergleichen laufend gelingt, steigt der Umsatz des Rauschgifthandels weltweit ständig an.

Genauso verhält es sich mit der Korruption. Man hüte sich vor dem Schluss, Korruption sei Wesensmerkmal kapitalistischer Gesellschaftsformen. Alle höfischen Strukturen kultivieren diese Geschäftsanbahnung. Die höfischste von allen, der reale Sozialismus, war korrupt bis ins Mark, also bis ins Politbüro. Vielleicht wird man einmal umdenken, vielleicht wird man sagen: Wenn unser Wirtschaftsleben ohne Schmiergelder, also ohne private Provisionen für Geschäftsvermittlungen, nicht existenzfähig ist, dann ist es doch sinnvoller, die Sache zu entkriminalisieren. Ein Delikt, dessen Ahndung ein System zerstört, ist keines mehr. Ein Ehrenkodex, der nicht angewandt wird, ist Makulatur. Was unvermeidbar, unbekämpfbar, uneindämmbar ist, muss freigegeben, der Selbstregulierung überantwortet werden.

Welche Befreiung wäre möglich, würde öffentlich bekannt gemacht, für den Großauftrag an die Elektronikfirma X steht dem zuständigen Beamten des Magistrats soundsoviel an Provision, zu zahlen von der beauftragten Firma, zu. Der Beamte hat nach bestem Wissen und Gewissen mehrere Angebote geprüft, technische Gutachten eingeholt, Summen verglichen und so fort. Es ist vom Bezieher eines bescheidenen Beamtengehalts einfach nicht zu verlangen, angesichts des durch ihn zu vergebenden Finanzvolumens nicht was davon haben zu wollen. Also hat man das transparent zu machen. Dass es darüber hinaus dann noch zu kleinen Nebenkorruptionen kommen würde, liegt in der menschlichen Natur. Aber anzunehmen ist: Beamte, die Villen und Boote schon haben, ihren Kindern eine Ausbildung im Ausland bezahlen können, werden auf Kriminalität nicht mehr so offensichtlich angewiesen sein und Aufträge eher gerechter vergeben. Worauf – und deshalb wird diese Theorie trotz Naivität hier zur Diskussion gestellt – die Manager nicht mehr Milliardengeschäfte im Stil von Kleingaunern abwickeln müssten.

Die völlig unschuldige, gleichsam homöopathische Form der Korruption heißt *Geschäftsessen.* Geschäftsbeziehungen anbahnende oder vertiefen sollende Einladungen haben Schreckliches angerichtet. Sie haben die Preise verdorben – auf Spesen zahlt sich's lockerer –, sie haben aber vor allem die Qualitätsmaßstäbe zerstört. Da Manager in der Aufsteigerphase noch keinen Geschmack haben und in der Folge ein Leben führen, das es ihnen unmöglich macht, einen zu bekommen, essen sie dem Image der In-Lokale hinterher, sie sind entzückt von kulinarischer Nobelkonfektion. Man könnte es symbolisch sehen, dass viele große Umsätze beim Saufraß beschlossen wurden.

Zum Selbstverständnis der Manager gehört eine eigene Sprache. Deren Aufgabe ist es, simple, um nicht zu sagen primitive Sachverhalte interessanter zu machen. Wie, zum Beispiel, nennen die Manager den Versuch, in möglichst kurzer Zeit eine möglichst große Stückzahl zu einem möglichst hohen Preis an möglichst viele Leute zu verkaufen? Marketing. Dieses Wort hat den Geruch von Wirtschaftswissenschaft und nicht von Krämerseelen. Es lässt sich präzise nicht fixieren, ist aber immer deklinier- und diskutierbar. Wer so dringend die Notwendigkeit verspürt, seinen Beruf geistig höher anzusiedeln, der strebt nach Philosophie. So kann es nicht verwundern, dass die Manager das Wort *Unternehmensphilosophie* entweder erfunden oder dankbar aufgegriffen haben. Das Wort ist ein Unsinn in sich. Ein Unternehmen kann bzw. soll eine Marktstrategie haben und als Draufgabe ein Betriebsklima. Aber eine eigene Philosophie? Liebe zur Weisheit heißt Philosophie, Streben nach Erkenntnis. Sie steht daher dem einzelnen Menschen wohl an. Aber einem Unternehmen?

Manager, im Besonderen die erfolgreichsten, müssen intelligent sein. Manche sind sogar so intelligent zu erkennen, ihr Beruf überfordere ihre Intelligenz. Für diese Typen gibt es Wissenschaftler. Wie zum wesentlichen Beispiel den Jesuitenpater Rupert Lay, der in zahllosen Schriften versucht, eine Verbindung von Ethik und Wirtschaft herzustellen. Lay schrieb diesen, dem Management höchste Bedeutung verleihenden Satz: *»Marketing ohne Kenntnis von Philosophie degeneriert zur irrationalen Intuition.«* Daran stimmt nun gar nichts. Erstens, Marketing kann nicht degenerieren. Wohin denn noch? Zweitens, die Intuition in der Wirtschaft, die Idee zu einem verkaufbaren Produkt, ist rational. Rationaler geht's gar nicht mehr. Die Voraussetzungen der Entscheidung, zugunsten eines Bilanzgewinnes soundsoviele Leute zu entlassen, oder wegen des drohenden Imageverlustes weniger Leute zu entlassen und die Bilanz leicht zu verschlechtern, als Philosophie zu bezeichnen, ist dreist. Aber geschehen muss etwas, weiß der Philosoph, da die *»marktwirtschaftliche Ordnung Gesetzen gehorcht, die möglicherweise wesentlich nicht mehr von unserer Vernunft beherrscht werden können. Wir können das System Marktwirtschaft nicht kontrolliert ändern, sondern allenfalls seine Funktionen stören oder es vernichten.«* Was an diesem Satz mit Sicherheit falsch ist, ist das Wort *möglicherweise*. Man sollte den Managern schon in aller Deutlichkeit sagen: So ist es.

WERBESPRACHE

Die Attraktivität der Formulierung

Wenn wir der öffentlich tönenden Werbesprache, also der Politikersprache, der Lobbyistensprache und der Produktwerbungssprache genauer zuhören, erkennen wir: Ihre Funktion hat sich auf drei Hauptaufgaben reduziert: Aufwertung, Verschleierung, Umdeutung.

Das Prinzip der Aufwertung kennen wir naturgemäß aus der Produktwerbung. Beispielhaft die Geschichte mit dem weißen Lachs. Da kaufte – kurz vor Ausbruch des Zweiten Weltkriegs – ein großer amerikanischer Warenhauskonzern Schiffsladungen norwegischer Lachsdosen. Als die erste Dose geöffnet wurde, erstarrten die Einkäufer vor Schreck. Das enthaltene Fischfleisch war weiß, rein weiß, nach gängiger Anschauung als teurer Lachs also unverkäuflich. Man fragte einen Werbemann um Rat. Der behauptete, einen solchen zu haben, und verlangte dafür eine astronomische Gage. Die Warenhausleute hatten keine Wahl und zahlten. Sie bekamen dafür folgenden Slogan für eine rettende Anzeigenkampagne: Garantiert norwegischer Lachs. Wird selbst in der Dose nicht rot.

Wenn sich ein Bruchteil dieser Intelligenz in unserer Werbesprache wieder fände, wäre allen geholfen.

Das Prinzip der Aufwertung durch Sprache hat über die Werbung hinaus in unserem täglichen Leben eine große Karriere gemacht. Versuchen Sie einmal, einen Tennisplatz zu finden. Sie können jederzeit eine Tennisanlage, ein Tenniscamp auftreiben. Das Wort Platz, in seiner unüberhörbaren Billigkeit, hat ausgedient. Wir sprechen demgemäß auch nur mehr von Parkflächen. Mehr als drei Beete sind mindestens ein Gartenparadies, und eine Sauna plus Swimmingpool ist ein Freizeitcenter. Das Wort Center ist aus dem Aufwertungsbereich überhaupt nicht mehr wegzudenken. Siehe: Eros. Welch arme Zeit, als das Wort Freudenhaus zur Anhebung von Bordell noch genügen musste. In diesem Zusammenhang ist auch die Wortschöpfung Liebesdienerin erklärbar, so blöd sie ist, da ja weder der erste noch der zweite Teil dieses aus Prostitution zusammengesetzten Hauptwortes stimmen.

Kommen wir zu der Verschleierung.

Ihr ureigentliches Feld ist die Ökonomie, das Finanzwesen. Der Charme, mit dem man Entlassungen durch den Terminus Freistellungen jede Härte genommen hat, wurde schon oft gewürdigt. Aber wer weiß denn eigentlich, dass das ökonomisch-dynamische Wort Zusatzfinanzierung einst – keineswegs irreführend, aber belastend – als Schulden herumlief? Spätestens jetzt wird der Wirtschaftstreibende von seinen Zahlen aufsehen und sich dankbar der Tatsache bewusst werden, in der höheren Schule auch mit Sprachlehre befasst gewesen zu sein. Und schmunzelnd wird er wieder einmal eine Anzahlung leisten oder veranlassen und dabei wissen, dass sie sich als Primärinvestition wesentlich akademischer kleidet.

Ich sollte an dieser Stelle vielleicht anmerken: Die drei Begriffe lassen sich – wie meist in der Wissenschaft – nicht sauber trennen. Es gibt Überschneidungen. Ist etwa Tiefdruckgebiet für Scheißwetter Aufwertung, Verschleierung oder Umdeutung?

Zum wichtigsten Punkt, der Umdeutung: Sie, die als Steigerung der Verschleierung begriffen werden kann, leistet in Politik und Heereswesen ihr Allerbestes. Das klassische Vorbild lieferte der Rundfunk im Hitler-Deutschland. Dort wurde jeder zu meldende Rückzug von Heeresteilen Frontbegradigung genannt. Keine Frage, dass sich der Hörer von einer geraden Front wieder etwas mehr Endsieg versprechen konnte. Musterschüler dieser Sprachartistik sitzen im Pentagon. Dort bezeichnet man Krieg als Verteidigungsfall oder Polizeiaktion, Bombardierung als Luftunterstützung, Geschosse als kinetische Energieträger und Waffen als Präzisionsgeräte. Den Waffenhändlern meiner Heimat blieb es vorbehalten, diesen Modellen den Rang abzulaufen. Als in Österreich der Streit tobte, ob es denn zulässig sei, Panzer in

Kriegs- oder Krisengebiete zu exportieren, sprachen die Hersteller keusch nur von Kettenfahrzeugen.

Diese Untersuchung soll nun nicht in der Empirie erstarren, sondern einige Vorschläge in die Debatte werfen: Wie wäre es, Krieg grundsätzlich als aktive Waffenreduktion zu bezeichnen? Da wäre seine befriedende Qualität doch hübsch herausgearbeitet. Regt sich ein Kleinstaat über die Stationierung von Raketen einer Großmacht auf, könnte er nicht von einer Rüstungskontrolle innerhalb eigener Staatsgrenzen sprechen? Und eine Besatzungsmacht als Gast-Verteidiger definieren?

Auf den so umstrittenen Gebieten wie Energie und Umwelt bieten sich die Möglichkeiten sprachlicher Umschminkung reihenweise an. Ein Reaktorunfall ist – die Nachfolgedebatten nach Tschernobyl haben das eindrucksvoll bewiesen – ein direkter Sicherheitsforcierungsindikator. (Wortbildungen dieser Art haben neben der primären Unverständlichkeit den Vorteil, dass sie – nach genauer Analyse – dann doch einen Sinn, einen falschen zwar, aber immerhin einen Sinn ergeben.)

Positiv umgedeutet, ist ausgetretene Radioaktivität öffentliche Energieanreicherung. Und Dioxin im Grundwasser? Beweis für stetige Entgiftung der Erdoberfläche.

Und weiter mit ökonomisch-ökologischer Sprachversöhnung: Eine Müllhalde gilt gemeinhin als etwas Unerfreuliches. Wenn wir aber mit einem Begriff wie Recycling-Reservat ihre dynamische Wichtigkeit andeuten, sieht die öde Halde schon wieder mehr nach Zukunft aus.

Das leider noch im Umlauf befindliche Wort Butterberg ist angesichts des Welthungers blanker Zynismus. Aber als Milchproduktionsrücklagemonument ist der Butterberg sofort positiv funktionell.

Man mag Landflucht aus verschiedensten Gründen beweinen. Aber wer intellektuell befähigt ist, ans Ende zu denken, wird sie als urbane Blutauffrischung zu deuten wissen.

Nun sind wir wohl schon in der Lage, eine kleine Übung durchzuführen: Also: Was ist Waldsterben? Na? Bravo! Eine forstliche Flurbereinigung. Oder einmal was aus dem Sport? Was ist eine Fußball-Niederlage? Sehr gut! Ein vorübergehendes Tordefizit.

Gesetzt den Fall, Sie wollen eine politisch diskutierende Abendgesellschaft nicht zu Tode erschrecken und den Namen des amerikanischen Präsidenten nicht einfach so aussprechen, geben Sie sich historisch-politisch-weltmännisch-weitläufig und sagen Sie schlicht: unser führender westlicher Staatsmann in der Nachfolge von Thomas Jefferson. Der Respekt wird Ihnen und dem so (und doch nicht) Erwähnten sicher sein.

Abschließend: Haben Sie kreative Vorschläge zum öffentlichen Sprachgebrauch, dann schicken Sie diese bitte an das Institut für verbale Progressiv-Edukation.

EXPORTGESCHÄFT

Die freiwillige Selbstkontrolle

Im Zuge der Recherchen über die deutschen Chemie-Geschäfte sprach die Zeitschrift *»Umsatz und Wahrheit«* mit dem Vorsitzenden der Freiwilligen Selbstkontrolle der Exportindustrie, Herrn Dipl.-Ing. Gotthilf Ausführer.

I: Herr Vorsitzender, halten Sie die Behauptung aufrecht, die von Ihnen ausgeführten Produkte seien nie in einem anderen Sinn als dem von Ihnen angegebenen verwendbar?

A: Selbstverständlich. Man hat es ja versucht. Vergeblich.

I: Wer hat versucht?

A: Die Gerichte. Sie wollten unsere Produkte verwerten. Die haben sich aber eindeutig als nicht gerichtsverwertbar herausgestellt.

I: Es soll Hinweise gegeben haben –

A: Hinweise sind in einem Rechtsstaat keine Beweise.

I: Aber Sie sind diesen Hinweisen doch sicherlich nachgegangen?

A: Dafür gab es keinen Grund. Wissen wir doch, dass aufgrund unserer freiwilligen Selbstkontrolle –

I: Ist diese Kontrolle perfekt?

A: Total. Uns entgeht kein Umsatzrückgang.

I: Sie haben da eine gewisse Art von Anlagen exportiert –

A: – die nicht zur Herstellung chemischer Waffen geeignet sind.

I: Zur Herstellung welcher Produkte dann?

A: Darüber haben wir uns lange den Kopf zerbrochen, sind aber zu keinem Ergebnis gekommen, das eine weitere Kontrolle nötig gemacht hätte.

I: Stimmt es, dass Sie die Ächtung der chemischen Waffen fordern?

A: Wir fordern – um es genauer zu sagen – die Ächtung der Produktion chemischer Waffen. Und zwar weltweit. Das sollte unserer Industrie die Konkurrenzsituation auf den wichtigsten Märkten erleichtern.

I: Wenn aber jetzt die Konkurrenz die Ächtung der Produktion deutscher chemischer Waffen forderte –

A: – dann ist das unerträglich. Und kein Umgang unter Freunden.

I: Wenn Sie einen großen Exportauftrag über Hämmer erhalten, vergewissern Sie sich, dass damit Nägel und nicht Köpfe eingeschlagen werden?

A: Wir liefern die Nägel gleich mit. So ist jeder Missbrauch von vornherein auszuschließen.

I: Das klingt sehr logisch. Dennoch sollte sorgsam zwischen friedlichen und weniger friedlichen Märkten unterschieden werden.

A: Wir liefern grundsätzlich nur in friedliche Märkte. Es finden die Angebots- und Verkaufsverhandlungen in beispielhafter Harmonie statt, man kann bei den meisten Geschäften sogar von freundschaftlicher Atmosphäre sprechen. Friedlicher können Märkte gar nicht mehr sein.

I: Wie aber verhält es sich mit Exporten in Spannungsgebiete?

A: Sehen Sie, da müssen wir natürlich unterscheiden, ist ein Gebiet ökonomisch spannend oder nicht. Je größer die Chance, in einen noch ungenützten Markt einzubrechen, desto spannender die Situation, desto größer unsere Anspannung. Man kann zusammenfassend sagen, Spannungsgebiete sind die eigentlichen Bewährungsfelder der Exportwirtschaft.

I: Nun gibt es aber Leute, die das Wort Spannungsgebiet ganz anders definieren.

A: Jetzt weiß ich, was Sie meinen. Sie meinen den Begriff politisch. Wir liefern nie in ein derartiges Spannungsgebiet. Wir liefern in solchen Fällen grundsätzlich nur an Zwischenhändler und lassen uns von diesen heilige Eide schwören.

I: Es sollen islamische Zwischenhändler nicht beim Barte des Propheten, sondern bei der heiligen Dreifaltigkeit geschworen haben.

A: Die Ökonomie vereint die Weltreligionen. Das ist auch eine ihrer wesentlichen Aufgaben.

I: Gibt es einen bündigen Beweis dafür, dass niemals Giftgas exportiert wurde?

A: Die Kirche.

I: Das verstehen wir jetzt nicht.

A: Sie wissen doch, dass der Kirche in ihrem ewigen Bestreben, den Waffen durch Segnung jegliche Gefährlichkeit zu nehmen, noch niemals Kriegsgerät entgangen, man könnte scherzhaft sagen, ungesegnet durch die Finger gerutscht ist. Haben Sie schon einmal von einer Segnung des Giftgases gehört?

I: Das ist in der Tat ein brillanter Beweis für die Nichtexistenz derartiger Kriegsmittel.

A: Sehen Sie.

I: Herr Dipl.-Ing Ausführer, die Rede war allerdings nicht nur von Kriegsgerät an und für sich, sondern auch von Zeichnungen, Blaupausen –

A: Das fällt mehr in die Kompetenz des Goethe-Instituts, denn hier betreten wir den Boden der Kunst. Nichtsdestotrotz kann ich Ihnen andeutungsweise Auskunft geben. Es gibt in der zeitgenössischen Kunst eine neue Richtung, die Tech-Art, die sich des grafischen Reizes technischer Zeichnungen bedient. Aus diesem Grund haben die auf diesem Gebiet besonders progressiven deutschen Künstler verschiedenen Museen, Galerien, etwa in Südafrika oder im Irak, Leihgaben zur Verfügung gestellt.

I: Sie exportieren auch Menschen. Sind das Künstler?

A: Im Wesentlichen Techniker. Technische Kontrolleure. Sie haben die Aufgabe, uns zu versichern, dass mit unseren Exporten in keinem Falle Kriegsgeräte hergestellt werden können.

I: Werden diese Kontrolleure im Ausland nicht als solche erkannt?

A: Wir tarnen sie perfekt. Zum Beispiel mit liechtensteinischen Deckadressen und Pässen.

I: Was waren die auffallendsten Erkenntnisse, die diese Kontrollen erbracht haben?

A: Einmal hatten wir Elemente für gigantische Industrieanlagen geliefert. Die Destination ist jetzt nebensächlich. Doch stellen Sie sich vor, die Anlagen waren dort weder auffindbar, noch hat man mit diesen kostbaren Gütern überhaupt irgendetwas errichtet. Das sind natürlich Geschäfte von einer Sauberkeit, von der man nur träumen kann, denn da ist ja neben der Friedlichkeit auch noch eine optimale Entlastung der Umwelt gewährleistet.

I: Stimmt es, dass auch Anlagen exportiert wurden, die nach der Errichtung von auffallend großen Militäreinheiten bewacht werden mussten?

A: Ich weiß, auf welchen Fall Sie anspielen. Das war eine von uns exportierte Waschmittelfabrik, die in der Lage ist, derartig weiß machende Pulver herzustellen, dass die Konkurrenten in den Entwicklungsländern alle militanten Möglichkeiten der Industriespionage wahrnehmen wollten. Da blieb nur die Bewachung durch Sondereinheiten.

I: Nach allem, was Sie so überzeugend darstellen, ist in der Forderung nach Verschärfung von Exportbestimmungen kein Sinn mehr zu sehen.

A: Da kann ich Ihnen nicht ganz folgen. Wenn eine bedeutende Firma nicht in der Lage ist, ein gewisses Exportvolumen um jeden Preis zu erfüllen, dann können – aus Gründen volkswirtschaftlicher Gesamtverantwortung – die Sanktionen nicht scharf genug sein. Es muss endlich Schluss gemacht werden mit dieser »Bleibe-im-Lande-und-erwehre-dich-redlich«-Mentalität. Es ist unsere Aufgabe, jegliche Nachfrage zu exportieren.

I: Wir danken Ihnen für dieses Gelöbnis.

POLITIKERSEX

Glied- und Scheidenjournalismus

Die Erektionsfreudigkeit eines im Weißen Haus ansässigen präsidialen Penisträgers, verbunden mit einer ursprünglich den Franzosen zugeschriebenen Vorliebe für eine besonders herzliche Art der Liebkosung, war in der Weltpresse ausführlich beschrieben worden. Man konnte von einem publizistischen Dauerständer sprechen. Der war nun keines weiteren Ergusses wert, wären nicht die Reputation eines Weltmachtpolitikers und die Chancen für dessen Wiederwahl zur Disposition gestanden, wäre nicht ein vorzeitiger Rücktritt (demissio praecox) gefordert worden.

Dazu dieses: Mir ist ein Politiker, der was von Tuten und Blasen versteht, allemal Vertrauen erweckender als einer, der mangelnde Erfolgserlebnisse auf dem Schlachtfeld der Liebe durch jene auf nicht so lustvollen Ebenen kompensieren möchte. Es gibt wenige Dinge, die mein sittliches Empfinden so verletzen wie ein Kanonenrohr, vor allem in ausgefahrenem Zustand.

Eine altchinesische Weisheit besagt: Es kann der Frömmste nicht in Frieden leben, wenn der geile Nachbar keiner gefällt. Und einem deutschen Philosophen wird der Satz zugeschrieben, wonach nicht nur Essen und Trinken Unterleib und Seele zusammenhalten.

Wer wollte es einem noch so exponierten Politiker verargen, wenn ihm – damit sind wir beim konkreten Fall – in einem von ihm allein nur schlecht besuchten Hotelzimmer derartige Gedanken kamen. Aber eine junge Dame klagte den Präsidenten vor Gericht. Sie hätte dereinst »Beschämung, Erniedrigung, emotionalen Schmerz« empfunden, nachdem sie in Erwartung eines Dialogs über ihre glückliche Ehe zum Rendezvous aufs Zimmer gekommen war, dort, nach kurzem Gespräch – wohl über die Finanzlage der Bundesstaaten –, einer entblößten Aufgerichtetheit gegenübersaß und zur Kenntnis nehmen musste, welche Art von Geneigtheit der Gouverneur ihr vorschlug.

Ich frage, warum die keineswegs von der Alm heruntergeholte, gesellschaftlich versierte junge Dame nicht gesagt hat: »Mein lieber Herr, ungeachtet der Tatsache, dass die Sache durchaus vorzeigbar ist, habe ich keine Lust, schon gar nicht diese, und bin überhaupt nur gekommen, um eine Spende für unser Heim für gefallene Mädchen zu erbitten.« Wissen Sie, was der nachmalige Präsident dann empfunden hätte? »Beschämung, Erniedrigung, emotionalen Schmerz.« Aber wen hätte er klagen sollen?

»De mortuis nil nisi bene«, haben die alten Römer auf lateinisch gefordert. Das heißt: Man soll über Menschen, die die Radieschen schon von unten begucken, nicht schlecht reden. Ich finde diese Forderung seit je zu massiv. Man kann einem Verbrecher, einem Schwein, einem der *auf Kosten anderer* gesündigt hat, seine Taten nicht schenken. Man muss, wenn die Rede auf diesen Menschen kommt, und überhaupt wenn ihm verlogene Lobhudeleien nachgereicht werden, einwenden dürfen: »Also, Freunde, so war's nun auch wieder nicht!«

Aber was sollte es für einen Sinn gehabt haben, einem verstorbenen und auch nach Ansicht seiner politischen Gegner bedeutenden Politiker nachzusagen, was seit 20 und mehr Jahren jeder mit Politik befasste Mensch gewusst hatte, nämlich dass er überdurchschnittlich (wer bestimmt den Durchschnitt?) an der Ausübung körperlicher Erotik, auch Sexualität genannt, interessiert war? Als der Mann 1974 als Bundeskanzler zurücktrat, wusste man, er tritt zurück, weil ein Spion, auf den er bedauerlicherweise hereingefallen war, von ihm zu viel wusste. Und jedermann wusste, an diesem Zuvielwissen war das – nach geltenden Ansichten – etwas überpointierte Privatleben reichlich beteiligt. Jetzt mussten wir (wir mussten natürlich nicht, aber es kann einem passieren) viele Jahre später lesen, welches Badezimmer Türen zu welchen Zimmern hatte, welche Journalistin welchen Blattes gar des Öfteren dem Mann die Lebenszeit verschönte, welche Person weiblichen Geschlechts dem eine diplomatische Erziehung genossen habenden persönlichen Referenten einen eher »ungepflegten Eindruck« gemacht hat, welche Ausdrücke der Referent für das volkstümlichere »geil« in sein Notizbüchlein notierte.

Ich finde das so lächerlich wie widerwärtig.

Es sollten sich jetzt endlich einmal ein paar Politiker zusammentun, sich ein paar erstklassige Rechercheure mieten und eine gratis zu verteilende Sondernummer über das Privatleben der Zeitungsherausgeber und Chefredakteure publizieren. Damit sich dieser Glied- und Scheidenjournalismus einbremst.

Zu den vielen Idiotien, die wir aus den Vereinigten Staaten von Amerika importiert haben, gehört das Durchleuchten der sexuellen Vita, das Aufdecken von der Altersweisheit eher dienlichen Jugendsünden. Kaum ist in den Staaten eine oder einer zu etwas ernannt worden, stehen schon in den Zeitungen die zum Rücktritt führenden Enthüllungen. Die tragische Pointe: Leute, die sich auskennen im Leben, kommen für höchste Ämter nicht in Frage.

Dem Katholizismus nützt dieses Prinzip, der sozialen Weltordnung schadet es.

Man male sich diese Tragödie aus: Es gibt einen Politiker, der hat die Lösungen. Der weiß, wie man aus der Rezession rauskommt, wie man Arbeitsplätze schafft und dazu noch den Weltfrieden sichert. Das alles und noch mehr weiß der. Aber eines Tages berichtet eine gut informierte Zeitung dieses: Der Mann, heute neunundvierzig, hat als Siebenundzwanzigjähriger einmal einen Rausch gehabt. Hat dann – mit einer reichlich gemischten Gesellschaft unterwegs – zum Sockel der Statue des Eisernen Rathausmannes hingepinkelt. Eine Dame, heute Gattin des Stellvertretenden Vorsitzenden des Unternehmerverbandes, damals, als fast noch unerfahrenes Mädchen mit von der Partie, gibt glaubwürdig an, den Pimmel des Politikers im Schein der Hauptplatzbeleuchtung als solchen erkannt zu haben. Die auf den harten männlichen Kern reduzierte Gesellschaft ist danach noch in den »Tussi-Club« weitergezogen. Ein übel beleumundetes Etablissement. Dort soll es dann hoch hergegangen sein, da der Pächter des Lokals in unserem Politiker einen Banknachbarn aus der Grundschule und einen Mitspieler aus der Jugendmannschaft des FC Vorstadt erkannte. In Alben der geschiedenen Frau des

»Tussi-Club«-Pächters kleben Fotos, die von hemmungslosem Sektgenuss zeugen und mindestens zwei Brustspitzen der im Lokal Dienst tuenden Damen freigeben. Ob der Politiker von den Betätigungsmöglichkeiten in den zur Verfügung stehenden Separees Gebrauch gemacht hat, kann nicht bezeugt aber angenommen werden. Jedenfalls musste der Politiker im Gespräch mit den verzweifelten Werbestrategen seiner Partei den Gegenbeweis schuldig bleiben. Als Grund für seine Erinnerungslücke führte er die Zahl der vergangenen Jahre und die Größe des Rausches an. Zu dieser unguten Geschichte kommen die Offenbarungen einer heute als Handleserin beschäftigten anonymen Alkoholikerin und ehemaligen Schönheitstänzerin. Diese Frau will im frühmorgendlichen Park für in französischem Stil verabreichte Zärtlichkeiten vom Politiker ein Eheversprechen erhalten haben. Ein von einer die Rechte erworben habenden Illustrierten beigestellter Anwalt vertritt die These, die Frau sei erst wegen dieses nicht eingehaltenen Eheversprechens endgültig aus der Bahn geworfen worden. Überführt wird der Politiker darüber hinaus durch die Anstellung eines Gärtners. Dieser Mann ist niemand anderer als der »Tussi-Club«-Pächter. Damit ist des Politikers Erpressbarkeit bewiesen. Denn weitere Enthüllungen drohen.

Diese schreckliche Geschichte male ich mir immer wieder in verschiedenen Variationen aus. Oft denke ich, was wäre, wäre ich der, der die Lösungen für Wirtschaft, Natur und Frieden wüsste. Wie rasch wäre meine Unwählbarkeit herstellbar. Und welch ein Verlust wäre das für die Menschheit!

MEDIZIN

Die Kranken auf Abruf

Man stirbt heute in jungen Jahren weitaus seltener an Krankheiten als vor Jahrhunderten. Man spricht vom »medizinischen Fortschritt«. Andererseits scheint der in früheren Zeiten unbekannte Verkehrstod neben den »goldenen Schüssen« der Drogenabhängigen einen gewissen Ausgleich zu schaffen. Und auf dem Gebiet der letalen Seuchen werden mit Erfolg bekämpfte durch bis dato unbekannte ersetzt. Diese neuen Seuchen kommen von selbst (Aids) oder sind Ergebnis hausgemachten Irrsinns (BSE).

Wird sich die Dichte der Erdbevölkerung über eine Haarschneidepest regulieren? Würde jeder Versuch, irgendein Haar zu kürzen, zu tödlichen Hautreaktionen führen? Wird uns ein endogenes Parkekzem erstehen? Wird es also beim Versuch, einen Parkplatz zu finden, zu schweren Magenblutungen kommen? Wird ein geheimnisvolles Golfsyndrom unheilbares Nervenfieber auslösen? Wird der durch Sonnenbestrahlung hervorgerufene Hautkrebs zur angenehmen Alternative gegenüber jenen Leiden werden, die bei der Anwendung eines Sonnenschutzmittels entstehen?

Wir haben keinen Grund zur Annahme, die Natur würde sich den menschlichen Anspruch gefallen lassen, dank der Medizin chronisch »gesund« zu sein und zu bleiben. Es scheint eine Balance gesetzmäßig zu sein. Werden die Lungenheilanstalten schlechter besucht, melden die Irrenhäuser Überfüllung. Beugen Impfstoffe und Antibiotika vor, schaffen Unterernährung oder Nahrungsvergiftung den Ausgleich.

Wie alles andere auch, ist, was wir Medizin nennen, von der Kosten-Nutzen-Rechnung beherrscht. Und da sind manche Fragen noch unbeantwortet: Ab wann schaden Kranke dem Bruttosozialprodukt? Bis wohin nützen sie dem Heilgeschäft und damit der Volkswirtschaft? Wo ist der Break-even?

Absolut sicher ist nur ein Geschäft. Es entsteht durch die öffentliche Suggerierung, Gesunde wären Kranke auf Abruf, hätten also alles Mögliche zu unternehmen, um dem Kranksein vorzubeugen, um gesund zu bleiben.

So hat uns die Medizin eine Gesellschaft der Patienten beschert. Es ist nicht mehr Normalität, den Rat der Ärzte einzuholen, wenn man krank ist, wenn also der Körper gewohnte Funktionen nicht mehr voll ausüben kann. Es ist Normalität, den Arzt aufzusuchen und ihn zu fragen, was man zu tun hätte, um ihn nicht zu brauchen. Ganze Ministerien haben sich in den Dienst dieser gesellschaftlichen Entwicklung gestellt. Gesundheitsminister beschützen nicht die Gesundheit, sie verwalten deren nationalökonomische Aspekte. Da die Ärzte also weniger daran interessiert sind, Krankheiten zu heilen, was bekanntlich nicht immer einfach ist, sondern den Gesunden Ratschläge zu geben, lassen sie sich bevorzugt dort nieder, wo alle gesund sind. Also vornehmlich in Wohngegenden bestsituierter Kreise. Dort entstehen die Ärztehäuser, die Minikliniken. Dort wachsen die Biotope medizinischen Umsatzes. In Gegenden mit Erbkrankheiten, Seuchen und Umweltkatastrophen treiben sich nur Randschichten dieses Berufs herum, die in den großen Diskussionen um den Zustand der modernen Medizin in der Regel nicht zu Wort kommen.

Eine zur Perfektion entwickelte Methode ist, durch falsche oder blöde Lebensführung entstandenes Unwohlsein als »Krankheit« zu bezeichnen. So entstand etwa die »Managerkrankheit«, eine schönende Umschreibung für mangelndes (Lebens-)Dispositionsvermögen. Und da die Ärzte diese Art Leiden nicht auf eine Berufsgruppe beschränkt wissen wollten, erfanden sie für den Rest der stressgeplagten Gesellschaft die »vegetative Dystonie«. Ein eindrucksvolles Wort für einen »Mit-mir-läuft-etwas-schief«-Zustand.

Medizin ist ohne Medizinen nicht zu machen. Es war der Gesetzgeber, weniger die Ärzteschaft, und schon gar nicht die pharmazeutische Industrie, der die Heilmittelwerbung zwang, durch einen stereotypen Nachsatz »Über unerwünschte Wirkungen ...« die Problematik der Medikamente wenigstens anzudeuten. Man soll den symbolischen Stellenwert dieser Floskel nicht unterschätzen. Sie bekennt, was jeder halbwegs aufgeklärte Mensch an und für sich weiß, nämlich, dass es keine Wirkung ohne Neben- und Rückwirkung geben kann. Aber da es wenige halbwegs aufgeklärte Menschen gibt, haben sie eben »Arzt« oder »Apotheker« oder »Beipackzettel« zu befragen. Desgleichen empfiehlt sich der Blick auf das Ablaufdatum. Wenngleich dieses zweierlei besagen kann, und niemand weiß, was davon gilt. Erstens kann das Ablaufdatum mitteilen, das Medikament sei mittlerweile verdorben und schon schädlich oder giftig, andererseits kann es bedeuten, diese chemische Verbindung hält zwar an sich ewig, ist aber daher aus volkswirtschaftlichen Gründen von Zeit zu Zeit zu ersetzen. Ersteres Argument hat mit Konsumentenschutz zu tun, letzteres mit Marketing.

Immer wieder einmal wird ein Comeback des Hausarztes vorhergesagt. Der »Onkel Doktor« soll wieder seinen Hausbesuch machen. Warum? Aus dem einfachen Grund, weil sich die Patienten vor den entseelten, gigantischen, hochtechnisierten Krankenhäusern fürchten, weil sie einer unmenschlichen sinnlosen Gerätemedizin misstrauen, weil sie für Misserfolge nur mehr die Geräte und die sie nicht hinreichend beherrschenden Ärzte verantwortlich machen. Weil sie auch zu oft in der Zeitung gelesen haben, es bedürfe maximaler Mitarbeit des Patienten, die Operateure an der Verwechslung von Organen zu hindern.

Der medizinische Fortschritt hat unter anderem bewirkt, dass der Pfusch undefinierbarer geworden ist. So ist anzuraten, im häuslichen Bett zu bleiben, solange der Hausarzt das verantworten kann. Und wenn der das nicht mehr kann, muss man ihn bitten, ins Krankenhaus mitzukommen und den Patienten zu beschützen.

Jeder Mensch mit »Protektion« oder Promi-Status, der einmal in einem Krankenhaus gelegen ist und Augen im Kopf hat, weiß, die gute alte Klassengesellschaft hat dort ihr prächtiges Reservat. Vor der Medizin sind Patienten nicht gleich. Im Wort »Behandlung« steckt ein Reichtum an Möglichkeiten. Sie reichen bis zum Missbrauch des anonymen Patienten als Versuchsratte.

Eine in allgemeine Verzweiflung treibende Aufgabenstellung ist die »Kostendämpfung im Gesundheitswesen«. Doch sind die nicht mehr leistbaren Aufwendungen nicht senkbar, solange Ärzte, was sie als Krankheit bezeichnen, vom persönlichen Budget abhängig machen. Die Aufgabe, sich gesund zu erhalten, hätte der Bürger ja zunächst einmal selbst. Das heißt, er hat alles ihn unnötig Krankmachende präventiv zu bekämpfen. Damit ist die Gesunderhaltung ein sozialpolitisches und kein medizinisches Thema. Ärzte haben sich mit der Wiederherstellung der Gesundheit zu befassen. Politische Aktivitäten gegen Krankmacher wären Teil einer ihnen wohlanstehenden Ethik, weniger ein Erwerbszweig.

Gesundheit muss man nicht produzieren. Sie kommt in der Natur vor. Und man rettet Wälder nicht, indem man sie impft oder bestrahlt oder ihnen Atteste ausstellt, man rettet sie durch die Qualität des ihnen zur Verfügung stehenden Lebensraums. Leben schützt man durch Politik. Welche Ärzteorganisation aber hätte je mit Streik gedroht, um auf Autobahnen Geschwindigkeitsbeschränkungen durchzusetzen? Im Gegenteil. Die Ärzteschaft fühlte sich um den Genuss der durch medizinische Kunst erworbenen Hochgeschwindigkeitskarossen betrogen.

Über die Schädlichkeit, Überflüssigkeit und Ununterscheidbarkeit von viel zu vielen Medikamenten ist in den letzten Jahrzehnten viel gearbeitet worden. Erkenntnisse darüber lassen den Begriff »medizinischer Fortschritt« wieder etwas sinnvoller erscheinen. Auch dass die Medikamentensucht in direkter Relation zu Alkohol, Nikotin und anderen Drogen steht, ist Allgemeinwissen geworden.

Weniger populär ist die Erkenntnis, Alter sei keine Krankheit, die Art und Weise, wie Alter der medizinisch-industriellen Verwertung zugeführt wird, eine Gemeinheit.

Der Prozess, wonach die Gesundenmedizin, die Vorsorgemedizin, ein Krebsübel darstellt, ist im Gange. Die Menschheit wird es sich bald nicht mehr gefallen lassen, ihr Leben als permanenten Krankheitsauslöser definiert zu verbringen. Im Wort Früherkennung steckt ja auch die Gefahr, von einer schlussendlich unheilbaren Krankheit zu früh zu erfahren und damit Jahre der Lebensqualität zu verlieren. Aber viele Menschen haben Angst, sich irgendeinmal von Ärzten sagen lassen zu müssen, ja, wenn Sie früher damit gekommen wären... Sie sind in der Geiselhaft. Die Gesundenuntersuchung birgt auch die seitenverkehrte Gefahr. Ein Mensch führt einen entsetzlichen Lebenswandel, hat daher Angst, seine Organe könnten Schaden genommen haben, lässt sich untersuchen, erfährt, es sei alles o. k., macht daraufhin weiter wie bisher und taumelt in die Katastrophe. Ein von Befunden unbeeinflusstes instinktives Abschwingen seiner Lebensintensität wäre sinnvoller gewesen.

Mit der Karriere der Gentechnik wird der Gesundenmedizin zur Zeit eine beispiellose Marktchance eröffnet. Die genetische Analyse wird den Arzt zu Vermutungen befähigen, der Patient würde, falls er erkrankte, in diese Richtung krank werden. Der Arzt bietet medizinische Vorsorge an. Ein Leben lang wird der Mensch eine Krankheit bekämpfen, die er de facto nicht hat.

Entscheidend für eine Entneurotisierung des ganzen Komplexes wird sein, Krankheit wieder als Bestandteil menschlicher Normalität zu begreifen, wie Gewitter als Teil des Wetters und Hagel wiederum als Spielart des Gewitters. Es ist gänzlich normal, gegen Regen einen Schirm aufzuspannen und sich bei Hagel unter ein Dach zu stellen. Aber wer das Haus bei Sonnenschein grundsätzlich nur mit Schirm verlässt und seinen Fußweg nach dem Vorhandensein von Arkaden plant, ist ein Narr. Und Narren sind wir vor der Medizin leider schon längst. Sie machte uns dazu.

Die intelligentesten Menschen verblöden, kommt das Gespräch auf Medizin. Beispiel:

»Was haben Sie für einen Zahnarzt?«

»Den Dr. Maier in der Müllerstraße.«

»Ist der gut?«

Der Frager hält den Befragten für einen Idioten, weil er es für möglich hält, dass der zu einem Zahnarzt gehen könnte, den er für nicht gut hält. So wird der Frager selbst zum Schwachkopf.

Die Entlarvung oder Relativierung mancher Teile der Schulmedizin hat zu einer Vergötzung der alternativen Medizin geführt. Dort ist der Prozentsatz an Quacksalberei naturgemäß noch weit höher als in der Schulmedizin. Dort sind Größenwahn und Erlöserschwindel Geschäftsgrundlage. Ratschläge, wie sie auch Großmütter für fiebernde Enkelkinder bereit haben, sind nicht honorarpflichtig, und (fast) alles, was darüber hinausgeht, ist Betrug. Die Karriere der alternativen Medizin bedeutet ja keineswegs eine Abkehr vom Gesundheitswahn, sondern dessen Verdoppelung.

Wichtig wäre, das publizistische Gesindel, das täglich den Lesern mit neuen »revolutionären« Heilmethoden unbegründbare Hoffnungen macht, das täglich unter der Rubrik »Ratgeber« Symptome aufzählt und Hysterien und Selbstdiagnosen auslöst, das Leser zu Patienten und somit zu Hörigen macht, das Wissenschaft wie Scharlatanerie behandelt und Scharlatanerie als Wissenschaft, mit Schreibverbot und in der Folge mit Gefängnisstrafen zu bedrohen. Es gibt wenige Gebiete, auf denen sich missbrauchte Demokratie so gegen falsche Freiheiten wird wehren müssen wie auf dem Gebiet des Medizinjournalismus in Wort und Bild.

Der gültige Beweis, wonach die Medizin nicht an einer Optimierung der Krankenbetreuung und Heilung interessiert ist, ist leicht anzutreten: Man setze die Gehälter der Krankenschwestern und Krankenpfleger in Relation zu jenen der Beamten. Eine Gesellschaft, die ihre Pflegeberufe nicht so hoch dotiert, dass große soziale Anreize da sind, sie zu ergreifen, hat jedes Recht verwirkt, in Sachen Volksgesundheit ernst genommen zu werden.

Zur Medizin hätte der Umweltschutz, die Umweltsanierung zu gehören. Was wir als Umwelt bezeichnen, wurde vorsätzlich als menschenungeeignet gestaltet, offenbar in der Hoffnung auf Mutation der Spezies. Was soll Medizin noch auf einem Kontinent, auf dem man ohne Kopfbedeckung (ist gleich Kopfhautschutz) nicht mehr vor das Haus darf?

Der entscheidende Fortschritt sollte die Wiederherstellung des Respekts vor Alter und Tod sein. Es soll eine Zeit gegeben haben, da alte Menschen stolz darauf waren, dem Tod nicht als Patienten, sondern als alte und also bald das Leben Beendende entgegenzugehen. Heute fühlt sich jeder alte Mensch, der nicht hinreichend als Patient gewürdigt wird, deklassiert. Man stirbt nicht mehr, weil man alt ist, sondern weil eine Behandlung nicht mehr greift, weil man Medizin nicht mehr konsumieren kann.

FREIZEIT

Der Freiheitsverlust

Die wahre Freizeit, die Zeit des Nichtstuns, des Entspannens, des Spaßes, des Spielens, des Sichunterhaltens, des Genusses, stellt die Menschen vor die Frage: Was können wir mit uns anfangen? Da sieht es eher traurig aus. Die Menschen haben ihre Spiele verlernt. Die Hauptschuld trägt das Fernsehen, das den Menschen die Spiele abnimmt, für sie spielt, ihnen Spiele vorspielt (um Werbezeiten verkaufen zu können). Die Menschen sitzen vor dem Schirm und zittern mit den Spielkandidaten im Fernsehen mit (ob bei Geschicklichkeits-, Quiz- oder Glücksspielen), statt sich selbst zu fordern und zu fragen. Diese Degeneration führt zu einer Rückentwicklung der Spezies Mensch. Wenn aber Freizeit zu Rückbildung, zu Verfall führt, wird man sie abschaffen müssen. Dann würde Zwangsarbeit zur progressiven Maßnahme.

Die Grundsatzentscheidung, sich nicht selbst zu unterhalten, sondern unterhalten zu lassen (vom Fernsehen), gibt dem Fernsehen die Chance, zeitfüllende Programme anzubieten. Und das auf unendlich vielen Kanälen. Da aber der Menschengeist nicht so beliebig erweiterbar ist wie das Fernsehprogramm müssen das überwiegend geistarme und geistlose Programme sein. Freilich kann man sich in der Freizeit über die Medien auch »informieren«. Aber wozu? Solange die einem nicht die Wahrheit sagen, zum Beispiel über die Chancen der nicht fremdbestimmten Freizeit? Information durch Medien, ausschließlich im Dienste des Ungeistes, ist nicht zielführender als Nasenbohren. Freizeit, dem Fernsehen ausgeliefert, ist zur gesellschaftlichen Bedrohung geworden.

Selbstverständlich entstehen über neue Technologien auch neue Spiele. Junge Menschen haben die Möglichkeit, anhand von Computerspielen Geschick zu beweisen, Thrill zu genießen.

Fällt einem kein ideologischer Einwand gegen Computerspiele ein, dann kann man den mit der »frischen Luft« bemühen. Sollte die aber so beschaffen sein, dass die Tätigkeit in der Dunkelkammer medizinisch eher anratbar ist, dann sind die zur Zeit noch geltenden Kriterien für Lebensqualität zu streichen.

Wenn dem freien Menschen gar nichts mehr einfällt, macht er »Urlaub«. Das heißt, er nimmt Stress auf sich, für den er nichts bekommt, der nicht einmal kostenneutral ist, sondern nur teuer. Nun gäbe es stressfreien, idyllischen Urlaub. Jeder Städter hätte es nicht allzu weit in ein Dorf mit Hauptplatz, Brunnen, einer Kirche mit einem bemerkenswerten Seitenaltar, zwei ausgezeichneten und rivalisierenden Gasthäusern mit Gärten, Wanderwegen in der Umgebung, gepflegten Tennisplätzen, einem groß dimensionierten Schwimmbad. Dort könnte der von der Lohnarbeit Zerrüttete die Seele baumeln lassen.

Aber nein. Eine mit Massenidiotie geschickt spielende Fernsehwerbung verkauft ihm »Ferienarrangements«. Deren erstes Verbrechen ist die terminierte Rückreise. Man kann den Urlaub im Falle Gefallens selten verlängern, man kann ihn aber schon gar nicht verkürzen, abbrechen, es sei denn, man schmisse Geld weg. So also zwängen sich durch Freizeitkleidung entstellte Menschen in Flughäfen, lassen sich von Chartergesellschaften abschleppen, deren Personal sie im günstigsten Fall nicht anspuckt, kommen wo an, werden eingewiesen und machen dann »Urlaub«. Im Zuge dessen kommt es zu einer Freizeitzerstörung, zu einer Freizeitzwangsarbeit. Man nennt das »Animation«. Man wird aufgefordert, bei irgendwas mitzumachen. Man muss ja nicht, könnte der Verteidiger des Pauschalarrangements sagen. Er weiß eben nichts von gruppendynamischen Zwängen. Freizeit als natürlicher Gegensatz von Freiheit, das ist ein tragisches Paradoxon.

Wagen wir einen Ausblick, wagen wir das Erdenken einer neuen (Freizeit-)Gesellschaft, dann werden an den Stränden der veralgten Adria, des verseuchten Thailand, der zugebauten Algarve dereinst endlose Ketten von Hotelruinen verwittern, denen der Charme mittelalterlicher Burgen allerdings gänzlich fehlen wird.

Menschen, die sich in ihrer Freizeit »was gönnen« wollen, gehen auch gerne ins Fast-food-Restaurant. Zumal die geniale Werbestrategie und Geschmacksforschung dieser Konzerne die Kinder in eine psychische Abhängigkeit zwingt. Wie wäre dem zu begegnen? Man müsste den Menschen vorrechnen, was die weltweit wandfüllenden Plakate, was die weltweit flimmernden Spots dieser Konzerne kosten, und was der Wert des Burgers ist, wie ihn der Quick-Restaurant-Besucher sich einzieht. Man müsste ihm erklären, dass er de facto kein Nahrungsmittel, sondern ein Plakat bezahlt. Man nennt das Aufklärung. Diese wäre Aufgabe von Gesellschaftspolitik. Aber beide Begriffe – Aufklärung und Gesellschaftspolitik – kommen in der Praxis nicht mehr vor, haben gleichsam Freizeit.

Die Freizeit ist auch dazu da, das kulturelle Angebot der Gesellschaft zu nützen. Also das so genannte »gute Buch« zu lesen, sich die empfohlene Theaterproduktion anzusehen. Auf diesen beiden Gebieten ist die Schere der Entfremdung bis zum Anschlag auseinander gegangen. Es gab noch keine Zeit, in der das Urteil der Kunst- und Literaturrichter so intern und exklusiv war und das (zunächst willige) Publikum so gnadenlos ausschloss. Was an Kunst nach (fast) übereinstimmender Ansicht der Kunstrichter gilt, ist als Freizeitbeschäftigung ungeeignet. Was wiederum dazu führt, dass Dreck, Kitsch und Schund einen überproportionalen Platz einnehmen.

Man muss wieder feststellen dürfen, es handle sich bei »Publikum« um Menschen, deren Gefühle, Sinne und Denkmöglichkeiten so zu berücksichtigen sind, wie das die Demokratie mit dem Zurverfügungstellen einer Wahlzelle tut. Man kann in der Kunst für Innovation werben, man kann für Qualität kämpfen, aber man darf nicht ausgrenzen und verachten. Denn das führt wieder nur (vergleiche »Blut und Boden«) in die rechte Revolution. Nur die gesellschaftsphilosophische Bewältigung des Problems (wieso des Problems?, warum nicht der Chance?) »wachsende Freizeit« kann vor rechten Diktaturen bewahren, kann der offenen Gesellschaft das Überleben sichern.

URLAUB

Reiseziel Zuhause

Man muss gebuchten Urlaub grundsätzlich wunderschön finden. Wäre das anders, bräche unser Gesellschaftssystem zusammen.

Die Tourismuswerbung beruht ja auf der simplen Behauptung, dort, wo Sie hinreisen, sei es nicht nur anders, sondern vor allem schöner, interessanter, abwechslungsreicher, gesünder und und und als zu Hause. Wenn nun der Ferienreisende plötzlich draufkommt, es ist im Urlaub genauso beschissen wie zu Hause, dann könnte ihm dämmern, dass es zu Hause beschissen ist. Warum?, würde er fragen, warum lasse ich mir gefallen, zu Hause so beschissen leben zu müssen, dass Ferienverkäufer es wagen, mir das hier als Paradies anzudienen? Eine neue soziale Revolution, die der Ferienheimkehrer, hätte ihren Ursprung.

»Wohin soll ich denn fahren?«, fragt mich ein Bekannter. »Ich kann doch meinen Urlaub nicht zu Hause verbringen.«

»Warum nicht?«, sage ich, »man muss es Ihnen nur schmackhaft machen. Aber da es keine Industrie gibt, die Urlaub zu Hause verkauft, gibt es auch keine Werbung, der Sie verfallen können.«

»Man kann doch nicht für *Urlaub in der eigenen Wohnung* werben!«

»Man kann für alles werben. Nehmen wir die Originalsprache der Tourismuswerber her, übertragen wir sie, mal sehen, was herauskommt.«

Hier das Ergebnis:

Zu Hause bleiben, das heißt, glückliche Ferien mit ganz einfachen Ideen…

Die Wohnung – ein Ferienparadies für Individualisten. Wo sich Zimmer und Einrichtung harmonisch aneinander fügen. Das Haus, das sich im Baustil der Umgebung anpasst, steht in einer Straße zwischen rosigem Morgengrauen und tiefblauem

Abend. In einem Land voller Geschichten und Erlebnisse. Die Wohnung – die Idee, sich einfach wohl zu fühlen. Sich selbst entdecken oder Freundschaften schließen mit netten Menschen aus anderen Stockwerken. Und die Idee, ganz einfach Zeit zu haben, sich Zeit zu nehmen. Die Miete ist ein Inklusivpreis. Sie können alles ausprobieren. Kühlschrank, Fernsehapparat, Badewanne. Alles ist vorher bezahlt. Den Tennisplatz, nur zwei Straßen weiter, buchen Sie gegen einen kleinen Aufpreis. Der Sportlehrer wird sich individuell oder in Gruppen um Sie bemühen. Brandneu heuer die Kegelbahn im Gasthof schräg gegenüber. Vielfalt im Urlaub, das ist auch eine Partie Schach im sonnendurchfluteten Stadtpark, stille beschauliche Stunden vor der Musikanlage mit klassischer Musik. Und Vielfalt, das ist Night-life ... Tanzen Sie eine Nacht durch in der Disco, morgen müssen Sie nicht auf! Oder bummeln Sie unter klarem Sternenhimmel den Kanal entlang. Natürlich wählen Sie Ihre Lieblingsbeschäftigung selbst. Sport, Spiel, Spaß, Spannung, Unterhaltung! Genießen Sie, was Kühlschrank und Tiefkühlfach Ihnen bieten. Sie haben die Freiheit der Auswahl. Oder gehen Sie einmal in eines der vielen Internationalen Spezialitäten-Restaurants in Ihrem Wohnviertel! Ihre Wohnung ist flexibel. Sie können Ihr Einzelzimmer als Doppelzimmer benützen oder Ihre Doppelzimmer als Einzel. Sie haben die Freiheit. In der Boutique an der Ecke gibt es die frischfröhliche Sommermode. Und auch Postkarten, falls Sie Ihren Freunden einen Feriengruß schreiben wollen. Überall ist Ferienwelt. Am Hauptplatz, wo die Sonne am strahlendsten scheint, wo der Springbrunnen am weitesten sprüht, wo die Straße am längsten, am breitesten ist, wo die Allee am prächtigsten blüht. Kleine Ferienwelten, geschaffen für das Kennenlernen. Überall ist Begegnung. Wo immer Sie aus der Stadt hinausfahren, irgendeinmal empfängt Sie Natur. Ein Buchenwald und sein Duft, ein kleiner Biergarten und seine Reize, ein unendlicher Tag. Nahe das Dorf mit der zauberhaften Altstadt, dem legendären Kirchturm, dem malerischen Rathaus. Wo alles noch typisch ist.

Leben Sie Ihre Leidenschaft für Landschaften, Menschen, die Schönheit vergangener Kulturen, die Geschichte Ihres Landes oder dessen Alltagsleben aus. Genießen Sie die vielen Kleinigkeiten, die den Charme und Reiz Ihrer Heimatstadt ausmachen.

Zu Hause bleiben – das macht Ihren Urlaub zu Ferien! Lassen Sie die Seele atmen.

Die Rundreise ist eine fantastische Ergänzung zu Ihren Ferien zu Hause. Wenn Sie einen Abstecher durch Ihr Heimatland machen möchten, durchs Land Ihrer Jungendträume! In diesem Land trifft man nette Leute aus aller Herren Länder! Ein Feuerwerk der Nationen! Überall ist gestern und überall ist heute. Heimat – das heißt aktiv sein. Hier ist alles möglich. Hier kommen alle auf ihre Kosten. Rund um die Uhr frische Luft tanken. Wo die Welt noch in Ordnung ist. Hier lassen sich Familienferien machen.

Stadt und Land, soweit man blickt. Elegante und ursprüngliche Architektur. Ein wenig Jet-Set zwischen Tee-Pausen. Viele ungelüftete Geheimnisse der Fantasie. Jahrtausende hinterließen hier ihre Spuren. Wo die Seele frei atmen kann …

Es reicht. Zunächst bitte ich die Prospektverfasser, bei denen ich wörtlich abgeschrieben habe, um Nachsicht. Aber allein kann man das nicht erfinden.

Und den Leser frage ich: Stimmt nicht manches für den Urlaub zu Hause wirklich? Und ist nicht manches sinnlos an und für sich, wo auch immer?

Ich habe beim Prospektlesen natürlich wieder viel lachen müssen. Am meisten, als ein Hotel in Afrika beschrieben wurde: »Der Gegensatz zur Savanne ist frappierend.« Es wäre ja auch blöde, wenn das anders wäre. Oder: »Der kleine, malerische Fischerort… blieb bisher vom Tourismus weitgehend verschont.« So steht es wirklich zu lesen. Aber der Satz beweist das Gegenteil.

SOCIETY

Von Leitfiguren, Stars und VIPs

Das ist ein schwieriges Definitionsproblem: Was ist ein Star, was ein Promi, was ein VIP? Der Versuch, exakte Merkmale herauszuarbeiten, muss scheitern. Im Ungefähren dürfte aber doch die Differenzierung eine allgemein (un)bewusste sein.

Versuchen wir es mit dem Überbegriff *Leitfiguren.* Da sind wir zunächst bei dem des Idols. Wie Idole heute aussehen, weiß man. Dass sie dereinst auch mit Ideal zu tun gehabt haben, mit etwas Höherem, zu dem man aufschaut, ist vergessen. Ein Idol verpflichtete, ihm nachzustreben in seiner menschlichen, sozialen, künstlerischen Vorbildhaftigkeit oder Attraktivität. Der Begriff führte auch ins Sittliche, konnte etwas mit humanen Werten zu tun haben. In diesem Sinne hat er abgewirtschaftet. Da der Ehrgeiz von mindestens einer Generation kritischer Geister darin bestand, zu zer- und widerlegen (ohne etwas anderes anzubieten, außer der persönlichen Genugtuung, dieses geleistet zu haben), haben die Idole als Leitfiguren ausgespielt. Sie sind *out.*

Das Zerbrechen von Altären – wie verständlich auch immer – führt nicht zur Beendigung der Anbetungen, sondern zu deren Aufteilung.

Jesus Christus war – jedenfalls in unseren Breiten – einst ein populäres Idol. Doch die Zweifel an seinem Image wurden immer erdrückender. Wissenschaftler waren stolz darauf zu beweisen, dass die Sache mit der Unbefleckten Empfängnis so nicht gewesen sein kann, dass die Himmelfahrt mit irdischem Weggetragenwerden und der Gang über das Wasser mit Surfen zu tun gehabt haben mussten. Jesus Christus, beziehungsweise die Herren, die seine Geschichte erzählt haben wollten, wurden zu Angebern, zu Maulhelden. Jesus Christus stand zur Disposition. Und die wurde von Religionsgründern aller Herren Rassen und Länder natürlich benützt. Da war ein Vakuum, in das man stoßen konnte. Die metaphysisch Einsamen dieser Welt waren reif für die nächsten, ihnen begegnenden Idole. Und die kamen nun in hellen Scharen des Weges. Dass sie von vornherein Gauner waren, Abzocker, gefährliche Narren und Ähnliches spielte keine Rolle. Fangratten – im Gegensatz zu Rattenfängern – wurden zu Idolen von Menschengruppen, die sie als diese zu akzeptieren bereit waren, also keineswegs mehr zu Idolen der Gesellschaft oder einer relevanten Gruppe der Gesellschaft. Der Begriff Idol degenerierte zur Ware eines religiösen Marktes und damit aller Märkte. Die *Pop-Idole* brachten es zu Hausaltären in Teenagerzimmern. Andere, wirklich bedeutende Leute, die in früheren Zeiten die Chance gehabt hätten, Idole zu werden, haben sie nicht mehr. Das Feld ihrer einsamen Leistungen oder Haltungen ist zu komplex geworden.

Ein junger Physiker konnte einmal einen Galilei zu seinem Idol machen. Das war ein Mann, der einen an Kühnheit unübertrefflichen Gedanken hatte, den verfolgte, die Richtigkeit des Gedankens bewies und damit eine Geisteswelt aus den Angeln hob. Was Galilei damals erkannte, war dem Würstelmann an der Ecke (falls es den schon gab) erklärbar. Wäre der im Privatleben Sterngucker gewesen, hätte sogar er sich den Galilei zum Idol küren können. Heute wissen nur die engsten Mitarbeiter eines Nobelpreisträgers noch mit einiger Sicherheit, was das Genie meint. Wie soll der Mann zum Idol werden? Wenn er nicht die Geschmacklosigkeit besitzt, partout Promi werden zu wollen, wird er gar nix. Universitätsprofessor freilich ist er. Aber was ist das schon?

Der Star ist, wie vieles, der geometrischen Reihe des Wachstums zum Opfer gefallen. Zuerst gab es nur zwei Arten von Stars. Zunächst einmal die, die man meist nur vom Hörensagen oder Darüberlesen kannte. Den berühmten Tenor, die große (oder verruchte) Tänzerin, die Schauspielerin (vorzugsweise eine dramatische). Man nannte in der Provinz und in den vielen großen Städten, in denen die Stars nie persönlich erschienen, ihre Namen mit Ehrfurcht. Es wurde von ihnen erzählt. Ein Bild, das in der Zeitung wiedergegebene, schaffte den optischen Bekanntheitsgrad. Die Menschen kamen mit den wenigen Stars aus. (Wahrscheinlich waren sie für viele junge Leute deshalb Idole.)

Die zweite Art von Star war der regionale, der Provinzstar. Damit verbindet sich keinerlei Ironie. Die Operettendiven in Leitmeritz oder in Hof hatten die Chance, Stimme und Aussehen vorausgesetzt, Star zu werden. Das Publikum am Ort hatte ja nur die Vergleichsmöglichkeiten mit den zwei bis zehn Vorgängerinnen. Und wenn sich ein Mensch in seiner künstlerischen Leistung von jenen anderen abhebt, die (nur) zum Vergleich herangezogen werden können, ist er ein Star.

Vom Operettenkomponisten Franz Lehár erzählt man sich, er hätte jeder Darstellerin seiner »Lustigen Witwe« in allen Kleinstadttheatern, die er besuchte, auf den Fächer oder sonstwohin geschrieben, sie wäre von allen seinen Witwen »die beste« gewesen. Der Meister musste nicht befürchten, die Sache würde sich zu seinen Lebzeiten noch herumsprechen.

Das war nämlich die Voraussetzung des Provinzstars: Sein Theater war Kulturzentrum einer Region. Dort konnte man von sich behaupten, besser zu sein als die Metropole. Beweis oder Gegenbeweis konnten nie angetreten werden. Man war sein eigener Maßstab. Unirritiert vom Vergleich. Mit dem Siegeszug der audiovisuellen Medien ging das Ende aller dieser Idyllen einher.

Mit Stumm- und Tonfilm kam eine neue Qualität von Stars ins Spiel. Und dieser Kinostar – sind wir ehrlich – hat den Begriff erst so richtig zum Leuchten gebracht. Die Kinostars waren die ersten Stars der Welt, die Gemeingut wurden, eben Weltstars. Weil sie anfangs weniger, später mehr, überall zu sehen waren. Alle Nostalgiker sind aufgefordert, die für sie großen Kinonamen Revue passieren zu lassen. Sie werden ziemlich deckungsgleich sein. Und mit ihnen die Situationen, in denen die Stars in aller Leben eingegriffen haben. Durch Redeweisen, durch Edelmut, durch Verhalten in erotischen Situationen, die zur Imitation zwangen. Der Star war, wie es sich für einen Star gehört, für die Frau Generaldirektor genauso weit entfernt wie für die Küchenhilfe. Die Auslösung der zerdrückten Tränen schaffte ein klassenloses Publikum.

Das ging – vergessen wir hier die Rolle der Stars im Tausendjährigen Reich – bis in die fünfziger Jahre des 20. Jahrhunderts so. Dann begann die geometrische Reihe zu triumphieren. Immer mehr Filmnationen, immer mehr Filmproduktionen, immer mehr Filme, immer mehr der Versuch, gegen den Star einen anderen Star aufzubauen, immer raschere Umdisposition, wenn einer nicht auf Anhieb zum Star wurde, immer panischeres Ersetzen des Stars, aus Angst, er könnte demnächst keiner mehr sein. (Im Pop-Geschäft war's so ähnlich.) Und dann kam da noch das Fernsehen, zunächst mit Fernsehstars, aber bald mit so vielen Kanälen, dass die Hauptdarsteller von Daily Soaps von bereits unterirdischer Unbegabung sein dürfen.

Der Star reduzierte sich zum Promi. (Besser: wurde reduziert.) Er ist bekannt von Bühne, Film und Fernsehen. Er ist rasch weg vom Fenster, die schönen jungen Frauen noch rascher als die auch faltig verkaufbaren Männer. Allesamt können sie nur Starlets sein. Da es den Star nicht mehr gibt.

Vieles, was heute leichtfertig als Star bezeichnet wird, ist genauer besehen, nur prominent. Freilich, der Prominente ist durchaus verpflichtet, irgendwo und irgendwie herauszuragen, aber es ist ziemlich bis völlig egal, auf welchem Gebiet, bzw. ob durch Können oder durch Umsatz. (Schlagerstars nennt man zum Exempel die, die eine Zeit lang ein paar Scheiben mehr verkaufen als die Konkurrenz.)

Beim Promi fallen alle Einschränkungen des Tätigkeitsbereichs weg. Ein Promi kann durch Handauflegen heilen, beim Schifliegen sehr weit springen, besonders begabt und ausdauernd schnorren, er kann Aufsichtsratsvorsitzender oder Spielhallenkettenbesitzer sein, er muss nur geschickt genug sein, die für Promis freien Plätze der Gesellschaft zu besetzen. Die Anzahl dieser freien Plätze wird bestimmt durch die Merkfähigkeit des Publikums. Wird das Name-Dropping überzogen, verstellen die Promis einander den Platz, nehmen sie sich die Prominenz. So findet also (publizistisch) eine natürliche Auslese statt. Wir können von einem Promi-Darwinismus sprechen.

Eine Gesellschaft ohne Promis ist minderwertig, zweitklassig, zurückgesetzt, verliert ihr Selbstwertgefühl. Daher hat die Provinz auch auf diesem Gebiet mit dem Stigma, eine zu sein, aufgeräumt und sich gesagt: Wenn die Großstadt Zahnärzte, Anwälte und Innenarchitektinnen hat, dann haben wir sie auch. So gibt es keine Tageszeitung der Kreisstadt mehr, die verschweigt, wer bei welcher Praxis- oder Modehauseröffnung was vom Thai-Büfett genommen hat.

Jede Region hat ihr bunt leuchtendes Monatsmagazin, in seiner Aufmachung die nationalen Zeitgeisthefte haarscharf kopierend. Aber auf dem Titelblatt räkelt sich am Strand von Copacabana nicht ein Top-Model, sondern die junge Frau des Metzgermeisters Klachl. Man kann generell sagen, die Abwertung der Lokalstars ist mit der Aufwertung der Lokalpromis einhergegangen.

Die Prominenz möchte, wie jede Elite, gerne auch einmal unter sich bleiben. Zum Unterschied von wahrhaftigen Eliten möchte sie aber dabei gesehen werden, sich beobachten lassen, wie sie unter sich ist. Deshalb lässt sie in den ihr zur Verfügung stehenden Spalten schreiben, der »Huberwirt« wäre zur Zeit der »Geheimtipp« der Prominenz. Worauf wir wieder einen Promi mehr haben. Den Wirt.

Der Bedarf an Promis wird besonders auch durch die privaten TV-Anstalten gefördert. Er ist so groß, dass die Sender einerseits von Menschen so lange behaupten, sie wären prominent, bis es das Publikum glaubt (womit sie es dann auch wirklich sind), andererseits vor keinem Angebot an Prominenz zurückschrecken. Prominent ist zum Beispiel auch die »Pornoqueen«. Das ist eine Frau (ob mit Silikon in Lippen, Brüsten oder Schenkeln oder nicht, tut hier nichts zur Sache), die sich beim Ficken, Blasen oder Schlecken (so die Regieanweisungen) filmen lässt. Von vorne, von hinten, von innen. Dagegen ist nun nichts zu sagen. Es gibt einen Markt für dergleichen Darbietungen, der will versorgt sein. Keiner bleibt keinem etwas schuldig. Weder darstellerisch noch finanziell. Das Geschäft ist nicht appetitlich, aber reell. Moralische Zwänge haben hier nichts verloren. Hier geht es um dieses: Die Darbieterin legt sich einen Künstlernamen zu. Und plötzlich kennt man den. Es ist gar nicht möglich, ihn als zeitungslesender oder fernsehender Mensch nicht zu kennen. Er ist prominent gemacht worden. Die weibliche Person, der jeder Handelsreisende im Hotel nach Drücken der O. K.-Taste zusehen darf, taucht bei der Promi-Party auf und kann durchaus auch deren Mittelpunkt sein. Dirigenten, ja selbst teuerste Call-Girls fallen ab gegen die Prominenz einer Schaubumserin. Die Prominenz der Figur »Pornoqueen« führt zur soziologischen Schlussfolgerung: Es gibt keine gute und schlechte Gesellschaft mehr, keine beste und mieseste, keine würdevolle oder würdelose, es gibt nur noch eine prominente und unprominente.

Das bedeutet: Es muss auf allen Partys, Empfängen, Cocktails über die normalen Einladungslisten hinaus personelle Attraktionen geben. Wegen guter Führung vorzeitig entlassene Kinderschänder, nicht auslieferbare Bankräuber oder Wiedergeborene. Menschen, die aus den Herausragenden herausragen.

Wenn Kontraktionen von Scheiden und Fassungsvermögen von Mundhöhlen jemanden prominent machen können, dann wird einer jungen Generation vermittelt: Es gibt nach außen kein Tabu, keine zu bewahrende Privat- oder Intimsphäre, man kann alles veröffentlichen, man soll es sogar, es ist geradezu entscheidend wichtig. Aus diesem Grunde stellen sich tagtäglich auf allen Kanälen junge Menschen einer Interviewerin oder einem Interviewer und erzählen (veröffentlichen!), sie hätten jetzt ihren Freund verlassen oder wären von der Freundin verlassen worden, wüssten noch nicht, ob die neue Beziehung wirklich Liebe wäre. Sie berichten eingehend von intimsten Enttäuschungen, Hoffnungen und allen Arten höchst persönlicher Neigungen. Sie suchen die Kamera. Warum tun sie das? Weil sie meinen, ihr Leben reicher, bedeutender zu machen, indem sie sich ausstellen, indem sie – wenigstens für eine Stunde – *prominent* sind. Eine Industrie bestätigt sie in ihrem Streben und nützt sie aus. (Schickt sie, wenn man so will, auf den Tele-Strich.) Eine Industrie lebt von Rampengeilheit oder – akademisch – Exhibitionismus.

Demnächst wird wahrscheinlich eine private TV-Anstalt die Exklusivrechte für die Übertragung der katholischen Ohrenbeichte erwerben. Hohe Einschaltquoten und die Aufwertung des Sakramentes wären die positiven Ergebnisse dieser längst fälligen Programmidee.

Der VIP ist der Sondermüll der Leitfiguren. Er muss im Unterschied zum Promi nicht mehr sein als zahlungsfähig.

Der VIP ist die Hyäne der Promis, er bezahlt Gebühren, um in deren Schleimspur und Duftweite zu kommen. Der VIP kauft sich von unten in eine Gesellschaft ein, die von den Idolen nach oben verlassen wurde. Denn Promis und restliche Stars sind automatisch auch VIPs. Der Nur-VIP ist automatisch gar nichts. Er muss simulieren, dass seine Abkürzung nicht »very important payer« sondern »... person« bedeutet. Diese Selbstdarstellung führt zu Grotesken. Da wird Kultur, da werden Manieren bis zum Erbrechen durch Life-Style ersetzt.

Und das ist die soziologische Pointe: Der VIP beansprucht den so genannten VIP-Service. Das heißt, man muss ihn anständig behandeln, wie einen Gast oder Kunden. Das heißt weiter, die anständige Behandlung von Menschen hat sich auf den Umgang mit VIPs zurückgezogen, für den Normalbürger bleibt nur mehr das Geduldetwerden.

Wer es also zu einem mit einiger Annehmlichkeit zu führenden Leben bringen will, hat nur eine Chance: Er muss VIP werden. Das ist nicht billig, aber einfach.

IN UND OUT
Eine subjektive Auslegung

Magazine und Zeitschriften befassen sich zu unser aller Vorteil mit der erhellenden Beantwortung der Frage: Was ist *in* und was ist *out*? Wobei natürlich eines nie zur Diskussion steht: Die eigene In- und Outliste ist in, die der anderen out, weil ja – logischerweise – nur die eigene Publikation in ist, während die anderen so out sind, dass man sie kaum mehr wahrnehmen kann. Nun werden ja zur Erstellung der In- und Out-Listen keine seriösen Meinungsforschungsinstitute herangezogen. Sie beruhen auf Gespräch und Beobachtung im gesellschaftlichen Umfeld, sicher auch auf Verkaufszahlen und hauptsächlich wohl auf trendsetternder journalistischer Unterstellung.

Daher halte ich mich für berechtigt, gelegentlich eine ganz private In- und Out-Liste vorzulegen.

Meinem Charakter entsprechend, ist meine Liste weniger In- *und* Out-Liste, sondern eine Outliste, aus der sich die Ins als Gegenteil von selbst ergeben. Also:

Out sind Menschen, die einem ununterbrochen erklären wollen, wie toll Golf ist. Nicht, dass ich nicht gewillt wäre, zu glauben, Golf sei für Golfspieler toll. Aber warum muss mir jeder Mensch, der seit drei Wochen Trainerstunden nimmt, sagen: Freund, du musst mit Golf anfangen. Du kannst dir nicht vorstellen… Ich habe vorher auch immer gesagt, aber… Du greifst keinen Tennisschläger mehr an… Nein, glaub mir… Lasst mich in Ruhe, ihr Golfmissionare, fragt euch doch selbst, ob es sinnvoll ist, etwas neu zu lernen, wenn man so viel früher Begonnenes nie erlernt hat. Ach so, ihr wolltet den Frust über euer stagnierendes Tennis loswerden? Wisst ihr nicht, dass es von großer menschlicher Reife zeugt, den Smash nach 40 Jahren immer noch ins Out zu schießen, bzw. ihn gar nicht erst zu treffen?

Ich schweife ab. Out sind also die unbezahlten Golf-Werbetexter.

In, um ihnen das nicht vorzuenthalten, sind Menschen, die auf die Frage, ob sie morgen Nachmittag mit dir Kaffee trinken wollen, sagen, bedaure, aber habe keine Zeit. Die auf eine nachfolgende Frage: Warum denn?, sagen, sie hätten eine unaufschiebbare Verabredung. Und die erst auf die eine Klarstellung unerlässlich machende Zusatzfrage: Triffst du die …?, antworten: Nein, ich spiele Golf.

Ist das klar?

Out sind Degustationsmenüs. Denn der Mensch kostet nicht, was er eh kennt. Er isst. Und von einem Geschmack nach dem zweiten Bissen Abschied zu nehmen, ist idiotisch.

In sind Menschen, die, falls sie Gäste sind, nachbestellen, in sind Schlemmer, die mit letzter Kraft den Satz stöhnen: Ich kann nicht mehr! Und sich den rettenden Schnaps kommen lassen. In sind der offene Hosenknopf und Fasttage, die das Schließen wieder ermöglichen.

Out, so out, dass man es nicht beschreiben kann, sind Firmen, die den Träger ihrer Hemden, Shirts, Pullover dazu zwingen, als Werbeträger, als wandelnde Säule von protzigen Firmensymbolen herumzuhatschen.

In sind Marken, die es nicht nötig haben den Leuten aufzudrängen, wie sie heißen, da ihre Schnitte und Dessins Verwechslungen ausschließen. In sind Marken, die vorgeben keine Konkurrenz zu haben.

Out sind Modeschauen. Denn mit welchen tragbaren oder untragbaren Frühjahrs-, Sommer-, Herbst- oder Wintertextilien die dürren Beauties auch über den Laufsteg trippeln, es wird immer applaudiert. In wären der oder die, die auch einmal buhen. Aber diese Personen gehen zu keiner Modeschau.

Out sind in diesem Zusammenhang die jährlichen Versuche, »Männermode« zu kreieren. Sie heißt schon vorsichtshalber nicht »Herrenmode«, denn die Schöpfer wissen, ein Herr lässt sich zu Extremen (unausgestopfte Naturschulter versus überhängendes Wattepaket, ausschwingende Matrosenhose versus sich verjüngendes Rohr, popofreie Jackettlänge versus Schlabberkutte usw.) nicht verleiten. In sind Männer, die auf Trends so reagieren, dass sie im Ernstfall leugnen können, reagiert zu haben. (Es gibt übrigens ein ziemlich einfaches Verfahren festzustellen, ob ein Mann modisch gefährdet ist. Er muss nur gelegentlich Familien- oder Freizeitfotos machen und sie nach zehn Jahren betrachten. Wer sich für einen vor zehn Jahren gebotenen Anblick im Nachhinein nicht genieren muss, hat Geschmack, ist bleibend in.)

Out ist – und wir halten das für ein wichtiges kulturelles Indiz – die Festspielmode. Die Damen tragen zu Opernpremieren Ballkleider, offenbar in der Hoffnung, die Orchester würden anschließend zum Tanz aufspielen. Herren tragen Fertigfliegen! Wenn Männer vor »Walküre« oder »Don Giovanni« zum Smoking die Fliege nicht selbst binden, ist das so, wie wenn das Opernorchester das Spielen zum Vollplayback markiert.

Und wenn wir schon zugestehen, der Smoking ist bleibend in, dann muss festgehalten werden, wie out durch das Smokinghemd durchschimmernde Unterhemden sind, und wie out das weiße Hemd zum cremefarbenen Dinnerjackett, und wie out der Nichtlackschuh zum Smoking. Alles Beweise für die weitgehende Kulturlosigkeit der Salzburger und Bayreuther Festspielgemeinde. Wie ja überhaupt nichts so out ist, wie der Smoking in Bayreuth an sich. Dieses Kleidungsstück darf nämlich vor 19 Uhr nicht getragen werden. Da die Wagner-Opern aber so lange dauern und die Herren nach der Vorstellung einen Smoking tragen wollen, müssen sie ihn schon zu nachmittäglicher Stunde anlegen. Wir erleben ein höchst bemerkenswertes kulturelles Paradoxon. Man nimmt in Kauf, out zu sein, nur um in zu bleiben. Genug der Kulturmoden. Sie sind out. Die Debatte darüber bleibe in.

Out sind Menschen, die tatsächlich noch über Fernsehen schimpfen. Denn wer immer noch nicht begriffen hat, dass Fernsehen nicht gut sein kann (nur Bruchteile, und die wertet jeder anders), wer immer noch nicht weiß, dass eine vielkanälige optische Wegwerfware das vorhandene Menschenkreativpotenzial total überfordert, ist ein Depp.

In sind TV-Apparatbesitzer, die »Big Brother« oder »Taxi Orange« nie gesehen haben.

Out – und weil die Leute es nicht selbst merken, muss man es ihnen jetzt ununterbrochen sagen – sind die Linksparanoiker, die hinter jeder kritischen Haltung, hinter jedem moralisch angehauchten Fernsehkommentar, hinter Feststellungen regierender Unzulänglichkeit ein Wiedererstehen der kommunistischen Weltverschwörung vermuten. In sind im Nachhinein die Leute, die gehofft und behauptet hatten, der real existierende Sozialismus werde sich von innen her auflösen und die einfach nicht glauben wollten, das ginge nie und nimmer.

Out sind vor allem diese Figuren, denen das Feindbild abhanden gekommen ist, die ohne Teufel aber nicht existieren können.

Sie werden festgestellt haben, wie sehr sich meine In- und Out-Liste von anderen unterscheidet. Sie versucht nämlich Begründungen. Denn ganz besonders ärgerlich finde ich, wenn Hochlobungen und Todesanzeigen einfach nur so hingeschrieben werden, und mir keiner erklären mag, warum.

Natürlich, wenn notiert wird: Out ist Schnupfen, und in sind warme Füsse, dann kenne ich mich so auch aus. Aber wenn ich lese, out sind Flügel, und in sind Keyboards, dann würde ich doch gerne erfahren, warum.

Damit ich mich wehren kann.

Out sind In- und Out-Listen.

SPIELREGELN

Die Bedeutung von Entschuldigungen

Auf Fußballplätzen gibt es eine Szene in zwei Variationen, die mir maßlos auf den Geist geht. Die Szene: Ein Fußballspieler mäht einen anderen um. Das ist weiter nicht ungewöhnlich, das eine oder andere Mal zweckmäßig, oft aus dem Bewegungsablauf unvermeidlich.

Variation 1: Der Foulende verlässt den Ort der Tat ohne Geste des Bedauerns, ohne eine Miene zu verziehen (und damit diejenige zweitklassiger Nebengangster machend, die auch ein wenig haben mitschießen dürfen). Er ist sich keiner Schuld bewusst, Job ist Job, und der Sport eben keine Sache für Internatszöglinge.

Variation 2: Der Foulende streckt dem Gefoulten die Hand zur Entschuldigung hin (was nicht heißen muss, dass er's nicht sofort wieder täte, was oft nur heißen soll, dass er die Notwendigkeit der eben geschehenen Tat bedauert), und der Gefoulte nimmt die Hand nicht. Er entschuldigt nicht, was der Ankündigung eines fälligen Revanchefouls gleichzusetzen ist.

Das sind miese Manieren. So oder so. Es ist noch mehr: ein Sinnbild des Verfalls gesellschaftlicher Spielregeln.

Es komme keiner mit dem Argument, Entschuldigungen dieser Art seien ohnehin nicht ehrlich, meist nur leere Geste, Show, es sei besser und sauberer, sie zu unterlassen. Leute, die das glauben, begreifen nicht, wie sehr jede Art von Zivilisation auf »Verlogenheiten« beruht, und wie sehr diese Verlogenheiten ganz und gar nicht negativ zu werten sind. Bremsen sie doch das ungehemmte Ausleben von Miesität.

Im Gebet heißt es: »Vergib uns unsere Schuld, wie auch wir vergeben …« Bitte, wir vergeben einen Dreck. Aber in dem Maße, in dem der Betende vorgibt, das zu tun, hindert er sich an Meuchelmord oder Amoklauf. Es wäre schlechter Stil, unmittelbar nach dem Gebet den Schuldner zu erwürgen. Die Lüge hat sittliche Bremskraft.

Es gibt eine Unzahl von Schlagertexten (bitte meine Erinnerungen zu ergänzen), die nach diesem Muster gemacht sind:

»Pardon, madame, pardon, madame, ich bin verliebt…«, oder »Ach verzeihn Sie, meine Dame, Felix Schulze ist mein Name und ich liebe Sie…«, oder »Verzeih, Maria, wenn ich dich liebe, ich bin nicht schuld daran…«

In keinem der Fälle denkt der männliche Liebeswerber ernstlich daran, die Umworbene um Pardon, Entschuldigung oder Verzeihung für seine Ambition zu bitten, mit ihr ins Bett zu wollen. Aber kaum hat er seine Phrase gesungen, kann er sich zu einem rüden Vergewaltigungsversuch nicht mehr aufraffen, der würde irgendwie nicht dazupassen. Aus Geschmacksgründen.

Wenn Honoratioren, Firmenchefs, Vorsitzende und dergleichen würdige Herren abtreten, pflegen sie eine Abschiedsrede zu halten. Da blicken sie mit einigem Stolz auf das Geleistete zurück, stellen auch fest, wie sehr man in Zukunft Weiteres schaffen werde müssen, und irgendwann, gegen Ende, wenn die Stimme schon flackert, und das eine oder andere Auge leicht tränt, sagen sie etwa dieses: »… und alle, denen ich in diesen langen Jahren, wissentlich oder unwissentlich Unrecht getan habe, bitte ich um Verzeihung.«

Das stinkt zum Himmel. Erstens ist der Mann felsenfest davon überzeugt, nie jemandem Unrecht getan zu haben. Zweitens hält er es bei seiner Intelligenz für ausgeschlossen, es unwissentlich getan zu haben und drittens hat er nicht die mindeste Lust, Idioten um Verzeihung zu bitten, die ihn ganz besonders am heutigen Tag kreuzweise können. Aber er sagt den Satz, und alle, die meinen, ihnen wäre Unrecht geschehen, können sich denken: »Er war zwar immer ein Schwein, ganz besonders zu mir, aber dass er heute die Größe hat, öffentlich zu bedauern, was er mir angetan hat, damals, spricht irgendwie für ihn.«

Versöhnung macht sich breit. Wir sehen einmal mehr: Der gezielte Gebrauch des Wortes Entschuldigung und seiner sprachlichen und gestischen Synonyme ist ein entscheidender Beitrag zur Kultur.

Folgendes sollte in unserer Gesellschaft nicht einreißen:

Ich trete Ihnen in die Eier. Sie winden sich auf dem Boden und keuchen: »Sie haben mir in die Eier getreten! Entschuldigen Sie sich sofort dafür!«

Darauf ich: »Mein lieber Herr! Erstens einmal, wer garantiert mir, dass Sie Eier haben? Bevor da nicht ein ärztliches Attest vorliegt, kann ich immer noch vermuten, Sie haben Luftbeschwerden nach einem simplen Bauchtritt. Davon abgesehen: Betrachten Sie meinen schmalgeschnittenen, eleganten Schuh. Es ist äußerst unwahrscheinlich, gesetzt den Fall, Sie hätten tatsächlich Eier, damit beide Eier zugleich zu treffen. Und – unterbrechen Sie mich jetzt nicht! – Sie haben ausdrücklich eine Entschuldigung dafür verlangt, dass ich Sie in die Eier, also Plural, gemeint: beide! – getreten hätte. Ich würde mich für einen Tritt in oder auf ein Ei nun differenzierter entschuldigen wollen als für einen Tritt schlicht in *die* Eier. Wobei ich es überhaupt noch dahingestellt sein lassen möchte, inwieweit dieser Ausfallsschritt in Richtung Unterleib als Tritt zu bezeichnen …«

Ad libitum.

Ich fürchte, die Realität entspricht längst dieser Karikatur.

Sollten Sie diese Glosse albern oder langweilig finden, bitte ich selbstverständlich um Pardon!

EINLADUNGEN

Vom Nachteil der Bekanntheit

Wenn Sie je eine gewisse Zeit lang öffentlich in Erscheinung getreten sind, dann stehen Sie auf Listen. Besser gesagt, Sie sind gespeichert. Wo und warum, davon haben Sie keinen Schimmer. Eine Ahnung von Ihrer – durchaus ungewollten – Anwesenheit in der Reihenfolge des Alphabets vermitteln Ihnen erst die Einladungen. Ist die Saison in vollem Gang, bündeln sie sich. Schon die oberflächliche Lektüre der Texte und Begleitbriefe wirft viele Fragen auf. Unlösbare Rätsel können Sie in eine panikartige Existenzkrise geraten lassen.

Da kommt zum Beispiel die Einladung der Max-von-Brünnenfels-Akademie. Dass Sie von dieser Akademie noch nichts gehört haben, mag an Ihrer Unbildung liegen, irgendwie dürften Sie die Hervorbringungen des Herrn von Brünnenfels übersehen oder seit der Schule vergessen haben. Aber die Sache müsste sich doch erhellen, wenn man nachliest, wozu diese Akademie lädt. Sie lädt zur Verleihung des Dr.-Siegbert-Prallmann-Preises. Jetzt wird es ein wenig unangenehm, das Ausmaß an Ahnungslosigkeit scheint zu groß. Man kennt die Verdienste des Mannes nicht, in dessen Namen eine ebenfalls nicht gekannte Akademie einen Preis vergibt. Da kann nur mehr die Person des Preisträgers Licht ins Dunkel bringen. Es handelt sich um Prof. Dr. Claudius Ragenschorf. Scheiße!, denken Sie sich, wer ist denn der?!? Die Einladung gibt Auskunft. Es ist der Stellvertretende Vorsitzende des Instituts für Vermeidung von Tierversuchen an Vierbeinern. Scham kriecht hoch. Die Aktivitäten dieser Vereinigung sind an Ihnen vorbeigehuscht. Da Sie jetzt aber der Einladung auch noch entnehmen, wer die Begrüßungsrede hält, nämlich Prof. Dr. Kurtz-Michelsen vom Förderverein für Humane Tiermedizin, geben Sie auf. Das »rustikale Büfett« und die »musikalische Umrahmung« durch den 1. Preisträger der Sundersheimer Geigentage, Paolo Francelli, werden von Ihnen unkonsumiert bleiben. Das tägliche Spiel findet statt: Trifft der geknüllte Papierball in den Korb oder nicht?

Damit ist die Sache aber noch nicht ausgestanden. Jedenfalls bei mir nicht. Denn vier Tage später läutet das Telefon. Eine vergnügte Frauenstimme fragt an, ob ich die Einladung des – ich erspare die Wiederholungen – bekommen hätte. Da ich über diese so viel gerätselt hatte, ist sie in Erinnerung, ich bejahe. Bevor ich noch irgendeinen Vorwand für terminliche Unabkömmlichkeit nachschicken kann, erklärt mir die Dame, wir würden uns kennen, wir hätten einmal bei der Party des Aufsichtsratsvorsitzenden Kamphulsen miteinander geplaudert.

Jetzt wird es – wie Gebildete sagen würden – kafkaesk. Denn ich könnte schwören, nie im Leben bei einer Party eines Mannes dieses mir gänzlich unbekannten Namens gewesen zu sein. Da ich vor Schreck nichts herausbringe, hat die charmante Gesprächspartnerin Zeit, mir eine »spontane Idee«, die sie und Herr Kiffering vom Organisationskomitee gehabt haben, zu unterbreiten. Ich – der ich für alle Arten von Engagement bekannt sei – könnte doch den Abend durch eine launige, durchaus auch ein wenig satirische Darbietung zur Beziehung Mensch–Tier bereichern. Es stünde zwar kein Geld für eine Gage zur Verfügung, man werde aber selbstverständlich »in diesem Falle« die Taxispesen übernehmen.

An dieser Stelle kann ich den Fortgang nicht mehr verbindlich schildern. Es gibt Tage, an denen ich höflich bleibe, wegen eines Lese-Termins in Marrakesch oder Stralsund bedaure und bitte, sich doch im nächsten Jahr meiner zu erinnern, es gibt Tage, an denen ich grußlos auflege und es gibt Tage, an denen ich den Gesprächspartnern dazu allen Anlass gebe.

Das war nur ein Typus unter den vielen die Post täglich missbrauchenden Einladungen. Es gibt auch gänzlich rätsellose.

Da bittet mich zum Beispiel der bekannte Spitzenpolitiker X. zum »Weinlesefest«. Dagegen wäre nun gar nichts zu sagen, hätte ich nicht gerade diesen Politiker seit einiger Zeit öffentlich mit

Ausdrücken belegt, die mich immer wieder einmal mit dem Brief eines Anwalts rechnen ließen. Es ist also eine Frage des Taktes, den einladenden Politiker nicht an die mangelnde Sensibilität des Computers seines Öffentlichkeitsreferenten durch körperliche Anwesenheit zu erinnern.

Ähnliches kann auch mit Kultur passieren. Da gibt es ein Festival, das ich für den Auswuchs an Ballung gesellschaftlichen Gesindels, kulturindustrieller Korruption und ästhetischer Fehlentwicklung halte. Und wenn bei mir eine Abneigung soweit gediehen ist, lasse ich über die Jahre keine Gelegenheit aus, sie zu formulieren. Aber das hilft nichts. Ich werde »zur feierlichen Eröffnung« eingeladen (längst gilt die Umkehrung: kein Herr Meier ohne Feier!), ich werde auch noch zum »anschließenden Empfang« gebeten. Empfängt man mich?, wenn ja, wer? Empfange ich?, wenn ja, was?

Es kann auch in der Gegenrichtung laufen. Wie sehr würde ich mich über die witzige und auch noch handschriftlich persönlicher gemachte Einladung des Feuilletons einer hoch zu schätzenden Zeitung freuen, wäre ich nicht eben von dieser häufig als überflüssig, ärgerlich und unbegabt bezeichnet worden. Natürlich reizte es mich kurz, mich justament in die Höhle der Schakale zu begeben. Aber dann bedenke ich die zivilrechtlichen Folgen einer Debatte unter Alkoholeinfluss und entsage dem Angebot.

Es gibt auch Rätsel dieser Art: Man wird zu einem Diner, zubereitet vom legendären 7-Löffel-Koch Jacques Truffe aus Besantouilles gebeten. Anlässlich der Verleihung des achten Löffels. Da hätte ich nun alle Lust, wüsste ich, wer bittet. Es steht nicht da. Zwei Tage vor dem Festmahl fragt ein Anrufer, ob mit mir/uns auch zu rechnen sei. Ich zaudere, will wissen, wem ich die Einladung verdanke. Da nennt man mir beiläufig den Sponsor, eine im internationalen Waffengeschäft gutangesehene Firmengruppe, will das aber durch die Versicherung, es seien »sehr viele Chefredakteure« und auch »das Fernsehen« zugegen, kompensieren. Nie werde ich erfahren, wie Monsieur Truffe kocht, denke ich mir traurig.

Eine große Rolle spielen die Einladungen von Firmen und Agenturen, die mit Produktwerbung betraut sind und die lange nachgedacht haben, wie sie sich aus der Reihe der um die Party-Termine Konkurrierenden durch Originalität abheben könnten.

Da erhalte ich zum Beispiel die Einladung der Schöpfer wertvoller und doch modischer Ohrringe zu einem Champagnertreff auf einer extrem hoch gelegenen Almhütte. Schmackhaft gemacht wird das Angebot mit dem Hinweis, meine »Frau«, eine »Begleitung« oder niemanden mitbringen zu dürfen und dies auf der Antwortkarte eintragen zu sollen. Überdies würde ich mit einem Hubschrauber vom Tal zur Hütte geflogen, auf besonderen Wunsch auch bis zum felsigen Gipfel und hätte weiters die Möglichkeit, das Bewundern der Ohrringe durch Paragleiten zu unterbrechen.

Bei Einladungen dieser Art kommt eine Menge an Gegenargumenten zusammen. Meine Frau trägt keine Ohrringe. Sollte ich darüber hinaus für Ohrringe Verwendung haben, müsste das geheim bleiben. Ich kann Berghütten nicht ausstehen, schon gar nicht, wenn ich dort nicht allein bin und noch weniger, wenn es Champagner zu trinken gibt. Einen Hubschrauber bestiege ich nur, wenn ich mich nach einem schweren Unfall nicht mehr wehren kann, und das Geld, für das ich paraglitte, hat keiner. Was also mache ich mit diesem Offert? Ich kann doch nicht zurückschreiben: Sie können sich gar nicht vorstellen, wie sehr ich Ihre Einladung nicht annehmen kann!

Eine Einladung, wie ich sie mag?

Anruf: Wie wär's mit 16 Uhr beim Heurigen? Die und die Freunde kommen auch.

GOURMETKRITIK

Das Rülpsen der Sprache

Als ich dereinst zum ersten Mal einen Gourmetführer in die Hand bekam, fiel mir »der diskrete Charme der Wildlachsschnitte« auf. Um zu überprüfen, ob diese Charakteristik ernst gemeint war, las ich dann Zeile für Zeile. Daraus entstand eine Polemik, die mir bei Wirten, Köchen und Fresserkollegen zu angenehmer Popularität verhalf. Ein paar Jahre darauf meinte ich, es wäre Zeit nachzuforschen, ob das Gelächter landauf landab die Dichter des Guides zu einem Hauch von Selbstkontrolle veranlasst hatte. Ich musste feststellen:

Freunde der Kulinarik!, Satire bewirkt auch hier nichts. Die Vorschmecker der Feinschmecker rülpsen die deutsche Sprache. Würden die Wirte mit Gewürzen so umgehen, wie die Gourmetkritiker mit den Eigenschaftswörtern, würde das Kotzen zum Gruppenerlebnis. Wären alle Vorurteile dieser Welt so zementiert wie die der modischen Kulinarik, wäre an Abrüstung gar nicht zu denken.

Zu den Vorurteilen: Da ist zunächst einmal das generelle Beharren auf dem »rosa gebraten«. Es gibt Fleischsorten, es gibt Fleischstücke, es gibt Rezepte, denen rosa nicht nur farblich, sondern auch geschmacklich wohl ansteht. Es gibt aber auch Rezepte, bei denen das »nicht durchgebraten« ein schlichter Kunstfehler ist, durch Nichtentstehen von Geschmack leicht nachzuweisen. Man gab doch schon vor langer Zeit zu, dass die an sich geschmacksarme Zuchtentenbrust der Haute Cuisine mit jedem Grad mehr rosa noch fader wird, durchgebraten andererseits zäh wie Leder.

Es wird doch auch langsam unerträglich, wenn Rezensenten den Portionen vorwerfen, sie wären »zu groß«. Zu groß für wen? Kein Koster ist verpflichtet, den Teller abzulecken. Ich für meine

Person darf meinen Vater zitieren, der mir erzählt hat, sein Vater hätte gesagt: Ich vertrage keinen kleinen Bissen. In dieser Tradition stehe zum Beispiel ich. Und wer die Portionen verkleinern will, ist mein persönlicher Feind.

Es ist doch Zeit, einmal die Wahrheit über den alle Menues überschwemmenden Lachs zu sagen. Diese mit Karotin aufgezüchteten Salmoniden schmecken wie Grillhühner im Bierzelt (die man dankenswerterweise aber mit Glutamaten bestreicht). Der »Wildlachs« hat sich auf den Speisekarten – ob gelogen oder nicht – zum »Wildwasserlachs« hoch geschwommen. Ob sich in den Kiemen ein Zertifikat über die Wildheit des Wassers findet, weiß ich nicht. Die meisten Zubereitungsarten – »auf«, »an« oder gar vermantscht – sind so, dass es um einen echten Lachs ohnehin schade wäre.

Die Verfasser von Speisekarten sind – sofern sie lesen und schreiben können – mit dem Wort »frisch« etwas zurückhaltender geworden. Nicht der Gourmet-Guide. (Ein Salat ist für ihn mittlerweile schon taufrisch.) Es mag ja noch zu dulden sein, wenn ihm das Gebäck zum Couvert nicht »ofenfrisch« oder nicht »backfrisch« genug ist. Was mache ich aber mit einem »alles andere als frischen Brotkorb«?! Ich will den Brotkorb ums Verrecken nicht essen, sein Frischezustand ist das Problem der Manufaktur.

Aber, das ist ja kein zufälliger Ausrutscher. Zwei Seiten später heißt es: »Dass das Brot so trocken ist wie das Körbchen …«. Wer sollte denn noch glauben, Ihr könntet einen Schweinsfuß von einer Aprikose unterscheiden?

Noch einmal flehe ich: Es ist nicht alles, was roh und mariniert ist, ein »Carpaccio«. Man kann keinen Apfelstrudel aus Melanzane machen. Wenn einer der Speisekarte ein »Gansleberсarpaccio« durchgehen lässt, macht er sich zum Laien.

Um ein Missverständnis zu vermeiden: Ich meine, die Gourmetkritik hat ihre großen Meriten. Sie hilft sicher vielen, Genüsse nicht zu versäumen, sich nicht – hier stimmt das Wort genau – abspeisen zu lassen. Aber wie kann man sich in der Beschreibung so ins Unrecht setzen? Ein Essen in einem Lokal sei »immer für ein prickelndes Abenteuer gut«? Wenn der Zander statt des

Champagners prickelt, empfiehlt sich der Anruf bei der Lebensmittelpolizei. »Die geeiste Gurkensuppe… ließ sich ob ihrer Güte leicht verdauen.« Wie will der Tester denn das so in aller Eile feststellen? Hat er schon im Lokal geschissen? Ein Branzino wurde »erstaunlich auf den Punkt gebracht«. Bitte, warum erstaunlich? Der Koch hat seinen Beruf doch gelernt. Sodass wir auch hoffen dürfen, dass sich auf dem Punkt ein Herd befunden hat, wohin der Koch den Branzino gebracht hat.

Gedankenlosigkeit kann kriminell werden. Da loben sie einen Wirt »unterwürfiger Italianità« wegen. Das ist, bitte, entweder keine zu lobende Haltung oder eine dreckige Gemeinheit des Verfassers traditioneller italienischer Gastlichkeit gegenüber.

Geben wir uns auch diesmal wieder dem Reich der Töne und Übertönungen hin. »… ein nicht zu süßes Mohnparfait, das sich allerdings vom geraspelten frischen Obst allzu laut übertönen ließ.« Obst übertönt? Nicht nur laut, sondern allzu? Und das Mohnparfait lässt sich das bieten? Was Speisen nicht alles übertönen können! Die Ingredienzien des Amuse Gueule »übertönen inhaltlich die viel zu laute Klimaanlage«. Noch Worte?

Wie kann man die Kultur des Essens vor diesem Schwampf retten? Die Kraftbrühe ist »eine Wucht in ihrer Ausdruckskraft an Geschmacksintensität«. Dass sie eine Wucht ist, gut. Dass sie Ausdruckskraft hat, na ja. Dass Geschmacksintensität vorhanden ist, erfreulich. Aber dieses Wortragout?

Was wollen wir dagegen tun, dass »manche Saucen etwas wenig Eigendynamik aufweisen«? Der Redakteur hat beim Korrekturlesen überhaupt keine. Besäuft er sich nach jeder Mahlzeit? Ist er gänzlich verblödet? Viel kann zu diesem Zustand nicht fehlen.

Mit »der Eierschwammerlsuppe befand sich die Küche auf dem richtigen Weg«. Die Küche oder der servierende Kellner? Die »Brotkultur« ist »knusprig«. Wie sieht eine nicht knusprige Kultur aus? »Die Sauerampfersuppe… war von erfreulicher intensiver grüner Farbe«. Derartige Erfreulichkeiten wären mittels Tinte jederzeit herstellbar.

Aber wenn wir schon Töne und Farben bemühen, warum nicht gleich Religionen? »Wir erfreuten uns an einer Gemüsesuppe nach buddhistischer Art.« Man reiche mir einen christlichen Obstschnaps!

Der Steigerungen sind kein Ende. »Der Salat vom Rehrücken...« Nein, Herrschaften, man kann – und tut es auch – Fleischstücke auf Salat legen. Es handelt sich um eine nicht unintelligente Art der Vorspeisenverteuerung. Aber es gibt eher ein Filet vom Radieschen als einen Salat vom Rehrücken.

Wie viele kindische Witze kennen Sie, die auf dem Pointenmuster beruhen: Wer ist stärker, ich oder ich? Es gibt nämlich auch schon einen »Dialog vom Lachs«. Ich lüge nicht. Der Lachs dialogt. Ob mit sich oder mit dem Gast oder was oder wie, wer will es ahnen. Die Sache ist ohne Magentabletten nicht mehr durchzustehen. Dialog vom Lachs. War der »Dialog vom Wildhasen und vom Stallhasen« schon blöd genug, jetzt gibt es die alles auslöschende Vereinfachung. Dialog vom Lachs.

Der bedeutende Musikkritiker K. hat einmal – zum allgemeinen Gaudium – die Klassikinterpretation eines solistischen Straßenmusikanten mit allem Anspruch einer analytischen Konzertkritik rezensiert. Als das Gelächter am höchsten war, fragte er erstaunt, ob denn keiner gemerkt hätte, dass alles nur Spaß und Parodie gewesen war. Es ist nicht immer einfach, Parodien zu erkennen, wenn die Originale diese schon vorwegnehmen.

Daher weiß ich auch nicht, ob alle bemerkt haben, welch subtilen Spaß sich der angesehene, von Köchen gar gefürchtete Restaurant-Guide erlaubte, als er aus den Gaststätten der neuen deutschen Bundesländer berichtete, aus Städten, in welchen bekanntlich Arbeitslosigkeit, Zukunftsangst, Geldknappheit und Umweltzerstörung vorherrschen, in welchen – um im Bild zu bleiben – Schmalhans gerne Küchenmeister ist, jedenfalls bei Ortsansässigen. Aber es konnte sich nur um Ironie handeln, wenn ein Koch »so gestartet ist, wie wir uns das überall in den neuen Bundesländern wünschten: mit frischen Produkten und Ideen«. Wer hier nicht merkte, dass die frischen Produkte und Ideen eine feinsinnige Anspielung auf die gesamte ökonomische Situation waren, der verdiente nicht, in Leipzig die »Risotto-Paraphrase von kanadischem Wildreis« vorgesetzt zu bekommen, deren Auftauchen auf der Speisekarte der Wiedervereinigung ihren eigentlichen Sinn verlieh. Und weil es den Menschen dort schon so gut ging, konnte der Guide bereits die »landestypisch etwas überladenen Teller« bemängeln.

Wurde der Aufschwung je listiger persifliert? Und weil es in Erfurt jetzt auch schon die originelle Nachspeise »Tiramisu« gab, »beeindruckt« der Koch durch »Kreativität«. In einem Lokal kamen sogar »sauber zubereitete Speisen« auf den Tisch, womit der ansonsten verdreckten Kocherei elegant eines ausgewischt wird. Und weiter lachten wir, wenn sich der Guide »wesentlich interessantere Dessertvariationen vorstellen« kann, nachdem über »drei Kugeln Eis« »Hartkäse« geraspelt ward. Und als er in Chemnitz das »kalte Forellenfilet« »sehr simpel« fand, im Gegensatz zu dem hierzulande meist komplizierteren.

Genug! Jargon entlarvt sich, wenn man ihm den Hintergrund entzieht. Eine Transparent-Modenschau, auf dem Mailänder Laufsteg attraktiv, bekäme in einer Lepra-Station einen unguten Beigeschmack. Der in der überfressenen Westgegend schon hinreichend vertrottelte Jargon der Gourmetkritik wird vor einer Szene, die von Grund auf um das Preis-Leistungs-Verhältnis ringt, so degoutant, dass man sich übergeben müsste, würde man die Selbstpersiflage der Lokaltester nicht wahrnehmen.

Es gibt in Hoyerswerda leider noch kein Hauben-Lokal. Aber wenn demnächst, dann wird man die »Negerküsse« zum Dessert ihrer Lieblichkeit wegen preisen.

Bevor mir nun der Appetit auf Gourmetführer für alle Zeit zu vergehen drohte, geschah es, dass der Herausgeber mich ansprach, Zerknirschung signalisierte und Besserung gelobte. Ich fordere alle bewussten Feinschmecker auf, laufend zu kontrollieren, ob die Besserung eingetreten ist. Wir können nicht zulassen, dass mit dem Essen so umgegangen wird wie mit Musik oder Theater. Dazu ist es eine zu ernste Sache.

Daher die Frage: Was an Originellem kann man eigentlich noch anbieten, da alle sinnvollen und sinnlosen Kreationen schon kreiert sind und alle Köche dieser Schule erstklassig kochen können (und ihnen noch immer keiner vorwerfen mag, dass sie andere Schulen gänzlich vergessen oder nie besucht haben).

Ein Meisterkoch sagte, der anspruchsvolle Gast würde in Zukunft entscheidenden Wert auf die »Herkunft des Produkts« legen. Das soll heißen, das Angebot der Karte und die Künste des Kochs stehen in ersten Häusern außer Diskussion. Für Steigerungen sind nur noch die Herkunftsnachweise heranzuziehen.

Das klingt vernünftig, zunächst. Warum soll eine Speisekarte den Gast nicht von der marternden Ungewissheit befreien, ob das Hühnerbrüstchen von so einem Batterieadler stammt oder von dessen freilaufenden, mistkratzenden, sonnenbeschienenen Artgenossen?

Untersuchen wir, wie das läppische Menü, das Sie kürzlich einfach so gedankenlos in sich hineingefressen haben, angekündigt sein müsste, würden Sie weiterhin Wert darauf legen, Gourmet zu sein:

Das Bries sollte jedenfalls von »kuhgesäugten« Kälbern stammen, möglichst »aus dem westlichen Allgäu«. Später einmal wird der Name des Bauern eine bedeutende Rolle spielen, das Bries wird also den unverkennbaren Kleefuttergeschmack der Landwirtschaft »Hinterstoisser & Söhne« erleben lassen. Aber da greife ich vor. In nächster Zeit dürfte ein Hinweis wie »bauernkindgestreichelt« genügen, um die glückliche Jugend des Kalbes, so dessen Briesqualität und den damit verbundenen Preis zu erklären. Nun wäre aber schon dieses Entree zweitklassig, würde man zum Friséesalat nicht noch Exklusives zu sagen haben. Etwa »aus südsteirischen Weingärten«. Wem das noch zu unspezifisch ist, der trachte nach einem Hinweis wie »auf Lössboden gezogen«. Da kann man dann noch den Wirt fragen, wo dieser Lössboden sich befindet. Und der würde dann von einer verkarsteten Gegend erzählen, in der Lössböden besonders selten seien. Damit hat der Salat dann seine geheimnisvolle Unverwechselbarkeit.

Kommen wir zur Schleie. Sie kann nur eine Naturteich-Schleie sein. Da damit aber noch nicht die Möglichkeit widerlegt ist, der Züchter hätte in den Naturteich Kunstfutter geschüttet, müsste ergänzt werden, »bioschlammgemästete Naturteich-Schleie«. Um über die Qualität des in diesem Naturteich schwimmenden Planktons das Letzte auszusagen, sollte der Hinweis, der Naturteich befinde sich in einem »kroatischen Mischwald« nicht fehlen. Wer diese Informationen der – in diesem Falle natürlich etwas dickeren – Speisekarte entnimmt, wird die Schleie mit nie gekannter Andacht zum Munde führen. Vorausgesetzt er hat keinen Grund, dem den Fisch befeuchtenden Portwein zu misstrauen. Denn die Sauce, die nicht mit einem andalusischen Jahrgangssherry, der zudem noch die Lieblingsmarke des Kellermeisters seiner Majestät ist, aromatisiert wurde, darf in einem Lokal unseres Standards nicht mehr auf den Tisch. Ein Hinweis auf »barrique« oder dergleichen wäre nur noch ordinär, denn das ist selbstverständlich.

Nun zum Hauptgang. Ist es ein »Schwarzwaldhase« oder einer von der »Mecklenburger Seenplatte«? Das sagt dem Kenner wegen der unterschiedlichen Waldluftbelastung mit Schadstoffen Wesentliches über die Hasenlaufbeschaffenheit aus. Deshalb wird es ein erstrangiger Gastronom niemals wagen, einen Riesengebirgs-Hasen als solchen zu deklarieren. Aber bei Wildpret jeder Art kann die Herkunft nur die Einleitung zu einer Reihe qualitätsbestimmender Informationen sein. Denn kulinarisch wesentlich ist die Unterscheidung »treibjagderlegt« oder nicht? Französische Gastrokritiker – und niedersächsische haben es ihnen bestätigt – haben herausgefunden, die Treibjagd versetzt die getriebenen Hasen in Panik, die sich auf den Blutzustand im Moment des Abschusses so negativ auswirkt, dass auch allererste Kochkünstler in ihrem Bemühen scheitern müssen, dem Fleisch des Hasenlaufs das optimal Entspannte zu vermitteln. Wir Kenner aber, die wir sehr bald lesen werden, »im Morgentau einzelschusserlegter Mecklenburger Seenplatten Hoppelhasenlauf«, haben die Gewissheit: delikat.

Aber was nützt die Unübertrefflichkeit des Hasengerichts, wenn das begleitende Selleriepüree nichts wäre, als ein Selleriepüree! Bei dieser Beilage sind zwei getrennte Angaben bedeutend. Sie betreffen einerseits die Sellerie, andererseits deren Zustand als Püree. Ist die Sellerie einem Hügelbeet entnommen? Wenn ja, was wir fast voraussetzen sollten, woraus bestand der

Kompost, der in dieses Hügelbeet eingearbeitet wurde? Wenn das Restaurant nachweisen kann, dem persönlich bekannten Selleriezüchter nur den eigenen Drei-Sterne-Kompost zur Verfügung gestellt zu haben (Kompost nach Art des Hauses), dann haben wir das »Püree von der drei-stern-kompostierten Hügelbeet-Sellerie«. Da können dann Hinweise auf die leichte Hanglage des Beetes ruhig eingespart werden. Man muss ja nicht übertreiben. Wesentlich aber ist noch die Beschreibung der Art der Pürierung, zum Beispiel, »handpüriert nach polnischer Hausfrauenart«.

Ich meine Ihnen, mir im exklusiven Geschmacksstreben Verbundenen, die Notwendigkeit, so etwas wie einen Fruchtsalat nach Ingredienzen aufzuschlüsseln, gar nicht mehr darstellen zu müssen. Aber es besteht die Gefahr, einen Fruchtsalat (der sowieso nicht so heißen sollte, aber wir lassen es der Schulung wegen durchgehen) vorgesetzt zu bekommen, der aus Orangen, Birnen, Mangos usf. besteht. Da weiß man also nun wirklich nicht, was man isst. Wenn aber der leichte und bekömmliche Nachtisch aus »javanischen Ziergarten-Mangos«, »einzeln geschossenen Friedensorangen aus dem Ghazastreifen« und »geweihten Spalierbirnen aus Tiroler Klostergärten« komponiert wird, dann haben die Vitamine endlich auch ein gewisses Niveau.

Also merken Sie sich: Ab jetzt kommt es auf die Herkunft an.

Zum Glück nicht auf die des Gastes.

Damit wir wieder Appetit bekommen, eine Lieblingsgeschichte über gelebte Lokalkritik: Der Dichter Ferenc Molnár kam in ein Restaurant und sagte:

»Herr Ober, bringen Sie mir ein Kalbsgulyas, tragen Sie's zurück, weil's flachsig ist und bringen Sie mir ein Wiener Schnitzel!«

FEINSCHMECKER

Mein Freund, der Gourmet

Freund M. verdient es, als Gourmet gefeiert zu werden. Denn er ist nicht nur Feinschmecker, er stellt ihn auch dar. Das kann man bei einem gemeinsamen Abendessen erleben. Wenn er einen als Freund einlädt zu Speis und Trank. Da hat er einige Gewohnheiten. Ich darf sie darstellen. Ohne Übertreibung.

Zunächst einmal erklärt Freund M. – in welcher Stadt auch immer –, dass man just in dieser Stadt nirgendwo anständig essen könne. Bei Städten wie Paris, Rom oder Wien ist er immerhin gewillt, eine oder zwei Ausnahmen zuzugeben. Allerdings immer mit dem Vermerk, das 5-Hauben-Restaurant XY hätte in letzter Zeit ein wenig nachgelassen. Der Chefkoch scheine unter einer rätselhaften Wetterfühligkeit zu leiden. Er hätte ihm, teilt Freund M. mit, auch schon einen Arzt empfohlen.

Damit sind wir bei einem entscheidenden Wesenszug des Freundes M. Er kümmert sich in rührender Weise um seine Mitmenschen. Bei einer Essenseinladung ist er nur mit Mühe daran zu hindern, einem die Sache mit Messer und Gabel noch einmal ordentlich zu erklären.

Hat sich Freund M. doch in einem bestimmten Restaurant verabredet, kommt er – um dem Gastfreund ein ruhiges Studium der Atmosphäre und Architektur des Lokals zu ermöglichen – eine runde Stunde zu spät. Während des darob hastigen Ganges zum reservierten Tisch blickt er missbilligend auf ein eben vorbeigetragenes Tablett fremder Destination und merkt, ohne gefragt worden zu sein, an, das Gratin sei entweder zu hell oder zu dunkel. Je nach Lichteinfall. Während der herzlichen Begrüßung schiebt er dann das Amuse Gueule angewidert weg. Er habe, erklärt er, diese Paté erst vor zweieinhalb Jahren in Cannes oder Oslo gegessen und dort schon ungenießbar gefunden. Daraufhin fordert er, um dem Gastfreund etwas Liebes zu tun, mehrere originelle Vorspeisen, ohne sich im mindesten zu vergewissern, ob die a) auf der Karte, b) als Rohmaterial überhaupt im Hause vorkämen.

Da sich in allen Restaurants, in denen Freund M. schon einmal war, die Vergeblichkeit von Diskussionen herumgesprochen hat, versucht man, auf seine Sonderwünsche einzugehen. Die dadurch entstehende kleine Serviceverzögerung ist Freund M. aber nicht einmal mehr durch permanentes Bedienen des Handys zu überbrücken gewillt. Verärgerung signalisierend, geht er in die Küche, um sich nach dem Verbleib der Order zu erkundigen und gleich nebenbei dem Chefkoch einen besseren Ofen zu empfehlen. Gestresst und doch zufrieden kehrt er zurück, hat er doch – in letzter Sekunde!, wie er sagt – den Salatkoch daran hindern können, ein ungenießbares Sowieso-Öl auf die Rucula zu schütten. Freund M. beginnt erst mit dem Essen, wenn ihm sein Partner die Richtigkeit der besseren Ölwahl und aller anderen Initiativen dankbaren Auges bestätigt hat.

Die Auswahl des Hauptgangs erweist sich als schwierig, weil Freund M. genau weiß, warum das meiste von der Karte Angebotene nicht die Force des – seiner Ansicht nach ohnehin überschätzten – Chefs sei. Und er nennt bei jedem Gericht das – seiner Erkenntnis nach – dafür weit zuständigere Lokal. Auf diesem oder jenem Kontinent. Er ruht nicht, bevor dem Gastfreund vor Fernweh beinahe der ganze Appetit vergangen ist.

Hat man sich mit Freund M. nicht in ein feines, sondern – in Sehnsucht nach einem deftigen, regionalen Essen – in ein eher einfaches Gasthaus verirrt, dann sind es meist die Röstkartoffeln, die ihm nicht entsprechen. Und dies, obwohl er schon mehrfach in der Küche gewesen war und – beim Herd stehend – die alte Mama über das Verhältnis von Oberhitze, Unterhitze, beidseitiger Bräunung und die Balance von Außenkruste und Innenkonsistenz aufgeklärt hatte.

Hat man sich mit Freund M. in ein absolutes Top-Restaurant begeben, prophezeit er jede Enttäuschung, da, seinen Informationen zufolge, zum Beispiel das den Rücken spendende Lamm am Nordhang und nicht am Südhang der berühmten Lammzuchtgegend gegrast hat.

Fische liebt Freund M. sich im Ganzen zubereiten zu lassen, etwa in der Salzkruste. Bevor der Kellner noch ans Zerlegen denken kann, macht das Freund M. selbst, stellt wütend fest, da wären immer noch Gräten drin, trotz Erhitzung, und sucht die Stellen zwischen Außenhaut und Rückgrat, an denen das Fischfleisch die optimale Konsistenz hat. Mit der barschen Forderung, künftig nur Fische serviert zu bekommen, bei denen dünnere oder dickere Körperstellen die haarscharf gleiche Konsistenz aufwiesen, erlässt er dem mittlerweile wegen Verzweiflung ausgetauschten Kellner das Vorlegegeschäft.

Nach dem dritten Bissen des Hauptgangs ersucht – nein, ersucht ist falsch – fordert Freund M. den Maître auf, den Besitzer des Lokals zum Tisch zu holen. Im günstigen Fall hat er wesentliche Verbesserungsvorschläge, wie etwa eine andere Messergriffgröße parat, im ungünstigeren Fall eine Klagedrohung wegen Gesundheitsschädigung oder Prellerei.

Das Verhältnis zum Maître und dessen Mitarbeitern ist zu diesem Zeitpunkt schon eisig, da es Freund M. grundsätzlich nicht akzeptiert, dass außer dem seinen auch noch andere Tische bedient werden. Auch das Nichtauftauchen einer zweiten Flasche Wein, wenn von der ersten noch eine gute Hälfte da ist, bringt ihn zur Raserei. Schließlich ist er doch dafür verantwortlich, dem Wein bis zum Genuss die nötige Abkühlung, bzw. Erwärmung auf die für diese Kreszenz idealeren Grade zukommen zu lassen. Waren der Weinbestellung doch schon längere Debatten vorausgegangen, da Freund M. nicht einsieht, die von der Weinkarte genannten Jahrgänge bei einem Kellerrundgang nicht gegen bessere austauschen zu können.

Der Gastfreund, je nach Nervenstärke bereits mit ein oder zwei Magengeschwüren beschäftigt, wagt es dann nicht mehr ein Dessert zu bestellen, da Freund M. immer wieder die Entschlossenheit kundtut, den Schnee oder die Schokolade eigenhändig schlagen zu gehen, weil sonst die Duftigkeit nicht gewährleistet sei.

All das, von mir nur skizzenhaft angedeutet, kann Freund M. aber nicht daran hindern, mit seinem Gastfreund auf das Herzlichste und Angenehmste zu plaudern. Auch während der Gespräche mit seinen Geschäftspartnern.

Der grundsätzliche Missmut dem Restaurant gegenüber hat mit seiner Gesamtstimmung nichts zu tun. Der gehört zu seinen Essgewohnheiten wie die Gallerte zum Kavalierspitz, die er allerdings für einen Kunstfehler der Küche hielte.

Bedankt sich der Gastfreund dann mit letzter Kraft für das herrliche Essen, freut sich der Gastgeber und schlägt vor, noch rasch eineinhalb Stunden quer durch die Stadt zum einzigen Würstelstand zu fahren, bei dem Pfälzer- oder Burenwurst wirklich exzellent seien. Man müsste, meint Freund M., halt nur unterwegs schauen, wo man einen genießbaren Senf herkriegte.

Ich wünsche allen meinen Feinden, bald einmal von Freund M. eingeladen zu werden.

FAST FOOD

Wie man Menschen füttert

Wenn alle verfügbaren gescheiten Menschen übereinstimmend der Ansicht sind, irgendeine Entwicklung, eine Mode, eine Tendenz sei schädlich, scheußlich oder bedauerlich, findet sich immer ein einsamer Obergescheiter und vertritt die Gegenansicht.

Das Prinzip ist dies: Die Gescheiten sagen, allzu viele Scheißhaufen auf Erden machen den Planeten übel riechend. Darauf erwidert der Obergescheite, Milliarden Fliegen können nicht irren. (Ich bitte den mir unbekannten Erfinder dieses Jokes, ihn verwendet haben zu dürfen.)

Ich, zum Beispiel, schüttelte mich vor Entsetzen, wenn ich auf den schönsten Hauptplätzen der idyllischsten Klein- und Mittelstädte in unseren Landen diesem penetranten Firmenzeichen der erfolgreichsten Fast-Food-Hamburgerkette der Welt begegnen musste, ich sympathisierte mit Bürgerinitiativen, die etwa in Rom einen der berühmtesten Plätze der Welt nicht von diesem Fressbordell verunstaltet wissen wollten, ich verfluchte die Stadtbonzen, die sich allerorten haben bestechen lassen (anders waren diese Lizenzen beim besten Willen nicht zu erklären).

Und jetzt las ich in der Kolumne eines bekannten Wirtschaftsjournalisten, Leute wie ich hätten einen »faschierten Hass« – Sie merken, der Mann ist Österreicher, sein deutscher Kollege würde »gehackten« oder »bulettierten« Hass schreiben –, und man müsse vor der »Küche des schnellsten Menschenfütterers der Welt« jeden Respekt haben. Nun, wenn Menschen gefüttert werden sollen, und das möglichst schnell, hat man ihnen ja schon den Rang von Zuchtvieh zugewiesen. Bleibt die Frage: Wer züchtet Menschen und zu wessen Genuss?

Da beschreibt der Wirtschaftsfachmann in der Folge seinen grundsätzlichen Respekt vor »Systemgastronomie«. Als ob eine

Gastronomie, die ihren Koch auf den Markt schickt, auf dass er zubereite, was es da gibt, kein sinnvolles System hätte. Ganz abgesehen davon, dass man Systemgastronomie auch mit »Fress-Planwirtschaft« übersetzen könnte, und gegen dergleichen haben Wirtschaftsjournalisten sonst eher berechtigte Vorbehalte.

Also, der Reihe nach: Diese mehlbedeckten Fleischabkömmlinge und ihre Metastasen sind viel zu teuer. Wer auf die tragische Idee kommt, sich an einem Fütterungsplatz einschlägiger Firmen auch nur annähernd satt essen zu wollen, wird erstaunt feststellen, dass er in einem bürgerlichen Gasthaus – falls er in seiner Kommune noch eines finden kann – nicht teurer, aber besser und gehaltvoller gegessen hätte.

Wer auf die Plakatwände schaut, kann sich die Preise für diesen klebrigen Mampf leicht erklären. Die Leute verdienen zwischen zwei Rülpsern eines Gastes ein ganzes Plakat. Gut, Sie werden jetzt sagen, bei Waschmitteln funktioniert das nicht unähnlich. Stimmt, sage ich darauf, aber Waschmittel muss man nicht essen.

Der Big-Dreck – so ähnlich heißen alle diese Futtermittel, Aussehen und Zusammensetzung sind als bekannt vorauszusetzen – kann nur mit dem Doppelhandgriff gegessen werden. Da sitzen nun die zu Stopfenden und benehmen sich wie nervöse Vollprothesenträger, die zum ersten Mal das neue Kauwerkzeug ausprobieren. (Fairerweise sei angemerkt, dass man für Hamburger überhaupt keine Zähne braucht.)

Neben dem zu recht zerhackten Fleisch gibt es auch anderes: Beim Marktleader zum Beispiel kleine Hühnchentrümmer in einer Verpackung, die aber nicht mit der Pappschachtel verwechselt werden darf, sondern Panier heißt und mitgegessen werden soll.

Ich schwöre bei der Kochkunst meiner Großmutter, ich erkenne Hühnerfleisch, wenn ich es erst einmal im Munde habe. Und so erhebe ich hier öffentlich meine Zweifel. Die Verwandtschaft zu Schwein lässt an Pute denken, die Klebmasse an Fischstäbchen. Damit aber irgendein Geschmack identifizierbar ist, gibt's eine Sauce dazu. Schon nach dem ersten Kontakt mit diesem Leim möchte man dem Chefchemiker des Hauses mit fernöstlichem Sprungtritt an die Schnauze.

Zentrales Element, sozusagen das Hormon im Futter, sind Pommes. Sie sollen – nach allgemeiner Übereinkunft – Abkömmlinge von Kartoffeln sein. Bei sorgfältigster Ahnenforschung ist der Bezug sicher auch herzustellen, aber wie oft haben wir schon erlebt, wie Kinder und Enkel auch aus besten Häusern in der Gosse verkommen sind.

Mit der mir angeborenen Fairness habe ich – nachdem ich des Wirtschaftsjournalisten Lob der Würgketten gelesen hatte – nicht nur beim Marktgiganten gegessen sondern auch bei dessen Konkurrenz. Da ist im Prinzip kein Unterschied feststellbar, es lohnt sich nur, die Nuancen im Angebot zu probieren, etwa ein »Chili con Carne«. Das Fleisch ist das, was wir aus Teigzwischenräumen kennen, nur zerbröselt und in einer warmen Flüssigkeit schwimmend. Die beiliegenden Bohnen wagt der Großmarkt nicht einmal im Sonderangebot abzugeben. Die Pointe der Speise ist – und sie ist charakteristisch für das Marketing-Prinzip – im Chili ist kein Chili. Da haben Marktforscher eben festgestellt, Chili ist scharf, und scharf mögen viele nicht. Also lässt man das Futterverkaufshemmnis weg und verkauft Chili ohne Chili.

Der Erheiterung wegen notiere ich hier noch den Slogan dieser Firma: »Frische ist unser Geschmack«. (Sollte ein dritter oder vierter Konzern gekränkt sein, dass ich bei ihm nicht vorbeigeschaut habe, dann sage ich nur, er soll mich ja nicht reizen.)

Noch eines: Die Fütterungsstellen rühmen sich ihrer extremen Sauberkeit. Diesen Hang zum Blitzen und Blanken kann ihnen jeder Psychologe mit schlechtem Gewissen erklären. Taschendiebe oder Defraudanten neigen dazu, sich mehrmals am Tag die Hände zu waschen.

Wenn ich nun zum Publikum komme, möchte ich den Spott dämpfen. Es sind Opfer, Verführte, Hineingelegte.

Mein Wirtschaftsjournalist schrieb der Firmenleitung »missionarische Begeisterungsfähigkeit« zu. Da ist was dran. Die Kunden sind Missionierte. Sie sitzen – trotz ihrer Jugend – freudlos, verbissen da. Da geht kein lustiges Wort von Tisch zu Tisch, da hört man kein Lachen, keinen Genusslaut, da wird nur unsinnig abgefüllt, im Gesicht diesen Ausdruck: Wir wissen, was gut, billig und modern ist und wir lassen uns das von keinem ausreden. (Nur im Stehlokal der Reformköstler findet man noch ähnliche Humorlosigkeit. Dort essen sie auch mit einer Beleidigtheit, die nicht am Gesundsein der Speisen, aber an deren positiven seelischen Konsequenzen zweifeln lässt.)

So meine ich, die spätere Religionsgeschichtsschreibung wird die Hamburger-Esser als bedeutende Sekte der Neuzeit bezeichnen.

Noch einmal lassen Sie mich meinen Wirtschaftsjournalisten, der nach dem Motto »Der Umsatz heiligt die Mayonnaise« urteilt, bemühen. Er zitiert rühmend aus der Firmenphilosophie:

»Die Kassierer haben mit jedem Kunden Augenkontakt herzustellen und zu lächeln …« Das heißt, sie müssen dich anschauen, ohne rot zu werden, und wenn sie es geschafft haben, dürfen sie erleichtert und glücklich grinsen.

KAFFEEHAUS

Stationen der Biografie

Die verschiedenen Kaffeehaus-Typen beschreiben mein Leben.

Über die Vergangenheit rase ich hinweg.

Während der Gymnasialzeit in Maturanähe war es das Tanzcafé, das von entscheidender Wichtigkeit war. Ich erspare mir die genauen Ausführungen über das Warum. Aber diesem Trio, das da abends spielte und das »Fred Sowieso und seine Solisten« hieß, schicke ich einen Gruß nach in eine versunkene Zeit. Drei Instrumente konnte der Bandleader: Klarinette, Saxophon und Geige. Das Kennergetränk war italienischer Vermouth.

Während des Studiums wurde das Schachcafé absolutes Kulturzentrum.

Die Lektüre der Tagespresse war vor dem Pflichtgefühl als Beitrag zur journalistischen Ausbildung auszugeben. Aber sie war nur Vorwand. Denn ich kannte keine bessere Gewissensbetäubung wegen unbesuchter Vorlesungen, keine bessere Beschäftigungstherapie wegen frauenloser Zeiten als das stunden- und aberstundenlange Schachspielen. Das Niveau in diesem Schachcafé war wunderbarerweise niedrig, sodass sich wenigstens hier Siege häufen konnten.

Mit dem Beginn des Berufs wurde das Szene-, das Künstlercafé gesuchtes Ziel. Das war nun nicht mehr eines. Denn es konnten sich die Chancen kennen zu lernen und kennen gelernt zu werden, verlagern. »Genies« waren da und dort zu vermuten. Und waren sie nicht da, fanden sich da oder dort genug Auch-Suchende, um mit mir die Abwesenden abzuwerten und zu widerlegen, mit mir über das Szenario unserer Aufstiege zu schwadronieren.

Die Karriere machte dann das anonyme Ausruh-Café interessant. Für die Von-nichts-mehr-was-wissen-wollen-Zeiten. Der Kaffeehausbesuch verlagerte sich nach und nach von den Abendstunden in den Vormittag. Das Kaffeehaus-Frühstück wurde durch wachsendes Missbehagen angesichts der Hotelbüfetts zum Lebensinhalt. Der Tourneemensch schärfte den Wo-ist-hier-ein-halbwegs-anständiges-Kaffeehaus-Blick.

Dann führte die Biografie heim nach Wien.

Und es stellte sich die Frage: Wo wohnen? Mit ihr die übergeordnete Frage: Wie will ich alt werden? Mein Anforderungsprofil für meine definiert letzte Wohnung begann mit: Ich darf zum Stammcafé nicht länger als fünf Minuten gehen müssen. Denn die Zeit, da ich Gehen nicht mehr lustig finde, kommt. Auf das tägliche Kaffeehaus des Weges wegen verzichten zu müssen, wäre das Ende der erträumten Lebensausklangsqualität. Ich fand die richtige Wohnung. Das in Aussicht genommene Café enttäuschte aber. Es hatte für die vielen Gäste zu wenig Zeitungen. Wenn sich die Sätze »...ist gerade in der Hand«, »wenn eine frei wird...« zu häufig wiederholen, bin ich dahin. Die Qualität eines Kaffeehauses beginnt mit der Relation Gäste–Zeitungen. Zur Zeit bin ich heimatlos.

Da ich immer noch gerne gehe und mit der Ringstraßenbahn fahre, tauche ich einmal da und einmal dort auf. In Sachen Qualität der Kaffeebohnen bin ich normal anspruchsvoll, aber aufsässig heikel beim Topfenstrudel. Wenn ich Rum-Essenz herausschmecke, geht er zurück. Ich habe mir mein persönliches Topfenstrudel-Ranking erarbeitet. Ich überprüfe es laufend. Das Nobelcafé betrete ich nicht mehr, wo mir die freundliche Servierfrau auf meine Frage: »Sagen Sie, könnte es sein, dass der Topfenstrudel von gestern ist?«, antwortete: »Ja, das könnte sein.«

Ich habe viel Glück gehabt in meinem Leben. Deshalb vermute ich, es wird rechtzeitig im näheren Umkreis meiner Wohnung ein Kaffeehaus entstehen. Mit sehr vielen Zeitungen, einem erstklassigen Topfenstrudel und einem kleinen, halb abgetrennten Nebenraum, in dem die Schachspieler sitzen.

Vielleicht wird auch der Ober aus dem Schachcafé wieder geboren, der auf meine Frage »Herr Hermann, wie geht's?«, antwortete: »Ich pass' net so auf.«

SPORT

SPORTJOURNALISMUS

Der Olymp der Phrasen

Ein Kollege sagte über einen kundigen und angesehenen Sportjournalisten: Der Mann ist von Beruf Sportvertreter. Dieses Wort erhellte schlagartig, was an den meisten Sportjournalisten stört. Sie berichten nicht über Sport, sie kritisieren ihn nicht, ja, sie bejubeln ihn nicht einmal. Sie vertreten ihn. Sie sind Agenten. Wenn sie am Sport etwas stört, dann, was seinem Massenerfolg entgegensteht oder was das Nationalprestige im internationalen Wettbewerb mindert. Oder Gaunereien, die auffliegen. Was sie aber nicht stört, sind Übelstände in der Substanz, Zustände, die zwangsläufig zu Gaunereien führen müssen. (Vergleiche Opernkritiker.) Es fehlt ihnen jede Distanz.

So macht die schmale Grenze zwischen Sieg und Niederlage aus Sportjournalisten oft affektive Narren. Ein um zehn Zentimeter versprungener Fußball kostet sie einen Bericht lang jegliches Fachwissen. In einem Fußballländerspiel steht es – nehmen wir an, es war ein schönes, bewegtes, wechselvolles Match mit vielen Chancen und guten Tormännern – zehn Minuten vor Schluss 1:1. Dann hat die eigene Mannschaft einen Lattenpendler, der nicht ins Tor geht, und die gegnerische Mannschaft bringt einen Abpraller ins Tor. Es steht durch eine ganz einfache Verkettung von Zentimetern also nicht 2:1, sondern 1:2, das Spiel ist also nicht gewonnen, sondern verloren. Das bedeutet nun im Urteil der Fachpresse eine Differenz von 12 bis 15 Treffern. Alles, was im Siegfall »harmoniert« hätte, ist im Fall der Niederlage »zusammenhanglos«, alles, was hier dem Trainer bescheinigte, er hätte »die richtige Mischung nun fast schon gefunden«, wirft ihm dort vor, den »längst fälligen Neuaufbau des Teams versäumt« zu haben.

»Was war Ihr wichtigster Sieg?«, fragt der Reporter im Zielraum eines Schirennens den Mann, der – nachdem er bis jetzt meist nur zwischen Rang 20 und 40 platziert war – auf einmal Weltmeister oder Olympiasieger wurde. Keiner heult auf. Gewöhnung und Abstumpfung beherrschen den Betrieb.

»Woran lag's?«, fragt der Reporter einen schwitzenden Fußballer, dessen Team 0:1 unterlegen war. Man sieht dem Fußballer an, er würde sehr gerne sagen: »Daran, dass der Gegner ein Tor geschossen hat, und wir keines.« Aber er sagt es nicht. Er ist zwar intelligenter als sein Gesprächspartner, aber eben korrumpiert. Er sagt: »Wir sind einfach zu wenig über die Außenbahn gekommen, und zum Gegentor hat ein individueller Fehler geführt. Und der darf normalerweise nicht passieren.« Jetzt hätte wiederum der Reporter die Chance, sich als Homo sapiens zu qualifizieren, indem er rückfragte: »Wieso eigentlich nicht?« Aber eine Äußerung dieser Qualität ist nicht programmiert.

Der Beruf des Sportreporters wird in einem Ausmaß benötigt, das es zunehmend unmöglich machte, ihn nur mit intelligenten Menschen zu bestücken. So haben wir den Olymp an sprachlicher und fachlicher Verdummung erreicht.

Denken wir nur an die Interviews mit Fußballtrainern vor dem Spiel. Es wäre längst mit Geldstrafen zu ahnden, wenn einer fragt: Weiß jeder Einzelne in der Mannschaft, worum es geht? Und wenn dann der andere antwortet: Angesichts dieses schweren Spiels weiß jeder in der Mannschaft, worum es geht.

Zusätzlich ärgerlich ist das Wort »motiviert«, und für Variationen wie »übermotiviert« wäre die Prügelstrafe wieder einzuführen.

Sportjournalisten wollen immer etwas erkunden, was nicht zu erkunden ist, weil ohnehin jedem Menschen klar. Da wird vor dem Spiel gefragt: »Wie ist die Stimmung in der Mannschaft?« Na, wie wird sie sein? Wie vor einem Spiel. Nicht ein bisschen besser und nicht ein bisschen schlechter.

Sportjournalisten wollen wissen, welche Chancen sich eine Mannschaft ausrechnet. Geduldig lässt man sich dann sagen, die einen hoffen, einen Punkt mit nach Hause zu nehmen, und Trainer hätten die Mannschaft gewarnt, den Gegner zu unterschätzen.

Es wäre auch abzustellen, dass ein Fußballtrainer oder Vereinspräsident im Fernsehen sagen darf: »Für uns geht es heute um sehr viel.« Wenn er dann noch dazusagen darf, auch der Gegner hätte die Punkte dringend nötig, dann hat man den Hörer-Seher endgültig zum Idioten gemacht.

Woche für Woche, Jahr für Jahr prasseln auf den wehrlosen Hörer, Seher und Leser die gleichen inhaltslosen Phrasen. Trainer geben nach einem Spiel Pressekonferenzen und erklären den Journalisten all das, was diese längst schon wissen, damit sie es dem Publikum erklären können, das längst schon alles weiß.

Wo sind Sportreporter, die fragen: Diese beschissene Truppe müssten Sie doch hinwegfegen? Und Trainer, die sagen: Vergessen Sie nicht, auch wir haben acht Antikicker im Team. Und umgekehrt, Reporter, die fragen: Der Gegner ist für Ihre Blindenversammlung doch wohl ein paar Nummern zu groß? Und Trainer, die sagen: Auch Laien, wie Sie, werden begreifen müssen, dass mein Starensemble alles wegbläst, was sich da in den Weg stellt.

Wenn Journalisten kritisch werden, dann erkennen sie den Sportlern die Standesehre ab. Das geht so: Eine nationale Delegation fährt zu einem internationalen Großwettbewerb. Man erwartet einen Sieg, zwei bis drei Ehrenplätze (merke: der vierte, »undankbare« Platz ist schon ehrlos) und zehn Athleten im geschlagenen Feld. Träfe die Erwartung ein, würde man von einer »angesichts des derzeitigen Leistungsstandes zufrieden stellenden Bilanz« sprechen. Nun bricht sich aber der vorgesehene Sieger im Abschlusstraining ein Bein, ein vorgesehener Zweiter hat den Dünnschiss und ein Dritter eine elende Tagesform. So also geht die Mannschaft leer aus. Da steht dann in der Zeitung – Sie haben es schon oft gelesen und lesen es vielleicht morgen schon wieder: »... unsere Leute reisten nur als Touristen.« Touristen, das ist das entscheidende Wort. Geschlagene Sportler sind – als Gruppe – keine Sportler mehr. Sie sind Parasiten, sie sind nicht einmal mehr schlechte oder unfähige oder überschätzte Sportler. Sie sind Touristen. Man notiere die Definition: Ein Tourist ist ein Mensch, der auf Staats- und Verbandskosten wo hinfährt und nichts gewinnt.

Gerne möchte ich einmal in einer Redaktionskonferenz einer bekannten Boulevardzeitung sitzen und den Leuten ein paar Fragen oder Aufgaben stellen. Dieses Blatt hat es zum Stil erhoben, die Abfolge schlechter Sätze durch deren Überhauptnichtmehrbildung abzuschaffen. Mein Gesprächsbeitrag:

»Herr Kollege, Sie haben geschrieben: *Maier Steilpass. Müller Sprint. Direktabnahme. Knallhart. Passt in den Winkel. Huber ohne Chance. 82. Minute. Jubel bei den Blauen.* So, und jetzt versuchen Sie einmal aus diesem Stenogramm deutsche Sätze zu formen, gerne kurze und dynamische, denn man will Ihren Erfolgsstil im Prinzip nicht ändern, aber immerhin Sätze, mit einem Prädikat, vielleicht auch einmal mit einem Objekt.«

Mich würde interessieren, ob die Herren wüssten, was ich meine, ob sie noch in der Lage wären – spaßeshalber – zu reagieren oder ob der wöchentliche Umgang mit Wortgeknatter im Lauf der Jahre nicht jede Möglichkeit zu menschenähnlicher Mitteilung über Vorgänge auf Fußballplätzen abgetötet hat.

Damit will ich nicht die Rückkehr zu jenen Sätzen propagieren, die uns seit Jahren durch fehlende Sinnhaftigkeit auf die Nerven gehen.

In der Konferenz audiovisueller Medien möchte ich gerne fragen:

»Warum, Herr Kollege, sagen Sie so oft: *Die Blauen operierten aus einer verstärkten Abwehr heraus und suchten den Erfolg über schnelle Konter*? Gelegentlich variieren Sie auch und sagen: … *und versuchten, über schnelle Konter zum Erfolg zu kommen.* Warum wird Ihnen die Müßigkeit dieser und ähnlicher Phrasenklumpen nie bewusst? Ich glaube zum Beispiel nur ungern, dass die Blauen *operieren.* Ich glaube, sie spielen. Sie spielen mit einer verstärkten Abwehr, was man etwa auch so beschreiben könnte: Sie trauen sich gegen diesen Gegner Angriffsfußball nicht zu, sie sind zunächst vorsichtig. Hat man sich einmal soweit vom Fachjargon entfernt, könnte sprachliche Fantasie einsetzen, die über die Information hinaus Spaß macht. Aber bleiben wir bei der Realität: Dass eine Mannschaft *versucht… zum Erfolg zu kommen,* liegt in der Natur des Wettkampfs. Wenn man beim Schießen von Toren Erfolg haben will, müssen Konter schnell sein, denn langsame Konter wären eigentlich keine Erfolg versprechenden oder überhaupt keine. Die Blauen, das sind die mit der verstärkten Abwehr, könnten also die Hoffnung haben, die aufgerückten Gegner das eine oder andere Mal zu überlaufen. Dass sie das von *hinten heraus* versuchen, müsste nicht extra erwähnt werden, denn woher denn sonst? Und jetzt, Herr Kollege, würde ich Sie bitten, mir fünf Vorschläge zu machen, wie man den Satz: *Die Blauen operierten aus einer verstärkten Abwehr heraus und suchten den Erfolg über schnelle Konter* anders, besser, frischer formulieren kann.«

Gesprächen dieser Art gingen die Themen nie aus. Denn wenn eine Mannschaft *stark drückt* – Sie werden jetzt fragen: Kann man schwach drücken? Nein, gemeint ist, dass sie den Druck verstärkt hat –, *schafft sie* – wie man immer hört – *Raum für gefährliche Konter.* Warum schafft sie Raum? Sie könnte auch Platz machen für … Konter ermöglichen. Sich einhandeln. Sich einfangen. Da kann man noch und noch variieren, aber kann man Raum schaffen für *un*gefährliche Konter? Kann man nicht. Denn Konter sind gefährlich, deshalb sind es Konter. Es kann nur eine Mannschaft mit ihren Kontern ungefährlich bleiben, aber da wäre mir die Feststellung, sie hätte miese Stürmer aufs Feld geschickt, lieber.

Wie schützen wir uns vor der Beobachtung des Reporters, die Mannschaft aus Xhausen hätte sich *von Anfang an nicht versteckt*? Sich auf einem Fußballfeld zu verstecken, ist unmöglich. Man wird gesehen. Von Anfang an. Verstecken kann man sich nur, wenn man in der Kabine bleibt. Ich will auch nicht mehr hören, die nicht versteckte Mannschaft hätte *versucht mitzuspielen.* Das geht ja gar nicht anders. Gemeint ist – und das soll man so oder auf hundert andere Arten sagen –, die Mannschaft aus Xhausen hatte nicht annähernd so die Hosen voll, wie zu befürchten gewesen wäre.

Wie oft haben Sie folgenden Satz – genau oder so ähnlich – schon gehört: *Man muss der Mannschaft aus Ystadt vorbildlichen kämpferischen Einsatz bescheinigen*? Warum muss man bescheinigen. Man muss nicht. Aber wozu? Der Satz wird meistens gesagt, wenn einer Mannschaft nichts gelingt, wenn sie in Rückstand liegt, wenn die spielerischen Mittel weder zum Gleichstand noch zur Überlegenheit reichen. Dann wird sofort der *kämpferische Einsatz bescheinigt.* (Der womöglich auch noch *stimmt.*) Ich meine, bemerken und betonen muss man das Fehlen des kämpferischen Einsatzes, denn das würde Arbeitsverweigerung, Dienst nach Vorschrift, Bummelstreik bedeuten. Kämpferischer Einsatz, also das Sich-Ausgeben, das Sich-bis-zur-Erschöpfung-Bemühen, ist für einen Berufssportler Voraussetzung, Selbstverständlichkeit. Berufsfußballer zählen zu den glücklichen Menschen, die mit ihrem Hobby ihr Geld verdienen – und nicht zu knapp. Sie haben sich dieser Gnade würdig zu erweisen und immer das jeweils Beste zu geben. Was der Reporter also wirklich *muss,* ist das Fehlen des kämpferischen Einsatzes – nein – nicht zu bescheinigen, zum Gegenstand journalistischer Vernichtung zu machen. Zu ergänzen ist, schon die Formulierung *kämpferischer Einsatz* ist Unsinn. Was wäre denn Einsatz im Fußball-Sport, wenn er nicht kämpferisch wäre? Friedfertig? Einsatz reicht. Und wieso wäre der Einsatz vorbildlich? Für wen? Für den führenden Gegner? Vorbildlich kann ein Spieler sein, oder zwei, drei, vorbildlich für die anderen, die Mannschaft. (Nicht nur im Einsatz, auch in Können und Benehmen.) Eine Mannschaft kann vorbildlich ausschließlich für sich sein. Und das ist – wenn sie verliert – von Nachteil.

Das ist vielleicht die dämlichste aller Sprechblasen: *Er verwandelte den Elfmeter eiskalt.* Eiskalt schießt einer einen Elfmeter nie, auch nicht beim Stand von 4 bis 11:0, denn auch da verspürt er ein leises Kribbeln, es ist sein Solo, es richten sich alle Augen auf ihn, ob er ihn denn auch gut, also zu Recht schießt, den Elfmeter. Wenn einem versierten Schützen das nicht allzu viel ausmacht, weil er sich seiner Sache sicher ist, dann schießt er den Elfmeter – soll sein – lässig. Nie aber tut er das beim Stand von 1:1 in der 88. Minute. Fünf Zentimeter höher oder seitlicher, und *dem Schützen hätten die Nerven einen Streich gespielt.* Merkt denn niemand, wie falsch viele dieser fesch klingen sollenden Worte sind? Die Sache ist: Einer schießt einen Elfer. Er trifft. In den Winkel. Halbhoch. Flach. Perfekt. Unhaltbar. Glücklich. Oder nicht. Nur eines tut er nie: Eiskalt verwandeln.

Phrasen haben Konjunktur, kommen und gehen. Wer erinnert sich noch daran, dass die Torleute eine Zeit lang »antizipierten«, statt voraussahen oder rochen? Zum Zeitpunkt der Niederschrift dieses Textes »stimmt die Zuordnung nicht«. Damit ist Folgendes gemeint: Eine in den Torraum segelnde Flanke trifft entweder (häufiger) den Kopf des Abwehrspielers oder (seltener) den eines gegnerischen Stürmers. Führt dessen Kopfstoß zum Tor, hat die Zuordnung nicht gestimmt, soll heißen, der zuständige Deckungsspieler stand nicht nah genug an seinem Mann. Auch wenn das Fernsehbild die Tuchfühlung nachweist, es ist nicht zu ändern, kommt der Stürmer zum Kopfball, *stimmt die Zuordnung nicht.*

Weiterleben müssen wir auch mit der Tatsache, ein »schnelles Tor« ist das, »was sich der Trainer vorgestellt hat«, geradezu »ein Auftakt nach Maß«. Wieso das erwähnenswert ist, ist unklar. Denn würden sich nicht beide Trainer ein schnelles Tor, also eines, das bald nach Beginn fällt, wünschen, bräuchte man ja erst 20 Minuten später zu beginnen. Und wenn die andere Mannschaft ein schnelles Gegentor hätte unbedingt vermeiden wollen, wäre sie besser gar nicht erst eingelaufen.

Es lohnt sich noch, einen durchaus vernünftigen, ja weisen Satz näher zu beleuchten. Er lautet: *Man kann nur so gut spielen, wie es der Gegner zulässt.* Das stimmt ganz einfach. Dennoch möchte ich empfehlen, sich aus dem Satz das Wort *nur* wegzudenken. Dann lautet er: Man kann so gut spielen, wie es der Gegner zulässt. Man könnte also. Das beinhaltet eher eine Forderung, keine Entschuldigung. Wenn die eigene Mannschaft nicht so gut spielt, wie es der Gegner zuließe, dann ergibt sich die Frage von selbst: Warum nicht? Sie ist zu stellen.

Man möchte den Sportjournalisten ja vorbildlichen gedanklichen Einsatz bestätigen. Doch in deutschen Landen hat die Wiedervereinigung der Reportersprache den verbalen Gnadenstoß gegeben. Jetzt wird das Gestammel noch mit klassischen DDR-Phrasen durchsetzt. Es gibt keine Abwehr mehr, die »gehörig schwimmt«, da »lässt das Defensivverhalten zu wünschen übrig«. Und wenn dann noch im Mittelfeld zu wenig »Akzente gesetzt« werden, träumt sich der Zeitgenosse in die 50er-Jahre zurück.

Nur da und dort scheinen Aufblitzer von intellektueller Emanzipation der Akteure des Sports im Umgang mit den Medien erkennbar zu sein. Schiläufer begreifen in zunehmendem Maße, das Publikum hat mit jener der Frage »Wie war die Strecke?«, folgenden Antwort »Bergab« Freude. Und wenn ein Weltrekordler im Diskus dem Reporter auf die Frage »Waren Sie voll motiviert?«, eine herunterhaut, hätten wir einfach mehr Spaß.

Der in seinen letzten guten Jahren in den Diensten des 1. FC Köln stehende österreichische Fußballspieler Toni Polster ist eine Persönlichkeit zwischen Einfalt und Schläue. So beantwortete er die Frage eines Reporters nach dem Stand der Engagementverhandlungen mit der erwarteten Feststellung, es ginge um Geld und dann mit der unerwarteten Volte, der 1. FC Köln würde ihm viel mehr zahlen wollen als er annehmen könne. Da verschlug's dem Reporter leider nicht den Atem (denn dann hätte er nicht rückfragen können), es verschlug ihm das Hirn. Er erkundigte sich, ob diese Auskunft nicht ironisch gemeint sei. Was den Fußballer vor das Problem stellte, irgendetwas zu sagen, was den Reporter nicht öffentlich zum Deppen machte. So lachte er zuerst herzlich, um dann zu meinen, der Reporter sei wohl ein »Blitzgneißer«, was im Wiener Dialekt so viel heißt wie Sofortbegreifer.

Die Episode zeigt uns einmal mehr, dass spielerischer Umgang mit Fakten im öffentlichen Leben zu selten ist. Journalisten sollten unangebrachten Ernst, falsche Wichtigkeiten glossieren. Sie sind auf diesem Gebiet aber nicht firm oder untalentiert. Was hätte das für ein nettes Gespräch werden können, hätte der Reporter zum Fußballer gesagt: »Das ist ja schrecklich, Herr Polster! Hat denn die Klubleitung der Kölner kein Einsehen, beharrt sie auf ihren übertriebenen Gagensummen? Sind Sie aufgrund Ihrer fußballerischen Leistungen nicht in der Lage, die Gesprächspartner zur Gagenreduktion zu bewegen?« Daraufhin hätte der Fußballer, glücklich über die Chance zum Schmäh, wahrscheinlich gesagt: »Mein Manager hat jetzt ein letztes Angebot gemacht. Die

Summe X nehmen wir, aber keine Mark mehr. Jetzt liegt die Entscheidung beim Klub.«

Zum Schluss hätte der Reporter auf eine Einigung hoffen können, wäre es doch ein großer Schaden für den 1. FC Köln, seinen Star wegen übergroßer Bescheidenheit zu verlieren.

Sie sagen, diese Geistesgegenwart ist von einem Fußballreporter nicht zu verlangen? Ich sage, doch. Wer sich vom schlichten Witz eines Fußballers auf dem falschen Fuß erwischen lässt, ist für den Journalistenjob nicht qualifiziert. Würde man das glauben, wäre das Intelligenzgefälle zwischen Sportlern und Medienvertretern nicht gelegentlich so krass.

ERNST HAPPEL

Der Spieler als Trainer

Es gibt wenig Schöneres im Leben als Zuneigungen durch kompetente Dritte bestätigt zu bekommen. Wie glücklich die Augen des Freundes, sagt man ihm: Das versteh ich, dass du diese Frau anhimmelst. Aber dergleichen gibt es auf allen Gebieten. So auch auf dem des Sports.

Einmal saß ich dem hoch geschätzten Günther Netzer gegenüber. Ich streute den Namen Ernst Happel ein. Netzer unterbrach seinen Satz und sagte zu mir: »Ich habe nie einen Menschen getroffen, der mehr von Fußball verstanden hat.«

Am Flughafen kam ich mit Franz Beckenbauer ins Gespräch. Als der Name Happel fiel, meinte ich so etwas wie Rührung bei diesem ausgebufften Mann zu bemerken. Einen besseren Trainer hätte es nie gegeben und würde es nie mehr geben, sagte der Kaiser. Und der Spätpubertierende in mir war selig.

Ich hatte es mit meiner Happel-Verehrung nicht immer leicht.

Jahrelang hielten mich meine bayerischen Freunde für blöde und abartig, weil ich – mehr oder weniger versteckt – für einen Fußballverein namens HSV Daumen drückte. »Die magst du?«, sagten sie mit einem Unterton, der einen rasch folgenden Ausweisungsantrag vermuten ließ.

Was hätte ich tun sollen? Ich hatte keine Wahl. Ich liebte. Nicht einen Fußballverein, ein Team. Nein, eine Figur. Einen Typ. Ein Individuum. Ernst Happel.

Ich habe ihn nie persönlich kennen gelernt, bin mir aber ziemlich sicher, wir wären ins Gespräch gekommen. Er wäre überrascht gewesen, was ich von früher weiß, was ich mir – nach Art der Fans – über Jahrzehnte gemerkt hatte. Ich hätte keine Mühe gehabt, das Gespräch auf Happelisch zu führen, denn Deutsch konnte er ja nicht, was ihm hämische Sportjournalisten (in der häufig irrigen Annahme, sie könnten es) gelegentlich vorwarfen. Woher sollte er auch Deutsch können? Er wuchs in der Sicherheit seines Hütteldorfer Pülcherdialekts auf, der von den Wiener Intellektuellen immer hoch geschätzt und als erotisch empfunden wird, wenn ihn ein Erfolgreicher spricht. Zu Happels Zeiten durfte ein Wiener Berufsfußballer gar nicht Deutsch können. Das wäre nur unangenehm aufgefallen. (Alle späteren Versuche, diesen Zustand zu ändern, haben eher erheiternde Ergebnisse gezeitigt.)

Happel ging, nur seines Dialekts kundig, ins Ausland, nach Frankreich, Belgien, Spanien und Holland. Als er dann nach Deutschland kam, hatte er sein Wienerisch verformt, mit anderen Sprachbildern, Grammatikfetzen, seltsam direkten Übersetzungen angereichert. Er hatte seine Comic-Sprache des Weltfußballs entwickelt, die er exklusiv sprach.

Zu den Wortneuschöpfungen Happels gehörte z. B. der Fachausdruck *Pressing*, den die Journalisten auch brav in ihr Vokabular aufnahmen. Er vereint die Begriffe *forechecking* und *power-play*. Er drückt sehr sinnlich den Wunsch aus, den Gegner ständig unter Druck zu setzen, ihn möglichst niederzubügeln. Das Wort ist mit Ernst Happel nicht verschwunden. Schon deshalb ist er unsterblich.

Ernst Happel, der Spieler, war für junge österreichische Fußballnarren Idol und Schrecken gleichzeitig. Wie jubelten wir, wenn er Gegner bis zur Demütigung narrte, wie verfluchten wir ihn, wenn seine Narreteien – oft genug – schlecht ausgingen. Happel war Zocker von Anbeginn an. Seine Ballkontakte waren nicht Berufsausübung, sondern Spielmöglichkeiten. Er hatte sich angewöhnt, seinen Tormann Walter Zemann (der zeitweise den Ehrentitel *Tiger von Hütteldorf* zu Recht trug) mit Rückgaben zu behelligen, die diesem und dem Stadionpublikum den Schweiß ausbrechen ließen. Aber dem Happel ging es um das blöde Gesicht der gegnerischen Stürmer, über die oder an denen vorbei er seine verbotenen Kunststücke versuchte. Oft hätten sie diese Rückgaben unterbinden und Tore machen können, wären sie vor so viel Unverschämtheit nicht paralysiert gewesen, hätten sie nicht, kurz erschrocken, gedacht, es mit einem Wahnsinnigen zu tun zu haben.

Happel spielte Verteidiger, später Stopper oder Libero. Er war langsam, weil, wenn mich meine Erinnerung nicht trügt, auch immer übergewichtig. Er glich dieses Handicap durch überragendes Stellungsspiel und durch totale Ballsicherheit aus. Aber die Zeiten kamen, da mangelnde Grundschnelligkeit durch nichts mehr zu kaschieren war, da der romantische Fußball zu sterben begann. Bei der Fußball-WM in Schweden versuchte Happel gegen einen blutjungen brasilianischen Kicker die Abseitsfalle. Der aber war erstens auch sehr gescheit und zweitens dem Happel zu schnell. Happel, der Spieler, wird sich später getröstet haben. Gegen Pelé konnte man schon eine Partie verlieren.

Happel hatte – wie eben jeder Zocker – seinen Lauf oder seinen Antilauf. Einmal ging alles, einmal nichts. Gegen Real Madrid schoss er bei einem 3:1 zwei Freistöße über die Mauer und einen Elfmeter, und das waren dann auch die drei Rapid-Tore. Das wissen wohl nicht mehr viele. Der Mist aber, den er in der Schweiz beim 1:6 gegen Deutschland zusammenspielte, bleibt unvergessen. Als Happel nach Paris zu Racing ging, lasen wir mit größtem Vergnügen, dass er dort eine Zeit lang Mittelstürmer spielte. Der Erfolg wird nicht anhaltend gewesen sein. Ich erzähle es nur, weil ich sicher bin, der Happel wäre für Geld auch ins Tor gegangen, und sie hätten erst beim dritten Spiel gemerkt, dass er nur blufft.

Happel gehörte zur letzten Generation von Kickern, die sich noch selbst auf Gassen und Wiesen zu Fußballern ausgebildet hatten, bevor ihnen einer ein heiß ersehntes Trikot anbot. Heute spielen die sechsjährigen Miniknaben auf Superrasen, mit Schiedsrichter und Spezialtoren. Aber sie zahlen einen bitteren Preis dafür. Sie müssen sich von humorlosen Trainerkarikaturen anbrüllen lassen, wenn sie nicht rechtzeitig abspielen. Wie sollen sie je dribbeln lernen?

Die Karriere des Fußballtrainers Happel fußte auf zwei Säulen: sein auf Kindesbeinen selbst erworbener Ballverstand und seine langjährige Erfahrung mit seinen eigenen Schwächen. Sein Ballgefühl konnte er nur bedingt weitergeben. Umso schonungsloser war er wohl im Verhindern Happel'scher Untugenden bei seinen Spielern.

Es gibt ja Gebiete, wo man in höchst peinlicher Weise erfahren musste, dass Österreicher dazu neigen, im Ernstfall die ärgsten Preußen zu werden. Auf dem Gebiet der Kickerei wenigstens war dieses Phänomen nützlich und erlaubt.

Was hob die Karriere des Fußballtrainers Happel über nahezu alle hinaus? Dass er Spieler war, Systemspieler notwendigerweise, aber mit dem entscheidenden Mut zur Intuition. Happels oft beschriebene Roulette-Leidenschaft hat beim Austausch sinnfällig gemacht, dass Spieler Jetons in der Hand des Trainers sind. Man setzt nicht mehr auf die »Neun«, weil sie heute sichtlich nicht kommt. Man setzt auf die »Vierzehn«. Und da kann man eben eine gute Hand (wienerisch: »Pratzn«) haben oder nicht.

Es soll wirklich nichts gegen die Fußballoberlehrer gesagt werden, die alle Kicker verlässlich zur mittleren Reife führen, aber das Abschiednehmen von den Unverwechselbaren wird immer schmerzlicher.

Was mir Happel so besonders unersetzbar machte, war sein Umgang mit der Presse. Er, der die Sprache nicht konnte, nahm sie in Schutz, verachtete die Phrase, lehnte es ab, auf leere Fragen leere Antworten zu geben, die Unsäglichkeiten der allwöchentlichen Pressekonferenzen immer wiederzukäuen. Er hielt einen gewissen Typus des Sportjournalisten für blöd und – was das Erfreuliche war – er ließ es ihn auch wissen. Er, der reif gewordene Wiener Strizzi, hatte das Ehrgefühl eines Herrn alter Schule. Mit Leuten, die ihm einmal ans Bein gepinkelt hatten oder das tun wollten, redete er nicht mehr.

Vom Fußballtrainer Ernst Happel könnten viele Theaterdirektoren und Provinzpolitiker lernen, wie lächerlich und wie erpressbar sie sich durch ihr ständiges Buhlen um die Gunst der Schreiber machen. Für Happel war das Wort *Profi* Weltanschauung. Und ein Berufsspieler erkennt einen kleinen, windigen Kartengauner schon am Mischen.

Zum Ende verließ er die deutsche Bundesliga, ging nach Österreich, verließ er seine Welt und ging in die heimelige Provinz. Dann nahm er auf der letzten Heimreise nach Wien zu seinen Enkerln und zu seinem Magendoktor halt noch ein paar hundert Tausender aus Innsbruck mit.

Wissen kann man's natürlich nicht, ob er nur die Tiroler Luft kettenrauchend verstinken wollte oder wirklich noch einmal eine Mannschaft so mischen, dass es einen Royal flash zu bestaunen gegeben hätte. Er wäre endgültig ein Genie geworden, hätte er den österreichischen Fußball aus dem Bauernschnapsen erlöst. Aber er war krank und starb zu früh. Jetzt überrascht er die Erzengel mit riskanten Rückpässen.

BOXEN

Sinn, Unsinn und Perversion

Vor Jahren stieg ich in ein Flugzeug, um einige Zeit später in der Stadt Las Vegas zu landen. Ich dachte, bald werde ich nahe einem Boxring sitzen und versuchen, die Kraftprobe zweier professioneller Schwergewichtsboxer so zu kommentieren, dass sich einige interessierte Laien mehr freuen als sich Freaks ärgern. Wie der Kampf auch endet, als Einminuten-Farce, als Dreiviertelstunden-Metzelei, mir werden in den darauf folgenden Tagen die Fragen nach der Problematik des Faustkampfes, zumal des bezahlten, die Fragen nach meinem (außerhalb meines Gagenaspekts) schwer erklärbaren Interesse abermals nicht erspart bleiben.

Das könne man doch wohl nicht mehr vertreten, wird man mir – wie schon so oft – sagen, wenn sich zwei Menschen in eine Situation begeben, die, wenn es der Teufel hie und da will, nicht einmal überlebbar sein muss. Ich muss dann wieder und wieder sagen, dass ich viele Menschen kenne, die sich freiwillig in Situationen begeben, in denen man Gesundheit oder Leben verlieren kann, die aber so abgrundtief blöd sind, sich das Risiko nicht oder nicht genügend bezahlen zu lassen.

Unsere Gesellschaft neigt dazu, dort zu kritisieren, sich dort zu empören, wo sich ihre Unvollkommenheit ehrlich, vorsätzlich, spektakulär zur Schau stellt, zum Schaugeschäft macht. Sie hat verdammt wenig Argumente und wenig Aktivitäten gegen die Entsprechungen im täglichen Leben. Ich habe in letzter Zeit in Großstädten Straßenprügeleien gesehen, die mich starr gemacht haben vor Angst um den Endzustand der Unterlegenen, die mir den Schamschweiß meiner Ohnmacht wegen, aus allen Poren schießen ließen. Denn um ein Rudel von Rockern daran zu hindern, einen aus einem anderen, kleineren Rudel herausgeprügelten Gegner nach Niederschlägen noch ausgiebig in die Rippen zu treten, fehlt mir der Mut. Hatte ich schon Schwierigkeiten, mein armseliges »Polizei!« laut zu brüllen, ich hätte die Prügler ja auf die Idee bringen können, die Straßenseite zu wechseln und sich mit mir zu befassen, müssen sie doch aus Erfahrung wissen, dass die Polizei von der sie bezahlenden Gesellschaft dazu missbraucht wird, den Verkehr und das Parkwesen vor dem Kollaps zu bewahren. So schleppten auch die Schwächeren ihren »Gefallenen« – offenbar noch lebend – ungestört ab.

Gelegentlich lesen wir in der Zeitung, da und dort hätten Neonazis einen dunkelhäutigen Ausländer zu Tode geprügelt. Das ist mir nie nur eine Textnachricht. Ich bebildere mir die Vorgänge. Ich weiß, wie das aussieht, vom ersten Platzen der Lippen, dem Ausspucken der Zähne, über das flehentliche Verschränken der Hände über dem Kopf, bis zum langsamen Zusammensinken.

Dieses denkend, erscheint mir der Boxring noch als liebenswürdiger Zufluchtsort bürgerlicher Gesinnung, erscheinen mir die Athleten, die sich marktschreierisch mit einem »fight of the century« ankündigen lassen, noch als kreuzbrave Schausteller ihrer Kräfte, ihres Mutes und ihres Erwerbsinns.

Die eigentliche Brutalität der Gesellschaft tobt sich dort aus, wo keiner einen Gong schlägt.

Aber immer wieder hört man: »Wie kann man sich nur für sowas interessieren, gar begeistern? Da schlagen sich zwei Menschen auf den Kopf, bis einer umfällt. Das soll ein Sport sein?« Diesen Leuten sage ich zunächst einmal, die Menschen machen viele Dinge, die *ich* nicht verstehe. Sie schießen sich pausenlos zu Krüppeln oder tot, sie rasen auf den Autostraßen und akzeptieren kein Limit, das den Mord einbremsen könnte, sie vergiften ihre Umwelt, ihre Nahrung, und letztlich damit sich selbst. Wenn also Menschen die Ambition haben, Unsinniges anzuprangern und abzuschaffen, dann kann man ihnen dringlichere Vorschläge machen als das Boxen.

Woher kommt der Sinn des Boxens, angenommen, es gibt ihn? Ein gewisses Aggressionspozential steckt in jedem Menschen. Das sehen wir bei Kindern. Die tragen Konflikte gerne körperlich aus, die Burschen sind gerne stärker als andere und wollen das auch beweisen. Es wird – in unseren Breiten – daher gerungen oder gehaut.

Nun kann man diese Lust an der Auseinandersetzung, dieses Streben nach dem Sieg sublimieren. Man kann den Gegner u. a. nach Zentimetern oder Sekunden schlagen, nach Games oder nach Toren, im Einzel- oder im Mannschaftssport. Ja, man kann sein Aggressionspozential, seinen Vernichtungswillen intellektuell verarbeiten und Schachmeister werden.

Es ist aber auch logisch zu fragen: Wie sieht der unmittelbare, der geradezu naive Zweikampf, der mit den Fäusten aus, wenn man ihm Regeln gibt, wenn man ein Fair Play einführt, wenn man die unmittelbaren Gefahren dieses Zweikampfs erkennt und zu kontrollieren versucht? Eine der Antworten auf diese Frage ist der Boxsport mit seinem, im Lauf der Zeiten stark gewandelten Regelwerk mit seiner Idee des gepolsterten Handschuhs über der Faust. (Dessen Polsterung sollte ursprünglich die Faust schützen und erst in neueren, medizinisch bewussteren Zeiten den Kopf.)

Die Entstehung, das Bestehen eines Sports dieser Härte wären nicht denkbar, gäbe es nicht immer wieder junge Sportler, die keineswegs gezwungen, sondern aus Freude an gerade dieser Kampfsportart Boxer werden wollen. Manche davon mögen sich in anderen Sportarten keine Chance ausrechnen, manche milieubedingt zum Boxen finden, viele aber hätten die Wahl und entscheiden sich doch für diesen Sport.

Die Entwicklung des Boxens hat im Grunde zu zwei Sportarten geführt: dem Amateurboxen und dem Berufsboxen. Diese Erscheinungsformen des Faustkampfs unterscheiden sich keineswegs nur, das weiß jeder, durch Verdienstchancen. Da haben sich die Grenzen eher verwischt, Amateurboxer der Spitzenklasse können mit ihrem Sport mehr verdienen als schwache, selten beschäftigte Professionals. Nein, das Regelwerk differiert.

Rundenzahl, Kopfschutz und die Art des Punktens, also des Trefferzählens bzw. des Kampfbeurteilens gehen gänzlich auseinander. Wenn jemand überzeugt werden soll, dass Boxen Sinn hat, empfiehlt es sich mit dem Amateurboxen, dessen Erscheinungsbild und dessen Milieu zu beginnen. Da kann man begreifen lernen, wie sehr es beim Boxen darauf ankommt zu treffen und Treffer zu vermeiden, also Angriff und Verteidigung zu kombinieren, nicht zu »nehmen« um »geben« zu können. Da kann man begreifen lernen, welche Koordination des gesamten Körpers, welche schlagtechnischen und taktischen Varianten beherrscht werden müssen, um sich vom Mittelmaß abzusetzen. Die neue Art zu punkten, also einem Computer gesehene Treffer einzutippen, hat dazu geführt, dass der »klare«, der unübersehbare Treffer den Schlagserien wieder vorgezogen wird. Dadurch ist das Amateurboxen dem dereinst populären – allerdings immer schon stark idealisierenden – Begriff des »Faustfechtens« wieder näher gekommen. Körperliche Erschöpfung, Schlaghärte, Niederschlag bis zur vorübergehenden Bewusstlosigkeit spielen wohl immer noch eine Rolle, aber keine so dominante. Der im Amateurboxen obligate Kopfschutz signalisiert diese Entwicklung, ohne allerdings den angestrebten medizinischen Wert zu haben.

Boxen in seiner extremsten, seiner problematischsten, aber eben auch faszinierendsten Form bietet der Berufsboxsport, das Profiboxen. Hier geht es über längere Distanzen, hier werden Schlaghärte und aggressiver Stil summarisch bewertet, hier ist der Niederschlag, der K.o. erreichbarer und angestrebter. Der Sinn des Berufsboxens ist ein einigermaßen anderer als der des Amateurboxens, denn hier geht es gezielt darum, Leute zu Publikumsmagneten aufzubauen und dann mit ihnen und für sie (viel) Geld zu verdienen. Überall in der Gesellschaft, wo es um große Summen geht, um das Bewahren von Marktchancen, um sichere Deals, gibt es Unsauberkeiten, Korruption, Kriminalität. Selbstverständlich auch im Berufsboxen. Besondere Aufregung darüber ist unbegründet.

Die medizinische Diskussion soll Thema der Ärzte bleiben. Dass – speziell professionelles – Boxen große Gesundheitsrisiken birgt, ist unbestritten. Aber es ist ein unserer Gesellschaft immanenter Sinn, wenn jemand mit dem, was er kann und was er mag, in unserem Fall Boxen, Geld verdienen will. Wenn er vom Ruhm träumt und das Risiko des Scheiterns in Kauf nimmt.

Irgendwann einmal wird die Antwort auf die Frage nach dem Sinn des Boxens nicht mehr formulierbar. Man erinnert sich an seine Sparringsrunden, an die Einsamkeit während der drei Minuten, an die ungeheure Anspannung vorher und die erschöpfte Erleichterung nachher und spürt: Das hatte Sinn.

Es gibt das pervertierte Gegenteil.

Oft kränkte ich mich darüber, als Kommentator keine Gelegenheit zu haben, einer staunenden Öffentlichkeit vorzuführen, was sich im Vorprogramm, den so genannten »Rahmenkämpfen« so abspielt. Da wurde zum Beispiel ein schwarzer amerikanischer Schwergewichtsboxer, ein »Aufbaugegner«, von einem aufzubauenden Deutschen schwer zu Boden geschlagen. Der Mann blieb aber nicht liegen. Obwohl er jeden Grund dazu gehabt hätte. Er stand auf und bewies Runde um Runde, dass anstelle von Sandsäcken auch Menschen zu verwenden sind. Kein »Betreuer«, kein Ringrichter, kein Publikum und schon gar kein »Veranstalter« hatte etwas gegen dieses schauerliche Schauspiel.

Wahnsinn!, Reicht schon!, Abbrechen!, hätte ich gerufen, hätte ich kommentiert. Aber ich war nicht auf Sendung. Wen interessiert ein Rahmenkampf, ein Vorprogramm?

So konnte ich dem Publikum auch nicht erzählen, dass dieser – gerne auch als Sparring-, also Übungspartner für Trainingscamps verpflichtete – Berufsboxer gelegentlich seine Notdürfte schon unfreiwillig ins Hotelbett verrichtet. Ich sah nur, wie er, als in der großen Pause der Ring nicht beleuchtet war, im Trainingsanzug in den Ring zurückkehrte und sich nach allen Seiten verbeugte. Er meinte, die Menge würde ihn für sein bis zum Schluss Stehengebliebensein bejubeln. Er bemerkte nicht, wie unbeachtet er blieb. Gerne hätte ich – über das Fernsehen – gefragt, wie denn die Herren hießen, die – gegen Geld – dergleichen »Kampfpaarungen« zusammenstellen.

In Berlin brachte mir einmal der Veranstalter eine Ehrenkarte ins Theater und erzählte vom amerikanischen Gegner des Hauptkämpfers. Der hätte den »Goldenen Handschuh« der Amateure gewonnen, hätte jetzt einen recht ordentlichen Rekord als Profi, hätte den einen oder anderen renommierten Mann auch schon überraschend k.o. geschlagen, der Lokalmatador bekäme es also durchaus mit keiner »Flasche« zu tun. Der so beschriebene schwarze Amerikaner entpuppte sich als dürres zerschlagenes Männchen, das sich, ohne zu jedwedem Widerstand fähig zu sein, ein paar Mal bis zur Lächerlichkeit umhauen ließ. Entweder er hatte nie boxen können, oder der unkontrollierte Gebrauch von Rauschgift ließ ihn dazu nicht mehr in der Lage sein. So weit, so gut. Aber einige Zeit später, das Programm war vorbei, erschien das Männchen beim Einlass zum kalt-warmen Büfett (es handelte sich um eine »Box-Gala«, wie man merkt) und wollte auch was essen. Da beschied ihm der Türsteher, das Büfett koste DM 50.-, und wenn er nicht gewillt sei, das zu bezahlen, gäbe es für ihn hier nichts zu essen. Da das Männchen offensichtlich keine Mark besaß, seine Gage für das oftmalige Aufsuchen des Ringbodens wahrscheinlich erst zu Hause in Form einiger Dollars erhalten sollte, zog es wieder ab. Ich hätte den Türsteher nicht ungern verprügelt. Aber erstens konnte ich mir das nicht erlauben, zweitens hätte im Ernstfall er mich.

Die Großereignisse im Sport haben sich gehäuft. Nicht unbedingt, weil sie an und für sich Großereignisse waren, sondern weil ein televisionärer Multimarkt entstand, der dreimal täglich ein Großereignis braucht.

Wie produziert man Großereignisse? Im Tennis und im Schifahren ist das einfach: Man lässt jeden Tag/jede Nacht die Besten gegeneinander antreten. Im Boxen geht das nicht. Das wäre konzessionierter Mord. Nach einem halben Jahr hätte sich dieser Sport mangels Gegner für den letzten Hinterbliebenen erledigt. Was tut das Boxen? Es gründet pro Veranstaltung einen neuen Welt-Boxverband oder eine noch nicht da gewesene internationale, interkontinentale Kontinental-Meisterschaft oder, wenn ihm auf diesem Sektor gar nichts mehr einfällt, eine neue Gewichtsklasse. Endzweck der Bemühungen: Es gibt keinen Kampf mehr, der kein Titelkampf ist, es gibt keinen mehr, der kein Großereignis ist, es gibt keinen mehr, für den sich das Fernsehen nicht zu interessieren hat oder hätte.

Ich bin in meinem Fernseher-Leben schon für einige Kämpfe nächtens aufgestanden oder aufgeblieben. Ich komme nicht darum herum, mich ernsthaft zu fragen, wieso?

Bei Muhamad Ali war die Erklärung einfach. Als er noch Cassius Clay hieß, war man wach, um den Boxkünstler zu bestaunen. Als er Muhamad Ali hieß, konnte man nicht mehr schlafen, in der Hoffnung, der Formverfall beim letzten Kampf war nur ein vorübergehender. Als Muhamad Ali dann aber für jeden Laien erkennbar fix und fertig war und von den Branchengangstern bis zum stehenden Lebens-K.-o. vermarktet wurde, wollte man nicht fehlen, weil man eben nicht fehlt, wenn Freunde zu Grabe getragen werden.

Warum habe ich aber einem Mike Tyson Nachtstunden geopfert? Es folgt ein Geständnis, das meinen miesen Charakter offenbart, das jederzeit gegen mich verwendet werden kann. Ich wollte immer nur dabei sein, wenn er ein paar vor die Ohren kriegt. So ist das. Dass er klein gewachsen und hässlich ist, war mir Wurscht. Dass die amerikanische Werbung mit Aussprüchen voraussichtlicher Tyson-Opfer (wie, er sei ein »animal«) Stimmung machte, fand ich widerlich, aber üblich. Nur, dass dieser infantile Schläger, der die Zertrümmerung von Boxern nicht fantasievoller betrieb als die von Autos, das Image des »Champions« hatte, das ließ mich nie ruhen. Immer, wenn ein neuer Gegner feststand und die Vorpresse der Welt mitteilte, er sei nicht annähernd so chancenlos, wie man nach den Rekordlisten glauben müsste, sagte ich mir: Sie lügen, aber sie könnten zufälligerweise einmal Recht haben. Immer wenn Tyson gegen einen Mann boxte, dem niemand mehr zutraute, als dessen Zeitvertreib bis zur nächsten ernsthaften Auseinandersetzung sein zu können, hoffte ich auf ein Wunder: Wenn ausgerechnet der ihn umhaut, wäre das nicht komisch? (Mittlerweile ist es hinreichend passiert.)

Wann sind Sie zuletzt vor dem Schirm gesessen? Oder werden

Sie wieder? Wenn ja, wie? Im Schlafanzug, leise fröstelnd? Holen Sie sich, wenn Sie sich quer über die Couch legen wollen, vorher noch die Bettdecke für die Beine? Haben Sie eine Partnerin in Ihrem Leben, die Ihnen aus den Kissen leise nachgrunzt: Du bist ein schöner Depp!? Wie oft fallen Ihnen während des Ereignisses die Augen zu? Welche Gedanken haben Sie, wenn während der Box-Rundenpausen das langbeinige Nummerngirl seine große Kurve geht und grinst? Kollegiale Fragen. Geht es Ihnen auch so? Sie stehen nach Ende gerädert vor dem Schirm auf, beschimpfen das sportliche Großereignis als letzten Schmarrn, sich als debil, halten auf Ihrem wankenden Gang zum armseligen Restschlaf kurz inne und denken: Nie wieder! Der Jammer ist nur: Unser gemeinsamer Vorsatz wird nicht halten.

Boxen hat mich einmal fasziniert. Heute fasziniert mich, dass es mich einmal fasziniert hat. Schwer zu unterscheiden, welche der beiden Faszinationen überwiegt.

Als kleiner Junge in der Provinzstadt zitterte ich vor Spannung, wenn ich in der letzten Reihe saß, meist von einem mildtätigen Kartenabreißer gratis hereingelassen: Werden die Gegner übermächtig sein? Werden die »Unsrigen«, meine »Helden« unterliegen? Und dann ging rundum das ohnehin schwache Licht aus, ein Strahler beleuchtete einen Ring, dessen Plane wohl schon recht verschlissen, dessen Filzunterlage ganz sicher schon zu durchgewetzt war. Der »Gladiatorenmarsch« ertönte. Sie kamen. Acht gegen acht. Erst die »Gäste«, die zu dem einen Ringeck gingen und hineinkletterten, dann »meine« (deren Namen ich heute noch rauf und runter weiß), die das gegenüber taten. Dann standen sie im Ring, zwei Reihen, einander gegenüber, vom Fliegen- bis zum Schwergewicht immer länger oder kraftstrotzender werdend. Dann sagte der Ringsprecher die Kampfpaarungen an, die Boxer gingen aufeinander zu, machten Shakehands, überreichten Wimpel oder Nadel und wechselten die Seite. Man konnte die Gegner genau beobachten. Sie waren alle größer, schwerer, ganz sicher auch viel besser, sie waren alle irgendwo »Meister« und sie hatten Gefahr verheißende ausländische Namen, vor allem die Italiener. Dann ging es los. Und meine Helden machten das Unglaubliche wahr. Sie gewannen. Obwohl sie auch – wenn einer k.o. ging – »Pech« hatten, obwohl sie – im Fall einer Punkteniederlage – »benachteiligt« oder »betrogen« worden waren. Der Gesamtsieg zählte. Der kleine Junge ging selig nach Hause und begann zu formulieren, wie er seinen Mitschülern morgen das Gesehene schildern würde.

Jahrzehnte danach ging ich als Kommentator sehr entspannt in die Halle, etwa eine halbe Stunde vor Beginn der Berufsboxveranstaltung. Ich schaute mir die Leute an, die auch früh gekommen waren. Vielen fehlte das Fieber, an das ich mich erinnern kann, sie sind nur hier, dachte ich, weil hier was läuft, was abgeht, weil Action angesagt ist, aber ich sah auch die, die um »ihren« Mann zitterten, für ihn schreien wollten, die schlecht schlafen würden, ginge er heute unter.

Ich hatte keine »Helden« mehr. Aber es gab Leute, mit denen ich ihres Stils, ihrer Persönlichkeit wegen sympathisierte. Und mich amüsierte das allgemeine Rätselraten: Woher kommt denn plötzlich dieser Box-Boom? Die Antwort war ganz einfach. Man hatte Siegertypen anzubieten, die gut aussahen, sich artikulieren konnten, die einem gewissen Publikum das Gefühl gaben, dieser mörderisch harte Sport sei gar nicht so mörderisch hart, wie sie immer geglaubt haben (obwohl er es natürlich ist). Es entstand ein Sog gesellschaftlicher Anerkennung. Wie immer vorübergehend.

Als einst in der Provinzstadt der Schwergewichtler ununterbrochen durch K.o. gewann, war er mit der Tochter eines führenden Rechtsanwalt liiert. Mit dem Ende seiner Unschlagbarkeit begann auch das Ende dieser Art von Gesellschaftsfähigkeit. Es hat sich nicht viel geändert: Als in Dortmund das erste Mal (gemeint in der boxerischen Neuzeit) veranstaltet wurde, war vom Vorstand der großen Brauerei keiner da. Beim zweiten Mal wären es schon einige. Beim dritten Mal gabs dann Kräche und Beleidigungen, weil nicht mehr alle in der ersten Reihe untergebracht werden konnten. Und in letzter Minute mussten Maler das Werbelogo der Brauerei auf den Ringboden pinseln.

Und das andere Publikum, das auch vor und nach dem Boom

treue, das aus dem »Milieu«? Es hatte sich angepasst. Die Goldketten waren hinter korrekten Hemden verschwunden. Die Damen legten keinen Wert darauf, in ihrer Profession erkannt zu werden, sie neigten eher zum »kleinen Schwarzen«.

Die Veranstaltung, der »Kampfabend« begann. Mit der ersten Paarung war wieder eine Spur von dem Gefühl da, das der kleine Junge einst hatte. Auch wenn mir Boxer missfielen, gelangweilt wegschauen konnte ich immer noch nicht, Aufmerksamkeit war ich ihnen schuldig. Zum Hauptkampf hin stieg die Spannung. Denn da begann der Job. Ich wollte kommentieren. Auf meine Art. Unbeeindruckt von Einschaltziffern, begeistertem Lob und feindseliger Ablehnung.

Vom Heldenverehrer über den Provinzreporter, den Hobby-Trainierer, den Kampfrichter bis zum Fernsehkommentator habe ich mich ein Leben lang mit Boxen befasst. Ich kenne die Gesetze und die Gesetzlosigkeiten, auf die es hier ankommt. Längst hat Boxen vor mir seine Unschuld verloren. Und ich vor ihm.

Und dann erzählte ich den Leuten die Geschichte eines Boxkampfs, sagte ihnen, was vor sich geht. Ohne eine Faszination zu leugnen, ohne ihr zu erliegen.

Was habe ich in meinem Leben das Boxen schon verteidigt! Wie habe ich die Begründungen schon auswendig gekonnt, mit denen ich auf die ewige Frage »Also *das* müssen Sie mir erklären, was fasziniert einen Menschen wie Sie am Boxen?«, geantwortet habe. Wie oft habe ich erklärt, dass kein Boxer gezwungen ist, sich von einem anderen schlagen zu lassen, sondern dass zwei Athleten, die sich einen Sport ausgesucht haben, im Ring eine Verabredung treffen, die Verabredung zu klären, wer wen öfter und härter zu treffen in der Lage ist, und sei es bis zum Niederschlag, zum Liegen bleiben. Aber, wie das so geht im Leben, wenn man einen Text sehr oft aufgesagt hat, kommt plötzlich die schlagartige Rückfrage an sich selbst: Stimmt er überhaupt?

Ich bin viele Jahre in einem Boxklub aus- und eingegangen, habe mittrainiert, habe das Training meiner Freunde, der aktiven Staffelboxer beobachtet, mich mit ihnen über ihre Stärken,

Schwächen, Chancen unterhalten, habe bei den Meisterschaften, bei denen man als Kampfrichter nicht eingesetzt wird, wenn Leute des eigenen Verbandes im Ring stehen, von außen mitgezittert, Daumen gehalten, über Sieger gejubelt (ohne das Gesicht zu verziehen). Ich habe als Kampfrichter meine Chancen zur Humanisierung, zur Vermeidung extremster Härten bis an die Grenzen des nach den Regeln Möglichen ausgenützt, dabei auch meine Pannen erlebt (vielleicht kriegt einmal einer meine Erzählung »Knockout« in die Hand). Ich habe diesen Sport gemocht. Mag ich ihn noch? Ich fürchte, ja.

Warum »fürchten«? Man hat sehr viele medizinische Informationen erhalten, aber die sind nicht so bestimmend wie Dinge, die man selbst gesehen hat. Den fahrlässigen, ja randkriminellen Umgang von Box-Funktionären mit Schutzbestimmungen, den Zynismus, mit dem auch bei Amateuren sportlich unvertretbare Kampfpaarungen zusammengestellt werden, um eine »Veranstaltung zu retten«. Ich habe gelernt, wie sehr dieser medizinisch problematische Sport von Doppelzüngigkeiten manipuliert wird. Ich habe Stunden um einen Leichtgewichtler gezittert, dem eine Ader im Hirn geplatzt war und der auf Leben und Tod operiert werden musste. Andererseits, sage ich mir, warum soll Sport überhaupt, warum der Boxsport im Besonderen aus den Spielregeln der Gesellschaft ausscheren? Warum soll hier irgendetwas anständiger und korrekter sein als sonst wo? Doch, ich wüsste, warum. Weil dieser Sport so hart ist, weil er so viel Einsatz verlangt. Wenn es einen Sport gibt, in dem Unsauberkeit zum Verbrechen wird, dann ist es Boxen. Und da kommt in mir manchmal eine so ungeheure Wut hoch, wenn ich sehe, was läuft, weil ich eben sofort sehe, was läuft, oder sofort rieche.

Aber ich habe kommentiert.

Ich wollte dem Publikum nicht Leidenschaft suggerieren, es hat sie selbst zu haben oder nicht, ich wollte ihm nur sagen, was vorgeht.

Meine Beziehung zum Boxen wird nie mehr ganz rational sein können. Sie ist zu sehr und zu lange Biografie. Ich werde den Gong nicht abstellen können.

OLYMPIA

Die Mustermesse der Sportindustrie

Alle vier Jahre finden Olympische Spiele statt. Das ist ins allgemeine Bewusstsein gedrungen. Was noch nicht hinreichend bekannt ist: Alle vier Jahre werden sie entlarvt. Alle vier Jahre setzen sich kritische, der Enthüllung verpflichtete Journalisten hin und verfassen Essays, Reportagen, Glossen, in denen alles das steht, was man schon vor vier Jahren aus vier Jahre alten Zeitungen hätte Wort für Wort abschreiben können.

Das zu übersehen ist eine journalistische Existenzfrage. Denn wie sollte denn die Pose der Attacke, die ironische Grundhaltung eingenommen werden, würde man sich der Lächerlichkeit seines kritischen Papageiendaseins bewusst werden.

So erfahren wir auch in jedem olympischen Sommer, dass das mit der »großen Familie« im Rahmen des »Treffens der Jugend der Welt« nicht hinhaut. Fassungslos nehmen wir zur Kenntnis, dass es unter den Sportlern, die doch eins sein sollen, Megastars und übersehene Zaungäste gibt. Dass die einen Teilnehmer über ihre Teilnahme nur deshalb so glücklich sind, weil ihnen das Küssen der Füße der anderen Teilnehmer möglich wird, wahrscheinlich auch das Aufhalten der Hand in Erwartung von Kleingeld. Zu unserem Erstaunen müssen wir uns beweisen lassen, dass der »Kommerz« – hätte man es für möglich gehalten?! – die Spiele beherrscht.

Weniger um Sport, denn um »Spektakel« soll es hier gehen, Termine werden den Umsatzerwartungen der Erfrischungsgetränkeindustrie untergeordnet, die Bevorzugung von Sportarten der medialen Verkaufbarkeit. Alles sei eigentlich nur noch eine gigantische Verkaufsmesse mit dem Werbeträger Sport, im Hintergrund säßen die Multimilliardäre, die Konzerne, deren privat gesponserte Lobbyisten im Olympischen Komitee und arbeiten an der Maximierung des Image-Gewinnes. Manche Journalisten, die das eigentlich gar nichts anginge, gehen schon so weit, sich den Kopf der Großindustrie zu zerbrechen und zu behaupten, diese würde mittels ihrer finanziellen Investitionen bei Olympia ihr Geld hinausschmeißen.

Diese und ähnlich Anwürfe sondern ein paar Sportgesellschaftskritiker zyklisch ab. Sie erreichen damit die Originalität der alljährlichen Kritiker des weihnachtlichen Konsumrausches.

Versuchen wir eine nüchterne Betrachtung.

Der Sport kennt verschiedene Weltausstellungen. Die Leistungsmesse, die die meisten Disziplinen umfasst, nennt man Olympische Spiele. Man hält ihnen zugute, dass sie von der Antike her Tradition besäßen. Warum das ein Plus sein soll ist nicht so recht einzusehen. Es werden ja Spektakel, bei denen Menschen in die Löwenarena geworfen werden, heute auch nicht mehr veranstaltet. Und die waren einmal ein großer Erfolg. Die Olympischen Spiele entstanden zu Zeiten, als man meinte, es wäre ganz schön, wenn Sportler, die von ihren Leistungen durch Zeitungen oder andere Boten erfuhren, einander kennen lernten und alle vier Jahre einmal gegeneinander anträten. Auch um zu klären, wer denn nun wirklich soweit wirft, so schnell läuft und so gut ringt, wie behauptet wird. (»Hic Rhodus, hic salta«! – als kleine Erinnerung.)

Diese hübsche Idee ist im Zeitalter der mobilen Sportzirkusse in allen Sparten, der Verkehrsvernetzung der Kontinente, der überfüllten Terminkalender mit Globalveranstaltungen fast aller Sportarten nur mehr blöde. Die Leichtathleten dieser Welt treffen sich vierzehntägig, nicht immer alle auf einmal, aber im Prinzip doch. (Die Tennisspieler – längst auch olympisch – können sich schon gar nicht mehr sehen.) In allen Disziplinen lösen einander Weltmeisterschaften, Welt-Cups, Intercontinental-Vergleichskämpfe – im TV gnadenlos übertragen – ab. All das, was wöchentlich passiert, nun alle vier Jahre gleichzeitig in nur einer Stadt passieren zu lassen, hat keinen sportlichen, keinen kulturellen, keinen politischen Wert, kann allenfalls als Mustermesse von

Sportartikeln (wie etwa Pillen) oder als bewegte Werbefläche begriffen werden.

Sport kann nicht von der Basis her reformiert werden. So wie man Straßenverkehr nicht reformieren kann, indem man das Fahrrad propagiert. Man kann Straßenverkehr nur reformieren, wenn man seiner Ausweitung nicht immer durch Bau neuer, noch breiterer, noch mehr Land verbetonierender Verkehrswege nachgibt, wenn man in der ständigen Steigerung der Produktionsziffern keinen vordergründigen wirtschaftlichen Erfolg, sondern das Heranzüchten eines gesellschaftlichen Kollapses erkennt. Der Verkehr ist also nur dann zu retten, wenn die große Automobilausstellung nicht als Wunderwerk menschlicher Erfindungsgabe, gestalterischen Genies und ingeniöser Technik gepriesen wird, sondern als Vollversammlung der Trottelei. Und so ist es mit den Olympischen Spielen. Man nehme ihnen endlich den Nimbus, und ihr verheerender Einfluss auf den Sport wird abnehmen. Die Basis des Sports könnte sich nicht mehr an dubiosen Vorbildern, sondern an sich selbst orientieren.

Im Vorfeld von Olympischen Spielen, wenn es also um das Überspringen der Qualifikationslatte, um Schulungen, Trainingskurse, Leistungszentren, Berufsfreistellungen usf. geht, entstehen gewaltige Kosten. Damit liegt auf jedem dieser Olympioniken ein extremer wirtschaftlicher Druck. Zuerst muss er die Teilnahme erreichen, und dann muss er sie rechtfertigen. (Wobei man einen gewissen Prozentsatz von Verlierern duldet, wenn die Zahl der Sieger den Investitionen entspricht.) Der Mensch muss eine Teilnahme an den Olympischen Spielen vor einer sportökonomischen und nationalökonomischen Öffentlichkeit rechtfertigen.

Olympia ist im Kern anti-international. Die Behelligung der Augen und Ohren durch die Fahnen und Hymnen der Siegerehrungen, mit der Großmächte ihre Omnipotenz suggerieren, ist unerträglich. Der nationale Medaillenspiegel, von allen Medien, auch von vernünftigen Zeitungen mit dramatisiert, ist Ausdruck dieser – parallel verschoben – lebensgefährlichen nationalen Eitelkeit.

Es gibt Träumer, die »unpolitische« Olympische Spiele fordern. Als ob das möglich wäre. Spätestens seit Berlin 1936 ist jede Teilnahme an Olympischen Spielen ein politischer Akt und jedes Fernbleiben erst recht. Ab Moskau 1980 war es für immer und ewig aus mit den »unpolitischen«. Was quatschen nur diese Schlangenmenschen von Olympiaagenten, die dauernd versuchen, sich durch fünf Ringe gleichzeitig zu winden?

Man könnte diesen nationalen Maskenball ganz leicht entlarven. Man braucht nur diesen Vorschlag zu machen: Es laufen nicht mehr nationale Staffeln gegeneinander. Jede Nation stellt für jeden Staffellauf vier Starter, dann wird gelost, und vier Läufer aus verschiedenen Nationen bilden während der Spiele eine übernationale sportliche Schicksalsgemeinschaft. (Laufen können ja alle, das Prinzip der Übergabe des Staffelholzes beherrscht auch jeder, die individuelle Abstimmung wäre an Ort und Stelle noch trainierbar.) Ähnliches wäre für viele Mannschaftswettbewerbe denkbar.

Irgendwie graut Olympia selbst vor dem Wachstum, allerdings mehr aus organisatorischen Gründen. Daher unterscheidet man zwischen olympischen und nicht-olympischen Disziplinen. Der Sinn in vielen dieser Unterscheidungen ist keiner. Es gibt populäre Massensportarten, die es noch nicht zu Olympiawürden gebracht haben, es gibt ganz lächerliche Randsportarten (zum Beispiel zahlreiche Schießdisziplinen), die es zu olympischen Ehren gebracht haben. Aber alle Vorschläge für nötige Entschlackungen oder sinnvolle Ergänzungen des olympischen Programms scheitern am jeweiligen Widerspruch der Nationen, die Medaillenchancen verlieren könnten oder gar keine haben würden.

Alle vier Jahre erleben wir die Hochspannung, an welche Stadt die Spiele »vergeben« wurden. Wir nehmen zur Kenntnis, wie sich die Präsente, die Nobelreisen-Eindrücke, die Sponsor-Erpressungen, die politischen Sympathien oder Zwänge (Peking) zu einem sportlichen Gesamturteil verdichtet haben.

Fünf Ringe wären einzuschmelzen. Im Olympischen Feuer.

SEHBETEILIGUNG

Die Sportart der Zukunft

Die Mutation ist naturgesetzlich. Hat man dereinst geglotzt, wie gelaufen, gerauft, gekickt wurde, wird demnächst das Glotzen selbst zur Sportart ernannt werden. Wer glotzt besser, länger, und wer kann danach die Preisfrage beantworten: War es Rugby, Eistanzen oder Wrestling? Der vom Computer ermittelte Sieger erhält eine tragbare Großleinwand.

Wer – und das ist wegen der Programmherstellung unerlässlich – einen traditionellen Sport ausübt, sich also während der Sportausübung, z. B. beim Schwimmen, nicht zusehen kann, erhält unmittelbar nach dem Event zur Gage noch ein Video, um nicht das Gefühl sozialer Diskriminierung erleiden zu müssen.

Die Romantiker müssen begreifen: Wenn Sport Fernsehprogramm wurde, daher vom Fernsehen veranstaltet wird, werden sich die Sportarten ändern. Alles, was nicht telegen ist oder telegen gemacht werden kann, wird sterben oder in gesellschaftliche Reservate abwandern wie das Münzensammeln.

Das erste, was das Fernsehen abschaffen, also ausschalten wird, ist das Wetter. Außer bei Disziplinen, wo es zusätzliche Anreize schafft. Zum Beispiel wäre Glatteis in der Formel 1 jederzeit willkommen. Daher werden dieses und andere Maschinenrennen nicht in die Halle verlegt werden müssen. Womit bereits die Methode der Wetterabschaffung durch Fernsehen erklärt ist: Übersiedlung des Sports unter Dach. Selbstverständlich werden die Slalombewerbe der Schifahrer in monströse Hallen verlegt werden, auch die Dimensionen des Schispringens sind windvermeidend überdachbar. Beim Abfahrtslauf wird's nicht so leicht gehen, da wird man aber Schneetreiben in Zukunft nicht mehr als hinderlich empfinden, wenn man es so an- und durchleuchtet, dass noch wahrgenommen werden kann, wie sich die Abfahrer verfahren und attraktiv in den Fangzäunen hängen.

Das Fernsehen hat von der Übertragungsfreundlichkeit von Billard bis Hindernislauf in der Halle gelernt und neue abstruse Wettbewerbe erfunden, in denen grotesk bekleidete Athleten und Athletinnen einander irgendwo runterschmeißen müssen oder beim Hin- und Herlaufen behindern. Das Wichtigste an diesen aufgeblasenen Schulturn-Bewerben ist, dass sie bis zur letzten Übung spannend bleiben, was die Manipulation voraussetzt und das permanente intelligente Interview zum Stand der Dinge ermöglicht, wie es uns die Wrestler beispielhaft vorgemacht haben.

Sporthallen werden in Zukunft nicht mehr von Sportverbänden, nicht einmal von Veranstalterkonsortien gebaut werden, sondern gleich von Fernsehsendern. Das heißt, die Kameras sind installiert, müssen nicht mehr angekarrt werden, liefern Bilder, die aus jedem Durchschnittskick eine Sensation machen. Sonst hat der Glotzsport zu wenig Mitbewerber. Das überdachte Fußballstadion ist bereits Realität.

Sport als Fernsehevent bedarf zunehmend des Thrills. Daher werden die Kampfsportarten zu Totschlagsarten mutieren. Gemessen an den kommenden Variationen des bereits vorhandenen »Ultimate Fighting« wird sich das Boxen wie eine dandyhafte Freizeitbeschäftigung ausnehmen, wird Wrestling zum viel belachten Gewaltballett werden, in seiner Brutalität einer höfischen Gavotte vergleichbar.

Wird »Ultimate Fighting« – zur Zeit ein Zweikampf ohne Regelbeschränkungen bis zur Abschleppreife eines Halbtoten – sich auf den Privatkanälen durchsetzen, werden die Kämpfer knapp werden, schon wegen der gesundheitsbedingten Ausfälle. Es wird daher nötig sein, die Beinah-Todesfälle zu simulieren und die Athleten unter neuen Namen weiterleben zu lassen. Kurz, wirklich ernst werden nur die Zweikämpfe sein, die die Kids als Kopie im Park oder in Seitenstraßen veranstalten. Was wiederum zu attraktiven Fernsehprogrammen führen kann, nämlich zu Talk-Runden, in denen sich Jugendpsychologen und Gewaltforscher, vereint mit besorgten Eltern über Gewaltzunahme unter Heranwachsenden und erhöhte Kindersterblichkeit aufgrund von Schädeltraumata den Kopf zerbrechen.

Wesentlich für den Fernsehsport bleibt das Verhältnis der Kosten des Events zu den Werbeeinnahmen. Daher muss sich die Länge der Veranstaltungen nach den zu erzielenden Inseratenzeiten richten. Mit dem Triathlon hat schon das vergangene Jahrhundert den Weg gewiesen. Man macht nicht drei Wettbewerbe, man hängt sie zu einem zusammen und hat so ein Programm über Stunden und Aber-Stunden.

Die uralte Idee des »Sechstagerennens« der Radfahrer wird sich auf alle anderen Sportarten ausdehnen. Es wird Fußballspiele geben, die erst enden, wenn nur mehr ein Stürmer unter 21 in Krämpfen sich auf dem Boden windenden Kickern herumtänzelt und Tore nach Belieben schießen kann. Das wäre dann die Einführung der K.-o.-Niederlage in den Ballsportarten. Auch die Einführung des Open-End-Marathons – Laufen, bis nur mehr einer steht – ist unverzichtbar.

Aber das ist natürlich ein wenig vorgegriffen. Zunächst einmal wird die Werbefreundlichkeit gewisser Sportarten (Boxen mit seinen Rundenpausen, Tennis mit seinen Seitenwechselpausen, Eishockey mit seinen Drittel- und Raufpausen) auf rückständige Sportarten übertragen werden. So kann gewettet werden, wie wenige Jahre es noch dauern wird, bis im Fußball die Drittelzeit und Auszeiten eingeführt werden.

Die Korruptionsgagen für Hüter der konservativen Regeln sind längst bereitgestellt oder schon überwiesen.

Wichtig für die Ökonomie des Fernsehsports ist der direkte Anreiz für Produzenten von Sportgerät, -bekleidung und Zubehör. Es müssen also ständig neue Bewerbe, neue Stile, neue Techniken erfunden werden, die es der Industrie ermöglichen zu behaupten, darin Leistung zu erbringen wäre nur in dieser Hose oder mit jenem Gerät möglich. Das Laufen mit seinem für jede Streckenlänge und -beschaffenheit optimierten Schuh oder das Tennis mit seinen alle zwei Jahre nicht mehr konkurrenzfähigen Racketts, oder das Schifahren mit seinen fast jährlich wechselnden Innovationen in Länge und Taillierung sind lächerliche Beispiele aus konservativer Zeit.

Wesentlich interessanter ist die Karriere der Trimmbeihilfen. Es gibt mittlerweile keine Turnübung mehr, die nicht durch ein blödes, hässliches und grotesk überteuertes Trimmgerät komplizierter gemacht wird, wodurch der Trainingswillige die Lust verliert, das Training aufgibt und verfettet, was andere ökonomische Branchen, wie die der Diätlehrer, freudig begrüßen. (Kreisläufe dieser Art nennt man auf Hochschulen Ökonomie.)

Eine Vorausschau auf den Sport der Zukunft kommt um das Doping nicht herum. Es wird – und das ist jetzt ganz ernst gemeint – zur Freigabe kommen. Es werden sich zwei Stränge sportlicher Betätigung bilden. Der hoch bezahlte Berufs- und Rekordsport, der es den Athleten freistellt, sich wegen ein paar guter Jahre, Zeiten und Messwerte umzubringen, und der saubere Amateursport, dessen Dorffußballer sich vor dem Sonntagvormittagsmatch allenfalls mit einem kleinen Bier Mut machen. Der Jammer wird nur sein, dass geltungssüchtige Gedopte, die im Dopingsport trotz sorgfältiger Anwendungen nichts gewinnen, sich im freizeitlich-sauberen Sport einschleichen werden. Womit der ganze Jammer von neuem beginnen wird.

Wird es Entwicklungen in der Gegenrichtung geben, vergleichbar dem »unplugged« in der Musik, Zurück-zur-Natur-Bewegungen? Wird man den Sonntagvormittags-Kick FC Stinkenbrunn gegen Hinterhütten 09 als Comedy übertragen? Das ist nicht auszuschließen. Etwa für Kanäle wie »Arte«.

Zwei Dinge werden sich in naher Zukunft garantiert nicht ändern: Die Sportlerantworten werden – ohne jede Anstrengung – so klug bleiben wie die Interviewerfragen, weil sie gar keine andere Chance haben. Und die Offside-Regel im Fußball wird nicht geändert werden. Das Fernsehen ist stolz darauf, in neun von zehn Fällen knapper Entscheidungen nachweisen zu können, dass die Pfiffe falsch waren. Diese Autorität lässt es sich nicht nehmen. Da können noch so viele Leute sagen, die Sechzehner-Linie wäre zur Seite hin zu verlängern, bis zu ihr gäbe es kein Offside, da können noch so viele Leute wissen, das Fußballspiel würde rassiger und schöner werden, es wird nicht dazu kommen. Warum auch? Der Fußball ist erst 100 Jahre alt, warum soll er in 100 Jahren nicht mausetot sein?

Welchen Kopf zerbrechen wir Menschen uns überhaupt? Es geht nicht um uns. Es geht ums Glotzen.

SPORTKUNST

Die wesentlichen Parallelen

Komödianten, Musiker, Schreiber und Schausteller jeder Art werden immer wieder gefragt, was sie denn an Sport so fasziniere, warum sie die entscheidenden Termine der Weltkunst so bedenkenlos einem Champions-League-Match im Fernsehen unterordnen. Die meisten Antworten haben mit lebenslänglichen Projektionen von Jugendträumen zu tun, mit dem Appeal dieser Gegenwelt.

Ich habe noch eine andere Antwort: Sport ist der Kosmos der Dramaturgie. Nichts, was es an Gesetzlichkeiten zwischen Tragödie und Farce, zwischen Exposition, Steigerung, Höhepunkt, Verzögerung, Finale, zwischen Pointe und Epik gibt, ist im Sport nicht ablesbar, abschaubar, ist an Sport nicht erlernbar. Sport ist Welttheater – in seinem Erscheinungsbild als Schausport. Ein unkritisches Welttheater, aber ein sich ganz direkt mitteilendes. Für kritische Erkenntnisse also wesentlich brauchbarer, als sich kritisch gebärdendes Welttheater der Bühnen, das sich *nicht* mitteilt. (Dementsprechend lässt der Sport, den man gegebenenfalls selbst betreibt, einen viel über sich selbst erfahren.)

Sport und Kunst sind, wie sie sich heute darstellen, nur mehr höchstsubventioniert denkbar, existieren nur mehr dank der Bereitwilligkeit einer geduldigen oder verladenen Öffentlichkeit sich plündern zu lassen. Kunst und Sport sind gleichermaßen Schaubild der ökonomischen und soziologischen Schieflage. Nur, auf dem Kunstsektor gilt das Negative als nicht so exakt nachweisbar. Denn da stehen ja sofort die Heere von Experten auf, die mit ästhetisierendem Nebel rund um Kunst- und Kulturtheorien kritische Ansätze ersticken.

Im Sport geht das nicht so leicht. Denn ursprünglicher Sinn, Wesen, Chance des Sports sind definierbar und so gut wie unbestritten. Alle Agenten, die Missbrauch, Überdotation und Entmenschlichung des Sports so verteidigen wie Feudalkunsthändler ihre Ware, sind – wenigstens theoretisch – überführbar.

Versuchen wir einmal, zwischen Hochkultur und Sozialkultur einerseits und Berufs(Leistungs)sport und Freizeit(Ausgleichs)sport andererseits hin- und herzudenken. Unter Berufssport versteht das Publikum das Betreiben eines Sports, durch das der Sportler – leistungsorientiert – Geld verdient. Die Höhen dieser Verdienstsummen sind umstritten, werden so heftig angegriffen wie verteidigt. Aber dieser Schaukampf um die Bezahlung der Sportler ist nur dazu da, um von grundsätzlicher Betrachtung der Ökonomie des Berufssports abzulenken. Am Berufssport verdienen – unmittelbar und in der Folge – die Sportveranstaltungsindustrien. Und zwar in einem Maße, das die Gagen für die Sportler irrelevant macht. (Im Gegensatz zu den Betriebskosten.) Diese Industrien stehen hinter dem Sportbetrieb, sie sind eigentlich schon der Sport. Sie sind der Vertrieb des Berufssports und sie stellen Berufssportler ein. Sie sorgen dafür, dass jede herausragende Leistung in ihr Gagensystem einbezogen wird. Sie enteignen mit dem Berufssport die Gesellschaft.

In der Feudalkultur wird dasselbe Spiel gespielt. Die überhöhten Gagen der Stars sind im Gespräch. Nicht im Gespräch ist, dass der gigantische Aufwand an P.R., Journalistenbestechung und Augenauswischerei einen Betrieb aufrechterhält, der im Kulturbegriff des Volkes keinerlei Basis hat. Die Enteignung funktioniert auch hier.

Für das System des Betrugs an der hochkulturfernen Gesellschaft bemüht die Hochkultur gelegentlich den Begriff »Umwegrentabilität«. Der hätte auch für den Sport seine Gültigkeit. Das Prinzip ist dieses: Der Staat legt auf jeden Sitz des Opernhauses einer führenden Festspielstadt einen horrenden Betrag und erwartet vom angereisten Benützer dieses Sitzplatzes, dass der das indirekt auf dem Sitz vorgefundene Geld in den umliegenden Restaurants und Hotels wieder ausgibt. Alle, die nicht anreisen können oder wollen, sind also um ihr Kultursteuergeld geprellt.

Im Wintersport, zum Beispiel, funktioniert das ähnlich. Die

Einwohner eines Bergdorfs, die Steuern zahlen und so auch ihren Beitrag zum Nationalsport leisten, erhalten vom Nationalsport eine Schiweltmeisterin zurück. Daraufhin explodieren in diesem Bergdorf die Übernachtungszahlen, es muss gebaut werden, die Schischule hat plötzlich Rang und Namen, die Sportartikelbranche vervielfacht ihren Umsatz, der praktische Arzt ist mit dem Gipsen überlastet, kurz: Das Bergdorf hat für sein Steuergeld Infrastruktur zurückbekommen, das Steuergeld wurde auf Umwegen mehr als rentabel. Was aber haben die Bewohner der Satellitenvorstadt im Industriegebiet davon, dass sie an dieser Schiweltmeisterin mitgezahlt haben? Mehr Grün für ihre Ball spielenden Kinder? Bessere Gesetze zur Wahrung der auf den Tennis- oder Golfplätzen zu atmenden Luft? Ein Wasser in der Flussau, dessen Zusammensetzung es möglich macht, den Pilzkulturen des städtischen Hallenbades zu entrinnen?

Dem Berufssport, dem Schaugeschäft Leistungssport steht der Freizeitsport gegenüber. Dieser Freizeitsport ist aber keiner mehr. Man hat ihn seiner Selbstverständlichkeit, seiner spielerischen Lebensqualität beraubt. Man hat ihn zum Ausgleichssport gemacht. Man hat ihn verpflichtet, einen Ausgleich zu schaffen. Man hat ihn verordnet. Seine Popularisierung durch die Gesundheitspolitik ist Ausdruck elenden Gewissens.

Dem Forcieren des Freizeitsports entspricht jene Kulturpolitik, die sich gegen die Aufsichtsratsvorsitzenden der Feudalkultur als wehrlos oder zu feige erweist, die aber noch sensibel genug ist, auch ein schlechtes Gewissen zu haben und auch für »Ausgleich« sorgen zu wollen. So entstehen diese lächerlichen »Kunst ins Volk«-Programme, so rechtfertigt sich dieser chronische Kunstförderungsirrsinn, so ertönt der nur mehr komische Ruf nach künstlerischer Selbstverwirklichung von Menschen, deren Selbstverwirklichung durch keine noch so arbeitslose Zeit in Richtung »Kunst« zu manipulieren ist. Allerorten soll – auch wenn sie nicht so heißt – die Ausgleichskunst entstehen oder betrieben werden. Und so wird wiederum ein Subventionssystem geschaffen, in dem sich alle Fehlwidmungen, Defekte und Unterschlagungen des feudalen Kulturlebens im Kleinen wieder finden.

Sport und Kunst sind mir die plastischsten Beispiele für die Mechanismen der Wachstumsgesellschaft.

Es gibt ein Sportgerät namens Bob. Dieser, sehr teure Bob ist in der Natur unbrauchbar. Man muss für ihn in Bau und Erhaltung extrem teure Bobbahnen bauen. Man stelle die Zahl der Menschen, die diesen Sport ausüben (wollen) in Relation zu seinen Voraussetzungen. Das ist ein willkürliches Beispiel für eine Reihe völlig denaturierter Sportarten ohne jede gesellschaftliche Basis (außer der Finanzierung).

Man staune über die künstlichen Wildwasserstrecken der Kanuten, die für Millionen gebaut werden, weil das wilde Wildwasser nicht so genormt wild ist wie das nicht wilde Wildwasser. Die Zerstörung des Sports ist ein ökonomisches wie auch ein ästhetisches Problem.

Man benütze das Turnen und Schwimmen der spritzenmanipulierten Kindfrauen für die Beurteilung des Menschenbildes der Leistungsgesellschaft. Man untersuche das – wiederum auch in der Kunst nachweisbare – Missverhältnis von Mensch und Gerät (Materialaufwand) am Beispiel der Formel-1-Boliden.

Der Beispiele wäre kein Ende. Die Entwicklungen sind absehbar.

Ich empfehle jeder Kunstkritik und jeder Gesellschaftskritik, sich mit Sport zu befassen, auch mit dessen Schönheiten und Glücksmomenten. Da lernt man eine Menge begreifen.

NACHWORT

VIELSEITIGKEIT

Versuch einer Rechtfertigung

Zu den peinlichsten und nervendsten Momenten meines Berufslebens gehören die Vorstellungen. Nein, nicht die, in denen ich auftrete oder die ich sonst irgendwie mitverantworte. Ich meine die Begrüßungs- und Ankündigungsreden vor Lesungen oder »Galas«. Eine Buchhändlerin, ein Kulturreferent, ein kunstbeflissener Firmenchef oder dessen Referentin für Kultursponsoring haben sich aus dem Archiv oder von Buchdeckeln abgeschrieben, was da drin- oder draufsteht. Daher sagen sie, nachdem sie gesagt haben, es sei müßig es zu sagen, weil es ohnehin jeder weiß, welche »Berufe« ich ausgeübt hätte oder noch ausübte. Da diese wohlmeinenden und gewissenhaft vorbereiteten Menschen hartnäckig Tätigkeiten mit Berufen verwechseln und alles, aber auch schon alles erwähnen, sitze ich da wie eine Jahrmarktattraktion.

Das Dilemma setzt sich ähnlich in Interviews fort. Die Volontäre und -innen haben auch einiges notiert und wollen dann meist noch wissen, welche meiner Tätigkeiten mir die liebste oder wichtigste wäre. Wenn ich dann – mit schlechtem Gewissen, weil ein wenig hochgestochen – sage: »Leben«, wollen die Gesprächspartner das gelegentlich vertiefen. Wenn, dann versuche ich gerne diese Interpretation: Ich bin ein Don Juan auf einer anderen Ebene, ich bin nur aus einem Suchtverhalten heraus zu begreifen, meine liebste Tätigkeit ist immer die, die ich zur Zeit nicht ausübe, mein liebster Job der übernächste. Ich habe nur einen Beruf, ich bin Gelegenheitsarbeiter. Ich suche jede Gelegenheit und nehme jede wahr, die mir Körper und Hirn ermöglichen. Das gebe ich zu.

Im Selbstgespräch muss ich mir sagen, das beschert mir zwar ein farbiges Leben, macht mich aber auch zu einem Aussätzigen.

Vor den Zünften. Was mich schmerzt. Ich muss es einmal offen und ungeschützt sagen. Das schmerzt mich vor der Literatur. Warum darf ich nicht vorkommen, warum nicht dazugehören? Sehe ich die Rücken meiner Belegexemplare, würden die für einen der nennenswerten österreichischen Gegenwartsautoren reichen. Wenngleich ich natürlich auch innerhalb meines Œuvres erste germanistische Verdachtsmomente liefere.

Ich bin Satiriker, Essayist, Erzähler und Lyriker, hatte dazu noch die Stirn Chansontexte für des Abdrucks wert zu halten. Das hat schon einen Stich. Ich habe mich aber darüber hinaus vor Germanisten und sich von diesen ableitenden Literaturkritikern unmöglich und unerwähnbar gemacht. Denn:

Ich war Kabarettist (22 Jahre lang), ich war Sportmoderator (mit wesentlicher Beteiligung an dem für unheimlich gehaltenen oder verachteten Berufsboxen), ich bin Theaterregisseur (mit einer für Schöngeister nicht akzeptablen Ambition auf dem Gebiet der Operette), ich war mit eigenen Liedern Chansonnier (mit »Wiener Liedern« bin ich es immer noch), ich rezitiere öffentlich fremde Lyrik, gebündelt nach mir lieben Themen und Tonfällen, ich war und bin Zeitungskolumnist, in grauer Vorzeit war ich Werbetexter, ich habe Theaterstücke und Drehbücher geschrieben.

Um die Sache irgendwie zu komplettieren, habe ich mit 64 Jahren die erste Hauptrolle als Theaterschauspieler gespielt.

Nein, so ein Mensch ist nicht ernst zu nehmen, sagen die Hüter der Laden. Das ist ein Gaukler, der sich noch dazu herausnimmt, nicht die Physis eines Gauklers zu haben, der einfach anders aussieht als er ist. Und zwischendurch gar noch den Intellektuellen mimt. Man kann nach allgemeiner Ansicht nur in eine Lade gehören. Daher ich in keine.

Ich habe bereits gestanden, nicht souverän genug und nicht zu uneitel zu sein, das hinzunehmen.

Aber was kann ich tun?

Ich könnte aufbegehren. Ich könnte beschimpfen. Ich könnte postulieren: Crossover ist der Normalzustand. Alles andere ist pervers.

Das würde sie wieder bös machen. Wer lässt sich schon gerne als »pervers« bezeichnen, wer sich sagen, dass er dem Perversen Vorschub leistet?

Ich könnte meine Einstellung zu den Einspurigen in eine große, pathetische Tirade gießen. Zum Beispiel:... und so sitzen sie als Big Brother und Big Sister in ihren elfenbeinernen Türmen und vögeln sich ihre wechselseitigen Genialitätsbeteuerungen ins Hirn.

Das löst das Problem nicht.

Ich versuche etwas anderes: das weinerliche Versichern, für diese (als solche bezeichnete) Vielseitigkeit nichts zu können. Sie nur erlitten zu haben ..

Bitte verlieren Sie bei nachfolgendem Plädoyer auf »unschuldig« nicht die Geduld.

Ich hatte nie die Absicht, Kabarettist zu werden. Aber ich habe als Schriftsteller meine Texte vorgelesen. Wie andere auch. Die Leute mussten manchmal lachen. Dann habe ich einmal gemeinsam mit einem anderen Literaten gelesen und manche Passagen als Wechselrede verfasst. Da kamen dann höchst angesehene Damen und Herren und meinten, ich müsste eigentlich ganz dringend zum Kabarett. Einer erzählte einem deutschen Kabarett-Star, ich wäre der Partner, den der sein Leben lang gesucht hätte. Der Mann glaubte das ohne mein Zutun. Das entstandene Duo hatte Erfolg.

So wurde der Schriftsteller zum Kabarettisten. *Auch* zum Kabarettisten, wie ich für mich dachte. Nebenberuflich.

Sportmoderator und Boxkommentator ergaben sich ebenfalls ohne mein Bestreben. Zwischen meinem 12. und 15. Lebensjahr hütete ich das Tor einer Fußballschülermannschaft. Ich hatte mich auch da nicht beworben. Freunde auf der Wiese rieten mir zu diesem Schritt, da sie eine Vakanz hatten. Gewisse Fähigkeiten müssen vorhanden gewesen sein. Ich hatte sie im Zustand der Unschuld, nur durch das Spielenwollen erworben. Sie reichten auch über das 15. Lebensjahr nicht hinaus. Wenn wir von Prominentenfußball bis 50 absehen. Aber es war unvermeidlich, etwas von

Fußball zu verstehen. Als der Chefredakteur der Regionalausgabe einer Provinzzeitung (die es heute nicht mehr gibt) mich fragte, ob ich was von Fußball verstünde, durfte ich nicht lügen. Bei Eishockey hatte ich mich als Stammpublikum auch nicht mehr sachkundig zu machen. Und beim Boxen widerfuhr mir nach meinem ersten Bericht dieses: Der Trainer des heimatlichen Klubs meinte, wenn ich schon darüber schriebe, sollte ich doch einen Schimmer von der Sache haben, der über die Heldenverehrung hinausginge. Er bestellte mich ins Kaffeehaus und erklärte mir den Faustkampf zunächst einmal theoretisch.

Als ich längst jede sportjournalistische Tätigkeit aufgegeben hatte, war ich meine pubertäre Begeisterung für diese Spielarten menschlicher Betätigung losgeworden. Nicht aber das Interesse. Das Interesse des Schriftstellers an Sport ließ mich Fachmann bleiben. Und meine Ambition, dem körperlichen Verfall vorzubeugen, für die schwere Arbeit als Dichter und Schriftsteller konditioniert zu sein. Sie führte mich in den Box-Club, wo ich lange Jahre mittrainierte. Als man mich dann bat, einen verstorbenen Ringrichter zu ersetzen, tat ich das nur aus verpflichtender Dankbarkeit und auch, um bei vielen Reisen hinter den Eisernen Vorhang als Autor zu recherchieren.

Mit der Betätigung des Box-Ringrichters hörte ich nach 15 Jahren auf.

Aber schon vorher war es das Fatum gewesen, das in Sachen Sport den Weg bestimmte. Der Leiter der Sportredaktion eines Fernsehsenders war im Kabarett, plauderte danach mit mir an der Bar, stellte erstaunt fest, ich verstünde was von der Materie und fragte mich, ob ich Interesse an der Moderation einer großen Fernseh-Sportsendung hätte. Ich sagte nur »ja«, weil mir als Österreicher klar war, es handelte sich um Bargeschwätz, dem nie ein Anruf folgen würde. Der Anruf kam. Ich war unschuldig.

Bald trennte ich mich vom Sport, denn schon hatte auch der (neben dem Kabarett) den Blick auf den Dichter verstellt. Dann kamen Olympische Spiele und mit ihnen die flehentliche Bitte, dem Sender aus personeller Verlegenheit zu helfen und das Boxturnier zu kommentieren. Ich beeide, dazu keine Lust gehabt, aber den Verlockungen einer ersten großen Amerikareise nicht widerstanden gekonnt zu haben. (Schriftsteller und Dichter reisen gern!)

Als ich die Welt gesehen und dem Boxen adieu gesagt hatte – für immer! –, kam es zu einer letzten Verlängerung als Kommentator von Berufsboxen. Selbstverständlich definierte ich das für mich als Milieustudie (die finanziellen Annehmlichkeiten gerne in Kauf nehmend). Was interessant ist: Boxfunktionäre verhielten sich wie Literaturfunktionäre. Sie misstrauten mir. Sie hatten den Verdacht, ich würde gar nicht zum Boxen gehören. Ich habe mich losgesagt, hohes Feuilleton! Zu spät? Bin ich lebenslänglich der Ex-Kabarettist? Der Ex-Boxmoderator?

Freilich verschulde ich das bleibende Misstrauen an meiner Autorenidentität auch durch meine Nebentätigkeiten als Regisseur. Was den Dichter mit dem Theater zu verbinden hat, ist das Drama. Oder was man dafür hält. Ich bekenne, Dramen geschrieben zu haben. Eines mit Erfolg, ein zweites mit Misserfolg, beide blieben ohne Nachspielbühnen. Ein drittes Werk fand nicht einmal eine Uraufführungsbühne. Ja, ich habe es nicht auf mich genommen zu darben. Ich wollte nicht betteln. Schande über mich! Ich gab auf.

Auf meine älteren Tage erst kehrte ich zum Theater zurück. Als Regisseur. Mit einer Operette. Wieder gänzlich ohne mein Zutun. Ein Intendant, bei dem ich dereinst Dramaturg war (davon an anderer Stelle meiner Rechtfertigung) sagte: »Du hast doch ein Faible für die Operette, würdest du nicht…«, und er bot mir die Inszenierung eines eher risikolosen Titels an. Ich antwortete, weil ich mein Dichtertum nicht neuerlich konterkarieren wollte, die Aufgabe sei zu lösbar, als Quereinsteiger interessierten mich allenfalls unlösbare Aufgaben. Damit hoffte ich, das Gespräch für immer beendet zu haben. Bald darauf ereilte mich das Angebot einer unlösbaren Aufgabe. Wieder war ich in eine Lebensfalle gegangen. Seither habe ich einiges an Unlösbarem gelöst. Oder auch die Unlösbarkeit bestätigt bekommen. Nicht nur auf dem Sektor Operette.

Aber die empörte Frage der an Aufklärung Interessierten lautet: Mit welchem Recht Regie? Und – Sie wollen Dichter sein!?! – wieso Operette?

Ich bin von jeder Verantwortung, was meine musikalische und theatralische Ausbildung anlangt, freizusprechen. Dem verordneten Klavierunterricht blieb ich bis zum Eklat fern. Doch das Anhören des Klavierspiels der Schwester und des Gesangsrepertoires des Vaters war unvermeidlich. Als ich im Provinztheater (das es heute nicht mehr gibt) meine erste Oper hörte, war es, wie dem Vernehmen nach, nach dem ersten Heroineinstich. Suchtkranke sind nicht verantwortlich zu machen. Ich musste ab dem Tag alles sehen und hören. Ich hörte und sah alles. Auch viele Operetten. Beim Verlassen der Provinzstadt (die es heute nicht mehr gibt) war ich Kenner.

Als ich später als Dramaturg an ein Theater verpflichtet wurde, hatte ich einiges an Wissen beizutragen. Ich folgte dem Ruf, weil ich mein erstes Theaterstück begleiten wollte. Engagiert aber war ich wegen meiner Kenntnisse als Werbemann geworden. Für die möchte ich mich später rechtfertigen.

In diesen Jahren stauten sich in mir die fixen Ideen, was man auf Bühnen anders machen könnte, anders machen sollte, auch um zu retten, zu rehabilitieren. In all den Jahren des Kabaretts blieb das Fernweh nach dem Theater. Ist das gelegentliche Bekämpfen dieses Fernwehs heute ein Grund, mich nicht mit Literaturpreisen zu überhäufen?

Dass ich, nachdem mein zweites Theaterstück durchgefallen war, allerhand Fernseh-Drehbücher zu schreiben begann, bitte ich mir nicht anzulasten. Ich mag mir auch nicht vorwerfen lassen, es gekonnt zu haben. Dramaturgie hat der Mensch in den Genen. Er kann sie durch chronischen Theaterbesuch in der Pubertät vertiefen. Danach ist er befähigt, alles, was in dicken Lehrbüchern über Film steht, in einem halben Tag begriffen zu haben. Ich war gefragt, ich kann es beweisen. Doch ich hatte die Größe, dem Kommerzdrehbuch abzuschwören. Der Literatur wegen. Warum dankt mir das keiner?

Trägt der immer wieder auftauchende Begriff »Chansonnier« die Schuld? Was kann ich dafür? Als Kabarettist der alten Schule

(»Opas Kabarett«) waren auch Lieder zu singen. Ich musste mir sagen lassen, ich hätte eine Stimme (gehabt). Darum machte ich eigene Abende mit privaten Liedern. Um das politische Kabarett von meinem Gesang zu entlasten! Mein Wort drauf! Ja, und wenn ich heute noch gelegentlich Abende mit »Wiener Liedern« bestreite, dann kann ich ehrlich sagen, ich hätte diese nie freiwillig gelernt. Ich habe sie von meinem Vater gehört und während des Studiums beim Heurigen. Doch ich soff immer nur, um dem Bild des Jungdichters etwas gerechter zu werden. Allerdings habe ich mir auch die beim Heurigen zweimal gehörten Lieder alle gemerkt. Auf mir lastet der Fluch der Mnemotechnik. Ich vergesse den größten Dreck nicht.

Deshalb konnte ich mir als Student auch Geld verdienen.

Wer will mir einen Vorwurf machen, als Schihüttengast mich für den Faschingsball des gegenüberliegenden Hotels als Clown bemalt zu haben? Ich habe mir den 1. Preis für die schönste Maske nicht gegeben! Ich habe mich nicht aufgefordert, zu den Klängen der Kapelle etwas zu singen. Ich habe allerdings »Schöner Gigolo, armer Gigolo« gekonnt. Warum, weiß ich nicht mehr. Freilich waren von den Vormittags-Schlagersendungen des Radios Lieder und Texte hängen geblieben. Wahrscheinlich habe ich auf dem heimischen Klavier doch einige Schlager geklimpert und dazu gesungen. In der Hoffnung, ein Mädchen würde plötzlich im Raum stehen. Auch hier, kritische Öffentlichkeit, plädiere ich auf Pubertätsunzurechnungsfähigkeit.

Ab dem Tag darauf war ich im Schihotel Barsänger. Auch des Gratisessens wegen. Man verurteile mich schon deshalb nicht vorschnell.

Ich möchte auch beteuern, mir nicht erst in Jahren der Arriviertheit den Status des Feinschmeckers erfressen zu haben. Es war meine Großmutter, die dereinst in Karlsbad in der Brigade eines großen Hotels gearbeitet hatte, um die für eine bürgerliche Heirat nötigen Kochkenntnisse zu erwerben. Als kleiner Junge hörte ich schon, wie in Gesprächen, wonach man eine Speise so oder so zuzubereiten hätte, die Großmutter sagte: »Sei' Lebtag nicht.« Ich weiß bis heute nicht, auf wen sich das »sei« (wohl im

Sinne von »sein«) bezieht. Aber Meisteresser wurde ich schon durch den historisch bedingten Vergleich von Kohl, Kraut und Kartoffeln. Ich muss also jeden Verdacht auf Kompetenzüberschreitung zurückweisen.

Nicht minder auf dem Gebiet der Politik. Ich bin ausgebildeter Staatsbürger. Und zwar unfreiwillig, gezwungenermaßen!

Um meinen guten Willen zu zeigen, tue ich heute bei meinen Lyrik-Rezitationen wahrhaft großer Dichter so, als könnte ich die Verse nicht auswendig. Ich lese vor. Aus schierer Bescheidenheit. Was noch wichtig ist: Es ist nicht mein Verdienst, dass ich Dichter liebe, sie unter die Leute bringen möchte. Es waren Freunde und ein Lehrer, die mich infiziert haben. Die mir Literatur zeigten, von der ich bis in die Zehenspitzen spürte: Die ist es! Die andere für mich nicht!

Den Journalismus möge man mir nachsehen! Ich weiß nicht mehr, warum ich mit fünfzehneinhalb Jahren ohne jedes Zutun Dritter in eine Zeitungsredaktion ging und erklärte, Journalist werden zu wollen. War auch das ein genetisches Programm? Oder hatten die Klappentexte auf Büchern von mir angebeteter Literaten mit der Mitteilung, die Autoren wären auch Journalisten gewesen, etwas ausgelöst? Wie auch immer, der erste Gang zur Zeitung geschah im Unterbewusstsein.

In den Beruf des Werbetexters war ich, das ist noch anzumerken, gezwungen worden, weil ich mir in dreimonatiger Probezeit ab Oktober Geld für Weihnachtsgeschenke verdienen wollte. Was kann ich dafür, dass sie mich behielten und ich heute noch dort wäre, wäre das Theater, also die Kunst, nicht dazwischengekommen?

Großfeuilletonisten! Ich wurde vom Schicksal herumgestoßen wie ein besoffener Ball. Lassen Sie es mich nicht büßen, Ihnen über die Jahre nicht ständig und ausschließlich mit dem jeweils nächsten Buch demütig zur Verfügung gestanden zu sein! Es ist dennoch ein gutes Dutzend geworden. Schreiben Sie das rühmende Porträt des unbekannten Autors.

Denken Sie nicht so wie die leitende Feuilleton-Dame einer bedeutenden Wochenzeitung. Die schrieb mich einmal an mit dem

Ersuchen, auf eine der üblichen unoriginellen Rundfragen originelle Antworten zu geben. Ich tat dies. Als ich sie auf der Frankfurter Buchmesse traf, erlaubte ich mir sie zu fragen, warum es nicht möglich sei, auch einmal das neue Buch des Menschen zu besprechen, den man veröffentlichter Meinung für würdig hält. Die Dame sah mich sinnend an und sagte: »Bei Ihnen kennt man sich ja nicht aus. Man weiß nicht recht, was Sie sind.«

Ich ersuche um die Anerkennung mildernder Umstände.

Nachwort:

Verehrte, die Lesung aus diesem Buch einleitende Person! Verzichten Sie bitte bei Ihrer Publikumsbegrüßung auf die Aufzählung meiner Berufe! Sonst lese ich diesen Text vor.